愛蔵版

英雄コナン全集 3

降魔篇

ロバート・E・ハワード

宇野利泰・中村融 訳

COMPLETE CONAN

COLLECTOR'S EDITION 3

THE DESTRYER OF DEMONS

BY ROBERT E. HOWARD

新紀元社

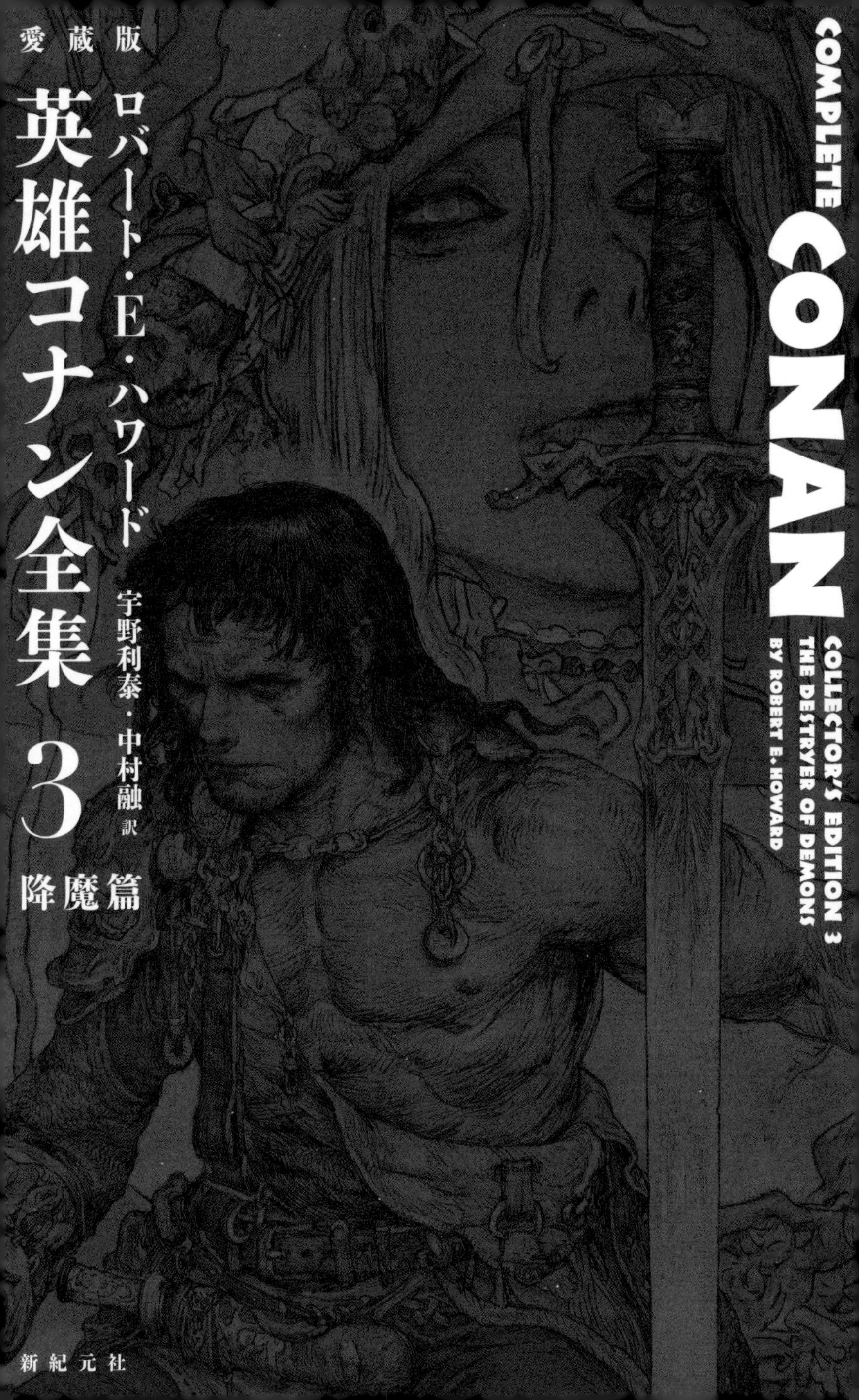

愛蔵版

英雄コナン全集 3

ロバート・E・ハワード

降魔篇

新紀元社

COMPLETE CONAN

COLLECTOR'S EDITION 3

THE DESTRYER OF DEMONS

目次

ハイボリア世界

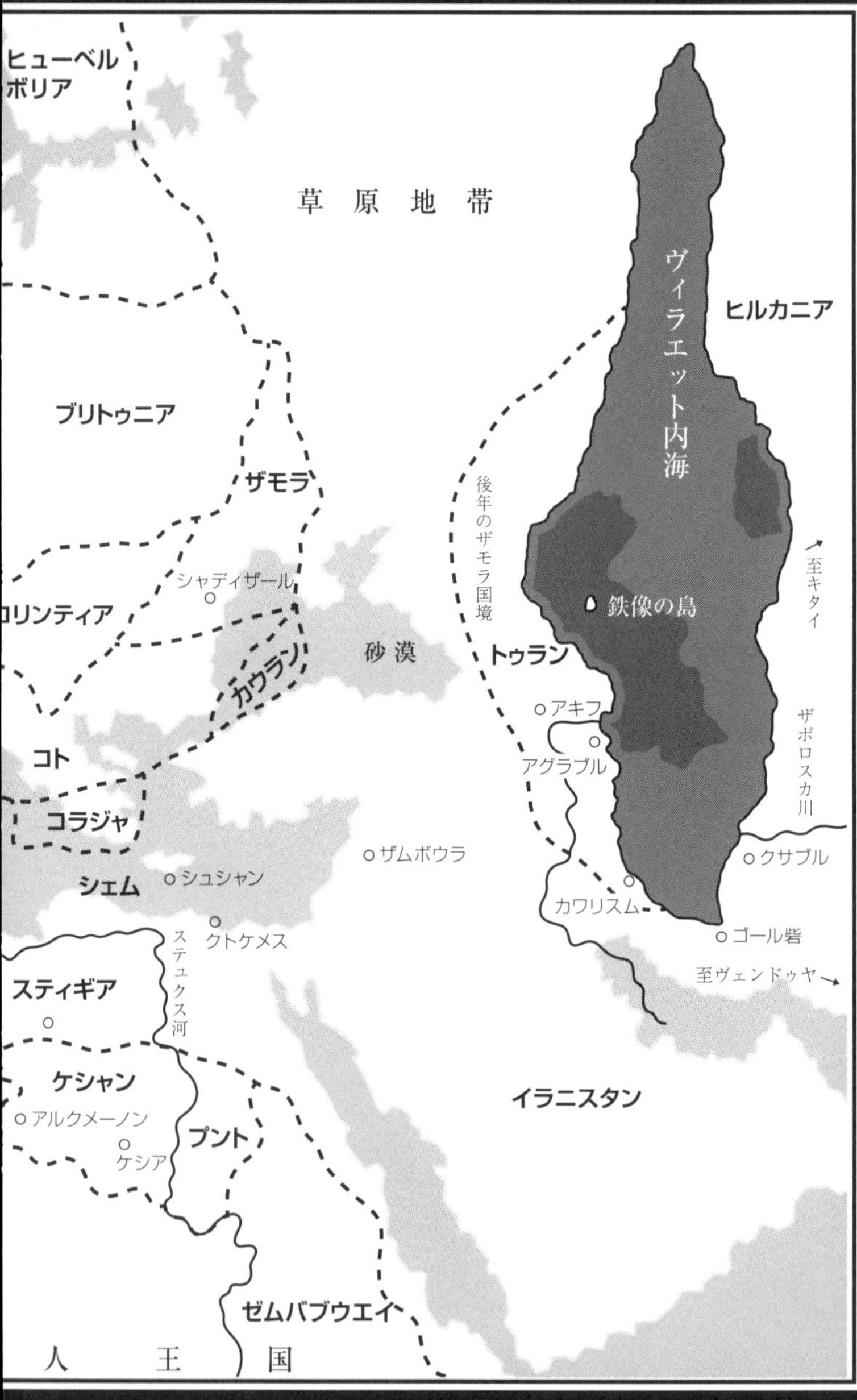

ヒューベルボリア
草原地帯
ヴィラエット内海
ヒルカニア
ブリトゥニア
ザモラ
後年のザモラ国境
シャディザール
コリンティア
鉄像の島
至キタイ
砂漠
カウラン
トゥラン
アキフ
アグラブル
ザポロスカ川
コト
コラジャ
ザムボウラ
クサブル
シェム
シュシャン
カワリスム
クトケメス
ゴール砦
ステュクス河
至ヴェンドゥヤ
スティギア
ケシャン
イラニスタン
アルクメーノン
プント
ケシア
ゼムバブウエイ
人王国

地図作成　倉本ヒデキ

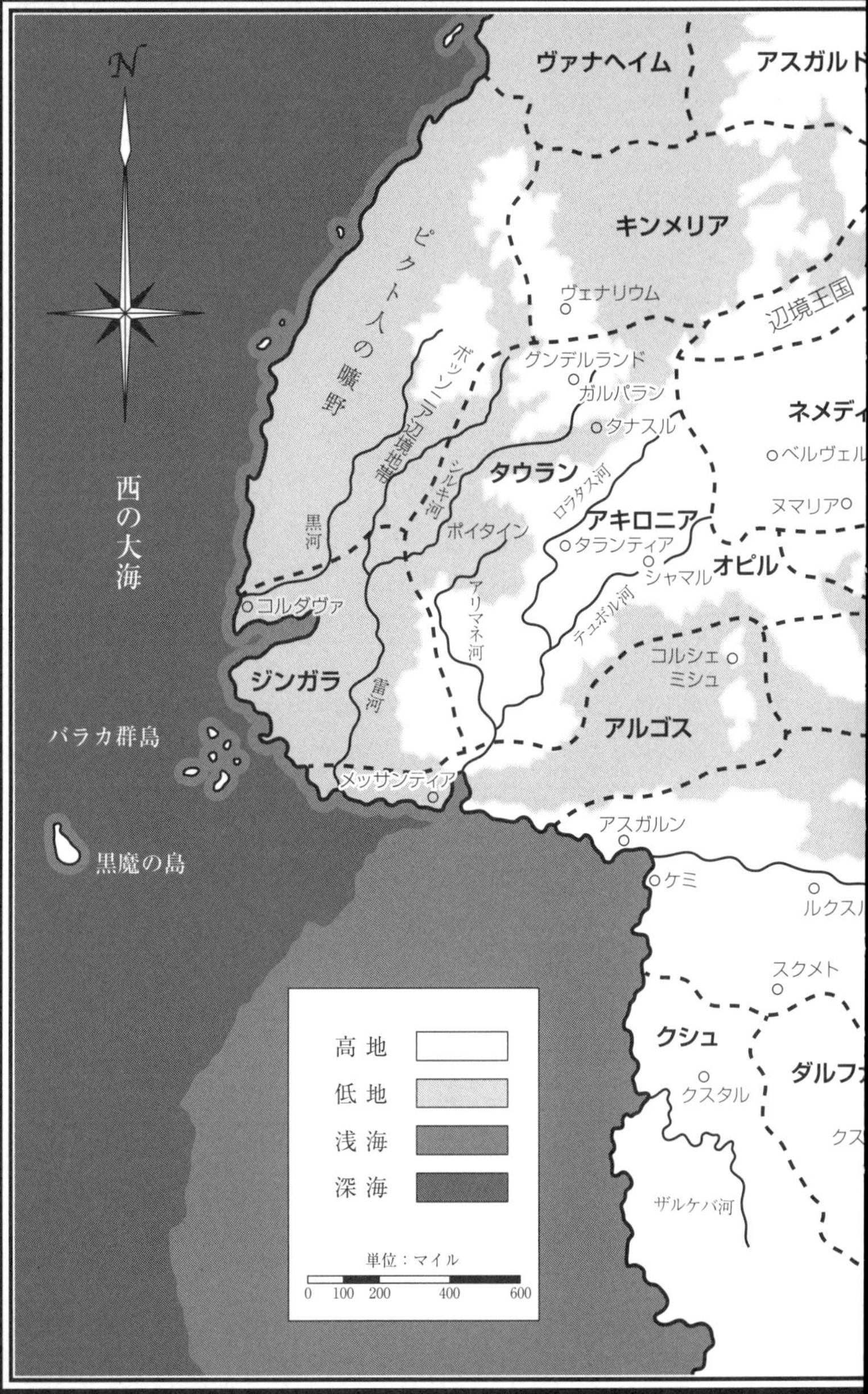
N
ヴァナヘイム
アスガルド
キンメリア
ヴェナリウム
辺境王国
ピクト人の曠野
ボッソニア辺境地帯
グンデルランド
ガルパラン
タナスル
タウラン
シルキ河
ロラタス河
アキロニア
ヌマリア
ポイタイン
タランティア
シャマル
オピル
西の大海
黒河
コルダヴァ
アリマネ河
チュボル河
コルシェミシュ
ジンガラ
雷河
アルゴス
バラカ群島
メッサンティア
アスガルン
黒魔の島
ケミ
スクメト
クシュ
クスタル
ザルケバ河
高地
低地
浅海
深海
単位：マイル
0 100 200 400 600

赤い釘

Red Nails

1　岩山の髑髏《どくろ》

馬上の女は手綱《たづな》を引き絞って、疲れた馬の歩みを止めた。馬は両脚を拡《ひろ》げて、金糸《きんし》の房《ふさ》飾りをつけた赤革の馬勒《ばろく》の重みにも耐えかねるように首《こうべ》を垂れた。女は銀製の鐙《あぶみ》から深靴《ふかぐつ》を履《は》いた足をはずして、金鍍金《きんめっき》をほどこした鞍《くら》から飛び降りた。そしてふた股に分かれた若木に手綱をしっかりと結びつけると、両手を腰にあてがった姿勢で首をめぐらし、周囲を眺めやった。

好ましい景色ではなかった。先ほど馬に水を飲ませてやった小さな沼は、すでに大樹《たいじゅ》の連なりの向こうに隠れて見えていないし、からみあった枝の形作る高い拱門《アーチ》のあいだを洩れるかすかな陽《ひ》の光に、行く手の様子を見きわめようとしても、生い茂る下生えが視野をさえぎっていた。女にしては力強い肩をひと揺すりして、彼女は激しく舌打ちをした。

長身で、ゆたかな胸を持つ女である。手と脚がすらっと伸びて、肩のあたりの筋肉が引き締まっている。全身に並々ならぬ力があふれているのがひと目で見てとれるが、それでいて女らしさが少しも失われていない。動作にしろ服装にしろ男のものであるが、彼女自体はあくまでもたおやかな女性なのだ。もっとも、その服装は現在の情況にまったくそぐわなかった。短袴《たんこ》の代わりに穿《は》いた絹地《きぬじ》のズボンはゆったりしているものの、膝の上、手の幅ほどのところまでの短さで、それを腰帯代わりに結んだ広幅の絹の帯でとめてある。先拡がり型の鞣皮《なめしがわ》の深靴は、膝のあたりにまで達しているが、ほかに身に着けている衣裳《いしょう》といっては、胸のあきが大きく、広衿《ひろえり》で広袖の絹地の肌着だけである。形のよい臀部《でんぶ》の上に諸刃の直刀を佩《は》き、反対側の腰には、短剣にしては長めのものを差している。まばゆいばかりの強《こわ》い金髪を肩口で切りそろえ、緋色《ひいろ》の繻子《しゅす》の布で包んであった。

そのような彼女が、昼なお暗き原始林を背景にして、無意識のうちに絵になる姿勢をとっていた。この陰鬱《いんうつ》な密林内では場ちがいといってもよい艶《あで》やかさである。むしろ彼女の背景は、海洋の拡がりであるべきだ。水平線に湧きあがる入道雲、五色に彩《いろど》った帆柱《ほばしら》、飛びかう海鳥。彼女のつぶらな目には海の色があった。それも当然のことで、この女こそは、船乗りたちの集まるところで小唄《こうた》や俗謡《ぞくよう》に歌われる、海賊団〈赤い兄弟たち〉の女首領ヴァレリアであったのだ。

彼女は頭上を覆う緑濃い樹々《きぎ》の枝の屋根を透《す》かして、その上方に拡がっているはずの青空を見たいと願ったが、じきに舌打ちをして思い諦《あきら》めた。

それから彼女は、立木に繋いだ馬をそのままにして、東の方向へ歩きだした。進路を記憶に残すために、ときどきふり返っては沼地の在《あ》り場所を見定めておいた。密林内の静寂が彼女の心を圧迫した。樹々の梢《こずえ》で鳥が歌うわけでなく、灌木の茂みがざわざわ音を立てて、小動物が匍《は》いまわるのを知らせることもない。これで何リーグも暗鬱な静寂の垂れこめた地域を進んできたことになる。それを破るのは、逃走する彼女自身が立てる音だけであった。

喉の渇《かわ》きは、先ほど飲んだ沼の水で鎮めてあったが、空腹には悩まされた。そこで彼女は、鞍袋の食糧を食べ尽くしてから露命《ろめい》を繋いできた果実はないかと周囲に目を配りだした。

やがて前方に、燧石《すいせき》の露頭らしい黒っぽい岩肌があらわれた。それは樹々のあいだに盛りあがって険《けわ》しい岩山となっており、上方は密生する枝葉《えだは》の雲に隠れている。おそらくその頂上は、樹冠《じゅかん》の上に突き出しているのだろう。あの岩山の頂上に立てば、密林の外に拡がる地形を見渡せるかもしれない——もちろん、数日にわたって馬を進めてきた、果てしもなくつづくこの大森林が、ようやくこのあたりで終わりを告げればのことだが。

そそり立つ岩山の険しい斜面に、畝《うね》状の狭い盛りあがりがあって、天然の登り径《みち》を形作っていた。それを五十フィートほど登ると、樹々の葉群れが帯状に連なって岩塊《がんかい》をとり巻いている場所に達した。樹々の幹《みき》が岩山に貼りついているわけではないが、下枝の先が伸びて、その葉群れで岩面を覆っているのだ。それからの彼女は、上下ともに視界が枝葉で閉ざされているなかを、しばらくは手探りで登りつづけた。だが、まもなく青空がちらっとのぞいて、その一瞬あと、明るい陽光がさんさんと降り注ぐ外界へ出た。脚下《きゃっか》には濃密な樹林の屋根が連なっていた。

彼女はかなりの広さのある岩棚の上に立っており、この岩棚の位置は、樹々の梢の先端とだいたい同じ高さにあった。しかし、彼女のよじ登ってきた岩山はさらに高くそびえ立ち、頂《いただき》が槍《やり》の穂先《ほさき》のように尖《とが》っている。だが、そのときの彼女の注意を惹《ひ》いたものは、頂上でなくて、ほかにあった。岩棚の上に絨毬《じゅうたん》のように厚く積もった茶色い枯れ葉のなかに、彼女の足に触れたものがあったのだ。わきへ蹴とばして見おろしてみると、人間のものらしい頭骸骨だった。彼女は経験を積んだ目で白茶《しらちゃ》けた骨格を追ってみたが、ひび割れた個所はひとつもなく、手荒な打撃を受けた形跡も見当たらない。自然死であるのは明瞭だが、なんのためにこの男、こんな高いところまで登ってきたのか、その理由が彼女には想像もつかなかった。

彼女は岩山の尖った頂まで登りつめて、四方の地平線を眺めやった。この高所に立つと、いままで屋根と見ていた大樹海が、足もとの床と変わった。下から大空を見通せなかった濃密な枝葉のからまりが、いまは上からの眺望を妨《さまた》げて、馬を残してきた沼を見ることさえできなかった。北方へ目をやって、はるばるたどってきた径を眺めようとしたが、緑の波をうねらしている樹海がどこまでもつづき、はるかその先に連山が薄蒼《あお》くかすんでいるのを見るだけである。この青い曠野《こうや》に逃げこもうとして、あの山径に馬を走らせていたのも、すでに数日以前のことになった。

西も東も眺めはさして変わらない。ただし、こちらの二方向には、青い山並みの線は見えなかった。しかし、目を南の方角へ転じたとき、彼女は思わず身を堅くして、息を呑《の》んだ。一マイルほど離れたところで樹林が急にまばらになり、その先はサボテンが点在する平地に変わっている。そして平地の中央に、多くの高塔を城壁が囲んだ都《みやこ》が見えているのだ。ヴァレリアは驚きの叫びをあげた。これは想像を絶した事実である。彼女の目の前に浮かんだものが、黒人の住む蜂の巣状の家屋の聚落《しゅうらく》であるとか、この未開の土地のどこかにいまなお生き残っていると伝えられる、謎に満ちた茶色の種族の洞《ほら》穴《あな》式住居であれば、これほどまでに驚きはしなかったであろう。しかし、文明の前哨《ぜんしょう》基地を離れて数週間も馬を走らせたあとで城壁をめぐらせた都に行き遭《あ》うとは、あまりにも異常な経験といわねばならぬのだ。

槍の穂先のように尖った岩山の頂にしがみつくようにして立っていたので、ヴァレリアの手足が疲れてきた。彼女は元の岩棚まで降りて、これからどうしたものかと眉を寄せて考えた。思えばはるばると逃《のが》れきたったものである。平坦な牧草地帯にある国境の町スクメトの近くに設けられた傭兵隊の宿営地を離れたのは、いつのことであったか。あの町には、世界各地から流れてきた命知らずのあぶれ者が、スティギアの軍隊に傭《やと》われて、赤い波のように襲いかかるダルファルの侵攻軍にそなえ、国境の警備にあたっているのだ。それにしても、彼女の逃亡は無謀だった。逃げこんだところは、まったくの未知の土地である。いまも彼女は、あの平原の都にまっすぐ馬を乗り入れたい衝動と、むしろその外を迂回《うかい》して、ひとり旅をつづけるべきだとの本能的な警戒心のあいだで、いつまでも迷いぬいているのだった。

そうした彼女の思案も、足もとの葉群れがざわめいたので中断された。ヴァレリアは猫さながらの敏捷《びんしょう》さでふりむくと同時に、腰の長剣の柄《つか》に手をかけていた。だが、そこにあらわれた男を見て、彼女は目をみはったまま、凍りついたように動かなかった。

男は巨人と呼ぶのがふさわしい体格で、赤銅色に陽灼《ひや》けしたなめらかな皮膚の下に、たくましい筋肉を盛りあがらせていた。服装は彼女のそれとよく似たもので、わずかに相違しているのは、腰帯の代わりに広幅の革帯を締めていることだけである。その革帯に、広刃《ひろは》の長剣と短剣とが吊るしてあった。

「キンメリアのコナンか！」女は叫んだ。「あたしのあとを追ってきたのだね。何をする気なんだ？」

男はにこりともしなかった。青い目が火と燃えて、女でさえあればだれでも気づくことだが、欲情の光を秘めた視線で彼女のみごとな肢体《したい》を――薄い絹地の肌着の下の胸の高まりと、ズボンと深靴の

あいだに見えている透き通るばかりに白い肌とを──舐《な》めまわしているのだった。

「気づいていなかったのか」と彼は笑い声をあげて、「おれははじめておまえを見たときから、この気持ちを率直に示していたつもりだが」

「率直すぎて、種馬《たねうま》だって顔負けする」ヴァレリアは蔑《さげす》むように応じた。「それにしても、酒樽《さかだる》と肉の鉢《はち》を並べたスクメトの居酒屋から遠く離れたこんな場所でおまえの姿を見かけるとは、考えてもいなかった。本当にザラロ隊長の宿営地からあとをつけてきたのか？　それとも、また何か悪事を働いて追い出されたってわけかい？」

コナンは彼女のぶしつけな言葉に哄笑《こうしょう》を響かせ、腕を曲げて筋肉を盛りあげてみせ、「ザラロの部下に、おれを追い出すだけの力のある者がいると思うのか」とにやりと笑い、「もちろんおれは、おまえのあとを追ってきた。それもまた、おまえにとっては幸運なんだぞ！　おまえは、あのスティギアの士官を刺したことで、ザラロの庇護《ひご》をみずから捨てた。それでスティギア国を追われる身になった」

「そんなことは、いわれなくても知っている」ヴァレリアは不機嫌に答えた。「だけどあの場合、ああするよりほかに仕方がなかった。あたしの怒りの理由が何であったかは、おまえだって知っているはずだ」

「もちろん知っている」コナンもうなずいて、「もしもおれがその場に居合わせたら、この手でやつを突き刺しておったただろう。しかし、女の身で戦士たちの宿営地に生きていくとしたら、あのようなことは予期していていいはずだ」

ヴァレリアは深靴を履いた足でじだんだを踏んで、呪いの言葉を吐き、「なぜあたしが男の生活をしていけないのか、それがおかしい！」と叫んだ。

「わかりきったことだ！」コナンはぎらぎらする目でまたも彼女の肢体を舐めまわして、「しかし、おまえが逃げだしたのは賢明だった。ぐずぐずしていたら、スティギアのやつらがおまえを捕えて、生き皮を剝《は》いだにちがいない。げんにあの士官の弟が、おまえのあとを追った。これがおまえの考えている以上の速さで、おれがこの男に追いついたとき、おまえとの距離はそれほどなかった。そいつの馬のほうが、おまえの馬より優秀だったんだ。あと数マイルのあいだに、おまえはやつに捕えられ、その細首をかっ切られるところだった」

「それで？」彼女は語気を強めて訊いた。

「それで、とはなんだ？」コナンはいささか面食らった顔つきだった。

「そのスティギア人はどうなったのさ？」

「つまらぬことを訊くな」コナンはじれったそうにいった。「訊くまでもないことだ。おれが殺してやった。死骸は禿鷹《はげたか》どもの餌食《えじき》に残しておいた。そんなことで余計な手間を食ったばかりに、あやうくおまえの行方《ゆくえ》を見失うところだった。そのあいだにおまえは、向こうの山の峠道《とうげみち》を越えてしまったからな。あれで手間どりさえしなければ、とっくにおまえに追いついていたのだが」

「で、おまえはあたしをつかまえて、ザラロの宿営地へ連れもどす気なのかい？」ヴァレリアは嘲笑《あざわら》うようにいった。

「ばかなことをいうな」コナンは思わず大声を出した。「突っかかってくるのはやめろ。おれをあのスティギア人といっしょにしないでくれ。おれがどんな男か、おまえも知らぬわけではあるまい」

「文無《もんな》しの放浪者だったね」とヴァレリアはからかった。

コナンもまた笑って、

「そういうおまえは何なんだ？　男物の衣裳を買い替えるだけの銭《ぜに》も持っておらんじゃないか。厭味《いやみ》な言葉ではぐらかされるおれではないぞ。キンメリアのコナンといえば、かつては大型武装帆船の指揮をとって、おまえなんかは見たこともない大勢の部下を顎《あご》で使ったことのある男だ。もちろん、現在のおれは一文無しだ。しかし、どんな冒険者だって、銭なんてものは貯《た》めてはおらん。その代わりおれは、大帆船《ガリオン》をいっぱいにするくらいの黄金を世界各地の港でばらまいてきた。それもまた、おまえは知っているはずだ」

「そのご大層な船と、おまえが使っていたという勇敢な男たちは、いま、どこで何をしているんだい？」彼女はまた嘲笑った。

「みんな海の底だ」コナンは案外ほがらかな声で答えた。「おれの最後の乗船は、ジンガラ人の手で沈められた。あれはシェムの国の沖合でのことだった。そこでおれは、ザラロが率《ひき》いる〈自由の仲間〉に身を投じることにした。しかし、ダルファルとの国境に駐在することになって、いっぱい食わされたのを知った。給与はわずかばかりだし、酒はまずいときている。そして黒い肌の女たちは、おれの性《しょう》に合わぬものだ。スクメトの宿営地へ連れてこられる女といえば、鼻の穴に環《わ》を通して、歯に鑢《やすり》をかけた女と決まっているのだ。おれがいやけがさしたのも無理はあるまい。ところで、おまえはどうしてザラロのところへやってきた？　スクメトの町は、どこの海岸からもえらく離れているはずだぞ」

「赤毛のオルトがしつこく言いよった」ヴァレリアはそっけない口調で語りだした。「それであたしは、船がクシュの沖合に錨《いかり》を下ろした夜、甲板《かんぱん》から海中に飛びこんで、岸へ泳ぎついた。そこはザベーラの町はずれだった。そこでシェムの商人の口から、ザラロという男が〈自由の仲間〉を率いて南下してきて、ダルファルとの国境の警備にあたっているると聞いた。ザベーラの町では仕事らしいものもなかったので、東方へ向かう隊商に加わって、スクメトまで来てみたってわけさ」

「しかし、逃げ道を南方に選んだのは、狂気の沙汰《さた》としかいえないぞ」コナンは彼なりの意見を述べて、「もっとも、ザラロの哨兵どもは、まさかおまえがこんな方向へ逃げこむとは考えもしなかった。その意味では利口だったともいえる。たまたまこの方角へ見当をつけたのは、おまえに殺された士官の弟ひとりだった」

「あたしのことはともかく、おまえはこれからどうする気なの？」

「おれは西へ向かう」コナンは答えた。「南へ来すぎたきらいはあるが、東へはたいして来ていない。何日かのあいだ西方へ進めば、草原の開けている場所へ出るはずだ。そこでは黒い種族が家畜に草を食わして暮らしている。その種族のうちに、おれの顔見知りが何人かいるのだ。海岸へ出て便船をみつけるとしよう。密林地帯にはくさくさしたからな」

「好きなようにするがいいけど」ヴァレリアはいった。「あたしには別の考えがあって、いままでの方向を変えるつもりはないね」

「ばかなことをいうな！」コナンははじめていらだちを見せて、「こんな樹林のなかを、いつまでもさまよいつづけていたら、ろくなことはないぞ！」

「ところが、うまくいく自信があるのさ」

「というと、何をする気だ？」

「おまえの知ったことじゃない」ヴァレリアは力強くいいきった。

「それはそうだろう」コナンは素直にうなずいてから、「しかし、コナンともあろう者が、こんな遠くまで追ってきて、手ぶらで引っ返すと思っているのか？　いいかげんに目を醒《さ》ませ。おまえをどうこうしようという気持ちはないんだから」

彼はヴァレリアの近くへ進みよった。彼女はすばやく跳びすさって、腰の長剣をぬき放った。

「近よるんじゃない、北方の犬め！　それ以上近よったら、焼豚みたいに串刺しにしてくれる！」

コナンはしぶしぶ立ち止まって、「おれにその玩具《おもちゃ》をとりあげられて、尻をひっぱたいてもらいたいのか」といった。

「なんとでもいうがいい！　口達者な男め！」むこうみずな彼女の目には、青い水の上にきらめく陽光のようなものが躍っていた。

彼女が本気でそういっているのを、コナンは知っていた。いかなる男であろうと、〈自由の仲間〉で勇名を轟《とどろ》かせたヴァレリアの剣を素手で奪いとれるものでないのだ。彼は眉をひそめた。心のなかで矛盾《むじゅん》するふたつの感情が闘っている。腹は立った。しかしまた、彼女の気丈《きじょう》なところに感じ入って、興味が湧いてきた。このすばらしい肉体を鉄の腕《かいな》で抱きしめたい欲情に駆られた。それでいて、その躰《からだ》を傷つけることは、なんとしてでも避けたかった。彼女をつかまえて、思いきりふりまわしてやりたい気持ちと、熱烈に愛撫してやりたい欲求とのあいだで、心が千々《ちぢ》に乱れた。そして、これ以上近づけば、彼女がその長剣を彼の胸に突き立ててくるとわかっていた。国境における戦闘と、居酒屋などでの喧嘩《けんか》沙汰で、ヴァレリアの手にかかって死んでいった男が何人いることか。それを思えば、女と見て侮《あなど》るわけにいかなかった。彼女は雌虎《めすとら》のように敏捷で、気が短く、そして残忍だった。もちろん長剣さえ引きぬけば、彼女の手の武器を叩き落とすのは容易だろう。しかし、女を相手の闘いに剣の力を借りるとは、たとえ傷つける意図《いと》がないにしても、唾棄《だき》すべき所業といわねばならなかった。

「目にもの見せてくれるぞ、あばずれ女め！」コナンは怒りに燃えて叫んだ。「いま、その剣を叩き落として――」

コナンは彼女めがけて突進していった。激怒が彼を無分別にしたのだ。ヴァレリアも必殺の一撃を加えてくれようと身がまえた。その瞬間、思いもよらぬ邪魔がはいった。意外であると同時に危険を秘めた音が、ふたりの動きを阻《はば》んだのだ。

「何かしら、あれは？」

叫んだのはヴァレリアだったが、コナンもまた同じ激しさで驚いた。そして猫のようなすばやさでふりむくと、同時に長剣を手にきらめかせていた。樹林の奥のほうに、身の毛のよだつばかりの凄まじい悲鳴が、いくつか混ざりあって聞こえている――恐怖と苦悶《くもん》による馬のいななきだった。それに混じって、骨の砕ける音がした。

「ライオンだ！」ヴァレリアが叫んだ。「何頭かで、馬を食い殺している！」

「ライオンだと？　ばかなことをいうな！」コナンも荒々しい声でいった。目をギラギラさせ、「ライオンの吼《ほ》え声を聞いたのか？　おれは聞かなかったぞ。骨の砕ける音を聞け！――ライオンが馬を食い殺すのに、あんな激しい音を立てるものか！」

コナンは急いで天然の斜路を駆け降りた。彼女もそのあとを追った。共通の危険を前にしたふたりは、冒険者の本能で結びつき、それまでの反目《はんもく》を忘れていた。ふたりが岩山の途中をとり巻く樹葉の帳《とばり》を縫って駆け降りるうちに、馬のいななきはやんでいた。

「おまえの馬が、沼地のそばの立木に繋がれているのをみつけた」コナンは囁《ささや》きながら走りつづけている。それでいて足音を立てることがない。最前《さいぜん》、岩棚の上に突然姿をあらわして、ヴァレリアを驚かせたのも当然のことである。「おれもそのそばに馬を繋いで、おまえの靴の跡をたどったのだ。あっ、あれを見ろ！」

ふたりは岩山の途中を覆う樹葉の帯を通りぬけて、いまはふもとに拡がる樹林を見おろしていた。頭上に生《お》い茂る葉群れの連なりが薄暗い天蓋《てんがい》を形作り、そのあいだを濾過《ろか》してくる陽光は夕暮れ時のそれに似て、翡翠《ひすい》のように蒼ざめた色である。百ヤード以内にある巨木の幹が、居並ぶ亡霊の群れを思わせていた。

「あの樹林の先が、おれたちの馬の繋いである場所だ」コナンが、樹々の枝を伝わる微風《そよかぜ》に近い囁き声でいった。「あの凄まじい音を聞くがいい！」

ヴァレリアにもすでに聞こえていた。戦慄《せんりつ》が全身を走って、彼女はわれ知らず、その白い手を連れの男のたくましい赤銅色の腕においた。灌木の茂みの向こうに、骨を噛《か》み砕き、肉を引き裂く音が大きく轟き、それにともなって、何か凶悪な巨獣が歯を鳴らし、よだれを垂らす響きが聞こえてくる。

「ライオンだとしたら、あれほどの音は立てんよ」コナンが低い声で説明した。「何かがおれたちの馬を食っている。だが、ライオンでないことはたしかだ――畜生《ちくしょう》め！」

その物音が急にやんだ。コナンは口のなかで呪いの言葉を呟《つぶや》いた。不意に微風が起きて、ふたりの立っているところから、いまはまだ見ることのできぬ凶悪獣のひそんでいるあたりへ、まっすぐに吹きぬけていった。

「こっちへ来るぞ！」コナンが長剣を持ち直しながら、低い声で叫んだ。

下生えの茂みが激しく揺れている。ヴァレリアは男の腕を握りしめた。密林については無知といってよい彼女だが、これまでに見たどんな猛獣にしても、丈高い灌木の茂みをああまで激しく震わせられるものでないのを知っていた。

「大きさは象ほどあるらしいぞ」コナンがいった。彼女もやはり同じ考えだった。「いったい、あれは――」その声は尾を引いて消えて、気圧《けお》されたような沈黙が残った。

下生えのあいだから、夢魔《むま》としか思えぬものの頭が突き出た。にたりと笑ったような口もとからよだれをしたたらせ、ずらりと並んだ黄色い牙をむき出しにし、かっと開いた口の上で、蜥蜴《とかげ》を連想させる鼻先に皺《しわ》を寄せている。大蛇のそれの千倍の大きさのある目で、岩山の斜面の途中に化石のように凍りついた人間ふたりを、まばたきもせずに凝視しているのだ。

頭はまちがいなく鰐《わに》のものより大きく、それが鱗《うろこ》に覆われた長い首につづき、そこには鋸歯《きょし》状の棘《とげ》が列をなして並んでいる。それからは大樽のような胴体になるのだが、それを支える異様に短い足で、茨《いばら》や若木《わかぎ》を押しつぶしながら近づいてくる。白っぽい色の腹部が大地をこすらんばかりだが、それでいて鋸歯状の棘を持つ背骨は、巨漢のコナンが爪先立ちをしても手の届かぬ高さにある。そして棘のある、大蠍《さそり》のそれに似た長い尻尾《しっぽ》をはるか後方に引きずっている。

「急げ、岩山の頂へ引っ返すんだ！」コナンは女を背後に押しやって叫んだ。「まさかこの斜面を登れるとも思えぬが、後足で立ちあがりでもすると、おれたちに届かぬものでもない――」

灌木の茂みと若木を踏み砕いて、怪物が迫ってきた。人間ふたりはそれより早く、強風に吹き飛ばされる木の葉のように、岩山の頂へと逃げだした。中段の樹葉の帯へ飛びこんでふり返ると、コナンが予想したとおり、怪物が後足で立ちあがっていた。それを見たとたんにヴァレリアの躰を恐怖が貫いた。後足で立ちあがったところは、さっき見たよりもさらに巨大な姿で、鼻先が樹々の高さを突きぬけている。恐怖に立ちすくんだ彼女の手首を、コナンの鋼鉄の手がしっかり握って、頭から先に葉群れのなかを引きずりあげた。そして暑い陽光のきらめく頂に達した瞬間、怪物はその前足で岩山の斜面を激しく叩いた。山鳴りがして、岩山全体が揺らめいた。

逃亡者たちの背後では、怪物の巨大な頭が、樹々の枝をへし折りながら、斜面の上をにじりよってくる。ふたりは戦慄のうちにその様子を見守っていた。緑の葉の海のなかに、夢魔の顔が見えてきた。大きな目が燃えあがり、口をかっと開き、巨大な牙を噛みあわせたが、空《くう》を切り裂いただけだった。そのあと怪物の頭が引っこみ、沼のなかに沈むかのように、ふたりの視野から消えていった。

しかし、へし折れて岩をこすっている樹々の枝のあいだからのぞいてみると、怪物は岩山の裾《すそ》にうずくまり、まばたきもせずに頂を見あげているのだ。

ヴァレリアは身震いして、

「あいつ、いつまであしているのかしら？」

コナンは、枯れ葉の散り敷いた岩棚の髑髏《どくろ》を足の先でつついて、

「たぶんこの男は、あの化け物の――でなかったら、その仲間の――餌食になるのを免れようと、こんな高いところまで逃れてきたのだろう。そして食うものがなくて飢《う》え死んだってわけだ。だから、どの骨も折れておらん。おそらくあの怪物は、黒人族の伝説にある、古代の龍の生き残りだろう。そうだとしたら、おれたちふたりが飢え死ぬまで、あの場所を動かないかもしれないぞ」

ヴァレリアは呆然《ぼうぜん》とした顔つきでコナンをみつめた。最前の腹立ちはすっかり忘れて、こみあげる恐怖と闘っていた。彼女はこれまで一千回にもあまる海陸の戦闘で、命知らずの勇気を明らかにしてきた。炎上する軍船の血にすべる甲板の上、あるいは城壁をめぐらした都市を攻め落とそうとする戦闘で、そしてまた海賊団〈赤い兄弟たち〉の内部の勢力争いから発した、海浜の砂を蹴立《けた》てての決闘場面で、女ながらも勇者ヴァレリアの名を世上《せじょう》に轟かせていた。しかし、いま目の前に立ちはだかった非情の運命には、全身の血が凍りつくのをどうしようもなかった。戦闘のさなかに襲いかかる彎刀《わんとう》は怖《おそ》れるに足らないが、太古の生き残りである怪物のとりこになって、なす術《すべ》もなく裸の岩山に坐《すわ》りこみ、餓死の到来を待ち受けねばならぬとは――考えただけでも狼狽《ろうばい》と恐怖が脳内を乱打する思いだった。

「たとえ怪物にしろ、腹を満たしたり、水を飲んだりしに出かけなければならないはずだけど」と絶望的な口調でヴァレリア。

「いや、遠くまで出かけることはないと思う」とコナンが指摘した。「馬の肉をたらふく啖《くら》ったばかりだし、渇きのほうも、本物の蛇同様に、相当長いあいだ我慢できるにちがいない。しかも本物の蛇なら、腹がいっぱいになったあとはひと眠りするものだが、あいつにかぎって、その気配さえ示さない。もっとも、この岩山の斜面はよじ登れんようだ」

コナンは案外平静にいってのけた。曠野育ちの蛮族あがりの彼であるだけに、欲望や激怒と同様、驚くべき忍耐心が身についていて、このような窮地《きゅうち》におかれても、文明人には考えられぬ冷静さで耐えぬくことができるのだった。

「木から木を伝って、猿みたいに逃げられないかしら?」彼女は必死の思いでいった。

コナンは首をふって、「それはおれも考えてみた。しかし、ここから手の届く木の枝は、どれもみな細すぎて、おれたちふたりがぶら下がったら、まちがいなくへし折れてしまう。それに、あの化け物め、このあたりの立木は一本残さず根こぎにしてしまうだろう」

「だったら、あたしたち、いつまでもこの岩棚に坐りこんで、飢え死にしなければならないのかい、こいつみたいに!」彼女はついに怒りだした。大声にわめきながら、髑髏を岩棚から蹴落として、「あたしはいやだ! あそこまで降りていって、化け物の頭を叩き斬《き》り――」

コナンは頂の少し下、尖端《せんたん》状に突き出た個所に腰を据えていた。そして燃えるような彼女の目と、緊張に震えているその姿態《したい》を嘆賞《たんしょう》の眸《ひとみ》で見あげていたが、彼女の言葉に嘘がなく、どんな無謀な行動にも出かねないのを見てとると、その嘆賞の気持ちを素直に示すわけにいかなかった。

「腰を落ち着けろ」と、わざとそっけなくいうと、彼女の手首を握って膝の上へ引きよせた。そして、いきなり彼女の手から長剣をもぎとって、鞘《さや》に収めてやった。彼女は呆気《あっけ》にとられて、争うこともできずにいた。「しばらくここに腰を据えて、気持ちを落ち着けるがいい。剣で斬りつけたところで、あの鱗で刃こぼれするのが関の山だ。悪くすると、ひと口に呑みこまれるか、棘だらけのあの尻尾で卵みたいに叩きつぶされてしまう。この苦境はどうにか脱《ぬ》けのびられる。だが、その前にあいつに噛み砕かれ、丸呑みされたんでは、なんにもならんじゃないか」

彼女は答えなかった。腰にまわされたコナンの手をふりもぎることもしなかった。彼女は怯《おび》えきっていた。それは海賊団〈赤い兄弟たち〉の女首領ヴァレリアとして、はじめて知った恐怖感だった。そこで連れの男――捕獲者というべきだろうか――の膝の上に腰を載《の》せたまま、柔順そのものの女に変わっていた。彼女を口説《くど》き落とすのに失敗して、地獄の後宮《こうきゅう》にふさわしい女悪魔と罵《ののし》ったザラロが見たら、唖然《あぜん》とせずにはいられなかったであろう眺めだった。

コナンは彼女の黄色い巻き毛を漫然といじりつづけていた。女を征服することだけを考えているかのようで、足もとの骸骨にしろ、岩山の裾にうずくまる怪物にしろ、彼の欲情を妨げる力がないように思われた。

ヴァレリアは落ち着かない目で、足もとの葉群れのあいだを眺めやっていたが、ふと濃緑の海のうちに鮮やかな色彩がきらめいているのを見いだした。木の実だ。生き生きと息づいている緑濃い広葉《こうよう》の枝もたわわに、暗赤色の大きな果実がいくつとなく垂れ下がっている。それを見た彼女は、喉の渇きと空腹とを強烈に意識しはじめた。岩山をくだって食糧と水をとってくるのが絶望的と聞かされるまで――少なくとも渇きのほうは――ぜんぜん感じていなかったのだが。

「飢えて死ぬ心配はなくなったわ」彼女はいった。「手の届くところに、あんなに木の実があるもの」

コナンは彼女の指さすところへ目をやって、

「あの実を食えば、化け物に嚙み殺される手間が省《はぶ》ける」と無念そうな口ぶりでいった。「あの木の実は、クシュの黒人どもがデルケタのリンゴと呼んでいるものだ。デルケタとは死の女王のことで、少しでもその果汁を飲むか、肌に一滴したたらせただけで、この岩山の下まで転げ落ちんうちに死んでしまうのが確実なんだ」

「そんな!」

彼女は失望のあまり、あとの言葉も出ずに憂鬱な考えに沈みこんだ。この窮地を脱する道はないらしい。逃れる手立ては見当たらない。それなのにコナンは、彼女のしなやかな腰と黄色い巻き毛に気をとられて、ほかのことは考えていないかに思われる。もっとも、脱出手段を考えぬいているにしても、それを顔にあらわす男ではないのだが。

「この手を離して!」やがて彼女はいった。「頂上まで登らせてくれたら、驚くようなものを見せてあげる」

コナンは何事かと問いただすような視線を彼女に向けたが、大きな肩をひと揺すりして、いわれるままに手を離した。槍の穂先のようにそそり立つ岩山の頂上に登りつき、コナンは樹海の屋根の上を見渡した。

果たしてコナンは、しばらくは声もなく、青銅像のような恰好で突っ立ったままだった。

「まさしくあれは城砦都市だ」やがて彼が呟くようにいった。「おまえはあの都へたどりつくつもりだったのだな。おれひとりを海岸地帯へ向かわせて！」

「おまえが姿をあらわす前に、あたしはあれを見た。スクメトの町を飛び出すときは、こんな僻地《へきち》に都があろうとは、夢にも思っていなかったが」

「だれだって予想しないだろうよ。それにしても、おかしなことだ。スティギア人がこんな奥地まで進出しているとは考えられぬ。そうかといって、黒人族にあれだけの都が築けるとも思えんし。あの平原には家畜の群れがまったく見られぬ。畑を耕した跡も見えぬばかりか、人間の動いている様子もない」

「何をいうのよ。こんな遠くで、そんなことまで見えるものか」

コナンは肩をすくめて、ふたたび岩棚の上にもどり、

「どっちみち、あの都のやつらに救い出してもらえるものでない。仮に救い出す力があったにしても、そんなことを考えるものか。黒人国のやつらはみんな、よそ者には敵意を抱いているものだ。救け出すどころか、槍ぶすまを作って――」

コナンは、つぎの言葉を忘れたように黙りこんでしまった。そして鋭い視線を葉群れのあいだにきらめく深紅《しんく》の果実に投げて、

「そうだ、槍だった！」と低い声で叫んだ。「これを思いつかなかったとは、おれのばかさ加減にも呆《あき》

れたものだ！　きれいな女がそばにいると、男の頭は鈍《にぶ》るものらしい」

「何をいいだすのさ？」

彼女の質問には答えず、コナンは岩棚をとり巻く葉群れのところまで降りて、そのあいだをのぞきこんだ。はるか下方の山裾には、依然として巨大な怪物がうずくまり、爬虫類《はちゅうるい》特有の驚くべき粘《ねば》りづよさで、こちらを見あげている。おそらくはこの世界の黎明期《れいめいき》に、あの怪物の同類が、高い岩山の上に追いつめた祖先の穴居人《けっきょじん》を見あげていたのであろう。コナンは騒ぐ様子もなく、怪物へ罵言《ばごん》を浴びせかけながら、手の届くあたりの樹木の枝を折りはじめた。なるべく長めのものを選んでいる。葉群れがざわめくので、怪物はいらだってきたものか、うずくまっていた姿勢から伸びあがると、見るも忌《いま》わしい尾を揮《ふる》って近くの若木の幹を爪楊枝《つまようじ》のようにへし折った。コナンはその様子を横目で注意深く見守った。ヴァレリアが怖れたとおり、龍はふたたび岩山の斜面を匍いあがってくる気を起こしたものらしい。コナンはすばやく身を退《しりぞ》いて、折りとった三本の枝を小脇に、岩棚へ引っ返した。枝は親指ほどの太さしかないが、長さは七フィート近くあって、ほかに強靭《きょうじん》な蔓草《つるくさ》がいっしょだった。

「枝は槍の柄《え》として使うには軽すぎるし、蔓草にしても、綱《つな》の代わりになるほどの太さはない」コナンは岩山をとり巻く葉群れを指さしていった。「とうていおれたちの体重を支えるだけの力はない――しかし、これをみんな撚《よ》りあわせれば、思わぬ強さを発揮するものだ。昔、アキロニアの亡命者たちが国境の山岳地帯へ進出してきて、自分たちの祖国へ攻め入る兵を起こしたとき、そこに住むおれたちキンメリア人に教えてくれたことだ。もっともおれたちは、いつだって氏族や部族に分かれて闘ったものだが」

「そんな昔話が、この枝とどんな関係があるのさ？」

「待っていろ、いま、それを見せてやる」

コナンは三本の枝をひとまとめにして、その一端《いったん》に短剣の柄を挟み、蔓草でしっかり縛りあげた。その作業が終わると、七フィートの柄を持つ力強い長槍ができあがっていた。

「そんなものが何かの役に立つのかい？」ヴァレリアがまたも質問した。「さっきおまえは、どんな刃物でもあの鱗を突き刺せるものでないといったじゃないか」

「怪物の全身が鱗で覆われているわけではない」コナンは答えた。「豹《ひょう》の皮を剝ぐにしても、方法がひとつということはないものだ」

コナンは葉群れの帯の端まで降りていって、その長槍を突き出すと、先端の短剣の刃先でデルケタのリンゴを注意深く貫いた。そしてすばやく躰をわきへ寄せて、したたり落ちる暗紫色の果汁を浴びるのを避けていたが、ややあって刀身を引きぬき、青光りのする鋼鉄が暗い紫紅色に濡れているのをヴァレリアに示した。

「どこまでうまくいくかわからんが」彼はいった。「これだけでも、巨象を殺すだけの毒があるはずだ——まあ、やるだけのことをやってみよう」

コナンは枝葉のあいだを降りはじめた。ヴァレリアはその背後にぴったり寄り添った。コナンは、毒汁に濡れた槍の穂先が躰に触れぬように気を遣いながら、葉群れのあいだから首を突き出して、怪物に声をかけた。

「やい、できそこないの化け物め、なにをぐずぐずしておる？」コナンが吐きちらす悪態《あくたい》は卑猥《ひわい》をきわめたものだった。「身持ちのふしだらな雌龍の腹に生まれた首長《くびなが》のけだものめ——その醜《みにく》い頭をもう一度伸ばして、ここまで匍いあがってこられぬのか。それとも、おれのほうから降りていって、素姓《すじょう》も知れぬ雄龍から受けついだその背骨を蹴とばしてくれようか」

そのあと、つぎつぎと下卑《げび》た悪態が飛んだ。そのいくつかは、長い年月を罰当《ばちあ》たりな船乗りや海賊のあいだで送ったことから、罵詈雑言《ばりぞうごん》は聞き慣れているはずのヴァレリアでさえ、目を丸くするものであった。それが怪物の耳にも挑発的に響いたにちがいない。途切れることなくつづく犬の吠《ほ》え声が、生来寡黙《かもく》な巨獣を悩ませ怒らせるように、人間のわめき声も爬虫類の胸に不安をもたらし、狂ったような憤《いきどお》りに駆り立てるものらしい。不意に怪物は、驚くほど敏捷に力強い後足で立ちあがり、首と胴とをいっぱいに伸ばして、太古以来の静寂を破って叫びつづける矮人《わいじん》めがけて襲いかかってきた。

だが、コナンは相手との間隔を正確に測っていた。見るからに凶悪な巨大な頭が、凄まじい勢いで枝と葉を押しつぶし、五フィートほどの距離に迫ってきた。そしてそこで、大蛇のそれに似た口をかっと開いた。それを見定めたコナンは、顎骨のつがいの赤い肉塊《にくかい》を狙って用意の長槍を突き出した。全身の力を両腕にこめた必死の突きに、穂先の刀身が肉と腱《けん》とを貫いて骨に達した。

たちまち怪物の顎が痙攣《けいれん》的に嚙みあわされて、三重に撚りあわせた槍の柄を断ち切った。はずみをくらったコナンは、岩山の斜面をまっさかさまに転げ落ちそうになった。すぐ背後にヴァレリアが居合わせなかったら、そうなっていただろう。あやういところを、彼女が彼の剣を吊るした革帯をつかんでくれた。コナンは岩の突出部にすがりついて、彼女に感謝の笑顔を返した。

怪物は岩山の裾までずり落ちて、胡椒《こしょう》の目つぶしを食らった犬のように、大地の上をのたうちまわっていた。頭を左右に激しくふり、その頭に前足をかけて、何度もくり返し口を最大限度に開いている。やがて大きな前足で槍の柄をつかみ、どうにか刀身を引きぬいた。そして、もう一度頭をもたげると、開いた口から血を噴き出させながら、怒り狂った人間そっくりの目で岩山の上を睨《にら》みつけた。ヴァレリアはあまりの怖ろしさに全身を震わせて、思わず長剣を引きぬいた。怪物の背から横腹へかけての鱗が、くすんだ茶色から黒ずんだ赤色に変わっていった。何より怖ろしいことに、寡黙のけものと見ていたのがまったく誤りだったのを、彼らふたりは知らされた。血の噴出する口からほとばしる咆哮《ほうこう》は、この地上の生物に出せるものでない大音響だった。

巨龍は荒々しい咆哮とともに、敵の城砦である岩山に体当たりした。力強い首が幾度となく木々の枝を突きぬけ、むなしく空気を嚙み裂いた。想像を絶した巨躰を打ちつけられて、岩山が基部から頂上まで震動した。怪物は後ろ足で立った姿勢をとり、前足を人間の手同様に使って岩山の斜面につかみかかり、樹木を引きぬくかのように、岩山を根こぎにしようと暴れまわった。

原初の怒りを目の前にして、ヴァレリアの血管の血が凍りついた。しかし、蛮族あがりのコナンは、いまだに原始人の気質を維持しているだけに、巨龍の怒りに同感することができた。蛮族の目に、おのれ自身と他の人間とのあいだの隔たりがないように、彼は獣類に対しても、ヴァレリアが抱いているような差別感を持たなかった。いま岩山の下で暴れている怪物にしても、躰の形態が異なっているだけで、本質的には自分と少しの変わりもない生き物であるのを知っていた。コナンは、相手の凶暴さに彼自身の怒りの反映を見た。その咆哮にしても、彼が怒ったときの悪態の爬虫類的発現といえよう。要するにコナンは、野生の生物すべてに親近感を抱き、荒れ狂う巨龍を見たにしても、ヴァレリアが襲われたような恐怖感を経験することがなかったのだ。

コナンは怪物の狂態を冷静に見守り、声と動きにあらわれる変化をひとつひとつ指摘した。

「そろそろ毒がまわってきたぞ」彼は確信を持っていった。

「そんなことがあるものか」ヴァレリアとしては、いかにそれが強力な毒であろうと、怒り狂う山のような筋肉のかたまりに効果がおよぶと考えること自体がばかばかしく思えた。

「吼え声に苦痛の色が見えてきた」コナンはいいきった。「最初のうちは、口のなかの傷が痛むので暴れていただけだが、いまは毒の刺激を感じだしている。ほら、見るがいい！　よろめいたじゃないか。もう少しすれば、目が見えなくなる！　おれのいったとおりだろう」

事実、巨龍の躰がやにわに大きく動揺して、灌木の茂みを突っ切りはじめた。

「逃げる気かしら？」ヴァレリアが不安のうちにいった。

「沼へ向かう気だ！」コナンはすばやく立ちあがって、すでにつぎの動作に移っていた。「毒がまわって、喉が渇いてきたのだ。さあ、いまのうちに、こっちが逃げだすんだ！　あと少しで、やつの目が潰れる。だが、鼻は利《き》くから、この岩山のふもとへ引っ返してくる。そして、おれたちの匂いが残っていれば、死ぬまであそこに坐りこんでいるだろう。そうなると、やつの吼え声を聞きつけて、仲間が集まってこないものでない。逃げるんなら、いまのうちだぞ！」

「下へ降りるの？」ヴァレリアが驚いて叫んだ。

「もちろんだ！　あの都に向かうんだ！　都のやつらに首を刎《は》ねられるかもしれないが、ほかに生き延びる道は考えられん。途中で仲間の龍どもに出くわすにしても、こんな場所で、むざむざ死の到来を待っているよりましだろう。あいつが死ぬのを待っていたら、新手《あらて》が十匹あらわれるかもしれん。さあ、おれのあとにつづけ！　急ぐんだぞ！」

コナンは猿《ましら》のようなすばやさで、岩山の斜面を駆け降りた。途中で足をゆるめたのは、速力の劣る彼女が追いつくのを待つときだけであった。ヴァレリアはこの瞬間まで、船の帆綱《ほづな》であろうと、切り立った絶壁であろうと、それをよじ登るのにどんな男にも負けることがないと、敏捷さに自信を持っていた。しかしいま、キンメリア人の驚くばかりの身軽さを見せつけられては、それも思いあがったうぬぼれだったと認めぬわけにいかなかった。

ふたりは枝と葉の天蓋の下の薄暗い大地に降り立った。そこは静寂が支配していて、ヴァレリアは胸の鼓動が、かなり離れた沼にいる怪物の耳にはいるのでないかと懸念《けねん》した。濃密な下生えの向こうから、ごぼごぼ、ぴちゃぴちゃと水音が聞こえてくるのは、巨龍が激しい喉の渇きを癒《いや》しているのであろう。

「あの化け物め、水で腹がいっぱいになったら、また引っ返してくるにちがいない」コナンが小声でいった。「毒がまわって死ぬにしても、まだ間があるはずだ——死ぬとしたらの話だが」

樹林の外では、すでに太陽が地平線に沈みつつあった。周囲は黒い影に包まれて、見通しの利かぬ薄闇の世界に変わっていた。コナンはヴァレリアの手首をしっかり握り、すべるようにして岩山の裾を離れた。彼の動きは樹々のあいだを吹きぬける微風ほどの音も立てないが、ヴァレリアは彼女自身の柔らかな深靴の音が、樹林のなかいっぱいに響きはせぬかと怖れていた。

「目が利かなくなっているから、あとを追えるとは思えんが」コナンは小声でいった。「もしこの風がおれたちの体臭を運びでもしたら、それで見当をつけないともかぎらん」

「ミトラの神よ、風が強くなりませぬように！」彼女も小声で祈った。

薄闇のなかで、ヴァレリアの卵なりの顔が蒼ざめていた。コナンにつかまれていないほうの手で長剣の柄を握りしめていたが、その鮫皮の感触に、かえって無力感が深まるばかりだった。

あと少しで樹林を出はずれる地点にたどりついたところで、背後に灌木の茂みを踏みしだく音を聞いた。ヴァレリアは思わず叫びそうになるのを、唇を噛んで抑えて、

「追いかけてくる！」と声を殺していった。

コナンは首をふって、

「あいつめ、岩山におれたちの体臭が消えたので、森のなかじゅうのたうちまわって、臭跡を嗅《か》ぎつけようと焦《あせ》っているのだ。早く逃げよう！　さっき見たのが都であろうがなかろうが、いまはどうでもいいことだ。木へ登ったところで、根こぎにされてしまう。風が静かでいてくれるうちに――」

ふたりが足音を忍ばせて先を急ぐうちに、前方の樹間が開けてきた。背後は見通すことのできぬ漆《しっ》黒《こく》の樹海で、そこを巨龍が方向も定めず、のたうちまわっているのであろうか、木々の折れ砕ける音が無気味につづいていた。

「行く手に平原が見える！」ヴァレリアがうれしそうに叫んだ。「もう少しで、あたしたち――」

「クロムの神よ！」コナンが祈ると、

「ミトラの神さま！」とヴァレリアが小声でつづけた。

だが、疾風《しっぷう》が起きた。

南から吹いてきた風が、ふたりの頭上を過ぎて、背後の黒い樹海の奥深く消えると同時に、身の毛のよだつ咆哮が樹々を震撼《しんかん》させた。そして、いままではところかまわず暴れまわっていた怪物の動きが、人間の体臭のただよってくる方向を突きとめたからか、颱風《たいふう》の凄まじさで一直線に突進しはじめた。

「走れ！」コナンが叫んだ。罠《わな》に落ちた狼《おおかみ》同様、目に炎をきらめかせ、「それだけが生き延びる道だ！」

しかし、ヴァレリアは水夫用の深靴が疾走に向かず、海賊暮らしで走者としての訓練を積まなかったこともあって、百ヤードと走らぬうちに大きく喘《あえ》いで足どりを乱した。背後の音が雷鳴のような轟きに変わっているのは、怪物がついに樹海の外へ匍い出たからであろう。

コナンはたくましい腕をヴァレリアの腰にまわして、彼女の躰を半ばかかえあげた。その姿勢のまま、彼女自身ではとうてい出せぬ速力で走りつづけ、そのあいだ彼女の足は、大地からほとんど浮きあがっていた。少しでも巨龍の進路から身をそらすことができたら、あるいは風向きが変わってくれたら——しかし疾風は、依然として同じ方向へ吹きつづけた。すばやい視線を背後へ投げると、怪物は颱風に逆らって突き進む軍船の凄まじさで、すでに間近に迫っていた。それと見るや、コナンは力いっぱいヴァレリアの躰を突きとばした。彼女はよろめきながら十数フィートの距離をすっとんで、大樹の根元にくずおれた。かくしてキンメリアの壮漢《そうかん》はぐるりと向きを変えて、轟音をあげる巨龍の進路に立ちはだかった。

コナンは死を覚悟していた。そして本能の命ずるがままに行動した。襲いかかる凶悪な顔に真正面から立ち向かって、山猫のような敏捷さで身を躍らせると、鱗の光る巨大な鼻面に長剣の切先《きっさき》を深々と叩きこんだのだ――しかし、つづいて起きた強烈な衝撃に彼の躰は打ち倒され、肺じゅうの空気を吐き出し、半ば意識を失ったまま、五十フィートも離れた個所まで跳《は》ねとばされた。

いったんは失神したキンメリア人コナンが、いかにして意識をとりもどし、ふたたび立ちあがることができたのか、それは彼自身にも判然としなかった。しかし、そのときの彼の脳裡《のうり》を支配していた考えは、急襲する凶悪な怪物の進路にヴァレリアが気絶して倒れていることだった。コナンは息を吹き返すと同時に、彼女の躰を護《まも》るようにして立ちはだかり、長剣を手に身がまえていた。

彼女は投げとばされた場所に横たわっていたが、いまは上体を起こそうともがいていた。巨大な爬虫類の牙に躰を引き裂かれたわけでなく、足で踏みつぶされてもいなかった。コナンが昏倒《こんとう》させられたのも、突進する怪物の肩か前足に触れただけであった。すでに盲目に変わった怪物は、急激に襲ってきた死の苦痛に駆り立てられてか、餌食の体臭を追ってきたのさえ忘れて、がむしゃらに盲進するだけであった。そして進路にそびえ立つ巨木の樹幹《じゅかん》に、低く突き出した頭を激突させた。その凄まじい衝撃に巨木は根こぎにされて、不恰好な怪物の頭上に倒れかかった。木と怪物がもろともに倒れたかと思うと、怪物が死の痙攣に襲われ、その頭に覆いかぶさった枝と葉が激しく揺れた。しかし、コナンと連れの女が呆然と見守るうちに、それもまた元の静けさにもどった。

コナンはヴァレリアを助け起こし、ふたりともによろめきながら逃げだした。ややあって、夕闇のうちに拡がる一本の立木もない平原にたどりついた。

コナンはひと息入れて、黒檀《こくたん》のように黒々と凝《こ》りかたまっている樹海をふり返って見た。そこでは一枚の葉もそよがず、小鳥のさえずりも聞こえず、人類の創造以前からの沈黙が支配していた。

「急ごう」コナンは連れの女の手をとって、低い声でいった。「とりあえず命拾いをしたにすぎん。もし、さっきの怪物の同類が森から追いかけてきたら――」

その先の言葉は、いう必要のないものだった。

平原の中央の都は、岩山の上から見おろしたよりも、はるか遠いところにあるように見えた。ヴァレリアの心臓が早鐘《はやがね》を打ち、やがて喉を締めつけられている気分になった。いまにも背後の樹林がざわめきだし、新手の怪物が夢魔のような姿で襲いかかってくるのでないかと、気が気ではなかった。だが、周囲の静寂を破るものの気配はなかった。

樹海を離れて一マイルが過ぎると、ヴァレリアの呼吸もようやく平静に立ちかえって、元来楽天的な彼女の自信がもどってきた。太陽はいまや地平線に沈んで、夕闇が平原に垂れこめており、またたきだした星明かりの下に、いじけた形で散在するサボテンの聚落が、幽霊の群れのように浮かびあがっている。

「家畜もいないし、耕地も見あたらぬ」コナンが呟いた。「このあたりの住民は、どうやって生きていくのかな？」

「夜だから、家畜は小屋で寝てるのさ」ヴァレリアが彼女なりの意見を述べた。「そして、耕地と牧草のある場所は都の向こう側にあるのだろうよ」

「なるほど、そんなことかもしれないな」コナンは納得できかねるのか、大きな声で、「だけど、さっき岩山の上から見渡したときも、やっぱり目につかなかったぞ」といった。

月が城都《じょうと》の背後に昇って、黄色がかった光で城壁と数多くの尖塔《せんとう》を黒々と描き出した。ヴァレリアは慄然《りつぜん》とした。もともと異様な都の姿が、月を背にして黒く浮かびあがると、さらに陰鬱で不吉に見えたのだ。

コナンも同じ気持ちを味わっていたのかもしれない。なぜかというに、急に足を止め、周囲を見まわすと、不機嫌そうにこういったからだ。「今夜はここで過ごさねばなるまい。夜中に城門を叩いたところで、あけてくれるわけでもなし、いまのおれたちには、休息が何よりも必要だ。都のやつらがどんな態度でおれたちを迎えるかもわかったものでない。何時間か眠っておかぬことには、闘うにしても逃げだすにしても、不様《ぶざま》をさらす怖れがある」

そしてコナンは、サボテンの聚落が――南方の沙漠地帯でしばしば見かける現象だが――輪状に生えている個所へはいりこんで、群生する若木を長剣で断ち切り、小さな空《あ》き地を作りあげてから、ヴァレリアをさし招いた。

「とにかく、ここなら、蛇に脅いよられるのを心配しなくてすむ」

彼女は怯えた目つきで背後をちらっとふり返った。黒々と連なる一線が、逃れてきた樹海であるのはいうまでもないが、すでに六マイルは離れている。

「あの森から龍の仲間が出てこないかしら?」

「ふたりが交替で見張りに立てばよい」コナンはあっさり答えたが、このような場合に当然とるべき動作を見せようともしないで、数マイル先の都ばかりをみつめていた。そこに建ち並ぶ塔は一点の燈火も洩らさず、月光のきらめく夜空の下に、謎めいた黒いかたまりとなってそそり立っているのだった。

「横になって、ひと眠りするがいい。最初の見張り役はおれが務める」

ヴァレリアはなおも躊躇《ちゅうちょ》して、不安そうにコナンを見た。しかし、彼は空き地に腰を下ろして、組んだ足の上に長剣をおき、平原の方向に顔を向けていたので、彼女はその背中を見るだけであった。そこで彼女はいわれるままに、棘の多い沙漠植物の輪に囲まれた砂地に身を横たえて、

「月が天頂に昇ったら、あたしを起こしてね」といった。

コナンは返事もせず、ふりむこうともしなかった。満天の星明かりに、大きな背中が青銅像のように微動もしないのが見てとれる。彼女はそれに男らしさを感じながら、いつか眠りに落ちていた。

2　焔《ほのお》の石のきらめきで

ヴァレリアは驚いて目を醒ました。すでに灰色の暁《あかつき》の光が、平原の上に忍びよっているのだ。

彼女は目をこすりながら上体を起こした。コナンはサボテンのそばに坐《すわ》りこんで、その実を切りとり、あざやかな手際《てぎわ》で棘《とげ》を引きぬいていた。

「なぜ起こしてくれなかった？」彼女はとがめた。「ひと晩じゅう眠ってしまったじゃないか！」

「おまえは疲れていた」コナンは答えた。「その尻も、長いこと馬の背にこすられて、ひりひりしていたにちがいない。海賊というやつは、馬に乗り慣れておらんからな」

「おまえだって海賊あがりじゃないか！」彼女はいい返した。

「海賊になる前は、コザックの仲間に加わっていた」彼は答えた。「あの連中は、一生を鞍《くら》の上で暮らしている。それにおれは、豹《ひょう》の眠りを身につけている。眠っていて、鹿が近づくのに気がつくやつだ。目が眠っていても、耳は見張りの役を務めている」

そして事実、この蛮地《ばんち》育ちの巨漢は、ひと晩じゅう黄金造りの寝台で眠ったように生き生きと元気づいていた。サボテンの実の棘をぬき、丈夫な皮をむくと、甘い汁のしたたるそれをヴァレリアの前にさし出して、

「かぶりつくがいい。こいつが沙漠《さばく》の人間の食料で、飲料なのだ。おれは一時《いっとき》ズアギル族の首長だった――隊商を襲って、その積み荷を掠奪《りゃくだつ》することで暮らしている沙漠の種族だ」

「おまえという男は、ならなかったものがないんだね」女は揶揄《やゆ》するようにいった。しかし、その声には魅《み》せられている響きもあった。

「王になった経験だけはない」コナンはにやにや笑って、大きな口いっぱいにサボテンの実をほおばりながら、「ハイボリアのどこかの国で王座に就いてみたい気持ちがあるが、いまのところ、おれの夢だ。しかし、いつかそうなるかもしれん。おれが王になっていけない理屈はないだろう」

平静な顔つきで大胆不敵な言葉を吐く彼に、ヴァレリアは唖然《あぜん》として首をふり、さし出されたサボテンの実にかぶりつくだけであった。それはなかなかの美味《びみ》で、冷たい果汁《かじゅう》が喉の渇きを癒《いや》してくれた。コナンは食べ終えると、濡れた手を砂でぬぐって立ちあがり、ふさふさした黒い長髪を指で掻きあげ、剣を吊るした革帯を引っ張りあげながらいった。

「そろそろ出かけるとしようか。都《みやこ》のやつらがおれたちの喉をかっ切るとしたら、いまのうちにやらせたほうがいい。日が昇りきると、やつら、汗を流さねばならなくなる」

コナンの無気味な冗談は無意識のものであったが、それが事実になるのをヴァレリアは怖《おそ》れていた。しかし、彼女も立ちあがって、同じように腰帯を締め直した。昨夜の恐怖は過ぎ去って、遠い森林内の巨龍の咆哮《ほうこう》も、いまは漠然とした夢かと思われた。かくして彼女はキンメリア人コナンと並んで歩きだしたが、肩で風を切らんばかりの意気揚々《ようよう》とした勢いだった。ふたりの前にどんな危険が待ち受けていようと、こんどの敵は彼らと同じ人間である。そして、〈赤い兄弟たち〉の女首領ヴァレリアは、かつて出遭《であ》ったどんな男にも恐怖をおぼえたことがないのだった。

コナンは、そのような彼女にちらっと目をやった。その歩きぶりは彼のそれに劣らず、勇気にあふれたものであった。

「おまえの歩き方を見ると、船乗りというより山の男のようだな」コナンはいった。「肌の色の白さからしてアキロニア生まれと見ていたが、その点見ちがいではなさそうだ。ダルファルの太陽に毎日照らされていても、陽《ひ》に灼《や》けた様子はさらさらない。どこの国の王女でも、おまえの白い皮膚を羨《うらや》むことだろうよ」

「たしかにあたしはアキロニアの生まれだ」と彼女は答えた。コナンの賞讃《しょうさん》の言葉にも、昨日とちがっていらだつことがない。あからさまな讃美の口ぶりが、ヴァレリアをむしろ喜ばせた。彼女が眠っているあいだ見張りの役を務めていたのがほかの男であったら、彼女は激しく怒ったにちがいない。女だからといってかばいだてされ、庇護《ひご》の態度をとられるのは、彼女の自負心が許さぬことなのだ。しかし、この男の場合、それに密かな喜びを感じていた。しかもコナンは、彼女の恐怖と女としての弱さを利用しようともしないのだ。いずれにせよこの同行者は並《なみ》の男でないのだ、と彼女は考えた。


朝の太陽が城都《じょうと》の背面に昇って、諸塔を不吉な感じの緋色《ひいろ》にきらめかせている。

「夜は月光でまっ黒に見え、朝になって陽が輝くと、鮮血のような赤い色に変わる。この都はおれの気に入らんよ」コナンの目は、蛮族持有の底知れぬ迷信的な恐怖で曇っていた。

しかし、彼らふたりは歩きつづけて、その間にコナンは、北方から都に通じている道がないのを指摘した。

「都のこちら側には、家畜が大地を踏んだ跡がない。それにまた、ここ何年も――いや、何百年かもしれないが――鋤鍬《すきくわ》のはいった様子も見られない。だが、遠い昔には、この周辺の土地が立派に耕《たがや》されていたのは明白だ」

彼の指さすところを見ると、そこかしこに灌漑《かんがい》用の溝渠《こうきょ》が走り、いまはそれを半ばまで土が埋め、サボテンの列が覆っている。ヴァレリアは不審げな目で、都城《とじょう》の周囲に拡《ひろ》がる平原を見渡した。はるか遠い地平線に黒い輪がかすんでいるのが、昨夜ぬけ出てきた森林地帯の連なりであろうが、視野はそこで断ち切られて、その先を見ることはできなかった。

ヴァレリアはまたも不安を感じだして、あらためて都を眺めやった。あいかわらず城壁の上に冑《かぶと》や槍《やり》の穂先《ほさき》がきらめくわけでなく、喇叭《らっぱ》の音も鳴りわたらず、尖塔《せんとう》から誰何《すいか》の声が飛んでくることもない。前夜の森林内とまったく同じで、城壁といわず小尖塔の下といわず、死の静寂が垂れこめているのだった。

太陽が東の地平線を昇りきったころ、ふたりは北側の城壁にたどりついて、頑強な胸壁をいただく広大な門扉《もんぴ》の前に立った。青銅の門柱にとり付けた鉄の支柱が赤錆《あかさび》に覆われ、蝶番《ちょうつがい》と敷居《しきい》とかんぬきをはめた扉板とに、分厚い蜘蛛《くも》の巣が光っていた。

「この門は何年も開いたことがないんだ!」ヴァレリアが叫んだ。

「死の都だな」コナンもうなずいて、「だからこそ、灌漑用の溝に水が涸《か》れて、大地に鋤鍬の跡が見えんのだ」

「それにしても、どんな種族がこの都を建てたんだろう？　いったいだれがこんな奥地に住んでいるんだろう？　その人たちはどこへ行ってしまったのかしら？　こんな立派な都を捨てた理由は？」

「おれにわかるわけがないじゃないか。建てたのは、たぶんスティギアを追われた氏族のひとつだろう。いや、ちがうかな。スティギアの建築様式でないのはたしかだ。いずれにせよ、外敵に侵略されたか、疫病に襲われて死に絶えたものと思われる」

「そうだとしたら、いまでも彼らの財産が塵《ちり》と蜘蛛の巣に覆われて、そのまま残っているかもしれないね」ヴァレリアがいいだした。海賊稼業で明け暮れた彼女の心に根ざした取得本能が目醒《めざ》めたものらしい。女の好奇心につつかれることもあって、「この門扉、なんとか開けられないかしら？　なかを探険してみたいじゃないか」といった。

　さあ、どうかな、というように、コナンはしばらく太い門柱へ目をやっていたが、やがてその分厚い肩を扉板に押しあて、力強い両脚を大きく踏んばり、全身の重みをかけて押してみた。その一撃に、錆《さ》びついた蝶番がきしみの音を立て、さしも頑強な門扉も内部に向いて開いた。コナンはすぐに姿勢を立て直して、長剣の鞘《さや》を払った。その肩越しにヴァレリアは城内をのぞいてみて、思わずあっと驚きの叫びをあげた。

　そこには予想に反して街路も広場も見られなかった。城門の扉板は同時に宮殿の入口でもあって、直接、広い廊下に繋がっていた。長い廊下がどこまでもつづいていて、末は遠く、ぼんやりかすんでいる。宏壮《こうそう》な規模の構築物で、床には珍奇《ちんき》な赤色の石材を敷きつめ、それに正四角形の刻み目を入れてあるので、焔の光を反射してくすぶっているかに思われた。左右の壁は、濃緑色の光輝を放つ物質で作ってあった。

「こいつは翡翠《ひすい》だ！　おれの目に狂いはないぞ！」コナンが叫んだ。

「そんな貴重な宝石を、こんなにたくさん使えるものか！」ヴァレリアは反駁《はんばく》した。

「おれはキタイの国の隊商を襲って、東方の土地から運んでくる宝石を強奪したことが幾度となくある。これが何であるかを知らんでどうする」彼はきっぱりいいきった。「翡翠の原石であるのはまちがいなしだ！」

円天井《まる》は瑠璃《るり》の板を張りつめたもので、そのいたるところに、濃緑色の毒々しい光輝を放つ巨大な宝石が鏤《ちりば》めてある。

「あれはプントの国の人々が、緑の焔の石と呼んでいるものだ。あの国の伝説によると、太古の人間どもが〈金色の蛇〉と名付けた先史時代の蛇の目の化石で、暗闇のなかだと猫の目みたいに光り輝くそうだ。おそらくあの石のために、夜間のこの通路は、地獄の焔のような無気味な色に照らし出されるのだろう。あたりを探してみよう。きっとそこらに宝石箱がおいてあるはずだ」

「門の扉を閉めたほうがいいよ」ヴァレリアが警告していった。「この通路のなかまで巨龍たちに匍《は》いこまれたくないからね」

コナンはにやにや笑いの顔で、「やつらが森から出てくるとは思えんよ」と答えた。

しかし、彼女の警告に従って門扉を閉じかけ、ふたつに折れているかんぬきを指さして、

「さっき扉板を押しあけたとき、何かが割れる音を聞いたが、このかんぬきが折れたのだな。芯《しん》まで金錆が食い入っている。それにしても、この都のやつらが逃げ出したのなら、内側からかんぬきが差

してあるのはどういうわけだ？」

「決まっているじゃないか。別の門から出ていっただけさ」ヴァレリアがいった。

長くて広いこの廊下に、開いた扉から外光が射しこまなくなって、何百年が過ぎ去ったのであろうか。しかし、どこからともなく陽光がまぎれこんでいるようでもある。そして彼らは、その侵入個所をすばやく見いだした。円天井のかなり高い位置に、糸のように細い溝が切ってあり、そこに水晶に似た透明な物質の薄板がはめてあるのだ。溝と溝との中間の暗い個所には、濃緑色の宝石が数知れず、怒った猫の目さながらにきらめいている。足もとでは、焰の色をした床が光輝《こうき》の度合いをさまざまに変えていて、彼らふたりは頭上から邪悪の星の光を浴び、地獄の床の上を徒歩渡《かちわた》りしている思いだった。

廊下の両側の壁の上に、手摺《てす》りをそなえた回廊が三層に重なって走っている。

「こうしてみると、この建物は四階建だな」コナンが独《ひと》り言《ごと》のように呟《つぶや》いた。「廊下の上は屋根まで吹きぬけだし、長さは道路同様に都のなかを横断して、どうやら向こうの端に扉があるようだ」

ヴァレリアは白い肩をすくめて、

「おまえの視力はたいしたものだね。これでもあたしは遠目《とおめ》が利《き》くので、海賊仲間に知られていたのだけど」といった。

あけ放しになっている扉を適当に選んで、ふたりは足を踏み入れた。その先には人けのない部屋がつぎつぎと連《つら》なっていた。床は廊下のものと同じで、壁面は濃緑色の翡翠、あるいは大理石、象牙《ぞうげ》、玉髄《ぎょくずい》のたぐいを張り、青銅や金銀の帯状装飾をほどこしてある。天井には緑色の焰の石が鏤められ、それがコナンの予想どおり、この世のものとも思われぬ妖異《ようい》な光を放って、その下を歩くふたりまでが幽霊じみた姿に見えていた。

いくつかの部屋にはこの照明がまったくなく、戸口からのぞいても、地獄の深淵の入口に似て漆黒《しっこく》だった。そのようなところは避けて、コナンとヴァレリアは光の射している部屋だけを進んだ。

部屋の隅には蜘蛛の糸が垂れ下がっているが、床にしろ、室内の各所に据えてある大理石、翡翠、紅玉髄の卓《たく》や椅子にしろ、埃《ほこり》が積もっている形跡はまったくなかった。ここかしこに敷きつめてある絨毯《じゅうたん》は、キタイの国特産の絹でできており、真新しいもののように見受けられた。部屋のどこにも窓が切ってない。外の道路や広場に通じる出口もなく、扉はどれも隣の部屋か廊下に通じているだけであった。

「どうしても外の道路へは出られそうもないね」ヴァレリアはついに音《ね》をあげて、「なんとも奇妙な建物だよ。トゥランの国の王が住む後宮《こうきゅう》みたいに広いのはわかるけど」

「この都の住民が疫病で死に絶えたのでないのはたしかだ」コナンは無人の都の謎を考えこんで、「もしそうなら、骸骨が残っているはずだからな。たぶん亡霊にとり憑《つ》かれて、全員が都を捨てたのだろう。あるいは――」

「あるいは何さ？」ヴァレリアが語気を強くして口を挟んだ。「いくら考えたってわかることじゃない。それよりも壁の装飾を見たほうがいい。男と女が大勢描いてあるけれど、これ、どこの国の人間かしら？」

コナンはしばらく眺めていたが、首をふって、

「こんな種族は見たことがない。しかし、東方の国の連中らしいな——ヴェンドゥヤかコサラの国の風俗のようだ」

「おまえはコサラの国の王になったのかい？」ヴァレリアは激しい好奇心を冗談めかした言葉に包んで質問した。

「いいや。だけど、アフグリ族の国で戦闘隊長をやってたことがある。そこはヴェンドゥヤの国境の向こう、ヒメリア山系の山間《やまあい》にある国だ。どうもこの連中の風俗は、コサラの国のもののようだ。といって、あの国の人間が、こんな遠い西の果てに都を建てるとは解《げ》せないことだし——」

そこに描き出されているのは、オリーブ色の肌を持つすらりとした躰《からだ》つきの男女で、彫りの深い異国的な顔立ちだった。薄い生地《きじ》の長衣《ちょうい》を着て、宝石入りの精巧な意匠《いしょう》の装身具を飾り、ほとんどが会食と舞踏の場面か、愛の交歓の情景だった。

「どっちにしろ、東方の土地に住む種族であることはまちがいない」とコナンは断定して、「ただ、何というのか国の名がわからんのだ。この絵の具合だと、いやになるくらい平和な暮らしを送っていたにちがいない。そうでなかったら、少しは戦争の場面が交じっているはずだ。ともかく、この階段を登ってみよう」

象牙造りの螺旋《らせん》階段が、彼らの立っている部屋から上層階へ通じていた。それを三層登りつめると、この建物の最上層と思われる四階の大きな部屋に達した。天井の明かりとりの溝から射しこむ陽光に緑の焔の石が反映して、室内は無気味な色がみなぎっていた。扉がいくつかあって、その奥に同じよ

うな照明の部屋が見えているが、ひとつだけ手摺りつきの回廊へ通じている扉があって、回廊の下には、彼らふたりがこれまでたどってきたのよりずっと幅の狭い通路が見えていた。

「やれやれ！」ヴァレリアはうんざりしたような顔つきで、翡翠製の床几《しょうぎ》に腰を下ろし、「この都の住民は、逃げ出すにあたって宝物箱を担《かつ》いでいったにちがいないね。どこの部屋も空《から》っぽで、何ひとつ残していないじゃないか。歩きくたびれてしまったよ」

「この階の部屋は、どれもみな似たような照明らしい」とコナン。「建物の外を見渡せる窓をみつけたいものだ。そっちの扉の先を見てこようじゃないか」

「おまえひとりで見ておいで」ヴァレリアが答えた。「あたしはここに坐って、足を休めることにするよ」


コナンは回廊に向いた扉と反対側の扉をあけて姿を消した。あとに残ったヴァレリアは、頭のうしろに手をあてがって反り身になり、深靴《ふかぐつ》を履《は》いた足を前に投げ出した。壁と天井に緑色にきらめく宝石を鏤め、床を緋色に燃えあがらせているその部屋と、階下につづく廊下の底知れぬ静けさとが、かえって彼女の気持ちを圧迫しはじめた。少しでも早くこの迷路をぬけ出して、外の道路に立ちたいものである。ヴァレリアは、過去数百年のあいだ、どんな浅黒い足の持ち主が、この緋色の床の上をすべるような足どりでひっそりと歩いていたものか、そしてまた緑色の妖《あや》しい宝石がきらめくこの天井の下で、どのような謎に満ちた残忍な所業が行なわれたことかと、考えるでもなく考えこんでいた。

そのとき、かすかな物音がして、ヴァレリアを物思いから引きもどした。音の出所を知るに先立って、彼女は長剣の柄《つか》をつかんで立ちあがっていた。コナンがもどってきた様子はなく、彼が立てた物音でないのを彼女は知っていた。

音は回廊へ開いた扉の向こうから響いてきたのだ。ヴァレリアは柔軟な革の深靴に音を立てさせまいと気を遣って張り出しへ出ると、太い手摺り越しに階下をのぞいてみた。

そこの廊下を男がひとり、忍び足で歩いている。

無人の都だとばかり思っていたのに、とつぜん人間の姿を見かけたのは、ぎくっとするほどの驚きだった。ヴァレリアは石の手摺りのうしろに身をひそめて、全身の神経を緊張させ、廊下の男の様子を注視した。

壁の装飾帯に描かれた人物とは似ても似つかぬ恰好の男である。中背をわずかに上まわる身長で、黒人種でないことは明らかだが、同じくらい黒い皮膚をしている。下半身を短い絹布《けんぷ》で覆うだけで丸裸に近く、引き締まった腰に手の幅ほどの革帯を巻いている。長い黒髪をいくつかに編んで肩に垂らしているのが、何か荒々しい感じである。痩《や》せてはいるが、腕と脚との筋肉が異様に節《ふし》くれだって、躰の線に快《こころよ》い均整《きんせい》をもたらすはずの肉づきというものがまったく欠けている。要するにこの男の肢体《したい》は、見る者を反撥《はんぱつ》させるばかりに引き締まっているのである。

しかし、その体軀《たいく》以上にヴァレリアの注意を惹《ひ》いたのは、この男の動作だった。前かがみの恰好で、絶えず左右に目を配りながら、足音を殺して歩いている。先広《さきひろ》の彎刀《わんとう》を持つ右手が目に見えて震えているのは、激情にとらえられている証拠である。すさまじい恐怖にとらわれて、ガタガタ震えているのだ。ふり返ったとき、細く編んだ黒髪のあいだに血走った目がのぞいたが、これも恐怖におののいていた。

男はヴァレリアに気づかなかった。爪先立ちで廊下を歩きつづけ、開いた扉の奥に姿を消した。と見た瞬間、喉を絞められたような絶叫が聞こえて、すぐにまた静寂がもどった。

好奇心に駆られたヴァレリアは、回廊を急いで、男の姿が消えた出入口の真上にあたる扉に達した。その先にもうひとつ、やや幅の狭い回廊があって、階下の広い部屋を囲んでいた。

四階から三階の部屋を見おろした形で、天井の高さは廊下のそれほどでもなく、照明が焔の石しかないために、無気味な緑色の光も、張り出しの真下にあたる部分を濃い影のままに残していた。

ヴァレリアは目をみはった。その部屋に、さっきの男がまだいたのだ。

男は部屋の中央の暗赤色の絨毯の上でうつぶせになっていた。躰には生気がなく、両腕を大きく拡げている。そばに彎刀が転がっていた。

なぜぴくりとも動かないのか、不思議に思ったヴァレリアは、目を鋭くして、男が倒れている絨毯をじっとみつめた。男の躰の下と周囲とで絨毯の色がややちがっていて、元来の暗赤色がいっそう濃く、いっそう鮮明に見えるのだった。

ヴァレリアはわずかに身震いすると、うずくまったままの姿勢で手摺りへにじり寄り、目を凝《こ》らして、張り出した回廊の下の影のあたりをのぞきこんだ。しかし、影を見透《みす》かすことはできなかった。

すると、この奇怪なドラマの舞台に、もうひとりの男がいきなり登場した。第一の登場人物とそっくり同じ恰好をしているが、廊下と反対側の扉からはいってきたのだ。

床に倒れている男の姿を見ると、その男は目をぎらりと光らせ、区切りのはっきりした口調で何かの言葉を口走った。その声は「キクメック」といったように聞こえた。しかし、第一の男は身動きもしなかった。

第二の男はすばやく部屋を横切って、倒れている男のそばに膝をつくと、肩をつかんで仰向《あおむ》けにさせた。とたんに第二の男の口から異様な声がほとばしった。仰向けにした頭ががくんとのけぞったのだ。喉が耳から耳までかっ切られていた。

第二の男は死体を血に染まった絨毯の上にもどし、風に吹かれる枯れ葉のように震えだした。立ちあがりはしたものの、顔が恐怖で蒼白《そうはく》に変わっている。逃げ出そうとして片膝を曲げたが、急に躰が凍りついて、彫像のように動かなくなり、目を飛びださんばかりにして部屋の片隅に向けた。

そこは張り出しの真下の影になった部分で、幽霊じみた光が浮かび出て、しだいに形を大きくしてゆく。焰の石のそれともちがった光だった。ヴァレリアはそれを見守るうちに、髪の毛が逆立つ思いに襲われた。脈搏《みゃくう》つ光輝のなかに朦朧《もうろう》と浮かびあがったものがある。人間の髑髏《どくろ》だ。人間の髑髏ではあるが、身の毛もよだつほどいびつなものが、宙に浮きただよっているのだ。幽霊じみた光は、それが放っているものらしい。夜の闇から呪文によって招きよせられ、胴体から離脱してあらわれ出たのであろうか。しだいに輪郭がはっきりしてきた。人間の顔にはちがいないが、彼女の知っているどの人間のそれとも相違していた。

男はこの奇怪なものを凝視したまま、恐怖のかたまりと変わったかのように動くこともできずにいた。奇妙なものが壁を離れ、それとともに無気味な形の影が動きだした。動きにつれて、それが徐々に人間の形をとりだした。裸の胴体と手足が青白く光っている。長年のあいだ、風と雨とにさらされていた白骨の色だ。異様な円光につつまれた髑髏が肩の上に載《の》っていて、目のない顔が歯をむき出して笑っている。男はそれから目を離すことができないのか、面と向かいあって突っ立ったまま、感覚を失った手の剣をだらりと垂らし、催眠術師の呪文に捕われたような表情を見せていた。

男を麻痺《まひ》状態においた原因がただの恐怖でないことは、ヴァレリアの目にも明白に映った。地獄の業火《ごうか》めいたきらめきが異様に脈搏って、男の思考と行動の力を奪い去ってしまったのだ。ヴァレリア自身は一階上の回廊にいるので、身の安全は保たれているが、名状しがたい力が押しよせてくるのを、なんとなく感じていた。男を狂気に追いこんだのは、この力にちがいない。

怪異なものが身近に迫ったので、男もついに動作を起こした。といって逃げ出したわけではなく、剣をとり落とし、両膝をつき、両手で目を覆ったにすぎなかった。その恰好のままで、怪異なものが握る、きらめく剣がふり下ろされるのを待っている。相手は人類に対して勝ち誇る死神さながら、男を見おろしていた。

ヴァレリアは持って生まれた向こう見ずの性格から、最初の衝動の命ずるまま行動に移った。雌虎《めすとら》のようなすばやさで手摺りを跳び越え、奇怪なものの背後の床に飛び降りたのだ。彼女の深靴が床を打つ音に、相手はあわててふり返ったが、一瞬早く、彼女の剣の鋭い切先《きっさき》が斬りつけていた。手応《てごた》えがあった。斬り裂いたのはまさしく人間の肉と骨で、凄まじい歓喜が彼女の全身を走りぬけた。

怪奇なものは、喉を鳴らすような音を響かせて倒れた。肩と胸骨と背骨が斬り断たれ、倒れると同時に燃える髑髏が転げ落ちた。そこにあらわれたのは、しなやかな黒髪と死の苦痛に歪んだ浅黒い顔で、怖ろしい仮面の下には、床に顔を伏せて跪《ひざまず》いている男にそっくりな人間がひそんでいたのだ。

床の男は、剣の音と悲鳴に驚いて顔をあげた。そしていよいよ驚いたことには、白い皮膚の女が血のしたたる剣を手にして、死体を前に立ちはだかっているではないか！

彼はよろめきながら立ちあがったが、あまりにも意外な光景を目にして理性を喪失したものか、狂人のようにわけのわからぬことを口走っている。ヴァレリアはその言葉が理解できることに驚いた。聞き慣れぬ方言ではあるが、スティギア語の系統を引く言語であるのだ。

「おまえはだれだ？　どこから来た？　このフホトルで何をしておる？」そして彼女の返事を待たずに、性急《せいきゅう》につづけた。「だが、おまえは友人だ——女神であろうが女悪魔であろうが、どっちでもいい！　燃える髑髏を斬り倒してくれた！　けっきょく、ただの人間だった！　やつらが呪文で墓穴《はかあな》から呼びだした悪鬼《あっき》などではなかったのだ！　おや、あの音はなんだ！」

口走るたわごとを急に打ち切って、男は躰をこわばらせ、痛いほどの激しさで耳をそばだてた。彼女には何も聞こえなかった。

「急がねばならぬ！」男は低い声でいった。「やつらが大広間の西側におる！　どうやら、おれたちをとり囲んだようだ。包囲網を徐々にちぢめて、一気に襲いかかってくるのだろう！」

彼はヴァレリアの手首をしっかり握った。意外に強い力で、ふりほどくこともできなかった。

「やつらというのは、だれのこと？」ヴァレリアは訊いた。

相手は唖然とした表情で、一瞬ヴァレリアをまじまじと見た。この女、そんなことも知らぬのかと、不思議がっている顔つきだった。

「やつらがわからん？」男は口ごもりながらいった。「決まっとるじゃないか――ホタランクのやつらだ！　おまえが斬り殺した男の氏族だ。やつらは東の城門近くに住んでおる」

「じゃ、この都に人が住んでいるのかい？」ヴァレリアは叫ぶようにして訊いた。

「もちろん。もちろん住んでおる！」敵が迫ってくるのが気になる様子で、男はいらだちながら、「行くぞ！　ぐずぐずするでない！　テクールトリへもどらなければならぬ！」

「それはどこさ？」とヴァレリア。

「西の城門に近い地域だ！」男はまたもヴァレリアの手首を強く握って、彼がはいってきた扉のほうへ引っ張った。色の浅黒い額《ひたい》から大粒の汗がしたたり落ち、目が恐怖からぎらぎら光っている。

「ちょっと待って！」彼女は大声にいって、男の手をふりもぎり、「その手を引っこめておおき。でないと、おまえの頭を叩き割るよ。このいきさつを説明してもらいたいね。おまえはいったいだれなんだい？　どこへあたしを連れていくつもり？」

男は理性をとりもどして、周囲に目を配ったあと、説明にとりかかった。しかし、心がせくのか、言葉が重なりあうほどの早口だった。

「おれはテホトルといって、テクールトリ氏族の者だ。おれと、喉をかっ切られて死んだあの男は、〈沈黙の広間〉でホタランク氏族のやつらを待ち伏せしようとした。しかし、離ればなれになって、ここへもどってきてみると、あの男は喉を切られて死んでおった。燃える髑髏の仕業《しわざ》であるのは明瞭だ。おまえが仕留《しと》めてくれなければ、おれも同じような最期《さいご》をとげたところだった。この髑髏は死んだが、まだ仲間がいるかもしれん。いまだってホタランクから忍び出てくるところかもしれん！　生きながらやつらの手に捕えられたら、神々でさえ顔をそむけるようなひどい目に遭うのだ！」

その残酷さに思いおよんだものか、男は瘧《おこり》を患《わずら》っている者のように全身をわななかせ、浅黒い顔を蒼白に変えた。ヴァレリアは何の話かさっぱりわからず、眉をひそめて男の顔をみつめた。たわごとめいた言葉の裏に、正気であるのは読みとれるが、話の内容は理解できなかった。

ヴァレリアは髑髏に目をやった。それが床の上でいまだに脈搏つような光を放っているので、怖る怖る深靴の足の先を伸ばした。そのとき、テホトルと名乗る男が飛び出してきて、

「触《さわ》るんじゃない！　見てもいかんぞ！　そのなかに狂気と死がひそんでおる。ホタランクの魔術師だけが知っとる秘密だ——彼らはそれを墓穴のなかで見いだした。遠い昔の暗黒の数世紀、フホトルの都を支配した凶悪な王たちの遺骨を納めた墓穴でだ。見ただけで血が凍り、その秘密の謎がわからぬだけに頭がおかしくなり、触れれば狂気によって身を滅ぼす」

いよいよ動揺した彼女は、顔をしかめて男を見た。この男そのものが気持ちのよい相手ではなかった。痩せてはいながら、筋肉の盛りあがった躰つきで、頭髪が蛇のとぐろのように渦を巻いている。恐怖におののく目の奥に、正気の人間には見ることのない異様なきらめきが宿っていた。しかし、いまの忠告は心からのものと思われた。

「さあ、早く！」と彼は、むしろ哀願するような口調でうながして、彼女の手をとろうとしたが、触ると頭を叩き割るといわれたのを思い出したのか、すぐに手を引っこめて、「おまえみたいな他国者《よそもの》が、どうしてこの都にはいりこんだか、そこまでのことはおれにもわからぬ。だが、おまえが女神か女悪魔のどちらかで、われわれテクールトリ族に援助の手をさし伸べに来たのなら、おれに訊いたことな

ど、とうから知っていたにちがいない。とすれば、おまえはあの大森林を越えてきたわけだ。われわれの祖先と同じように。だが、おまえはわれわれの味方だ。でなかったら、おれを襲った敵を斬り殺すわけがない。さあ、急ごう、ホタランクのやつらに捕えられ、命を奪われぬうちに！」

興奮しすぎて、むしろ反感をもよおさせる男の顔から目をそらして、ヴァレリアは無気味な髑髏を見た。それは彼女が斬り殺した男のそばに転がったままで、燻《くすぶ》るような光を放っていた。悪夢のなかに見るもので、人間の頭蓋骨であるのは疑いないが、外形も輪郭も歪曲《わいきょく》がいちじるしく、異常なほどの畸型だった。このような頭蓋を持って生きていた男は、人間ばなれした奇怪な顔であったにちがいない。いや、生きているのかもしれない。それなりにある種の命をそなえているようにも思えるのだ。いまそれが、彼女に向かって顎《あご》をぱくっとあけ、また閉じた。その放つ光がさらに明るく、さらに生き生きして、それでいて悪夢の無気味さを強めてくる。夢なのだ。人生はすべて夢なのだ——ヴァレリアは朦朧とした深淵に吸いこまれてゆく気持ちになったが、テホトルの甲走《かんばし》った叫びを耳にして、はっとわれに返った。

「見るなというに！　その髑髏を見るんじゃない！」その声は、遠い虚空から聞こえてくるように響いた。

ヴァレリアは獅子がたてがみを揮《ふる》うように身震いした。それと同時に、視野がはっきりした。テホトルが叫んでいる。「生きていたときのそいつの頭には、魔術師たちの王の怖ろしい脳が宿っておった！　だから、いまだに宇宙の外から招きよせた魔道の生命の火を保っておる！」

ヴァレリアはひと声叫ぶと、牝豹《めひょう》のようなすばやい身のこなしで跳躍し、同時に剣を揮って、光輝を放つ奇怪な髑髏を粉々に打ち砕いた。その瞬間、部屋のどこかに——それとも虚空のうちにか、あるいは彼女の意識の奥底にか——人間のものならぬ声で、苦悶《くもん》と憤怒《ふんぬ》の叫びがあがった。

テホトルは彼女の腕をつかんで、わめきたてた。「砕けたぞ！　粉々になった！　これでは、ホタランクの黒魔術を総動員しても復元させることはできまい！　いまのうちに逃げのびることだ！　さあ、早く！」

「だけど、あたしは逃げるわけにはいかないのさ」ヴァレリアは男の誘いを断わって、「どこかそのへんに、連れの男が——」

いいかけたヴァレリアの言葉が途切れた。相手の男の目に異様な光がきらめいたからだ。男はこわばった表情で、彼女の背後を凝視している。ヴァレリアが急いでふり返ると、四人の男が四方の扉から走り入って、部屋の中央に立つ彼女とテホトルに押しよせてくるところだった。

その四人は、彼女がここで出遭ったふたりの男と瓜ふたつといえるほどよく似ていた。痩せさらばえた手足に筋肉だけが節くれだち、青黒い色のしなやかな髪を持ち、目に狂気の光をきらめかせているところが、同じ人間のようにそっくりである。テホトルと同じ武器を持ち、同じ身なりをしているが、彼らの胸には白い髑髏が描いてあった。

挑戦の声も、闘いの叫びもなかった。ホタランクの男たちは血に狂った虎のように、いきなり敵の喉もとに斬りつけてきた。怒りに燃えたテホトルは、身を沈めて先拡がりの大刀に空《くう》を切らせ、すばやくその男に組みつくと、一気に床に押し倒した。その後は、組みあったまま床の上を転げまわり、無言のうちに死闘をつづけていた。

ほかの三人はヴァレリアに襲いかかった。三人とも目が血走り、狂犬のような形相《ぎょうそう》だった。

彼女はまず、まっ先に襲ってきた男を薙《な》ぎ倒した。相手の剣より一瞬早く、彼女の直刀《ちょくとう》がその頭蓋を断ち割り、受けとめる間もあたえぬ敏捷《びんしょう》さだった。つづいて第二の相手の剣が突き出されたが、ヴァレリアはわきへ飛びのいて、鋭い切先を受け流した。彼女の目が躍り、唇《くちびる》が残忍な笑みに歪んでいた。かくて彼女は、ふたたび〈赤い兄弟たち〉のヴァレリアに立ちもどり、鋼鉄の剣の響きを婚礼の歌と聞いた。

つぎには彼女の剣が突き出された。受けとめようとする相手の剣を撥ねのけ、切先の六インチほどを、革帯で守られた敵の下腹部に突き立てた。敵は苦痛の声とともに膝から崩れ落ちた。だが、そのせつな、新手《あらて》の敵が走りよって、声もあげずに打撃の雨を降らせてきた。ヴァレリアには受けとめるだけの余裕がなかった。しかし、彼女は冷静に身を避けて、くり返し降り下ろされる長剣をやりすごし、反撃の機会をうかがった。敵は長剣を旋風《つむじかぜ》のようにふりまわしているが、あの激しさをいつまでもつづけていられるものでない。必ずや腕が疲れて、速度が落ちるはずである。動きが鈍《にぶ》って足がもつれるところを狙えば、彼女の剣が心臓を貫くのは必定《ひつじょう》である。横手へ目をやると、テホトルが相手の胸を膝がしらで押さえつけ、つかまれた手をふりもぎり、短剣を突き立ててくれようと必死の闘いをつづけていた。

彼女と向かい合った敵は、額に汗の粒を噴き出させ、目が石炭の火のようにまっ赤だった。いまは斬りつけてみたところで、彼女の剣を叩き落とすのはもちろん、その防御を破るのさえ不可能と思われた。息が荒々しい喘《あえ》ぎと変わり、剣の回転も乱れがちになった。彼女はわざとあとじさりし、敵の動きを誘った——そのとき彼女の太腿《ふともも》に爪が鋭く食い入った。彼女は、そこの床に傷ついた男が倒れているのを忘れていたのだ。

敵は膝をついて躰を起こし、両腕で彼女の足にしがみついた。正面の敵は勝利の叫びをあげて、彼女の左横手から攻撃を開始した。ヴァレリアは脚をひねって、しがみつく手をふり放そうと焦《あせ》ったが、効果はなかった。剣を下向きに突き立てれば、自由をとりもどせるのがわかっていたが、その瞬間に長身の敵の彎刀が彼女の頭蓋を叩き割っているだろう。傷ついた男は野獣のように、彼女のむき出しになった腿に歯を食い入らせだした。

ヴァレリアは左手を下ろして、傷ついた男の長髪をつかみ、頭をのけぞらさせた。それで男の白い歯が離れたが、飛び出した目が彼女を睨《にら》みつけている。長身のホタランクは、鋭い叫びとともに躍りかかって、怒りの刃《やいば》をふり下ろした。その必殺の一撃をヴァレリアはかろうじて受けとめたが、彼女の頭上で刀身同士がぶつかりあい、火花が飛んで、彼女は不覚にもよろめいた。野獣のそれに似た勝利の低い叫びとともに、敵の大刀がふたたびふりあげられ——と、つぎの瞬間、巨漢の姿がホタランクの背後に浮かびあがり、鋼鉄の刃が電光のように青くひらめいた。戦士の雄叫びはぷつんと途切れ、男は斧《おの》の一撃を受けた牡牛《おうし》同様に倒れ伏した。頭蓋が喉まで断ち割られ、脳味噌があたり一面に飛び散っていた。

「コナン！」ヴァレリアは喘ぐようにして叫んだ。そして激情に駆られて、脚にしがみついているホタランクを見た。その男の長髪をいまだに彼女の左手がつかんでいる。「地獄の犬め！」

彼女の剣がひらめいた。それは上方へ向けて弧を描き、弧の中ほどがぼやけて、首と離れた胴が血をほとばしらせながら横倒しになった。彼女は、斬り絶った首を部屋の隅まで放り投げた。

「いったい全体、何がどうなってるんだ？」コナンは広刃の大刀を手に、彼が斬り殺した男の死体をまたいで立ち、驚きの表情で広間のなかを見まわしていた。

テホトルが、短剣の血汐《ちしお》をふり落としながら、痙攣《けいれん》している最後の敵の躰を突き離して立ちあがるところだった。彼自身も太腿にかなりの深手《ふかで》を負って出血している。彼は目を見開いて、コナンをまじまじと見た。

「いったいどうしたのだ？」コナンは質問をくり返した。無人の死都と見ていたところで、異様な風俗の男たちのあいだに激烈な戦闘が行なわれ、ヴァレリアまでが巻きこまれているとは、コナンを唖然とさせるに充分なものがあった。彼はこれといった目的もなく上層の部屋部屋を探険したが、元の部屋にもどってみると、残しておいたヴァレリアの姿が見あたらない。そこへ剣の打ちあう音が聞こえてきて、唖然としながらも、その音をたどってきたのだった。

「犬めを五匹仕留めてやった！」テホトルが、燃える目に無気味な歓喜を映して叫んだ。「五匹を斬り殺した。黒い柱に緋色の釘を五本も打てる！　さぞかし血の神が喜ばれることであろう！」

そして彼は、歓喜に震える両手を高くかかげて、悪鬼のような表情で死骸に唾を吐きかけ、顔を踏みつけながら、悪魔の喜びをあらわす残忍な踊りをつづけた。新しい仲間であるふたりは、呆気《あっけ》にとられてその様子を見守っていたが、コナンはアキロニア語で彼女に訊いた。「この気ちがいは何者だ？」

ヴァレリアは肩をすくめて、

「名前がテホトルなのはわかったけれど、ほかの話はちんぷんかんぷんさ。でも、だいたいの見当をいうと、この狂った都の一方の端にこの男の氏族が住んでいて、反対側の端に、殺されたほうの仲間が集まっているってことらしいね。ひとまずこの男といっしょに行ったほうがよさそうだよ。この男はあたしたちに好意を持っているらしいし、もう一方の氏族がそうでないのは想像できるから」

テホトルが狂舞をやめて、また聴《き》き耳を立てていた。頭を犬のように横に傾けて、無気味な顔に勝ち誇った気持ちと恐怖の色をあわせてあらわして、

「さあ、そろそろ行くとしよう！」と囁《ささや》くような声でいった。「やるだけのことはやってのけた！　犬を五匹も殺したからな。あんたたちが歓迎されぬわけがない。名誉をあたえられることもまちがいなしだ。さあ、おいでなさい！　テクールトリまではかなりの距離がある。ホタランクのやつらが追いかけてこないものでもない。あんたがたの剣では捌《さば》ききれぬほどの人数でだ」

「案内するがいい」コナンはいった。

テホトルはすぐさま、あとにつづけとふたりを手真似でうながして、上層の回廊に導く階段を登りはじめた。コナンたちは遅れぬようにあとに従った。上の回廊に行きつくと、テホトルは西に向いた扉を押しあけて、あとは部屋から部屋へと走りぬけた。どの部屋も同じように、明かりとりの溝と緑色の焰の石で照らし出されていた。

「ずいぶん変わった建物だけれど、いったい何なんだろうね」ヴァレリアは息を切らしながら呟いた。

「クロムの神だけがご存じだ！」コナンは答えて、「だけど、こいつと同じ風俗の男を見た憶えがある。クシュの国境に近いズアド湖の岸に住んでいる種族で、スティギア人の雑種だった。何百年か昔に東方の国から移ってきた種族の血がスティギア人と混ざりあった連中なんだが、トラジトラン族と呼ばれていた。もっとも、この都を建てたのは彼らではあるまい。その点は、首を賭けてもいいくらいたしかなことだ」

死骸が転がっている部屋を離れても、テホトルの不安はいっこうに薄らぐ様子がなく、追跡者の足音が聞こえはせぬかと、しきりに肩越しに首をめぐらせ、通りぬける扉ごとに燃えるような眸《ひとみ》で室内を確かめるのだった。

ヴァレリアはわれ知らず躰を震わせた。敵が人間であれば、どんな相手であろうと怖れる彼女ではないのだが、足もとの無気味な床と頭上の奇怪な宝石、そのあいだにくっきり浮かびあがる彼らの影、それにまた案内者の恐怖に怯《おび》えるおどおどした足どり、それらが彼女をいい知れぬ不安の淵におとしいれていたのだ。人間のものならぬ危険がひそんでいるのではないかとの懸念《けねん》である。

「こことテクールトリのあいだに、やつらがひそんでおらぬものでもない」テホトルが小声でいった。「待ち伏せには、くれぐれも気をつけてほしい」

「このいやらしい宮殿から出られないの？　外の道路を通ったらどうなんだい？」ヴァレリアが訊いてみた。

「フホトルの都に道路はない」彼は答えた。「広場もなければ中庭もなく、都全体が、ひとつの大きな屋根の下にある大きな宮殿といってよい。道路の役を務めるのは、北の城門から南の城門まで宮殿内を横切っている大廊下で、城門のほかには外の世界へ通じる道はない。しかも、ここ五十年のあいだ、生きた人間で城門を通りぬけた者はおらぬ」

「そういうおまえは、いつからこの都に住みついている？」コナンが質問した。

「おれは三十五年前、このテクールトリの城で生まれて、一度も都の外に足を踏み出したことがない。しかし、頼むから黙って歩いてくれんか。このあたりには悪鬼が大勢ひそんでいる怖れがある。テクールトリの城にもどれば、オルメックさまが詳しいことをお話しくださるはずだ」

それからの一行は無言のうちに、頭上に緑色の焔の石がきらめき、足の下で床が火の色に煙っている部屋部屋を通りぬけて、音を殺したすべるような足どりで先を急いだ。それがヴァレリアを、しなやかな頭髪を持つ色の浅黒い幽鬼《ゆうき》に導かれて、地獄の道を逃げてゆく気持ちにさせた。

一行がとりわけ大きな部屋にさしかかったとき、コナンが手を伸ばして、連れのふたりを引きとめた。曠野《こうや》育ちの彼の聴力は、沈黙の回廊内で半生にわたって戦闘を経験することで、いやがうえにも研《と》ぎすまされているテホトルのそれよりも鋭いのだった。

「おまえの敵が前方で待ち伏せしているかもしれない、とさっきいったな」

「やつらは四六時中、このあたりをうろついておる」テホトルが答えた。「おれたちもまた同じことをやっておるが、とにかくテクールトリとホタランクのあいだの部屋はどちらの持ち物でもなく、両氏族の闘争の場所なんだ。おれたちはそこを〈沈黙の広間〉と呼んでおる。しかし、なんでそんなことを訊く？」

「前方の部屋に、人がひそんでいる気配を感じとれるからだ」コナンが答えた。「剣の先が石材に触れる音が聞こえた」

テホトルはまたも躰を震わせ、歯を食いしばって、かちかち音を立てぬようにした。

「たぶん、おまえの仲間の連中だろうよ」ヴァレリアが彼を落ち着かせようとした。

「いや、危険はすべて避けねばならぬ」テホトルは喘ぐようにいうと、気が狂《ふ》れたかと思われるほどの性急な行動に移った。それまでの進路を左手に変えて、そこの扉に飛びこむと、象牙の階段を駆け降りはじめたのだ。階段は螺旋を描いて、暗闇のなかへとくだっている。

「これを降りると、照明の皆無な下の階の通路に出られる」小声で説明するテホトルの額に大きな汗の玉が浮いていた。「そこにもやはり、やつらがひそんでいて、これがみんな、おれたちをおびき寄せるやつらの策略かもしれぬが、いまはこちらの道をとるより方法がないといえるのだ。上の階でやつらが待ち伏せしておるのは、まちがいない事実だからだ。さあ、急いでくれ！」


三人は幽霊のように足音を立てずに階段をくだって、闇夜のようにまっ暗な通路に達した。少しのあいだそこにうずくまって、耳を澄まして気配をうかがってから、彼らは闇の通路を進みだした。この漆黒の闇のなかで剣を打ちあわすことになるのかと、ヴァレリアは首筋が総毛立《そうけだ》つ思いだった。コナンの鋼鉄の指に腕をつかまれていなかったら、そばに連れがいるとは考えもしなかったであろう。ふたりとも、猫の歩みと同じに足音を殺して進んだ。暗黒は底知れぬものだった。片手を伸ばして、壁面を伝わりながらの行進だが、ときどき指の先に扉が触れるだけで、廊下は無限につづくかと思われた。

突如、背後に物音を聞いて、彼らは愕然《がくぜん》とした。またもヴァレリアの肌が総毛立った。扉がそっと開く音。背後のどこかに、何人かの男が侵入した気配があって、それを感じとった瞬間、ヴァレリアの足が何かに蹴つまずいた。そして人間の髑髏らしいものが、床の上を転がって大きな音を立てた。「走れ！」テホトルが狂ったような声でわめいて、漆黒の通路を、飛行する亡霊のような速さで走りだした。

コナンの腕が、またしてもヴァレリアの躰を引っかかえた。そして彼女を引きずるようにして、案内者に劣らぬ速力でそのあとを追った。闇を見通せないという点では、コナンもヴァレリアと変わらなかったが、彼には進路を誤らぬだけの本能がそなわっていた。彼の支えと導きがなかったら、彼女は壁に衝突して、その場に転倒したにちがいない。彼らは通路を走りに走った。それでいて背後の飛ぶような足音は、かえってしだいに接近してくる。と、不意にテホトルが、息を切らしながら叫んだ。

「ここに階段がある！　おれについてこい！　早く、早くしろ！」

ヴァレリアが階段を踏みそこねてよろめいたとき、コナンの手が闇から伸びて、手首をつかんで支えてくれた。そのあと彼女は、躰を引きずられるといおうか、引き揚げられるといおうか、その中間のような姿勢で螺旋階段を登っていった。一方コナンは彼女の手を離すと、階段の途中でふりむいた。聴力と本能とで、敵が間近に迫っているのを知っていた。しかも、近づいてくるのは人間の足音だけではなかったのだ。

何かが躰をうねらせながら、階段を登ってくる。床をこすって匍いよる音のなめらかさが、闇の空気を戦慄《せんりつ》で満たした。コナンは大刀をふり下ろした。手応えがあって、肉と骨と思われるものを断ち割り、勢いあまった切先が階段の板に食いこんだ。何かが足に触れたが、氷のような冷たさだった。つづいて足もとの闇のなかに、巨大なものがのたうつ音が大きく響いて、ひとりの男が苦しげな悲鳴をあげた。

つぎの瞬間、コナンは螺旋階段を駆けのぼって、その上に開いている扉のなかへ飛びこんだ。ヴァレリアとテホトルが、すでにそのなかで待っていた。テホトルが急いで扉を閉め、かんぬきを差した。コナンとしては、城門で見かけて以来、はじめて目にするかんぬきだった。

それからコナンは向きを変え、照明の充分なその部屋を走りぬけて奥の扉へ向かった。そこでふり返ると、テホトルがかんぬきを差した扉に巨大な重量がかかっていた。何かが向こう側から押しあけようとしているのだ。

テホトルは、疾駆《しっく》の速度と左右へ目を配る警戒心こそゆるめなかったが、ここまで来ると自信をとりもどしたらしく、呼べば仲間が駆けつけてくれる自己の領域内にたどりついた男の面持《おもも》ちだった。

しかし、コナンはその不安を新たにして、「おれが階段で闘った相手は何なんだ?」と訊いた。

「ホタランクのやつらだ」テホトルがふり返りもしないで答えた。「向こうの部屋部屋には、やつらが大勢ひそんでおるといったはずだ」

「あれは人間でなかった」コナンは語気を強めた。「匍って進んできて、足が触れると、氷のように冷たかった。斬りつけたら手応えがあって、それがおれたちを追ってきた男たちの上に倒れた。押しつぶされたのか、男たちのひとりが断末魔の悲鳴をあげていた」

テホトルは愕然とした様子で、顔が土気色《つちけいろ》に変わった。はじかれたように足を速めて、

「そいつは〈餇いまわる化け物〉だ！　ホタランクのやつらが援軍として地下の墳墓《ふんぼ》から連れ出した妖怪だよ！　正体は不明だが、大勢の味方がこの化け物のために無残な最期をとげておる。セトの神の名において、急がねばならぬ！　敵があの妖怪におれたちを追わせておるとしたら、テクールトリの入口にたどりつくかつかぬかのうちに、追いつかれる怖れがある！」

「さあ、どうかな」コナンがいった。「おれが階段で負わせた傷は、かなりの深手であったはずだ」

「とにかく、急いでくれ！　急げ！」テホトルは叫びつづけた。

かくして三人は、緑色の照明のきらめく部屋部屋を走りぬけ、大広間を横切り、巨大な青銅扉の前に達した。

テホトルがいった。「ここがテクールトリだ！」

3　宿怨《しゅくえん》の民

テホトルは拳《こぶし》を固めて青銅の扉を叩くと、すばやく横手に躰《からだ》を退けて、あとを追ってくるものはないかと廊下の彼方《かなた》に目を配った。

「この扉までたどりついて、もう大丈夫と思ったときに殺された連中も大勢いる」テホトルがいった。

「扉をあける様子がないが、なぜなんだ？」コナンが訊いた。

「番兵が〈目〉からのぞいておるのだ」テホトルは答えた。「他国者《よそもの》がいっしょなので、どうしたものかと迷っておるのだろう」そして声をはりあげ、呼ばわった。「エヒケラン、扉をあけろ！　おれだ、テホトルだぞ。森の向こうの大世界からの客人を案内してきたのだ！――これであけるはずだ」彼はふたりに請けあった。

「それなら、早くあけさせたほうがいいぞ」コナンはきびしい顔つきでいった。「おれの耳には、広間の向こうの床を何かが匍《は》っている音が聞こえる」

テホトルはまたも顔蒼《あお》ざめ、両の拳で扉を乱打し、叫び立てた。「何をぐずぐずしておる、ばか者め！〈匍いまわる化け物〉が、すぐそこまで迫っておるのだ！」

そして乱打と絶叫をつづけるうちに、巨大な青銅の扉が音もなく開いた。しかし、まだそこには太い鎖がさし渡してあって、その向こうから、長槍《ながやり》の穂先《ほさき》をきらめかせた兵士たちが、険《けわ》しい目つきで三人をみつめていた。だが、それも一瞬のことで、すぐに鎖がはずされ、テホトルは気ちがいじみた動作で連れのふたりの腕をつかみ、なかへ引き入れた。扉がふたたび閉まる瞬間に、コナンは長い廊下の向こう端を見た。離れすぎていて判然としないが、蛇のような形の巨大なものが、遠い部屋の扉から匍い出して、のたくりながら徐々に近よってくるのが眺められた。酒に酔った人間そっくりに、血みどろの首を左右に揺すっているのが、ひどく苦しげな様子に見てとれた。そのとき扉が閉じられて、コナンの視野を妨《さまた》げた。

内部は真四角な部屋であった。扉には太いかんぬきがふたたび差しこまれ、鎖も元どおりにかけられた。ここの扉は攻城戦の大槌《おおつち》に耐えられる頑丈なもので、四名の兵士が警備にあたっている。手に槍を、腰に剣を佩《は》いたこの兵士たちは、しなやかな頭髪と浅黒い肌からしても、テホトルと同じ種族の者と思われる。扉のそばの壁に鏡を複雑に組みあわせた装置がとりつけてある。これがテホトルのいった〈目〉であろう、とコナンは推察した。壁に細い溝をうがって、そこに水晶板がはめこんである。これに目をあてがいさえすれば、外部からは気づかれずに、外の様子を観察できるにちがいない。四名の番兵たちは外来者ふたりを不思議そうに眺めていたが、どういう男女かと質問するわけでなく、テホトルも説明の労をとらなかった。そして後者は、敷居を越えると同時に、それまでの不決断と恐怖心を忘れ去ったように、自信にあふれた態度で行動した。

「さあ、はいるがいい！」彼は新しい友人ふたりをうながした。しかし、コナンは扉へ目をやって、

「おれたちを追ってくるやつらを、あのままにしておいてよいのか？　扉を打ち破りにかかりはしな

いか？」と訊いた。

テホトルは首をふって、

「〈鷲《わし》の扉〉を打ち破れぬことは、やつらも承知しておるので、餌いまわる悪鬼《あっき》といっしょに、ホタランクに逃げもどるに決まっとる。さあ、来なさい！　テクールトリ王家の方々に引き合わせる」

四名の番兵のひとりが、コナンたちのはいってきたのと向かい側の位置にある扉をあけた。そのなかには廊下が通じていて、この階の多くの部屋と同様に、狭い溝の明かりとりと、点滅する無数の焔《ほのお》の石の光で照らし出されていた。とはいえ、これまで通りぬけてきた多くの部屋とちがって、この広間は人の住んでいることが明瞭だった。光沢のある翡翠《ひすい》の壁面にビロードの垂れ布を飾り、緋色《ひいろ》の床に厚手の絨毯《じゅうたん》を敷きつめ、繻子《しゅす》のクッションをおいた象牙《ぞうげ》の椅子、床几《しょうぎ》、長椅子がいたるところに据えてあった。

廊下は装飾つきの扉で終わっていて、そこには衛兵が立っていなかった。テホトルは扉を叩く手間もかけずに、いきなり開いて、ふたりを導き入れた。内部は広大な広間で、浅黒い皮膚の男女が三十人あまり、繻子張りの長椅子に腰を下ろしていたが、いっせいに驚きの声とともに立ちあがった。

男たちは、ひとりを例外として、みなテホトルとよく似た背恰好だった。女たちもやはり浅黒い肌と奇妙な目を持ち、異様なほど暗鬱《あんうつ》な感じであるが、それはそれなりに美しかった。サンダルを履《は》き、黄金製の乳房《ちぶさ》覆いを着け、絹《きぬ》の短袴《たんこ》の上に宝石を鏤《ちりば》めた腰帯を締めている。そして露出した肩のあたりで黒髪を切りそろえ、銀の飾り環《わ》でとめてあった。

正面に翡翠の台座があり、そこの象牙の大型椅子に、ほかの男女とはどことなく様子のちがう男と女の姿が見えた。男は巨人ともいえる偉丈夫《いじょうふ》で、広い胸幅と牡牛《おうし》のように厚い肩、そして青黒い鬚髯《しゅぜん》を広幅の腰帯のあたりまで垂らしている。この部屋の男たちのうち、鬚髯をたくわえているのは彼ひとりである。身に着けた紫絹の長衣《ちょうい》が、躰を動かすたびに光沢の度合いを変える。ゆるやかな袖を肘《ひじ》までたくしあげているので、筋肉の盛りあがった前腕が見てとれる。青黒い巻き毛の髪を束《たば》ねた帯にも、輝く宝石が縫いこんであった。

その隣の椅子の女性が、ふたりの異国人が広間にはいってきたのを見て驚きの叫びを洩らし、飛びあがるようにして腰を浮かした。そして火のような激しさで、視線をコナンの頭越しにヴァレリアに向けた。背が高く優雅な物腰の女性で、この広間のうちのどの女よりもきわだって美しかった。着ているものはだれよりも少なく、短袴の代わりに、金糸《きんし》入りの紫色の布を腰帯のなかほどに結んで、膝のあいだに垂らしているだけである。そのほかには、同じような布を腰帯のうしろに垂らしているのが衣裳《いしょう》の全部であって、裸身を覆うものへの皮肉なほどの無関心ぶりを示している。ただし、乳房覆いとこめかみのあたりの銀環《ぎんかん》には、宝石が燦然《さんぜん》と輝いている。この広間に集まった浅黒い肌の男女のうち、眸《ひとみ》に狂気のきらめきを見せていないのは、この女性ひとりといえた。そして彼女は、最初の叫びのあとはひと言も口をきかず、両手を握りしめて突っ立ったまま、ヴァレリアの顔をみつめていた。

象牙の大型椅子の男だけは立ちあがらなかった。

「オルメック大公さま」テホトルがその前に頭《こうべ》を低く垂れ、掌《たなごころ》を上に向けて両腕を大きく拡《ひろ》げ、口を切った。「森の向こうの世界から、ふたりの友人を連れてまいりました。われらの同志キクメックは、テズコティの部屋で燃える髑髏《どくろ》の手で斬《き》り殺され──」

「燃える髑髏か！」テクールトリの人々の口から恐怖の叫びが低くあがった。

「さよう、燃える髑髏です！　そこへわたくしめが通りかかって、キクメックが喉をかっ切られて倒れておるのを発見しました。急いで逃げようとしたとき、燃える髑髏に襲いかかられ、血が凍り、骨が溶ける思いで、闘うことも走ることもできず、やつのふり下ろす刃《やいば》を待つだけでした。そこにこの白い肌の婦人があらわれて、剣で髑髏を打ち倒しました。そして倒れた敵をあらためますと、どうでしょう！　それはホタランクの犬めではありませぬか！　皮膚に白い絵の具を塗り、古代の魔術師の生ける髑髏を頭に載《の》せていただけのこと！　いま、その髑髏は粉々に踏み砕かれ、それをかぶっていたホタランクの犬めは、死人となって横たわっております！」

その最後の言葉には、いうにいわれぬ歓喜の思いがこもっていた。それが谺《こだま》となって、低く、しかし激しく、聴《き》く者の口からもほとばしった。

「だが、待て！」テホトルは聴衆に向かっていった。「話はまだ先がある！　おれがこのご婦人と話しあっておると、ホタランクのやつらが斬りかかってきた！　そのひとりは、おれがあの世へ送った。その闘いの激しさは、この太腿《ふともも》の傷が物語っておる。敵のふたりは、この婦人が斬り斃《たお》した。しかし、追いつめられて、あわやと思ったとき、こちらの男が戦闘に加わり、第四の敵の頭蓋を粉砕してくれたのだ！　ああ！　これで五本の赤い釘を復讐の柱に打ちこむことができる！」

彼は台座の背後に立つ黒檀《こくたん》の円柱を指さした。その磨きあげた表面に、数百におよぶ赤い斑点《はんてん》が見受けられる。漆黒《しっこく》の木に打ちこまれた銅の大釘の頭であった。

「ホタランクどもの生命五つに、赤い釘五本！」テホトルが歓びの叫びをあげると、同じ凶悪な狂喜が、聴き手たちの顔を非人間的なものにした。

「で、このふたりは何者だ？」オルメック大公が質問した。その声は、はるか遠方から聞こえてくる牡牛の低い吼《ほ》え声に似ていた。フホトルの人々は声高《こわだか》にものをいうことがないのだ。あたかも空虚な廊下と人けのない部屋の静寂が、彼らの魂《たましい》のなかにまで沁《し》みこんでしまったかのように。

「おれはコナン、キンメリア人だ」蛮族あがりの男は簡潔に答えた。「この女はアキロニアの海賊団〈赤い兄弟たち〉の首領で、ヴァレリアという。おれたちふたりは、ここからはるか北方、ダルファルの国境地帯に駐屯《ちゅうとん》する軍隊を逃げだして、海岸へたどりつこうとしているところだ」

台座上の女性が、急に大きな声を出した。早口にしゃべろうとするので、かえって言葉がつかえがちだった。

「海岸にたどりつけるものでない！　フホトルからぬけ出る道はない！　おまえたちは、これから先の生涯を、この都《みやこ》のうちで過ごすことになる！」

「何をいうか！」コナンは剣の柄《つか》へ手をやり、一歩進み出て、台座の上のふたりと、その下に居並ぶ男女とを睨《にら》み据え、「おれたちを捕虜にする気か？」と大声にわめいた。

「いや、そのようなことをいっておるのでない」オルメックがさえぎって、「われわれはおまえたちの友人だ。おまえたちの意志に反して引きとめる気持ちなどあるわけもない。だが、ほかの事情によって、このフホトルから出ていくことは不可能なのだ」

いいながら大公はヴァレリアをちらっと見たが、すぐにその目を伏せて、

「こちらの女性はタスケラ姫といって」と、つづけた。「テクールトリの公女だ。だれか、客人たちに酒と食べるものをさしあげろ。長旅をつづけてこられたとあっては、腹を空《す》かしておられるにちがいないぞ」

大公が象牙の卓《たく》を指さしたので、男女の冒険者は目を見交わしてから、勧《すす》められるままに卓についたが、コナンは気を許さなかった。青い目を油断なく左右に配って、長剣を膝もとに引きつけておくのを忘れなかった。といって、ふるまわれる酒食《しゅしょく》に遠慮をする彼ではない。飲食のあいだ、彼の目は絶えずタスケラ姫の様子をうかがっていたが、姫の目は、白い肌を持つ女から離れようともしなかった。

テホトルは傷ついた太腿に絹布《けんぷ》の包帯を巻いていたが、友人たちの食卓で給仕の役を務めたい気持ちが顔にあふれていた。それを特権であり名誉であると考えているらしく、黄金の壺《つぼ》と皿に盛った飲み物と食べ物が運ばれてくると、いちいち毒味をしてからふたりの客の前に並べた。彼らふたりの食事の様子を、象牙の椅子にかけたオルメック大公が、黒く太い眉の下の鋭い目で無言のうちに見守っていた。隣の椅子のタスケラ姫は、膝の上に肘をつき、両手で顎《あご》を支え、謎めいた光を放つ黒い目をヴァレリアのしなやかな躰から離そうとしなかった。姫の背後では美少女が、むっつりした顔で駝鳥《だちょう》の羽根の扇《おうぎ》をゆるやかに動かして、風を送っていた。

ふたりの放浪者に提供された主食は、はじめて見る異国風の果物《くだもの》で、意外なほど美味《びみ》だった。飲み物は明るい緋色の葡萄酒《ぶどうしゅ》で、これは舌を刺すような鋭い味であった。

「おまえたちは、ずいぶんと長い旅をしてきたものだな」しばらくして、オルメック大公がいった。

「われらの父祖が遺《のこ》してくれた書物で知ったことだが、アキロニアといえば、スティギアとシェムの先、さらにアルゴスとジンガラを越えたところにある。そしてキンメリアにいたっては、アキロニアのまた向こうにある」

「おれたちはふたりとも、放浪して歩くのが好きな性分《しょうぶん》なのさ」とコナンが無造作に答えた。

「どういう手段を用《もち》いたかは知らぬが、あの森林を越えてきたとは、わしらにとっては大きな驚きだ」オルメック大公はつづけていった。「過ぎし昔、一千名の戦士たちが踏破《とうは》を試みたが、ついに成功しなかった道だが」

「おれたちも怪物に襲われた。前足が大きく開いていて、図体《ずうたい》は話に聞く古代象《マストドン》ほどあった」コナンは無造作にいってのけて、酒杯《しゅはい》をテホトルの前にさし出した。この男がうれしそうな顔つきで、なみなみと葡萄酒を満たすのを横目で見ながら、「だが、そいつを退治してしまうと、その後は危ない目にぜんぜん遭《あ》わずにすんだ」

酒の壺がテホトルの手からすべり落ちて、床に当たって砕けた。浅黒い彼の顔がまっ青だった。オルメックは腰を浮かせた。驚きのあまり躰が麻痺《まひ》したのか、彫像さながらだった。台座の下に居並ぶ全員の口から恐怖の叫びが低く洩れ、なかには脚の力を失ったのか、その場に膝をついてしまった者もいた。ただタスケラ姫だけが、何も聞かなかったように微動だにしなかった。コナンは呆気《あっけ》にとられた形でみなの顔を眺めて、

「これはどうしたことだ？　驚くようなことがあるのか？」といった。

「おまえは――龍の神を殺したのか？」

「神だと？　殺したのは龍だ。殺していけないわけがあるのか？　おれたちをひと呑《の》みにしようとしていたのだぞ」

「しかし、龍はみな不死のものだ！」オルメック大公は叫んだ。「龍のあいだでは殺しあうが、人間が龍を殺せるものでない。われらの父祖である一千名の戦士たちが、フホトルの都までの道を切り拓《ひら》こうと努めたが、龍たちに妨げられて失敗に終わった。龍の鱗《うろこ》に斬りつけると、剣が小枝のように折れてしまったものだ！」

「それはおまえの祖先の考えが足りなかっただけだ。おれみたいに、デルケタのリンゴの毒汁に槍の先を浸すことを思いつけば、殺せなかったこともない」コナンは口いっぱいに食べ物をほおばりながら、説明をつづけた。「その槍を、怪物の目とか口とか、鱗に覆われていない個所に突き立てる手があった。それで龍といえども食糧用の肉同然に変わる。森に足を踏み入れてすぐのところ、大きな樹が何本かそびえている場所に、やつの死骸が転がっている。おれの話が信じられんようなら、見に行くがいい」

オルメック大公は首をふった。こんどのそれは、コナンの言葉を否定したわけでなく、驚きの表現だった。

「われらの父祖は、龍族からの避難場所をこのフホトルの都に求めた。平原を渡って、あの大森林にはいりこむ危険を冒さなかった。それでもなお数十名の人々が、都にたどりつく前に、あの怪物たちに捕えられ、呑みこまれた」

「じゃ、この都はあんたたちの先祖が建てたのじゃないの？」とヴァレリアが訊いた。

「われらの父祖がこの土地に移ってきたのは遠い昔だが、そのときすでにフホトルの都は存在していた。いつの時代に築かれたものかは、住みついた建設者の子孫も知らなかった」

「おまえたちの先祖は、ズアド湖の岸から移ってきたのじゃないか？」とコナンが訊いてみた。

「いかにもそうだ。五十年以上昔のこと、トラジトランの一部族がスティギアの王に背《そむ》いて立ちあがったが、戦闘に敗れて南方に潰走《かいそう》した。幾週間にもわたって草原をさまよい、沙漠《さばく》と丘陵《きゅうりょう》を越え、最後にはあの大森林にはいりこんだ。一千名の戦士たちと女子供がだ。

森林中では龍たちの襲撃を受け、多数の者が八つ裂きにされた。生き残った者がかろうじて森林を逃れ出ると、そこには平原が開けていて、その中央にフホトルの都を見いだしたのだ。

その夜は平原を離れようとせず、都を前にして野営をした。怪物たちが森林じゅうで闘いをくり広げる音が夜通し聞こえてきたからだ。やつらは絶えず殺しあっておる。それでいて、平原へは出てこようとしないのだ。

都の住民は城門を閉ざして、われらの父祖たちに城壁から矢を射かけてきた。かくしてわがトラジトラン族は、平原に閉じこめられた形になった。大森林に周囲をとり囲まれ、その踏破を試みるのは、狂気の沙汰《さた》であったからだ。

その夜、都を密かに逃れ出た奴隷が、トラジトラン族の野営を訪れた。この男、元はといえばわれらの父祖の同族なのだが、若者だった当時、放浪の兵士団に加わった。その一団は、ある日たまたまあの森林に迷い入った。そしてたちまち龍たちの襲撃を受け、全員が餌食《えじき》となったが、彼ひとりはこのフホトルの都へ逃げこんだ。その後はここで奴隷として使役《しえき》されておった。この男の名はトルケメックといった」その名前を告げるとき、大公の黒い目にぎらぎらした焰が燃え、居並ぶ男女のうちには、さも不快げに唾を吐く者もいた。「彼はわが戦士たちに城門を開くことを約束した。その報賞として、捕虜の全員を自分の手にゆだねてくれとだけ要求した。

夜が明けかかったとき、彼は城門を開いた。戦士たちは雪崩《なだれ》を打って乱入し、フホトルの都の広間という広間を血に染めた。住民といってもわずか数百人ほどのもので、かつての強大な種族の衰退した末裔《まつえい》にすぎなかった。トルケメックの説明によると、この種族は遠い昔に東方の土地、古《いにしえ》のコサラから移ってきたのだという。つまりは現在のコサラの国の先住民にあたるのだが、南方からの侵略種族に故地を追われ、このような西の果てまでさまよいきたって、ついに森林に囲まれた平原を見いだしたのだ。当時、この地には黒人の部族が住んでおった。

彼らはその黒人族を奴隷にして、都の建設に着手した。資材としては、東方に連なる丘陵から翡翠、大理石、瑪瑙《めのう》、金、銀、銅を運んだ。象牙は、このあたりに棲息《せいそく》していた象の群れが供給してくれた。都が完成すると、黒人奴隷の全部を虐殺《ぎゃくさつ》した。そして彼らのうちの魔術師たちが、都を防衛するがために、怖るべき呪法の威力を発揮した。すなわち、その妖術によって、この秘境世界にかつて棲息した龍を再生させたのだ。その材料は、森林内で発見した巨龍の骨で、これに肉と生命をあたえ、この世界が創《つく》り出されて間もないころと同様に、生きている怪物が大地を彷徨《ほうこう》するようになった。ただし魔術師たちはこの怪物を呪縛《じゅばく》して、平原へは進出できぬように、森林内に閉じこめた。

かくしてフホトルの民《たみ》は、何百年かのあいだをこの都に住みつき、肥沃《ひよく》な平原を耕作して暮らしていた。やがて賢者《けんじゃ》たちが、都のうちで果実を育成する方法を案出した。その果実は耕地を必要とせず、養分は空気から摂取する。そのため灌漑《かんがい》用の溝は不用に帰《き》して水が涸《か》れ、人々は豪奢《ごうしゃ》な生活を送れることになった。いつしか怠惰の風が都の民全員の身に泌みこみ、彼らは滅びゆく種族となった。われらの父祖たちが森林をぬけ出て平原に進出したのは、このようなときであった。魔術師はすでに死に絶えていて、都の民は昔の呪法を忘れ、魔術でも剣でも闘うことができなかった。

さて、われらの父祖はフホトルの住民を虐殺したが、百名だけを生かしておき、その日まで奴隷として苦役《くえき》を強《し》いられたトルケメックの手にゆだねた。それから数日のあいだ、昼となく夜となく、むごたらしい拷問に泣きわめく声が広間に谺しておった。

このようにしてトラジトラン族は、しばらくのあいだこの都に平和裡《り》の生活を送った。統治者はテクールトリとホタランクの兄弟とトルケメック。このトルケメックは部族の娘を妻にめとり、城門を開いた功績とフホトラン族の技術の多くを習得していたことから、統治者の列に加えられた。ふたりの兄弟のほうは、スティギア王に背いて部族が立ちあがったとき、戦闘の指揮にあたった勲《いさおし》によるものだった。

かくしてわが部族は、その後の数年を都の内部で平穏無事に過ごすことができて、飲み、食い、愛を交わし、子供を育てることのほか、何ひとつ躰を動かす必要がなかった。トルケメックが、空気中から養分をとる果実の栽培を教えたので、もはや平原に出て耕作に従事することが不要になったのだ。そのうえフホトラン族を殲滅《せんめつ》した結果、龍たちを森林内に封じこめておく呪文が解けたことから、夜間には怪物どもが森林をぬけ出し、城門の前で吼え立てるにいたった。かくて都の周辺は不断の闘争の場所となり、鮮血の流れる土地と変わった。そのようなときに――」ここまで語りつづけた大公は、急に唇《くちびる》を嚙《か》んで黙りこんだ。やがてまた話しはじめたが、余計なことを話さぬよう言葉を選んでいるらしいことは、ヴァレリアとコナンの目にも見てとれるのだった。

「五年のあいだは、この都における生活が平穏に過ぎていった。それから」――オルメックは、隣の椅子に無言でいる女性にちらっと目をやって――「ホタランクがある女を妻にした。それはテクールトリもまた妻に望んでおった女で、中年を過ぎたトルケメックまでが、やはり欲望を感じておった。恋に狂ったテクールトリは、この女を夫の手から盗み出した。いや、彼女が進んでテクールトリのもとへ走ったといってもよい。トルケメックはホタランクに反感を抱いておったので、これに手を貸した。ホタランクは彼女の返還を主張した。そこで部族の長老会議が開かれて、その結論として、問題の決定を彼女の意志にまかせることにした。彼女はテクールトリのもとに留《とど》まる道を選んだ。怒りに燃えたホタランクは、力ずくでもとりもどしてみせると宣言し、両兄弟の家来たちによる決闘が、何回となく大広間において行なわれた。

それは激越《げきえつ》な闘いで、両家ともにおびただしい犠牲者を出した。決闘が度重《たびかさ》なるうちに、兄弟両家のあいだの血で血を洗う確執《かくしつ》として根づき、その宿怨《しゅくえん》が公然たる戦争に発展した。都のうちは混乱状態におちいり、部族は三つの党派に分裂した――テクールトリ、ホタランク、トルケメックの三分派だ。すでに平和な時代から、部族民は三つに分かれて住んでおった。テクールトリに従う者は西の区域に、ホタランクのそれは東の区域、そしてトルケメックの一族は南の城門近くを居住地と定めておったのだ。

　怒りと憎しみと妬《ねた》みが流血と強姦と殺戮《さつりく》に進展し、剣が一度引きぬかれれば鞘《さや》にもどることがなく、血が血を呼び、虐殺のあとにはただちに復讐がつづいた。テクールトリ家とホタランク家が死闘をくり返し、トルケメックは両家の旗色をうかがっては、優勢なほうへ助勢した。テクールトリ家とその一党は、西の城門地区に撤退した。それがいまわれわれのおる場所だ。このフホトルの都は楕円《だえん》状に構築されていて、テクールトリ地区は――統率者の名をとって、そのように呼ばれておるのだが――楕円の西端を占めておるわけだ。そして都内のほかの部分に通じる出入口は、各階にひとつずつを残して、全部封鎖した。そのほうが敵の侵入を防ぐのに容易だからだ。さらにまた、この都の地下は墓《ぼ》所《しょ》になっておって、先住民の遺骸と、内紛によって戦没したわがトラジトラン族の死体が安置してあるのだが、その西端に壁を築いて連絡の道を遮断した。かくしてテクールトリ氏族は、いわば堅固《けんご》な要塞に閉じこもり、機をうかがっては、敵陣への出撃と侵略を行なっておる。

　ホタランク氏族もまったく同様に、都の東端地区に砦《とりで》を築きあげた。トルケメックとその一族にしても、南の城門付近に同じ占拠地区を造った。都の中心部だけが無人の場所として残され、広間、居室、廊下が恐怖を産み出す戦場となった。

　トルケメックは双方の氏族に戦いを挑んだ。彼は人間の形をした悪魔で、ホタランクよりさらに悪い。この都の秘密を数多く知っておりながら、人に語ったことはなかった。地下の墓所にはいりこんで、死者からその奇怪な秘密を奪いとったのだ。古代の王や魔術師の秘法――われらの父祖たちが殲滅したフホトラン族の末裔も、久しい以前に忘れておったものだ。しかし、ある夜わがテクールトリの戦士たちがその砦を急襲して、彼に魔法を用いる余裕をあたえず、その一族をことごとく屠《ほふ》った。それからの毎日、トルケメックを拷問で苦しめぬいた」

大公の声が急にかすれて、目が遠くを眺めている色になった。あたかも、思い返すだけで喝采《かっさい》を叫ばずにいられぬ数年前の光景が、眼前に浮かんできたかのように。

「然り、われらは彼を生かしておいて、花嫁の名を呼ぶように死を求めはじめるのを待った。そして最後に、彼が死なぬうちに拷問室から引き出し、地下の土牢《どろう》に投げ入れ、生きたまま鼠の餌食にしようとした。しかし、いかなる秘術を用いたものか、彼は土牢をぬけ出し、墓所のなかへ逃げこんだ。そこで死んだことは疑いない。テクールトリの砦の地下は、テクールトリの砦と通じるほか出口がなく、その通路から出てこなかったのだから。だが、彼の遺骨はいまだに発見されておらぬ。それもあってか、われらの氏族のうちでも迷信深い者どもは、いまだに地下の窖《あなぐら》を彼の亡霊がさまよい歩き、死人の骨のあいだで泣きわめいておるという。われらがトルケメックの氏族を殲滅したのは十二年昔のことだ。しかし、テクールトリ家とホタランク家のあいだの宿怨はいよいよ復讐の度を強め、おそらくは最後の男、最後の女が死に絶えるまで闘いつづけることであろう。

テクールトリがホタランクの妻を盗んだのは五十年前のことだ。以来、半世紀にわたって、同じ血の流れる両家のあいだに殺しあいが継続した。わしはそのなかに生まれた。この広間に集まった者の全部も、タスケラひとりを除けば、やはりそのなかに生まれた。われらはみな、同族間の殺しあいのうちに死ぬことになろう。

要するにわれらは、父祖の手が殲滅したフホトラン族と同じに、滅びゆく部族なのだ。両家の争いがはじまったときは、両家それぞれ数百名の人数を擁《よう》しておった。それがいまやテクールトリ家に属する者は、この広間に居並ぶ者に四つの扉を固めておる番兵を加えただけ——全部で四十名にすぎぬ。ホタランク家側に何名生き残っておるかは知りがたいが、おそらくわれらと同程度であろう。ここ十五年のあいだ、われらのあいだに子供は生まれなかった。そしてホタランク側でも生まれた様子を見かけなかった。

われらはやがて死に絶える。しかし、神の御意《ぎょい》をそこねぬかぎり、同人数のホタランク族を道連れにする考えだ」

そして両眼を異様にきらめかせたオルメックは、なおも長々と語りつづけた。物音ひとつしない部屋で、緑色の焔の石の光と、床に煙る地獄の火の色だけの薄暗い廊下で、斬り裂かれた血管から緋色の鮮血が飛び散る模様などを、いつ果てるともなく話して聞かすのだった。長いあいだの殺しあいによって、当時の壮者《そうじゃ》は完全に姿を消した。ホタランクはとうの昔に象牙の階段の熾烈な闘いで斬り殺された。テクールトリは捕えられて、血に狂ったホタランク家の男の手で、生きたまま皮を剝《は》ぎとられた。

オルメックは感情をあらわすことなく、闇の廊下で行なわれた凄惨《せいさん》な戦い、螺旋《らせん》階段での待ち伏せ、血みどろの虐殺などを物語った。生きながら男女が皮を剝がれ、手足を斬り落とされ、拷問によって悲鳴をあげる有様を語るときは、その黒い目の奥に赤い光がきらめいて、未開の土地に生まれて育ったキンメリア人でさえ唸《うな》り声を洩らさずにはいられぬほど無気味なものがあった。捕虜にされるのを怖れて、テホトルがあれほど激しく身震いしたのも無理はない。それでいて彼は、機会さえあれば敵を斬り殺しに出かけていく。恐怖をさらに憎悪が上まわっているのであろう。オルメックはつづけて、奇怪な事実について語った。ホタランク氏族が黒魔術の力で地下墓所の闇のなかから招きよせ、味方につけた妖怪どものことである。それにはホタランク氏族が都の東端部を占拠したことが、彼らにさいわいした。古代フホトラン族最強の魔術師たちの遺骨が、その不滅の秘法とともに安置されていたのは、その区域の地下であったからだ。

ヴァレリアは大公の話の病的な魅力に惹《ひ》きつけられて、熱心に聞き入っていた。同族が両派に分かれての宿怨が、フホトルの人々を駆り立てる本質的な力となって、仮借《かしゃく》なく彼らを滅亡の運命に追いやる。復讐のための殺しあいが一生を支配する。そのうちに生まれた者は、そのうちに死んでいかねばならぬ。防備を固めた砦の外に出るのは、相対《あいたい》する要塞の敵と殺しあいをするために、両陣営の中間地帯である〈沈黙の広間〉に忍び出るときだけである。出撃した戦士たちが半狂乱の捕虜をともない、あるいは戦勝のしるしである敵の首を引っ提げて凱旋《がいせん》することもあるが、まったく帰還せずに、あるいは切り離されたその手足だけが、かんぬきを差した青銅扉の前に投げ出されて終わるのがしばしばなのだ。ひとつ部族が外界と完全に遮断されたところで、同じ罠《わな》に落ちた気ちがい鼠のように相互の殺戮をくり返し、かつて陽光の射したことのない廊下に待ち伏せして、忍びよる敵を逆襲し、捕虜にし、不具にし、拷問にかけ、最後にはその生命を奪うのに一生を賭けているとは、非現実的すぎて悪夢の世界としかいいようがないのであった。

オルメック大公の話がつづくあいだ、公女タスケラの鋭い視線が、絶えず自分に注がれているのをヴァレリアは意識していた。公女はオルメック大公の話など聞いていないようだった。ほかのテクールトリたちの表情は、大公の話が、あるいは勝利を、あるいは敗北をと移り変わるにつれて、狂ったような怒りと悪魔めいた歓喜のあいだを動揺しているのだが、彼女にかぎって微動もしないのだ。偏執観念ともいえる両家の宿怨も、彼女には無意味なものにすぎないのか。ヴァレリアは公女の無関心ぶりを見て、オルメック大公のむき出しな残忍性よりさらに反感をおぼえた。

「かくて、わしらはこの都を立ち去るわけにいかぬ宿命にある」とオルメックは結論をくだした。「五十年ものあいだ都を離れた者はひとりもおらぬのだ。ただ――」

そこまでいって、その先の言葉はふたたび胸に収めたまま、

「仮に龍の脅威がなくなったにしても」と、つづけた。「この都に生まれて育った者が、ここを離れる気になるわけがない。われらは城壁の外に足を踏み出したことがない。開けた空と裸の太陽に慣れておらぬのだ。そう、フホトルの都に生まれたからには、フホトルの都で死ぬのがわれらの宿命なのだ」

「なるほど」とコナンはうなずいてから、「では、あんたの許しを受けて、おれとこのヴァレリアのふたりだけで龍どもに闘いを挑んでみよう。ふたつの家系の殺しあいなど、おれたちには係わりあいのないことだ。西の城門をあけてくれれば、おれたちはさっさと出ていくことにする」

公女タスケラが両の拳を握りしめて、何ごとかをいいだそうとしたが、オルメック大公はそれを押しとどめて、

「もはや日暮れ時に近い。闇夜の平原にさまよい出たら、龍たちの餌食になるのは目に見えておる」

「おれたちは昨夜、平原を横切って大空の下で眠ったが、何ごともなかった」とコナンは反駁《はんばく》した。

公女タスケラが冷やかに笑って、「フホトルの都を出られるものでないぞ！」といった。

コナンは、本能的な敵意でタスケラを睨《ね》めつけた。彼女のほうは彼を見るわけでなく、もっぱら食卓の向こう側にいるヴァレリアに視線を注いでいた。

「止めたところで、このふたりは出てゆくだろう」とオルメックが口を出して、「しかし、コナンとヴァレリアよ、考え直してくれぬか。神々がテクールトリに勝利を授《さず》けようとして、おまえたちをわれらのもとに派遣なされたことは疑うべくもない！　おまえたちは職業的な剣士だ――われらのために、その剣を揮《ふる》うのをためらう理由はないと思う。ここには財宝が山のようにある――世人が珍重《ちんちょう》する宝石も、このフホトルでは街路に敷き詰めた石も同然だ。フホトラン族がコサラの国から運んできたものもあるし、焔の石のように、この都の東にあたる丘陵地帯でみつけたものもある。われらを援《たす》けて、ホタランク家のやつらを掃蕩《そうとう》してくれれば、おまえらの手で運べるだけの宝石を提供するつもりだが」

「そしてあたしたちの龍退治を手伝ってくれるのかい？」ヴァレリアがすかさず質問した。「弓と毒矢を持つ兵士が三十人も手を貸してくれたら、森のなかにいる龍を一匹残らず殺せるんだがね」

「おお、その手があったか！」オルメックが即座にいった。「長年のあいだ、剣を持っての闘いばかりしていたので、弓矢の使用を忘れておった。早速、その使用法を学び直さねばなるまい」

「おまえはどう思う？」ヴァレリアはコナンの意見を訊いた。

「おれたちふたりは一文《いちもん》無しの放浪者だ」コナンはにやりと笑った。「早いところホタランクどもを皆殺しにしてしまうか」

「では、承知してくれたのだな?」とオルメック大公が叫んだ。テホトルも喜びを全身にあらわしていた。

「まかせておくがいい。しかし、今夜のところは部屋をあてがってもらって、ひと眠りしたい。それで明日の朝、休息をとった元気な躰で、人殺し商売にとりかかれるというものだ」

オルメック大公はうなずいて、手をふった。するとテホトルとひとりの侍女が、ふたりの冒険者の案内に立ち、翡翠の台座の左手の扉から外の廊下へと導いた。ヴァレリアがふり返ると、オルメック大公が象牙の椅子にかけたまま、顎を握り拳の上に載せ、ふたりの後ろ姿を眺めていた。その目に異様な焔が燃えていた。公女タスケラは椅子の背にもたれて、むっつりした顔の侍女ヤサラに何か囁《ささや》きかけた。この年若い侍女は、公女の肩越しに耳を突き出して、小声のいいつけに聞き入った。


そこの廊下は、ふたりがこれまでたどってきたものにくらべて幅があるわけではなかったが、奥深いところまでつづいていた。じきに案内の侍女が足を止めて、そこの扉を開き、わきに退いて、ヴァレリアをなかへ通した。

「ちょっと待て」コナンが唸り声でいった。「おれの寝る部屋はどこなんだ?」

テホトルが廊下の向こう側の部屋を指さした。ひとつだけある扉が、ずっと先のところに見えている。コナンはためらって、不服の言葉を吐こうとしたが、ヴァレリアは意地の悪い笑いを洩らして、彼の鼻先で扉を閉めてしまった。コナンは女性一般についての毒舌を呟《つぶや》いてから、テホトルのあとについて大股に廊下を歩きだした。

コナンにあてがわれたのは、華美《かび》に飾り立てた寝室だった。見あげると、天井に溝のような明かりとりの窓が切ってある。細長いものではあるが、透明な板を破りさえしたら、痩《や》せた男であれば出入りできぬものでもない。

「ホタランクのやつらが屋根伝いにやってきて、あの明かりとりを破ったりはしないのか？」コナンが訊いた。

「あれは割れない板だ」テホトルは答えた。「それに、ここまで屋根伝いにやってくるなど、できることでない。ほとんどが尖塔《せんとう》と円《まる》屋根と屋根棟の連続なのだ」

テホトルは訊かれもしないのに、テクールトリの砦の構造を語って聞かせた。この都のほかの部分と同様に、これは四層の建物であり、部屋が重層的に重なって、屋根からいくつかの尖塔がそびえ立っている。それぞれの階は名称を持つ。通常の都市で道路や広場に名前があるように、このフホトルの都では、部屋と廊下と階段とに名称が付いている。テクールトリにおいては、各階がそれぞれ〈鷲の階〉、〈猿の階〉、〈虎の階〉、〈蛇の階〉と呼ばれていて、〈鷲の階〉が最上階である四階にあたるのだ。

「タスケラという女は何なんだ？」コナンが訊いた。「オルメックの妻か？」

テホトルは躰を震わせて、答える前にこそこそと周囲に目を配り、

「いや、彼女がその――タスケラだ！　ホタランクの妻だった女――テクールトリが奪いとって、兄弟両家のあいだに殺しあいのはじまる原因となった女だ」

「何をいいだすのだ！」コナンは驚いて、「あの女は若くて美しい。その彼女が、五十年も昔にふたりの男の妻だったというのか？」

「おお！　それが事実なんだ！　彼女は、トラジトラン族がズアド湖の岸を離れて放浪の旅にのぼったとき、すでに成熟した女だった。ホタランクとその弟が叛乱を起こして、曠野《こうや》に逃れることになったのも、彼女をスティギアの王が後宮《こうきゅう》へ入れようとしたからだ。あれは魔女だ。永遠に若さを保つ秘密を知っておるのだ」

「その秘密とはどんなものだ？」

テホトルはまたも躰を震わせて、

「おれには訊かんでくれ！　口にするのも怖ろしい。フホトルの都に生まれて育ったおれたちにさえ、怖ろしすぎることだ！」

そして指を唇にあてがってみせて、急いで部屋を出ていった。

4 黒い蓮《ロートス》の匂い

ヴァレリアは剣を吊るした帯を解いて、鞘《さや》に入れた武器といっしょに長椅子の上においた。今夜はそこで寝ることになっていた。部屋の四方にそれぞれ扉があって、かんぬきが備えてあった。どこへ通じる扉なのかと訊くと、

「このふたつは隣の部屋に通じています」と侍女が左右の扉を指さして答えた。「あの扉の外は」——と、さっき通ってきた廊下とは反対側の銅板張りの扉を示して——「裏手の通路になっていて、その突き当たりの階段を降りますと、地下の墓所《ぼしょ》に行きつきます。でも、心配なさることはございません。この部屋はぜったい安全ですから」

「そんなことを訊いてはいないよ。あたしは恐怖なんか感じたことのない女だ」ヴァレリアはきっぱりいった。「ただ、今夜ひと晩錨《いかり》を下ろすことになった港が、どんなところか知りたかっただけさ。あ、それから、おまえがこの長椅子の下で寝るのはお断りだよ。あたしは人にかしずかれるのに慣れていないんだ——ことにそれが女とあってはね。もう退《さ》がっていいよ」

部屋にひとりになると、女海賊は全部の扉にかんぬきを差し、深靴《ふかぐつ》を蹴るようにして脱ぎ捨て、長椅子の上に長々と躰《からだ》を伸ばした。廊下の向こう側では、コナンがおそらく同じような恰好をしている

ことであろう。女としての自負心から、彼女の肘鉄《ひじてつ》に独《ひと》り寝を余儀《よぎ》なくされて忿懣《ふんまん》やるかたないコナンが寝台上で輾転《てんてん》としている様子を想像して、底意地悪いにやにや笑いを洩らしながら、眠りに落ちようとしていた。

外はすでに夜だった。フホトルの都《みやこ》の部屋部屋には、緑色の焔《ほのお》の石が先史時代の猫の目に似た光を放ち、暗い尖塔《せんとう》のあいだで、夜風が小止《こや》みなく亡霊のざわめきのような音を立てていた。そのようなとき薄暗い廊下を、肉体を離れた魂《たましい》のように音もなく、忍び足に近づいてくるいくつかの影があった。

ヴァレリアは長椅子の上でいきなり目を醒《さ》ました。焔の石の放つ緑玉色《りょくぎょくしょく》のおぼつかぬ光で、彼女の上にのしかかっている暗い影が見えた。当初は目が醒めきらぬこともあって、それを夢の一部と考えた。夢のなかの彼女は、現実とそっくり同じに長椅子の上に横たわり、彼女の頭越しに、天井を覆い隠すほど巨大な漆黒《しっこく》の花が息づいていた。その花がただよわす異国風の匂いに、彼女の官能が甘く肉感的な刺激を受け、全身がとろけるようにものうく、眠りに似た妖《あや》しい気持ちに誘いこまれてゆくところだった。目に見えぬ祝福に包まれた匂い高い波に沈みつつあるとき、何かが顔に触れた。香りに酔ったことで、かえって意識が研《と》ぎすまされたものか、軽く触れただけなのに骨が砕けるほどの衝撃を感じた。そして完全に目が醒めた。見ると、大輪の花と思いこんでいたのが、事実は色の浅黒い娘で、ヴァレリアの上にのしかかっているのだった。

事実を知ると怒りがこみあげてきて、ヴァレリアはすばやく行動に移った。娘もまた敏捷《びんしょう》な身のこなしで飛びのきはしたものの、走りだすよりも早く、立ちあがったヴァレリアに腕をつかまれていた。

娘は山猫のように凶暴な抵抗を示したが、女のものとはとうてい思えぬ相手の力の前に争うだけ無駄と観念した。女海賊は娘をふりむかせ、空《あ》いているほうの手を顎《あご》にかけて、無理やり上を向かせた。目と目が出遭《であ》った。娘は公女タスケラの侍女、むっつりした顔のヤサラだった。

「あたしの上にのしかかって、何をしていたんだ？　手に持っているのは何だ？」

娘は返事をしなかった。代わりに、手にしている品を投げ捨てようとした。ヴァレリアがその手をねじって正面へ持ってこさせようとすると、その品が床に落ちた――翡翠《ひすい》色の茎《くき》の先についた異国風の黒い花で、その大きさは成人女性の頭ほどもある。これが夢のなかでは拡大されて、天井を覆い隠すほどに見えたのであろう。

「黒い蓮《ロートス》の花か！」ヴァレリアは叫んだ。「その匂いが、深い眠りに誘いこむという花。この匂いであたしの意識を失わせようとしたんだね。それがたまたま花弁《かべん》が顔に触れたので――だけど、何のためにこんな真似をした？　狙いは何さ？」

ヤサラは頑強に口をつぐんで沈黙をつづけた。ヴァレリアは罵声《ばせい》を発して、ふたたび娘をあちらへ向かせ、床に膝をつかせたうえ、腕を背中へねじあげた。

「さあ、口を割るか？　それとも、この腕を肩からもぎとってもらいたいか？」

腕を両肩の中間までねじあげられたヤサラは、苦痛のあまり身もだえしたが、激しく首をふるだけで、それが返事の全部だった。

「しぶとい雌犬《めすいぬ》め！」ヴァレリアは娘を突きとばし、床の上に匍《は》いつくばらせた。女海賊は、手足を拡げたその姿を怒りの目で睨《にら》みつけた。公女タスケラの異様に光る眸《ひとみ》が、恐怖を交えて思い出され、彼女の心に猛虎《もうこ》のような自衛本能を呼び起こした。この都に住む男女は頽廃《たいはい》の極《きょく》に達しているだけに、彼らといっしょにいるときは、いつ何時《なんどき》、どのような背理《はいり》邪悪な行為が仕向けられないものでもない。それにしても、さっきの場面の背後には、何か異様な動きがひそんでいた。ただの頽廃よりも不浄な怖ろしい秘密があるに相違ない。この無気味な都への嫌悪感と恐怖が、彼女の背筋を走った。住民は正気でなく、正常でもない。いや、それどころか、本物の人間であるかどうかさえ疑わしい。彼らの目は狂気に煙っている。煙っていないのはタスケラひとりだけだが、彼女のそれは残忍な光のほかに、狂気よりもさらに厄介な秘密と謎を秘めているのだった。

ヴァレリアは顔をあげて、耳を澄ました。フホトルの都のうちは、文字どおりの死都のように静まりかえっていた。緑色の宝石のきらめきが、夢魔《むま》の無気味さで室内を浸しているところで、床に伏した娘の目が、さらに無気味な光で見あげていた。それに気づくと、さしも気丈《きじょう》なヴァレリアも慄然《りつぜん》として、最後に残された慈悲心まで失った。

「何のためにあたしを深い眠りにおとしいれようとした？」と娘の黒髪をわしづかみにし、頭をのけぞらさせて、長いまつ毛の目をのぞきこみ、「タスケラにいいつかったのか？」と問いただした。

返事はなかった。ヴァレリアは激しくののしりながら、娘の両頰を交互に張った。平手打ちの音が部屋じゅうに響きわたったが、ヤサラは悲鳴をあげなかった。

「泣きわめいたらどうなんだい？」ヴァレリアはいよいよ猛《たけ》りたっていった。「だれかに聞かれるのを怖《おそ》れているのか？　おまえの怖れる相手は？　タスケラ？　オルメック？　コナン？」

ヤサラはやはり答えなかった。床にうずくまったまま、見るだけで人を死に至らしめるバジリスクのそれを思わせる目で捕獲者を睨み返していた。強情な沈黙というものは、常に怒りを煽《あお》り立てる。

ヴァレリアは向きを変えると、そばの壁の掛け布から飾り紐《ひも》をひとつかみ引きちぎった。

「どうしてそう強情なんだ！」と彼女は歯をぎりぎり噛《か》んで、「おまえを丸裸にして、この長椅子に縛《しば》りつけるよ。だれにいいつかったか、ここで何をしていたのか、本当のことをいうまで叩きのめしてくれる！」

ヤサラは口で抗議をするわけでなく、躰で反抗する様子もなかった。ヴァレリアは捕虜の頑強さに怒りをいよいよ募らせて、脅迫を実行に移した。それからしばらくのあいだ、その部屋のなかに聞こえるものは、固く編んだ絹《きぬ》の紐が裸の肉を鞭打《むちう》つ音だけであった。ヤサラは手足をきつく縛られているので、動くこともできなかった。懲罰《ちょうばつ》の鞭の下で躰がもだえ震え、打撃に合わせて頭が左右に揺れた。折檻《せっかん》がつづくにつれ、噛みしめた下唇《したくちびる》から血が流れだしたが、ヤサラはやはり悲鳴もあげなかった。

しなやかな紐の鞭は、捕虜の震える肉を叩いても、さほど大きな音を立てることもなく、ぴしっぴしっと鋭い響きを聞かすだけだが、ひと叩きごとにヤサラの浅黒い肌に紅《あか》い筋を残していった。懲罰の鞭を加えるヴァレリアの腕は、数かぎりない戦闘で鍛《きた》えあげたものであり、容赦ない残酷さは、苦痛苦悩が日常の出来事である半生のうちに身につけたものであり、疼痛《とうつう》の急所を狙う非情なところは、女と女の闘いだけに見られる現象だった。かくてヤサラは、男の力強い腕が揮《ふる》う鞭以上に苛酷な責苦を、肉体的にも精神的にも味わわされているのだった。

しかし、この女性特有の残忍さが、ようやくヤサラの口を割らせた。

低いすすり泣きの声が娘の口から洩れるのを聞くと、ヴァレリアは手を休めて、汗に濡れた黄色い巻き毛を掻きあげ、

「しゃべる気になってくれたかい？」といった。「必要とあれば、ひと晩じゅうでも打ちつづけられるんだよ」

「お慈悲を！」娘は泣き声でいった。「お話ししますから」

ヴァレリアは、娘の手足の縛《いまし》めを解いて立ちあがらせた。ヤサラは長椅子に腰を落とした。手をついて躰を支え、裸の尻を半分ほど載《の》せたが、皮膚の破れたところが触れると、疼痛に身もだえした。手足が震えている。

「お酒を！」娘は、震える手で象牙《ぞうげ》の卓の上の黄金の壺《つぼ》を示し、乾いた唇で哀願した。「お酒を飲ませて！　躰が痛んで、口をきく力もないの。飲ませてもらえたら、みんな話します」

ヴァレリアが酒の壺をとりあげると、ヤサラはおぼつかない恰好で立ちあがった。受けとって、口へ持っていった――と見た瞬間、壺の中身がアキロニア女の顔にぶちまけられた。ヴァレリアは思わずうしろへ退がって、首をふり、目に沁《し》みる液体を指で払いのけた。霧のかかった目をみはると、ヤサラが走りだしたのが見えた。部屋を横切り、かんぬきをはずして銅張りの扉を押しあけると、外の通路へ飛び出す。女海賊はすぐさまそのあとを追った。剣を引きぬき、胸に殺戮《さつりく》の思いをこめて。

しかし、ヤサラは一歩先んじていた。鞭打たれて狂気の寸前に追いつめられた女の機敏さで通路を疾走してゆく。ヴァレリアの数ヤード先で曲がり角をまわった。女海賊がそこを曲がったときは、す

でに娘の姿はなく、突き当たりの扉が開いて、その先に闇が口をあけていた。そこから湿った黴《かび》くさい臭いが流れてくる。ヴァレリアは身震いした。あれは地下墓所に通じる階段の入口にちがいない。ヤサラは死人のあいだに逃げこんだのだ。

ヴァレリアはそこに駆けよって、すぐ先で漆黒の闇に消えている石段を見おろした。どうやらそれが、途中の階層に出入口を持つことなく、この都の地下深く拡《ひろ》がる墓穴まで一直線に落ちこんでいるらしい。石を畳んだ地下の納骨所に、黴くさい屍衣《しい》に包まれた死体が幾千と横たわっている様子を思い浮かべて、ヴァレリアは身震いをした。手探りで石段をくだって行く気持ちは起きなかった。ヤサラが地下坑内の複雑な地理に詳しいのは、疑うべくもなかった。

ヴァレリアは腹立たしさを抑えて、引っ返そうとした。そのとき地下の闇のなかに泣きじゃくる声があがった。奈落《ならく》の底から聞こえてくるようでいて、人間の声であるのが、そして女のものであるのが、かすかながら聞きとれる。「助けて！　お願い、セトの神さま！　ああ！」それは尾を引いて消えていった。そのあとつづいて、無気味な含み笑いが谺《こだま》したように思えた。

ヴァレリアは全身の肌が総毛立《そうけだ》つ思いに襲われた。漆黒の闇のなかで、ヤサラの身に何が起きたのか？　悲鳴をあげたのがヤサラであるのは疑いない。しかし、どんな危険が彼女を襲ったのか？　ホタランク家のひとりがそこにひそんでいたのか？　オルメックの話だと、テクールトリの砦《とりで》の下の地下墓所は、壁でほかの部分と隔《へだ》ててあり、敵兵の侵入を防いでいるという。それにあの含み笑いには、人間の声らしいところがまったくなかった。

ヴァレリアは石段の入口の扉を閉める手間もかけずに、通路を駆けもどった。部屋へ飛びこんで扉を閉め、かんぬきを差した。急いで深靴を履《は》き、剣を吊るす腰帯を締めた。コナンの部屋へ駆けつけて――もし、いまだに彼が生きていてくれたら――彼と力を合わせて、この悪鬼《あっき》の都を脱出しようと腹を固めた。

だが、廊下に向かう扉に駆けよったとき、広間のあたりに長々と尾を引く苦痛の叫びがあがり、つづいて走りまわる足音と、剣を打ちあう響きが聞こえてきた。

5　二十の赤い釘

〈鷲《わし》の階〉と呼ばれている最上階にある守備兵の詰所《つめしょ》で、ふたりの兵士が話しあっていた。身についた習慣から、警戒の目を配るのを忘れてはいないが、一応はのんびりした態度であった。巨大な青銅扉に外部から攻撃を仕掛けられる可能性が常にあるのだが、ここ数年のあいだ、敵も味方も、そこまで大規模な戦いを挑《いど》んだことはないのである。

「あの他国者《よそもの》ふたりが味方につけば」と兵士のひとりがいった。「オルメック大公さまは明日にでも兵を起こして、敵陣へ攻めよせるであろうよ」

彼は戦場における兵士のような口をきいていた。ここフホトルの都《みやこ》は小なりといえども一個の独立世界で、ひと握りの人数にすぎぬ兵士が、彼らにとっては軍隊である。そして砦《とりで》と砦のあいだにつづく空虚な部屋部屋が、両軍団の雌雄《しゆう》を決する交戦場なのだ。

相手の兵士は少し考えてから、

「あのふたりの援助でホタランク家のやつらを皆殺しにしたとしたら」といった。「そのあとはどうなるんだろうな、ハトメック？」

「決まっているじゃないか」ハトメックと呼ばれた兵士が答えた。「殺した頭数だけ赤い釘を打ちこむんだ。捕虜にしたのは、火あぶりにするか、生き皮を剝《は》ぐか、四つ裂きにするかだ」

「そのあとだよ。それからどうする？」相手の兵士はなおも追及した。「やつらを皆殺しにしたあとのことだ。闘う相手がいないというのは、おかしな気持ちだろうな。おれたちはホタランク家のやつらが憎いばかりに、生涯をかけて闘ってきた。その宿怨《しゅくえん》がなくなってしまったら、あとに何が残るのだ？」

ハトメックは肩をすくめた。これまで敵を殲滅《せんめつ》することだけを願って、その先は考えてもみなかった。思考がその先におよばないのである。

不意にふたりの兵士は身をこわばらせた。青銅扉の外に物音がしたのだ。

「扉へ急げ、ハトメック！　おれは〈目〉からのぞいてみる――」

ハトメックは剣を手に青銅扉に身を寄せて、耳を扉板に押しあて、外の物音が何であるかを聞きとろうとした。同僚の兵士は鏡をのぞきこんで、顔を引きつらせた。門扉《もんぴ》の外に色の浅黒い男たちが集結しているのだが、各自が剣を口にくわえて――耳の穴に指を突っこんでいるのだ。羽根つきの頭飾りをかぶった男が、管《くだ》を並べた造りの風笛《かざぶえ》を手にして立ち、笛口を唇《くちびる》にあてている。テクールトリ家の兵士が警告の叫びを発しようとしたちょうどそのとき、風笛の甲高《かんだか》い音が鳴り響いた。

出かかった警告の叫びも、異様な風笛の音が青銅扉を貫いて耳に響くと、兵士の喉のところで止まってしまった。ハトメックは扉板に躰をもたせかけたまま、麻痺《まひ》したように動けずにいた。その顔は木彫りのそれであり、表情もまた耳にしたものの恐怖に凍りついていた。もうひとりの守備兵は、音の発したところからは離れた位置にいたわけだが、悪魔的な笛の響きを聞きとって、恐怖に満ちた情勢をはっきりと知った。目に見えぬ指に脳髄を絞り出され、代わりに異質な情動と狂気の衝動を押しこまれるのを感じた。が、必死の努力で呪縛《じゅばく》をふりもぎると、彼自身おのれのものとは思えぬような声で警告の叫びをあげた。

しかし、その叫び声を聞いてか聞かずか、風笛の音は耐えられぬほどの鋭い響きに変わって、兵士たちの鼓膜《こまく》をつんざいた。ハトメックは苦悶《くもん》の悲鳴をあげ、その顔から、蠟燭《ろうそく》の火が疾風《しっぷう》に吹き消されるように、正気の表情が消えた。そして狂人のように扉の鎖を引きはずし、扉板を押しあけると、剣をふりかざして、同僚の兵士が止める間もなく、外の広間へと走りだしていった。これを十数本の刃《やいば》が迎え撃って斬《き》り倒すと、その死骸を踏み越えて、ホタランク家の兵士たちが砦のなかに雪崩《なだれ》こんできた。血に狂った雄叫《おたけ》びが長く尾を引き、時ならぬ谺《こだま》となって響きわたった。

残った兵士は、奇怪な出来事の衝撃に頭が混乱したが、それでも槍《やり》を持ち直して、襲いかかる敵兵に立ち向かった。いま目撃した魔法の恐怖も、敵兵がテクールトリの砦内に侵入した驚くべき事実の前に意識から消えていた。そして突き出した槍の穂先《ほさき》が、先頭に立った敵兵の浅黒い腹をみごとに貫いたが、その瞬間、第二の敵兵のふり下ろす剣に頭蓋を断ち割られて、守備兵詰所のうしろの部屋から目を血走らせた味方の兵士たちが駆けつけるのも知らずに息絶えた。

わめきたてる兵士たちの声と打ちあう剣の響きに、コナンは長椅子から跳ね起きた。完全に目を醒《さ》ました状態で、広刃《ひろは》の剣をつかむと、ひと跳びで扉に達し、扉を押しあけて廊下をのぞいた。そこへテホトルが、目を狂気でぎらつかせながら、息を切らして駆けつけて、

「ホタランクどもだ！」と人間のものとも思われぬ声で叫んだ。「すでに城門のなかに侵入しておる！」

コナンは廊下を駆けだした。ヴァレリアも部屋から顔を出して、

「何ごとが起きたのさ？」と大声で訊いた。

「テホトルが知らせにきたが、ホタランク家のやつらが侵入してきたそうだ」コナンは先を急ぎながら答えた。「あの物音だと、かなりの人数らしいぞ」

テホトルより先に、ふたりは玉座《ぎょくざ》のある部屋へ飛びこんでいった。そこでは悪夢のような血みどろの戦闘場面が展開していた。胸に白い髑髏《どくろ》を描き、黒髪をふり乱した二十名からの男女が、テクールトリ家の人々に死闘を挑んでいる。両軍ともに女が男に劣らぬ奮戦ぶりを示して、この部屋とそれにつづく広間に、すでに戦死体が散乱しているのだった。

玉座の前ではオルメックが、下帯ひとつの全裸に近い恰好で闘っていた。コナンとヴァレリアが駆けつけたちょうどそのとき、剣を手にしたタスケラが、奥の部屋から走り出てきた。

ハトメックとその同僚の兵士が斃《たお》れたあとなので、敵兵がどのような方法でこの砦に侵入したかを報告する者はいなくなっていた。そして、この無謀な進撃を何がうながしたものであるかを推察できる者もいなかった。しかし、このときまでにホタランク家のこうむった損失は、テクールトリ家のそれよりも大きく、彼らの立場は危険に瀕《ひん》していたのである。しかも味方と頼む鱗《うろこ》に覆われた怪物が深手《ふかで》を負い、燃える髑髏が打ち斃され、さらには、瀕死の兵士が報告したところによると、正体不明の白い皮膚の戦士たちが敵の陣営に加わったことが、彼らを絶望的な狂気に追いやり、宿敵を道連れにして死ぬ決意を固めさせたのであった。

不意をつかれたテクールトリ家の連中は、当初、驚きの衝撃に愕然《がくぜん》としているうちに、玉座の部屋まで追いつめられ、床に味方の死骸を散乱させる羽目におちいったが、敵と同じく絶望的な怒りを燃えあがらせ、すぐさま態勢を立て直した。その間に下の階の青銅扉の守備兵が馳《は》せ参《さん》じて、たがいに譲《ゆず》らぬ乱戦に持ちこんだ。血に狂った狼《おおかみ》の、盲目的な、凄惨《せいさん》をきわめた死闘だった。大波が寄せては引いてゆくように、入口と台座のあいだに両軍が行動をくり返し、剣がひらめいて肉を斬り、血がほとばしって、足が床を踏み鳴らすと、たちまちそこに血の海が生じた。象牙《ぞうげ》の卓《たく》が潰《つぶ》され、椅子はひび割れ、引き裂かれたビロードの垂れ布が朱《あけ》に染まった。これは半世紀にわたる血の闘いの頂点であり、それをだれもが感じとっていた。

しかし、戦闘の結果は歴然としていた。テクールトリ家の兵力は侵攻軍の二倍はあり、その事実と、白い皮膚の同盟者二名が戦闘に加わったのを知って、自信をさらに深めていた。

この男女二名の援軍は、戦闘に参加するや否や、颱風《たいふう》が若木を薙《な》ぎ倒すような勢いで敵兵を斬り倒していった。膂力《りょりょく》をくらべれば、トラジトラン族の男が三人束《たば》になってもコナンに敵するものでなく、しかもこのキンメリア人は、その巨躰からは想像もできぬ身軽さで走りまわった。野犬の群れに躍りこんだ灰色狼の正確な攻撃と破壊力で、寄せては引く敵兵を薙ぎ倒し、倒れ伏す躰を乗り越えては、さらにまた斬りまくった。

ヴァレリアもコナンと並んで奮戦した。唇に笑みをたたえ、目を輝かせていた。通常の男性よりも強健であり、はるかに敏捷《びんしょう》、はるかに残忍である。その手の剣は生き物のように躍った。コナンは人間のものとは思えぬ力で敵兵の槍を叩き折り、頭蓋を断ち割り、胸を骨まで斬り裂くのだが、ヴァレリアの動きは剣技の冴《さ》えを示すもので、敵兵は呆然と立ちすくむうちに斬り伏せられてしまう。敵の戦士が、再三再四その大刀をふりかざしても、ふり下ろす間をあたえられず、ヴァレリアの剣の切先《きっさき》に頸《けい》動脈を断ち切られているのである。コナンは乱戦のなかに、塔のようにひときわ抜きんでて高く、左に右にと大股に動きまわって闘うが、ヴァレリアは何かの幻影のように絶えず移動をつづけては、そのつどひとりずつ斬り倒してゆく。その移動のすばやさに、斬りかかる相手の剣は必ず空《くう》を切り、入れかわりに切先を胸もとか喉に受け、彼女の嘲笑《ちょうしょう》を耳にしながら息絶えるのだった。

狂気の乱戦のさなかでは、性別も身分も問題でなかった。コナンとヴァレリアが戦闘に参加する以前に、ホタランク家の女五人が喉をかっ切られて死んでいった。男にしろ女にしろ、床に斬り伏せられたが最後、そこには喉を切って息の根を止める短剣か、頭蓋を踏み砕くサンダルが待ちかまえているのだった。

壁から壁、扉から扉へと、戦闘の大波が絶えず移動をくり返し、その余波が隣接する部屋部屋におよんだ。じきに玉座のあるこの大広間に立っているのは、テクールトリ家の戦士と白い皮膚の援軍ふたりだけになった。生き残った者は、最後の審判の日か世界滅亡の日を死なずにすんだ男女のように、うつろな目でたがいの顔を眺めあっていた。足を大きく踏みひらき、血に染まり、刃こぼれのした剣を引っ提げ、腕からも血をしたたらせながら、友人と敵との死骸の山を隔《へだ》てて、相互に顔を見交わしているのである。勝利の叫びをあげる声は残っていないが、けものじみた狂気のうめきが唇を洩れた。それは人間の喉が発する勝鬨《かちどき》ではなく、みずから屠《ほふ》った獲物の死骸のあいだをうろつきまわる狼の群れの咆哮《ほうこう》であった。

コナンはヴァレリアの腕をつかんでふりむかせ、

「ふくらはぎに手傷を負ったな」と眉をひそめていった。

彼女は見おろして、はじめて脚の筋肉に刺すような痛みを感じた。床に斬り伏せられた敵兵が、最後の力をふり絞り、短剣で斬りつけたのであろう。

「そういうおまえは躰じゅう血だらけじゃないか」とヴァレリアは笑った。

彼は両手の血をふり落として、

「これはおれの血じゃない。まあ、あちこちに傷を受けたが、ほんのかすり傷で、気にするほどのものでない。しかし、おまえの脚の傷は、包帯で縛《しば》っておく必要があるぞ」

オルメック大公が、死骸の山を越えて近よってきた。たくましい裸の肩に血を浴びて、幽鬼《ゆうき》さながらの姿だった。黒い鬚髯《しゅぜん》も朱に染まり、目が血走って、暗い水面に反映する焔《ほのお》を思わせた。

「われらは勝った！」大公は呆然としながらも、しわがれた声で叫んだ。「両家の宿怨は終わった！ホタランク家の犬どもはみんな死んだ！　あとは捕虜のやつらを生きながら皮剝ぎの刑にするだけだ！それにしても、敵の死に顔を見るのは心地よいものだ。二十匹の死んだ犬か！　これで黒い円柱に赤い釘を二十本打ちこむことができる！」

「それより、傷ついた味方の兵士の手当てをしてやるのが先だ」コナンは彼から顔をそむけて、「おい、ヴァレリア、脚の傷を見せろ」

「傷の手当てはあとでいい！」ヴァレリアはいらだって、彼の手をふり払った。彼女の心には、いまだに戦闘の火が燃えているのだ。「ここで斬り殺したのが、敵の全員だとどうしてわかる？　この連中が、自分たちだけの計画で襲撃してきたのかもしれないじゃないか」

「このような決死的な来襲に、氏族の全員を投入しなかったとは考えられぬ」オルメック大公が首をふっていった。どうやら平素《へいそ》の知力をとりもどしたものらしい。だが、身にまとった紫の長衣《ちょうい》がないときは、大公という身分のある男というより、何かいやらしい捕食獣のような印象だった。「われらがここで斬り倒したのが、ホタランク一族の全部であるのは、首を賭けて断言できる。思ったより小人数だが、それだけに自暴自棄になったにちがいない。それにしても、どんな手を用いて、わが砦のうちに入りこんだのか？」

公女タスケラが進み出た。剣の血を裸の太腿《ふともも》でぬぐい、もう一方の手で、羽根つきの頭飾りをかぶった敵将の死骸からとりあげた品をさし出して、

「狂気を誘う風笛です」といった。「兵士の話だと、ホタランク家のやつらのために青銅扉をあけてやったのはハトメックで、彼は敵軍が守備兵詰所に雪崩こむと同時に斬り殺されたそうです。その話をしてくれた兵士は、奥の広間からいち早く守備兵詰所に駆けつけたので、敵兵の乱入する模様を見ることができたのです。そのときはまだ異様な笛の音《ね》が聞こえていて、魂《たましい》が凍りつく思いがしたといいます。この魔法の風笛については、トルケメックがよく話していました。おそらく先住民のフホトラン族が、地下墓所《ぼしょ》のどこか、古代の魔術師の遺骨のあいだに隠しておいたものでしょう。その魔術師が生前に、これを用いて魔法を行なったと思われます。ホタランク家の犬どもが、何かのきっかけで発見し、その秘密を学びとったにちがいないのです」

「だれかホタランクの砦へ行って、生き残ったやつがいるかどうか見てきたほうがいい」コナンがいいだした。「案内する者があれば、おれが行ってもいい」

オルメック大公は生き残った臣民を見わたした。それはわずか二十名で、そのうち何人かは床に伏したままでうめき声をあげていた。テクールトリ家に所属する者で無傷でいるのは、公女タスケラただひとりだった。男もおよばぬ奮戦ぶりを示したのに、かすり傷ひとつ負っていないのだ。

「コナンといっしょにホタランクへ行く者はおらぬか？」オルメックが訊いた。

テホトルが足を引きずりながら進み出た。太腿の傷が新しく血を噴き出していた。肋《あばら》のあたりにもう一カ所、傷が口をあけている。

「わたしが行きます！」

「いや、そんな深手で歩けるものでない」コナンは拒否して、「それからヴァレリア、おまえも無理だ。しばらくすると、その脚は動かなくなるからな」

「おれが行く」腕の傷に布を巻きつけていた戦士が、案内役を買って出た。

「おお、ヤナトか。では、キンメリア人といっしょに行ってくれ。それからトパル、おまえも行け」

オルメックは傷の軽い別の兵士を指さして命令し、「だが、その前に傷の重い者をあの長椅子へ運ぶのだ。あとに残った者が包帯を巻いておく」

以上の手配が迅速に行なわれた。戦闘用の棍棒《こんぼう》に叩かれて気絶している女をかかえあげようと、彼らが躰をかがめたとき、オルメックの顎鬚《あごひげ》がトパルの耳に触れた。それを見てコナンは、大公が戦士に何か囁《ささや》いたと思ったが、たしかなことはわからなかった。ややあって、コナンはふたりの兵士の先に立って広間の外へ向かって歩きだしていた。
　コナンは扉を出るにあたって、ふり返って血戦場へ目をやった。薄暗い床にたくさんの死骸が転がっている。それがみな激闘の痕《あと》を示すように、血に染まった腕が節《ふし》くれ立ち、浅黒い顔に憎悪の仮面が凍りつき、緑玉色《りょくぎょくしょく》の異様な光を放つ焰の石をうつろな目で見あげている。それらの死骸のあいだを、生き残った者が放心状態で意味もなくうろついている。オルメックがひとりの女を呼んで、ヴァレリアの脚に包帯を巻いてやれと命令するのが聞こえた。女海賊はその女に導かれて、隣の部屋へはいっていった。すでにわずかではあるが足を引きずりはじめていた。

　青銅扉の外へ出ると、ふたりのテクールトリの兵士はコナンを導いて、周囲に気を配りながら、緑色の無気味な光がきらめく部屋から部屋へと進んでいった。途中だれの姿も見ず、何の物音も聞かなかった。この都を南北の方向に二分している大広間を通り過ぎると、いよいよ敵地へ接近したという意識から、一行の警戒心がいちだんと高まった。しかし、なおいっそう目を鋭くしてみても、通り過ぎる部屋にしろ広間にしろ、依然として人けがなかった。とうとう彼らは薄暗い幅広の廊下に到着して、テクールトリの砦の〈鷲の扉〉とまったく同じ形の青銅扉の前に立った。用心しながら扉板を押してみると、それは音もなく内部へ開いた。ここにもまた緑色の光のきらめく部屋がつづいている。過去五十年のあいだ、テクールトリ家の一族であるかぎり——捕虜となって最悪の運命に見舞われた者を除けば——ひとりとしてこの内部に足を踏み入れた者はなかった。西の砦に生まれた男がホタランク家の領域内にはいりこめば、究極の恐怖がその身に降りかかることになる。幼児のころからその怖ろしさが、夢を通じて沁《し》みついているのである。ヤナトとトパルにとって、この青銅扉は地獄の門も同然だった。

ふたりがいわれのない恐怖を目に浮かべて、あとじさりをはじめたので、コナンは彼らを押しのけて、大股にホタランクの本拠地へ突き進んだ。

ふたりもおずおずとコナンのあとにつづいた。敷居をまたいだところで、急いで周囲を見まわしたが、彼ら自身の荒々しい息づかいのほか、そこの静寂を破るものはなかった。

テクールトリ側の〈鷲の階〉と同じに、真四角な守備兵詰所があり、そこから廊下で導かれる広間が、やはりオルメック大公の玉座の部屋とそっくりだった。

コナンはその広間で敷物、長椅子、壁掛けなどを眺めわたしたあと、そこに突っ立ったまま耳を澄ましていた。物音はまったく聞こえず、どの部屋にも人のいる気配がない。このフホトルの都に、生き残ったホタランク家の者はひとりもいないと見てまちがいなさそうだ。

「ついてこい」コナンは小声で命じて、廊下を歩きだした。

しかし、何歩と進まぬうちに、あとに従っているのがヤナトだけなのに気づいた。ふり返ると、トパルが少し離れたところに、何かに憑《つ》かれたような恐怖の目で立ちすくんでいた。凶悪なものが襲いかかるのを防ぐつもりか、腕を長椅子に向けて突き出している。たしかに椅子のうしろから、何かが顔をのぞかせている。

「何だ、それは？」コナンはトパルが凝視《ぎょうし》しているものを見た。そして、たくましい肩のあいだで肌が総毛立つのを感じた。長椅子のうしろからのぞいているのは、見るも奇怪な頭だった。巨大な爬虫《はちゅう》類《るい》の頭――その幅たるや鰐《わに》のそれに匹敵するものがあり、下顎にかぶさる形で下向きの牙を突き出しているのだが、不自然なほど力の失《う》せた感じで、両の目もどんよりと濁って生気がなかった。

コナンは長椅子の背後をのぞきこんだ。怪物の正体は大蛇で、死が近づいているのか、ぐったりした様子で横たわっていた。それにしても、コナンはその長い放浪のあいだにも、これほど巨大な蛇は見たことがなかった。悪臭をただよわせ、その身辺にどす黒い大地の冷気をみなぎらせ、躰の色は見る角度によって変化するので、何色と限定できない。首が深く斬り裂かれていて、それが死の原因であるのは疑うべくもなかった。

「〈匍《は》いまわる化け物〉だ!」ヤナトが低い声で叫んだ。

「階段でおれが斬り裂いてやったのだ」コナンが説明を加えた。「そのあと〈鷲の扉〉まで追ってきたが、ここまで引っ返してきて、死を待っているのだろう。それにしても、ホタランクのやつらはどんな手を用いて、こんな大きな化け物を手なずけたのかな?」

ふたりの兵士は躰を震わせて、首をふり、

「彼らはこれを、地下墓所のそのまた下の黒い坑道《こうどう》から連れ出したのです。われらテクールトリ家の者には未知の秘密を手に入れたからです」

「なるほど。こいつはもうじき死ぬし、ほかに同類はいそうもない。いたとしたら、さっきの来襲に連れてきたはずだからな。さあ、先へ進もう」

ぴったり寄りそってあとに従うふたりを引き連れて、コナンは大股に廊下を進み、突き当たりの銀の枠をほどこした扉に達した。

「この階にだれもいなかったら」とコナンがいった。「下の階をつぎつぎと調べてみる。屋上から地下の墓所まで、余すところなくあらためるのだ。ここもテクールトリの砦と同じ構造なら、この階の部屋と広間は緑色の石の光で照らされているはずだ――おお、これだな！」

彼らは玉座のある大広間に足を踏み入れていた。これもまたテクールトリのそれとまったく同じで、同じような翡翠《ひすい》の台座と象牙の椅子。そして壁に沿って並べた長椅子、敷物、垂れ布。玉座のある台座のうしろに赤い斑点《はんてん》を散らした黒い円柱は立っていなかったが、宿怨による残忍な殺しあいの証拠が欠けているわけではなかった。

玉座のある台座のうしろの壁に、透明な板張りの棚が幾層にもしつらえてあって、そこに人間の首が何百と据えてあった。保存が完璧で、驚いて眺める三人を無表情の目で見返している。どれほどの歳月を、ここにこうして並べておかれたのか。

トパルが呪いの言葉を呟《つぶや》いたが、ヤナトは無言で突っ立ったまま、大きく見開かれた目に狂気の光を宿しはじめている。コナンはそれを見て眉をひそめた。この若者が正気を失いかけているのを知ったからだ。

不意にヤナトが、引きつる指で棚の上のもののひとつを示して、

「兄の首だ！」と低く叫んだ。「それからこれが叔父《おじ》の首！　あっ、その先には、姉の総領息子のものがある！」

そして突然、彼が泣きだした。涙の出ない、しわがれた声の嗚咽《おえつ》で、全身を震わせていた。目を首

から引き離すことができないらしい。嗚咽が慟哭《どうこく》に変わったかと見るうちに、甲高い声で笑いだした。そして、つぎにはけたたましい悲鳴をあげた。ヤナトは完全に狂ったのだ。

コナンは若者の肩に手をおいた。すると、その感触が若者の狂気を煽《あお》りたてたものか、彼は甲高い叫びとともにふりむいて、剣を揮《ふる》ってキンメリア人に斬りかかってきた。コナンは刃を避け、トパルがあわててヤナトの腕を押さえようとした。だが、狂人はその手を逃れると、口から泡を噴き出しながら、剣をトパルの下腹に深々と突き立てた。トパルはうめき声を洩らして、その場に倒れた。ヤナトは一瞬、気が狂《ふ》れたように躰をぐるぐるまわした。と、つぎの瞬間、棚に走りよって、神を冒瀆《ぼうとく》する言葉をわめきながら、剣で透明な板を叩き割りはじめた。

コナンはその背後から跳びかかって、気絶させたうえで武器をとりあげようとした。しかし、狂人はふりむきざま、地獄に堕《お》ちた亡者のような叫びをあげて、コナンめがけて突きを入れてきた。この男、もはや回復の見こみなく、完全に狂ったと知ったキンメリア人は、すばやくかたわらに跳びのき、狂人の刃が空《くう》を切るところを、長剣をふり下ろして、肩骨から胸へかけて斬り断った。狂人は死にかけている同僚のかたわらに倒れて、息絶えた。

コナンはトパルの上に身をかがめて、のぞきこんでみたが、息を引きとる寸前で、下腹の深手からあふれ出る血を押さえてみても、助かる見こみは皆無だった。

「ひどい目に遭ったな、トパル」コナンは残念そうにいった。「身内の者にいい残すことはないか?」

「そばへ寄ってくれ」トパルは苦しい息の下からいった。コナンはいわれるままに躰を近づけたが――

その一瞬あと、彼はトパルの手首を押さえつけていた。若者が彼の胸をめがけて短剣を突き出したからだ。

「クロムの神にかけて！」コナンは叫んだ。「おまえまで狂ったのか？」

「大公の命令だ！」死にかけている若者が喘《あえ》ぎながらいった。「理由は知らぬ。が、傷ついた者を長椅子に運んでいるとき、大公がおれの耳に囁いた。テクールトリへの帰り途《みち》で、おまえを刺せと――」

そして部族の名を呼びながら、トパルは死んでいった。

コナンはわけがわからず、眉をひそめて若者の死に顔をみつめていた。この都での出来事は、終始一貫して狂気の霧に包まれている。オルメックもまた狂人なのか？　テクールトリ家のやつらはみな、思った以上に頭がおかしいと見える。彼は肩をひと揺すりして、廊下を大股に歩きだし、青銅扉の外に出た。テクールトリ家の若者の死体ふたつを、死してなお目をみはっている同族の男たちの首の前に残して。

コナンは、踏破《とうは》してきた迷路を引き返すのに案内人を必要としなかった。未開人としての原始的な方向感覚で、一度たどった道をまちがえることがなかったのだ。かくして彼は、剣を手に、来たときと同様に細心の注意を払いながら、テクールトリの砦へ向かって歩きだした。影の多い部屋の隅々にひそんでいる者はいないかと、鋭く目を配るのを怠《おこた》らなかった。いま彼が怖《おそ》れるのは、斬り倒したホタランク家の者どもの亡霊ではなく、元の味方であったからだ。

大広間を横切って、その先の部屋に歩み入ると、前方に何やら蠢《うごめ》くものの気配があった――荒々しい息を吐いて、身をもがくような異様な音を立てている。その一瞬あと、緑色の光のちらつく床をにじり寄ってくる男の姿を見た。そのうしろには、血の痕が長くつづいている。テホトルだった。すでに目が死の膜に覆われて、胸の傷を片手で押さえているのだが、指のあいだから血が噴き出している。もう一方の手を床にあてがって、躰を引きずるようにして近づいてくる。

「コナン！」彼は喉が詰まったような声でいった。「コナン！　オルメックが、黄色い髪の女を奪いとった！」

「それでトパルにおれを殺せと命じたのか！」コナンは叫んで、男のそばに膝をついた。彼の経験を積んだ目は、テホトルがとうてい助かるものでないのを見てとっていた。「オルメックは、おれが思っていたほど気が狂っていたわけではないのだな」

テホトルは指でコナンの腕を探った。テクールトリ家の一員として、冷酷、非情、凶悪な一生を送ってきた彼は、外の世界から迷いこんできたふたりの男女に賞賛の念と愛着をおぼえ、はじめて人間の心の温かみを知った。そして感情としては憎悪、淫楽《いんらく》、嗜虐《しぎゃく》的な残忍さのほか何も持たぬ彼の一族にはまったく欠けている人間性が、彼をこの外来者に結びつける堅い絆《きずな》となったのだ。

「おれはオルメックの暴挙を戒《いまし》めた」テホトルは喘ぎあえぎつづけた。そのあいだも口から血の泡が噴き出して、「するとあの男、おれに剣を浴びせおった。殺したと思ったのだろうが、おれは死なずに逃げ出した。ああ、セトの神にかけて、おれ自身の血に浸《ひた》りながら、ここまでやっと匍ってきたのだ！　気をつけてくれ、コナン！　オルメックが部下におまえの帰りを待ち伏せさせておる！　あの男を斬り殺せ！　オルメックはけだものだ。ヴァレリアを連れて、この都を逃げ出せ！　大森林を横切っても危険はないんだぞ。龍たちのことは、オルメックとタスケラの嘘だ。怪物どもはとうの昔に、たがいに食いあって滅び去り、最強のやつ一頭が生き残っていただけだ。この十年あまり、龍は一頭しかいなかったのだ。そいつをおまえが殺したのなら、森のなかにおまえを害するものはなくなっておるはずだ。最後のやつが、オルメックの崇《あが》める神だった。オルメックはあの怪物に人間の生贄《いけにえ》を捧げておった。おれたちのうち、齢《とし》をとりすぎた者と幼い子供たちを縛りあげて、城壁の外へ投げやったのだ。急げ、コナン！　オルメックはヴァレリアをあの部屋に連れこんで——」

彼の頭ががくんと垂れた。そしてそれが床につく間もなく、息絶えた。

コナンは飛びあがるようにして立ちあがった。目が赤熱《しゃくねつ》した石炭のように燃えていた。さてはオルメックの腹黒い計画だったのか！　最初におれたちを利用して、仇敵《きゅうてき》を殲滅させ、つぎにおれを殺してヴァレリアを奪いとる。コナンともあろうものが、なぜもっと早く、黒髭の背徳者のねじくれた心情を見ぬけなかったのか！

キンメリア人は、テクールトリの砦めざして凄まじい速力で走りだした。走りながらも、以前の味方の人数をすばやく計算した。玉座のある広間での凄絶な戦闘に生き残った者は、オルメックを含めて、わずか二十一人。その後三人が死亡したので、いま闘わねばならぬ敵は十七人である（原文は seventeen enemies で、計算が合わないが、ハワードが書いたとおりに翻訳するという方針に則って、そのままとする）。その程度の相手なら、とコナンは激しい怒りのうちに考えた。おれひとりで皆殺しにしてくれるわ。

しかし、その凶暴な怒りのうちにも、曠野《こうや》育ちの未開人の身についた戦闘の知恵が、無分別な行動を制御した。テホトルから警告された待ち伏せの危険を思い出したのだ。トパルが仕損《しそん》じた場合を考慮に入れて、オルメックがその手配を講じておいたのは、充分に考えられることである。コナンがホタランクの砦への往路《おうろ》と同じ道をもどってくるものと、予想しているにちがいない。

コナンは天井をふり仰いで、明かりとりの天窓の外に薄らぎかけた星の光を見た。まだ夜が明けきっていないわけではない。この夜はいろいろな事件が起きたが、比較的短い時間のうちであったものらしい。

彼は直線的な道筋を変えて、下の階へとつづく螺旋《らせん》階段を降りはじめた。その階の砦へ通じる扉の位置は不明だったが、いずれは見いだせるものと信じていた。さて、どうやって鍵をこじあけたものか。テクールトリ家の半世紀にわたる習慣で、鍵をかけ、かんぬきが差してあるのを覚悟しなければならぬ。だからといって、ほかに方法があろうか。

コナンは剣を手に、緑色の光と暗い影が交錯している広間と部屋の迷路を、足音を殺して駆けぬけていった。テクールトリの領域に近づいたと思ったとき、物音を聞いて、足を止めた。それが何の音であるか、彼にはすぐわかった——猿ぐつわをはめられただれかが、悲鳴をあげようともがいているのだ。その場所は前方のやや左手で、部屋部屋が死んだように静まりかえっているだけに、小さな音がそこまで響いてくるのだった。

コナンは左手に折れて、音の所在を捜しにいった。うめきは依然としてくり返されている。扉をひとつ通り過ぎると、奇怪な光景が展開した。そこの部屋の床に、格子棚に似た鉄枠が低く組んであって、その上に大きな男が仰向《あおむ》けに縛《しば》りつけられていた。男の頭は鉄釘をずらりと並べて植えた板の上に載《の》っていて、鉄釘の先は、男の頭蓋に突き刺さったからであろうが、すでに血に染まって赤くなっていた。冑《かぶと》に似た異様な金具が頭を覆っているのだが、革帯があっても、頭蓋は鉄釘から守られる構造になっていない。この金具は細い鎖で拷問具の本体に繋がっていて、本体からは大きな鉄球が、捕虜の毛深い胸の上に垂れ下がっている。捕虜が身動きしないかぎり、鉄球はその位置を保っているが、鉄釘の痛みに耐えかねて頭を持ちあげると、鉄球が数インチ下がってくる。いずれは首の筋肉の疲れから、頭蓋を不自然な位置に保っていられなくなる。それで頭蓋に鉄釘がふたたび突き刺さる。けっきょく、徐々にではあるが鉄球が落下してきて、容赦なく彼を押しつぶす結果になるのが明瞭だった。犠牲者は猿ぐつわを嚙《か》まされていた。と、猿ぐつわの上の、牡牛《おうし》のそれのように大きな黒い目が扉に向けられた。そこには、この異様な光景を目の前にして啞然《あぜん》となったひとりの男が、無言のまま突っ立っている。そして拷問台の上の犠牲者は、テクールトリの大公オルメックであった。

6　タスケラの目

「脚の手当てをしてくれるのはありがたいけど、この部屋まで連れてきたのはなぜなのさ？」ヴァレリアは女に訊いた。「さっきの広間でだって、包帯なら巻けたじゃないか」

彼女は寝椅子の上に、傷ついた脚を伸ばして坐《すわ》っていた。テクールトリ家の女が、ちょうどいま絹《けん》布《ぷ》の包帯を巻き終えたところだった。同じ寝椅子の上に、血に濡れたヴァレリアの剣がおいてあった。

口をきくと傷が痛むので、彼女は顔をしかめた。テクールトリの女は終始無言で、包帯を巻く手ぎわはよかった。しかしヴァレリアは、女の細い指がいつまでも皮膚の上を撫《な》でまわす感触と、その目の示す表情とが、なぜか不快でならなかった。

「ほかの怪《け》我《が》人も、それぞれの部屋へ運びました」女はテクールトリの女性特有の柔らかな口のききかたで答えた。その柔らかさは、必ずしも語り手の心情の優しさを示しているのでなかった。ほんの少し前、この同じ女がホタランク側の女の胸板に剣を突き刺すところを、そして傷ついて倒れている敵兵の顔を踏みつけ、眼球を飛び出させたのを、ヴァレリアは見ていたのだ。

「死骸はみんな地下の墓《ぼ》所《しょ》へ運ばれることになります」と彼女はつけ加えて説明した。「幽霊が逃げもどって、わたしたちの部屋に棲《す》みついてしまわぬように」

「おや、幽霊なんか信じているの？」ヴァレリアが訊いた。

「トルケメックの幽霊が、地下の墓所に棲みついています」女は身震いしながら答えた。「わたしも一度、見たことがあります。納骨所で、死んだ女王の骨のあいだにうずくまっていたときです。白い髭《ひげ》と巻き毛の髪を長く垂らした老人の姿が、暗闇のなかに目を爛々《らんらん》と光らせながら過ぎ去っていきました。たしかにトルケメックでした。わたしはあの男の生きていたときの姿を見ています。子供のころに、彼が拷問台にかけられているのを見たのです」

女の声は恐怖に震えて、しだいに低い囁《ささや》きに変わっていった。「オルメックは笑いますが、トルケメックの幽霊が地下墓所に棲みついているのはたしかなことです。新しく死人を葬《ほうむ》ると、骨から肉がかじりとられて……鼠の仕業《しわざ》だという人もいますけど――でも、幽霊だって肉を食べます。それがどちらの仕業なのか、だれにもわかることでなくて――」

女が急に顔をあげた。寝椅子の上を影が横切ったからだ。ヴァレリアも顔をあげて、オルメックが彼女を見おろしているのを見た。大公は躰《からだ》を洗い清めたとみえて、両手、胴、鬚髯《しゅぜん》に撥《は》ねかかった血を落としてあるが、長衣《ちょうい》を着けずに裸体のままなので、無毛の浅黒い肌と大きすぎる手足とが、その本性にひそむ獣的な力をまた新しく感じさせていた。漆黒《しっこく》の目に原初の火が燃えて、青黒い顎鬚《あごひげ》をしごく指先に、肉欲の疼《うず》きが見てとれる。

傷の手当てをしていた女は、大公にじろりと見られると、立ちあがって、すべるような足どりで部屋を出ていった。扉を通りぬけるとき、ふり返ってヴァレリアを見た。その目に皮肉な軽蔑《けいべつ》の色と淫《みだ》らがましい嘲《あざけ》りの笑いがあふれていた。

「なんと無器用な包帯の巻き方だ」大公はいいながら寝椅子に近づいて、包帯の上に身をかがめ、「わしが巻き直してやろう」

といったかと思うと、その巨軀《きょく》からは想像もできぬすばやさで、ヴァレリアの剣をつかんで部屋の片隅へ放り投げた。彼のつぎの動きは、巨大な両腕で彼女の肉体を抱きしめることであった。

その動きは迅速のうえに予想外のものだったが、ヴァレリアの反応も負けずに機敏だった。大公に抱きすくめられた瞬間、彼女の短剣が鞘走《さやばし》って、相手の喉に必殺の突きをくり出していた。大公はかろうじて彼女の手首をつかんで難を避けたが、それは手練《しゅれん》の賜物《たまもの》というより僥倖《ぎょうこう》と見るべきであろう。そのあと凶暴な取っ組み合いが開始された。ヴァレリアは男に劣らぬ力をふり絞り、海と陸での戦いと掠奪《りゃくだつ》行為で身につけた一対一の戦闘技術のすべてを尽くし、拳《こぶし》、脚、膝、歯、爪と、あらゆる道具を総動員して闘った。しかし、それもこの巨人の獣力の前には、まったく役に立たなかった。取っ組み合った最初の瞬間に短剣を奪いとられ、つぎの瞬間には相手の巨躰に歯を食いこませる力も失っていた。

大公の黒い目は、無気味なきらめきを少しも変えず、ヴァレリアはその表情に火のような怒りを燃えあがらせた。それをますます煽《あお》りたてるのが、髭に覆われた大公の口もとを終始歪めている嗜虐《しぎゃく》的な笑いである。その目と笑いには、洗練され頽廃《たいはい》の極にある人種という上辺《うわべ》の下に沸き立つ残忍さが如実にあらわれていた。ヴァレリアはその半生ではじめて男の怖《おそ》ろしさを知った。この男が相手では、自然の猛威と争うようなもので、彼女の必死の抵抗も、その鋼鉄の腕《かいな》の下にいとも簡単に抑えつけられ、手足には恐慌が走るだけであった。相手はどのような苦痛にも完全に無感覚で、ただ一度だけ、彼女の白い歯が手首に嚙《か》みついて鮮血をほとばしらせたとき、一応の反応を示して、彼女の横顔に強烈な平手《ひらて》打ちが飛んだ。彼女の目に火花が飛び、頭が肩の上で大きく揺らいだ。

身に着けているものは、格闘のあいだに残らず引きちぎられ、むき出しになった胸の上に、男が底意地悪い残忍さで濃い顎鬚をこすりつけた。彼女の白い肌に血の色がみなぎり、苦痛と憤怒の叫びがあがった。いっそう激しく抵抗したが、無駄なあがきだった。ついに彼女は寝椅子の上に押しつぶされ、武器ひとつなく、喘ぐばかりの状態におちいったが、それでも目だけは、罠《わな》に落ちた雌虎《めすとら》の凄まじさで、巨漢の髭面を睨《にら》みつけていた。

つぎの瞬間、男は彼女を横がかえにして、その部屋から走りだした。ヴァレリアは抵抗を示さなかった。しかし、目の奥にくすぶりつづける火が、少なくとも心までは奪われていないと語っていた。悲鳴もあげなかった。声の届く範囲のところにコナンがいないのを知っていたからだ。それにテクールトリの男たちが聞きつけたにしても、大公の意に逆らうはずがないのである。しかし、オルメックが人目をはばかる様子であるのに彼女は気づいた。頭を一方にかしげ、まるであとを追ってくる者はいないかと聴《き》き耳を立てているかのようだ。しかも、向かう先が玉座《ぎょくざ》のある広間とちがっている。彼女を横がかえにしたまま、広間とは反対側の扉をぬけ、部屋をひとつ横切って廊下へ出た。そして足音を殺して進んでいく。明らかに、彼女をさらってゆくことを何者かに知られるのを怖れているのだ。それに気づいた彼女は、頭をうしろへのけぞらせて、声をかぎりの悲鳴をあげた。

その報《むく》いは、気絶せんばかりの平手打ちだった。オルメックは足を速めて、いつか疾走しはじめていた。

しかし、彼女の叫びは反響があって、目から飛んだ火花と涙のうちに、頭をねじ曲げると、テホトルが足を引きずりながら追ってくるのが見えた。

オルメックは激しい舌打ちをして、彼女をかかえ直した。大きな腕のなかの彼女の恰好は、羞恥《しゅうち》で顔から火が出るようなみじめなもので、身をもがき、足で蹴ってみても、どうにもならぬ子供扱いだった。

「オルメックさま！」テホトルは諫《いさ》めた。「このようなことをなさるのは、犬にも劣《おと》る所業ですぞ！　彼女はコナンの女です！　彼女自身もわれわれに手を貸して、ホタランクのやつらを斬《き》り殺し――」

オルメックはものもいわずに、彼女をかかえていないほうの手を拳に固め、傷ついた勇士を足もとに叩きのめした。そして身をかがめると、捕われの女の身もだえや罵《ののし》りの声は歯牙《しが》にもかけず、テホトルの剣を鞘から引きぬいて、その胸に突き立てた。それから、その剣をかたわらに投げやって、ふたたび廊下を走りだした。しかし、壁の垂れ布のうしろから、色の浅黒い女の顔がこっそりとのぞいていたのに気づかなかった。女はすぐに姿を消した。じきにテホトルが苦しい息のうちにも身を起こして、コナンの名を呼びながら、よろめく足で歩きだした。

オルメックは廊下を急いで進み、象牙《ぞうげ》の螺旋《らせん》階段を降りた。それからさらにいくつかの廊下を渡ったあと、最後にかなりの広さのある部屋で足を止めた。この部屋の扉は、ひとつを例外として、ことごとく厚手の垂れ布で覆われていた――その例外とは、上層階の〈鷲《わし》の扉〉とまったく同じ重々しい青銅扉だった。

オルメックはそこまでたどりつくと、青銅扉を指しながら、がらがら声でいった。「これがテクールトリの砦《とりで》から外部へ通じておる扉のひとつだ。五十年ぶりに見張りの兵士がいなくなった。ホタランク家のやつらを皆殺しにしたので、番兵の必要がなくなったのだ」

「コナンとあたしのおかげじゃないか！　それを忘れたのか、恩知らずの悪党め！」ヴァレリアが嘲《あざ》笑《わら》うようにいった。彼女は、みじめな捕われの身となっている恥辱《ちじょく》と怒りで、全身を震わせていた。

「裏切り者の犬め！　この報いに、コナンにその喉をかっ切られるがいい！」

オルメックは口にこそ出さなかったが、喉をかっ切られたのがコナンのほうであり、刺客《しかく》に耳打ちした命令は、すでに実行に移されたものと信じて疑わなかった。婦女子の考えや意見に心を動かすには、冷酷すぎる彼であったのだ。いまオルメックは、情欲の火の燃える目で、格闘のあいだに引きちぎられた下着と短袴《たんこ》のあいだからむき出しになっている白い肉体を、飽くこともなく舐《な》めまわしていた。

「コナンのことは忘れるがいい」彼はだみ声でいった。「フホトルの都《みやこ》のあるじはこのオルメックだ。ホタランク家のやつらはもういない。もはや戦いはないのだ。わしとおまえは、これからの生涯を飲んで愛して暮らすことができる。まず祝杯といこうか！」

オルメックは象牙の卓《たく》を前に椅子に着いて、ヴァレリアを膝の上においた。浅黒い皮膚の半獣神《サテユロス》が、白い乙女《ニンフ》を抱きかかえている恰好だった。もちろんヴァレリアは、乙女とは打って変わって下品な悪《あっ》口雑言《こうぞうごん》を吐きちらしているが、男は平然と聞き流し、大きな片腕をなすすべのない彼女の腰にまわし、もう一方の手で卓上の酒の壺《つぼ》を引きよせた。

「さあ、飲め！」

彼は命じて、彼女の口へ注ぎこもうとしたが、ヴァレリアが首をねじったので、酒はこぼれて、唇《くちびる》から裸の胸へかけてしたたり落ちた。

「その客人は、あなたの酒など気に入らぬようよ、オルメック」と皮肉な響きの冷やかな声があがった。

オルメックは身をこわばらせた。情欲に燃えた目に、恐怖の色が浮かんだ。大きな頭をゆっくりふりむけると、垂れ布を下ろした出入口に、片手をなめらかな腰にあてがった公女タスケラが、ものうげな様子で立っていた。男の腕のなかのヴァレリアも、身をよじってふりむき、タスケラの火のような視線を浴び、しなやかな背筋に悪寒《おかん》が走るのを感じた。これもまた誇り高いヴァレリアがその夜味わった新しい経験だった。ついいましがた男を怖れることを知ったばかりなのに、こんどは女を怖れるのを知らされたのだ。

オルメックは身動きもしなかった。浅黒い皮膚の下に、土気色《つちけいろ》が拡《ひろ》がっていた。タスケラは背中にまわしていた手を出した。黄金製の小さな酒壺が握られていた。

「どうやらこの女は、あなたの酒が気に入らないようね、オルメック」と公女が、ひとり悦《えつ》にいっているような口調でいった。「だから、わたしの酒を持ってきてあげたわ。ずっと昔、ズアド湖の岸からこの都まで運んできた酒よ――おわかりでしょうね、オルメック」

汗の玉が、オルメックの額《ひたい》にいきなり噴き出した。腕の力がゆるんだので、ヴァレリアはすばやく膝をすべり下りて、卓の向こう側へ身を避けた。しかし、理性がこの部屋から早く逃げ出せと教えているのだが、彼女自身にも理解できぬ奇怪な魅惑にとらえられて、その場の異様な光景を見守ったまま、動くこともできずにいた。

公女タスケラは上下左右に躰を揺するような足どりで、大公の椅子に近づいてきた。その歩きぶり自体が、男への侮蔑《ぶべつ》と嘲笑《ちょうしょう》を示している。柔らかで、愛撫《あいぶ》するように甘ったるい声だが、目がぎらぎらと燃えていた。細い指で男の顎鬚を軽く撫《な》でながら、

「あなたは自分勝手にすぎますわ、オルメック」と微笑を含んで、おもねるようにいった。「この美しい来客をわたしがもてなそうとしているのを知りながら、ひとり占めになさるなんて、とんだお考えちがいですわよ、オルメック」

一瞬、彼女の顔の仮面が落ちた。目がきらめき、顔が歪んだかと見ると、その手が男の顎鬚をつかんで、驚くべき力で引っ張った。その手にいっぱい、鬚がむしりとられた。異常な力の凄まじさもさることながら、おだやかな表情が一瞬のうちに地獄の業火《ごうか》の怒りに変わった怖ろしさは、身の毛のよだつものがあった。

オルメックは咆哮《ほうこう》をあげて立ちあがり、力強い手を握りしめ、そしてまた開き、大熊のように躰《からだ》を揺すって叫んだ。

「雌犬《めすいぬ》め！」その声は部屋のうちに轟《とどろ》きわたった。「魔女め！　女悪魔め！　五十年前にテクールトリがきさまを斬り殺すべきだった！　立ち去れ！　わしはこれまで我慢に我慢を重ねてきた！　この白い肌の女はわしのものだ！　立ち去らぬと、斬り殺すぞ！」

公女は声をあげて笑って、血に染まった鬚の束《たば》を男の顔に投げつけた。彼女の笑い声は、鋼鉄に燧《すい》

石《せき》を叩きつけるよりもさらに非情な響きがあった。

「以前のあなたは、そのような言葉を口にしなかった、オルメック」彼女はからかうようにいった。「若いころのあなたは、わたしの耳に愛の言葉を囁いた。そう、ずいぶん昔のことだけれど、あなたはわたしの愛人だった。わたしを愛していたからこそ、わたしの腕に抱かれて眠ったのじゃないの。うっとりする香りの蓮《ロートス》の花の下で——そのとき、あなたはみずから進んでわたしのとりこになったのよ。わたしの魅力に逆らえないのを知っているはず。わたしがあなたの目をのぞきこみさえしたら、ずっと昔にスティギアの神官から教わった神秘の力を揮《ふる》いさえすれば、あなたはたちまち無力になる。あの夜のことを、よもや忘れはしないでしょうね。わたしたちの頭の上で、風もないのに黒い蓮《ロートス》の花が揺れていたことを。この世のものならぬ匂いが雲のようにあなたを包んで、わたしの奴隷にしてしまった夜のことを。あなたはわたしと争えない。あの夜からこちら、わたしの奴隷なのよ——そしてそれが、あなたの生きているかぎりつづくのよ、フホトルのオルメック！」

彼女の声はしだいに細くなり、星明かりの下のせせらぎのように消えていった。彼女はオルメックの躰に寄りそうと、長い先細りの指を拡げて、大公の広い胸にぴたりと押しあてた。するとたちまち男の目から光が消えて、たくましい腕が両わきにだらりと垂れた。

残忍な笑みとともに、タスケラは酒壺をかかげて、男の唇にあてがった。

「お飲み！」

その命令に大公は機械的に従った。そしてたちどころに、光を失った彼の目に怒りと懸念《けねん》と恐怖がみなぎった。口をあけているが、声が出てこない。そのつぎの瞬間、彼の躰は膝から崩れて、音を立てて床に倒れた。

彼の倒れた音が、ヴァレリアを麻痺《まひ》状態から引きもどした。彼女は身をひるがえして、扉へ走りよったが、跳躍する豹《ひょう》も恥じ入るような敏捷《びんしょう》さで、タスケラが前に立ちふさがった。ヴァレリアは握り拳に全身の力をこめて、公女に打ちかかった。屈強の男であろうが、気を失って床に伸びたであろう一撃だったが、タスケラはしなやかな胴をひねって打撃を避け、女海賊の手首をしっかと握った。それと同時に、ヴァレリアの左腕も自由がきかなくなった。タスケラは片手でヴァレリアの両の手首を捕え、もう一方の手で腰帯から太紐《ふとひも》をぬきとると、落ち着きはらった動作で縛《しば》りあげてしまった。その夜のヴァレリアはすでに最大の恥辱を経験したと思っていたが、オルメックに手荒に扱われた口惜《くや》しさも、いま五体を震わせている思いにくらべたらものの数でなかった。ヴァレリアは、これまで自分と同じ性の者を軽蔑しがちであっただけに、自分を小児《しょうに》同然に扱う力のある女に出遭《であ》ったことは、このうえもない衝撃だった。タスケラが彼女を椅子に押しこみ、縛りあげた両の手首を膝のあいだに差し入れ、椅子の脚に結びつけるのに抵抗する気も起きなかった。

タスケラは平然とオルメックの躰をまたいで青銅扉に歩みより、かんぬきをはずして押しあけた。その外には廊下がつづいている。

「この廊下の向こうに」と彼女はこのときはじめて同性の捕虜に話しかけた。「その昔拷問室として使われていた部屋がある。わたしたち一族がテクールトリに閉じこもったとき、その部屋の拷問具を全部運び出したが、ひとつだけ重すぎるので残しておいたものがある。それがいまでも役に立つはずで、このさいわたしたちには重宝すると思うのさ」

その言葉を聞きとったオルメックの目に、恐怖の焔《ほのお》が燃えあがった。タスケラは引っ返してきて、彼の上に身をかがめると、髪の毛をつかんで、

「この男は一時《いっとき》、麻痺状態におちいっているだけで」と打ち解けた口調でいいつづけた。「聞くことも、考えることも、感じることもできる——だから、これから何が起きるか、充分に感じとっているはずさ」

無気味な言葉を吐きながら、タスケラはふたたび扉に向かって歩きだした。巨漢の躰がいともやすやすと引きずられていくのを、ヴァレリアは呆然《ぼうぜん》と見守っていた。タスケラはためらうことなく廊下に足を踏み出して、その向こうの部屋に捕虜とともに姿を消した。ほどなくしてその部屋から、鉄のぶつかりあう音が聞こえてきた。

ヴァレリアは口のなかで呪いの言葉を吐き、椅子に脚をつっぱって、しきりにもがいたが、徒労に終わった。彼女を縛りあげている太紐は強靭《きょうじん》で、引きちぎれるものでないのだ。

しばらくすると、タスケラがひとりでもどってきた。彼女の背後、問題の部屋からは、押し殺したうめき声が聞こえている。タスケラは扉を閉めたが、かんぬきは差さなかった。この女は、慣習にいっさいとらわれない性格らしい。いや、慣習ばかりでなく、人間の本能や感情そのものを超越して、心を動かすことがないと思われた。

ヴァレリアはただ黙然《もくねん》とその動作を見守るだけであった。さしもの女海賊も、いまはその運命が、公女の細い指先ひとつに握られているのを知っていた。

タスケラは女海賊の黄色い巻き毛をつかんで、頭をのけぞらせ、いとも冷やかに顔をのぞきこんだ。だが、のぞきこむ公女の黒い眸《ひとみ》は必ずしも無関心なものでなく、きらきらと輝いていた。

「おまえを選んで、このうえもない名誉をあたえることに決めた」彼女はいった。「おまえはこれから、このタスケラの若さを維持するのに役立つことになる。よく見るがよい！　わたしはこのように年若い女と見えるが、この血管のなかには、忍びよる老齢への怖れがひそんでいる。わたしはそれを何千回となく感じた。わたしは年老いている。幼いころのことが思い出せぬほどの老齢なのだ。しかし、かつては妙齢の娘であり、スティギアの神官に愛されて、この人物から不死と永遠の若さの秘密を授《さず》かった。やがてその男は死んだ――噂《うわさ》だと、毒殺だったそうだ。しかし、わたしはズアド湖の岸の宮殿に住んで、齢をとることなく生きつづけた。そして、ついにはスティギア王がわたしを求めたことから、わが一族が王に叛乱を起こして、この地へ逃れてきた。オルメックはわたしを公女と呼んだが、この血管に王家の血が流れているわけではない。わたしは公女などというものよりはるかに尊《とうと》いのだ。このわたしタスケラは、おまえ自身の輝かしい若さで、その若さをとりもどすであろう」

ヴァレリアは舌が口蓋《こうがい》にへばりついて離れなかった。この奇怪な都には、彼女の想像をはるかに上まわって、頽廃の極《きょく》に達した暗い神秘がひそんでいたのだ。

背の高い女は、アキロニア女の縛《いまし》めを解いて立ちあがらせた。ヴァレリアが抵抗の気配も示さず、公女のなすがままでいるのは、驚くべき腕力への畏怖《いふ》というより、タスケラの目に強烈に燃えている魔力のとりこになっていたからだ。

7　闇から来たりし者

「なんだ、これは！　どうしたことだ！」

コナンは鉄枠の拷問台に載《の》せられた男を見おろして叫んだ。

「きさま、こんなものの上で何をしている？」

猿ぐつわを噛《か》ませられた男は、何やらわけのわからぬことを口走った。コナンが身をかがめて、口の縛《いまし》めを解いてやると、男はけたたましい悲鳴をあげた。コナンの動作で鉄の球《たま》が下降してきて、分厚い胸に触れそうになったからだ。

「気をつけてくれ！　セトの神にかけて、頼む！」オルメックが哀れっぽい声を出した。

「このおれが、何のために気をつけなけりゃならんのだ？」コナンがいった。「きさまが死のうがどうしようが、おれの知ったことか。むしろ、この鉄のかたまりがきさまの胸を押しつぶすのを見物したいところだが、あいにくいまはその余裕がない。ヴァレリアはどこにいる？」

「縛めを解いてくれ！」オルメックは叫びつづけた。「解いてくれたら、何もかも教えてやる！」

「その前に話せ！」

「話すものか！」オルメックは分厚い唇《くちびる》をかたくなに閉ざした。

「では、しゃべるな」コナンはかたわらの床几《しょうぎ》に腰を据えて、「おれが独力で捜し出してみせる。それまでにはきさまの胸が粉々に潰されているだろうよ。もっとも、おれのこの剣の切先《きっさき》がその耳の穴を突き刺したほうが、きさまの苦しみを少なくしてやれるかもしれないな」いいながらコナンは、剣の先をちらつかせてみせた。

「待ってくれ！」捕われの男は、灰色に変わった唇から哀訴《あいそ》の言葉をほとばしらせて、「タスケラがわしの手からヴァレリアを奪いとった。わしはタスケラに操《あやつ》られるからくり人形でしかなかったのだ」

「タスケラが奪いとったと？」コナンはわめいて、唾を吐いた。「嘘をつけ！　ヴァレリアほどのものが、女なんかに――」

「いや、そうではない！」オルメックは喘《あえ》ぎながらいった。「事態はおまえが考えておるよりはるかに悪いのだ。タスケラは年老いておる――何百年という歳月を生きてきたのだ。若くて美しい女を犠牲にすることで、おのれの生命を新しくし、若さを維持してきた。われら氏族が衰退して、現在のみじめな状態におちいった理由の一端はそこにある。いまも彼女が、ヴァレリアの精気を吸収して、おのれの肉体に美しい花を咲かせようとしておるところだ」

「青銅扉は鍵がかけてあるのか？」コナンは剣の先を親指ではじきながら訊いた。

「もちろんだ！　しかし、テクールトリの砦《とりで》にはいりこむ秘密の道がもうひとつある。それを知っておるのは、わしとタスケラだけで、そのタスケラは、わしが拷問台の上で動けぬ状態にあり、おまえは刺客《しかく》の手で殺されたと思いこんでおる。わしを自由の身にしてくれたら、必ず手を貸して、ヴァレリアを救い出してみせる。わしの援助がないときは、わが砦内にはいりこむことはできぬのだぞ。たとえわしを拷問して、秘密の道を吐かせようとしても、そうはいかんぞ。この縛めを解いてくれ。そうしたら、タスケラに忍びよって、魔法を使う余裕をあたえずに殺してしまおう——気づかれぬうちに、背後から短剣を投げつければすむことだ。わしにしたところで、その手を用《もち》いる機会がいくらもあったが、タスケラの力を借りぬことには、ホタランク家のやつらに征服される危険があったのだ。彼女のほうも、わしの助力を必要とした。わしがこのように永《なが》く生きながらえていられたのも、理由はそれひとつだ。いまは双方とも相手が不用となった。そこで、どちらかが死なねばならぬ。わしとおまえが力を合わせ、あの魔女を殺してしまえば、おまえとヴァレリアは無事にこの都《みやこ》を脱出できる。タスケラが死にさえしたら、テクールトリ一族の者で、わしの意に逆らうやつはひとりもおらぬのだ」

コナンは身をかがめて、オルメックの縛めを切り断った。大公は鉄球に触れぬように気を遣《つか》って拷問台からすべり降りると、牡牛《おうし》のように首をふって、傷ついた頭をさすり、呪いの言葉を呟《つぶや》いた。ふたりの巨漢が肩を並べて立ったところは、原初の力の凄まじさをまざまざと示す光景だった。オルメックの身長はコナンに劣《おと》らず、体重はさらに上まわるものがある。しかし、このトラジトラン族の男には、キンメリア人の堅く引き締まり均整《きんせい》のとれた体軀《たいく》とちがって、底知れぬ無気味さが嫌悪感を誘う怪物的な印象があった。コナンは血に染まったぼろぼろの着衣をかなぐり捨てて、目をみはるばかりに筋肉が発達した上半身をあらわしていた。たくましい肩の幅はオルメックに負けず、輪廓はもっとすっきりしている。厚く盛りあがった胸からがっしりした腰までみごとな曲線を描き、しかもオルメックのように下腹部が出張《でば》っているわけでない。その姿はまさに、青銅を刻んだ原初の力そのものである。肌はオルメックのほうがどす黒く、それも太陽に灼《や》かれた色でない。コナンが時の暁《あかつき》に生まれた人間の像だとすれば、オルメックは時の暁が訪れる前の闇から生まれた陰鬱《いんうつ》な影であった。

「きさまが先へ立て」コナンが命じた。「おれの前を進め。まだいまのところ、きさまの言葉を素直に受け入れる気になれんのだ」

オルメックはきびすをめぐらし、先に立って歩きだした。乱れた顎鬚《あごひげ》を片手でしごいているが、その指がかすかに引きつっている。


オルメックが導いた先は青銅扉ではなかった。それは確かめに行くまでもなく、タスケラの手で鍵がかけてあるにちがいなかった。かくしてふたりが向かった先は、テクールトリ砦に近い一室だった。

「この通路の秘密は、過去半世紀にわたって保たれてきた」オルメックが説明した。「わしの一族の者も知らぬくらいで、ホタランク家のやつらにいたっては、なおさらのことだ。テクールトリ自身が作りあげたもので、完成したあと、作業に従事した奴隷は全員殺されてしまった。テクールトリはいつの日か、みずからの王国の外へ締め出されるのを怖れておったからだ。タスケラの愛情がすぐに憎悪に変わったのを知って、彼女がいつ凶悪無残な行為に出ぬものでもないと危惧《きぐ》しておったのだ。しかし、タスケラは秘密の通路があるのを見てとっていた。そしてある日、テクールトリが出撃したのを見すまして、この隠し戸に鍵をかけてしまった。かくして、戦果もあげずに帰還したテクールトリは、砦から締め出された形になった。そこへホタランク家の者どもが追撃してきて、彼を捕虜にし、生き皮を剝《は》いで殺した。その後はタスケラひとりがこの秘密の通路を利用しておったが、彼女の挙動をうかがっておるうちに、わしもまたその存在を知ったというわけだ」

オルメックは、その部屋の壁の黄金製の飾り板を強く押した。すると壁板が内部へ開いて、上方へ通じている象牙《ぞうげ》の階段があらわれた。

「この階段は壁のなかを通って」とオルメックは説明をつづけた。「屋上の塔に達しておる。そしてそこから、いくつかの別の階段によって、多くの部屋へ降りることができるのだ。さあ、急げ！」

「お先にどうぞ、大公さま！」コナンは皮肉な言葉を返して、広刃《ひろは》の長剣を揺すってみせた。オルメックは肩をすくめたが、階段を登りはじめた。コナンはすぐあとにつづいた。ふたりの背後で壁板が閉まった。頭上はるか高いところにきらめく数多くの焔《ほのお》の石が、階段を鬼火《おにび》に照らされた井戸に見せていた。

ふたりはひたすら登りつづけ、四階かと思われる位置に達したとき、突如、円塔状の部屋の内部に出た。その円《まる》天井にも多くの焔の石が植えこんであって、その光が階段にこぼれていた。窓にはそれぞれ黄金の桟《さん》を渡して、割れることのない水晶板がはめてある。これは、コナンがこのフホトルの都ではじめて見る窓であった。星空を背に黒々と浮かびあがる高い屋根の棟、円蓋《えんがい》と尖塔《せんとう》がちらりと目にはいった。フホトルの屋上を見渡している形である。

オルメックは窓の外など目もくれなかった。塔の部屋からいくつかの階段が螺旋《らせん》を描きながら下層に通じていて、彼はすぐさまそのひとつを降りはじめた。ふたりして何フィートかくだると、階段は狭い廊下に変わり、曲がりくねってかなりの距離をつづいてから、またも下方へ向かう急傾斜の階段となった。オルメックがそこで足を止めた。

階段の下から、押し殺してはいるものの、まぎれもない女の悲鳴が聞こえてきた。怖《おそ》れと怒りと恥《ち》辱《じょく》にあふれた叫びである。そしてコナンは、それがヴァレリアの声であるのを聞きとった。

怖ろしさを知らぬヴァレリアに、このような悲鳴をあげさせた原因は何か――コナンはそれを怪《あや》しむと同時に、激しい怒りがこみあげてきた。彼はオルメックの存在を忘れた。そして大公を押しのけ、階段を駆け降りようとした。と、本能的に危険を感じとって、ふりむこうとしたが、それより一瞬早く、大槌《おおつち》のようなオルメックの拳《こぶし》がふり下ろされていた。その鋭い打撃はコナンの後頭部を狙ったが、キンメリア人は反射的な動きで身をかわし、打撃を首筋で受けとめた。並《なみ》の人間なら脊椎骨《せきついこつ》をへし折られていたであろうが、コナンは背後によろめき、そのはずみに剣をとり落としただけですんだ。それに、このような狭い場所では、剣があったところで使いようがないのである。彼は倒れながらも、オルメックの伸びた手をつかみ、その躰《からだ》を強く引いた。そしてふたりは、手、足、頭、胴をからめあったまま、階段をまっ逆さまに転げ落ちていった。階段下の床に達するまでに、コナンの鉄の指がオルメックの猪首《いくび》を探りあてて、絞めあげていた。

オルメックがふり下ろした強烈な打撃に、キンメリア人の首と肩とは感覚を失っていた。拳が巨大であったうえに、たくましい腕、厚い三頭筋、盛りあがった肩、それら全部の力を結集した凄まじさだった。だが、コナンは動じる様子もなかった。闘犬が食いつくように相手の躰をつかみ、階段に激突しても手を離すことがなく、最後には階段下の扉に二個の巨躰を叩きつけ、象牙の扉板をまっぷたつに打ち割った。しかし、オルメックはすでに死んでいた。階段を落下するあいだに、コナンの鋼鉄の指に頸骨《けいこつ》を粉砕されていたのだ。

コナンは立ちあがって、大きな肩から扉板の破片を払い落とし、目ににじむ血と埃《ほこり》とをぬぐいとった。

そこは玉座《ぎょくざ》のある大広間で、十五人の男女が集まっていた。最初に目についたのはヴァレリアだった。玉座のある台座の前に奇怪な形の漆黒《しっこく》の聖壇《せいだん》が据えてあり、その周囲を黄金の燭台《しょくだい》七つがとり囲み、七本の黒い蠟燭《ろうそく》から、異様に鼻を刺激する緑の香煙《こうえん》が螺旋状に立ちのぼっている。七つの香煙が天井近くでひとつに合流し、煙の雲の天蓋を形作る下、聖壇の上に一糸《いっし》もまとわぬ裸身のヴァレリアが横たわって、その純白にきらめく肌が、黒光りする壇の石ときわだった対照を示している。縛られてはいなかった。裸身を長々と横たえ、両腕を頭上にまっすぐ伸ばしている。壇の下に跪《ひざまず》いた若い男が、彼女の手首をしっかり握り、反対側の壇の裾《すそ》にも若い娘が膝をつき、これはヴァレリアの足首をつかんでいる。かくしてヴァレリアは、起きあがるのはもちろん、動くこともできずにいるのだった。

ほかにテクールトリ家に属す十一人の男女が半月形を作って跪き、無言のまま、熱っぽい目に淫《みだ》らな色を浮かべて、この光景を見守っていた。

象牙の玉座に公女タスケラが腰を下ろしていた。その周囲にも、青銅の香爐《こうろ》から螺旋状の煙が立ちのぼり、愛撫《あいぶ》する指を思わせて、彼女の裸の手と足にからみついている。タスケラはじっと坐っていられぬ様子で、なめらかな象牙の椅子の肘《ひじ》に肌が触れる快感を楽しもうとするかのように、しきりに躰をくねらせ、その位置を変えつづけている。

二個の巨躰が転げ落ちてきて、象牙の扉板を打ち砕いても、この場の光景にはいささかの変化も見られなかった。跪いた男女は、彼らの支配者の死骸と、扉板の破片のあいだから立ちあがった男に無関心な視線をちらりと送りはしたが、すぐにその目を黒い聖壇上にもどして、身もだえしている白い肉体を食い入るようにみつめていた。公女タスケラにいたっては、コナンを傲然《ごうぜん》と見やって、嘲《あざけ》るような笑い声をあげただけで、元の姿勢を崩そうともしなかった。

「雌犬《めすいぬ》め！」かっとなったコナンは両の拳を握りしめて、タスケラめがけて突進しようとした。最初の一歩を踏み出したとき、大きな音が鳴り響いて、鋼鉄の歯が脚に噛みついた。彼はよろめいて倒れかかったが、つんのめりながらも、かろうじて踏みとどまった。そこの床に罠《わな》が仕掛けてあって、踏みつけた片足が捕えられたのだ。鋼鉄の歯がふくらはぎに深々と食い入って、脛《すね》の骨がひび割れるところだったが、畝《うね》のように盛りあがった強靭《きょうじん》な筋肉が防いでくれた。忌《いま》わしい罠が何の前触れもなしに飛び出してきた床は、元のように緑色に煙って、細い溝が見えているだけである。罠には迷彩がほどこしてあって、歯の部分は完全に偽装してあった。

「愚か者め！」公女タスケラは声をあげて笑った。「このわたしを、おまえのもどりを無為《むい》に放置しておくうつけ者と考えておったのか。この広間への出入口にはすべて、それと同じ罠が仕掛けてある。おまえはそこに突っ立ったまま、おまえの美貌の友人の身にどんな運命が訪れるかを見守るがよい！そのあとで、おまえの始末をつけてやる！」

コナンの手が本能的に腰帯のまわりを探った。しかし、そこに吊るしたものは中身のない鞘《さや》だけで、長剣そのものは背後の階段にあった。短剣にしても森林内で龍の化け物を退治したとき、その口腔《こうこう》内に残してきた。脚に食い入る鋼鉄の歯に、石炭の火に焼かれる苦痛を感じるが、それも彼の心に煮えたぎる怒りにくらべたら、ものの数でもなかった。いまの彼は、狼《おおかみ》同様に罠におちいっている。長剣さえ手もとにあったら、捕えられたほうの脚をきれいさっぱり切り捨てて、あとは床を匍《は》いよってでもタスケラを叩き殺さずにはおかなかったであろうに。ヴァレリアの目が、彼に無言の哀訴をくり返している。しかし、彼自身が身動きもできぬ状態で、絶望感が狂気の赤い波を脳裡《のうり》に送りこむだけであった。

コナンは自由なほうの脚を床につけ、指を鋼鉄の歯のあいだにさしこみ、満身の力で引き離しにかかった。指の爪から血が噴き出したが、扇《おうぎ》形の歯を持つ環《かん》状の罠が皮膚を破って肉に食い入り、指をねじこむ余地もなくなってきた。ヴァレリアのあらわな裸身が目について、彼の怒りの火をいよいよ煽《あお》りたてた。

公女タスケラはそのような彼を無視して、おもむろに椅子から立ちあがると、居並ぶ臣下の列を探るような目で見まわして、「ハメック、ズラナト、タヒックはどこにおる？」と訊いた。

「三人とも地下墓所《ぼしょ》から帰ってまいりませぬ、公女さま」と男のひとりが答えた。「われわれ同様、戦死した兵士の遺体を運んでいったのですが、もどってこぬところを見ますと、ひょっとしたら、トルケメックの亡霊に捕えられたのかもしれませぬ」

「お黙り、愚か者め！」公女は激しい語調で叱った。「トルケメックの亡霊など、伝説にすぎぬわ」

公女は黄金の柄《つか》のついた薄刃の短剣をもてあそびながら、台座から降りてきた。地獄の業火《ごうか》が目に燃えている。聖壇のかたわらまで歩みよると、緊迫した静寂のなかで口を開いた。

「これ、白い皮膚を持つ女よ。おまえの生命が、わたしの青春をよみがえらせるのだ。これからわたしは、おまえの胸に身を寄せて、唇を重ねあわす。そして、この短剣の切先を少しずつ――おお、少しずつだ！――おまえの心臓に突き刺してゆく。それによっておまえの生命は、硬直する肉体を逃れ出て、わたしの躰に移ってくる。それでわたしに青春がよみがえり、永遠の生命が花咲くのだ！」

犠牲者に向かって弓なりに襲いかかる蛇さながら、彼女は渦巻きながら立ちのぼる香煙を突きぬけて、ゆっくりとのしかかっていった。いまは身動きを封じられたヴァレリアは、公女の漆黒に輝く目をむなしく見あげるばかりである。その目がいよいよ大きく、いよいよ黒さを増し、渦巻く香煙のなかに、ふたつの黒い月のようにきらめいていた。

跪いた男女の群れは、手を握りしめ、固唾《かたず》を呑《の》んで、最高潮に達しようという血塗られた場面を見守っていた。物音といえば、罠から脚を引き離そうともがきつづけるコナンの激しい息づかいだけであった。

すべての目が、聖壇とその上に横たわる白い女の肉体に引きつけられて、離れようともしなかった。完全な呪縛《じゅばく》の状態で、たとえこの場に落雷があろうと破られるものでないと思われていたのに――どこからか低い叫び声が聞こえて、膠着《こうちゃく》した広間内の空気に動揺が生じた。全部の者が思わずふり返った。低い声だが、頭髪を逆立たせる怖ろしさがあった。彼らは目をみはって、そして見た。

聖壇の左手に当たる出入口に、夢魔《むま》のような姿が立っていた。一応は人間である。乱れた白髪《はくはつ》と胸まで垂れ下がった白い顎鬚。痩《や》せさらばえた躰をわずかなぼろ布が覆って、奇怪なほど不自然に見える半裸の手足をさらけ出している。皮膚は正常な人間のそれとはほど遠く、鱗《うろこ》状の垢《あか》に覆われているように見える。あたかも、人間が通常の生を営むものとは正反対の条件のもとで、長い歳月を生きぬいてきたかのように。白い蓬髪《ほうはつ》の下に爛々《らんらん》と光る目にも人間らしさはまったく見られず、まばたきひとつするわけでなく、ぎらぎらした光を放つそれは、正気はもちろん、通常の感情を示すことのない大きな円盤にすぎなかった。口を大きくあけているが、意味のある言葉の洩れることはなく――ほとばしり出るのは、甲高《かんだか》い笑い声だけであった。

「トルケメックか！」タスケラは色蒼《いろあお》ざめて低く叫んだ。ほかの男女は恐怖に震えおののき、うずくまったまま声も出なかった。

「ほう、こうしてあらわれ出たのを見ると、亡霊でも伝説でもなかったのか！　セトの神にかけて！　おまえは十二年ものあいだ、地下の闇のなかに生きておったのだな！　死者の骨のあいだで十二年も！　何を食べて生きながらえた？　永遠の夜の漆黒のなかで、どんな狂気の暮らしが――人間のものならぬ暮らしが営まれていたことか！　ああ、それでわかった。ハメック、ズラナト、タヒックの三人が、地下墓所からもどってこず――この先ももどって来ない理由が！　しかし、なぜおまえは、これほど長い期間、攻撃をためらっておった？　地下墓所のなかで何かを探していたのか？　そこに隠されているとおまえだけが知る秘密の武器か？　そしてそれを、ついに見いだしたのか？」

異様な含み笑いが、トルケメックの唯一の返事だった。そしてその出入口を離れ、そこにも仕掛けてあった秘密の罠を一気に跳び越え――偶然なのか、それとも、このフホトルの都では秘密の罠を仕掛けるのが習わしであるのをかすかに覚えていたのか――広間のなかへ侵入してきた。トルケメックは狂っていなかった。人間のおちいる狂気の意味では狂人でなかった。あまりにも長い年月を、人間世界から隔絶したところに生きてきたので、もはや人間でなくなっていたのだ。記憶の糸が切れずにつづいて、それが憎悪に凝《こ》り固まり、復讐への衝動が断絶したはずの人間世界に結びつかせ、憎悪の相手の身辺から離れがたくさせただけのこと。つまりは怨念の細くて強い糸が、トルケメックをして、遠い昔に見いだしておいた地下世界の闇に包まれた廊下の奥へ永遠にさまよいこむのを妨《さまた》げていたのだった。

「おまえは隠された秘密を探っていた！」タスケラはあとじさりしながら叫びつづけた。「そしてそれを発見した！　おまえは宿怨《しゅくえん》を忘れなかった！　十二年ものあいだ闇のなかで暮らしていながら、忘れなかった！」

というのも、トルケメックの痩せほそった手に、いま翡翠《ひすい》の色をした奇妙な杖《つえ》が握られていたからだ。その一端《いったん》が柘榴《ざくろ》の形をして、緋色《ひいろ》にきらめいている。タスケラが横手に飛びのいた。トルケメックがその杖を槍《やり》のように突き出したからだ。柘榴の形の部分から、緋色の光がほとばしった。光線はタスケラをはずれたが、その行く手にヴァレリアの足首をつかんでいる若い娘がいた。光線が娘の肩のあいだに当たった。はじけるような音が鋭く響いて、胸に赤い閃光《せんこう》が走り、背後の黒い聖壇に青い火花が飛んだ。娘は横ざまに倒れたが、床に横たわるより早く、木乃伊《ミイラ》のようにちぢんでいた。

ヴァレリアは聖壇の向こう側に転げ落ちて、四つん這いのまま、奥の壁に身を避けようとした。死んだオルメックの玉座の部屋に、地獄の修羅場《しゅらば》が展開しはじめたからだ。

つぎに死ぬ番に当たったのは、ヴァレリアの手首を握っていた若者だった。彼はふりむいて逃げだしたが、五、六歩と進まぬうちに、衰弱の極《きょく》に達した躰からは想像もできぬ敏捷《びんしょう》さでトルケメックが飛び出してきて、彼と聖壇のあいだに若者を挟《はさ》む形をとった。ふたたび赤い火の箭《や》が走り、テクールトリの若者は息絶えて床に転がった。その躰を貫いた焰の筋が、聖壇に当たって青い火花を飛ばした。

ひきつづき大虐殺《だいぎゃくさつ》の場面が開始された。広間のなかを男女の群れが狂ったように悲鳴をあげて駆けめぐり、たがいに衝突し、よろめいて転んだ。そのあいだをトルケメックが跳《は》ねまわり、飛びまわり、死を分配してまわった。扉の方向へ逃れるのは危険だった。戸柱の金属が、やはり金属の筋を通した聖壇の石と同じ役を務めるらしく、老いさらばえた男が揮《ふる》う魔法の杖の放つ雷霆《らいてい》の威力を完成させていたからだ。男であれ女であれ、トルケメックと扉もしくは聖壇のあいだに挟まれたが最後、たちどころに息絶えた。トルケメックは犠牲者を選ばなかった。近づく者はだれかれ問わずに、手足にまとわりつくぼろ布をひるがえして打ち斃《たお》した。その笑い声が逃げまどう男女の悲鳴を圧《あっ》して、大広間内に轟《とどろ》きわたった。聖壇の周囲といくつかの扉を前に、落ち葉が積もるように死骸の山が築かれていった。自暴自棄《じぼうじき》になった兵士が飛びかかっていったが、短剣をふりあげる間もなく倒れ伏した。しかし、残りの男女は闘うことはおろか、逃げ出す機会もつかめぬままに、狂った家畜の群れのように右往左往するばかりだった。

タスケラひとりを残して、テクールトリ家の全員が倒れ伏したとき、公女はキンメリア人のそばへ駆けよった。コナンのかたわらには、ヴァレリアもまた乱闘を避けてうずくまっていた。タスケラはそこの床に膝をついて、描かれた意匠《いしょう》を力いっぱい押した。とたんに血を噴く脚をくわえていた鋼鉄の顎門《あぎと》がはずれ、床の溝にすべり落ちていった。

「おまえの力のおよぶものなら、あいつを斬《き》り殺せ！」タスケラは喘ぎながらいい、コナンの手にずしりと重い短剣を押しつけた。「わたしの魔法では、あの男に対抗できかねる！」

コナンはひと声叫んで、女たちをうしろにして躍り出た。戦闘の情熱に駆られて、脚の傷の痛みも忘れていた。トルケメックは、目を無気味に光らせながら彼のほうへ向かってきたが、コナンの手に握られた短剣のきらめきを見て、足どりが鈍った。それから奇怪な闘いが開始された。トルケメックはコナンの周囲をぐるぐるまわって、彼を聖壇か金属扉のあいだに捕えようとする。コナンはそれを避けて、相手の胸に短剣を叩きこもうとする。ふたりの女が固唾を呑んで、この異様な争いを見守っていた。

広間のなかは静まりかえって、すばやく動く足が床をこする音のほか聞こえるものがなかった。もはやトルケメックも、飛び跳ねながら殺戮《さつりく》を楽しむわけにはいかなかった。いま目の前にしているのが、悲鳴をあげて逃げまどっては死んでいった連中とはまったく異質の、このうえもなく手強い相手であるのを知ったものらしい。事実、この未開人の目には、彼自身のそれとまったく同じに、敵を必ず死に追いやらずにはおかぬ原初の怒りの火が燃えていた。たがいの位置を前後左右に変え、両者を目に見えない糸が結んでいるかのように、片方が動けば他方もまた移動する。しかし、その間コナンは相手との距離を狭《せば》めていった。そしていま、筋肉の盛りあがった太腿《ふともも》を屈して、跳躍の体勢に移った。そのときヴァレリアが、あっと叫んだ。ほんの一瞬とはいえ、コナンの躰と青銅扉が一直線になったからだ。赤い焰の箭が走って、コナンの胴を襲った。彼は身をひねって飛びのきざま、短剣を投げつけた。老トルケメックはついに斃れた。胸に突き刺さった短剣の柄が震えて、こんどこそ本当に死んだのだ。

タスケラが飛び出していった。コナンの方向ではなく、床に落ちて生き物のように光っている魔法の杖へ向かってだ。しかし、彼女が飛び出すと同時に、ヴァレリアも同じ行動をとった。死人の胸からもぎとった短剣に、女海賊の筋肉にそなわった力の全部をこめて、テクールトリの公女の胸を突き刺した。切先が両の乳房《ちぶさ》のあいだを貫通して、タスケラは悲鳴をあげて倒れて死んだ。その死体を、ヴァレリアは踵《かかと》で蹴とばして、

「このくらいのことをしてやらなけりゃ、こっちの気持ちがおさまらないのさ」と荒い息を吐き吐き、死骸の向こうにいるコナンにいった。

「これで宿怨騒ぎもやっと片づいた」コナンも激しい息をついていった。「それにしても、今夜は地獄に迷いこんだみたいで、えらく骨を折らされた。ここのやつらの食糧は、どこにしまってあるのかな。ひどい腹の減りようだ」

「それより先に、脚に包帯をすることよ」ヴァレリアは壁掛けから絹《きぬ》の布切れを引き裂いて、彼女自身の裸の腰を覆い隠した。それからさらに何枚か小さめに布切れをちぎりとって、コナンの傷ついた脚に手ぎわよく巻きつけてやった。

「こうしてもらえば、大丈夫歩ける」コナンは彼女を安心させて、「では、出かけるとしよう。まもなく夜明けだ、この呪われた都の外は。フホトルなんて都、もうたくさんだ。住民は自滅した形だが、それでよかったのだ。罰当《ばちあ》たりな宝石など、持っていく気になれん。これはみんな、呪いが憑《つ》いている」

「呪いなんか憑いていない財宝が、外の世界にはいくらでもあって、あんたとあたしを待ってるわ」

彼女は立ちあがって、長身の見事な姿態《したい》をコナンの前にさらした。

情欲の火が、男の目に燃えあがった。そして彼女の躰を両腕に荒々しく抱きしめたが、こんどはヴァレリアも拒《こば》もうとしなかった。

「海岸までは長い道のりよ」しばらくして、彼女は唇を離していった。

「それがどうした？」コナンは笑っていった。「おれたちに征服できぬものなんかないんだぞ。貿易の季節がまわってきて、スティギア人が港を開くころには、おれたちのこの足が海賊船の甲板《かんぱん》を踏みしめているはずだ。そのとき、おれとおまえとで、掠奪《りゃくだつ》とはどんなものかを世間のやつらに教えてやるんだ！」

古代王国の秘宝

Jewels of Gwahlur

1　謀略への道

密林からいきなり断崖が切り立って、天然の塁壁《るいへき》を形作っていた。樹葉《じゅよう》の海が緑玉《りょくぎょく》色《しょく》に波打つ上に、そそり立つ岩山が東西に延び、昇りくる朝の太陽の光に緑と朱《しゅ》の色にきらめいている。まぶしいばかりの石英岩《せきえいがん》をまじえたこの断崖は、見たところ征服不能と思われるが、いまひとりの壮漢《そうかん》が、倦《う》み疲れる様子もなく登攀《とうはん》をつづけ、すでに頂上までの距離の半途《はんと》を過ぎているのだった。

彼は山嶽《さんがく》種族の出身で、人を寄せつけぬ険阻《けんそ》な岩塊《がんかい》をよじ登るのに慣れていた。そのうえこの男は、衆に優れた体力と異常なほどの敏捷《びんしょう》さに恵まれている。身に着けているものは紅《あか》い絹地《きぬじ》の短袴《たんこ》ひとつで、サンダルはもちろんのこと、長短二本の剣にしても、登攀の邪魔にならぬように、ひとまとめにして背負っていた。

その巨躰はたくましいばかりでなく、豹《ひょう》に劣らぬしなやかさをそなえていた。皮膚は赤銅《しゃくどう》色に陽《ひ》灼《や》けして、四角く切りそろえた黒い総髪《そうはつ》を、こめかみのところに銀色の紐《ひも》で縛《しば》ってある。強靱《きょうじん》な筋肉、すばやく動く目、しっかりした脚はこの場に欠かせないものであり、その肉体の力の最大限をこの登攀で試しているかに見える。脚下百五十フィートのあたりに緑の樹海が波打ち、頭上およそ同じほどのところに、岩山の頂《いただき》が朝焼けの空に浮かびあがっている。

そのような彼が、よほどの急用に急《せ》きたてられているのか、必死の登攀をつづけている。しかし、断崖にへばりついたその姿は、壁にとまった蠅《はえ》といおうか、蝸牛《かたつむり》の歩みに似た緩慢《かんまん》な動きだった。両手両足で岩壁の窪《くぼ》みと出っ張りを探り、心もとない足場を頼りの登攀だが、ときには指の爪をかけただけのような宙吊りを経験する。それでも彼は休むことなく、爪を引っかけ、身をもがき、足場をひとつずつ固めていく。ときには痛みを訴える筋肉をいたわるために、動きを止めることもある。そのようなときは、目に沁《し》みる汗を払い落とし、首をねじって密林の彼方《かなた》へ目をやり、どこかに人の住む形跡が見えぬものかと、緑の樹海のあいだを探ってみる。

ようやくにして頂《いただき》が近づいたと見たとき、わずか数フィートの上方に岩壁の割れ目があるのに気づいた。その一瞬あと、彼の手が割れ目に届いていた——頂のすぐ真下に、小さな洞窟《どうくつ》が口をあけているのだ。洞窟の床を見おろす形に頭が突き出て、彼は思わず歓声をあげた。そこの縁《ふち》まで躰《からだ》を引きずりあげて肘《ひじ》をかけた。そこは洞窟と呼ぶには小さすぎて、岩壁の窪みというのが適当な規模だが、すでに先客がいた。茶褐色に萎《しな》びた木乃伊《ミイラ》である。あぐらをかいた姿勢で、ひからびた胸の前に腕を組み、胸の上には小さくちぢんだ頭が垂れている。手と足とが、いまは腐朽《ふきゅう》した断片にすぎぬ生皮《なまかわ》の紐できちんと縛ってある。当初は衣服を着けていたのだとしても、時の凶手によってとうの昔に塵埃《じんあい》に変わっている。だが、組んだ腕と萎びた胸のあいだに、ひと巻きの羊皮紙《ようひし》が突き出ていて、これもまた長い歳月によって、古い象牙《ぞうげ》の色に黄ばんでいるのだった。

岩壁をここまで登りつめた男は長い腕を伸ばして、その巻物をもぎとった。内容をあらためることもせずに腰帯のあいだに挟《はさ》みこむと、洞窟の入口いっぱいに躰を伸ばし、思いきり上方へ跳んだ。そこの縁岩に手がかかると、躰を引きずりあげて、ようやく山頂に達した。

そこで彼は太い息をついて、下方を眺めやった。

それは、周辺が石の壁である巨大な鉢《はち》の内部をのぞきこむのに似た眺めだった。鉢の底は緑の樹海で、外部の森林地帯ほど濃密でないにしても、樹木に覆われている点は変わりがない。それを囲む断崖は一様《いちよう》の高さで連なり、一個所として裂け目がなく、自然の気まぐれによる産物である。おそらく、全世界のどこを探しても、このように奇怪な地形を見いだすのは不可能であろう。緑の樹木に覆われたこの平原は、いうなれば天然の広大な円形舞台である。直径は三、四マイルもあろうか、防柵《ぼうさく》状の断崖にとり囲まれ、外の世界と完全に遮断されている。

しかし、断崖上に立つ男は、地形上の特異現象に驚嘆して、いつまでも考えこんではいなかった。目を鋭くして、脚下に拡《ひろ》がる樹林のあいだに、彼の求めるものを熱心に探しはじめた。そして緑に映《は》える樹葉の隙間《すきま》に大理石の円蓋《えんがい》がきらめくのを見いだして、満足そうな吐息《といき》を洩らした。やはり、ただの伝説ではなかった。この断崖下の窪地に、いまは住む者もない古代の都市アルクメーノンの宮殿が横たわっているのだ。

キンメリア人コナンが、バラカ群島と黒い海岸を根拠とした海賊暮らし、さては名も知れぬ異境での数々の冒険を経《へ》て、この黒人王国ケシャンにまで足を踏み入れたのは、この国のどこかに、トゥラン国の王家の富を上まわる財宝が秘められていると伝え聞いたからであった。

ケシャンは蛮族《ばんぞく》が建てた王国で、その位置をいうと、クシュ王国の東方の後背地にあたり、肥沃《ひよく》な牧草地の拡がりが、南方から押しよせる大森林と相接《あいせっ》するところである。住民はふたつの種族に分かれ、色の浅黒い貴族階級が、大多数の黒人族を統治している。支配者層は王族と大神官たちで、みずから称して、かつて神話時代に王国をこの地に建設した白い皮膚の種族の後裔《こうえい》だという。その古代王国の首都がアルクメーノンなのだ。この白人種族の王国が滅亡して、生き残った者たちも首都を棄《す》てるにいたった理由については、相互に矛盾《むじゅん》しあう伝説が数多く残されている。同様に曖昧模糊《あいまいもこ》として霧に包まれているのが、アルクメーノンの遺宝〈グワールルの歯〉の伝承である。しかし、たとえそれが霧に包まれていようと、コナンをこの地へ惹《ひ》きよせるに充分なものがあった。かくして彼は、広漠たる平原、川に縁どられた密林、峨々《がが》たる山嶽を越えてケシャン王国に移ってきたのだ。

長途《ちょうと》の旅を経てたどりついたケシャンは、北部および西部の諸王国からは、謎に包まれた南方の暗黒世界と見られていたが、〈グワールルの歯〉と呼ばれる財宝については、一応信憑性《しんぴょうせい》のある噂《うわさ》が流れていた。しかし、その隠匿《いんとく》場所は発見できず、しかも彼がこの地にはいりこんだ理由を説明する必要に迫られた。なんの関係もない他国者《よそもの》が歓迎されるような土地ではないからである。

といって彼は、当惑する様子などまったくなかった。確信をもって、宏壮《こうそう》な蛮人王の王宮に出向き、羽根飾りできらびやかに装《よそお》った高官たちに面会を求め、何者かと怪《あや》しむ彼らの面前で来訪の理由を堂々と述べたてた。自分は職業的な剣士だが、仕官の道をこのケシャンの国に求めてはるばるやってきた。相応な報償《ほうしょう》にあずかれれば、ケシャンの軍隊を訓練し、彼らを率いて宿敵プント国に攻め入ってみせるというのだ。このところ負け戦がつづき、性来《せいらい》短気なケシャン王が怒りに燃えていると聞きおよんでいたからだ。

この申し出は、それほど鉄面皮《てつめんぴ》なものではなかった。コナンの勇名は、この僻遠《へきえん》の地ケシャンにも轟《とどろ》いていた。黒い海賊団の首領として、南の国の海岸地域を荒らしまわった経歴から、その武勇のほどが広く黒人の諸王国に知られ、怖《おそ》れられると同時に畏敬《いけい》されてもいたのである。色の浅黒い高官たちは、実力を試したいといい出したが、コナンはこころよく応諾《おうだく》した。国境地帯で小競《こぜ》りあいが間断《かんだん》なく起きていたので、キンメリア人が接近しての闘いで剣技の妙を発揮してみせる機会はいくらもあった。彼の怖れを知らぬ奮闘が、ケシャンの高官たちを感心させた。しかも戦闘隊長としての彼の名声は、最初から彼らの知るところであったので、この取引は有望と思われた。コナンとしては、〈グワールルの歯〉の隠匿場所を突きとめるまでのあいだ、この国に滞在する名目《めいもく》が欲しかっただけなのだ。そこに思わぬ邪魔がはいった。ゼムバブウエイ国の使節団を率《ひき》いて、トゥトメクリなる男がケシャン国に到着したのである。

この人物はスティギア人で、諸国を遍歴《へんれき》して歩く冒険者というか悪党だが、狡智《こうち》に長《た》けているのを喜ばれて、ゼムバブウエイ国の双生児王に重用《ちょうよう》されることになった。ゼムバブウエイとは、ここから数日間、東方へ進んだところにある強大な交易《こうえき》王国であり、住民は混成種族である。彼とコナンとは旧知の仲だが、たがいに相手を嫌っていた。トゥトメクリもやはり、ひとつの提案を持ってケシャン国を訪れた。それはプント国の征服にかかわるもので——たまたまケシャンの東に位置するこの王国が、最近ゼムバブウエイ国の交易商人を追放し、国境地帯の砦《とりで》を焼きはらったというのが、プント国攻略の理由だった。

トゥトメクリの申し出は、コナンの採用問題よりは重視された。彼はこう確約した——黒人の槍兵《そうへい》、シェム族の弓射《きゅうしゃ》隊、傭兵の剣士たちを糾合《きゅうごう》したゼムバブウエイの大軍が東方からプント国へ侵攻し、ケシャンの王が憎むべき敵国プントを併合するのを助ける。寛容なるゼムバブウエイ王の望むところは、ケシャン国とその属国における交易権の独占だけである、と。そして、信義の証《あかし》として、秘宝〈グワールルの歯〉の一部を譲《ゆず》り受けたいとのことであった。最後の条件を聞いて、ケシャンの高官たちが疑惑の表情を見せたので、トゥトメクリは急いで説明を補足した。譲り受けた秘宝の一部は、ゼムバブウエイの神殿に収め、ダゴンとデルケトの黄金像と並べて祀《まつ》り、ケシャンとゼムバブウエイ両国同盟のしるしである聖なる賓客《ひんきゃく》として崇《あが》めまつるというのである。この声明を聞いて、コナンの厳《いか》めしい唇《くちびる》に凶暴な笑いが浮かんだ。

キンメリア人には、トゥトメクリおよびその同行者のシェム人ザルゲーバを相手に、知恵と謀略を闘わす気持ちはなかった。トゥトメクリの提案が通れば、即刻トゥトメクリが競争相手のコナンの追放を主張するのがわかっていた。その場合、コナンのとるべき道はひとつしかない。ケシャンの王が心を決めるに先立って、秘宝の所在場所を突きとめ、それを持ち逃げすることである。しかし、この時点までに、それがこの国の首都ケシアに隠されていないのがわかっていた。もっとも、首都といっても、石と泥と竹で造られた王宮の泥塀《どろべい》の周囲に、茅葺《かやぶ》き屋根の小屋がごたごたと並んでいるにすぎなかった。

コナンが神経質な焦燥《しょうそう》を感じているさなかに、大神官のゴルルガが思わぬ発言をした。ゼムバブウエイ国からの同盟の提案を受諾するかどうか、その証として神聖不可侵の秘宝と崇めてきた品を引き渡す件につき、なんらかの決定をくだすには、まずもって神々の意向を確かめねばならぬ。このさいアルクメーノンの神託《しんたく》を聞くべきだというのである。

人々は慄然《りつぜん》とした。王宮のなかでも、蜜蜂の巣に似た掘立小屋《ほったて》のなかでも、興奮した声で論議がとり交わされた。ここ一世紀ほどのあいだ、神官たちもあの沈黙の都《みやこ》を訪れていないのだ。噂によると、神託をあたえるのは、アルクメーノンの都の最後の支配者であるイエラヤ女王で、彼女は年若く、美しさの絶頂に死亡したのだが、いかなる奇跡によるものか、悠久の歳月が過ぎ去っても、その肉体は生きたままの状態をとどめているとのことだ。古くは神官たちが、亡霊がさまようというこの廃都を訪れて、彼女の口からさまざまな知恵を授《さず》かったが、最後に神託を求めて訪れた神官が腹黒い男で、〈グワールルの歯〉と呼ばれる奇怪な形をした宝石を盗み去ろうとした。するとたちまち、人けのない死都の宮殿内に異変が生じて、奸悪《かんあく》な神官の身の上に運命の懲罰《ちょうばつ》がくだった。かろうじて逃げだした侍祭《じさい》たちの口から、そのときの恐怖の物語が伝えられて、それ以来およそ百年のあいだ、神官たちも怖れて廃都と神託に近づくことがなかったのだ。

しかし、現時の大神官の地位にあるゴルルガは、みずからの高潔なことに確信を持つからか、旧習を復活させ、彼自身がわずかの侍祭を引き連れ、神託を聞きにアルクメーノンの都を訪れるというのである。聞かされた高官たちは、興奮のあまりがやがやととりとめのない議論を闘わせるだけであったが、その話のうちにコナンは、数週間も尋ねあぐねていたものの手掛かりをつかんだ――ひとりの下級神官が小声でしゃべっているのを洩れ聞いたのである。かくしてコナンは、その夜のうちにケシアの都を忍び出ていた。夜明けと同時に、ゴルルガと侍祭たちの一行が出発することになっていた。

その夜と翌日とそのまた夜と、コナンは馬を最大速力で走らせ、二日目の夜の白《しら》じら明けに、アルクメーノンの断崖の裾《すそ》に到着した。そこはこの王国の南西の隅《すみ》にあたる地点で、住む者もない密林地帯の中央にそびえ立っている。このあたり一帯、庶民の立ち入りは堅く禁じられており、神官でさえも呪われた都の数マイル手前で尻ごみする。ましてアルクメーノンの内部に足を踏み入れた話は、この百年間に一度も聞かなかったのである。

伝説によれば、この断崖をよじ登った者はひとりもなく、峡谷への秘密の入口は、神官たちだけが知るところとある。コナンは秘密の入口捜しに時間を無駄に費《つい》やす男でなかった。切り立ったような絶壁は、肌の黒い種族、馬上に一生を送る部族、平原か森林内に住む人々ならば受けつけないであろうが、キンメリアの山嶽地帯に生まれて育った男には、征服不能の障害でなかったのだ。

いまコナンは頂上に立って、円形を描く谷間を見おろしていた。昔、白い種族がこの天然の要塞を捨てて、敵として彼らをとり囲んでいた黒人族と混血し、いつか吸収されていったのは、疫病、戦争、迷信——何が原因であったのか？

この谷間自体が彼らの砦だった。ここに宮殿が建ち、王族と廷臣《ていしん》だけが住んでいた。人民の住む都そのものは絶壁の外側にあったのだが、いまは緑の波打つ樹林がその廃墟《はいきょ》を包み隠してしまった。しかし、アルクメーノンの宮殿は尖塔《せんとう》ひとつ傷つくことがなく、あらゆる物が腐蝕《ふしょく》される時の力に挑戦するかのように、脚下の樹葉のあいだに円蓋をきらめかせているのだった。

コナンは尾根をまたいで、内側の断崖をすばやく降りはじめた。こちらは登ってきた絶壁ほど急傾斜でなく、足がかりの個所が多かったので、登攀の所要時間のおよそ半分で、芝草の生《お》い茂る谷底の土を踏むことができた。

片手を剣の柄《つか》にかけて、コナンは油断なく周囲を見まわした。アルクメーノンの廃墟は人跡《じんせき》が絶え、遠い過去の亡霊がさまようだけと聞いていたので、仇敵《きゅうてき》がひそんでいると疑う理由はまったくないのだが、いついかなる場合も用心怠《おこた》りなく、警戒の目をみはるのがコナンの本性だった。そこには太古以来の静寂が支配していて、樹葉が震えて音を立てることもない。身をかがめて樹間をのぞいてみても、大森林の青黒い薄闇が果てしなくつづいているだけである。

　にもかかわらず、コナンは剣を手に、油断のない目を樹間の陰に配りながら進んだ。発条《ばね》の強い彼の足は、芝草を踏む音も立てなかった。周囲には古代文明の跡がおびただしく残っている。崩れ落ちて、水音の絶えた大理石の噴水。円を描いてそれをとり囲む樹々《きぎ》は、整然と並びすぎていて、人工の跡をはっきりとどめている。均整《きんせい》を主とした造園法で配置された木立のあいだに自然木の下生《したば》えの侵蝕《しんしょく》がいちじるしいが、いまなお当初の姿をうかがうことができる。木立のあいだを走る広い舗道の敷石がひび割れ、その隙間から雑草が伸びている。笠石《かさいし》を載《の》せ、格子《こうし》窓をあけた石塀《いしべい》も木の間隠れにかいま見えた。往時《おうじ》はこの石塀のなかの離れ家《や》で、日夜、歓楽の宴《うたげ》が開かれていたものと思われる。

　前方の樹々を透《す》かして、きらきら輝く円蓋をいただいた建物が見え、進むにつれて、その姿がはっきりしてきた。やがて彼は、蔓草《つるくさ》のからまる枝を押しのけて、かなりの広さのある空《あ》き地へ足を踏み入れた。そこは樹々もまばらで、灌木《かんぼく》の茂みに妨《さまた》げられもせず、前面に建つ宮殿の幅広い柱廊玄関を見ることができた。

　コナンは広い大理石の階段を登ってみて、この建物がそれまでに見てきた付属建物のどれよりも保存状態が良好なのに気づいた。壁が厚く、柱の太いことが、時と自然力の襲撃に抵抗して、簡単には崩壊しないだけの力強さを示している。しかし、ここにもやはり妖異《ようい》な静寂が垂れこめていて、猫同

様に音を立てぬはずのサンダルの歩みが、驚くほど大きく轟くのだった。

　この宮殿のどこかに、遠い昔、ケシャンの神官たちが神託をうかがいに通《かよ》った神像が安置してあるはずだ。そして口の軽い神官が洩らした言葉が嘘でなければ、いまは忘れられたアルクメーノンの王たちの財宝も、宮殿内のどこかに隠されていると見てよいのだ。

　コナンが踏み入ったところは、天井の高い大広間で、高い円柱の列が並び、そのあいだにそれぞれ出入口が設けてあるが、扉板はとうの昔に腐朽して、塵《ちり》と変わっていた。彼はそのひとつを選んで、薄闇のなかに歩み入った。突き当たりに、両開きの青銅扉が半ば開いた形である。何百年かのあいだ、この状態に放置されていたのであろうか。その内部は、アルクメーノンの王たちの謁見室《えっけん》であったと思われる、円《まる》天井をそなえた大広間だった。

　大広間は八角形のもので、高い天井が曲線を描きながら中心で集まって、円蓋を形作っている。そのどこかに巧妙に明かりとりがしつらえてあるのだろう。最初の広間よりは、はるかに明るかった。奥のところに台座を据え、広い瑠璃《るり》の石段で登れるようになっており、台座の上には肘《ひじ》に彫刻をほどこした大きな玉座《ぎょくざ》が見えている。その高い背もたれは、かつて金糸織《きんしお》りの天蓋を支えていたものと思われる。コナンは叫び声をあげ、目を輝かせた。これこそ悠久《ゆうきゅう》の昔から、アルクメーノンの黄金の玉座の名で伝えられてきたものにちがいない！　彼の経験を積んだ目が、その重量を測った。運び出すことができれば、これだけでひと財産だ。この椅子ひとつでも莫大な富であることが、秘宝への想像力に火をつけて、彼の欲望を燃えあがらせた。早くも指先が疼《うず》いてきたのは、その宝石の山に手を突っこんでいるところが脳裡に浮かんできたからだ。その宝石については、ケシアの都の市場で語り部《べ》たちが、聴衆を前に語り聞かせているところである。けだし、何百年かのあいだ、口から口へと伝えられてきたのである。全世界にふたつとない豪華な財宝の山——紅玉《こうぎょく》、緑玉、金剛石《こんごうせき》、血玉髄《けつぎょくずい》、蛋白石《たんぱくせき》、青玉、それらすべてが古代世界の珍宝《ちんぽう》の粋《すい》をすぐったものなのだ。

コナンは、玉座の上に神託を告げる神像が安置してあるものと考えていたが、それは見いだせなかった。おそらく、この宮殿内のほかの場所においてあるのだろう。もっとも、そのようなものが現実に存在すればのことである。しかし、荒唐無稽《こうとうむけい》な法螺話《ほらばなし》と腹で嗤《わら》っていたものが、いざケシャンの国に顔を向けてみると、すべてみな現実であったことから、このいい伝えもまた真実で、どこかにその神像を見いだせるものと考えぬわけにいかなかった。

玉座のうしろに、弓形をした狭い出入口があった。アルクメーノンの栄えていた当時は、豪奢《ごうしゃ》な垂れ布に覆われていたに相違ない。のぞきこんでみると、調度品の皆無な小室《こむろ》があり、さらにその先には狭い通路が右手へつづいている。コナンは視線をめぐらせ、台座の左手にある、やはり弓形の出入口に目をやった。これはほかの出入口とちがって、扉が付いていた。それも通常の扉でなく、玉座と同じく黄金でこしらえてあり、これに異様な唐草《からくさ》模様が刻まれている。

コナンの手が触れると、扉はまるでごく最近蝶番《ちょうつがい》に油が差されたように、簡単に開いた。足を踏み入れた彼は、思わず目をみはった。

あまり広くない四角な部屋で、大理石の壁が黄金を使った象眼《ぞうがん》模様の天井まで伸びている。その壁の基部と頂部には、やはり黄金の装飾帯が走り、扉は彼がはいってきたものひとつである。しかし、コナンはこれらの細部を機械的に見わたしただけで、その注意力の全部が、彼の目の前の象牙の台座に横たわるものに集中していた。

　彼がそこに予期していたのは神像、それもおそらく古代の工芸技術の粋を尽くして刻みあげたものであった。しかし、どのように優れた彫師《ほりし》であっても、いま彼が目の前にしたものほどに、神の姿を完全に写し出せるとは思えなかった。

　それは石、金属、象牙などを刻んだものでなく、現実の女性の肉体に古代の奇怪な技術がなんらかの作業を加え、コナンには想像もつかぬほどの長年月、生きたままの姿を保存してきたのである。着衣にまでその効果がおよんで、少しも損われていないのを見てとると、コナンは眉をひそめずにはいられなかった。漠然としたものではあるが、不安が心をかすめたのだ。肉体の保存はともかく、衣服までを腐朽から守るとは。しかし、たしかにそれがそこにあった——小粒の宝石群が中心に渦巻いている黄金の乳当て、金鍍金《きんめっき》をほどこしたサンダル、そして宝石入りの腰帯で締めあげた絹地の短袴《たんこ》。織り布にしろ飾りの金具にしろ、腐朽の跡をまったくとどめていなかった。

　イエラヤ女王は死んだあとも、その肉体の冷たい美しさを変えなかった。雪花石膏《アラバスター》のようになめらかで純白な姿態《したい》は、清楚《せいそ》でいて、艶麗《えんれい》さにあふれている。黒髪を渦のように巻きあげて、その中央に緋色《ひいろ》の大きな宝石がきらめいていた。

　コナンは突っ立ったまま、眉を寄せて彼女をみつめた。つづいて剣の先で台座を叩いてみた。その下に財宝が隠してあれば、なかが空虚のはずだと思いついたからだが、剣で叩いた音がそうでないのを教えた。彼はきびすを返し、少しのあいだ心を決めかねて、部屋のなかを歩きまわった。どこから探したらよいのか？　彼にあたえられている時間には限りがある。廷臣を相手に話していた神官の言葉は、たしかに隠匿場所がこの宮殿内だと語っていた。しかし、宮殿内とひと口にいっても、かなり広範囲にわたっている。むしろ、どこかの隅に身を隠して、神官たちが到着し、ふたたび立ち去るのを待ち、そのあとで捜索を再開するべきかとも考えた。だが、彼らが財宝をケシアの都へ持ち帰ってしまう怖れがないこともない。コナンはすでに、大神官ゴルルガはトゥトメクリに買収されているものと確信していた。

コナンはトゥトメクリの人柄を知っているだけに、その計画を推察することができた。プント国への侵寇《しんこう》提案は、ゼムバブウエイの王が考えついたわけでなく、トゥトメクリの献言《けんげん》によるものであるのが明瞭である。そしてこの提案は、彼らの狙いへの前提的な動きにすぎず――真の目的は〈グワールルの歯〉の入手にある。そこで用心深い双生児王は、軍事行動を起こすに先立って、実際に財宝が存在することの証拠を欲した。トゥトメクリが盟約の証として、宝石の一部を要求した理由はそこにある。

財宝の実在が確認できれば、ゼムバブウエイの双生児王は全軍に出陣命令を出す。プント国を東西から挟撃するが、ほとんどの戦闘をケシャン軍が行なう形に配慮してある。そしてプントとケシャンの両国が激戦に疲れはてたときを見すまして、ゼムバブウエイ軍の精鋭が両国の軍隊を一挙に潰滅《かいめつ》させ、ケシャン国を占領して、財宝の全部を強奪する。そのためには、ケシャン全土の建物をことごとく破壊し、生ける人間をひとり残らず拷問台に送るのに、いささかの躊躇《ちゅうちょ》もしないであろう。

しかし、もうひとつの可能性があった。トゥトメクリが財宝に手を触れる機会をつかめば、その奸悪な性格からして、現在仕えている主君を裏切り、すべての宝石をひとり占めにする。そしてゼムバブウエイの使節団には空袋《から》を持たせたままで、いちはやく逃亡を企《くわだ》てることが充分考えられるのだ。

コナンは最初から、まずもって神託を聞けとゴルルガがいいだしたことを、ケシャンの王にトゥトメクリの要求を受諾させるための謀略と睨《にら》んでいた――だいたい彼は、ゴルルガという大神官を、陰険で腹黒い点にかけては、この大規模なぺてん的行為にかかわっただれにも劣《おと》らぬ男と踏んでいたのだ。従って、コナンはこの大神官に近づこうとしなかった。トゥトメクリを相手に賄賂《わいろ》の多寡《たか》を競ったところで、勝ち目がないのはもちろんのこと、あえてそれを試みるのは、悪辣《あくらつ》なスティギア人の手のうちに踊らされるにすぎぬと心得ていたからだ。ゴルルガには、キンメリア人の悪評を流し、その誠実さを疑わせたうえで、一挙に彼を葬《ほうむ》り去り、トゥトメクリのために競争相手を追い払ってやることができるのだ。それにしてもトゥトメクリは、どんな方法で大神官を買収したのであろうか。全世界で最大の財宝を手中に収めている男に、どんな賄賂を提供できたのであろうか。

いずれにせよ、ケシャンの国はトゥトメクリの提案を容《い》れるべきだと神託が告げるにちがいない。そして、コナンを非難する言葉を付け加えることも想像にかたくない。そのときは、ケシアの都に滞在するわけにいかなくなる。しかし、コナンは夜間に馬を駆ってあの都をぬけ出したときから、そこに舞いもどる考えは持っていなかった。

神託の部屋には、手掛かりらしいものが皆無だった。そこで玉座のある大広間へもどって、玉座の椅子に手をおいてみた。非常な重量であったが、動かすことはできた。その下は厚い大理石の台座で、なかは空洞でなかった。つぎにコナンは、玉座のうしろの小室にもう一度はいりこんだ。神託の部屋の近くに秘密の窖《あなぐら》があるとの考えが捨てきれなかったのだ。彼は熱心に四方の壁を叩いてまわった。

そしてついに、内部が空虚であるのを示す個所を狭い通路の入口とは反対側のところに発見した。目を近づけてみると、大理石の鏡板を貼り合わせた隙間が、そこのところだけ幾分《いくぶん》広いことがわかった。コナンは短剣の切先《きっさき》を突き入れて、ひとひねりねじった。

鏡板が音もなく開いて、壁龕《へきがん》があらわれた。壁龕といっても、聖像がおいてあるわけでなく、コナンは思わず罵声《ばせい》を洩らした。壁龕は空っぽで、財宝を隠匿しておいた場所には見えない。躰をさし入れ、奥の壁をあらためると、人間の口の高さに小さな孔《あな》がひと並びあけてある。彼はそれをのぞいてみて、なるほどとうなずいた。この壁の向こうが神託を告げる部屋になっている。そしてこの孔は、向こう側からは見ることができない。コナンはにやりと笑った。これで神託の謎が解けた。思ったより単純な仕掛けだった。ゴルルガ自身か腹心の者がこの壁龕にひそんで、孔を通して声を出す。迷信深い侍祭たちは——黒人はすべてそうしたものだが——それを女神イエラヤの真実の声と思いこむ。

キンメリア人はふと思いだして、木乃伊《ミイラ》から奪いとった羊皮紙をとり出し、慎重な手つきで拡げてみた。時代を経ているので、粉々に崩れかねないと知っていたからである。拡げてみた彼は思わず眉をひそめた。そこに書きつけてあるのは、いまだかつて見たことのない異様な文字なのだ。この冒険児は世界各地を遍歴して、いたるところで断片的な知識を仕入れていた。とりわけ、多くの異国の言葉をしゃべり、読むのに妙を得ていた。安穏《あんのん》無事に研究を行なう学者連中は、コナンの言語の才に驚嘆するであろう。なにしろ、耳慣れぬ言葉を理解できるかどうかが生死を分かつ冒険を数多く経たうえで身につけたものなのだ。

文字そのものが謎だった。どこかの国で見たような気がしたが、読みとれなかった。やがてその理由がわかった。これは古代ペリシュティア人の用いたもので、彼の慣れ親しんだ当今《とうこん》の書き方とは多くの点で相違している。その種族は、三百年ほど以前に遊牧民族に征服されて、文字も大きく改変されていたのだ。この本来のペリシュティア文字は彼を当惑させた。しかし、反復してあらわれる固有名詞に着目して、それを〈ビト・ヤキン〉と読みとり、筆者の名前であろうと推察した。

彼は眉根《まゆね》に皺《しわ》を寄せ、無意識に唇を動かしながら、この至難《しなん》の作業をつづけ、大半の語句が翻訳不能で、そのほかのものも漠然としか意味が汲《く》みとれなかったが、とにかく全文に目を通し終えた。

彼の理解し得たところは、謎の筆者ビト・ヤキンが何名かの従者を引き連れて、はるか遠方の国からこのアルクメーノンの峡谷にはいりこんだことであった。そのあとにつづく文章は、見慣れぬ語句と文字とが満ちみちていて、解読不能に近いものだが、彼の理解し得たかぎりでは、悠久の時が経過したことを表現しているらしい。イエラヤの名がくり返しあらわれてくる。そして最後の部分に近づくと、ビト・ヤキンが自分の身に死期が迫ったと知ったことが記してあった。すると、断崖上の洞窟内の木乃伊《ミイラ》が、この羊皮紙の筆者、謎のペリシュティア人ビト・ヤキンであるのはまちがいない。コナンの背筋に悪寒《おかん》が走った。この男は予言どおりの日時に死んだ。そして従者たちは、彼が死に先立って指示したとおりに、遺骸を断崖上の洞窟に安置したのだ。

それにしても不思議なのは、アルクメーノンの伝説にビト・ヤキンの名があらわれぬことだ。彼がこの峡谷にはいりこんだのは、先住民が撤退したあとであるのは明瞭で、それは羊皮紙の文言《もんごん》からも読みとれる。だとすると、百年以前に神託を聞きにきた神官たちが、彼と従者たちを見かけなかったのが解せないところだ。木乃伊《ミイラ》とこの羊皮紙が百年以前のものであるのは疑いない。してみれば、往時の神官たちが神託を求めてイエラヤの死体の前にぬかずいていたとき、ビト・ヤキンはこの峡谷内に住んでいたはずである。それでいて、伝説は彼らについて何も語らず、亡霊がさまよい歩く無人の死都《しと》のことを告げているだけなのである。

彼はなぜこのような荒涼たる谷間に住みついたのであろうか、その従者たちは、主人の遺骸を処置したあと、どこの土地へ移っていったのであろうか——すべてがまったくの謎だった。

コナンは肩を揺すって、羊皮紙の巻物を元どおり腰帯のあいだにさし入れた——その瞬間、ぎょっとすることが起きて、両手の甲の皮膚がこわばった。眠りに引きこむような静寂を揺るがして、耳をつんざく銅鑼《どら》の音《ね》が轟きわたったのだ！

彼はぐるりとふり返って、大きな猫のようにうずくまり、長剣を手に、狭い通路の彼方を眺めやった。銅鑼の音が聞こえてきたのは、その向こうのどこかからと思われた。ケシアの神官たちが到着したのか。いや、それはあり得ぬこととコナンは承知していた。彼らが峡谷にたどりつくのは、まだよほど先のはずである。しかし、銅鑼が鳴ったからには、この宮殿内に人がいると見なければならない。

コナンは、もともと頭より先に躰が動く性分である。それが現在のような慎重さを身につけたのは、腹黒い種族と接触を重ねたからで、いったん思わぬ出来事に遭遇すると、たちまち本来の彼にもどるのだった。この場合がやはりそれで、通常の人間ならば身を隠すか、でなければ足音を立てぬようにして、音とは反対の方向へ逃げだすところだが、彼は銅鑼が鳴ったと思われるあたりをめざして、まっしぐらに通路を走りだした。彼のサンダルは豹の歩みほどの音も立てなかった。目を鋭くし、唇が無意識のうちに低い唸《うな》り声をあげていた。予想もしなかった音が、一時的とはいえ彼の心に恐慌をあたえ、危険が迫っているのを知ると同時に、キンメリア人の皮膚のすぐ下に常にひそんでいる、原始人の赤い怒りが浮かびあがったのである。

　彼は寸刻のうちに曲がりくねった通路をぬけて、小さな中庭へ飛び出した。陽光を受けてきらめいているものが目に止まった。大きな銅鑼で、崩れかけた外壁から黄金の腕木が突き出て、それにやはり黄金の円盤が吊るしてあった。近くに真鍮《しんちゅう》製の槌《つち》がおいてあるが、人間のいる気配はまったくなかった。中庭を囲む四つの拱門《アーチ》が、うつろに口をあけている。コナンはひとまず拱門《アーチ》のなかにもどって、そこに身をひそめ、かなりのあいだ様子をうかがっていた。しかし、広大な宮殿内のどこからも、物音ひとつ聞こえてこなかった。ついに彼の忍耐力は限界に達して、ふたたび中庭にすべり出ると、拱門《アーチ》をひとつひとつのぞいて歩いた。もちろん、いざとなれば電光のすばやさで飛びすさり、コブラに劣らぬ敏捷さで、左右いずれにも斬りつけるだけの用意をととのえていた。

　銅鑼の前にたどりつくと、コナンはそこにいちばん近い拱門《アーチ》のなかをのぞきこんだ。内部の薄暗い部屋に、腐朽した調度品の残骸が散らばっているのが見えるだけで、銅鑼の下のつややかな大理石の敷石には足跡らしいものも残っていないが、空気のうちに異様な臭いがかすかにただよっている。何が放ったものと限定することはできないが、物の腐った臭いである。彼は野獣のように鼻孔を拡げて、その正体を突きとめようと努めたが、けっきょくは無駄であった。

　それからコナンは出てきた拱門《アーチ》へ向かって引っ返しかけた——そのとき、突然、強固だと思われていた足もとの敷石が口をあけた。彼はとっさに腕を拡げて、空隙の縁に指をかけた。しかし、縁は指の下から崩れ落ちて、彼の躰は暗黒のなかへと落下していった。そして黒い、冷たい水が彼を呑《の》みこみ、息をつく間もない速力で押し流した。

2　女神復活

キンメリア人は最初、暗黒の地下に彼を押し流す急流と闘おうとしなかった。落下のさいにも離さなかった剣を口にくわえて、急流に身をまかせたまま、どこへ運ばれてゆくかを確かめることもしないでいた。すると前方の闇を引き裂いて、とつぜん一条《ひとすじ》の光線が射しこんだ。その光で、黒々と波立ち逆巻く急流の水面が見てとれた。それはまさに何か巨大な怪物が、奥深いところで水を掻きまわしている様相である。そしてこの隧道《すいどう》内は、両側が垂直の石の壁で、それが湾曲《わんきょく》しながら頭上に伸びて円《まる》天井を形作っている。その円天井のすぐ下のところで、左右の壁に狭い張り出しが走っているが、とうてい手が届くとも思えない。天井に一個所穴があいていて、おそらく岩石が陥没したのであろうが、そこから光線が射しこんでいた。しかし、その先はふたたび漆黒《しっこく》の闇である。いずれは光線の下を流れ過ぎて、またも底知れぬ闇のなかに突入するだけと知ると、さすが豪気《ごうき》のキンメリア人も、躰《からだ》を戦《せん》慄《りつ》が走るのを感じるのだった。

またひとつ目についたことがあった。左右の張り出しから一定の間隔をおいて、青銅製の梯子《はしご》が水面まで下りているのだ。そのひとつが目の前にある。コナンは即座に、彼の躰を水路の中央に捕えておこうとする流れに逆らって、その梯子に泳ぎつくことに腹を決めた。水の流れは生き物のようにねばりつく手で彼を引きもどすが、コナンは持てるかぎりの力をふり絞って、逆巻く波を叩き、一インチ一インチと近づいていった。ようやく梯子と並ぶ位置まで来ると、必死の一跳躍で梯子の最下段をつかみ、息も絶え絶えにしがみついた。

数秒後、激流からぬけ出ようと身をあがき、梯子が腐蝕《ふしょく》していて彼の体重に耐えられるかどうかの懸念《けねん》はあったが、どうにか躰を持ちあげることに成功した。段はたわんで曲がったが、折れることもなく、コナンは狭い張り出しまでよじ登った。そこと湾曲した天井との間隔はわずかしかないので、長身のキンメリア人が立ちあがるには、頭を低く下げなければならなかった。梯子を登りきったところの石壁に厚い青銅扉が見えていたが、彼の力で押しただけでは開くとも思えなかった。コナンはくわえていた剣を鞘《さや》にもどして、口中の血を吐き出した。剣を口にくわえて、水流と激しい闘いをくり返していているあいだに、刃先《はさき》で唇《くちびる》を切ってしまったのだ。そしてふり返って、注意を天井の欠け落ちているところへ向けた。

手を伸ばせばその裂け目の縁《ふち》をつかめるので、それが彼の体重を支えられるかどうかを周到にあらためた。つぎの瞬間、コナンはその穴から躰を引き揚げていた。外はかなりの広さだが、荒廃の極《きょく》に達した部屋だった。天井のほとんどが崩れ落ちて、床の大部分も同様の状態だが、とにかくこの床が地下の水流の天井にかぶさっている。破損した出入口の向こうに多くの部屋と廊下とが見えていて、ここはまだ広大な宮殿のなかであるらしい。それを知ると、コナンの不安はかえって募った。宮殿内の多くの部屋の真下を地下水道が流れているのだとしたら、いつまた古い敷石が崩壊して、やっとの思いで匍《は》い出てきた急流へ、もう一度落ちこんでも不思議はないのだ。

そしてまたコナンは考えた。彼が地下水道に落ちこんだのは、果たして偶然の出来事なのか。敷石が脆《もろ》くなっていて、たまたま彼の体重を支えきれなかっただけなのか、それとも、そこに邪悪な工作の手が働いていたのではないか。少なくとも、ひとつだけたしかにいえることがある。それはこの宮殿内にいる者が彼ひとりでないということだ。銅鑼《どら》がひとりでに――それが彼を死に誘いこむための故意であったかどうかを別にしても――鳴りだすわけがないのである。そう考えたとたんに、宮殿内の静寂が不吉なものに思われて、背筋を虫が匍いずるような無気味さを感じた。

彼と同じ目的を抱いて、忍び入った者がいるのでないか？　謎に満ちたビト・ヤキンのことを思い出して、ふと浮かんだ考えがあった。このビト・ヤキンなる人物が、アルクメーノンに永《なが》く滞在しているあいだに〈グワールルの歯〉を発見して、その従者たちがこの土地を立ちのくにさいして、その秘宝を運び去ってしまったのではないか。そうだとしたら、幻《まぼろし》を追い求めていたことになる。その可能性がないともいえぬことが、キンメリア人をいらだたせた。

コナンは、最初に宮殿へはいりこんだあたりへ引っ返せそうな廊下を選んで歩きだした。急いではいたが、逆巻く黒い地下水が足の下を流れているのを思うと、一歩一歩を慎重に運ばねばならなかった。

彼の思考は、ともすれば神託《しんたく》の部屋とそこに安置された神秘の女性にもどった。仮に、いまもって財宝がこの建物内に隠されているのなら、その謎を解く手掛かりはあの部屋の付近にあると思わねばならない。

広大な宮殿の内部は依然として深い静寂が支配しており、聞こえるものは彼のサンダルが立てる音だけだった。いま彼が走りぬけている部屋と広間は、崩壊した廃墟《はいきょ》というべきものだが、進むにつれて崩壊の程度が明らかに薄らいできた。彼は少しのあいだ、地下水道の壁の張り出しから水面まで下ろされている梯子の用途について考えてみた。しかし、肩を揺すって、頭からふり払った。考えてみたところで報いられることのない古代建築の問題などに、興味を持つ彼でなかったからだ。

現在いる場所から見て神託の部屋がどちらにあるのか、コナンはよくわからなかった。しかし、やがてひとつの廊下へ足を踏み入れると、そこの出入口のひとつから玉座のある大広間が見てとれた。それまでに彼は腹を決めていた。あてもなく宮殿内を歩きまわって、財宝を探しても無駄骨というものだ。むしろ、このあたりのどこかに身をひそめて、ケシャンの神官たちの到着を待ち受ける。そして彼らが神託拝聴の喜劇を演じたあと、財宝の隠匿《いんとく》場所へおもむくのを尾行する。彼らがそこへ行くのはまちがいないことで、おそらく都《みやこ》へ持ち帰るのは宝石の一部であろう。そしてコナン自身は、その残りの全部を手に入れて満足すべきである。

病的な魅力に惹《ひ》かれて、コナンはふたたび神託の部屋にはいりこんだ。そして、かつては女神と崇《あが》められ、いまは動くこともなく横たわっている女王の姿を見おろして、コナンはわれにもなく冷えきったその美しさに心を打たれた。それにしても、この妖《あや》しい姿のうちに、どのような秘密が隠されているのだろうか。

コナンは慄然《りつぜん》とした。激しく息を吸いこみ、首筋が総毛立《そうけだ》つのをおぼえた。彼女の肉体は、はじめに見たのと同様に動くこともなく横たわり、宝石を鏤《ちりば》めた黄金の乳当て、金鍍金《きんめっき》で飾ったサンダル、絹地《きぬじ》の短袴《たんこ》、すべて最初と少しの変わりもないが、それでいて微妙な変化が見てとれた。手足のこわばりがなくなり、頬に血の気《け》がさし、唇がくっきりと赤く――

　コナンは思わず長剣を引きぬき、驚きの叫びをあげた。

「クロムの神よ！　彼女は生きている！」

　その言葉に応じるように、長く黒いまつ毛が動いた。まぶたが開いて、黒く光る神秘的で計り知れない眸《ひとみ》が、彼をじっと見あげた。コナンは凍りついたように声もなく見返すだけであった。

　魅《み》せられたようなその視線を受けとめたまま、彼女はおもむろに半身を起こした。

　コナンは乾いた唇を舐《な》めて、やっとの思いで声を出し、

「お、おまえは――おまえは――イエラヤなのか？」と口ごもりながら訊いた。

「さよう、われはイエラヤ！」音楽的に響く、深みのある声だった。コナンは新しい驚きに目をみはった。「されど、怖《おそ》れることはない。いいつけどおりにいたせば、おまえを傷つけるようなことはせぬ」

「死んだ女が何百年も経《た》ってから生き返るなんてことがあるのか！」コナンは目の前にしている事実がとうてい信じられぬといった顔つきでいった。煙るような眸に、異様な光がきらめきだしていた。

　彼女は秘儀《ひぎ》めいた身のこなしで、両腕を高くかかげてみせ、

「われは女神なるぞ。一千年の昔、光明《こうみょう》の世界の彼岸《ひがん》なる常闇《とこやみ》の国に住む偉大なる神々の呪いが、このイエラヤの身に降りくだった。かくして現《うつ》し身としてのわれは滅びたが、女神イエラヤは永久《とこしえ》に生きつづける。すでに数百年のあいだ、この聖壇《せいだん》上に横たわり、陽が沈むのを待って目醒《めざ》め、過去の影のうちより呼び出せし亡霊どもとともに、昔日《せきじつ》の宮廷を再現してきた。男よ！　永遠に地獄の業火《ごうか》に焼かるるのを怖るるならば、少しでも早くこの場を立ちのくがよいぞ！　そなたに命令する！　去

れ！」声が威厳を帯びて、ほっそりした手をあげ、出入口を指し示した。

コナンは目を鋭くして、女神イエラヤを凝視していたが、長剣をゆっくり鞘に収めただけで、その命令には従わなかった。まるで強力な魔法にかかったかのように、聖壇に歩みより――何の前触れもなしに、熊のような大きな手で壇上の女を引っつかんだ。女神らしからぬ悲鳴があがった。つづいて絹の裂ける音がした。コナンが無慈悲にも女の短袴を引きちぎったのだ。

「女神だと？　笑わすな！」彼の吠え声は憤怒《ふんぬ》と侮蔑《ぶべつ》にあふれていた。捕虜にした女が狂ったように身もだえするのも無視して、「アルクメーノンの女王がコリンティアなまりの言葉をしゃべるとはおかしいと考え、よくよく顔を見たところ、どこかで会ったことのある女と気づいた。きさま、ザルゲーバに囲われていたコリンティアの踊り女《め》ムリエラだろう。きさまの尻の三日月形の母斑《あおあざ》が、その証拠だ。おれは一度、ザルゲーバのやつがきさまの尻に鞭《むち》をくれるのを見たことがある。そのムリエラがいつ女神になった？　とんだお笑い草だぞ！」そして正体を暴露することになった彼女の尻に、侮蔑のこもった平手《ひらて》打ちをくらわせた。女はひいひい声をあげて泣いた。

彼女の威厳は完全に吹きとんで、もはや古代の神秘的な存在でなく、羞恥《しゅうち》と恐怖に震えおののく踊り女にすぎなかった。いまはどこから見ても、シェムの奴隷市場で簡単に買うことのできるコリンティア女である。彼女は恥も外聞もなく、声をあげて泣いた。その様子を、捕えた男は怒りのこもった勝利の目で眺め、

「なにが女神だ！　するときさまは、ザルゲーバがこのケシャンに連れてきた薄紗《ヴェール》で顔を隠した女たちのひとりだったのだな。このおれを騙《だま》しおおせると思ったとは、驚き入ったばか女だ。おれがきさ

まを見たのは一年前のことだが、場所はアクビタナで、豚野郎のザルゲーバといっしょだった。おれは元来、女の顔を見忘れない男だ——女の躰といったほうがいいかな。つまり、その——」

相手の女は抱きすくめられながらも、しきりと身をもがいて、恐怖のあまり、そのほっそりした腕を男の太い首にからみつかせた。涙が頰を伝って流れ、その泣き声は狂気の発作の徴候を示して震えていた。

「お願い！　あたしを殺さないで！　そんなに打《ぶ》たないで！　あたし、こうしないわけにいかなかったのよ！　神託の真似ごとをするためにザルゲーバに連れてこられたんだもの！」

「神を穢《けが》すあばずれ女め！」コナンは叱りつけた。「神々の怒りが怖ろしくないのか？　呆《あき》れた女だ。腹の底から悪で固まっているんだな」

「殺さないで！」彼女はみじめそのものと変わって、身を震わせながら哀訴《あいそ》をつづけた。「あたしがザルゲーバの命令に逆らえるわけがないじゃないの。ああ、どうしろというの？　この国の神々に呪われてしまうんだわ！」

「おまえを偽物《にせもの》と知ったら、神官どもがどんなことをするかわかっていただろうに」

そういわれると、彼女は立っている力も失って、その場にへなへなとくずおれた。そしてコナンの脚にすがりつき、自分には何の悪意もないのを弁明し、殺さないでくれと、しどろもどろの言葉で哀訴をくり返すのだった。最前までの古代の女王としての毅然《きぜん》たる態度とはあまりにもいちじるしい変化だが、驚くこともないのである。そのとき現実の恐怖に襲われて、本来の彼女に立ちもどってしまったのだ。

「ザルゲーバはどこにいる？」コナンは語気を強めた。「いつまでも泣きわめいていないで、おれの質問に答えろ」

「この宮殿の外にいるわ」すすり泣きをつづけながら、ムリエラは答えた。「ケシャンの神官たちが到着するのを見張っているのよ」

「あいつ、部下を何人引き連れている？」

「ひとりも。あたしとふたりだけで来たんだわ」

「そうか！」コナンは声をあげて笑った。獲物《えもの》を追いつめた獅子の満足げな笑いだった。「おまえたちは、おれがケシアを発ってから何時間かあとに、あの都を出発したにちがいない。この峡谷にはいりこむために、丘陵《きゅうりょう》の断崖をよじ登ったのか？」

彼女は首をふるだけだった。涙が喉に詰まって、まともに話せないのだ。コナンはじれったそうに女の華奢《きゃしゃ》な肩をつかんで、彼女が息も絶え絶えになるまで激しく揺すった。

「泣いてばかりいないで、おれの質問に答えろといったのが聞こえんのか。この峡谷にどうやってはいりこんだ？」

「ザルゲーバが秘密の入口を知っていたの」ムリエラは喘《あえ》ぎながら答えた。「神官のグワルンガが、ザルゲーバとトゥトメクリに教えたんだわ。この峡谷の外、南側の崖下にちょっとした大きな沼があって、地上から見ただけではわからないけど、その水面のすぐ下のところに洞窟《どうくつ》が口をあけているのよ。あたしたち水に潜って、その洞窟にはいりこむと、入口からすぐのところに急勾配で上に向かう径《みち》がついていて、それをたどると、断崖の途中のこちら側へ出られたの。峡谷側の出口は灌木《かんぼく》の茂みで隠されていたわ」

「おれは断崖を東側から登ってきた」とコナンは低い声でいって、「それから、どうした？」

「宮殿に到着すると、ザルゲーバはあたしを木立のあいだにひそませて、神託の部屋を捜しにいったわ。あの人、グワルンガを完全には信用していないようなの。彼が出かけていったあと、銅鑼の音がしたみたいだけれど、たしかに聞いたともいえないわ。それから少ししてザルゲーバがもどってきて、あたしを宮殿内のこの部屋に連れこみ、台座の上に横たわっている女神イエラヤの衣服と装身具を剝《は》ぎとると、あたしに着るようにいうのよ。そのあとザルゲーバは、女神の遺体をどこかに隠して、神官たちの到着を見張りに出かけたの。あたし、ずっと怖い思いをしていたわ。そこへあなたがはいってきたので、さっそく跳び起きて、この宮殿から連れて逃げてと頼もうとしたんだけれど、ザルゲーバが怖ろしくて。そのうちに、あたしが生身の人間なのを見破られたみたいなんで、いっそあなたを脅《おびや》かして、追い払おうと思ったのよ」

「神託と称して、どんなことをしゃべる手筈になっていた？」

「〈グワールルの歯〉を持ち出して、その一部を同盟の証拠として、望みどおりトゥトメクリに引き渡せ。残りの財宝はそっくりケシアの王宮に運んでおけ。これだけのことを神官たちに命令するの。トゥトメクリの提案を受け容《い》れないときは、ケシャンの国を怖ろしい災厄が襲うぞよ、と告げることになっていたの。ああ、まだあったわ。コナンはいますぐ生き皮を剝いで殺してしまえって」

「つまり、トゥトメクリは財宝の全部を、彼自身か――でなかったら、彼の息のかかったゼムバブウエイ国の者かが――すぐにでもとり出せる場所においておかせたかったのだ」コナンは自分自身についての神託は無視して、呟《つぶや》くようにいった。「そのうちに、やつの臓腑《ぞうふ》をつかみ出して、細切《こまぎ》れにしてくれる――もちろんゴルルガは、やつらの企《たくら》みにひと役買っているのだろうな？」

「いいえ。あの神官はこの国の神々を心から信じていて、買収されはしないわ。この企みのことは何も知っていないのよ。神託には従うでしょうけど。なにもかもトゥトメクリの企み。ケシャンの人たちが神託を聞こうとするのを承知していたから、トゥトメクリはザルゲーバにいいつけて、あたしをゼムバブウエイ国の使節団といっしょに連れてこさせたのよ。薄紗《ヴェール》で顔を隠し、人目《ひとめ》に触れないようにさせて」

「そうだったのか」コナンは口のなかで呟いた。「神託を腹の底から信じこんで、財宝ごときものでは心を動かされぬ神官がいるとは知らなかった。そうすると、さっき銅鑼を鳴らしたのが、ザルゲーバとはかぎらんな。あの男、おれがこの宮殿内にはいりこんでいるのを知っているのだろうか？　敷石が脆くなってそこに穴があいているのを、どうして知ったのか？　あやつめ、いまどこにいる？」

「南の断崖から宮殿へ通じる古代の道に近い蓮《ロートス》の茂みに隠れているはずよ」彼女は答えてから、ふたたび必死の哀訴をくり返し、「ねえ、コナン、あたしのことも考えて！　この古代の建物、とても怖いわ。さっきも忍び足で歩いている音をたしかに聞いたわ――コナン、お願い！　あたしをここから連れ出して！　ザルゲーバの命令どおりに動いていても、どっちみちあの男に殺されるに決まっているわ。あたしにはそれがわかるのよ！　この国の神官たちだって、あたしに騙されたと知ったら、やはりあたしを殺そうとするわ。

ザルゲーバは悪魔よ――南コトへ向かう隊商からあたしを盗みとった奴隷商人に、わずかのお金をやってあたしを手に入れると、それからずっと陰謀の道具に使ってきたんだわ！　あの男の手からあたしを救い出して！　あんただったら、あいつみたいな残酷な目に遭《あ》わせないのがわかっているもの。ここにおいておかれたら、斬《き》り殺されるに決まっているわ。ねえ、コナン、救《たす》けて！　お願いだわ！」

彼女は跪《ひざまず》いて、狂ったようにコナンにすがりつき、涙に濡れた美しい顔を仰向《あおむ》けた。絹糸のようにしなやかな黒い髪が乱れて、白い肩に流れた。コナンは彼女を助け起こして膝の上に載《の》せ、

「よし、わかった。ザルゲーバからおまえを守ってやる。神官たちにも、おまえの裏切り行為を悟られぬようにする。その代わり、おれの命令どおりに行動するんだぞ」

彼女はためらいながらも、いわれるままにやってみると約束した。そして、躰に触れることで不安な気持ちを消し去ろうとするように、たくましい男の首筋にかじりついた。

「よし。神官の一行が到着したら、ザルゲーバの計画どおり、イエラヤの役割を演じてみせるのだ。部屋が暗いから、松明《たいまつ》の光だけでは偽物と気づかれる怖れはない。

だが、おまえはつぎのような神託をいいわたす――なんじらに告げる。神々の意志は、このケシャンの国からスティギアとシェムの犬どもを追い払うことにある。彼らは神々の財宝を奪いとろうとする盗賊であり、謀叛人《むほんにん》である。〈グワールルの歯〉は将軍コナンの管理下におくがよい。ケシャンの全軍をコナンに指揮させよ。彼コナンこそは、神々の恩寵《おんちょう》にあずかる者なるぞ、といってやるのだ」

ムリエラは身震いして、絶望の表情を示した。しかし、いいつかったとおりにやってみると請け合いはしたが、

「だけど、ザルゲーバは？」と叫んだ。「あの男があたしを殺すわ！」

「あいつのことなら心配するな」コナンはいった。「あの犬の始末はおれがつける。おまえは、おれのいうとおりにすればよい。さあ、その髪を元のように直せ。そっくり肩に垂れ下がっているぞ。それに宝石も床に転げ落ちている」

コナンはひとりうなずいて、光り輝く大粒の宝石を拾いあげ、彼女の髪のまんなかにはめてやった。「この石ひとつで、部屋いっぱいの奴隷を買いとるだけの値打ちがあるな。さあ、短袴を穿《は》け。横側が引き裂けているが、気づかれることもあるまい。顔の涙を拭《ふ》くんだ。女神が鞭打たれた娘っ子みたいに泣いていてはおかしいぞ。クロムの神にかけて、やっと女神イエラヤらしくなった。顔、髪、姿かたち、みんな元どおりだ。神官たちの前でも、おれに対したように女神を演じてみせれば、彼らを信じさせるのは造作《ぞうさ》ないことだ」

「やってみるわ」ムリエラは震えながらいった。

「よし。では、おれはザルゲーバを捜しに行ってくる」

そういわれると、ムリエラはふたたび恐慌に襲われた様子で、

「いやよ！　あたしをひとりにしないで！　この場所は幽霊が出るのよ！」

「おまえに害を加えるものなんかいるものか」コナンはじりじりしながらも、女を安心させるようにいった。「厄介なのはザルゲーバだけだから、早いところ片づける。じきにもどってくるから心配するな。神託の儀式がはじまったら、仕損《しそん》じた場合のことをおもんぱかって、近くで見張っていてやる。しかし、おれの指示どおりにやってのければ、仕損じは絶対ないはずだ」

そしてコナンはふり返ると、急ぎ足に神託の部屋を出ていった。あとに残されたムリエラは、心細

そうな泣き声を出しはじめた。夕闇が深まっていた。大きな部屋や廊下に影が濃く落ちて、壁の青銅の装飾帯が鈍い反射を見せている。コナンは無言で、幽霊のように広い廊下を進んでいった。そのあいだも、影の深い隅々から、目には見えない過去の亡霊にみつめられているような気がした。このような場所にひとり残された若い女が怯《おび》えおののいているのも無理はない。

彼は剣を手に、忍び寄る密林の豹《ひょう》のように、足音を立てることなく大理石の階段をすべり降りた。峡谷一帯を沈黙が支配していて、断崖の縁のすぐ上のところに星がきらめきだしていた。ケシアの神官の一行がすでに峡谷内にはいりこんでいるとしても、足音が聞こえるわけでなく、下生《したば》えが動く気配もなかった。彼は古代の道を見分けた。敷石が壊れているが、南の方向につづいて、先は葉の密生した灌木の茂みのなかに消えている。彼は用心しながらその道をたどった。敷石の上はわざと避けて、影の濃い茂みのあいだを進むと、やがて前方に蓮《ロートス》の木立が暗いかたまりのように見えてきた。黒人の住むクシュの地には珍しいものである。ムリエラの言葉によると、ザルゲーバはあの木立の陰に身をひそめているはずである。コナンはいよいよ忍び足になって、ビロードの影のように漆黒の木陰に溶けこんだ。

彼は葉ずれの音を立てないように気を遣《つか》って、わざと迂回《うかい》しながら、蓮《ロートス》の木立に近づいていった。すると、いきなり彼は木立の縁で足を止めて、敵の来襲を気遣う豹のすばやさで、かたわらの茂みへ身をひそめた。前方の葉群れのなかに、楕円《だえん》形のものがおぼつかない光に青白く浮かびあがっている。からみあった枝のあいだに、大輪の花が開いているようにも見えた。しかし、コナンはそれが人間の顔であるのを知っていた。その顔が彼のほうを向いている。彼は急いで、いっそう深く影のなかに潜りこんだ。ザルゲーバに姿を見られただろうか？　その男は真正面からこちらへ目を向けている。数秒が過ぎた。ぼやけて見える顔は動かなかった。コナンは、顔の下に黒くふさふさしているのが、短く刈りこんだ顎鬚《あごひげ》なのを見てとっていた。

コナンはとつぜん、何かそこに不自然なものがあるのに気づいた。彼の知っているザルゲーバは長身の男でない。まっすぐ立ったところで、コナンの肩ぐらいの背丈しかないのだが、あの顔の高さはコナンのそれと同じ高さにある。何かの上に乗っているのだろうか。コナンは身をかがめて、顔のある場所の下方をのぞいてみた。しかし、下生えや樹の幹《みき》に邪魔されて、はっきりしたことは見てとれなかった。その代わり、ほかのことに気づいて、身をこわばらせた。灌木の茂みの隙間《すきま》を通じて樹の幹が見える。明らかにザルゲーバはその樹の下に立っている。顔がその枝の真下にあるのだから。顔の下には、当然ザルゲーバの胴があるべきなのに――そこには胴などまったくなかった。

コナンは突如、獲物に接近する猛虎《もうこ》より強い緊迫感に襲われ、茂みのなかを進んでいった。その一瞬あと、葉を茂らせた枝を押しのけて、動くことのない顔をみつめた。そしてそれが、自分の意志では二度と動くことがないのを知った。ザルゲーバの切断された頭は、それ自体の長い黒髪で、大枝に吊るされているのだった。

3　神託《しんたく》の復活

コナンはしなやかな身のこなしで、前後左右の影のなかへ鋭い視線を走らせた。しかし、殺された男の胴体は見あたらず、向こう側の丈《たけ》高い下草が踏みにじられ、芝生がどす黒い色に濡れているだけだった。コナンはそこに立ったまま、息さえ止めて、周囲の静寂に耳を澄ました。深まりゆく夕闇のなかに、大輪の青白い花をつけた樹々《きぎ》と灌木《かんぼく》の茂みが、無気味に暗く沈黙をつづけている。

未開人特有の恐怖が、コナンの心の奥を走りぬけた。これはケシャンの神官たちの仕業《しわざ》だろうか？　もしそうだとしたら、彼らはどこにいるのだろうか？　それに銅鑼《どら》を鳴らしたのはザルゲーバか？　ここでまたビト・ヤキンとその謎めいた従者たちのことが思いだされた。ビト・ヤキンは死んで、皺《しわ》だらけの木乃伊《ミイラ》となり、断崖上の洞窟《どうくつ》内で、永遠に毎朝の太陽を迎える運命をあたえられている。しかし、ビト・ヤキンの従者たちの去就《きょしゅう》はいまなお説明されていない。彼らがこの峡谷を立ち去った証拠はないのだ。

コナンは若い女のムリエラがただひとりで、保護者もなく、影の深い宮殿内にとり残されているのを思い起こした。彼は身をひるがえし、夕闇に沈んだ道を全速力で走りながらも、用心深い豹《ひょう》のように、襲いかかる必殺の凶刃はないかと、右と左に目を配るのを忘れなかった。

やがて木立のあいだに宮殿が見えてきた。それと同時に、ほかのことも目にはいった――玄関前の大理石の階段に、赤い火の色が映《は》えているのだ。彼は敷石の壊れている舗道は避けて、灌木の茂みを分けて進み、ついに柱廊玄関前の空《あ》き地の縁に達した。そこまで来ると、人声が耳にはいった。松明《たいまつ》の焔《ほのお》が揺れて、黒光りする多くの肩に照り映えていた。ケシャンの神官たちが到着しているのだった。

一行はザルゲーバの予期に反して、いまは雑草が生《お》い茂ってはいるものの、かつての表《おもて》道路である敷石道を進んでこなかった。このアルクメーノンの谷には、もうひとつ秘密の入口があるにちがいない。

彼らは一列縦隊《じゅうたい》で広い大理石の階段に並び、各自が松明を高くかかげている。先頭に大神官ゴルルガが立ち、赤銅《しゃくどう》色の彫りの深い横顔を松明の火に浮きあがらせていた。そのほかの者は侍祭たちで、大きな躰《からだ》の黒人たちが黒い皮膚に松明の光をいっぱいに浴びている。行列の最後尾には、とりわけ巨大な体軀《たいく》の黒人が従っていて、その凶悪な顔を見たときは、さすがのコナンも眉をひそめた。これこそ、ザルゲーバに沼からの秘密の入口を教えた男とムリエラが名前をあげたグワルンガなのだ。あやつはどの程度までスティギア人の陰謀に加担しているのかと、コナンは怪しんだ。

コナンは空き地を迂回《うかい》して、それを縁取る影のうちに身を隠したまま、柱廊玄関の方向へと急いだ。入口に見張りを立てることもせずに、一行は暗く長い廊下へ続々と流れこんでいった。彼らが突き当たりの両開きの扉に達する前に、コナンは玄関前の階段を駆け登り、廊下を進む一行のあとについた。円柱の立ち並ぶ壁伝いにすばやく移動していくと、大きな扉に達した。そのあいだに一行は、玉座《ぎょくざ》のある大広間を横切った。松明の火が影を完全に追い払っていたが、ふり返ってみる者はいない。一列縦隊を作って、駝鳥《だちょう》の羽根飾りを上下に動かし、豹の皮の服を古代の宮殿の大理石と唐草《からくさ》模様の金属とに奇妙な対照を示しながら、大広間を横切って進み、まもなく玉座のある台座の左手にある黄金製の扉の前で足を止めた。

ゴルルガが声をはりあげて、何やらいった。広い空間だけに、無気味なほどうつろに響いたが、身をひそめているコナンの耳には、どんな内容なのか聞きとれなかった。それから大神官は黄金の扉を押しあけて、なかへはいると、腰から曲げる敬礼をくり返した。その背後では松明がしきりと上下して、火花を飛ばした。侍祭たちもゴルルガと同じ動作を行なっているのだ。黄金の扉が閉じて、彼らの姿と物音を隠した。コナンはただちに玉座の広間を突っ切り、台座のうしろの部屋へ飛びこんだ。広間を横切る彼の動きは、吹きぬける風ほどの音も立てなかった。

秘密の鏡板をこじあけると、内壁にうがった孔《あな》から細い光が射し入った。彼は壁龕《へきがん》のなかにすべりこんで、孔を通して神託の部屋をのぞいてみた。目の前数インチのところ、聖壇《せいだん》の上にムリエラが上半身を直立させて、腕を組み、頭をのけぞらせて、壁に躰をもたせかけていた。泡立つような彼女の頭髪にただよう芳香が、コナンの鼻孔をくすぐった。もちろん顔は見えないが、彼女の姿勢からして、その前に跪《ひざまず》いている黒人の巨漢たちの剃《そ》りこぼった頭越しに、はるか彼方《かなた》の空間を静かに見やっているのが想像された。コナンはにやりと笑って、「あばずれ女め、なかなかの役者だな」と独《ひと》り言《ごと》を呟《つぶや》いた。恐怖で身のすくむ思いを味わっているのはわかっているが、その気配さえ見せていないのだ。松明の火だけのおぼつかない照明で、彼女はまさに女神そのものであり、彼が最初にあの部屋にはいったとき、聖壇上に横たわっていた本物の女神像に生命がよみがえったと見てもおかしくないのだった。

やがてゴルルガが、コナンには聞き慣れぬ言葉で何やら誦《ず》しはじめた。おそらくそれは古代アルクメーノンの呪文で、数世代にわたって大神官たちのあいだに承《う》け継がれてきたものであろう。それが果てしなくつづくかと思われて、コナンは不安になってきた。長くつづけばつづくほど、ムリエラの緊張が高まることになる。もし彼女が倒れでもしたら——コナンは長剣と短剣に思わず手をやった。売春婦に等しいあばずれ女にしても、黒人たちの拷問を受けたあげく、斬り殺されるのを見過ごすわけにはいかない。

しかし、呪文は——太い声、低い調子、なんとも名状しがたい不吉な響きをこめてつづいていたが——ようやく終わりに近づいて、侍祭たちがいっせいに応唱《おうしょう》の叫びをあげることで終止符を告げた。ゴルルガは頭をあげると、聖壇上に沈黙を守っている女神に向かって両腕を高くかかげ、ケシャンの神官たちの身についた、よく響く太い声で祈願《きがん》の言葉を述べはじめた。「おお、偉大なる女神よ、暗黒の世界の偉大なる存在とともに生きたもう者よ、願わくは、みまえの足もとの塵《ちり》の上にひれ伏すわれら奴隷のために、その朱唇を開きたまえ！ 聖なる谷の偉大なる女神よ、お言葉を聞かせたまえ！ われらの進むべき道を知りたもう女神よ、われらの目をふさぐ闇も、女神にとっては烈日《れつじつ》の光に等しきはず。その知恵の光を、われら僕《しもべ》の道に投げかけたまえ！ おお、神々の代弁者よ、スティギア人トゥトメクリについての神々のご意見を告げさせたまえ！」

女神の高く束《たば》ねあげた艶《つや》やかな頭髪が、鈍い赤銅色にきらめく松明の光を受けてかすかに震えた。居並ぶ黒人たちのあいだに、半ば畏怖《いふ》、半ば恐怖の喘《あえ》ぎが洩れた。コナンが壁龕内で聴《き》き耳を立てていると、息詰まるような静寂のなかに、ムリエラの声がはっきりと聞こえてきた。コリンティアなまりが玉に瑕《きず》だが、冷厳にして超俗、人間のものならぬ声であった。

「神々のご意志を伝える――スティギアとシェムの犬どもを、ケシャンの国より追い払え！」彼女はコナンの指示した趣旨を正確になぞっていた。「彼らは神々の財宝を奪いにあらわれた盗賊であり、謀《む》叛人《ほんにん》である。〈グワールルの歯〉は将軍コナンの管理下におけ。そしてケシャンの軍隊の全部をコナンの指揮にゆだねるがよい。彼コナンこそは神々の恩寵《おんちょう》にあずかる者なるぞ！」

語り終えた彼女の声に震えがあった。コナンは彼女が緊張の極《きょく》にあって、いまにも卒倒《そっとう》するのではないかと怖れ、全身を冷や汗が流れるのをおぼえた。

しかし、黒人たちはそれに気づかなかった。コリンティアなまりにいたっては、まだ一度もその言葉を聞いたことがないので、それと知るわけがないのだった。彼らは手をそっと打ち鳴らして、驚嘆と畏怖との呟きをあげた。ゴルルガの目は松明の光を受けて、狂熱的にきらめいていた。

「イエラヤがお言葉を洩らされた！」大神官は興奮した声で叫んだ。「これこそ神々のご意志なのだ！はるか昔、われらの先祖の時代のことだが、神々がこの世界の誕生当時に、暗黒世界の王グワールルの怖るべき顎《あご》から引きぬきたもうた歯を、禁忌《きんき》のものとして人間の目から遠去けなされた。それ以後、〈グワールルの歯〉は神々のご命令により隠匿《いんとく》されきたったが、いままた神々のご意志によって、ふたたび日の目を見ることになった。おお、星とともに生まれたもうた女神よ、これよりわれら、神々の恩寵を受けし男のために、〈歯〉を隠しおいた秘密の場所におもむくのを許したまえ！」

「そはもとより、神々の望みたもうところなるぞ！」偽物《にせもの》の女神は答えて、おごそかな身振りで、出ていくように命じた。それを見てコナンは、またしても笑みをこぼした。神官たちは駝鳥の羽根飾りをふりふり、歩みとともに松明を上下させながら、神託の部屋を退去していった。

黄金の扉が閉まると、女神はうめき声とともに聖壇上に崩れるように倒れた。そして「コナン！」と低い声で呼んだ。「コナン、早く、来て！」

「しーいっ！」コナンは壁の孔から叱っておいて、ふりむくと、壁龕をすべり出て、鏡板を元の位置にもどした。彫刻をほどこした扉からのぞくと、一行の松明が玉座の大広間を横切って遠去かっていく。しかし、彼はそれと同時に、松明が放つものとは別の光に気づいた。ぎょっとしたが、それが何であるかをすぐに知った。月が昇って、その光が円蓋《えんがい》から斜めに射しこみ、何か巧緻《こうち》な仕掛けによって光輝《こうき》が強められている。では、アルクメーノンの輝く円蓋は、ただの伝説ではなかったのだ。おそらく円蓋の内部に、黒人王国の丘陵《きゅうりょう》地帯にのみ発見される白色の焔をあげる奇妙な水晶がはめこまれているのであろう。その光が玉座の大広間いっぱいにあふれ、隣接する部屋部屋にまで流れこんでいるのだった。

コナンは玉座の広間へ通じる扉へ向かったが、そのとき不意に物音を聞きとって、ふり返った。その物音は、広間とは反対側の廊下から響いてくるように思われた。彼は出入口にうずくまって、音の方向を眺めやった。先ほど、彼を地下の水路に落ちこませる罠《わな》の役目を務めた銅鑼の音を思い出した。円蓋からの白色光が、この狭い廊下にも少しは射しこんでいたが、そこには何もない空間が見てとれるだけであった。しかし、彼の鋭い聴覚は、その奥のどこかに、忍び足で進む音を聞きとっていた。

つぎの行動を考慮していると、またしても、はっとすることが起きた。彼の背後で、首を絞められたような女の悲鳴があがったのだ。彼は、はじかれたように玉座のうしろの出入口をぬけて、大広間に飛びこんでいた。そして天井からの白色光に照らし出されている、思わぬ光景を見た。

神官たちの松明は残らず外へ消えていたが、ひとりの神官だけが宮殿内にとどまっていた。グワルンガがそれである。彼の凶悪な顔が憤怒《ふんぬ》で引きつり、ムリエラの喉もとを引っつかみ、悲鳴をあげて命乞いしようとする彼女を猛烈にふりまわしていた。

「裏切り女め！」まっ赤な厚い唇から、毒蛇のような声をほとばしらせた。「何のつもりであんな真似をした？　ザルゲーバから台詞《せりふ》を教わらなかったのか？　わしは手順をトゥトメクリから聞いておるのだぞ！　きさま、主人を裏切ったな。それとも、きさまの主人が、きさまを道具に友人たちを裏切ったのか？　売女《ばいた》め！　その偽りの首をねじ切ってやるが——その前に……」

捕えている女の愛らしい目が、大きく見開いて、彼の肩越しに背後を見たことが、巨大な黒人神官の警戒心を目醒《めざ》めさせた。彼はとっさに女を突き放して、ふり返った。そのせつな、コナンの長剣がふり下ろされた。その衝撃で黒人神官は背後にのけぞり、大理石の床に倒れ、斬り裂かれた頭蓋の傷から血を噴き出させ、身もだえしながら横たわった。

コナンは走りよって、止《とど》めを刺そうとした。黒人神官のすばやい動きに手もとが狂って、狙いがそれたのを知っていたからだ。しかし、ムリエラが両腕でしがみついて、

「あんたの命令どおりにやってのけたわ！」と狂気のように叫んだ。「さあ、あたしを連れて逃げて！お願いよ、こんな場所から連れ出して！」

「まだ立ち退《の》くわけにいかんのだ」コナンは叱りつけるようにいった。「神官たちのあとをつけて、財宝の在《あ》り場所を突きとめたい。よほど大量の宝が隠してあるはずだ。しかし、おまえはおれといっしょ

に来てもよい。それはそうと、頭の宝石はどうしたんだ？」

「さっき聖壇の上で落としてしまったんだわ」彼女は頭へ手をやりながら答えた。「とても怖かったんだもの――みんなが出ていったので、あんたを捜しに走りだそうとしたら、この大きなけだものが残っていて、あたしをつかまえて――」

「なるほど。おれはこの死骸を片づけているから、そのあいだに宝石を探してこい」彼は命令した。「早くだぞ！　あの宝石だけでもひと財産だからな」

彼女はまだためらっていた。神託の部屋にもどるのがよほど怖いらしい。しかし、コナンがグワルンガの腰帯をつかんで壁龕のある部屋へ引きずっていったので、彼女も神託の部屋へ引き返していった。コナンは意識を失っている黒人神官を床の上に投げ出すと、剣をふりあげた。長いあいだ世界各地の未開の場所を経《へ》めぐってきた彼は、慈悲憐憫《れんびん》などという気持ちがひとりよがりの幻想にすぎぬのを知っていた。唯一の安全な敵は、首のない敵である。だが、剣をふり下ろすに先立って、思わぬ悲鳴が聞こえて、それを妨《さまた》げた。悲鳴は神託の部屋にあがったのだ。

「コナン！　コナン！　彼女がもどってきたのよ！」その悲鳴は、喘ぎと床を何かが引きずられる音になって消えた。

コナンはあっと叫んで小室を飛びだし、玉座の台座を横切ると、神託の部屋へ飛びこんだが、そのときすでに物音が止まっていた。彼は出入口で立ち止まって、当惑した視線を投げた。どう見ても、聖壇の上にムリエラが静かに横たわり、眠りこんでいるかのように目を閉じているだけだからだ。

「何だ、大きな声を出して！」彼はずけずけといった。「こんな大事なときに、冗談ごとはやめるんだ

――」

彼の叱責《しっせき》は尾を引いて消えた。そして鋭い目で、絹地《きぬじ》の短袴《たんこ》にぴったり包まれた象牙《ぞうげ》色の太腿《ふともも》を凝視した。当然ながらその短袴は、腰から裾《すそ》へかけて引き裂けているはずだ。暴れまわる踊り女《め》の躰を押さえつけて、無慈悲にも服をもぎとったとき、彼自身の手がそれを引き裂いたのだから。それが、この短袴には裂け目がないのだ。コナンはただのひと足で聖壇に近よると、象牙色の躰に手をおいた――つかんだそれは死人の肌で、氷のように冷たかった。彼は灼熱した鉄に触れたように、われ知らず手を引っこめて、

「クロムの神にかけて！」と叫んだ。細めた目に、死骸を焼く火のような光がいきなり燃えあがった。

「これはムリエラでない！　イエラヤ女王だ！」

これで、ムリエラがこの部屋に歩み入ったとき、気ちがいじみた悲鳴をあげた理由がわかった。女神がもどってきていたのだ。その衣服はザルゲーバの手で剝《は》ぎとられて、偽物を装《よそお》う役を務めているはずなのに、この肉体はコナンが最初に見たときとまったく同様に絹地の服を着け、宝石で飾られている。コナンの首筋の短い毛が逆立った。

「ムリエラ！」彼は急に叫びたてた。「ムリエラ！　どこへ行ったんだ？」

四方の壁が嘲笑《ちょうしょう》するように谺《こだま》を撥《は》ね返した。彼の見るかぎり、この部屋には黄金製の扉のほか出入口がなく、彼の目に触れずには、はいりこむことも立ち去ることもできないはずだ。しかし、つぎの事実は議論の余地がない。すなわち、ムリエラがこの神託の部屋を出て、グワルンガに捕えられてから数分のうちに、イエラヤ女王の躰が聖壇上にもどされていたことだ。ムリエラの悲鳴がいまなお

コナンの耳に谺を残しているのに、コリンティアの若い娘は、掻き消えたように姿を隠している。超自然的な力によるものと考えないかぎり、この現象の説明はひとつしかない――この部屋のどこかに秘密の出入口があるとの解釈である。その考えが彼の心をよぎったとき、彼はそれを見いだしていた。

強固な大理石の壁と見たところに、縦の細いひび割れがはいっていて、それに絹の糸屑《いとくず》がからんでいた。コナンはすぐさま、その上に身をかがめてのぞきこんだ。ムリエラの引き裂けた短袴の切れ端だった。その意味は考えるまでもなく明瞭である。彼女をさらっていったのがどんな凶悪なものか知らぬが、この秘密の出入口を通りぬけるにあたって、扉が閉まる瞬間に、それがからんで引き裂けたにちがいない。切れ端はわずかなものだが、それが挟《はさ》まっているために、扉が完全に閉まりきらないのであろう。

コナンは短剣の切先《きっさき》を割れ目に刺し入れて、節《ふし》くれだった前腕《ぜんわん》に全身の力をこめてこじった。刀身がたわんだが、アクビタナ特産の鋼鉄は折れることなく、大理石の扉が開いた。コナンは長剣をかまえて内部をのぞきこんだが、危険なものの姿はなかった。神託の部屋に射しこむ光が流れこんで、大理石の短い階段が見てとれる。彼は扉をいっぱいにあけ放すと、割れ目の床に近い個所に短剣を突き刺して、扉が開いたままになっているように工作した。それからコナンは、ためらいなく階段を降りはじめた。何も見えず、何も聞こえなかった。階段は十二段で終わって、狭い通路に変わり、それは薄闇のなかをまっすぐつづいていた。

コナンは階段を降りきると、ぴたっと足を止め、彫像のように佇立《ちょりつ》したまま、通路の壁に描いてある画面をみつめた。それは階上から洩れてくるおぼつかない光線で、半分ほど見てとれるだけだが、画風は明らかにペリシュティア人のものである。彼は以前アスガルンで、これとそっくり同じ技法による壁画を見たことがあった。しかし、描き出されている場面はペリシュティア国とはなんの関係もなく、唯一の例外として、ひとりの人物がくり返し登場している。白い顎鬚《あごひげ》を垂らした痩身《そうしん》の老人で、ペリシュティア人の特徴を鮮明にあらわしている。画面はこの宮殿内の各所を描き出したもののように思われる。そのいくつかの場面は明らかに神託の部屋であり、象牙の台座の上にイエラヤ女王が身を横たえ、その前に黒い皮膚の大男たちが跪いている。そして壁のうしろの狭い空間には、例の古代ペリシュティア人がひそんでいる。そこにはまた、ほかの人物も大勢描かれていた――がらんとした宮殿の内部を、ペリシュティア人の命令のもとに動きまわり、地下の水路から何やら正体不明なものを引き揚げている。ややあって、コナンは凍りついたように動かなくなった。木乃伊《ミイラ》が持っていた羊皮紙《ようひし》のうち、判読不能ですましておいた個所が、氷のような鮮烈さで脳裡《のうり》にひらめいたのだ。ばらばらだった嵌《は》め絵が正しい位置に並べられたようである。いまやビト・ヤキンの神秘は神秘でなく、その従者たちの謎は謎でなくなった。

コナンはふりむいて、通路の闇をのぞいてみた。氷の指が背筋を匍《は》う思いに襲われたからだ。それから彼は通路を歩きだした。猫のように足音を立てないが、逡巡《しゅんじゅん》する様子もなく、階段の下を離れて、暗闇の奥へ奥へと進んでいくのだった。いつかそこには重い空気が垂れこめ、銅鑼が鳴ったときの中庭に嗅《か》いだ臭いがみなぎってきた。

すでにあたりは完全な闇であったが、前方に物音を聞いた――裸の足を引きずるような音、でなければ、しどけなくまとった衣服の裾が床をこする音か、そのどちらとも彼にはわかりかねた。しかし、その直後には、伸ばした手が障害物に遭遇し、彼はそれを彫刻入りの巨大な鉄扉と判断した。押してみたが動く様子はなく、長剣の先で隙間を捜したが徒労だった。それは鋳型《いがた》で作りあげたように、敷居と抱き柱にぴったりはまりこんでいる。それでも彼は両脚を踏んばり、こめかみに青筋を立てて、全身の力をふり絞って押した。扉はびくともしなかった。巨象の群れの力を合わせたところで、この巨大な扉を揺るがすことは不可能なのであろう。

しかし、扉に躰を近づけると、向こう側の物音が聞きとれた。彼の鋭い聴覚は、たちどころに音の性質を識別した——槓桿《こうかん》を細長い穴に突っこんでこすりあげているような、錆《さ》びついた鉄の軋《きし》み音だった。それを識別するや否《いな》や、彼は本能的な行動に移った。音と衝動と行動が同時に起きたとしか思えないほどの敏捷《びんしょう》さだった。彼が大きく跳びすさった瞬間、頭上から巨大な物が落下してきて、落雷のような大音響とともに通路を震憾《しんかん》させた。飛散する破片が彼の躰に打ちあたり、巨大な岩塊《がんかい》が——それが岩塊であるのを彼は音で知ったのだが——一瞬前まで彼が立っていた場所に激突したのである。ほんの少しの逡巡か、行動の遅さがあったときは、蟻《あり》同様に押しつぶされていただろう。

コナンはたじろいだ。もしまだ生きているのなら、ムリエラはこの鉄扉の向こう側のどこかで捕虜になっている。だが、この扉を通りぬけることができないし、この通路にとどまれば、いつまたつぎの岩塊が落下してくるかもしれない。そのとき最前のような幸運に恵まれるとはかぎらない。それに彼が押しつぶされて無残な肉塊《にくかい》に変わってしまうのは、彼女にとっても不幸な結果を招くことになる。いずれにせよ、この方向での捜査をつづけることはできない。ひとまず地上にもどって、別の接近方法を見いだすしかあるまい。

コナンは向きを変えて、階段へ急いでもどった。比較的明るい個所にたどりつくと、思わず吐息《といき》を洩らした。そして階段の最初の段を踏んだとき、光が掻き消えて、頭上の大理石の扉が音を立てて閉じ、谺だけを耳に残した。

そのとき何か恐慌めいたものが、キンメリア人をとらえた。暗黒の罠に落ちた彼は、階段の上でふり返り、長剣をかまえて、殺気のこもった目で背後の闇をうかがった。妖怪めいた暗殺者の襲撃を予想したからだ。しかし、階段下の通路では物音も聞こえないし、人の動く気配もなかった。鉄扉の向こうの人間どもは——それが人間であればの話だが——何かの仕掛けで天井から落下させた巨大な岩塊によって、彼を押しつぶしたものと思いこんでいるのか？

それにしても、階段上の扉が閉まったのはなぜだろうか？　コナンはその点を深く考えるのをやめ、手探りで闇の階段を登っていった。いつ背中を短剣が見舞わぬものでもないと、ひと足ごとに肌が総《そう》毛立《けだ》ったが、それだけにまた、この半恐慌の状態からぬけ出るために、血刀《けっとう》を揮《ふる》って暴れてみたい焦《しょう》燥《そう》にも駆られていた。

コナンは階段を登りきって扉を押してみたが、彼の努力にかかわらず、それは微動だにしなかった。かっとなった彼は、右手で長剣をふりあげ、大理石の扉板に斬りつけかけたが、左手が無意識のうちに扉板を探って、金属製のかんぬきを発見した。扉が勢いよく閉まったはずみに、自動的にはまってしまったらしい。すぐさまそれを引きぬくと、扉は彼の体当たりの前に造作《ぞうさ》なく開いた。彼は外の部屋へ躍り出ると、怒りの言葉を口走りながら室内を睨《ね》めまわした。憤《いきどお》りに燃えたコナンは、どのような凶悪な敵が待ち伏せしていようと、引っ捕えて叩き斬らずにいられぬ気持ちだった。

床に突き刺した短剣が失《な》くなっていた。部屋のなかは空虚で、聖壇の上も同様だった。イエラヤ女王はふたたび姿を消していた。

「クロムの神にかけて!」キンメリア人は口のなかで叫んだ。「してみると、彼女は生きていたのか?」

わけがわからなくなったコナンは、玉座の広間へ大股にはいっていったが、ふと思いついて、台座の背後にまわって、そこの小室をのぞいてみた。なめらかな大理石の床が血に汚れていたのは、さっき彼自身が、気絶したグワルンガの躰を引きずっていって、そこの床に投げ出したからだが――ただそれだけのことで、黒人そのものは、イエラヤ女王と同じに、完全に消失しているのだった。

4 〈グワールルの歯〉の穹窿《きゅうりゅう》

憤怒《ふんぬ》と当惑で、キンメリア人コナンの頭は混乱していた。ムリエラの所在を突きとめられないのは、〈グワールルの歯〉の隠匿《いんとく》場所を発見できないのと同様なのだ。ひとつだけ思いついたことがあった――神官たちのあとを追うことである。そうすれば、財宝の秘匿場所に関する手掛かりはつかめるかもしれない。頼りない期待ではあるが、あてもなくうろつきまわっているよりはましであろう。

コナンは柱廊玄関に通じる影の多い廊下を急ぎながら、物陰《ものかげ》にひそんでいる魔物が牙と鉤爪《かぎづめ》とで襲いかかってくるのを半ば予想していた。だが、彼自身の胸に高鳴る鼓動のほか聞こえるものとてなく、目にするのも、大理石の床を斑《まだら》に染め出している月光だけであった。

コナンは玄関前の広い階段の下に立ち、月光に照らし出された周囲を見まわした。これから進むべき方向を示すものを捜し出そうとしてだが、それはすぐに発見できた――芝草の上に花弁が点々と散っているのは、神官たちの腕か衣《ころも》が、花をつけた枝をこすっていった証拠である。芝草もまた重量のある足に踏みにじられている。キンメリアの山嶽《さんがく》地帯で狼《おおかみ》を追いまわしながら人となったコナンにとって、ケシャンの神官の一行のあとをたどるなど、簡単すぎるほどの仕事だった。

足跡は宮殿を離れると、異国風の匂いをただよわす大輪の花を青白く咲かせている灌木《かんぼく》の茂みをぬけ、ちょっと触れただけで落花《らっか》の雨を降らせる緑濃き叢林《そうりん》を過ぎ、ついにコナンを大きな岩塊《がんかい》の裾《すそ》まで導いた。それは宮殿にもっとも近い断崖から突き出た形で、巨人の居城《きょじょう》のようにそびえ立っているのだが、蔓草《つるくさ》のからみついた樹々《きぎ》によってほとんど覆い隠されている。ここが目的地だとすると、ケシアの王宮で、〈グワールルの歯〉は宮殿内のどこかに隠されていると洩らした神官は、思いちがいをしていたことになる。コナンは、ムリエラが姿を消した場所からかなりの距離を歩いてきたのだが、その一方、この峡谷のあらゆる個所が、地下の通路によって宮殿と結ばれているのだとの考えが、心に根づきはじめていた。

黒ビロードのように濃い灌木の茂みの影にうずくまって、彼は大きな岩塊を眺めやった。それは月光を浴びて、巨大な彫刻のようにくっきり浮かびあがっていた。岩肌一面に奇怪な画面が彫りつけてある。描かれているのは、人間とけものと半人半獣の生き物で、これは神か悪鬼《あっき》を表現しているのであろう。画風は明らかに、峡谷内のほかの個所に描かれているものと相違している。ことさらに異なった時代と種族を描いたものでなければ、アルクメーノンの民《たみ》がこの峡谷へはいりこんできたとき、すでに遺《のこ》されていたはるか遠い時代の、いまは忘れられた種族が残しておいたものでないのか。

垂直に切り立った断崖に巨大な扉がしつらえてあって、それがいっぱいにあけ放してあった。そしてその周囲の岩肌に龍の頭が彫りつけてあるので、扉の開いた入口が巨龍の顎門《あぎと》のように見えていた。扉自体は彫刻をほどこした青銅板で、数トンの重量があるかと思われる。彼が観察したかぎりでは、鍵らしいものは見受けられずに、太い抱き柱の一端《いったん》にいくつかのかんぬきが並んでいる。おそらくはこの扉を開《あ》け閉《た》てするのに、よほど巧緻《こうち》な仕掛けが用いられているのであろう——そして、そのからくりを知っているのは、ケシャンの神官たちだけにちがいないのだ。

この場の様子で、ゴルルガと侍祭たちの一行はすでに洞窟《どうくつ》の内部にはいりこんだものと思われた。しかし、コナンはなおもためらった。神官の一行がもどってくるのを待っているのは、彼の面前で扉が閉まり、鍵がかかるところを見せつけられるだけである。そして扉を開く謎を解けずに終わるのが落ちであろう。だからといって、一行のあとを追ってはいりこめば、彼らが立ち去ったあと、彼ひとりが洞窟内に閉じこめられる怖《おそ》れがある。

風の動きにまで注意を払って、コナンは巨大な入口からすべりこんだ。この洞窟内のどこかに神官の一行がいて、〈グワールルの歯〉がある。ひょっとすると、ムリエラの運命を知る手掛かりをつかめるかもしれない。元来コナンは、いったん目標を定めたからには、たとえその身にどのような危険が降りかかろうと、行動にためらいを見せる男ではないのだった。

洞窟の内部は、入口から数ヤードのところまで月光が射しこんでいた。そこはかなりの広さで、前方にかすかなきらめきが見え、無気味な呪文の声が聞こえてくる。神官たちの一行は、思ったほど奥深くは進んでいなかったのだ。隧道《すいどう》が部屋に変わるあたりでは、すでに月光も届いていないが、それでもその場所があまり広いものでないのが見てとれた。高い天井の表面が燐光《りんこう》を放っているのは、このあたりの地質の特徴である。その妖異《ようい》な薄明かりが、祭壇の上にうずくまる獣神像と、その部屋からさらに分かれている六つか七つの隧道の入口を照らし出している。それらの隧道のうちもっとも広いもの——それは、外に通じる入口に顔を向けている獣神像のまうしろにあたっているのだが——の奥に松明《たいまつ》の火が揺れていて、岩肌の放つ燐光が定着して微動だにしないのといちじるしい対照を示している。呪文を唱える声が一段と音量を加えてきた。

コナンは躊躇《ちゅうちょ》することなくその隧道を突き進んで、なかの部屋の様子をうかがった。そこは獣神像のおいてあるところよりはるかに広くて、燐光による照明はないが、松明の火の光で、大きな祭壇が据えてあるのと、その上にうずくまった、見るからに吐き気をもよおすほど醜悪《しゅうあく》なひきがえるに似た偶像が眺められた。この醜悪な神像の前にゴルルガと十人の侍祭たちがぬかずいて、頭を床にこすりつけ、単調な呪文を誦《ず》しつづけている。それでコナンは、彼らの歩みが遅々《ちち》としたものであった理由を悟った。〈グワールルの歯〉の隠し場所に近づくこと自体が、神聖にして複雑な祭儀であったのだ。

呪文を誦し、叩頭《こうとう》をくり返す祭儀が果てしなくつづくのを、コナンはじりじりしながら見つめていたが、やがて彼らは立ちあがって、神像の背後に口をあけている隧道へはいっていった。闇の洞窟内に松明の火が揺れている。コナンはすばやくそのあとを追った。みつけられる危険はほとんどなかった。彼は夜のけもののように音もなく影のなかを進むし、黒人の神官たちは祭儀の呪文を唱えるのに没頭していたからである。事実彼らは、グワルンガが欠けていることにも気づいていないらしい。

隧道の奥には相当に大きな規模の空間があって、上方へ向かって弧を描いている壁面に、回廊のような張り出しが何層も走っている。神官たちの礼拝の儀式が新しく開始された。祭壇はいままで見たうちではもっとも大きく、神像もいっそう激しく嫌悪感をもよおさせるものであった。

コナンは隧道の暗い入口にうずくまって、松明の無気味な輝きを反映させている岩肌をみつめていた。岩壁を刻んだ階段が、幾層にも連なる張り出しのあいだを繋いでいて、高い天井は闇のなかに消えていた。

呪文を唱える声が急に途絶えて、コナンはぎくりとした。同時に、跪《ひざまず》いていた黒人の神官たちが、いっせいに顔をあげた。人間の声ならぬ声が、彼らの頭上に響きわたったのだ。神官たちは跪いた姿勢のまま凍りついて、高い天井近くに目もくらむほどの強さで燃えだした無気味な青白い焔《ほのお》を見あげた。それはやがて脈打つ焔のかたまりとなり、洞窟内を照らし出した。と、大神官の喉から叫びがあがった。そしてその谺《こだま》のように、十名の侍祭たちもわめきだした。焔のきらめきが張り出しのひとつを明るくした瞬間、そこにちらりと、ほっそりした白い姿が見えた。光沢のある絹地《きぬじ》の服に、宝石を鏤《ちりば》めた黄金の飾りをつけた女神が立っているのだ。と思うと、その光輝もくすぶりだして、脈打つ焔のかたまりにもどり、すべてが不明瞭な薄闇に包まれ、繊細な女神の立ち姿も象牙《ぞうげ》色に滲《にじ》むおぼろなものに変わった。

「女神イエラヤだ!」ゴルルガは褐色の顔を蒼白《そうはく》に変えて、甲高《かんだか》い叫びをあげた。「何のために、われらのあとを追ってこられた? 慰《なぐさ》みのお気持ちか?」

人間離れした奇怪な声がはるか高いところに鳴り響き、円《まる》天井に谺して異様に拡大され、そのいうところが判別できぬほどであった。

「信仰の足らぬ者に禍《わざわい》あれ! ケシアの誤れる子らに呪いあれ! そして、みずからの神を否《いな》む者に、神々の裁きのくだらんことを!」

神官たちのあいだに恐怖の叫びがあがった。松明の光を浴びたゴルルガの顔は、衝撃を受けた禿鷹《はげたか》そっくりだった。

「お叱《しか》りの理由がわかりませぬ」大神官はしどろもどろにいった。「われらの信仰は、だれにも劣《おと》りませぬ。神託《しんたく》の部屋でのお告げどおりに――」

「あの部屋で聞いた言葉は、頭におくでない！」怖ろしい声がさらに拡大されて、百万の口が同時に同じ言葉を叫んでいるように聞こえた。「偽《いつわ》りの預言者と偽りの神々に気をつけよ！　宮殿内にてなんじらに話しかけたは、わが姿に似せた悪鬼にすぎぬ。あれは偽りの神託じゃ。いま、心してわが言葉を聞け！　なんとなれば、われこそがまことの女神であるから。これより、地獄堕《お》ちの運命を免《まぬか》れる唯一の機会をあたえる！

〈グワールルの歯〉を、永《なが》い歳月のあいだ秘めおきし窖《あなぐら》よりとり出せ。アルクメーノンは神をないがしろにせし者に穢《けが》されしがゆえに、もはや聖なる場所でない。〈グワールルの歯〉をスティギア人トゥトメクリの手に引き渡し、ダゴン神とデルケト神とを祀《まつ》る聖所に移すがよい。ケシャンの国を夜の悪鬼どもの企《くわだ》てより救う道はそれひとつじゃ。〈グワールルの歯〉をとりいだし、ただちにケシアの都へ運び、宝石のたぐいをトゥトメクリにあたえるのじゃ。そして異国の悪鬼コナンを捕え、都《みやこ》の広場において皮剝《は》ぎの刑に処するがよいぞ」

神託に従うのに躊躇はなかった。神官たちは恐怖に歯の根をがちがちいわせ、先を争って獣神像の背後の隧道へ殺到した。先頭に立っているのはゴルルガである。隧道の入口でこみあって、激しく揺れる松明の火が蠢《うごめ》く黒い躰《からだ》に触れたか、けたたましい悲鳴があがったが、どうにか各自が姿を消して、われがちに走り去る足音が隧道の向こうに遠のいていった。

コナンはあとを追わなかった。この奇怪な出来事の真相を突きとめたい欲求が身を焼いていたからだ。いまの女神の言葉に、手の甲に冷たい汗が噴き出すほど驚かされたが、果たしてあれが本物のイエラヤであろうか？　それとも、売女《ばいた》のムリエラがまたも心変わりしたのだろうか？　もしそうだとしたら――

最後の松明がまっ暗い隧道内に見えなくなる前に、復讐の思いに燃えたコナンは石の階段を駆けのぼった。青白い焔は消えかけていたが、張り出しの上に身動きもせずに突っ立っている象牙色の姿を見ることができた。近づくにつれて、体内の血が冷たく感じられてきたが、彼はいささかもためらわなかった。長剣をふりかざして死の威嚇《いかく》を示し、不可解なものの前に立ちはだかった。

「イエラヤだと？」彼はわめきたてた。「彼女は千年前に死んだはずだぞ！　いったい何の冗談だ！」

そのときコナンの背後の隧道の暗い口から、黒い姿のものが飛び出してきた。しかし、音を殺した裸足《はだし》の突進も、キンメリア人の鋭敏な聴覚が聞きとっていた。彼は猫のようなすばやさで身をひるがえし、背中を狙った必殺の一撃をかわした。黒い手が握る短剣に空《くう》を切らすと同時に、コナンはふりむきざま、大蛇の怒りをこめた直刀を突き出した。それは襲撃者の肩のあいだを一フィート半も刺し貫いた。

「思い知ったか！」コナンは、床に倒れて最期《さいご》の喘《あえ》ぎを洩らしている襲撃者から剣を引きぬいた。男はしばしのたうっただけで息絶えた。消えかかる焔の下に、黒い肌と凶悪な顔を青白く光らせているのはグワルンガだった。

コナンは死骸から女神へ目を移した。それは直立した躰の胸と膝とを革紐《かわひも》で石の柱にくくられ、頭もまた、ゆたかな黒髪を柱に結びつけることで仰向《あおむ》けにさせられている。照明がおぼつかないので、数ヤードも離れると、縛《いまし》めが見てとれないのだ。

「グワルンガは、おれが地下道へ降りていったあと意識を回復したにちがいない」コナンは呟《つぶや》いた。「そして、おれが地下にいるのを察しとって、扉を支えておいた短剣を引きぬいたのだろう」――コナンは身をかがめて、硬直した死骸の指から短剣をもぎとり、自分の持ち物であるのを確かめてから、腰帯に差した――「そのうえで扉を閉ざすと、イエラヤ女王の死骸を運んで、知恵の足りぬ仲間の神官たちを欺《あざむ》く仕掛けをこしらえあげた。さっきの神託は、彼がしゃべったのだ。場所が場所だけに天井へ大きく谺して、男の声と聞きとれなかっただけのこと。おまけに照明が青い火ときている。だが、おれはすぐにどこかで見たことがあると気がついた。スティギアの神官どもが使う手なんだ。グワルンガはそれをトゥトメクリに教わっていたにちがいない」

グワルンガが仲間の神官たちの先まわりをして、この洞窟にたどりつくことは容易だったと思われる。内部の様子も仲間うちの噂《うわさ》話を聞くか、神官たちのあいだに伝えられた図面を見ることで、充分に心得ていたにちがいなかった。かくして彼は、一行のあとから洞窟内に忍び入ると、女神の躰をかかえて迂回《うかい》した道をとり、いくつかの隧道と部屋部屋を通りぬけ、岩壁の出っ張りの上に彼自身とイエラヤの躰を落ち着かせることができたのだ。そのあいだゴルルガと侍祭たちは、長々とつづく祭儀にわれを忘れていたわけである。

いまは青白い焔の光が完全に消え失《う》せていたが、コナンは別のきらめきに気づいた。それは張り出しの上に口をあけている通路のひとつから洩れてくる。通路の奥のどこかに、ここと同じような広い空間があって、同じような燐光で照らし出されているのだろう。かすかではあるが、微動だにしない光輝《こうき》から、そう推察できる。この通路は、神官たちが逃げていった方向に延びている。コナンはその道を進むことに決めた。岩棚を降りて、暗黒の隧道をたどるよりはましなはずだ。それがどこかの部屋の壁の出っ張りに通じているのはまちがいなく、その部屋が、神官たちのめざす先であるのも想像にかたくない。コナンはその通路を急いだ。進むにつれて光輝が強くなり、いつか壁と床とがはっきり見えるようになった。前方の低い個所から、またも呪文を唱える神官たちの声が聞こえてくる。

とつぜん、左手の壁に出入口があるのが目についた。そこから内部の燐光が洩れているのだ。低くではあるが、激しく泣きじゃくる声が耳についた。彼は向き直って、出入口の奥に目をこらした。

そのなかは固い岩石をくり抜いて、部屋に作ってあった。ほかの部屋とはちがい、天然の洞窟を利用したものではない。円天井が燐光にきらめき、周囲の壁は打ち展《の》ばした金箔《きんぱく》の唐草《からくさ》模様で飾ってある。

正面の壁を背に花崗岩《かこうがん》の玉座をおき、それに腰を下ろした形の醜怪《しゅうかい》な彫像が、拱門《アーチ》状の出入口を永久にみつめている。真鍮《しんちゅう》で造られたペリシュティア人の神プテオルの像である。奇怪な属性を極度に誇張して表現してあるのが、その宗教の淫猥《いんわい》なことを物語っている。そしてこの偶像の膝の上に、しなやかで白いものの姿が匍《は》いつくばっているのだ――

「こんな部屋があったのか！」コナンは呟きながら、疑わしげに部屋のなかを見まわした。ほかに出入口はなく、人がいる気配もなかった。そこで足音を立てぬようにして玉座に近づき、偶像の膝の上の女を見おろした。女はほっそりした肩を震わせ、顔を両腕のなかに埋め、みじめな様子で泣きじゃくっている。偶像の双方の腕にはめられた太い黄金の腕環《うでわ》と女の手首の細い腕環とを黄金の鎖が繋いでいる。その裸の肩にコナンが手をおくと、女は驚いて悲鳴をあげ、身をよじって、涙に濡れた顔をふりむけた。

「コナン！」彼女はわれを忘れて、キンメリア人にすがりつこうとしたが、鎖が動きを妨《さまた》げた。コナンは、柔らかな金鎖を彼女の手首に近い個所でねじ切って、「腕環のほうは、あとで鑿《のみ》か鑢《やすり》をみつけて切り断ってやるから、そのままにしておけばいい。おい、おい、そんなにしがみつくな！　おまえたち踊り女《め》は感情的でありすぎて、厄介きわまる。ところで、おまえの身に何があったのだ？」

「神託の部屋へもどってみると」彼女は泣きながら語りだした。「聖壇《せいだん》の上に女神が、最初に見たのと同じ恰好で横たわっているじゃないの。あたし、あんたの名を呼んで、出口へ駆けよろうとしたの――すると、うしろから何かがつかまえて、手で口を押さえ、壁板を開いてなかに引きずりこんだのよ。それから階段をくだって、暗い廊下をあたしを運んでゆくのよ。どんなやつにつかまえられているのか、わからなかったわ。それから大きな鉄の扉をぬけて細い通路にはいったの。この部屋と同じで、天井が明るく光っていたわ。

それでつかまえてるやつを見たんだけれど、あたし、もう少しで気絶するところだったわ！　そいつら、人間じゃないのよ。躰じゅう灰色の毛を生やして、それが人間そっくりに歩きまわって、人間にはわかりっこない言葉をしゃべっていたわ。で、そこにしばらく突っ立って、何かを待っているみたいだったけど、扉の外でだれかがあけようとする音が聞こえると、そのうちのひとりが、壁にとりつけた金属の棒を引っ張ったの。とたんに扉の向こう側で、びっくりするくらい大きな音がしたわ。

それからまた、あたしは運ばれていったの。曲がりくねった通路をぬけて、石の階段を登りきると、この部屋にたどりついたんだわ。そして、このいやらしい偶像の膝にあたしを鎖で縛りつけると、みんな、どこかへ行ってしまったの。ねえ、コナン、あの連中、何なのかしら?」

「ビト・ヤキンの従者たちだ」コナンはいった。「おれはたまたま発見した古文書で、いろんなことを知った。その後、壁画に出遭《であ》って、足りないところを了解した。ビト・ヤキンというのはペリシュティア人で、アルクメーノン族が立ち去ったあと、従者を引き連れてこの峡谷へはいりこんだ。そしてイエラヤ女王の遺体を発見し、ケシアの神官たちがときどき彼女に捧《ささ》げ物をしにやってくるのを知った。そのころすでに、彼女は女神として崇拝されていたからだ。

そこで彼は、彼女に代わって神託をやってのけた。神託の声はビト・ヤキンのものだった。象牙の聖壇のうしろの壁のなかに壁龕《へきがん》を掘りぬいて、そのなかからしゃべった。神官たちは少しも疑わなかった。彼や従者たちの姿を見なかったこともある。人間が近づくと、必ず姿を隠したからだ。このようにしてビト・ヤキンは、神官たちに発見されることなく、この峡谷内に生きて、死んだ。どれほどのあいだここに住みついていたかはクロムの神だけがご存じだが、何百年という長い期間だったにちがいない。ペリシュティアの賢人たちは、寿命を数百年延ばす方法を知っているのだ。おれはこの目でそのような連中を何人か見ている。彼がここでひとりで暮らしていた理由や、なんのために神託を告げる役割を務めたのか、そういったことは、ふつうの人間にわかるものでない。だが、おれの想像をいうと、ここを聖地として、荒らしにくる男たちから守る狙いがあったのだろう。だからこそ無事に暮らしていくことができた。彼自身は、神官たちがイエラヤ女神への捧げ物として運んでくるものを食って、従者たちはほかの食糧を手に入れた――おれは前から知っていたが、ここの地下には川が流れていて、その源はプントの高原にある湖なんだ。あの地方の住民は、死人が出ると、その湖に水葬する。それを地下の流れが運んできて、ちょうど宮殿の真下を通る。そこで水流の上に梯子《はしご》を下ろして、流れてきた死骸を引き揚げるという寸法なのさ。ビト・ヤキンが、それらをみんな羊皮紙《ようひし》の巻物と壁画に書き残しておいた。

だが、ビト・ヤキンもついに死んだ。すると従者たちは、彼の死に臨《のぞ》んでの遺言《ゆいごん》に基づいて、遺骸《いがい》を木乃伊《ミイラ》にして断崖上の洞窟に納めた。それから先のことは、推察にかたくない。従者たちは主人にくらべて、不死といっていいくらい長生きしている。しかし、そのつぎに神託を聞きに都から大神官が訪れると、制止する主人を失った従者たちは、大神官を八つ裂きにしてしまった。それからというもの——こんどゴルルガがアルクメーノン訪問のことをいいだすまで——神託を聞きにくる者がいなくなったのだ。

もちろん、女神の衣服と装身具は、従者たちが新しい品と取り替えていた。ビト・ヤキンがやってるのを見ていたので、そのとおりのことをしただけだ。あの宮殿のどこかに、絹地を腐朽《ふきゅう》から防ぐ封印された部屋があるにちがいない。だからザルゲーバが彼女の衣裳《いしょう》を剝《は》ぎとったあと、同じ服装をさせて、聖壇の上にもどしておくことができた。ついでにいっておくと、彼らはザルゲーバの首を刎《は》ねて、密林内の下草の上に吊るしておいたのだ」

彼女は身震いをしたが、それと同時に安堵《あんど》の吐息《といき》を洩らして、

「じゃ、あたしもう、あいつに鞭打《むちう》たれることがなくてすむのね」

「地獄のこちら側に生きているあいだはな」とコナンはうなずいてみせて、「それはともかく、さっそくつぎの行動に移るんだ。グワルンガに女神を盗まれたばかりに、せっかくの機会を失ってしまった。

これから神官どものあとをつけて、一《いち》か八《ばち》か、彼らがとり出した財宝を奪いとってみる。おい、おれのそばを離れるんじゃないぞ。おまえを捜しまわって、無駄に時間を潰している暇はないんだから」

「でも、ビト・ヤキンの従者たちがいるわ！」彼女は怖ろしそうにいった。

「おれたちとしては、最後の運を試してみるだけだ」コナンはきっぱりといった。「従者たちが何を考えているのか、おれにはわからん。しかし、これまでのところ、やつらはおれたちの目の届くところへ出てきて闘う気配を見せていない。さあ、出かけよう」

彼女の手首をつかんで、コナンはその部屋を出て、通路を急いだ。進むにつれて、神官たちの咏唱の声が大きく聞こえ、それに水の流れの陰にこもった音が入り混じった。やがて照明の輝くところへ出たが、そこは巨大な洞窟の壁面を走る出っ張りの上で、幻想的ともいえる奇怪な光景を見おろすことができた。

頭上を燐光を放つ天井が覆い、百フィート下のところに、なめらかな洞窟の石床が拡《ひろ》がっている。その床の一方の端に、狭いが深い水路が見え、音を立てて流れる水が左右の岩を嚙《か》んでいる。それは漆《しっ》黒《こく》の闇のなかから流れ出て、渦巻きながらこの洞窟を横切ると、ふたたび闇のなかに消えてゆく。目に見える水面は天井の燐光を映して、泡立つ暗い水のそこかしこが、生きた宝石のように、冷たい青、毒々しい赤、ちらちらする緑と、絶えず色あいを変えて玉虫色にきらめいている。

コナンと連れの女は、そびえ立つ岩壁の湾曲《わんきょく》した岩肌に沿って走る回廊のような出っ張りの上に立っていた。この出っ張りから、天然の石橋が息を呑《の》むような円弧《アーチ》を描いて虚空へ延び、はるか脚下の水流をまたぐようにして広大な洞窟を渡り、向こう側にある、はるかに小さな出っ張りと繫がっている。その橋から十フィートほど下のところを、またひとつの反《そ》り橋が――これはもう少し広い幅を持つものだが――洞窟内を横切っていて、ふたつの橋の両端を石の階段が結んでいた。

コナンは自分たちの立っている出っ張りから延びている反り橋の先を、その曲線なりに目で追って、この洞窟にみなぎっている毒々しい燐光とは異質の光のきらめきを見てとった。向こう側の小さな出っ張りに岩壁の空所があって、そこから星の光が洩れているのだ。

だが、コナンの注意は、もっぱら脚下の光景に惹《ひ》きつけられていた。神官たちの一行が、目的地に到達していたのだ。一方の岩壁に沿って、石の祭壇が据えてある。しかし、その上にあるはずの偶像は見当たらない。祭壇の背後においてあるのかもしれないが、そこまでのことはコナンには見てとれなかった。光線の加減か、壁が湾曲しているせいか、祭壇のうしろは完全な闇に包まれていたからだ。

石の床に穴がうがってあって、神官たちが手にした松明をそれに突き刺したので、祭壇の前数ヤードのところに半円状の焔の環ができていた。神官たちも、焔の環のなかに半円状に立ち並んだ。ゴルルガが両腕を高くかかげて、ひとしきり呪文を唱えてから、祭壇の上に身をかがめて両手をおいた。するとそれが、何かの箱蓋のようにうしろに撥《は》ねあがって、小さな穴があらわれた。

ゴルルガは長い腕をさし入れて、真鍮製の小筐《こばこ》をとり出した。祭壇の蓋を元の位置に直してから、その上に小筐をおき、勢いよく蓋をあけた。高い出っ張りの上から熱心に見守るコナンの目には、いまの動作で、閉じこめられていた生きている焔が解放されたかに映った。事実、開いた小筐の周囲で光輝が脈打ち、震えている。コナンの胸が躍り、その手が長剣の柄《つか》を握りしめた。ついに〈グワールルの歯〉を見ることができたのだ！　それを手に入れれば、全世界でもっとも富裕な男になれる宝をだ！

彼は噛みしめた歯のあいだから、太い息を吐き出した。

そのときコナンは不意に気がついた。松明の光と天井が放つ燐光とに照らされていた広い空間に何か新しい要素が加わって、ふたつの種類の光を影の薄いものに変えている。〈グワールルの歯〉の不吉な光輝は別として、祭壇の周囲に暗闇が凝り固まり、しだいに影を濃くしているのだ。黒人神官たちは黒大理石の像のように凍りつき、背後に奇怪な影を長く投げていた。

いまは祭壇だけが光を浴びて、その前に彫像のように突っ立つゴルルガは、驚愕《きょうがく》に顔を引きつらせていた。やがて祭壇の背後に拡がる謎の空間が、拡がりつつある輝きに呑みこまれた。光輝が餔いよるにつれ、夜の闇と静寂から形が浮きだしてくるように、その姿がはっきりしてきた。

最初それは灰色の石像のように見えていた。身動きもせずに立ち並ぶそれは、全身毛に覆われているが、どこか人間に似ている。いや、おぞましくも人間なのだ。目が生きていて、灰色の氷の火の冷たい光を放っている。そして無気味なきらめきがけものの顔を浮かびあがらせたのを見て、ゴルルガは悲鳴をあげ、恐怖を示す仕草で長い両腕をふりあげると、背後に倒れかかった。

しかし、祭壇の向こうから、さらに長い腕が伸びて、醜怪な手で彼の喉もとをつかんだ。大神官は悲鳴をあげて抵抗したが、祭壇越しに引きよせられて、その頭上に大槌《おおつち》のような拳《こぶし》がふり下ろされた。ゴルルガの叫びは途切れた。骨が砕けたものか、彼の躰は祭壇の上にくずおれ、叩きつぶされた頭蓋から脳髄が流れだした。つぎの瞬間、ビト・ヤキンの従者たちが、恐怖のあまり石と化したように立ちすくんでいる黒人神官の群れに、地獄からの噴流の凄まじさで襲いかかっていった。

それから凄惨《せいさん》な虐殺《ぎゃくさつ》が開始された。

コナンが見ている前で、殺戮《さつりく》者の人間のものならぬ手が、黒人神官の躰を籾殻《もみがら》のように投げとばした。その凶暴な力と敏捷《びんしょう》さに遭っては、神官たちの長剣も短剣も役に立たなかった。躰ごと持ちあげられて、石の祭壇に叩きつけられ、頭蓋を砕かれた。押さえつける腕から逃れようと身をもがいているると、燃えしきる松明を情け容赦なく下腹《したばら》に突っこまれた。雛鳥《ひなどり》同様に、躰をふたつに引き裂かれる者もいて、血みどろの肉塊《にくかい》が洞窟の奥まで飛び散った。虐殺は一瞬のうちに、颶風《ぐふう》の凄まじさで徹底的に行なわれ、血に狂った地獄の残虐《ざんぎゃく》さで終了した。ひとりだけ虐殺を免れて、悲鳴をあげながら、もと来た道へ逃げだした神官がいたが、血を浴びた恐怖の一団が血に染まった手を伸ばし、すぐさま追撃に移った。逃亡者と追跡者の姿は暗黒の隧道内に消えたが、人間の絶叫があがって、それもやがて尾を引いて遠くへ消えていった。

　ムリエラは膝立ちになってコナンの脚をつかんだ。顔を男の膝に押しつけ、目をきつくつぶっていた。身の毛もよだつ凄惨な場面に立ち会わされて、全身をわななかせているだけであった。しかし、コナンは活気づいていた。正面の岩壁に口をあけた空所に星のきらめきを見、つづいて血に濡れた祭壇の上に、いまなお蓋をあけたままの小筐のうちに燦然《さんぜん》と光り輝くものに視線を投げると、死を決しての賭《かけ》に踏みきる意図をはっきり示して、

「おれはあの筐をとってくる！」と大声にいった。「おまえはここを動くんじゃないぞ！」

「おお、ミトラの神さま！」彼女は恐怖に全身をわななかせ、床に匍いつくばって、コナンの足にすがりつき、「いやよ、行かないで！　お願い、行かないで！　ひとりでなんかいられないわ！」

「おとなしくしておれ、声を立てるんじゃないぞ！」彼は叱りつけて、狂気のようにしがみつく女の

手をふり払った。

コナンは、足もとの危ないことなど歯牙《しが》にもかけず、幾層にも重なる出っ張りを繋ぐ石段を、無謀ともいえるほどの速さでくだりはじめた。石の床に降り立ったときは、異形の者の姿はひとつも見えなかった。石の床の穴に立てた松明のいくつかが、いまだに焔を揺るがし、燐光が脈を打って震え、水路が無気味な囁《ささや》きとともに、悪夢のなかでなければ見られぬ異様なきらめきを見せている。ビト・ヤキンの従者たちの出現の先触れであったきらめきは、彼らといっしょに消えていて、いまは真鍮の小筐の宝石だけが揺れ動く光を放っていた。

コナンは小筐をつかんで、欲望に燃えた目で中身をのぞきこんだ——奇っ怪な形をした宝石が、この世のものとは思われぬ冷たい焔をあげている。彼は蓋を閉めて小筐をかかえこむと、石段を駆けあがった。地獄の悪鬼に変わったビト・ヤキンの従者たちと出遭いたくなかったのだ。思わぬ修羅場《しゅらば》を見せつけられて、彼らの戦闘能力を軽視していたのが、ひとりよがりの幻想だったのを痛感させられたからだ。それにしても、彼らが侵入者を攻撃する前に、あのように長い時間をおいていたのはなぜだろうか。異形の存在の思考と動機には、人間には想像もつかぬところがあるのだろうか？　彼らが人間に劣らぬ知能と狡猾《こうかつ》さを維持しているのは証明された。それに加えて、この洞窟の石の床には、彼らの凶暴な獣性が血の証拠となって残存しているのである。

コリンティアの若い女は、出っ張りの上のさっきの場所に躰をちぢめてうずくまっていた。コナンは彼女の手首を引っ張って立ちあがらせると、「どうやら引き揚《あ》げの時がきたようだ！」といった。

強烈な恐怖から呆然《ぼうぜん》となった彼女は、何が起きているのか了解しかねる状態で、導かれるままに、目もくらむばかりの高所に架けられた反り橋を渡りだした。途中で、はるか脚下に水流の音を聞くと、はじめて橋の下を見おろした。そして、あまりの高さに驚いたのであろう。叫び声をあげて足もとを乱し、コナンの力強い腕が支えなかったら橋から転げ落ちるところだった。コナンは彼女の耳もとに叱責《しっせき》の言葉を投げて、あいているほうの腕で彼女を引っかかえ、手足をばたばたさせるのもかまわず、一気に反り橋を渡りきると、岩壁の空所へ飛びこんだ。そして彼女を立たせて歩かせる手間も惜《お》しんで、空所につづく短い隧道を急いだ。その一瞬あと、コナンとムリエラは断崖の中腹の狭い岩棚の上に立っていた。そこはアルクメーノンの峡谷を囲む丘陵《きゅうりょう》の外側で、見おろすと、百フィートと隔《へだ》たぬところに、密林が星あかりを浴びて揺れていた。

コナンは下方に目をやりながら、心からの安堵の息を吐いた。この断崖なら、女と宝石筐の荷物があったにしても、降りられぬことはない。ただし、ふたつの荷物がないにしても、この地点まで登ってくるほうは自信がなかった。彼は、ゴルルガの血に汚れ、脳髄がこびりついている小筐を岩棚の上において、腰帯をほどきはじめた。小筐を背中にくくりつける考えだった。だが、そのとき背後に物音が聞こえて、ぎくりと躰をこわばらせた。たしかに、不吉を知らせる物音だった。

「ここを動くでないぞ」彼は混乱しているコリンティアの若い女にいって聞かせた。「この場所を離れるなよ」そして長剣の鞘《さや》を払うと、隧道内へ引っ返し、洞窟の奥に目を凝らした。

反り橋を半ば渡ったところに、灰色の異形なものが見えた。ビト・ヤキンの従者のひとりである。この獣人が彼とムリエラの姿を見かけて、あとをつけてきたのは明らかだった。コナンはいささかも躊躇の色を見せなかった。安全性からいえば、隧道の入口で迎え撃つべきところだが、この闘いは早急に片をつける必要がある。ぐずぐずしていると、ほかの獣人たちがもどってくる怖れがあるのだ。

コナンは反り橋の上を走って、迫ってくる獣人に立ち向かった。この相手は猿でなく、といって人間でもなく、謎に満ちた南方の密林内に生まれ出た恐怖の存在だった。腐臭が鼻をつくその土地は、いまだかつて人類の支配を知ることがなく、奇怪な生物が跋扈《ばっこ》し、人跡未踏の神殿に太鼓《たいこ》の音が鳴り響くのだ。それにしても古代ペリシュティア人ビト・ヤキンは、いかにして彼らを配下におさめるにいたり――彼らとともに、永久に人間社会から隔絶することになったのであろうか。その謎がいかに奇怪であっても、コナンはそれを考えて時間を費やす男ではなかった。たとえ考えるだけの暇があったにしてもだ。

人と獣人が、泡立ち流れるどす黒い水路の上、百フィートの高所に架けられた反り橋の中央で相対《あいたい》した。灰色の皮膚と人間離れした彫像の顔を持つ奇怪な生き物がのしかかってきたとき、コナンは手負いの虎が襲いかかるように長剣を揮《ふる》った。ありったけの筋力と怒りをこめた一撃だった。相手が人間であれば、まっぷたつに斬り断ったであろう。ビト・ヤキンの従者の骨は、鍛えあげた鋼鉄の強靭《きょうじん》さをそなえていた。しかし、その鍛えあげた鋼鉄といえども、怒りをこめた斬撃《ざんげき》を受けとめきれず、肋《あばら》と肩の骨が切断され、大きな傷口から血がほとばしった。

二度目の剣を揮う時間はなかった。キンメリア人が躰を躍らせて、ふたたび剣をふりあげるより早く、獣人の巨大な腕がひらめいて、壁にとまった蝿《はえ》を払いのけるように、コナンの躰を反り橋から叩き落とした。彼は落下するにあたって、水流の響きを弔鐘《ちょうしょう》のように聞いた。回転しながら落下する彼の躰が、下の反り橋のそばを通過しようとしていた。血も凍る瞬間だった。コナンはそこで身をよじった。そして指の先で反り橋の端をつかんだ。それによって、下段の石橋の上に躰を引き揚げることができた。剣はもう一方の手が握っていた。

橋の上に跳びあがったとき、上段の橋にいる獣人が、傷口から鮮血を噴き出させながら、橋のたもとに向かって走っているのが見えた。上下の橋を繋ぐ石段を駆け降りて、この場でふたたび血闘を挑むつもりにちがいない。獣人は橋を渡り終えて出っ張りに達すると、ぴたりと足を止めた。そして――コナンにも見てとれたが――そこに開いている短い隧道の入口に、宝石を入れた小筐をかかえて、ムリエラが立っていた。

獣人は勝ち誇ったような吠《ほ》え声をあげて、片方の手でムリエラを引っ捕え、もう一方の手で、彼女がとり落とした小筐を拾いあげた。そしてふりむくと、大股に反り橋を渡りはじめた。コナンはひと声叫ぶと、同じように橋の上を走りだした。獣人があちら側の迷路に似た隧道内にはいりこんでしまわぬうちに、向こう岸にたどりつき、石段を登って上段の橋に到達することができるだろうかと、気が気でなかった。

しかし、獣人の歩みは、時を刻むように緩慢《かんまん》だった。胸に受けた怖ろしい傷口から血が流れ出て、足どりが酔漢《すいかん》のように定まらず、左右にひょろひょろよろけているのだ。そして突然、何かにつまずいたものか、足もとを大きく乱し、躰を横に傾けたと見た瞬間――もんどり打って、頭から先に落下していくのだった。感覚を失った腕が、若い女と宝石の筐を放した。ムリエラの悲鳴があがった。その下では水流が岩を嚙んでいる。

コナンの位置は、獣人が橋を転げ落ちた場所のほぼ真下だった。獣人の躰は、下の反り橋に一度激突してから、さらに下方へ落ちていったが、若い女のほうは、同じく橋の縁に叩きつけられたものの、かろうじてそこにしがみついた。そして宝石筐も同様に、彼女のすぐそばで橋にぶつかった。コナンの位置からすると左右反対側であるが、どちらも手の届く距離であった。一秒の何分の一かの短い瞬間だが、筐が橋の縁ではずんでいる。一方、ムリエラは片手でぶら下がって必死の表情でコナンをみつめ、死の恐怖に目を見開き、唇《くちびる》から絶望的な叫びを洩らしていた。

コナンはいささかも躊躇しなかった。世紀の富を収めた小筐には目もくれなかった。飢えた豹《ひょう》さえ恥じ入るほどの敏捷さで駆けよると、彼女の指がなめらかな石の肌をすべり落ちる瞬間、その手をつかんで一気に引きずりあげた。小筐は縁を乗り越えて、九十フィートの高さから、すでにビト・ヤキンの従者の躰が呑みこまれた水流のなかへ沈んでいった。水しぶきが一度あがりはしたが、至宝〈グワールルの歯〉が人間の目の前から永遠に姿を消したのを知らせるものは、きらめきながら水面に噴き出してくる泡だけであった。

コナンはいつまでも水路を見おろして、無駄に時間を潰す男でなかった。ぐったりした女を嬰児《えいじ》のように軽々と横がかえにして橋を渡りきると、猫に劣らぬ柔軟な身のこなしで石段を駆け登った。上段の反り橋に登りついたとき、野獣の吠え声に似た叫びを聞いて、コナンはふり返り、脚下を見やった。ビト・ヤキンの従者たちの一団が、下方の洞窟へ雪崩《なだれ》こんできていた。各自がむき出した牙から血をしたたらせている。彼らは復讐を求めて唸《うな》り声をあげながら、幾層にも重なる出っ張りを繋ぐ石段を駆けあがってきた。それを見たコナンは、無造作にムリエラを肩に引っかついで隧道を走りぬけると、猿のようなすばやさで断崖を降りはじめた。一歩踏みそこなえば、首の骨を折るのが歴然としている危険な岩場を、ひるむことなく、つぎつぎと足がかりにして、跳《は》ねとぶような降下をつづけた。そして断崖の岩棚の上に獣人たちが獰猛《どうもう》な顔をのぞかせたときは、キンメリア人と連れの女が、すでに崖裾《がけすそ》を囲む密林内に姿を消すところだった。

「さて」コナンはからみあった樹々《きぎ》の枝が上方からの視界を妨げている個所にムリエラを立たせて、「これでひとまず落ち着ける。あの獣人どもが谷の外まで追ってくるとは思えんからだ。とにかく、この先の沼地におれの馬が繋いである。獅子か何かに食い殺されていなければだが——おや、どうしたんだ？　もう大丈夫とわかったのに、何を泣いている？」

ムリエラは泣き濡れた顔を両手で覆って、ほっそりした肩を嗚咽《おえつ》で震わせていた。

「あんなにあんたが欲しがっていた宝石を失《な》くしてしまったわ」彼女はみじめな様子で泣きつづけた。「みんなあたしが悪かったのよ。あんたの命令を守って、岩棚を離れなかったら、あのけだものに見つからないですんだんだわ。それに、さっき橋から落ちたときも、あたしを捨てて、宝石筐をつかめばよかったのよ」

「そうだな、そのほうがよかったかもしれないな」とコナンはうなずいて、「だが、そんなことは忘れろ。過ぎたことをいつまで考えたってはじまらんよ。さあ、泣くのをやめろ。そう、そう、それでいい。では、出かけるとするか」

「あたしを置いていかないでくれるの？　連れていってくれる？」彼女は心からの希望をこめていった。

「連れていかないわけがあるか」コナンは承知したしるしに、賞賛の視線を彼女の姿態《したい》に走らせ、短《たん》

袴《こ》の裂け目から象牙色の太腿が男の心をそそるようにのぞいているのを認めると、にやりと笑って、

「おまえみたいな役者なら、立派に役立つ。ケシアの都へもどることはない。ケシャンの国には欲しいものがなくなった。プントへ行こう。あの国の住民は象牙色の肌を持つ女を崇拝するそうだし、籐《とう》の籠で河の砂をさらって、砂金を採《と》っていると聞いた。ケシャンの王がトゥトメクリと手を組んで、彼らを奴隷にしようと企《たくら》んでいると知らせてやるのだ。それは本当のことだからな。そして、彼らを守るために神々がおれを寄こしたんだと売りこむつもりだ。もちろん、その報酬は倉いっぱいの砂金さ。おまえを象牙色の肌をした女神に仕立てあげ、あの国の神殿に祀りこむのに成功したら、やつらの富を絞れるだけ絞りとって、おさらばできるというものだ！」

黒河を越えて

Beyond the Black River

1　コナンの斧《おの》、狙いを外す

森林地帯には原初以来の静寂が支配し、その小径《こみち》をたどる男の長靴《ちょうか》が、胸を騒がす音を立てていた。雷河《らいが》の彼岸《ひがん》を行く者の心得《こころえ》として、足音を立てるだけで危険を覚悟せねばならぬと知るだけに、柔らかな革の長靴によるかすかな音が、旅人自身の耳には強烈な不安となって響くのだった。旅人はまだ年若く、中肉中背の体軀《たいく》に明るい顔立ちを持ち、布帽も冑《かぶと》もかぶっていない頭に亜麻《あま》色の髪が乱れていた。服装はこの地域のだれもが着るもので、粗い布地の短上衣《チュニック》を腰帯で締め、革の短袴《たんこ》からのぞいている脚に、膝がしらまで届きそうな鹿革の長靴を履《は》いている。長靴の縁《ふち》に小刀の柄《つか》が見えているほか、広幅の革帯が短剣と鹿革の袋を吊るしている。いま彼は大きな目をみはって、小径を覆い包む樹《じゅ》葉《よう》の壁を眺めやっているのだが、その眸《ひとみ》にはいささかの動揺も見られなかった。長身ではないが均整のとれた体軀で、筋骨たくましい腕を、短上衣《チュニック》の広い袖口《そでぐち》から突き出している。

開拓者の丸太小屋を最後に見て、すでに何マイルかを進んできた。ひと足ごとに、太古このかた斧のはいらぬ大樹林の影が濃くなり、凶悪な危険が近づく怖《おそ》れがあるのだが、旅の若者は怖れる色もなく歩きつづけた。

旅人の歩みは足音を殺したもので、彼自身が気遣っているほどのことはない。しかし、この濃密な緑の壁のなかでは、どんなかすかな靴音であろうと、必ずや大きく谺《こだま》して、そこにひそんでいるものの鋭敏な耳に、高らかに鳴りわたる警鐘《けいしょう》のように聞かれるはずである。従って、一見無頓着《むとんじゃく》な彼の挙動は心からのものでなく、視力と聴力を最大限に研《と》ぎすましている——それはとりわけ耳についていえることで、視野のほうはからみあった樹葉に妨《さまた》げられて、どちらの方向にしても数フィート先は見通せないのだった。

若い旅人はとつぜん緊張して、短剣の柄へ手をやった。警戒を必要とする気配を鋭敏な感覚が感じとったのだ。彼は小径の中央に立って、無意識のうちに呼吸を止め、聴覚が聞きとったのは何か、そもそも何かを聞きとったのだろうかと考えていた。樹林内を支配する静寂は絶対的なもので、栗鼠《りす》も啼《な》かなければ、小鳥もさえずらなかった。彼は小径のかたわら、数ヤード先の灌木《かんぼく》の茂みに目をやった。そこの枝のひとつが、風もないのに揺れている。彼の首筋が総毛《そうけ》立《だ》った。彼は一瞬、つぎの行動に迷った。どちらの方向へ動くにしても、周囲をとり囲む茂みのうちから、死をもたらす危険なものが飛び出してくるのが確実だからだ。

事実そのとき、樹葉の壁の向こうで何かを踏み砕く音がして、茂みが激しく揺れた。それと同時に、そこから一本の矢が音を立てて飛び出し、弓なりに外《そ》れて小径に沿った木立のあいだに消えていった。旅人はすばやくかたわらの樹幹《じゅかん》の陰に身を避けて、飛び去る矢のあとを見送った。

若い旅人は大樹の根元に躰《からだ》を伏せて、短剣の柄を握りしめていた。すると灌木の茂みが割れ、身の丈《たけ》抜群の巨漢《きょかん》が、ゆったりした足どりであらわれた。旅の若者は驚いて目をみはった。巨漢は彼と同じに短袴と長靴を履いているが、その短袴は革でなく絹地《きぬじ》だった。短上衣《チュニック》の代わりに黒い袖なし鎖帷《くさりかた》子《びら》を着用し、漆黒《しっこく》の総髪《そうはつ》の上に冑をいただいているのだが、その冑が旅の若者の注意を惹《ひ》いた。前立《まえだて》がなくて、短い牡牛《おうし》の角《つの》で飾ってあった。文明国の武人がこのような冑を用いるとは考えられぬし、その下に見えている顔にしても、文明人のものとは思われなかった。陽灼《ひや》けして、大きな傷痕《きずあと》が目立ち、煙ったような青い目を持つその顔は、彼の背後に拡《ひろ》がる原始の森同様に野性そのものである。幅広の大剣を右手に引っ提《さ》げ、刃《やいば》の先が血に濡れていた。

「出てくるがいい」と巨漢が呼びかけた。旅人の耳には聞き慣れないなまりがあった。「もう危険はない。犬めが一匹いただけのことだ。さあ、出てきていいぞ」

若い旅人は疑いながらも大樹の陰から出て、異様な風采《ふうさい》の巨漢を眺めやった。そして森の男の均整のとれた姿態《したい》を見て、奇妙なほどの無力感を味わった。鎖帷子で鎧《よろ》ったたくましい胸板、血刀《けっとう》を引っ提げた太い腕、陽灼けして節《ふし》くれだった筋肉。それが豹《ひょう》のような凶暴さを秘めた身のこなしで動いている。その軽快な動きが、文明の産物であるはずがない。たとえここが、野性とさして変わらない文明の最前線であるとしても。

巨漢は旅人にくるりと背を向けて、灌木の茂みまで引っ返すと、生《お》い茂る枝葉《えだは》を押し分けた。東方からの旅人は、何ごとが起きるかと不安に駆られながらも、巨漢のうしろからのぞきこんだ。男がひとり横たわっていた。小柄ではあるが、がっしりした躰つきで、腰布ひとつの黒い裸身に、人間の歯を繋いだ首飾りと、真鍮《しんちゅう》の腕環《うでわ》を着けている。腰布を締めた帯に短剣を差して、いまだに片手で黒い大弓を握りしめているのだが、容貌となると、黒髪を長く伸ばしていることのほかは、旅人には何も見てとれなかった。顔は鮮血と脳漿《のうしょう》にまみれた仮面と変わって、頭蓋が歯のあたりまで断ち割られているからである。

「なんと、ピクト人だ！」若い旅人は叫んだ。

巨漢は青く燃えあがる眸をふりむけて、

「驚いたか？」と訊いた。

「驚きますとも！　この悪鬼どもが国境付近に出没する噂《うわさ》は、ヴェリトリウムの町で耳にしたし、この道の途中の開拓小屋でもさんざん聞かされたが、まさか、こちら側のこんな奥まではいりこんでいるとは思わなかった」

「奥といっても、ここは黒河の東四マイルの地点だ」見知らぬ男は説明した。「ヴェリトリウムの町に一マイルぐらいのところまではいりこんで、射殺《いころ》されるやつらも少なくない。雷河とトゥスケラン砦《とりで》のあいだの開拓者は、本当の意味では安全でないのだ。おれは今朝、砦から三マイル南のところでこの犬めの姿をみつけ、それからずっとつけてきた。そして、こいつがおまえに狙いをつけ、弓を引き絞ったとき、うまいぐあいに追いついた。あとひと足遅れたら、地獄行きの男がひとり増えるところだった。しかし、やつの狙いをはずすのに間に合ってよかったよ」

若い旅人は目を見開いて、巨漢の顔を眺めていた。この男が森の悪鬼《あっき》のひとりのあとをつけてきて、相手にそれと悟らすことなく一刀《いっとう》のもとに斬《き》り倒したとは、本当のことであろうか。コナジョハラの森林地帯に住みついた山男にしても、鮮やかすぎる手際《てぎわ》といわねばならぬ。

「あんたは、砦の守備兵のひとりですか？」若者は質問した。

「おれは兵士じゃない。隊長並みの給与を受けとっているが、もっぱら森のなかで仕事をしている。総督のヴァランヌスは、おれを砦においておくより、河沿いに歩きまわらせたほうが何倍も役立つと知っておるのだ」

そして巨漢は、いとも無造作に死体を蹴とばして、茂みの奥へ押しやってから、灌木の枝を元どおりに直すと、小径へもどっていった。若者もそのあとにつづいて、

「わたしの名はバルトゥスといって」と自己紹介にとりかかった。「昨夜はヴェリトリウムの町に泊まりました。まだいまのところ、地所を分けてもらって開拓者になろうか、砦の守備兵を志願しようか、腹を決めかねているところです」

「雷河に近い地味のいい土地は、みんな分配ずみだ」巨漢がいって聞かせた。「しかし、髑髏《どくろ》川と――これはおまえが渉《わた》ってきた数マイル向こうの川だが――砦とのあいだには、まだまだ肥沃《ひよく》な土地がたくさん残っている。もっとも、そこは黒河に近すぎて、えらく危険な土地だ。ピクト人が河を渉って、焼き打ちや殺人にやってくる――それがやつらの得意の芸だ。やつらは単独では襲ってこない。いつの日か、一挙に開拓民をコナジョハラ地域から一掃《いっそう》しようとするだろう。その企《くわだ》てが成功する可能性はある――いや、たぶん成功するだろう。だいたい、この地域に植民しようというのが気ちがいじみた無謀な計画だ。ボッソニア辺境地帯の東には良質の土地がたくさんある。アキロニアの小領主どもの広大な土地を開拓して、現在、鹿狩りの遊猟地にしているところへ麦でも植えたら、国境を越えて侵略し、ピクト人の土地を強奪しなくてもすむはずだ」

「おやおや、コナジョハラの総督の軍隊に仕える人の口から、そんな言葉を聞くとは思いませんでした」とバルトゥスは異論を唱えた。

「どっちみち、こっちには関係ないことだ」相手の男は反駁《はんばく》して、「おれは傭兵稼業の男で、おれの剣技をいちばん高価に買ってくれるところに売りつけるだけだ。麦を植えてみようなど考えたこともなし、これからだって、あるわけがない。この剣を揮《ふる》っての収穫があるかぎりはだ。しかし、おまえたちハイボリア人はちがう。許されるかぎりの発展をしたし、これからもするだろう。国境を越え、村を焼きはらい、原住民を絶滅させ、前哨《ぜんしょう》基地を黒河の岸まで押し出してきた。しかし、おれは疑問に思っている。征服した土地をいつまで維持できるかとだ。それに、これ以上西方へ進出するのは危険だと思うよ。

おまえの国の愚かな王は、この地方の実情を知らんのだ。たぶん、現在以上の増援兵力を送ってはこないだろう。そうなると、ピクトのやつらが全兵力を集めて、河を越えて攻《せ》めよせてきたとき、開拓者の力だけでは防ぎとめられるものでないのだ」

「しかし、ピクト人はたくさんの小氏族に分かれていて」とバルトゥスは自説を主張した。「団結することは絶対にありません。各氏族だけだと簡単に打ち破れます」

「各氏族だけでなく、三つか四つの氏族が連合しても打ち破れるだろう」と巨漢は一応うなずいて、「しかし、いつかそのうち、あちら側にも英雄があらわれて、三十から四十の氏族を団結させないものでもない。げんにキンメリアがそれをやってのけた。何年か以前のことだが、グンデルマン族が国境を北へ押しあげようとした。キンメリアの南部を植民地にしようとしたのだ。いくつかの氏族を滅ぼし、砦のある都《みやこ》ヴェナリウムを築きあげた。この話は、おまえも聞いているのじゃないか」

「聞きましたよ、たしかに」バルトゥスは痛ましそうな顔をして答えた。あの砦における血で贖《あがな》われた事件は、誇り高い好戦的な民族の歴史に、黒い汚点となって残る記憶だった。「わたしの伯父は、キンメリア人が城壁を乗り越えて襲いかかったとき、ヴェナリウムの町にいたのです。伯父は虐殺《ぎゃくさつ》を免《まぬか》れたごく少数の生き残りで、その後くり返してあの悲惨事を語って聞かせました。ある日とつぜん、四方の丘陵《きゅうりょう》に蛮族の大部隊があらわれて、荒れ狂う大波のようにヴェナリウムの町に襲いかかりました。その凄まじい勢いは防ぎとめられるものではありません。男も女も子供たちも、ことごとく虐殺されて、ヴェナリウムは焼け焦げの廃墟《はいきょ》に変わり、今日《こんにち》でもそのままに残っているはずです。アキロニア人は国境地帯から追い払われ、その後、キンメリアの国にふたたび植民地を築こうとする考えは捨てたのです。しかし、あんたはあの事件に詳しいようですが、あのときヴェナリウムにいたのですか？」

「おれか？」相手は暗い顔つきでいった。「おれは城壁に押しよせた軍勢のひとりだった。十五の冬が来たかこないかの年齢だったが、すでに作戦会議の焚火《たきび》のまわりでは、おれの名がくり返しあげられていたものだ」

バルトゥスは思わずあとずさりして、相手の顔をみつめた。いま、彼のかたわらを静かに歩いている男が、はるか昔のこととはいえ、喊声《かんせい》をあげてヴェナリウムの町に来襲し、その街路を朱《あけ》に染めた狂気の悪鬼どものひとりであったとは、考えられることであろうか。

「すると、あんたも蛮族だったのか！」若者はわれ知らず大声に叫んだ。

相手は蛮族といわれても怒る様子はなく、うなずいて、

「おれはキンメリア人コナンだ」と答えた。

「その名はたびたび聞いている」新しい興味が、急にバルトゥスの眸を生き生きしたものにした。この男がコナンだとしたら、あのピクト人が俊敏《しゅんびん》な剣技の犠牲となったのも当然のことである。キンメリア人はピクト人と同様、凶悪な蛮人であるが、より優れた知力をそなえている。そしてコナンは長年月を文明諸国のあいだで過ごし、しかも惰弱《だじゃく》に流れることなく、原始の本能を失っていないのだ。猫のようなしなやかさで、足音を立てずに落ち葉の径を歩みつづけるキンメリア人を見て、バルトゥスの懸念《けねん》は嘆賞《たんしょう》と変わった。鎖帷子に油が差してあるのか音も立てない。おそらくコナンは、どんな茂みの奥深いところでも、あるいは、もっとも緊密に枝をからみあわせた雑木林《ぞうきばやし》のなかでも、丸裸で暮らしているピクト人同様に、まったく音を立てずに歩きまわれることであろう。

「おまえはグンデルマン族ではあるまいな？」コナンのその言葉は、質問というより確認だった。

バルトゥスは首をふって、「わたしはタウランから来ました」と答えた。

「タウランの山男は優秀な連中が多いが、悪いことにボッソニア人が、おまえたちアキロニア人を甘やかしすぎた。何百年ものあいだ、曠野《こうや》の風にもあたらずに過ごしてきた。おまえにしたところで、鍛え直す必要があるんじゃないか」

それは事実で、ボッソニアの辺境には砦をそなえた村落が散在し、多くの強力な弓兵たちが、外辺の蛮族がアキロニアへ侵入してくるのを防ぎとめていた。もちろん、雷河を越えて進出した開拓民のあいだには、自力で蛮族の来襲を撃退できるだけの森の男たちが育ちつつあったが、いかんせん目下《もっか》のところ、その人数は微々《びび》たるものであった。つまり、このバルトゥスが好例で、前線に進出している者のほとんどが、山男というよりも開拓農民のタイプであったのだ。

太陽はまだ沈んではいないが、濃密な樹葉の壁の向こうに落ちていて、もはや視界にはなかった。影が長くなり、ふたりが小径をたどるにつれて、森林内の暗さが濃くなっていった。

「砦にもどりつく前に、日が暮れきってしまうだろうな」コナンが何気なくいった——と、つぎの瞬間、「何だ、あの音は？」

彼はぴたりと足を止め、半ばうずくまる形で剣に手をやり、疑惑と脅威を感じたときの凶猛な男にもどっていた。いざとなれば、ただちに躍り出て、敵を斬り伏せる身がまえである。バルトゥスもまた、その物音を聞いていた。甲走《かんばし》った絶叫がつづいて、それはまさしく死の恐怖か激しい苦悶《くもん》に捕えられた男の悲鳴だった。

コナンは間髪《かんはつ》を容《い》れずに走りだした。バルトゥスもそのあとにつづいたが、息を切らして走っても、コナンとの距離が隔《へだ》たるばかりである。バルトゥスは自分自身に舌打ちをした。タウランの開拓民仲間では足が速いので知られているのだが、余裕をもって走るコナンに引き離される一方だった。しかし、つづいて起きた怖ろしい叫びを聞いて、バルトゥスはおのれの腑甲斐《ふがい》なさを責める気持ちを忘れた。こんどのそれは人間の声でなく、斬り倒した人間を見おろして、勝利の叫びを人知のおよばぬ暗い深淵に谺させている悪鬼のそれだった。

バルトゥスは足がすくんで、ねばっこい汗が全身に噴き出した。しかし、コナンはいささかも躊躇《ちゅうちょ》しなかった。いっそう足を速めて、たちまちのうちに小径の曲がりなりにその姿が見えなくなった。バルトゥスは、身の毛のよだつ悲鳴がいまだに谺している森林内にひとり残されて慄然《りつぜん》とさせられ、自分でも出せると思っていなかった速力で連れの男のあとを追った。

アキロニアの若者は、あやういところで立ちどまった。小径にくずおれている死体のそばに立っているキンメリア人と激突しかけたのだ。しかし、コナンは血と泥にまみれて横たわる死体を見ようともせず、その鋭い目で、小径の両側に拡がる深い森を見まわしているのだった。

バルトゥスは口のなかで呪いの言葉を呟《つぶや》いた。小径に横たわっている無残な死体は、背の低い小肥《こぶと》りの男のもので、金色に塗った長靴を履き、(この暑さに)富裕な商人が用いる白貂《しろてん》の毛皮を衿《えり》につけた短上衣《チュニック》を着ている。丸顔が恐怖に蒼《あお》ざめ、うつろな視線が凍りついている。太い猪首《いくび》が耳から耳まで大きく口をあけているのは、よほど鋭利な刃で斬り裂かれたのであろう。短剣が鞘《さや》から引きぬいてないのは、闘う間もないうちに殺されてしまったからだと思われる。

「ピクト人の仕業《しわざ》ですか?」バルトゥスは小声でいって、夜の影が深まりつつある森の奥へ目をやった。

コナンは首をふって、背筋を伸ばすと、死人を見おろし、

「森の悪鬼の仕業さ。クロムの神にかけて、これで四人目の犠牲者だ」

「というと?」

「おまえ、ピクトの呪術師でゾガル・サグという者の噂を聞いたことがあるか?」

バルトゥスは不安そうに首をふった。

「その男は、河の向こうのいちばん近い村であるグワウェラに住んでいる。三カ月ほど前のことだが、やつはこの径のそばに隠れていて、砦へ向かう荷馬《にば》の列から何頭かの騾馬《らば》を奪いとった——なんらかの手段で、騾馬追いに眠り薬を飲ませたんだな。その騾馬の持ち主がこの男なんだ」——とコナンは

足で死体を指しながらいった――「ヴェリトリウムの商人で、ティベリアスという名の男だ。砦へ運ぶ酒の樽《たる》を積んでいたのだが、騾馬追いは河を渉らぬうちから、その酒をゾガルのやつにしこたま飲まれてしまった。森の男のソラクトゥスというのが砦へ知らせたので、総督のヴァランヌスが二名の兵士を引き連れて駆けつけると、酔いつぶれたゾガルは、道ばたの茂みのなかで寝こんでいた。ヴァランヌスはティベリアスの願いを容《い》れて、ゾガル・サグを捕えて牢屋《ろうや》へぶちこんだ。これはピクト人にとっての最大の恥辱《ちじょく》なんだ。で、どんな手を用いたものか、ゾガルは牢番を殺して逃げた。そして、この復讐を必ずするから、覚悟しておれといってよこした。商人のティベリアスをはじめとして、彼を捕えるのに手を貸した四人の者を、これから先何百年ものあいだ、アキロニア人を震えあがらせるに足る残酷な殺し方で殺すというのだ。

ところで、ソラクトゥスと兵士たちはすでに死んだ。ソラクトゥスは河の上で殺されたし、兵士たちは砦の近く、城壁の影が落ちているあたりでだ。そしていま、ティベリアスがここで死んだ。といって、そのだれもがピクト人の手にかかって殺されたわけでない。犠牲者はみんな――見てのとおり、このティベリアスは例外だが――首を持ち去られていた。いまごろはそれが、ゾガル・サグが祈る邪神の祭壇を飾っているにちがいないのだ」

「ピクト人の手にかかったのでないと、どうしてわかるのです？」バルトゥスが質問した。

コナンは商人の死体を指さして、

「これが刃による傷と思うのか？　近よって、よく見るがいい。このような傷をつけるのは鉤爪《かぎづめ》のほかにないのが見てとれるはずだ。肉を断ち切ったのでなく、引き裂いてある」

「たぶん豹が――」バルトゥスはいいかけたが、自信があるわけでなかった。

コナンはもどかしそうに首をふって、

「タウランから来た男なら、豹の爪跡を見まちがうとはおかしいぞ。これはちがう。ゾガル・サグが復讐の思いを晴らすために呼び出した森の魔物の仕業だ。夕暮れの近いこんな時刻に、ひとりでヴェリトリウムの町へ向かったとは、ティベリアスも分別《ふんべつ》がなさすぎた。しかし、殺されたやつらはみな、死の直前に、急に分別心を失ったように、おかしな行動をとりはじめている。ほら、これを見ろ。しるしがはっきり残っている。ティベリアスはこの径を騾馬に乗ってやってきた。鞍《くら》のうしろには、ヴェリトリウムの町で売るつもりの上物《じょうもの》のカワウソの皮が積んであったのだろう。そこへ魔物が、茂みのうしろから飛び出してきた。それ、そこらの枝が押しつぶされているじゃないか。

ティベリアスは一度、悲鳴をあげた。そのすぐあとに喉を引き裂かれて、カワウソの毛皮を地獄へ売りに行くことになった。騾馬は森の奥へ逃げていってしまったんだ。ほら、聞こえるだろう、樹々《きぎ》のあいだを逃げまわっている音が。魔物はこんどの場合、ティベリアスの首をとってゆく間がなかった。おれたちが駆けつけたんで、危ないと思ったんだろう」

「駆けつけたのは、あんたひとりですよ」バルトゥスは訂正していった。「しかし、剣を持った人間がひとり駆けつけたのを見て逃げだすようでは、魔物といっても大したものではありませんな。やはりそいつはピクト人で、剣で斬る代わりに、鉤爪のような道具で引き裂いたのだとは考えられませんか？あんたがその目で見ていたわけでもありますまい」

「ティベリアスは武装していた。ゾガル・サグに魔物どもを加勢に呼び出す力があるとしたら、どの男を殺して、どの男を生かしておくかをいい聞かせることもできるはずだ。もちろん、おれは現場を見ておらぬ。すでに魔物は立ち去っていて、そこらの茂みが揺れているのを見ただけだ。しかし、もっと証拠を見たいのなら、ほら、そこにある！」

コナンは死人が横たわっている血だまりに足を踏み入れた。小径のそばの灌木の茂みのなか、固いねば土の上に血で足跡がついていた。

「人間がこんな足跡を残すか？」コナンがいった。

バルトゥスは全身が総毛立った。人間であろうがけものであろうが、彼の知るかぎりでは、このような奇怪な足跡をつけるものでない。三本指のもので、猛禽《もうきん》と爬虫類《はちゅうるい》が結合したような感じだが、そのどちらでもないのである。彼は足跡に触れないように気を遣いながら、その上に指を拡げてみた。そして驚きの声をあげた。指を拡げるだけでは測れないのだ。

「何でしょう？」彼は低い声でいった。「こんな跡を残すものは見たことがありませんよ」

「おまえばかりじゃない。まともな人間なら、だれも見ておらぬ」コナンは厳《いか》めしい顔つきで応じた。「これは沼地に棲《す》む魔物だ。黒河の向こう岸の沼地に、コウモリのように群れをなして棲みついている。暑い夜、南の風が強く吹くと、地獄に堕《お》ちた魂《たましい》みたいに吠えたてる声が聞こえてくる」

「で、わたしたち、これからどうします？」アキロニアの若者は、森のなかの濃い影を不安そうに眺めていった。死人の顔に凍りついている恐怖が、彼の心にまで乗り移ってきた思いだった。このような凄まじい顔つきをしているのは、どのような凶悪なものを見たのであろうか。おそらくそれは、そのあたりの樹葉のあいだからぬっとあらわれて、彼の血を恐怖で凍りつかせたものであろう。

「魔物を追いかけたところで、なんの意味もない」コナンは腰帯に挟《はさ》んだ森の男用の短い手斧を引きぬいて、「おれはソラクトゥスが殺《や》られたときに追いかけてみたが、十歩と行かないうちに足跡を見失ってしまった。翼を生やして飛び去ったものか、大地の底深く潜りこんだのか、とにかく、あっというまに消え失《う》せた。逃げた騾馬にしても、追いかけるまでもない。砦へもどってゆくか、でなければ、その辺の開拓小屋へあらわれるに決まっている」

コナンはしゃべりながら、小径に沿った灌木の茂みで手斧を揮《ふる》う仕事に精を出していた。若木《わかぎ》を二本、九フィートか十フィートの長さに切り倒して、枝を払い落とし、そのあと近くの茂みのなかを蛇のように匍《は》っている蔓草《つるくさ》をある程度の長さに切りとった。そしてその一端《いったん》を、若木の先端から二フィートほどのところへしっかりと結びつけ、さらにそれをもう一本の若木にくくりつけたうえで、蔓草を前後にからみあわせていった。数分のうちに、粗末なものではあるが、頑丈な担架《たんか》ができあがっていた。

「おれが駆けつけたからには、魔物にティベリアスの首を持っていかせるような真似はさせせんのだ」コナンはわめくようにしていった。「この死骸は砦へ運んでゆく。三マイルと離れておらんところだ。おれはこの肥《ふと》っちょが嫌いだったが、だからといって、ピクトの悪鬼たちに白人の首をおもちゃにさせるわけにもいかんじゃないか」

ピクト人は、いまこそ浅黒い皮膚の持ち主となっているが、もともとは白人種の系統であった。しかし、国境地域の住民たちは、彼らを白人と考えていなかった。

バルトゥスが担架のうしろ端に手をかけると、コナンはその上に商人の死体を投げ落とし、担架を担ったふたりは、森林中の小径をできるだけ急いで進んでいった。このような重荷を担っても、コナンは空手《からて》のときと同様に、ほとんど足音を立てなかった。商人の腰帯を輪にして、担架に作った若木に通し、片手でそれを持ちあげ、一方の手は抜き身を握っていた。そして油断なく鋭い目を不吉な樹葉の壁に配っている。夕闇はしだいに濃くなり、青い霧に樹々の輪郭が滲《にじ》みだした。夕暮れ時の樹林のなかは青黒く煙って、魔性《ましょう》のものの隠れ家というにふさわしかった。

ふたりはすでに一マイルの余を踏破《とうは》してきて、バルトゥスの頑丈な腕も少し痛みはじめていた。そのとき、青い影が紫色に変わった樹林を揺るがして、悲鳴があがった。

コナンはぎょっとし、バルトゥスにいたっては、あやうく担架から手を離すところだった。

「女の声だ！」アキロニアの若者が叫んだ。「ミトラの神よ！　こんなところで女が襲われるとは！」

「開拓者の女房が、森のなかに迷いこむこともある」コナンは担架を径に下ろしていった。「牝牛を探していて、はいりこんでしまったのだろう――おまえはここで待っておれ！」

そして獲物《えもの》を追う狼《おおかみ》の敏捷《びんしょう》さで、樹葉の壁のなかへ飛びこんでいった。バルトゥスはうなじの毛を逆立たせた。

「悪鬼が徘徊《はいかい》している森のなかで、死人といっしょに待っていられますか！」彼は泣き声を出していた。「いっしょに行かせてもらいますよ！」

そして、その言葉どおりの行動をとって、キンメリア人のあとを追いだした。コナンはちらっとふり返っただけで、ついてくるなとはいわなかったが、彼より脚の短い連れの若者に合わせて歩調をゆるめるわけでもなかった。バルトゥスはぶつぶつ呟きながら、そのあとを追いつづけた。コナンは樹々のあいだを幽霊のように走りぬけて、いまは夕闇の濃い林間の空《あ》き地に躍りこんだ。そして足を止めると、躰をかがめ、唸《うな》り声を立てながら、剣をふりかざした。

「どうして止まったんです?」バルトゥスは息を切らしながら追いついて、目の汗を払いのけ、短剣の柄を握りしめた。

「さっきの悲鳴は、この空き地であがったはずだ」とコナンが答えた。「でなければ、この近くだ。おれは音の出所を――たとえ森のなかであろうと――絶対まちがえん人間なんだ。しかし、来てみると――」

と、またしても声があがった――こんどは背後だ。さっき担架を運んでいた小径の方向である。よほどの恐怖に襲われたと思われる女の悲鳴が、夕闇を引き裂いて聞こえてきたのだ。しかし、驚いたことに、それがすぐに嘲《あざけ》るような笑い声に変わった。地獄の底深く棲む悪霊の唇《くちびる》からほとばしったような声であった。

「あ、あれはいったい――」夕闇のなかでも、バルトゥスの顔が蒼白《そうはく》になっているのが見てとれる。

コナンは火のような呪いの言葉を吐くと、ふり返って、いま来た道の方向へ走り出した。アキロニアの若者はわけがわからぬままに、よろめきながらもそのあとを追った。またしてもキンメリア人が急に立ち止まったので、若者は鋼鉄像のように硬くてたくましい肩にぶつかって撥《は》ね返された。その衝撃に喘《あえ》ぎながら、コナンが歯のあいだで、あっと叫ぶのを聞いた。さすがのキンメリア人もその場に凍りついたかと思われる様子だった。その肩越しにのぞいてみて、バルトゥスは頭髪が逆立つのを感じた。小径を縁《ふち》どる奥深い茂みを分けて何かが動いている――それは歩くでもなく、翔《と》ぶでもなく、蛇のようにすべっているかに思われた。しかし、蛇ではない。輪郭は不明瞭だが、人間よりも背が高く、そのわりには嵩《かさ》がない。青い焔《ほのお》のような無気味な光をかすかに放っているのだが、この無気味な光が明瞭に見てとれる唯一のものであった。おそらくそれは、暗くなりつつある森のなかを、知力と目的をもって動きまわる妖《あや》しのものが、焔として具体化しているのであろう。

コナンは怒りの言葉を吐くと同時に、凶暴な思いをこめて手斧を投げつけた。しかし、妖しのものは進路を変えることもなくすべりつづけた。実際のところ、ふたりがそれを見たのはほんの一瞬で、霧に包まれた焔状の巨大な影は、あっというまに茂みの奥に消え去って、あとには息詰まるばかりの静寂が残った。

コナンは口惜《くや》しそうにわめきたてながら、からみあった樹の枝を分けて、小径へもどった。バルトゥスもそのあとにつづいたが、そのあいだにコナンの叫びたてる罵言《ばげん》にいよいよ熱が加わった。元の小径にたどりつくと、ティベリアスの死骸を載《の》せた担架のそばに、キンメリア人が呆然《ぼうぜん》と突っ立っていた。そして死骸にはもはや首がついていなかった。

「あの女の悲鳴で、おれたちはまんまと騙《だま》された！」コナンは腹立ちのあまり、大刀を頭上でふりまわした。「この程度のことが見破れんとは、おれも呆《あき》れたばか者だ。見えすいた手に引っかかった。これで、ゾガルの祭壇を飾る首が五つになったってわけか！」

「しかし、女の悲鳴をあげたかと思うと、悪魔みたいな笑い声をあげ、いままた鬼火みたいな光になって樹々のあいだをすべりぬけていったもの――あれは何です？」バルトゥスは喘ぎあえぎ、蒼《あお》ざめた顔の汗をぬぐって訊いた。

「沼地の魔物だ」コナンは不機嫌に答えて、「さあ、担架を持ちあげろ。首がなくなったからといって、死骸を捨てて帰るわけにもゆくまい。荷がいくらか軽くなったので、我慢するとしよう」

コナンは達観したようにいうと、担架の輪に手を通して、ふたたび小径を歩きだした。

2 グワウェラの呪術師

トゥスケラン砦《とりで》は黒河の東岸に築いてあって、防柵《ぼうさく》の裾《すそ》を河の水が洗っていた。防柵は丸太を並べたものだが、その内部の建物にしても、本丸を含めて（名称は仰々《ぎょうぎょう》しいが、威厳を示すためである）、みながみな丸太造りであった。本丸のなかに総督の居室《きょしつ》があって、防柵と暗鬱《あんうつ》な水流を見おろしている。河の向こうには大森林地帯が拡《ひろ》がって、その先端が密林のような濃密さで、河沿いの沼沢《しょうたく》地域まで迫っている。兵士たちが丸太造りの胸墻《きょうしょう》に沿った通路を昼夜を問わず巡回して、対岸の濃密な緑の壁へ警戒の目を配っている。怪《あや》しい者の姿が見えることはほとんどないのだが、哨兵《しょうへい》たちは知っていた。彼らもまた対岸から、太古以来の憎悪をこめた残忍な目できびしく監視されているのを。河向こうの森林地帯は、実情を知らぬ者の目には、生き物の棲《す》みつかぬ荒涼たる土地と映《うつ》るであろう。だが、そこには鳥やけものや爬虫類《はちゅうるい》はいうまでもなく、肉食獣のうちでもっとも凶悪な人間どもがはびこっているのだ。

文明はこの砦で終わっていた。これは言葉の彩《あや》ではない。トゥスケラン砦は、事実、文明世界の最先端にあたる前哨《ぜんしょう》基地であり、当時の世界に君臨していたハイボリアの諸種族が進出した西の果てであった。河を越えたところには、いまなお原始的な人類が、影の濃い森のなかに住みついていた。茅《かや》葺《ぶ》き屋根の小屋に無気味な髑髏《どくろ》を懸《か》けつらね、泥塀《どろべい》をめぐらした囲い地に焚火《たきび》が燃え、太鼓《たいこ》が轟《とどろ》き、束《たば》ねた黒髪と蛇の目を持つ寡黙《かもく》な蛮人が浅黒い手で槍《やり》を砥《と》いでいる。その目が茂みのなかで光るのを、河のこちら側の砦からでも見ることがたびたびある。かつては浅黒い肌の蛮族が、いまは砦が築かれている場所に小屋を建てて住んでいた。いや、砦の付近だけでなく、現在は金髪の開拓民が耕作し、丸太小屋を建て並べた土地にしても、彼らが先祖から承《う》け継いだ居住地だった。それは遠く、雷河《らいが》の岸に作られた粗野《そや》で蕪雑《ぶざつ》な開拓者の町ヴェリトリウムを越えて、ボッソニア辺境地帯をめぐって流れるもう一本の河の岸まで拡がっていた。この土地にはまず交易商人たちがはいりこんだ。つづいてミトラ神の宣教師が、裸足《はだし》と空手《からて》で歩きまわったが、その大部分は無残な死に方をした。しかし、そのあとに軍隊が進駐すると、手斧《ておの》を持った男たちが女子供を牛車《ぎゅうしゃ》に乗せてつづいた。原住民は殺戮《さつりく》と虐《ぎゃく》殺《さつ》の犠牲となって、雷河の向こうへ、さらには黒河を越えてと、奥地のさらに奥地へ追いやられた。しかし、浅黒い皮膚のこれらの種族は、このコナジョハラの土地がかつては自分たちのものであったのを忘れようとはしないのだった。

東の城門のなかの守備兵が、大声で誰何《すいか》した。それと同時に、矢来《やらい》の隙間《すきま》に松明《たいまつ》の火がきらめいて、鋼鉄の冑《かぶと》とその下の疑わしげな目を照らし出した。

「門をあけろ」コナンは大声にいった。「おれがだれだかわからんのか」

軍律のきびしさに彼はいらだっていた。

城門が内側へ開いて、コナンと連れの若者は砦のなかへはいった。バルトゥスが見やると、門の左右は櫓《やぐら》になっていて、その上部が防柵より高くそびえ立っている。そして弓射《きゅうしゃ》のための狭間《はざま》が、いたるところに設けてある。

守備兵たちは、ふたりが運びこんだ荷物を見て、ぶつぶつ口小言《くちこごと》をいった。顔をそむけて門扉《もんぴ》を閉めたが、矛槍《ほこやり》が触れあって、うるさく響いた。コナンは不機嫌な顔つきで、「きさまら、首なし死体をいまはじめて見たのか」と叱りつけた。

兵士たちの顔が、松明の光のうちで蒼《あお》ざめたのが見えた。

「これはティベリアスじゃないか！」兵士のひとりが大声でわめいた。「短上衣《チュニック》に毛皮の衿がついてるのでわかる。これでヴァレリウスに五ルナの貸しができた。ティベリアスが例の濁った目で、騾馬《らば》に乗って城門を出てゆくのを見て、おれはヴァレリウスにいったのだ。ティベリアスのやつも、今夜が年貢《ねんぐ》の納め時だぞ、とね。そして、首を失《な》くして帰ってくるほうに賭けたのさ」

コナンはよく聞きとれない言葉を低く洩らして、担架《たんか》を下ろすようにバルトゥスに合図をした。それからアキロニアの若者を従えて、総督の居所へ向かって大股に歩きだした。頭髪を乱した若者は、もの珍しげに周囲を見まわしていた。城壁を背後に建ち並んでいる兵舎の列、いくつかの厩舎《きゅうしゃ》、商人たちの露店《ろてん》、そびえ立つ丸太造りの防舎、その他の建物群の中央に兵士たちの調練を行なう広場があるのだが、いまは焚火が赤々と燃えて、非番の兵士たちがぶらぶら歩きまわっている。彼らのうちには、城門のそばにおかれた担架のまわりに緊張した顔の連中が集まっているのを見て、何事かと駆けだしてゆくのもいる。痩《や》せぎすなアキロニアの槍兵《そうへい》と森林警備兵に交じって、ボッソニアの弓射兵の短軀《たんく》ではあるが、がっしりした姿も見受けられた。

総督は、彼らふたりをじきじきに迎え入れた。もっとも、それがバルトゥスを驚かしたわけではなかった。厳格な身分制度が守られていて、貴族階級が絶対的な権力を揮《ふる》っているのは、この国境地帯からはるか東方の土地にのみ見られる現象である。総督のヴァランヌスはまだ年若く、均整のとれたみごとな容姿であるのに、彫りの深いその顔立ちが、日夜の心労と責任感から暗鬱な翳《かげ》に包まれていた。

「おまえが夜明けと同時に砦を出たと聞いた」総督はコナンに向かって口を切った。「もどりが遅いので、コナンもとうとうピクト人に捕まったのかと、心配しはじめていたところだ」

「おれがやつらに捕まって、火あぶりにされたら、この河の流域全部にその噂《うわさ》が拡まるはずだ」コナンは不機嫌そうな声でいった。「それに夫や子供を失ったピクトの女たちの泣き声が、ヴェリトリウムの町まで聞こえることになる。それはともかく、おれはひとりだけで偵察に出かけた。河向こうで打ち鳴らす太鼓の音がうるさくて、まんじりともしなかったからだ」

「ピクト人の太鼓は毎夜のことでないか」総督は目を曇らせ、コナンの顔をみつめながら、それとなくいった。蛮族あがりの男の本能を無視するのは、賢明な態度でないのを知っていたからだ。

「それが、昨夜のはちょっとちがっていた」コナンは答えた。「ゾガル・サグが河向こうへもどってからというもの、様子がだいぶ相違してきている」

「贈り物でも持たせて丁重に送り返すか、いっそ絞首刑に処すか、いずれかにすべきだったな」と総督は溜息《ためいき》をついて、「それについては、おまえの進言もあったが、しかし……」

「しかし、あんたたちハイボリアの貴族には、辺地の風習を身につけるのが困難というわけか」コナンはいった。「まあ、いまさらどうなることでもない。いずれにせよ、ゾガルが生きていて、牢屋《ろうや》で苦しめられた恨みを忘れんうちは、この国境地帯に平和が訪れるはずがない。おれはピクトの戦士をみつけて、そのあとをつけた。そして、この若者を矢で仕留《しと》めようとするのを見て、頭をぶち割ってくれた。ところでこの若者だが、名前をバルトゥスといって、国境防備の兵士になりたくて、タウランからはるばるやってきた」

総督のヴァランヌスは、若者の実直そうな顔と頑強な躰《からだ》つきを満足げに眺めて、

「よく来てくれたな。うれしく思うぞ。おまえのような志願兵が、もっと大勢いてくれたらいいのだが。目下《もっか》この土地では、森の暮らしに慣れた男を必要としている。ところが、兵士はいうまでもなく、開拓民にしても、東方の本土から来た連中は、森林開拓の技術どころか、耕作の方法も知っておらぬのが多いのだ」

「ヴェリトリウムのこちら側ではそれほどでもないが」とコナンもうなずいて、「あの町のなかは、そんな連中ばかりが集まっている。ところでヴァランヌス総督、報告しておかねばならぬことがある。おれたちは森のなかの径《みち》で、ティベリアスが死んでいるのを発見した」そして彼は、簡潔な言葉で奇怪な出来事を物語った。

ヴァランヌスは顔蒼《あお》ざめて、

「ティベリアスが砦を出ていったとは知らなかった。あの男、気が狂ったにちがいない！」

「そのとおりだ」コナンは答えた。「ほかの四人がやはりそうで、死期が近づくと、どう頭が狂うものか、わざわざ森のなかへ出かけていく。大蛇の口に自分から飛びこむ牝兎同様に、進んで命を捨てている。森の奥深いところで、何かが彼らを呼んでいたとしか考えられぬ。その何かとは、ちゃんとし

た名前がないので、アビと呼ばれている妖《あや》かしだ。その声を聞きとれるのは、ゾガル・サグの呪いをかけられた連中だけらしい。いいかえると、ゾガル・サグは、アキロニアの文明の力では征服できぬ魔法を行なったのだ」

　この推定に、ヴァランヌスは何もいわなかった。震える手で額《ひたい》の汗をぬぐって、

「兵士たちはこの出来事を知っているか？」と訊いた。

「彼の死骸を東の城門においてきた」

「死体を森のなかに隠して、兵士たちには知らさんでおいてほしかったな。いまでも彼らは怖《お》じ気づいておるのだ」

「いずれは知れわたることで、どこに死骸を隠そうと、ソラクトゥスのときと同様に、ちゃんと砦にもどってくる――ソラクトゥスの死骸は、夜が明けてみると、城門の外側に縛《しば》りつけてあった」

　ヴァランヌスは身震いした。ふりむいて、開き窓へ歩みより、無言のまま河の面《おもて》を見おろした。それは星のきらめきを映して黒光りしていた。河の向こうには密林が黒檀《こくたん》の壁のように盛りあがり、遠い豹《ひょう》の咆哮《ほうこう》が静寂を破るだけである。夜の闇が重くのしかかってきて、櫓の外で兵士たちが立てるざわめきも間遠《まどお》になり、焚火の焔《ほのお》は力ないものに変わった。いま聞こえるものは、黒い樹々のあいだを吹きぬけ、暗い河面にさざ波を立てる風の音――そしてその翼に乗って、低く、律動的に、脈打つように響いてくる、豹の歩みに似て無気味な太鼓の音だった。

「要するに」とヴァランヌスがしゃべりだした。心にある考えを口に出しているかのように。「密林のなかに何がひそんでいるか、われわれは――だれひとりとして――知ってはいないのだ。大きな沼と

いくつかの河、どこまでもつづく森林、果てしなく拡がる平原、末は西の大海の岸に終わるという丘《きゅう》陵《りょう》、それらをみな漠然とした噂に聞いているだけだ。従って、この河と西の大海のあいだにどんなものが横たわっているかは想像もできない。対岸の奥深く足を踏み入れた白人で、生きて帰ってきて、見たところを話して聞かせた者は、いまだかつてひとりもいないのだ。われわれ文明人の知識は広い。しかし、その知識も太古以来ここを流れている河の西岸で終わっているのだ！　われわれの知識のうちにあるおぼろげな光の向こうに、どのようなものがひそんでいるかは――この世のものにせよ、超自然のものにせよ――われわれには見当もつかぬのだ。

　異教の世界である森のなかで、いかなる神々が崇拝されているか、黒い瘴気《しょうき》の立ち昇る沼地を、いかなる悪魔が匍《は》いまわっているものか、われわれには知ることができぬ。あの黒い国に住みついている者が、われわれ同様の人間であるかどうかも疑わしい。たとえばゾガル・サグだが、東方の都会の賢者は、原始的な魔法まがいの術を使うえせ行者にすぎぬと笑ってのけるだろうが、彼は実際に五人の者を狂気に追いやり、われわれには説明不能の方法で生命を奪った。あの男を果たして人間と見てよいのだろうか？」

「もしやつに手斧を投げつけられるところにおれが居合わせたら、必ずその疑問を解決してみせるのだが」いいながらコナンは総督の酒を大杯《たいはい》についで、バルトゥスに飲めと勧めた。アキロニアの若者はためらって、どうしたものかといった視線をヴァランヌスに向けた。

　総督はコナンに向き直り、その顔をじっとみつめて、

「兵士たちは幽霊とか悪鬼《あっき》とかの存在を信じておらぬのに、こんどの事件では恐怖に捕われている」

といった。「おまえは元来、亡霊、悪霊、魔物、そのほか妖異《ようい》のものの実在を信じて疑わぬ男だ。そのおまえがぜんぜん恐怖心を示さぬとは、おかしなものだ」

「この宇宙のなかのものは、何であれおれの長剣で斬《き》り倒せぬことはない」コナンは毅然《きぜん》とした態度で答えた。「さっき魔物に手斧を投げつけたが、あいにく傷を負わすことができなかったのは、暗闇なので狙いがはずれたか、枝にぶつかって方向が逸れたからだろう。わざわざ魔物を追いまわそうとは考えていないが、その跳梁《ちょうりょう》を許しておくほどのばかではないつもりだ」

ヴァランヌスは顔をあげて、コナンの視線をまっこうから受けとめた。

「コナンよ。おれは、おまえが考えている以上におまえの力を頼っておる。この地方の弱点は、おまえにもわかっているはずだ――未開野蛮の曠野《こうや》のなかに細長く楔《くさび》状に突き出た土地で、国境から西に住みつくアキロニア人の生命は、すべてこの砦ひとつにかかっておる。もしこの砦が陥落の憂き目を見るようなら、騎馬の使者が国境を越えるより先に、赤い戦斧《せんぷ》がヴェリトリウムの城門を粉砕しているだろう。国王陛下にせよ、顧問官たちにせよ、前線を維持するために増援の兵を送ってほしいというおれの請願を再三にわたって無視してきた。国境地方の情勢に無知なことから、この方面に国費をまわすのを躊躇《ちゅうちょ》しておるのだ。前哨地区の命運は、現在この砦を預かるわれらの双肩にかかっている。

知ってのとおり、コナジョハラ地域を征服したわが軍隊の大半は、本国に帰還してしまった。われらの手もとに残された兵力では、敵の報復を防ぐのは不可能といわねばならぬ。しかも、ゾガル・サグの手でわれらの飲用水の取り入れ源に毒が投じられたことから、一日で四十名もの兵士が生命を失った。残った者の多くも病に倒れ、あるいは蛇に嚙《か》まれ、凶悪な野獣に手足を傷つけられた。砦付近に出没する毒蛇や猛獣がいちじるしく数を増しておるらしい。その結果、森の凶悪獣を呼び集めて、おのれの敵を屠《ほふ》ることができるというゾガルの大言壮語を信じる兵士が出てきたのだ。

この砦の兵力は、槍兵が三百名、ボッソニアの弓兵が四百名、あとはおまえのように森林内で行動する技に優れた山男が五十名ほど。おまえたちの戦闘力は五百人の兵士のそれに匹敵するが、それにしても絶対数が不足だ――正直にいうと、コナンよ、おれの立場はしだいに不安定なものになりつつある。兵士たちは密かに脱走を企《くわだ》てているらしい。いまや彼らの士気は沮喪《そそう》し、ゾガル・サグがわれらに悪鬼どもをけしかけるとの噂に怯《おび》えきっている。その第一の恐怖は黒い疫病――沼沢地を襲う怖《おそ》るべき黒死病だ。おれは病《や》みついた兵士を見るたびに、いまにもその全身が黒く変じてちぢんでいくのではないかと、冷たい汗を流している。

コナンよ、黒死病がさらに蔓延《まんえん》すれば、兵士たちが一団となって脱走するのを覚悟せねばならぬ。かくてこの国境地帯は完全な無防備の状態におかれ、褐色の皮膚をした男たちが大挙《たいきょ》してヴェリトリウムの城門に――いや、その向こう側にさえ押しよせるのを食いとめるものは何もない。この砦を死守できぬようなら、どうしてあの町を持ちこたえられようか。

コナンよ、コナジョハラの土地を維持するには、ゾガル・サグを殺さねばならぬ。おまえはこの砦のだれよりも、河を越えた未知の国の奥深くへ踏み入ったことがある。グワウェラがどこにあるかを知っておるし、河向こうの森林地帯の地理に詳しい。今夜、兵士たちの一隊を率いて、ゾガルを襲い、殺すなり捕えるなりしてくれぬか。たしかにこれは、狂気じみた無謀の挙《きょ》だ。生きて帰れる機会は千にひとつかもしれぬ。しかし、ゾガルを始末してしまわぬことには、国境地帯のアキロニア人全員が死に見舞われるのだ。欲しいだけの人数をいえば、おまえに預ける」

「なあに、十人もいればたくさんで、こんな仕事に人数が多いのは考えものだ」コナンは答えた。「五百人なんていたら、グワウェラへ往復するだけでもたいへんなことだ。しかし、選《え》りすぐった十人ほどなら、簡単に敵に近づいて、またぬけ出してくることができる。人選はおれにまかせてもらう。全員を森の男のうちから選ぶ。兵士は必要としない」

「わたしを連れていってください！」バルトゥスが熱心に希望した。「これまでタウランで、鹿を追いまわして暮らしていたのですから」

「よし、連れていってやる。ヴァランヌス総督、これから森の男たちが集まる兵舎へ出かけて、いっしょに食事をとろう。そこでおれが、連れてゆく男たちを選び出す。出発はそのあと一時間以内だ。小艇で河へ乗り出し、向こう岸に見える村の下手へ漕ぎつける。それから森をぬけて、敵の本拠地へ忍びよる。生きていたら、夜が明けるまでには帰れるだろう」

3　闇を匍《は》いよるもの

河は漆黒《しっこく》の壁に挟まれて流れていた。青鷺《あおさぎ》の嘴《くちばし》ほども音を立てない櫂《かい》が静かに水中に下ろされ、東岸の濃い影に沿って、細長い丸木舟を進ませた。バルトゥスの目の前には、仲間の男の広い肩が、濃密な闇のなかにさらに黒々と浮かんでいるだけで、舳先《へさき》で見張りについているコナンの鋭い目をもってしても、数フィート先には何があるかを見てとれるとも思えなかった。しかし、キンメリア人は本能の力と河の様子を熟知していることで、巧《たく》みに針路を導いていった。

だれも口をきかなかった。バルトゥスは防柵《ぼうさく》をぬけ出て、丸木舟が待機する岸にたどりつくまでのあいだに、一行の者の顔を見憶えておいた。彼らはみな前線地区の緊迫した情況下に新しく生まれ出た男たち——必要に迫られて、森で生きる術《すべ》を身につけた者たちであった。元来、西方の辺境に住みつくアキロニア人には、多くの点で共通な特徴があった。まず身なりが似ていた——鹿革の長靴《ちょうか》、革の短袴《たんこ》に鹿革の肌着、広幅の腰帯に斧《おの》と短剣を差し、だれもが痩《や》せぎすで、顔に傷痕《きずあと》があり、目が鋭く、筋肉質の躰《からだ》、そして揃《そろ》って寡黙《かもく》だった。

彼らはいうなれば野性の男だが、しかし、キンメリア人とのあいだには、天地ほどの懸隔《けんかく》があった。彼らはもともと文明の子であり、生きてゆく必要から、半ば蛮族の状態に復帰していたのだが、コナンはそれに反して、数千世代にわたり野性の血を伝えてきた蛮族中の蛮族だった。アキロニアの山男たちは、鍛練《たんれん》によって忍びの術を習得したのだが、コナンはそれを身につけて生まれてきて、動きに無駄がないだけでも、彼らをはるかに凌駕《りょうが》していた。彼らが狼《おおかみ》であるとすれば、コナンは猛虎《もうこ》であった。

バルトゥスはこの森の男たちと、その指揮者に嘆賞《たんしょう》の気持ちを隠そうとしなかった。そして自分までがその仲間に加えられたことを誇りに思って、胸の鼓動が高まるのを意識した。櫂を操《あやつ》って音を立てぬことについては、仲間うちのだれにも負けぬ自信があった。少なくとも、その点においては、彼らと同格といえる。しかし、密林内での戦闘技術となると、タウランでの狩猟のあいだに習い憶えたそれは、風雲急な国境地帯の男たちの魂《たましい》に沁《し》み入ったものとくらべれば、遜色《そんしょく》ないというわけにいかなかった。

河は砦《とりで》のすぐ下流で大きく湾曲《わんきょく》していたので、城内の燈火《とうか》はじきに見えなくなった。しかし、丸木舟は一マイルばかりの距離を、沈み木と流木とを信じられないほど的確に避けて進んだ。

やがて指導者の口から低い声で命令がくだると、丸木舟は舳先を大きくまわして、針路を対岸に向けた。たちまちのうちに、葦《あし》の茂みの黒い影に覆われた東岸を離れて、無謀ともいえるほどの大胆さで、丸木舟は河の中央に漕《こ》ぎ出ていた。しかし、星影もまばらなことから、それと知って見張っている者でないかぎり、河を横切って進む黒っぽい舟の姿を見分けるのは、どのような鋭い視力をもってしても不可能に近かった。

ついに丸木舟は、西岸に覆いかぶさる灌木《かんぼく》の茂みの下にすべりこんでいった。バルトゥスが手で探って、水中に突き出ている木の根をつかんだ。依然として口をきく者はいない。あらかじめすべての指令が、砦を離れる前にいいわたされてあるのだ。コナンは大きな豹《ひょう》のように音を立てぬ動きで丸木舟をすべり出ると、茂みのなかに姿を消した。九人の部下も、彼同様の無音の動きであとにつづいた。バルトゥスは櫂を膝の上におき、木の根をしっかり握ったままでいたが、十人もの男が、かくも音を立てずに、もつれあった矮木《わいぼく》の茂みの奥に消えてゆくのを信じがたい思いで見守っていた。

そのあとバルトゥスは、一行のもどりを待機することになった。彼のほか、もうひとりの男が舟に残ったが、ふたりのあいだに言葉が交わされることはなかった。一マイルかそこら北西のどこかに、ゾガル・サグの住みつく村が、厚い木立に囲まれて寝静まっているはずである。バルトゥスはコナンの命令の趣旨を心得ていた。彼ともうひとりの男が、ここで仲間の帰還を待ち受ける。もしも暁《あかつき》の最初の光が射しはじめる時刻になっても、コナンとその一隊がもどってこないときは、急いで河をさかのぼり、砦に帰りついて、またしてもこの森が、侵略種族の何人かを屠《ほふ》り去ったと報告しなければならぬのだ。

静寂は息詰まるばかりだった。漆黒の森林は丈《たけ》高い灌木の茂みの向こうに隠れて、音ひとつ立てない。もはや太鼓《たいこ》の響きも聞こえない。この何時間かのあいだ、太鼓は沈黙をつづけていた。バルトゥスは、無意識のうちに深い闇を見透《みす》かそうとまばたきをくり返していた。夜の河と森との湿った臭いが重苦しくのしかかってくる。どこかすぐ近くで、大きな魚が水を撥《は》ねかすような音がした。その大魚が丸木舟の間近で飛び跳ね、舟腹にぶつかったにちがいない。なぜかというように、細長い舟がわずかながら揺れたからだ。艫《とも》がまわりはじめ、岸を少し離れた。うしろの男が、木の根をつかんだ手を放してしまったらしい。バルトゥスは首をねじって、気をつけろと合図をしようとした。しかし、もうひとりの男の姿は見分けられず、闇のなかにさらに黒々とした影が見えるだけである。

仲間の男は返事をしなかった。眠りこんでしまったのであろうか。バルトゥスは手を伸ばして、その肩をつかんだ。すると驚いたことに、手が触れると同時に相手はくずおれて、丸木舟の底に倒れこんだ。バルトゥスは、心臓が口もとまで飛び出す思いで身をねじって、相手の躰を探った。男の喉へ手がゆくと、指がすべった――あやうく唇《くちびる》から叫び声がほとばしるところだったが、歯を食いしばって、かろうじて抑えた。指が、血の噴き出る傷口に触れたのだ――仲間の男の喉が、耳から耳までかっ切られていた。

恐怖の瞬間だった。バルトゥスが腰を浮かしかけたとき、暗闇からたくましい腕が伸びて、彼の首を絞めあげ、その悲鳴を詰まらせた。丸木舟が激しく揺れた。バルトゥスはいつぬきとったとも知らぬうちに、長靴の縁《ふち》に差してあった短剣を握りしめていた。そしてそれを無我夢中で相手の躰に突き立てた。刃が深く刺さって、怖《おそ》ろしい悲鳴が彼の耳を打った。その悲鳴に応《こた》えるものがあった。周囲の闇が生気をとりもどしたのだ。野獣めいた叫びが四方にあがって、いくつかの手がつかみかかってきた。殺到する多くの躰に圧《お》されて、丸木舟は横倒しになった。バルトゥスは舟から転落するに先立って、頭に何かが激突し、夜の闇が爆発したかのように、目の前に火花が飛んだ。が、それも一瞬のことで、周囲は星のきらめきも見えない元の暗黒にもどった。

4 ゾガル・サグの凶獣たち

焔《ほのお》の光がまぶしくて、バルトゥスは徐々に意識を回復していった。彼は目をしばたたいて、首をふった。ぎらつく光に目が痛い。周囲では、さまざまな物音が混じりあって騒然としていたが、意識をとりもどすにつれて、しだいにひとつひとつの音が明瞭になってきた。彼は顔をもたげて、呆然《ぼうぜん》とあたりを見まわした。おびただしい黒い人影が彼をとり巻いているのが、紅蓮《ぐれん》の焔を背にしてくっきりと浮き出て見える。

記憶が急速によみがえって、いっさいの事情がはっきり理解できた。彼はいま、ちょっとした広場の中央で一本の杭《くい》に縛《しば》りつけられ、凶悪な男たちの輪にとり囲まれている。人の輪の向こうには焚火《たきび》が燃えて、褐色の肌をした裸の女たちが懸命に薪《たきぎ》を投げ入れている。焚火の先には、泥と編み枝で造り、草の屋根を葺《ふ》いた小屋が建ち並び、そのまた向こうには防柵《ぼうさく》をめぐらし、そこに大きな木戸が設けてある。しかし、それらのものはたまたま彼の目に触れたにすぎず、奇妙な形に髪を結んだ褐色の肌の女たちにしても、漠然と意識のうちにはいったようなもので、彼の注意はもっぱら、彼を睨《にら》みすえながらとり囲んでいる奇怪な男たちに惹《ひ》きつけられて離れなかった。

短身矮軀《わいく》でありながら、肩幅が広く、胸が厚く、腰が締まって、申し訳程度の腰布のほかはまったくの裸体だった。盛りあがった筋肉の上に焚火の焔の光が躍って、みごとな浅浮き彫りのように見せている。褐色の顔は完全な無表情で、糸のように細い目だけが焔の色を映して、獲物《えもの》に忍びよる猛虎《もうこ》のそれのようにきらめいている。もつれた頭髪を銅の帯で束《たば》ね、それぞれの手に剣と斧《おの》を握っている。手足に粗末な布切れで包帯をし、褐色の皮膚に血をこびりつかせた者がいるのは、ついいましがた凄《せい》絶《ぜつ》な死闘を行なったばかりだからだろう。

バルトゥスは捕獲者の凝《ぎょう》視《し》を避けて、目を周囲に向けた。そして恐怖の叫びがほとばしりかけたのをかろうじて押し殺した。数フィート離れたところに、見るも無残なものが低く積みあげてある。血みどろの人間の首の山で、うつろの目を黒い夜空に向けている。バルトゥスは頭をくらくらさせながらも、こちらを向いている首の顔を見て、それがコナンに従って森のなかへ忍んでいった壮士《そうし》たちのものであるのを知った。ただし、キンメリア人の首も交じっているかどうかはわからなかった。彼に見てとれる顔は、そのうちの一部にすぎなかったからだ。少なくとも十個か十一個の首が重ねてあるように見えた。胸がむかむかしてきて、吐き気と闘わねばならなかった。首の山の先には、ピクト人の死体が五、六個転がっていて、それを見たときは、激しい歓《よろこ》びを感じとった。とにもかくにも、森の男たちは無駄死にをしたわけではなかったのだ。

バルトゥスは無残な亡骸《なきがら》から目をそむけて、顔をねじ曲げると、彼のすぐそばにもう一本の杭が立っているのが見えた。彼が縛られているのと同様に黒く塗った杭で、これにもひとり縛りつけられている。革の短袴《たんこ》ひとつの裸身で、首うなだれているが、やはりコナンの部下の森の男である。口から血をしたたらせ、横腹の大きな傷口からも血が滲《にじ》み出ている。この男が首をあげて、血の気の失《う》せた唇《くちびる》を舐《な》め、低い声で呟《つぶや》いた。ピクト人が悪鬼《あっき》めいた叫びをあげるので聞きとりにくかったが、「おまえもやはり捕えられたか!」といったようだった。

「水のなかから匍《は》いあがってきて、おれのうしろの男の喉をかっ切りおった」とバルトゥスは唸《うな》るようにいった。「舟に匍いあがるまで、ぜんぜん気がつかなかった。ミトラの神よ、どうしてやつらは、音を立てずに動きまわれるんだろう?」

「人間でなく、悪鬼だからだ」森の男は呟くようにいった。「おれたちの丸木舟が中流に乗り出したときに気がついて、それからずっと見張っていたにちがいない。こっちは罠《わな》のなかに歩み入ったようなもので、気がついたときは四方から矢を浴びせられ、おれたちの大半は、最初の攻撃で斃《たお》れた。三人か四人が茂みを突破して、取っ組みあいに移ったが、なにぶん相手が大勢すぎた。コナンだけは、血《けつ》路《ろ》を開いて逃げのびたらしい。彼の首を見ていないからな。おまえもおれも、あのとき殺されていたほうがよかったんだ。コナンを責めるわけにもいくまい。ふつうなら、みつからずに、やつらの村に忍びこめたはずだ。おれたちの上陸したこんな河下まで、偵察隊をおいておくわけがないからな。南方から河をさかのぼってきた敵の大部隊に出くわしたにちがいない。何かの魔法が行なわれたんだろう。でなかったら、このあたりにあんなに大勢のピクト人がいるわけがない。グワウェラのやつらばかりでなく、もっと西方の氏族たちと、それに加えて、河の上手《かみて》と下手《しもて》の連中までが集まっておったのだ」

バルトゥスは凶悪な男たちをあらためて眺めた。彼はピクト人の在《あ》り方については無知に近いのだが、たしかにこの広場に集結している蛮人たちは、村の大きさにくらべて、不釣り合いなほど大勢である。これだけの人数を収容するには、小屋の数が明らかに足りないのだ。それにまた、彼らの顔と胸とに描いてある氏族を示す野蛮な絵模様にしても相違点があった。

「みんな魔法のためなんだ」森の男は低い声でつづけた。「いくつかの氏族が、ゾガルの魔法を見に、ここへ集まってきたにちがいない。これからゾガルが、おれたちの死骸を使って、滅多に拝めない魔法をやってみせるのだろう。まあ、おれたち辺境地区に住む人間が、寝台の上で死ねるとは考えてらんが、それにしても、なぜ仲間といっしょに戦死しなかったのかと、そればかりが悔《く》やまれるよ」

ピクト人のあいだに、狼《おおかみ》の咆哮《ほうこう》を思わせる歓声があがり、居並ぶ彼らの隊形が乱れ、われがちに前へ出ようとひしめきだした。その様子で、よほどの重要人物が登場するのだろうとバルトゥスは推定した。首をねじってみると、ほかの小屋よりは大きな、細長い建物がある。前面に柵をめぐらし、軒《のき》に人間の髑髏《どくろ》を懸《か》け並べて装飾にしてある。いま、その建物の入口に、奇怪な姿をした人物が踊り狂っている。

「ゾガルだ!」隣の杭で森の男が低く叫んだ。血だらけの顔を歪めて狼めいた表情を浮かべ、無意識のうちに手足を緊張させている。バルトゥスが目を凝《こ》らすと、ゾガルと呼ばれた蛮人は、中背痩身《そうしん》の男で、革と銅の鎧《よろい》につけた駝鳥《だちょう》の羽根飾りが全身を覆い、そのあいだから醜悪《しゅうあく》残忍な顔がのぞいている。その羽根飾りがバルトゥスを不思議がらせた。なにしろ駝鳥の羽根が採れるのは、世界の半分を横切ったところにある南方の国である。その羽根飾りが、呪術師の飛び跳ねる所作《しょさ》につれて揺れ動き、無気味な音を立てているのだった。

ゾガルは奇怪な踊りをつづけながら、人垣のなかにはいりこむと、杭に縛りあげられて沈黙してい

る捕虜たちの前で旋回した。これがほかの男であったら、さぞかし滑稽《こっけい》に見えたことであろう――無知な蛮人が羽根飾りをひるがえして、意味のない踊りを飛び跳ねていると。しかし、大きく波打つ群衆のあいだから出現した彼の凶悪な顔は、この場面に怖《おそ》ろしい意味をあたえるだけの力があった。このような顔を持つかぎり、滑稽な男であるわけがない。悪魔以外の何者でもないはずなのだ。

彼がいきなり彫像のように静止した。羽根飾りが一度波打って、垂れ下がった。歓声をあげていた戦士の群れも黙りこんだ。ゾガル・サグは直立したまま、身動きもしなかった。その躰《からだ》が一段と大きくなったように見えた――身長も躰の幅もである。バルトゥスは、この呪術師の身長が自分と同程度なのを知りながら、真上から軽蔑《けいべつ》的な目で見おろされているような錯覚に襲われて、その幻覚をふり払うのに苦労した。

呪術師は何やらしゃべりだした。しわがれた声が喉に響くような抑揚を持ち、それにコブラが立てるような、ひゅうひゅういう音が入り混じっている。杭に縛られた傷だらけの男に向かって長い首をぐっと突き出し、両の目が、火明かりを浴びて血のように赤くきらめいている。その顔に、森の男が唾《つば》を吐きかけた。

ゾガルは悪魔めいた吠《ほ》え声とともに大きく飛びあがった。それを見た戦士たちは、村をとり巻く大木の梢《こずえ》越しにのぞく星まで届きそうな怒号《どごう》をいっせいにあげて、杭の男めがけて駆けよろうとした。しかし、呪術師は彼らを制した。つづいて、けものが唸るような声で何やら命令をくだすと、男たちは木戸へ走りよった。そして木戸を押しあけると、元の人垣に復帰した。その人垣がふたつに割れた。大急ぎで右と左に分かれたのだ。女たちと裸の子供の群れは、あわてて小屋へ逃げこんで、戸口や窓からこわごわのぞいていた。広場の中央から開かれた木戸まで、幅広い道ができた形である。その先は黒い森になるのだが、そこまでは焚火の光が届くわけがなく、暗鬱《あんうつ》な姿で静まりかえっている。

緊張した沈黙のなかに、ゾガル・サグは森の方向に向き直り、爪先立ちの姿勢をとると、人間離れした無気味な声をはりあげた。それが夜の大気を震わせて響きわたると、どこかはるか遠方、黒い森林内かと思われるあたりから、地鳴りのような叫びがもどってきた。バルトゥスは身震いした。声音《こわね》からして、人間の喉が出したものでないのはたしかである。彼は総督のヴァランヌスがいった言葉を忘れていなかった——呪術師ゾガルは思うがままに、どんな野獣でも呼び出せると豪語しているというのがそれだ。森の男は血だらけの顔を蒼白《そうはく》にして、痙攣《けいれん》的に唇を舐めた。

村全体が、息を詰めたように静まりかえった。ゾガル・サグはいまなお彫像のように突っ立ったままだが、全身を飾った羽根がかすかに震えている。しかし、急に木戸のところが空虚でなくなった。

恐怖の喘《あえ》ぎが村のうちを震わせて、男たちは先を争って小屋と小屋のあいだへ逃げこんだ。バルトゥスは首筋の短い毛が逆立った。木戸いっぱいに立ちふさがっているけものは、まさに悪夢めいた伝説が具現したものであった。薄暗くなった光に映る色が異様に青白く、この世のものならぬ印象をあたえている。しかし、頭《こうべ》を低く垂れ、反《そ》りを打った大きな牙を焔の光にきらめかせているところは、非現実的なものでない。過去の世界からの幻影のように、それが足音も立てずに近よってくる。これは太古の凶悪無残な時代の生き残り、古代伝説にしばしばあらわれる人食い鬼——剣歯虎《けんしこ》である。いかなるハイボリアの猟人も、ここ数世紀のあいだ、このような原始時代の猛獣に出遭《であ》ったことはないはずだ。計り知れぬ遠い昔からの伝説に、幽鬼《ゆうき》のように蒼《あお》ざめた躰の色と、悪魔めいた凶暴さとがあいまって、超自然のものと思わせるのである。

その凶悪獣が杭に縛られた男に近よってきたのを見ると、縦縞《たてじま》のある通常の虎よりもはるかに大きく、熊を思わせる重量感があった。肩と前足が発達して、筋肉が盛りあがり、異様なほど頭でっかちな感じであるが、それでいて後軀《こうく》もまた獅子のそれよりも力強かった。顎《あご》は巨大だが、頭だけが貧弱で、脳容量は明らかに小さい。おそらく、破壊本能のほかははいりこむ余地がないのであろう。これは食肉獣の発達過程の変種、牙と爪が極度に進化した造化の神の戯《たわむ》れといえた。

ゾガル・サグが森林から招きよせていたのは、このような怪物だった。バルトゥスはいま、この呪術師の魔法が事実であったのを思い知らされた。かくも貧弱な脳で、かくも強力な筋肉を持つ怪物を駆使できるのは、黒い魔術をおいてほかにない。バルトゥスの意識の底に、太古から伝わる神の名、暗黒と原初の恐怖から生まれた神の名がよみがえり、低い声で囁《ささや》きつづけた。古代の人類とけものたちは、この神の前に頭を垂れ、そしてこの神の子孫たちが――人々の噂《うわさ》では――いまなお地上のどこかの暗い片隅にひそんでいるという。かくしてゾガル・サグを見るバルトゥスの目を、新しい恐怖が彩った。

怪物は、蛮人の死骸の山と血みどろな首の積み重ねに気づいたそぶりもなく通り過ぎた。それは死肉を漁《あさ》る性質でなく、生きたものだけを狩り立て、一生を殺戮《さつりく》ひとつに捧げているにちがいない。怖ろしい飢渇《きかつ》の焰が、またたきもしない大きな目に緑色に燃えている。その飢渇は空腹だけによるものでなく、殺戮への欲望でもあった。大きくあけた口から、よだれをしたたらせている。呪術師は一歩さがって、森の男のほうへ手をふった。

巨大な虎は身を屈して、跳躍のかまえをとった。バルトゥスはその凶暴ぶりを話に聞いていた。それは象をめがけて跳びかかり、その頭蓋に長剣のような牙を突き立てる。あまりにも深々と突き立てるので、引きぬくこともできず、獲物とともに、それ自体までが餓死してしまうとか。呪術師が鋭い叫びをあげると、怪物は耳をつんざく咆哮《ほうこう》をあげて、跳躍した。

バルトゥスはこのような跳躍を夢に見たこともなかった。鉄の腱《けん》と鋭い鉤爪《かぎづめ》を持つ巨躰に具現した破壊力のほとばしりが、森の男の胸に真正面からぶつかっていった。杭が砕けて、根元から折れ、凄まじい衝撃で大地を叩いた。それから剣歯虎は、すべるような足どりで木戸の方向へ向かった。いまはほとんど人間の形をとどめていない血みどろの肉塊《にくかい》を、半ば引きずるように、半ばかかえこむようにして退《しりぞ》いてゆく。バルトゥスはそれを見ただけで全身が麻痺《まひ》し、目にしたところを事実と信じるのを脳が拒否した。

巨大なけものは、その一跳躍で杭を破壊するだけにとどまらず、縛られていた犠牲者の躰を引き裂いていた。大きな鉤爪が触れた一瞬のうちに、臓腑《ぞうふ》をぬき出し、五体をばらばらにし、巨大な牙で頭の上半分を刎《は》ねとばし、肉同様の容易さで頭蓋骨を断ち割った。強靭《きょうじん》な生皮《なまかわ》の紐《ひも》も紙切れのように引きちぎれ、それが縛りあげていた肉と骨とが跡形もなくなっていた。バルトゥスは不意に胸がむかついた。これまでずっと熊や豹を狩り立ててきたが、一瞬のうちに人間の五体を血と肉のかたまりに変えてしまう凶獣は夢想だにしたことがなかった。

剣歯虎は木戸の向こうに姿を消して、その少しあと、森の奥深いところに咆哮があがり、その吼《ほ》え声が遠去かっていった。しかし、ピクト人たちは小屋に身を寄せたまま、出てこようともしなかった。

呪術師ひとりが、夜の闇に向かって口をあけたような木戸に顔を向けて、突っ立ったままだった。

急に、バルトゥスの肌に冷たい汗が噴き出した。こんど彼の躰を腐肉《ふにく》のかたまりに変えるべく、木戸にあらわれる新しい恐怖はどんなものであろうか。胸のむかつく怖れに襲われながらも、縛《いまし》めの革紐を引きちぎろうと焦《あせ》ったが、ちぎれるわけがなかった。焚火の向こうの夜の闇が黒さを増して、いっそう無気味にのしかかってくる。焚火の焔のきらめきが、地獄の火を思わせて凄まじい。ピクト人の目が注がれているのをバルトゥスは感じた。血に飢えた残忍な目が何百と――人間性をまったく欠いた魂の獣的な欲情を反映させている目。彼らはもはや人間とは思えなかった。黒い密林内に巣食う悪鬼《あっき》であり、その非人間的な残忍さは、全身を羽根飾りで覆った呪術師が森の闇から招きよせる凶悪獣に少しも劣《おと》るところがないのである。

ゾガル・サグはまた新しく声をあげて、夜のしじまを揺るがした。それは最初の叫びとまるで異質のもので、奇妙にしゅうしゅういう響きをともなっていた。バルトゥスはその意味を悟って、全身を凍りつかせた。もし蛇がしゅうしゅういうその声を大きく響かせることができたら、ちょうどあのような音に聞こえるであろう。

こんどは応答がなかった――ただ、息詰まるばかりの沈黙のうちに、バルトゥスの心臓の鼓動だけが高鳴って、喉を締めつけられる思いだった。すると木戸の外に、鞭《むち》をふって空気を切るような乾いた音がして、バルトゥスの背筋を悪寒《おかん》が走った。焚火の焔に照らされた木戸に、またしても凶悪なものが姿をあらわしたのだ。

バルトゥスはふたたび古代伝説に登場する怪物を見た。そこに蠢《うごめ》いているのは、まぎれもなく太古の凶悪な大蛇である。楔《くさび》形をした鎌首《かまくび》が馬の頭ほどの大きさであり、高さは人間の背丈ほどもあろうか、そのうしろに、大樽《おおだる》ほどの太さの胴が青白く揺れていた。先端が二叉《また》になった舌を出したり引っこめたりして、むき出しになった牙が焚火の光にきらめいた。

バルトゥスの感情の動きが停止していた。怖ろしい運命が、彼の心を麻痺させてしまったのだ。これは古代人が幽霊蛇と呼んでいた爬虫類《はちゅうるい》で、青白く忌まわしい姿は恐怖そのもの。夜な夜な人間の小屋にすべり入っては、一家の者全部を呑《の》みこんだとのことである。錦蛇のように犠牲者を絞め殺すが、ほかの錦蛇とちがって牙に猛毒があり、これに噛《か》まれた者は狂気におちいって死んでゆく。この凶悪蛇も、久しい以前に絶滅したと考えられていた。しかし、ヴァランヌスの言葉に嘘はなかった。黒河を越えたところの大森林地帯には、白人の知らない怪奇な生物がいまなお棲息《せいそく》しているのである。

それは大地に波打って、音もなく匍いよってきた。そのおぞましい鎌首は彼の頭と同じ高さにあり、頸部《けいぶ》をややのけぞらして、いまにも襲いかかろうとしている。かっと開いたその口に、バルトゥスは憑《つ》かれたような恐怖に曇った目を向け、まもなくあの口に呑みこまれるものと観念したが、いまは吐き気をもよおすだけで、なんの感情も起きなかった。

そのとき焚火の焔にきらっと光ったものがあった。小屋の影からきらめくものが飛びきたった。大蛇はたちまち痙攣を起こして、大地を激しくのたうちまわった。バルトゥスが呆然《ぼうぜん》として目をやると、大蛇の顎のすぐ下のところを短い投げ槍が貫いている。こちら側に柄《え》が、向こう側に鋼鉄の穂先《ほさき》が突き出ているのだ。

狂った爬虫類は長い胴をまるめ、すぐにまた伸ばし、苦悶《くもん》の動きをくり返しながら、ピクト人の集結しているあたりへ転げこんでいった。蛮人たちは算《さん》を乱して逃げだしした。投げ槍《やり》は脊髄《せきずい》を切り断ったわけでなく、頸部の太い筋肉を刺し通しただけであったが、いきりたった大蛇は太い尾をふりまわし、またたくまに十数名の蛮人を薙《な》ぎ倒し、顎を痙攣的に開閉するので、液体の火のような毒汁を撒《ま》き散らし、それを浴びた者の躰を焼き爛《ただ》らせた。荒れ狂う怪物の前に、ピクト人は吠え、叫び、呪い、悲鳴をあげて逃げまどい、仲間を突きとばし、倒れた者を踏みにじり、小屋のあいだを駆けぬけて逃げた。巨大な蛇は焚火のなかに転げこんで、火花を散らし、燃え木を撥ねとばした。そして苦痛が、凶暴な動きをいやがうえにも凶暴にした。ひとつの小屋は、ふりまわされる尾の大槌《おおつち》のそれに似た衝撃を受けて、壁が大きく傾き、驚いた男女が泣きわめきながら飛び出してきた。

ピクト人は、右と左に薪を蹴とばして、焔のあいだを逃げまどった。焔が大きく燃えあがったが、やがて消えかかり、いまは悪夢の場面を照らし出すものは残り火の淡い光だけになった。そこでは巨大な爬虫類がのたうちまわり、蛮人どもは悲鳴をあげて、狂ったように逃げまどっていた。

バルトゥスは、何かが手首のところを強く引っ張るのを感じた。つづいて、いかなる奇跡か、革紐の縛めがばらりと解け、力強い手によって杭のうしろへ引き下ろされた。くらくらする目で見ると、そこにコナンが突っ立ち、森の男の鉄の指で彼の腕をつかんでいた。

キンメリア人の鎖帷子《くさりかたびら》は血に染まって、右手に引っ提《さ》げた長剣の刃《やいば》にも乾いた血がこびりついていた。消えかけた焔の光に、彼の姿がぼんやりとかすんで、驚くほど巨大に見えた。

「急げ！　やつらが恐怖の狼狽《ろうばい》から立ち直らんうちにだ！」

バルトゥスの手に斧の柄が押しつけられた。ゾガル・サグはすでに姿を消していた。コナンはこの若者の痺《しび》れた頭脳が元どおり回転して、足を自分で運べるようになるまで、手を握って引っ張ってやった。それから手を放して、軒《のき》に髑髏が懸けつらねてある建物のなかに走り入った。バルトゥスもそのあとにつづいた。ちらりと見えたのだが、なかには無気味な石の祭壇が据えてあって、屋外の残り火の光にぼんやりと照らし出されている。祭壇の上には人間の首が五つ、白い歯を見せて並んでいた。そのうちのもっとも新しいものに、はっきりと見憶えがあった。商人ティベリアスの首なのだ。祭壇のうしろには神像があって、朦朧《もうろう》としているので定かでないが、けものじみた感じでいながら、輪郭はどことなく人間のものである。とたんに新しい恐怖がバルトゥスを襲って、息詰まる思いにさせた。薄闇のなかの神像が、とつぜん鎖の音をさせて、不恰好に長い両腕をあげ、立ちあがったのだ。

コナンの長剣がふり下ろされて、肉と骨とを打ち砕いた。つづいてキンメリア人はバルトゥスを引っ張って祭壇をひとまわりし、床に倒れ伏している醜悪なもののそばを通り、細長いこの建物の裏手の扉へ向かった。それをぬけ出ると、ふたたび囲い地のうちだった。しかし、数ヤード先のところに防柵が朦朧と眺められた。

祭壇のある建物の裏手は完全な闇だった。逃げまどうピクト人の騒ぎもここまではおよんでいないのだ。泥塀《どろべい》の前までくるとコナンは足を止め、バルトゥスを引っつかむと、小児《しょうに》を扱うように軽々と腕いっぱいの高さに持ちあげた。バルトゥスは日干《ひぼ》しの泥塀のなかに植えこんである柱の突端《とったん》をつかんで、皮膚がすりむけるのもかまわず、躰を引きずりあげた。キンメリア人を引っ張りあげようと手をさし伸べたとき、祭壇の小屋のわきから逃げまどうピクト人のひとりが顔をのぞかせた。その男はぴたりと立ちどまって、焚火のかすかな光を浴びた泥塀の上の男の姿を認めた。コナンは間髪《かんはつ》を容《い》れず斧を投げつけた。狙いはたがわず頭蓋に命中したが、すでにその戦士の口から警告の叫びがほとばしっていた。その叫び声は中央広場の騒音を圧して轟《とどろ》き、頭蓋を砕かれた男が倒れるのと同時に止まったのだった。

強烈な恐怖も、蛮人たちの身にしみついた本能のすべてを押し殺してはいなかった。荒々しい警告の叫びがあがると、一瞬、風が凪《な》ぐように喧騒が鎮まったが、すぐにまた百人からの男たちの口が凶悪な応答を吠えたて、警告のあった攻撃を阻止しようと、戦士たちが走りだした。

コナンは高々と跳躍して、さし伸べられたバルトゥスの手でなく、その肩に近い二の腕をつかみ、彼自身を塀の上に引き揚げようとした。バルトゥスは歯を食いしばって緊張に耐えた。つぎの瞬間、キンメリア人は泥塀の上にバルトゥスと並んで立った。そして逃亡者ふたりは、塀の向こう側へ下りていった。

5　イエッバル・サグの子たち

「河はどっちの方角です？」バルトゥスは方向の見当がつかなかった。

「河へなんか行かれるものか」コナンは不機嫌にいった。「この村と河とのあいだの森は、敵の戦士たちでいっぱいなんだ。さあ、こっちへこい！　おれたちは、敵が考えてもいない方向へ進むんだ――西の方角だ！」

灌木《かんぼく》の厚い茂みに飛びこんで背後をふり返ると、泥塀《どろべい》の上に点々と黒い頭がのぞいている。ピクト人は狐につままれたような顔つきだった。泥塀の下に駆けつけたときは、すでにふたりの逃亡者は姿を消していた。彼らとしては、敵の来襲を撃退すべく駆けつけたわけだが、味方の戦士の死体が一個転がっているだけで、敵軍が近づいている気配はさらさらないのだった。

彼らが捕虜の脱走にまだ気づいていないのを、バルトゥスは知った。ほかの物音から推察すると、戦士たちはゾガル・サグの甲高《かんだか》い声の命令を受けて、傷ついて荒れ狂う大蛇に矢を射かけているようだ。怪物は、もはや呪術師の力では制御できなかったのである。その少しあと、叫び声の性質がちがってきた。怒りのわめきが、夜気《やき》をつんざいて高らかに響いたのだ。

コナンは不敵にも笑い声をあげた。彼はバルトゥスを導いて、黒い闇の枝葉《えだは》の下につづく狭い小径《こみち》をひた走りに走っていた。まるで煌々《こうこう》と照らし出された公道を走るような、迅速で確実な足どりだった。そのあとに従うバルトゥスはよろめきがちだが、両側に迫る濃密な樹林の壁を手探りに、どうにかついていった。

「いまごろ、やつらはおれたちのあとを追っているはずだ。ゾガルはおまえがいなくなったのに気づいたし、祭壇小屋の前の首の山におれの首がないのも知っている。犬め！　あのときおれの手にもう一本投げ槍《やり》があったら、大蛇を仕留《しと》める前にあいつの胸板を射ぬいていたのだが。おい、この径からはずれるんじゃないぞ。やつらとしては、松明《たいまつ》の光だけを頼りにおれたちのあとを追うわけにはいかぬ。あの村からの道は、二十やそこらある。最初に河へ向かう道を選ぶに決まっている――岸に沿って何マイルものあいだ戦士たちを配置して、おれたちが強行突破を試みるのを待ちかまえるはずだ。だから、よくよくのことがないかぎり、あの方角の森へは向かわんことにする。この径のほうが、けっきょくは早く逃げられる。さあ、気を入れて走るんだぞ。おまえの足のおよぶかぎりだ」

「それにしても、やつら驚くほど早く恐怖から立ち直りましたね」バルトゥスはいわれるままにいっそう足を速めて、喘《あえ》ぎあえぎいった。

「やつらはもともと、ひとつことをいつまでも怖《おそ》れてはいないものだ」コナンが厳《いか》めしい顔で説明した。

そのあとしばらく、ふたりは何も話しあわなかった。ありったけの注意を、この径の踏破《とうは》ひとつに注いでいたのだ。ふたりはしだいに森の奥深く分け入って、ひと足ごとに文明社会から遠去かっていった。しかし、バルトゥスはコナンの知恵を少しも疑わなかった。やがてキンメリア人はひと息ついて、若者にこういって聞かせた。「あの村から遠のくことが、河に近づく結果になる。河の流れが大きく湾《わん》曲《きょく》しているからだ。グワウェラから数マイルのあいだは、村と呼べるようなものは何もない。ピクト人はみんな、あの村の付近に集まって住んでいる。つまりおれたちは、やつらの居住地のまわりを大きく迂回《うかい》して走っているのだ。夜が明けるまで、おれたちの足跡を見いだすことはできぬはずだ。そして見いだしたときには、おれたちはこの径を離れて、森の方向へ向かっている」

かくしてふたりは疾走をつづけた。背後の叫び声はいつか聞こえなくなっていた。バルトゥスは歯のあいだから苦しげな息を吐いていた。横腹が痛んで、走るのが拷問を受ける気持ちで、径の両側につづく茂みのなかに転げこみそうになった。コナンは急に足を止めて、ふり返ると、暗闇に沈んでいる背後の径をみつめた。

どのあたりか、月が昇ってきたとみえて、もつれあった枝葉のあいだが、わずかながら明るんでいる。

「森の方向へ向かうんですか？」バルトゥスが喘ぎながら訊いた。

「おまえの斧《おの》を貸せ」コナンが低い声でいった。「おれたちのすぐ背後に何かいる」

「だったら、この径をそれたほうがいい！」バルトゥスが叫んだ。

コナンは首をふって、若者を厚い茂みのなかへ引きずりこんだ。月がさらに高く昇って、いまはこの小径をおぼろに照らし出している。

「あの氏族全員を相手に闘って、勝てるわけがない！」バルトゥスは低く叫びつづけた。

「人間だったら、こんなに早くおれたちの足跡を見いだせるものでない。見いだしたところで、追いつけるとも思えん」そしてコナンは、小声で命令した。「声を出すんじゃないぞ」

そのあと息詰まるような静寂がつづいた。バルトゥスは彼自身の心臓の鼓動が、数マイル離れたところまで聞こえるのではないかと怖れた。すると何の予告もなしに、薄明るい小径の上に凶悪な頭が忽然《こつぜん》と出現した。バルトゥスの心臓が口もとまで飛びあがった。最初ちらっと見たときは剣歯虎《けんしこ》かと思ったが、この頭はもっと小さく、幅も狭かった。そこに立っているのは豹《ひょう》なのだ。それが低い唸《うな》り声をあげて、小径を見おろしている。あるかないかの風が、身をひそめている男たちの方向へ吹いているので、体臭を嗅《か》ぎとられる怖れはない。猛獣は首を下げて、径の上に臭いを嗅いでいたが、確信が持てぬ様子で前方へ進んできた。バルトゥスの背筋を悪寒《おかん》が走った。明らかに猛獣は彼らの体臭を追ってきたのだ。

猛獣は、このあたりに獲物《えもの》がひそんでいるはずと頭をあげた。両の目が焔《はのお》の玉のようにきらめき、喉をごろごろ鳴らしている。その瞬間、コナンの手から斧が飛んだ。

腕と肩とに全身の力をこめての投擲《とうてき》で、斧はおぼろな月明かりのなかを銀箭《ぎんや》のように飛んだ。バルトゥスが何が起きたかを見きわめるより早く、豹は断末魔《だんまつま》の苦悶《くもん》で大地を転げまわっていた。斧の柄《え》が頭に突っ立っている。斧の刃が猛獣の小さな頭蓋を叩き割ったのだ。

コナンは茂みから躍り出て、斧をぬきとると、猛獣の死骸を木立のあいだに引きずっていって、人目に触れないように隠した。

「これでよし。さあ、またひとっ走りだ。急ぐんだぞ！」そして彼は、いままでの小径を離れて、南の方角へ向かって走りだし、「あの豹のあとから、戦士たちが追ってくるはずだ。ゾガルは立ち直るが早いか、あのけものにおれたちのあとを追わせた。だから、ピクト人が従っていると見てまちがいないのだ。ただ豹の足のほうが速かっただけのこと。豹はおれたちの臭跡を見いだすまで、村の周囲をひとまわりして、突きとめると同時に、矢のような速力で追ってきたのだろう。人間どもはたちまち引き離されたが、おれたちが向かった方角を知ったことはたしかだ。けものの吼《ほ》え声を頼りに、この方角へ迫ってくる。これからは吼え声を聞くわけにいかぬが、さっきの地点で血の痕をみつければ、茂みを探して、死骸をみつけ出す。それでおそらく、おれたちの向かった方角に見当をつけると思う。これからは、いっそう気をつけて歩くんだぞ」

コナンはからみつく茨《いばら》や低く垂れ下がっている木の枝をなんの苦もなく避け、幹《みき》に触れることなく樹々《きぎ》のあいだを通りぬけ、足跡の残らぬ場所を選《よ》って走った。しかし、バルトゥスのほうは足がはかどらず、骨の折れる作業に苦しみぬいていた。

背後から迫ってくる足音はなかった。かれこれ一マイル余り走ったとき、バルトゥスはいった。「ゾガル・サグは豹の仔《こ》を捕えて飼いならし、猟犬代わりに使っているのでしょうか?」

コナンは首をふって、「あれは、彼が魔法で森から呼び出した豹だ」

「だけど」とバルトゥスは納得しかねる顔つきで、「森のけものを命令で動かす力があの男にあるのなら、なぜ全部のけものを呼び出して、われわれのあとを追わせないんでしょうね？　森には豹がたくさんいるはずです。一頭だけに追わせたのは、どういうわけです?」

コナンはしばらく答えなかった。そして、返事をしたときも、おかしなくらい口が重かった。

「あの男には、全部のけものに命令することができぬ。イエッバル・サグを憶《おぼ》えているけものだけだ」

「イエッバル・サグ？」バルトゥスもためらいがちに、古くからいい伝えられている名前をくり返した。もっとも、彼がその名を耳にしたのは、これまでの半生を通じて、せいぜい三度か四度であろう。

「昔はすべての生き物が彼を崇拝していた。遠い昔のことだが、そのころは人間とけものが同じ言葉をしゃべっていた。人間は彼のことを忘れてしまった。けものまでが忘れるにいたった。憶えているのは、ほんのわずかなものだ。イエッバル・サグを憶えている人間とけものは兄弟で、同じ言葉で話しあえる」

バルトゥスは返事をしなかった。彼はピクト人の村の杭《くい》に縛《しば》られて、夜の密林が呪術師の呼びかけに応じ、恐怖の牙を持つけものをさし向けたのを目撃しているのだ。

「文明世界の人間は笑ってのけるだろう」コナンはいった。「そのくせ、ゾガル・サグがどうやって大蛇や虎や豹を曠野《こうや》から呼び出し、彼の命令どおりに駆使《くし》できるのか、それを説明できる者はひとりもいないのだ。何かいう気になったとしても、まっ赤な嘘だというだけだろう。文明人とはそういったものだ。彼らの生煮《なまに》えの学問で説明できぬものは、いっさい信じようとしないのだ」

タウランの住民はおおかたのアキロニア人よりも原始的で、遠く古代からのさまざまな迷信が、いまもって根強く存在している。そしてバルトゥスは、身の毛のよだつ怪奇な現象を、その目ではっきり見ている。コナンの言葉に含まれている怖ろしいものの存在を否定するのは不可能だった。

「この森のどこかに、イエッバル・サグに捧げられた古代からの木立があると聞いている」コナンはつづけた。「その場所は知らぬ。見たこともない。しかし、イエッバル・サグを憶えている獣類は、おれの知るどこの国より、この付近に多いのはたしかなことだ」

「してみると、また追いかけられる怖れがあるわけですね？」

「もう追いかけられている」コナンは不安をおぼえさせる返事をした。「ゾガルがこの追跡仕事を、一頭のけものだけに任せておくわけがないからな」

「だったら、この先どうしたものでしょうか？」落ち着きを失ったバルトゥスは、斧の柄を握りしめ、頭上に覆いかぶさる樹葉《じゅよう》を見あげながら質問した。いまにもそこらの物陰から、鋭い爪と牙の怪物が襲いかかってくるのでないかと、全身が総毛立《そうけだ》つ思いだった。

「ちょっと待て！」

コナンはふり返って、その場にしゃがみこむと、大地の上に短剣の先で異様な図形を描きはじめた。バルトゥスはその肩越しにのぞいてみて、なぜか理由はわからぬが、背中を虫に匍《は》いまわられるような気持ちを味わった。顔に風が吹きつけるわけでもないのに、頭上の樹葉がかさこそと鳴り、何やら無気味なうめき声が、からみあう枝のあいだをか細く過ぎてゆくのを感じとった。コナンも怪訝《けげん》そうに見あげていたが、やがて腰をあげて、彼が描いた図形を真剣な表情で見おろした。

「それ、何です？」バルトゥスが小さな声で訊いた。図形としても古代じみたもので、どんな意味を持つのか、彼にはまったく理解できなかった。おそらく先史文明に普遍的だった図形のひとつであろうが、あいにく彼には古代美術の知識が欠けていたので、理解が妨《さまた》げられたのだ。しかし、仮に彼が全世界でもっとも学識ゆたかな美術史家であったにしても、この謎を解く見こみは少なかったと思われる。

「おれは、何百万年ものあいだ人間がはいりこんだことのない洞窟の岩に、この図形が刻んであるのを見たことがある」コナンが説明して聞かせた。「その場所はヴィラエット内海の向こうの、人の住むことのない山嶽《さんがく》地帯で、ここからでは世界の半分も離れたところにあたる。その後もクシュの名もない河の畔《ほとり》で、黒人の呪術師のひとりが、これと同じものを砂の上に描いたのを見た。その呪術師がこの図形の意味の一部を話してくれた――これこそ、イエッバル・サグと彼を崇拝するけものたちにとって、何よりも神聖な図形なんだそうだ。おやっ！　気をつけろ！」

ふたりは急いで数ヤード先の濃密な葉群れの陰へ飛びこみ、息を殺して待機した。東の方角に太鼓《たいこ》の音が轟《とどろ》いて、北と西の方角のどこかで、それに応《こた》える太鼓が鳴った。バルトゥスは太鼓を叩く者と彼とのあいだを、数マイルにわたる黒い樹林が隔《へだ》てているのを知りながら、身震いしないではいられなかった。おどろおどろと脈打つその鈍《にぶ》い音に、血みどろの惨劇のための暗い舞台を用意する序曲めいた不吉な響きがあった。

バルトゥスはわれ知らず息を止めていた。そのとき葉群れをかすかにそよがせて、灌木の茂みがふたつに割れ、巨大な豹が姿をあらわした。その艶《つや》やかな毛並みを、樹葉を洩れる月光が斑《まだら》に照らして、力強い筋肉の動きをはっきり示している。

それは首を低く突き出し、すべるような歩みで近よってきた。しばらくはふたりの足跡を嗅ぎまわっていたが、鼻面が大地に描いた図形に触れそうになったとたん、凍りついたように動きを止めた。その場にうずくまったまま、長いあいだ身動きもしなかった。やがて大きな躰《からだ》を地上に横たえ、頭を図形の前にこすりつけるような動作をはじめた。またしてもバルトゥスの短い頭髪が逆立った。巨大な食肉獣の動作が、畏怖《いふ》と礼拝を示すものだったからだ。

ややあって豹は躰を起こし、下腹を大地にすりつけんばかりにして、じりじりとあとじさりをはじめた。そして後足が茂みのなかにはいったかと見ると、とつぜん身をひるがえして、葉洩れの月光を斑にきらめかせ、姿を消してしまった。

バルトゥスは震える手で額《ひたい》の汗をぬぐい、コナンに目をやった。

未開人であるコナンの目に、文明社会の観念に育《はぐく》まれた男の目には見ることのない火が燃えていた。この瞬間の彼はまったくの野生児で、かたわらに立つ若者のことも忘れていた。燃えあがるその眸《ひとみ》のうちに、原初の人類の心を見たとバルトゥスは思った。いまは忘れられて、文明社会の人々からは拒否されている創世紀当時の人類の心の影——名もなく、名づけられることもなかった太古以来の記憶である。

やがてコナンは目のうちの焰を隠して、無言のまま、森の奥へと歩きだした。

「これからは、けものどもを怖れんでいい」しばらくして、彼はふたたびしゃべりだした。「もっとも、描き残しておいた図形が敵の目に触れるだろう。おれたちの足跡をたどるのは、ひと筋縄ではいかんだろうし、あれを見いださんうちは、おれたちが南方へ向かっておるのに気づくわけがない。気づいたとしても、森のけものの助けを借りんことには、おれたちの跡をそう簡単にたどれるものでない。しかし、南方の森林内は、おれたちを捜す敵の戦士たちでいっぱいのはずだ。夜が明けてからも歩きつづけていたら、必ずやつらに出っ食わす。だから、適当な場所がみつかりしだい、そこに隠れて、日が暮れるのを待つ。それから河へ向かうんだ。なんとしてでも砦《とりで》へもどって、この情勢をヴァランヌスに知らせてやらねばならぬ。ここでおれたちが死んでしまったら元も子もなくなる」

「何をヴァランヌスに知らせるんです？」

「決まってるじゃないか、河に沿った森林地帯に、ピクト人がうようよしていることだ！　だからこそ、おれたちは捕まった。ゾガルは戦争の魔法を行なっている。こんどのやつは、いつもみたいな小競《こぜ》りあいとはちがう。おれの記憶にあるかぎり、ピクト人がこれだけ大がかりな行動を起こしたことはない。十五か十六の氏族を団結させての大戦争だ。ゾガルの魔法がそれをやってのけた。だいたいピクト人は、酋長《しゅうちょう》の命令よりも呪術師のいうことを聞くもので——さっきの村にも大勢の戦士が集まっていたのをおまえも見ているはずだが、河沿いの森にはその何倍かの大部隊が集結していて、さらにもっと遠くの村々から続々と駆けつけてくるところだ。たぶんゾガルは三千人からの戦士を集めることだろう。おれは茂みに身を隠して、通り過ぎてゆくやつらの話を聞いた。やつらの狙いは、砦を急襲することにある。それがいつかはわからんが、ゾガルのことだ。ぐずぐずと日を延ばすようなばかはせん。全員集まったら、早速魔法で狂気を駆りたてる。急いで戦争に持ちこまぬときは、氏族同士の喧嘩がはじまるからだ。ピクト人は血に飢《う》えた虎みたいなものなんだ。

砦が陥落するかどうかは、おれにもわからん。とにかく、おれたちの立場は、少しでも早く河を渡って、この情勢を報告することにある。ヴェリトリウム街道に住む開拓民を、大至急、砦のうちかヴェリトリウムの町に避難させねばならぬのだ。ピクト人が砦を囲めば、あの街道はずっと東まで、やつらの大部隊に埋められてしまうはずだ。それが雷河《らいが》さえ越えて、ヴェリトリウムの町の背後の開拓民がたくさん集まっている地域を襲撃することになりかねん」

コナンはしゃべりながら、太古以来の密林を奥へ奥へと進んだ。やがて彼は、満足そうに唸り声を洩らした。ふたりはようやく下生《したば》えがまばらで、南の方角につづく岩石の露頭《ろとう》が見えている地点に達したのだ。その後は岩を踏んで進み、バルトゥスも安心感をおぼえた。いくらピクト人でも、裸の石の上の足跡をたどることはできないはずだ。

「あんたはどうやって逃れてきたのです？」まもなくバルトゥスがたずねた。

コナンは鎖帷子《くさりかたびら》と冑《かぶと》を叩いてみせ、

「国境地帯に住む男たちが武具で身を固める習慣を持っていたら、祭壇小屋をあんなに多くの髑髏《どくろ》で飾らんでもすんだのだ。もっとも、たいていの人間は、鎧《よろい》を着けると音を立てる欠点があるがね。それはともかく、ピクト人は径の両側の茂みのなかで待ち伏せしておった。身動きひとつしないでだ。ピクト人がじっとしていると、森の野獣でもそれを知らずに行き過ぎるという。やつらはおれたちの丸木舟が河を横切るのを見て、すぐにそれぞれの持ち場に身を隠した。おれたちが岸へあがってから隠れたのなら、気配でそれと悟ることもできたと思うが、やつらの用意は早かった。しかも、木の葉一枚動かさずにいた。悪魔だって気づかずにいただろうよ。最初におかしいなと思ったのは、やつらが矢をつがえた弓を引き絞って、弦《つる》を鳴らすのを聞いたときだ。おれは急いで身を伏せて、うしろの連中にも同じように伏せろと声をかけた。ところが、それが間にあわなかった――まったくの不意打ちだったんだ。

要するに、道の両側から射かけられた最初の矢で、ほとんどの者が斃《たお》されたってわけだ。矢のうちには、道を通り越して、反対側のピクト人に突き刺さったのもあるらしい。やつらの悲鳴が聞こえていたよ」とコナンは満足を示す獰猛《どうもう》な笑いを見せ、「生き延びた者だけが森に飛びこんだが、そこでまたやつらにとり巻かれた。けっきょく、ほかの連中がみんな斃れるか捕えられるかしたのを見て、おれは囲みを破って逃げだした。闇のなかを走るのなら、顔を彩《いろど》ったやつらに負けるおれではないが、どこへ行ってもやつらがいた。おれは走り、匍い、そして隠れた。茂みのなかに腹這《はらば》いになっていると、そのまわりをやつらが通り過ぎていくことも何度かあった。

おれは河へ向かうつもりだった。ところが、やつらもそれを察して、道筋の全部に網を張っていた。それでもおれは、どうにか道を切りひらいて、一《いち》か八《ばち》かで河へ跳びこみ、泳ぎだす考えだった。そのときあの村で打ち鳴らす太鼓の音を聞いて、だれかが生きて捕まったのを知った。

ピクト人はみんな、ゾガルの魔法に心を奪われていたので、祭壇小屋のうしろの塀にやすやすとよじ登ることができた。見張りがひとりいることはいたが、例の小屋の横手にうずくまって、広場の祭儀をのぞいていた。おれはそいつの背後に忍びよって、あっともいわせず、素手で首の骨をへし折ってやった。大蛇を仕留《しと》めた投げ槍はそいつのものだし、いまおまえが手に提《さ》げている戦斧《せんぷ》もやはりそうだ」

「ですが、あれは何だったんです？　あんたが祭壇小屋で斬《き》り倒したものは？」バルトゥスは暗い小屋のなかで見かけた怖ろしいものを思い出して、躰を震わせながら訊いた。

「ゾガルの崇める神々のひとつだ。イエッバルの末裔《まつえい》のうちだが、昔の言葉を忘れているので、祭壇に鎖で繋いでおかねばならなかった。牡の大猿さ。ピクト人はあの仲間を、月世界に棲《す》む〈毛だらけの神〉――グラーというゴリラ神へ捧げる生贄《いけにえ》だと考えている。

おお、空が白《しら》んできたな。ちょうどここが隠れるのに適当な場所だ。やつらがどこまで追ってきたか、ここで様子を見るとしよう。どうせ、河へ向かうのは夜になってからだからな」

前方に低い小丘が盛りあがって、こんもりした木立と灌木の茂みに覆われている。頂《いただき》に近いところでは、突き出した岩がいくつか固まっており、周囲は濃い藪《やぶ》になっていた。そのあいだに身をひそめて腹這いになると、丘裾《おかすそ》の密林が見わたせ、しかも下からは目につくことがない。潜伏と防御には絶好の場所である。バルトゥスには、この四、五マイルは岩肌の径をたどってきたので、いくらピクト人の目が鋭くても、足跡を見て追ってくるのは不可能と思われたが、ゾガル・サグに駆使されるけものたちの追跡が懸念《けねん》された。神秘的な図形にかける信頼感も、いまはいささか動揺してきた。しかしコナンは、けものがあとを追ってくる可能性などあるものかと、問題にしようともしなかった。

生《お》い茂る枝葉のあいだから、朝の光が青白く射しこんできて、頭上の樹間のところどころに見えている空の色も、ピンクから濃紺に変わっていった。バルトゥスは強烈な空腹感を意識しだした。もっとも、喉の渇きのほうは、先ほど渓流《けいりゅう》に沿って進んでいたときに癒《いや》しておいた。ときどき小鳥がさえずるほかは、完全な静寂が支配していて、もはや太鼓の音も聞こえてこない。バルトゥスの思いは、祭壇小屋の前の凄惨《せいさん》な場面にもどっていた。

「ゾガル・サグが身を飾っていた駝鳥《だちょう》の羽根ですが」と彼は口を切った。「わたしはあれが、辺境地帯の貴族たちを訪問に来た東方の国の騎士連中の冑を飾っているのを見たことがあります。しかし、このあたりの森に駝鳥が棲んでいるとは思えませんが」

「あれはクシュの国から輸入したものだ」とコナンが答えた。「ここをさらに西に向かって、いくつもの国境を越えると海岸へ出る。そこへときどきジンガラ国の交易船が訪れて、海岸沿いに住む氏族と交易する。あちらは武器と装身具と酒、こちらは毛皮、銅鉱石、砂金を提供する。そのなかには、彼らがスティギアの商人から手に入れた駝鳥の羽根もあるというわけだ。スティギアの商人は、それをさらに南方の黒人国クシュの氏族から買い入れている。ピクト人の呪術師たちは、あの羽根をとても珍重するのだ。しかし、この交易には非常な危険がある。ピクト人が、ややもすると相手の船そのものを奪いとりにかかるからで、あの海岸は交易船の危険地域になっている。おれもバラカ群島を根拠地にする海賊の仲間に加わっていたころは、ちょいちょいあの海岸を訪れたものだ。ああ、バラカ群島というのは、ジンガラ国の南西にある島々だ」

バルトゥスは感じ入ったように連れの男の顔を眺めて、

「あんたがこの辺境地でこれまでの半生を過ごしたわけでないのは知っていたが、それにしてもあんたの話には、遠方の国の名がたくさん出てきますな。よほど広く世界各地を旅して歩いたんですね」

「われながら、ずいぶんいろいろな国を歩きまわったものだと思う。おれほど遠方へ足を延ばした者は、おれの種族にはひとりもおらんだろうよ。ハイボリア、シェム、スティギア、ヒルカニアの大きな都市は残らず見てきた。クシュの黒人王国のさらに南にある名もない地方から、ヴィラエット内海の東にある国々まで見てまわったものだ。そのあいだおれは傭兵隊の隊長、海賊団やコザックの首領、ときには一文《いちもん》無しの放浪者と、いろんな稼業をやったものだ。将軍になったこともあるんだぞ。いまだに経験していないのは、文明国の王だけだが、これだって、死ぬまでにはなってみせるつもりだ」

その空想を楽しんでいるかのように、厳めしい顔をほころばせた。それから肩をひと揺すりすると、たくましい躰を岩の上に伸ばして、「いまの生活もまんざらのものでない。しかし、この先いつまでこの辺境地帯で暮らすかは、本人のおれにもわからんのさ。一週間、一カ月、あるいは一年、みんなそのときの風まかせだ。おれの足には放浪癖があるらしい。ただ、辺境地帯での暮らしにも、それなりの愉《たの》しさがあるものだ」

バルトゥスも躰を落ち着けて、眼下の森林地帯を見おろした。いまにも顔をあくどく彩った蛮人の姿が葉群れのあいだからのぞくのではないかとの不安があったが、数時間が過ぎ去っても、静寂を破る忍びやかな足音は聞こえてこなかった。バルトゥスもようやく、ピクト人も足跡を見失い、追跡を諦《あきら》めたものと考えはじめた。コナンのほうは、かえっていらだってきて、

「もうそろそろ、おれたちを追って、森のなかを捜しまわるやつらの姿が見えてもいいころだ。もしおれたちの追跡をとりやめにしたのなら、もっと重大な仕事にとりかかったと見なければならぬ。ひょっとすると、河を横切って砦を襲うために、部隊の集結を開始したのかもしれないぞ」

「足跡を見失ったとしたら、こんな南までは追ってこないでしょうよ」

「足跡を見失ったのはたしかだろう。そうでなければ、もうとっくにおれたちの首根っ子をつかまえている。ふつうの場合なら、森のなかをどちらの方角にも何マイルかのあいだ捜しまわる。この丘が見えるところを通った者がいるはずなんだ。やつら、河を渡る準備をはじめたにちがいない。危険ではあるが、河へ出て様子を見たほうがよさそうだ」

ふたりはすぐさま岩山を忍び下りた。バルトゥスは一瞬、頭上を覆う緑の樹葉のあいだから矢の雨が降り注ぐのではないかと、肩のあいだの皮膚が総毛立つ思いをした。すでにピクト人が彼らの所在を発見していて、待ちかまえているのを怖れたのだ。しかし、コナンは敵が近くにいないことを確信

していた。そしてキンメリア人の推定は正しかった。

「いまのおれたちは、あの村の南数マイルのところにいる」コナンはいった。「一直線に進めば河に行きつく。やつらが河下へかけて、どれくらいの範囲に拡《ひろ》がっているかはわからんが、できることならそのもっと河下へ出たいものだ」

バルトゥスには無謀とも思える急ぎ足で、ふたりは東へ向かってひた走った。森のなかは生き物がすべて死に絶えたかと思える静けさだった。ピクト人の全部隊がグワウェラの村近辺に集結しているからだ、とコナンは確信した。あるいは、全員が渡河《とか》をすませたあとかもしれぬが、日の明るいうちに、そのような危険を冒すとは信じられぬことである。

「森の男たちが渡河を発見すれば、すぐさま砦へ警報を送る。だからピクト人は、哨兵《しょうへい》の目の届かぬはるか河上と河下で河を横切り、そのうえで陽動《ようどう》部隊が丸木舟を連ねて、砦の防柵《ぼうさく》めがけて漕《こ》ぎよせる。そしてこの攻撃と同時に、東岸の森林内に潜伏していた本隊が、河とは反対側から砦へ襲いかかる。以前にも一度、やつらはこの手を用いたことがある。そのときは砦側の猛射をこうむり、斬りたてられて退《しりぞ》いたが、こんどはその失敗に懲《こ》りて、当時の何倍かの兵力で押しよせるわけだ」

ふたりは休むことなく走りつづけた。もっとも、バルトゥスは木の枝の上を跳びまわる栗鼠《りす》を見るたびに、斧を投げつけて打ち落としたいものと考え、溜息《ためいき》をついて幅広の腰帯を引き上げた。いつまでもつづく静寂と、原初の森の幽暗《ゆうあん》とが彼の気持ちを圧迫しはじめた。ふと気がつくと、故郷タウランの明るい木立と太陽が斑の光を浴びせている牧場《まきば》に思いを馳《は》せていた。急勾配の茅葺《かやぶ》き屋根に菱形《ひしがた》の壁板を張った父の家にあがる朗《ほが》らかな笑い声、みずみずしい牧草を食《は》んでいる肥《ふと》った牝牛《めうし》の群れ、たくましい裸の腕の農夫や牧童《ぼくどう》たちとの心温かな交情、すべてがいまは懐《なつ》かしい思い出だった。

連れの男がいるにもかかわらず、バルトゥスは孤独感を噛《か》みしめていた。このような原初の土地は、彼にはまったく異質の世界であったが、コナンにはいわば、彼そのものの一部ともいえるものなのだ。このキンメリア人は、長い年月を世界各地の大きな都《みやこ》で過ごしてきたらしい。文明国の支配者たちとともに歩んだのかもしれない。そしていつの日か、文明国の王座に就《つ》きたいとの奇抜な夢を果たすかもしれない。もっと異常な出来事だって起こってきたのだ。しかし、それでいてコナンは、あくまでも未開人であるのを変えていない。彼が関心を持つのは、飾りのない生命の根源だけである。文明人の在り方を彩っている小さな優しいものへの親しみと思いやり、平凡な日常生活への歓《よろこ》びなど、彼にはまったく無意味なのだ。狼《おおかみ》はしょせん狼であり、それがたまたま運命のいたずらから番犬といっしょに走ったにしても、その点少しの変わりもなく、流血と暴力と蛮性こそ、コナンの知る人生の本質であり、文明社会の男女が親近感を抱く日常茶飯事の意味など、彼の理解の外にあるし、理解する気もないのであった。

河岸に到着して、生い茂る茂みの向こうを眺めたときは、物の影が長く地を匍う時刻になっていた。上流と下流とを、それぞれ一マイル近く見わたすことができたが、暗い流れの上には一艘《そう》の舟も浮かんでいなかった。コナンは目を鋭くして、対岸を眺めやり、

「ここでまたひとつ、一か八かの冒険を試みねばならぬ。この河を泳いで渡るのだ。やつらがすでに渡河をすませたかどうかはわからぬ。あちらの森のなかは、ピクト人の軍勢でいっぱいだろう。しかし、危険を承知で向こう岸へ渡る必要がある。いまおれたちは、グワウェラの南六マイルほどのとこ

ろにいる」

そのときコナンはすばやくふり返って、首を下げた。弓弦《ゆづる》の唸りを聞いたのだ。何か白い光のようなものが、灌木の茂みを縫って飛んだ。バルトゥスはそれが矢であるのを知った。コナンは猛虎《もうこ》の凄まじさで、茂みのなかへ躍りこんでいった。つづいてバルトゥスの目に鋼鉄のきらめきが映り、断末魔の叫びが聞こえたのは、コナンが剣を揮《ふる》ったからにちがいない。つぎの瞬間、バルトゥスは茂みを踏み分けて、キンメリア人のあとを追っていった。

頭蓋を打ち割られたピクト人がひとり、痙攣《けいれん》する指で下生えの草をつかみ、うつぶせに地上に倒れていた。そして五人ほどの蛮人がコナンをとり囲んで、剣と斧とで襲いかかろうとしている。このような接近戦では弓矢は役に立たぬと見てか、すでにそれを投げ捨てている。顎《あご》を白く塗ったところが、褐色の顔の色ときわだった対照を示して、たくましい裸の胸に描かれた図柄が、バルトゥスがこれまでに見たどの部族のものともちがっていた。

そのうちのひとりがバルトゥスに斧を投げつけ、そのあと短剣をかざして迫ってきた。バルトゥスは身をかがめて斧を避け、喉をめがけて突き出された短剣をつかんだ手をとらえた。ふたりは取っ組みあったまま、地上をごろごろ転がった。そのピクト人は野獣のように強健で、筋肉も鋼鉄の発条《ばね》のように硬かった。

バルトゥスは蛮人の手首をつかんだまま手斧を揮おうと努めたが、必死の試みもそのつど阻まれた。相手のほうも、つかまれた手をふりほどき、逆にバルトゥスの斧を奪いとろうと死にもの狂いになり、膝《ひざ》がしらを若者の下腹に叩きつけた。そして短剣を自由なほうの手に持ちかえようとした瞬間、バルトゥスは片膝をついて腰を浮かすと、必殺の一撃をふり下ろし、あくどく彩った蛮人の頭を打ち割った。

すぐさまバルトゥスは立ちあがって、コナンはどうしたかと、ぎらつく目で周囲を見まわした。多勢に無勢で彼が苦戦していると予想したからだ。しかし、キンメリア人の実力のほどと獰猛さとをまざまざと見せつけられた。コナンはふたりの攻撃者の躰をまたぐようにして立ちはだかっていた。そのふたりは、広刃の剣でまっぷたつに斬り断たれていた。そしてバルトゥスが見ている前で、キンメリア人は第三の敵が突き出す短剣を叩き落とすと、つづいてふり下ろされる斧を避けて、猫のような柔軟さで横へ飛び、弓を拾いあげようと身をかがめている蛮人のすぐわきに達した。そしてピクト人に立ちあがる間もあたえず、肩口から胸骨へかけて、血汐《ちしお》のしたたる長剣を叩きこんだ。それが骨にはまって、コナンの動きが止まったところへ、残りの蛮人たちが左右から襲いかかった。バルトゥスが投げつけた斧が、みごと片方の男をとらえて、攻撃者をひとりだけにした。骨にはまりこんだ長剣を引きぬくのを思い諦めたコナンは、身をひるがえして、残りのピクト人に素手で立ち向かった。コナンより首だけ背の低い頑健な戦士だが、斧を揮って飛びこむと同時に、短剣を激しく突き立ててきた。それはキンメリア人の鎖帷子に当たって折れ、斧をふり下ろす腕は、コナンの鋼鉄の指に空中で食いとめられた。骨の砕ける音を聞いて、バルトゥスが見ると、ピクト人は苦痛の顔でよろめいていた。つぎの瞬間、足を払われ、キンメリア人の頭上高いところへ差しあげられた——少しのあいだ、手足をばたばたさせて、空中にもがいていたが、すぐに頭から先に大地に叩きつけられた。あまりの激しさに、一度跳《は》ねかえって、その場に横たわった。ぐにゃっとした姿勢からして、手足が折れ、背骨が折れているのが明らかだった。

「さあ、行こう！」コナンは死体から長剣を引きぬき、斧のひとつを拾いあげ、バルトゥスにいった。

「おまえは弓をひとつと、手につかめるだけの矢を持ってゆけ。急ぐんだぞ！　もう一度、足にものをいわせる時がきた。いまの叫び声を聞かれたはずだ。いま泳ぎわたろうと河へ飛びこんだら、半ばまで泳ぎ出ぬうちに、矢の雨を浴びせられるに決まっているんだ！」

上流で凶猛な吠え声があがった。あれは人間の喉から出たものだろうか、とバルトゥスは身震いしながら思った。拾いあげた弓と矢を握りしめ、彼はすでに河岸から茂みの奥へ進んでいたコナンのあとを追い、飛翔する影のように走った。

6　国境の血染めの斧《おの》

コナンは森の奥深くへは進まなかった。河から数百ヤード離れたところで、それまで斜めに進んでいたのを河と平行に走ることに変えた。砦《とりで》の男たちに急を知らせるつもりなら、河を渡らねばならないから、その河から遠去かる方向へ狩り立てられることは、なんとしても避けねばならないのだ。背後の叫び声が大きくなった。ピクト人が、斬《き》り倒された男たちの死骸が転がっている林間の空《あ》き地に達したと見てまちがいない。叫び声が近づいてくるのが、彼らが大挙《たいきょ》して森のなかの追跡を開始したのを教えている。ふたりは、ピクト人が追ってくる怖《おそ》れのある径《みち》を避けて走った。

コナンはいっそう足を速めた。バルトゥスは歯を食いしばってそのあとにつづいたが、いまにもぶっ倒れそうな気がした。何世紀ものあいだ、腹に食物を入れていないように思われて、走りつづけていられるのは、もっぱら意志の力ひとつによるものであった。血が頭にのぼって、脈動が激しく鼓膜を打つので、背後の叫び声が消えているのにも気がつかなかった。

コナンが不意に足を止めた。バルトゥスはそばの樹幹《じゅかん》に躰《からだ》を預けて、息をついた。

「やつら、追跡を諦《あきら》めおった！」キンメリア人が顔をしかめていった。

「足音を――殺して――近づいて――来てるんですよ！」バルトゥスが喘《あえ》ぎあえぎいった。コナンは

首をふって、

「こういう短い追跡だと、やつらは一歩ごとに必ず叫び声をあげる。いや、引っ返したにちがいない。やつらの背後でだれかが呼びかけるのを聞いたように思う。そのあとすぐに、追っ手の叫び声が遠のいていった。追跡隊が呼びもどされたのだ。おれたちには好都合だが、砦の連中にとっては最悪の時が迫った知らせだ。つまりそれは、戦士たちの全員が攻撃のために森から呼び出されたのを意味する。さっき出遭《であ》った連中は、河のはるか下流から参加した氏族にちがいない。それがいま、砦へ進撃のために、グワウェラの本隊といっしょになろうと動きだしたにちがいない。で、おれたちのことだが、ずいぶん南まで来てしまったらしい。ここらで河を渡らなければなるまい」

コナンはふたたび方向を東にとり、灌木《かんぼく》の茂みを踏み分けながら、こんどは身を隠すことなく進んだ。バルトゥスはそのあとに従ったが、いまはじめて、先ほどの組み打ちでピクト人の強い歯に嚙みつかれた胸と肩の傷に痛みを感じた。厚い茂みをついにぬけ出て、河岸に沿って進んでいると、コナンが彼を立ち止まらせた。水を切る律動的な音が聞こえたのだ。葉群れのあいだからのぞいてみると、河をのぼってくる一艘《そう》の丸木舟があって、乗っているのはひとりだけであり、懸命に櫂《かい》で水を切っている。頑健そうなピクト人で、先端を切りそろえた長髪を束《たば》ねる銅の帯に白鷺《しらさぎ》の羽根が插《さ》してある。

「あれはグワウェラの男だ」コナンが低い声でいった。「ゾガルの特使にちがいない。白い羽根がそれを示している。下流地方の諸氏族に一時的な休戦を申し入れに行って、いままた進撃に遅れまいと、急いで引っ返しているところだろう」

ただひとりの特使の舟が、ふたりの隠れている場所と平行の位置に達した。するとバルトゥスが飛びあがらんばかりに驚くことが起きた。耳もとにピクト人特有のがらがら声が響いたのだ。すぐにわかったことだが、その声を出したのはコナンで、丸木舟の漕ぎ手にピクト人の言葉で呼びかけたものである。漕ぎ手は驚いた様子で、茂みのほうを透《す》かして見ながら、何か返事をした。つづいて河面を見まわしたあと、身を低くかがめて、丸木舟を西岸へ近づけてきた。バルトゥスが呆然《ぼうぜん》と見守るうちに、コナンはその手から林間の空き地で拾ってきた弓をとりあげて、矢をつがえた。

ピクト人は丸木舟を岸のすぐ近くに寄せて、茂みを見あげながら、何ごとか叫んだ。それへの返事は弓弦《ゆづる》の唸《うな》りで、銀箭《ぎんや》が飛び、蛮人の厚い胸を飾る何本かの羽根のあいだに突き刺さった。喉が詰まったような喘ぎとともに、蛮人の躰が横に傾いて、浅瀬のなかに転げ落ちた。それと同時にコナンは岸から飛び降りて、浅瀬を徒歩《かち》渡りして、流れかかる丸木舟をとらえた。バルトゥスもよろめきながらそのあとにつづいて、ふらふらしながらも丸木舟に匍《は》いのぼった。コナンは丸木舟の人となるや、すぐさま櫂を握り、舟を東岸に向け、矢のような速さで走りださせた。陽灼《ひや》けした皮膚の下の偉大な筋肉の働きを、バルトゥスは心からの嘆賞《たんしょう》をこめた目で――いささかは羨望《せんぼう》の念も交えて――眺めやっていた。このキンメリア人は疲れを知らぬ鋼鉄の男と思えた。

「丸木舟のピクト人に何といいました?」バルトゥスは訊いてみた。

「舟を岸へ寄せたほうがいい。白人の森の男が向こう岸にひそんでいて、矢を射かけようとしているぞ、といってやった」

「ちょっとあくどいやり方でしたね」バルトゥスが軽く批判を加えた。「あのピクト人は仲間が声をかけたと思いこんだ。あんたのピクト語は彼らそっくりなんで――」

「何が何でもこの舟が必要だった」コナンは櫂をやる手を休めずに、「舟を岸へおびきよせる手はあれよりほかになかった。おれたちの生き皮を剝《は》ぐのを楽しみにしているピクト人を騙《だま》すのと、おれたちの渡河《とか》にその生命がかかっている砦の連中を裏切るのと、どっちが悪いと思う？」

バルトゥスは口をつぐんで、しばらくは微妙な倫理問題を考えこんでいたが、やがて肩をすくめて、質問を変えた。「ここは砦からどのくらい離れているんでしょうね？」

コナンは数百ヤード下流のところで、東方からこの黒河に注いでいる支流を指さして、「あれがいわゆる南の川で、この本流との合流点から砦までの距離が十マイルだ。コナジョハラ開拓地の南境《ざかい》になっている。あの川の南は数マイルにわたる沼地が拡《ひろ》がっているから、それを渡って攻《せ》めよせてくる怖れはない。砦から北へ九マイルのぼると、そこに北の川が流れていて、これがもうひとつの国境《くにざかい》だ。その先もまた沼地なんだ。だから砦を襲うには、この黒河を渡って、西から攻めよせるよりほかに方法がない。つまりコナジョハラ開拓地は、幅十九マイルの槍《やり》みたいな恰好で、ピクトの曠野《こうや》のなかに突き出ているのさ」

「向こう岸に上陸しないで、この丸木舟を砦へ漕ぎつけたらどうなんです？」

「そうはいかない理由は、流れが急なうえに、曲がっている個所が多いので、歩いたほうがよっぽど早い。それに、グワウェラの村は砦の南にあるのを忘れてはならぬ。ピクト人が渡河をはじめているとしたら、おれたちの舟はそのどまんなかに突っこむことになる」

ふたりが東岸に上陸したときは、ようやく夕闇が降りはじめていた。コナンは休むこともなく北方へ向かって歩きだした。バルトゥスの強健な脚も痛みを訴えるほどの足どりだった。

「ヴァランヌスは、北の川と南の川の川口に、それぞれ砦を築きたいと思っている」コナンは歩きながら説明した。「そうすれば河を絶えず見張っておられるのだ。ところが、政府のやつがなかなか金を出さん。

権力の座を占めているのは、腹の皮のたるんだばか者たちだ。彼らはビロードの椅子に収まって、裸の女たちを膝に載《の》せ、氷で冷やした酒を注がせて楽しんでおる――おれはこの手合いのことをよく心得ている。王宮の壁の外のことは、何ひとつ知っておらんのだ。外交折衝《せっしょう》だと？――笑わせるんじゃない！　領土拡張の方針を論じれば、ピクト人と闘えると思っておる。ヴァランヌスやその部下は、あんなばか者どもの命令に従わんわけにいかんのだ。彼らにピクト人の土地をこれ以上奪える力なんかありはせん。ヴェナリウムの砦を再建することだってできんのだ。いずれそのうち、蛮族の大軍が東方の全部の都《みやこ》の城壁に殺到する時が来るのだ！」

一週間前のバルトゥスなら、このような非常識な言葉を聞かされたら、必ずや一笑《いっしょう》に付したであろう。しかし、いまは何もいわずに考えこんでいた。国境の向こうに住む蛮人の凶暴ぶりを見せつけられて、それを征服しようと考えるのが、なおいっそう非常識なのを知ったからだ。

彼は身震いして、河岸近くにそびえ立つ樹々《きぎ》の下、灌木の茂みのあいだにのぞいている暗い水面《みなも》へ目をやった。ピクト人がすでに渡河を終えて、砦への道を途中で待ち伏せしているかもしれないという思いが、脳裡から離れなかった。宵闇《よいやみ》が急速に濃くなっていった。

前方にかすかな物音がして、バルトゥスは飛びあがらんばかりに驚いた。コナンもすばやく長剣をかまえた。しかし、その正体を見て、すぐに剣を下ろした。茂みから出てきたのは、図体《ずうたい》こそ大きいが、全身傷だらけの痩《や》せさらばえた犬だった。それが彼らふたりをみつめていた。

「この犬の飼い主は開拓者のひとりで、砦から数マイル南の河岸に小屋を造ろうとしていた男だ」コナンが暗い顔つきで説明した。「それをピクト人の一団が襲って、もちろん開拓者を斬り殺し、小屋を焼き払った。おれたちが駆けつけたときは、焼け跡にその男の死骸が転がっていただけで、この犬もまた気を失って、自分が殺した三人のピクト人のあいだに横たわっていた。躰じゅうに傷を負って、息も絶えだえの状態なのさ。そこで砦へ連れもどって、傷の手当てをしてやったが、元気をとりもどすと森へはいって、野犬になってしまった。おお、どうした、〈嚙み裂き屋〉、いまでもおまえ、主人を殺したやつらを狙っているのか?」

犬は大きな頭を左右にふって、緑色の目を光らせたが、吠えもしなければ、唸りもしなかった。そして幽霊のようにひっそりと、ふたりのうしろに従った。

「いっしょに連れていこう」コナンは低い声でいった。「蛮人どもがひそんでいたら、こいつが先に嗅《か》ぎつけてくれるはずだ」

バルトゥスは笑みを浮かべて、犬の頭を撫《な》でてやった。犬は最初、牙をむき出して睨《にら》みつけたが、すぐに従順な態度に変わって、頭《こうべ》を垂れ、尾をふった。可愛《かわい》がられることを忘れて久しいので面食らったものらしい。バルトゥスは心のうちに、この大きな痩せ犬と、故郷の父の犬舎でにぎやかに遊びたわむれている毛艶《けづや》も肉づきもいい猟犬たちとを思いくらべていた。彼は溜息《ためいき》をついた。辺境地帯というところは、人間にとってと同様に、犬にも苛酷《かこく》な土地らしい。この犬も優しさやいたわりの持つ意味を忘れてしまったのであろう。

犬の〈嚙み裂き屋〉が歩きだすと、コナンはそれに先導させた。黄昏《たそがれ》の残照もいまは消えて、夜のとばりが降りきった。彼らはしっかりした足どりで、数マイルを踏破した。犬は声を失ったように、黙々として進んでいった。だが、とつぜん足を止めて、躰をこわばらせ、両耳を立てた。その一瞬あとに、人間たちにも聞こえた――前方の河上に、かすかではあるが、悪魔のそれを思わせる叫び声があがったのだ。

コナンは狂人のようにわめきたてた。

「砦の攻撃がはじまっている！　ひと足遅れた！　急げ！」

彼は足を速めた。待ち伏せしている敵を嗅ぎだすのは犬にまかせて、しゃにむに走った。バルトゥスも興奮して、空腹と疲労を忘れた。進むにつれて悪魔めいた叫喚《きょうかん》が大きくなり、そのあいだに交じって、味方の兵士たちのわめきあう声も聞こえてきた。このまま走りつづければ、蛮人軍のただなかに突入するのでないかと、バルトゥスの頭を不安がかすめたとき、コナンは河沿いの道を離れて大きく迂回《うかい》し、近くの小丘の上へ駆けのぼっていった。その頂《いただき》に立つと、森林の向こうに砦を見ることができた。胸壁《きょうへき》の上に、長い棒の先に結んだ松明《たいまつ》を懸《か》けつらねて、風にまたたくその光が周囲の空き地を照らし出している。ふたりはその光によって、空き地の縁に沿って褐色の裸身を彩った蛮人軍の兵士たちが集結しているのを見た。河の上も数知れぬ丸木舟が覆っている。いまやピクト人は、砦を完全に包囲しているのである。

森と河から防柵《ぼうさく》めがけて、矢の雨が小止《こや》みなく降り注いでいる。喚声《かんせい》を圧《あっ》して弓の弦《つる》が鳴り響き、戦斧《せんぶ》をふりかざした数百名の裸体の戦士たちが、狼《おおかみ》のように吼《ほ》えたてながら、木立のあいだから走り出して、東の城門めざして突進してゆく。彼らが目標まで百五十ヤードの地点に達したとき、胸壁から矢の雨が降り注ぎ、地上は彼らの死体で埋めつくされ、生き残った者はかろうじて木立のあいだへ逃げもどった。丸木舟の敵兵が河に面した城壁へいっせいに攻めよせたが、これもまた、三フィートに余る長箭《ながや》の雨と、防柵わきの櫓《やぐら》に据えた小型投石機からの猛射を浴びる結果になった。大石と丸太が空中に唸って、何艘かの丸木舟を打ち砕いて沈め、乗っている蛮人を殺した。ほかの舟は、みな射程距離の外への逃避を余儀《よぎ》なくさせられた。砦のなかに勝利の歓声が天地をどよもしてあがると、城外のいたる個所で、野獣の咆哮《ほうこう》に似た怒号《どごう》がそれに応《こた》えた。

「あの包囲陣を突破しますか？」バルトゥスが武者震いしながら訊いた。

コナンは首をふった。腕組みをし、頭を少し曲げて、真剣に考えこんでいる様子だった。

「砦の運命は定まった。血に狂ったピクト人は、砦の全員を殺してしまうまで攻撃の手をゆるめんだろう。何しろ大へんな人数だ。砦の連中がどんなに奮戦したところで、とてもやつらを殺しきれるものでない。おれたちにしたって、あの大軍を突破するのはとうてい無理だ。仮に突破できたにしても、ヴァランヌスといっしょに死ぬだけのことだ」

「では、自分の生命を救うことのほかは、何もできぬというのですか？」

「そういうわけだ。しかし、砦が攻められているのを開拓民に知らせなけりゃならん。蛮人どもがなぜ砦に火矢を射かけないか、その理由を知っているか？　砦が炎上すると、砦の東方に住みついている開拓民が、その焰《ほのお》で警戒心を起こすからだ。蛮人どもの計画は、砦を踏みつぶしておいて、その陥落を開拓民が気づかぬうちに、この連中も一掃《いっそう》してしまうことにある。何が起きたかを開拓民が知らぬうちに、やつらが雷河《らいが》を越えて、ヴェリトリウムの町を襲う事態にもなりかねん。少なくとも、砦と雷河のあいだに住む開拓民をひとり残らず虐殺《ぎゃくさつ》してしまうだろうよ。

おれたちは砦へ急を知らせることに失敗した。だが、こう見たところ、成功していたところで、何の役にも立たなかったようだ。砦の兵士の数が少なすぎるからだ。ピクト人はあと何回か突撃をくり返して、けっきょくは防柵を乗り越え、城門を破壊してしまうだろう。しかし、開拓民に急を知らせて、ヴェリトリウムの町へ退避させることはできる。さあ、急げ！　おれたちは砦の包囲陣の外にいる。やつらの目に触れずに行動できぬことはないのだ」

ふたりは大きく迂回して道を急いだ。戦闘の雄叫《おたけ》びが大きくなり小さくなりしているのは、突撃と退却とが交互にくり返されているからであろう。守備兵はいまだに砦を死守しているが、ピクト人の叫喚はいささかも凶暴さを減じようとせず、最後の勝利を確信しているのが、声の響きにあらわれていた。

バルトゥスが気づいたときは、すでに東方へ向かう街道に出ていた。

「さあ、走れ！」コナンは叫んで走りだした。バルトゥスも歯を食いしばって、遅れまいと走った。ヴェリトリウムの町までは十九マイルの距離である。髑髏《どくろ》川まででも五マイルはあるが、川を越えれば開拓民の居住地区にはいることになる。アキロニアの若者には、闘っては走ることが何世紀もつづいたかに思われた。しかし、神経的な興奮が彼の血を騒がせ、超人的な努力に駆り立てるのだった。〈噛み裂き屋〉は彼らの先を走っていたが、急に頭を大地にすりつけ、低い唸り声を出した。いまはじめて聞くその唸りだった。

「前方にピクト人がいるぞ！」コナンもまた低く叫んで、片膝をつき、星明かりで前方をうかがったが、不審そうに首をふった。「おかしなことだが、何人いるのかさっぱりわからん。どっちみち小人数だろう。砦が落ちるのを待っていられなかった連中だ。先駆けして、開拓民が寝入っているのを襲って、皆殺しにする魂胆《こんたん》なんだ！　さあ、急げ！」

やがて前方の木立のあいだに小さな火がきらめくのが見えて、粗野《そや》で荒々しい歌声が聞こえてきた。ちょうどそこで街道が曲がっていたので、ふたりは道を離れて木立のなかへはいっていった。少しあとには怖ろしい光景を見ていた。粗末な家財道具を積んだ牛車《ぎゅうしゃ》が道路の上で燃えていて、そのそばに喉をかっ切られた牛が横たわっていた。そのまたわきには、裸にされたうえに、ずたずたに斬られた男と女の死体が転がっている。そして五人のピクト人が死体のまわりで飛んだり跳ねたりの乱舞の最中だった。頭上で血まみれの戦斧を打ちふり、なかのひとりは血に染まった女の寝間着《ねまき》をふりまわしていた。

バルトゥスはそれを見ると、目の前に赤い霞《かすみ》がかかる思いに襲われた。弓に矢をつがえると、赤い火の光を浴びて黒々とした姿で踊っている人影を狙い、切って放った。蛮人は胸を矢に貫かれて、痙攣《けいれん》的に飛び跳ね、倒れると同時に息絶えた。つづいてふたりの白人と犬とが、驚き騒ぐ生き残りの者へ襲いかかった。コナンは戦闘意欲と太古以来の人種的憎悪に突き動かされたにすぎないが、バルトゥスは新たに生じた憤怒《ふんぬ》の火に身を焼かれる気持ちだった。

彼は立ち向かってくる最初のピクト人に強烈な斧の一撃を加えて、彩《いろど》った頭蓋を断ち割った。その死骸を飛び越え、第二の敵と斬りあおうとしたが、コナンがすでに選んだふたりの敵の片方を打ち殺し、アキロニアの若者に斧をふりあげる間もあたえず、もう片方を長剣の一閃《いっせん》で斬り伏せていた。バルトゥスは残りの敵へふりむいたが、〈噛み裂き屋〉と呼ばれる忠犬が、口から血をしたたらせつつ、犠牲者の死骸から離れるところだった。

バルトゥスは無言のまま突っ立って、燃えつづける牛車のそばの道路上に横たわる哀れな男女を見おろした。ふたりともまだ年若く、ことに女のほうは少女というに近かった。どういう気まぐれか、ピクト人は彼女の顔を傷つけていなかった。それは怖ろしい断末魔の苦悶《くもん》にもかかわらず、なおかつ美貌だった。しかし、その若く柔らかい肢体《したい》は、いくつかの短剣で無残に斬り裂かれていた。それを見たバルトゥスの目は赤い霧に覆われ、唾《つば》を飲みこまずにいられなかった。少しのあいだ、惨劇の模様を思いやって、哀しみに圧倒され、彼自身地に伏して、土を噛み、泣きわめきたい気持ちだった。

「若い夫婦者には、こうやって自活の道を切り開いている連中が少なくないのだ」コナンは長剣の血をぬぐいながら、感傷的になることもなくいった。「このふたりも、砦へ向かうところをピクト人に出遭ったのだろう。男は守備兵の一員に加わることで、河沿いの土地を分けてもらうつもりだったにちがいない。そしてこれが、雷河のこちら側に住む男、女、子供の全部を見舞う運命だ。それを防ぐには、彼らみんなを急がせて、ヴェリトリウムの町へ収容しなければならんのだ」

バルトゥスはコナンのあとを追ったが、疲れた膝が震えるのをどうしようもなかった。キンメリア人の大きな歩幅には、疲労の影などうかがわれもしないし、彼と並んで走る巨大な痩せ犬にしても、その点コナンとのあいだに驚くほどの類似が見られた。〈噛み裂き屋〉はもはや地に頭をすりつけて唸るような真似はしない。前方に敵がいないことは明らかだった。河の方向から叫び声がかすかに聞こえてくる。しかしバルトゥスは、砦がまだ持ちこたえていることを信じて疑わなかった。コナンが何か呟《つぶや》きながら、急に立ち止まった。

彼はバルトゥスに、街道をそれて北へ向かう径《みち》を指し示した。よほどの旧道で、いまは若木《わかぎ》の茂みに半ば覆われ、その茂みが、ごく最近通った者があるらしく、踏みにじられている。バルトゥスはその事実を視覚よりは感覚で悟った。しかし、コナンは猫のように暗がりでも目が利《き》くらしくて、その先の森のなかの土に、大型牛車の轍《わだち》の跡が深くしるされているのを若者に教えた。

「開拓者たちが塩を採《と》りに行ったらしい。その場所はここから九マイルほど先の沼の畔《ほとり》だ。困ったことになったぞ。帰り道を遮断されて、ひとり残らず虐殺されてしまう！　いいか、よく聴けよ！　ここでふた手に分かれれば、街道沿いの住人に警告できる。おまえは街道を進んで、開拓者の小屋を叩き起こして歩け。全部の男女をヴェリトリリウムの町へ退避させるのだ。おれは塩を採りに行った連中を連れもどしてくる。たぶん沼の畔に天幕を張っているはずだ。帰途《きと》は街道にもどらずに、森をまっすぐぬけることにする」

それ以上は何もいわずに、コナンは暗い旧道へ突進していった。バルトゥスはしばらく彼のうしろ姿をみつめていたが、やがて街道を走りだした。犬は彼といっしょに残されて、音も立てずに彼のあとに従った。数十ヤードほど進んだところで、バルトゥスは犬の唸り声を聞いた。ふり返って、これまでたどってきた道に目をやって、われにもなく慄然《りつぜん》とした。先ほどコナンが向かった森の方角へ、青白い妖異《ようい》の光が消えてゆくところだったのだ。〈噛み裂き屋〉が毛を逆立て、目を緑色にきらめかせて喉の奥で唸った。バルトゥスはすでに思い出していたが、ここは凶悪な怪物がティベリアスという名の商人の首を奪っていった地点にほど遠からぬところだ。彼は行動に迷った。あの光はコナンのあとを追っていったにちがいない。しかし、キンメリアの巨漢は、おのれの身を守る偉大な能力をいくどとなく見せていた。そしてバルトゥス自身の使命は、血の虐殺が近づいているのも知らずに寝入っている開拓者たちに急を伝えることにある。火の玉の怪異の恐怖は、燃えあがる牛車のそばに転がる無残な死骸を見た記憶に抑圧された。

バルトゥスは道を急いだ。髑髏川を越えると、最初の開拓小屋が見えてきた——斧で断ち切っただけの丸太を組みあげた細長い小屋である。躊躇《ちゅうちょ》なく戸口を叩くと、眠そうな声が、だれなの？　と訊いた。

「起きるんだ！　ピクト人が河を渡ってくる！」

たちまち反応があった。低い叫びが彼の言葉をくり返して、戸口が開き、肌もあらわな下着姿の女が顔をのぞかせた。乱れた髪が裸の肩にかかり、片手に蠟燭《ろうそく》を、もう一方の手には斧を持っている。蒼《そう》白《はく》な顔で、目を恐怖に見開いていた。

「なかへはいって！」女は懇願するようにいった。「小屋を守るのを手伝ってほしいの」

「だめだ。至急ヴェリトリウムの町へ逃げこまんと、命が危ない。砦はとうてい持ちこたえられぬ。いまごろは陥落しているんじゃないか。着替えてる間《ま》もないんだぜ。子供を連れて、早く逃げるんだ」

「でも、うちの人が、村の衆といっしょに塩を採りに行ってるのよ」彼女は手を揉《も》むようにして、泣き声を出していた。その背後に髪を乱した三人の子供が、目をパチパチさせて、何のことかとのぞいている。

「塩採りの連中へは、コナンが知らせに行った。彼が無事に救《たす》け出す。おれたちは街道を走って、ほかの小屋にも知らせなけりゃならん」

その言葉を聞いて、女の顔に血色がよみがえった。

「助かったわ。ミトラの神さまのおかげね」女は元気の出た声でいった。「キンメリア人が行ってくれたのなら、うちの人も無事に逃げられるわ」

彼女はつむじ風のようにすばやい行動で、いちばん幼い児《こ》を横がかえにすると、あとのふたりの子を急《せ》きたてて外へ飛び出した。バルトゥスは彼女の手から蠟燭をとりあげて、踏みつけて火を消した。一瞬耳をそばだてたが、暗い街道からは何の物音も聞こえてこなかった。

「おまえのところは馬を飼っていないのか？」

「厩《うまや》にいるわ」女がうめくようにいった。「さあ、急いで！」

女が震える手で厩舎《きゅうしゃ》の横木《よこぎ》をはずすと、バルトゥスは彼女を押しのけて、馬を連れ出し、その背に子供たちを乗せ、おたがいにつかまりあっていろ、そして一方の手で馬のたてがみにしがみついておれ、といい聞かせた。子供たちは、真剣な表情で見知らぬ男の顔をみつめるだけで、泣き声ひとつ立てなかった。女が馬の手綱《たづな》をとって、街道へ出た。いまだにその手に斧を握っていた。それを見てバルトゥスは、追いつめられたときの彼女が、仔《こ》を護《まも》る母親豹《ひょう》が必死の働きを見せるように、あくまでも闘いぬく気持ちであるのを知った。

彼は耳を緊張させながら、馬のうしろを進んだ。砦がすでに陥落したと思われるので、気持ちが暗く沈んでいた。ヴェリトリウムの町に通じるこの街道を、褐色の肌をした蛮人の大軍が、殺戮《さつりく》に酔い痴《し》れ、血に狂った状態で押しよせてくる。それが飢えた狼の群れの速さであるのはいうまでもないことだ。

やがて前方に、またひとつ開拓者の小屋が暗闇に浮かびあがった。馬の手綱をとった女が警告の叫びをあげようとしたが、バルトゥスはそれを制して、戸口へ駆けよって叩いた。女の声が応えたので、彼は警告をくり返した。するとたちまち家じゅうの者が飛び出してきた——老婆と若い女がふたり、それに四人の子供たちだった。さっきの小屋と同様に、ここでもふたりの若い女の夫たちは、塩採りのために小屋を留守にしていた。その前の日、危険が迫っているのも知らずに出かけていったのだ。若い女のひとりは気を失いかけ、もうひとりのほうは、いまにもヒステリーの発作を起こしそうな様子だった。しかし、老婆は長年の辺境暮らしで鍛《きた》えられているだけに、強い言葉で若いふたりをたしなめた。そしてバルトゥスに手を貸して、裏手の囲い地に繋いだ二頭の馬を引き出し、四人の子供たちを乗せた。バルトゥスは老婆にも子供たちといっしょに乗るように勧めたが、老婆は首をふって、若い女のひとりを乗せた。

「これはみごもっておる」老婆はいった。「わしは歩けるし——いざとなったら闘うことだってできるのじゃ」

こうして一行は出発したのだが、そのとき若い女のひとりがいった。「夕暮れ時に、若い夫婦がこの街道を通りがかったのよ。あたしたち、今夜はうちの小屋に泊まるがいいと勧めたんだけど、夜の明けないうちに砦に行き着きたいとかで——」

「その夫婦者はピクト人に出遭ってしまった」とバルトゥスが簡潔に答えると、若い女は恐怖のあまりすすり泣きをはじめた。

一行が小屋の見えなくなるあたりまで進んだとき、はるか後方のどこかで、鋭い叫び声があがった。

「狼だわ!」若い女のひとりが叫んだ。

「顔に隈《くま》どりをして、戦斧を手にした狼だろう」バルトゥスは低い声でいって、「先へ行ってくれ!道々、小屋の全部を叩き起こして、いっしょに逃げろ。おれはここで背後を守ることにする」

老婆は何もいわずに若い者たちを先へ急がせた。一行が闇のなかへ消えるにあたって、バルトゥスは、卵なりの青白いものが彼のほうに向いているのを見た。四人の子供たちが肩越しに彼をみつめているのである。彼は故郷タウランに残してきた身内の者のことを思いだして、一瞬眩暈《めまい》をおぼえた。瞬間的に気が遠くなり、唸り声をあげると、街道の上に坐《すわ》りこんだ。すると、たくましい腕に〈噛み裂き屋〉の太い首が触れて、その温かく濡れた舌が彼の顔を舐《な》めた。

バルトゥスは顔をあげて、無理に作った笑顔で犬を眺め、

「よし、よし。心配してくれたのか。大丈夫さ」といいながら起きあがって、「おまえとふたりで、ひと仕事するんだ」

急に木立のあいだが明るくなって、赤い焔の燃えあがるのが見えた。ピクト人がさっきの小屋に火を放ったにちがいない。バルトゥスはにやりと笑った。ゾガル・サグのやつ、部下の戦士たちが破壊本能に負けて、彼の命令に背いたと知ったら、どんなにいきりたつことであろうか。燃えあがる火は、街道のずっと先の開拓民たちに警戒心を起こさせているはずで、そこへ避難の女子供が姿を見せれば、いっしょに逃げだすことになる。しかし、彼の顔は暗くなった。徒歩であるのと馬の背が荷を積みす

ぎているこどもあって、女たちの歩みが遅すぎるのだ。足の速いピクト人は、一マイルの距離まで追いせまってているはずだ。もしこのまま――バルトゥスは、道路わきに積みあげてある丸太のうしろに位置を占めた。街道の西側は、小屋の燃えあがる火の光で明るくなっている。そしてピクト人が走ってくるのを彼はいちはやくみつけた――黒い人影が、遠い火の光にくっきりと浮かびあがったのだ。

バルトゥスは弓を引き絞って、矢を放った。人影のひとつが倒れると、残りの者は道の両側の木立へ逃げこんだ。バルトゥスのかたわらで、殺戮の衝動に駆られた犬がきゃんきゃんと鳴いた。突然、街道の縁《へり》に暗い人影があらわれた。木立のあいだを縫うようにして、丸太の山へ近づいてくる。バルトゥスの弓がまた唸った。そのピクト人は絶叫して、大きくよろめき、太腿《ふともも》に突き刺さった矢もそのままに、木立の陰に転げこんだ。それを見た〈噛み裂き屋〉は、丸太の山を躍り越え、茂みのなかへ飛びこんでいった。そしてそのあたりを激しくざわめかせたあと、犬は顎をまっ赤に染めて、バルトゥスのかたわらへもどってきた。

そのあとは何者も姿をあらわさなかった。バルトゥスは心配になってきた。敵は森のなかを走ることにして、バルトゥスが死守している地点を通り過ぎてしまったのでないか。とそのとき、道の左手にかすかな音が聞こえたので、彼はそのあたりへ矢を射こんだ。その矢が樹幹《じゅかん》にあたって音を立てたので、彼は舌打ちをした。しかし、〈噛み裂き屋〉は幽霊のように音を立てずに茂みのなかにはいっていった。まもなくバルトゥスは、転げまわる音と、ごぼごぼいう音を聞いた。そのあとじきに、あいかわらず幽霊のように物静かに犬がもどってきて、血に染まった大きな頭をバルトゥスの腕にこすりつけた。肩口に傷を負っていて、血が流れ出ていたが、森のなかの音は永遠に死に絶えた。

道路端《ばた》にひそんでいた男たちが仲間の運命を察しとったことはまちがいなかった。そして、姿がはっきり見えず、声も聞こえぬ凶悪なけものに闇のなかで引き倒されるよりは、むしろ街道上を突き進むべきだと考えたのも明らかだった。ひょっとしたら、丸太の山のうしろに隠れている敵はただひとりと見きわめたのかもしれない。突然、道の両側からあらわれ出て、道路上を急襲してきた。バルトゥスの矢に三人が射倒《いたお》されて――残りのふたりはひるんで足が鈍った。ひとりはくるりと向きを変えて、もと来た道を逃げ去ったが、あとのひとりは丸太の防塞を跳び越え、薄明かりに目玉と歯をきらめかせ、戦斧をふりかざして襲いかかってきた。バルトゥスも隠れ場所から飛び出したが、そのはずみに足をすべらせた。しかし、すべったことが、彼の生命を救った。ふり下ろされた斧に彼の巻き毛がひとかたまり斬り断たれたが、勢いあまったピクト人は丸太の上に転倒した。そして起きあがるより早く、喉もとを〈嚙み裂き屋〉に嚙み切られていた。

またしばらく緊張のうちに待機の時間がつづいた。そのあいだにバルトゥスは、逃げ去った蛮人がこの一団でただひとりの生き残りかどうかを考えていた。そうだとしたら、砦の戦闘を放棄して勝手な行動をとった小部隊か、本隊から先遣された偵察隊のどちらかと見てよい。いずれにせよ、過ぎ去ってゆく一分ごとに、ヴェリトリウムの町へ急ぐ女子供の安全度が増しつつあるわけだ。

すると、なんの前ぶれもなしに、矢の雨が丸太の防塞ごしに降り注いできた。街道沿いの木立のあいだから、荒々しい怒声《どせい》があがった。生き残った男が救援隊を呼びにいったのか、それとも新しい部隊が最初のそれに加わったのか。開拓者の小屋の火がいまだにくすぶりつづけて、夜空をかすかに明るくしている。蛮人たちは街道わきの木立のあいだに道を選んで、バルトゥスに忍びよってくる。彼は三本の矢を放つと、弓を捨てた。その苦境を見てとったかのように、蛮人の兵士たちが近づいてくる。こんどは叫び声をあげず、死のような沈黙のうちに、多人数の足音だけが聞こえていた。

バルトゥスはかたわらで唸り声をあげている大きな犬の頭をひしと抱きしめて、「さあ、やつらを地獄へ追い落とすときがきたぞ!」といいながら立ちあがり、腰帯から斧を引きぬいた。つぎの瞬間、黒い男たちが丸太の防御壁を怒濤《どとう》のように乗り越えてきて、斧を揮《ふる》い、短剣を突き刺し、牙《きば》で食いちぎる旋風さながらの乱闘が開始された。

7　火中の魔物

　コナンはヴェリトリウム街道から離れるにあたって、塩採《と》りの連中に行き遭《あ》うには九マイルかそこらの距離は走らねばならぬものと覚悟していた。ところが、四マイルと進まぬうちに前方に男たちの声を聞いて、彼らが立てている物音からしてピクト人でないのがわかった。コナンは彼らに呼びかけた。

「おまえはだれだ?」と、きびしい誰何《すいか》の声が返ってきた。「それがこっちにわかるまで動くんじゃないぞ。動きでもしたら、おれたちの矢で射殺《いころ》してくれる」

「この暗さだ。象にだって矢は当たらんよ」コナンはいらだって応じた。「つまらんことをいっておらんで、早く出てこい。おれだよ――コナンだ。ピクト人が河を渡って攻《せ》めてきたんだ」

「それはおれたちも怖《おそ》れていた」指導者格の男が答えて、全員が姿をあらわした――長身で、手足も長く、険《けわ》しい顔つきの男たちで、各自が弓を手にしていた。「仲間のひとりがカモシカに矢を射かけ、黒河の岸近くまで追いつめた。そのとき河下《かわしも》のあたりにやつらの喚声《かんせい》を聞いて、野営地へ駆けもどった。そこでおれたちは塩も車も捨て、牛を解き放し、できるだけ速く引き返してきたところだ。ピクト人が砦《とりで》をとり囲んでいるとしたら、やがては街道を、おれたちの小屋に向かって押しよせてくるだろうからな」

「おまえたちの家の者はみんな無事だ」コナンはいって聞かせた。「おれの仲間が、女子供を引き連れてヴェリトリウムの町へ向かっている。だが、おれたちは街道へもどると、敵の大部隊に出っ食わす危険がある。このまま森のなかの径《みち》を南東へぬけたほうがいい。出発だ！　おれがしんがりを引き受けよう」

しばし後《のち》、一行は南東の方向への径を急いでいた。コナンは声が届くだけの距離をとって、少しあとから進んだ。彼らの立てる音に、苦々《にがにが》しげに舌打ちをした。ピクト人にしろキンメリア人にしろ、森の径を歩くときは、せいぜい黒い枝のあいだを吹きぬける風と同じ程度の音しか立てないものだ。

森のなかに小さな空《あ》き地があって、それを通り越したとき、コナンは未開人の本能にうながされて、ふり返った。あとをつけてくる者がある。彼は茂みのなかにじっとたたずみ、開拓者たちの足音が遠去かってゆくのを聞いていた。すると、彼がたどってきた径のはるかうしろのほうで、彼を呼びとめるかすかな声がした。「コナン！　コナン！　ちょっと待て、コナン！」

「バルトゥスか！」なんでこんなところへ、とコナンは眉をひそめて、用心しながら答えた。「おれはここにいるぞ！」

「待ってくれ、コナン！」声がかなりはっきりしてきた。

コナンは渋い顔で影から歩み出て、「何の用があって追ってきた？――おやっ、あれは！」

彼は半ば身を沈めた。背筋を悪寒《おかん》が走った。空き地の向こうからあらわれたのはバルトゥスではなかった。樹々《きぎ》のあいだに無気味な焔《ほのお》が燃えて、それが異様に揺らめきながら、彼のほうへ近づいてくる――明らかに害意を持って動いている緑の鬼火《おにび》だ。

それが数フィート離れたところで止まったので、コナンは輪郭の朦朧《もうろう》とした鬼火の正体を見きわめようと目を凝《こ》らした。揺らいでいる焰の中心にしっかりした核があった。それが生きている邪悪の実体で、焰と見たのは緑色の外被にすぎなかった。とはいえキンメリア人には、そのものの形が何に似ているかさえ見てとれないのだ。そして驚いたことに、焰の中心と見たところから、声が彼に話しかけてきた。

「やあ、コナン、なんでぼんやり突っ立っておる？　殺されるのを待つ羊みたいな顔つきだぞ」

まぎれもなく人間の声だが、人間のものならぬ異様な響きをともなっていた。

「羊だと？」コナンの怒りが、瞬間的な怖れに打ち勝って、「ピクトの沼地に巣食う悪鬼《あっき》なんぞを怖れるおれか！　友人に呼ばれたのだ」

「声はその男のものだが、呼んだのはおれだ」と魔物が答えた。「きさまの連れの男たちは、おれの兄《あに》者の餌食《えじき》と決めた。やつらの血で短剣を濡らすのを、兄者が楽しみにしておるのでな。しかし、きさまはおれの餌食だ。きさまはかなりのばか者だな。はるばるキンメリアの灰色の山地から、このコナジョハラの森まで命を捨てに出てきたのだからな」

「殺す機会は前にもあったはずだぞ」コナンはせせら笑った。「殺す力があるのなら、なぜあのとき殺さなかった？」

「あのとき兄者は、きさまのために髑髏《どくろ》をひとつ黒く塗って、グラーの神の黒い祭壇で永遠に燃えつづける火へ投げこんではおらなんだ。闇の国の高地に棲《す》む黒い精霊たちに、きさまの名を告げておらなんだ。しかし、死者の山々を越えて飛んできたコウモリが、夜の四兄弟が眠る小屋の前に吊るした白虎《びゃっこ》の皮に、きさまの姿を血で描き出した。この四兄弟の足もとには、何匹かの大きな蛇がとぐろを巻き、髪のなかには星々が蛍火《ほたるび》のように燃えておる」

「闇の魔神たちが、おれを殺そうとする理由は？」コナンは怒って問いただした。

何かが――手か、足か、鉤爪《かぎづめ》か、コナンにはわからなかったが――焔のなかから突き出て、大地の上にすばやく図形を描《か》きしるした。それは焔にきらめいて、すぐに消えたが、コナンはいちはやく読みとっていた。

「きさまは大胆にも、イエッバル・サグの神官だけに許されておる図形を描きつけた。そのため死者の黒い山に雷が轟《とどろ》き、グラーの祭壇小屋は、地獄の深淵から吹きよせる風にくつがえされたぞ。それを伝える使者のアビが、すぐさま夜の四兄弟のもとに飛んで、きさまの名を耳に入れた。それできさまの生涯は終わった。きさまはすでに死者なのだ。その首が兄者の祭壇小屋に懸《か》けられる。躰《からだ》は黒い翼と尖《とが》った嘴《くちばし》を持つジルの子たちがついばんでくれるわ」

「その兄者とはだれのことだ？」コナンはあらためて問いただした。長剣はとうに引きぬいていたが、いままた相手に気づかれぬように腰帯の戦斧《せんぷ》を握りしめた。

「ゾガル・サグだ。イエッバル・サグの子だ。いまでもイエッバル・サグは、ときどき聖なる森を訪れる。この森にグワウェラの村の女が眠っていて、イエッバル・サグに孕《はら》まされた。生まれた子供がゾガル・サグさ。おれもやはりイエッバル・サグの息子で、遠い国の火性のものの腹から生まれた。そして兄者のゾガル・サグに、霧の国から呼びよせられた。兄者は呪文と魔法と彼自身の血の力で、お

れを彼自身の惑星のものの姿に化身させた。おれたちはひとつのものだ。目に見えぬ糸で結ばれてお
る。兄者の考えることはおれの考えで、兄者が打たれれば、おれが傷つく。おれが斬《き》られると、兄者
の躰から血が流れる。いや、だいぶしゃべらされた。もうまもなく、きさまの霊魂が闇の国の亡霊た
ちと語りあうことになる。古い神々については、亡霊たちの口から聞くがいい。要するに古い神々は
死んだわけでなく、宇宙の外の深淵で眠っているだけで、ときどき目を醒《さ》ますのだ」
「おまえがどんな姿をしているか、見たいものだな」コナンは斧《おの》を引きぬいていった。「鳥と同じ足跡
を残し、焔のように燃え、人間の声でしゃべるおまえの正体をだ」
「見せてやるとも」焔のなかで声がいった。「見るがいい。見て、それを土産《みやげ》に闇の国へ失《う》せるがいい
わ」
焔が躍り、そして沈み、しだいに小さく、薄暗くなっていった。するとそこに、影の形をとった顔
が見えてきた。最初コナンは、ゾガル・サグ自身が緑色の火に包まれて立っているのかと思った。し
かし、その顔はコナンのそれよりも高い位置にあり、悪魔めいた形相《ぎょうそう》があらわだった。ゾガル・サグ
については、コナンもこれまで、そのさまざまな異相に気がついていたが、この魔物も吊りあがった
目、尖った耳、狼《おおかみ》のそれのように薄い唇《くちびる》と、妖異《ようい》なところがなおのこと誇張されて、いま彼の目
の前に揺れ動いている。その目は、赤熱した石炭のようにまっ赤だった。
さらに細部が判然としてきた。痩《や》せ形の胴が蛇のように鱗《うろこ》に覆われ、それでいて輪郭は人間のもの
だった。やはり人間のそれに似た腕が腰から上方に伸び、腰の下はと見ると、鶴のように長い脚の先
が、巨大な鳥類と同じに三つに割れた指で終わっている。このような奇怪な手肢《てあし》に沿って緑色の火が

走るのを、コナンはきらめく霧を透《す》かして見るように見た。

そのとき突如、魔物の姿が覆いかぶさってきた。近よってくる様子も見えなかっただけに奇怪な現象だった。長い腕をふりあげたかと見ると、凄まじい勢いでコナンの首を払うようにした。コナンはそのときはじめて気がついたが、大鎌《おおかま》のように反《そ》りかえった長い鉤爪が光っていた。コナンは裂帛《れっぱく》の叫びで呪縛《じゅばく》を断ち切り、横っ飛びに飛びすさりながら、斧を投げつけた。魔物も信じられぬばかりのすばやい動きで小さな頭を曲げ、飛びくる斧を避けると、ふたたび焔にひゅうひゅういう音を立てさせ、猛然と襲いかかってきた。

しかし、ほかの犠牲者が怪物に屠《ほふ》られたとき、恐怖とも闘う羽目になったのに対し、コナンに怖れる気持ちはなかった。少なくとも現《うつ》し身《み》の姿をとっているかぎり、いかにそれが怪奇なものと見えようと、刀槍《とうそう》で斬り殺し得ぬことはないというのがコナンの信念だった。

長い鉤爪を持つ手が強烈な勢いでかすめ過ぎ、コナンの頭から冑《かぶと》を叩き落とした。それがほんの少しでも低い位置を過ぎていれば、彼の頭は地上に転げ落ちていたであろう。しかし、逆に強烈な歓喜が湧いてきて、コナンは長剣の切先《きっさき》鋭く、魔物の腰のあたりを深々と突き刺した。そして長剣を引きぬくと同時に背後に飛びすさって、相手の鉤爪がふたたび襲うのを避けた。爪はコナンの胸をかすめて、鎖帷子《くさりかたびら》を布切れのように引き裂いた。しかし、コナンも飢えた狼の凄まじさで、再度飛びこみざま、二の太刀を食らわせた。ふりまわす長い腕をかいくぐって、魔物の内懐《うちぶところ》に飛びこみ、その下腹を長剣で刺し貫いたのだ。巨大な腕が彼を羽交《はが》い締めにし、鉤爪が背中の鎖帷子を引き剝《は》がし、内臓をつかみ出そうとした。コナンは氷のように冷たく青白い焔を全身に浴びて、目の前が朦朧としてきたが、ようやく力の弱まりだした腕から躰を引き離し、最後の力をこめて長剣を揮《ふる》った。

魔物はよろめき、横ざまに倒れ、腹這《はらば》いになった。首が一片の肉だけで胴に繋がっている。と見た瞬間、魔物を包んでいた火が激しく上昇し、鮮血が噴き出したように赤々と燃え、その姿を視野から隠してしまった。肉の灼《や》ける臭いがコナンの鼻孔をついた。彼は目に沁《し》み入る血と汗とをふり払うと、身をひるがえして森のなかを走りだした。手足から血汐《ちしお》がしたたり落ちる。南の方角数マイル先に火の手があがっている。開拓者の小屋が焼けているのだろう。彼の背後、街道のあたりで、遠い叫び声があがった。コナンの足がいっそう速くなった。

8　失われたコナジョハラの土地

雷河《らいが》の岸で、そしてヴェリトリウムの城壁前で、凄絶《せいぜつ》な戦闘が行なわれた。河の上流でも下流でも戦斧《せんぷ》が打ちあい、松明《たいまつ》の火がきらめき、開拓者の小屋のほとんどが灰燼《かいじん》に帰《き》した。そして顔に隈《くま》どりをした蛮人の大軍は撃退された。

荒れ狂った嵐が過ぎ去ったあと、奇妙な静寂が訪れた。人々はより集まって、しわがれた声で話しあい、血に染まった包帯をした男たちが、河岸沿いの居酒屋で黙々として麦酒《エール》を酌《く》みかわした。

キンメリアのコナンもまた暗い顔つきで、革製の大杯《たいはい》をあけつづけていたが、そこへ頭に包帯をして、片腕を布で吊った痩身《そうしん》の森の男が近づいてきた。彼はトゥスケラン砦《とりで》の攻防戦に生き残った者だった。

「兵士たちといっしょに砦の焼け跡を見てきたそうだな」

コナンはうなずいた。

「おれはこの傷で行くこともできなかったが」と男は呟《つぶや》くようにいった。「闘いはもう終わっていたのか？」

「ピクト人が黒河を渡って撤退したあとだった。何だかわからんが、やつらの士気《しき》を失わせることが起きたらしいんだ。それが何かは、悪魔だけがご存じだ」

森の男は包帯をした腕に目を落として、吐息《といき》をつきながら、

「噂《うわさ》だと、片づけるほどの死骸は残っておらなんだそうだな」

コナンはうなずいて、「残っていたのは灰だけだ。ピクト人は引き揚《あ》げに先立って、砦のなかに死骸を積みあげ、火を放った。やつらの仲間の死骸も、ヴァランヌスの部下のそれも、いっしょに灰になった」

「ヴァランヌスは最後まで闘って死んだ。蛮人どもが防柵《ぼうさく》を破って、白兵戦《はくへいせん》になってからだ。やつらは生け捕りにするつもりだったらしいが、ヴァランヌスは闘いぬいて死んでいった。最後まで闘っていたのは、おれを含めて十人だったが、疲れきって、腕が動かなくなり、ついに捕虜になった。そのうち九人まで、そのときその場で殺された。生き残ったのはおれひとりで、ゾガル・サグが戦死した騒ぎの隙《すき》に逃げだしたのだ」

「ゾガル・サグが死んだだと？」コナンは思わず叫んだ。

「そうだ。おれはこの目でやつが死ぬところを見た。ピクト人がこのヴェリトリウムを攻《せ》めるのに、砦のときほどの激しさを欠いておったのは、そこに理由があった。なんにしても、奇妙な死に方だった。戦いで傷を負ったわけじゃない。彼は斧《おの》を揮《ふる》って、おれたちの仲間の九人目の男の首を刎《は》ね、死人のあいだを踊りまわっていた。そして狼《おおかみ》みたいな吠え声をあげて、おれに近づいてきた——と思うと、急によろめきだし、斧をとり落として、わけのわからぬ悲鳴をあげながら、ぐるぐるまわりだした。人にしろけものにしろ、あんな苦しそうな声を出すものに出遭《であ》ったのは、あれがはじめてだ。そしてあ

の男、おれとおれを焼くのに燃えあがらせた火のあいだで、口から泡を噴いてぶっ倒れたと見ると、たちまちのうちに硬くなった。それを見たピクト人は、彼が死んだと騒ぎだした。その混乱のあいだに、おれは縛《いまし》めの縄《なわ》を解いて、森のなかへ逃げこんだ」

彼は口ごもり、コナンに身を寄せると、声をひそめて、

「おれは、火の光を浴びて横たわっているやつを見たんだ。武器でやられたわけでないのに、下腹、腰、首と、剣の突き傷みたいな赤い跡がはっきりあらわれておった。ことに首筋の傷ときたらひどいもので、首がもう少しで胴から離れそうだった。あれはいったい、どういうわけなんだろうな」

コナンは答えなかった。森の男は、蛮人はある種の事柄には沈黙を守るものと知っていることもあって、そのまま語りつづけた。「やつは魔法によって生き、どういうわけか、魔法によって死んだ。その怪奇な死にざまが、ピクト人の戦意を失わせたにちがいない。それを見ておった連中は、ヴェリトリウムの戦闘に参加しなかった。急いで黒河を渡って、引き揚げてしまったんだ。雷河へ攻めよせたのは、ゾガル・サグが死ぬ前に出発したやつらで、この町を陥落させるには兵力が不足していたってわけだ。

おれは敵の本隊のうしろから街道をたどってきたのだが、砦からの後続部隊をぜんぜん見かけなかった。だから、敵の隊列のあいだをすりぬけて、町へはいりこむことができた。おまえも開拓民を引き連れて、無事に町にたどりついた。女子供のほうは、顔を隈どりで塗りたてた悪鬼《あっき》どもの来襲よりひと足早くヴェリトリウムに到着しておった。もしバルトゥスという若者と老犬〈嚙み裂き屋〉が、しばらくのあいだ蛮人どもを足止めしなかったら、コナジョハラじゅうの女子供は、皆殺しにされてい

ただろう。おれは、バルトゥスと老犬の最後の防御地点を通りかかった。ピクト人の死骸の山のあいだに、彼と犬とが倒れておった。ピクト人の死骸を数えてみたが、七つあった。彼の斧で頭を打ち割られ、犬の牙に臓腑《ぞうふ》を食いちぎられてだ。その死骸の山のほかにも、矢に射ぬかれて街道上に倒れているやつらも大勢いた。神々にかけて、よほど凄まじい闘いだったにちがいない！」

「あの若者は立派な男だった」コナンがいった。「おれはこの酒をあの若者の霊に捧げる。そして怖《おそ》れを知らぬ勇敢な犬のためにも」といいながら、酒杯の半ばを一気に飲み、残りを床にぶちまけ、そのあと酒杯を握りつぶした。異教の習わしにもとづく奇妙な哀悼《あいとう》の表現だった。「彼のために、ピクトのやつらの首を十個斬《き》りとってやる。犬のためにも七つは斬ってやろう。畜生《ちくしょう》ではあるが、どんな人間よりも立派な戦士だった」

その青く煙《けぶ》った暗鬱《あんうつ》な目を、森の男はじっとみつめて、この蛮人が必ず誓いを果たすのを知った。

「あの砦は再建されんだろうな」

「再建なんかできるものか。アキロニアはコナジョハラの土地を失った。せっかく進出したのに、押しもどされた。雷河が新しい国境になる」

森の男は溜息《ためいき》をついて、胼胝《たこ》で固まった手をみつめた。その胼胝は長いあいだ斧と剣とを握りつづけたことによるものだ。コナンは長い腕を伸ばして、葡萄酒《ぶどうしゅ》の壺をとりあげた。森の男は彼を眺めて、居酒屋の内部のほかの男たちとくらべてみた。いまは敵地に帰した河畔《かはん》での戦闘で死んでいった男たちとも。河を越えた先の別の世界の野蛮な男たちとも。コナンはその視線に気づかなかった。

「野蛮な状態こそ、人間本来の姿だ」国境地帯の男は、依然として深刻な表情でキンメリア人をみつめながらつづけた。「文明のほうが不自然なんで、気まぐれな情勢の産物といったところだ。いつだって、最後の勝利は野蛮のほうにある」

黒い異邦人

The Black Stranger

1　顔を隈《くま》どった男たち

いまのいままで、その林間の空《あ》き地に人影はなかった。つぎの瞬間、茂みの縁《ふち》に用心深く身がまえて立つ男の姿があった。男の到来を灰色栗鼠《りす》たちに告げて警戒させるはずの物音は、こそりともしなかった。しかし、開けた場所で陽射《ひざ》しのなかを飛びまわっていた色あざやかな鳥たちが、男の突然の出現に怯《おび》えて、騒々しく鳴きながらいっせいに舞いあがった。男は顔をしかめ、もと来た方向にすばやく視線を走らせた。まるで鳥が飛び立ったせいで、ここからは見えない何者かに自分の位置が知られるのを怖《おそ》れるかのように。やがて男は、慎重な足どりで空き地を横切りはじめた。筋骨たくましい巨躰《きょたい》にもかかわらず、豹《ひょう》のようにしなやかで、確信に満ちた動きである。腰にねじって巻きつけたぼろ布を除けば一糸《いっし》もまとわぬ裸体《らたい》であり、手足には茨《いばら》で引っ搔いた傷が縦横に走り、乾いた泥がこびりついている。茶色く変わり、ごわごわになった包帯が、筋肉の盛りあがった左腕に巻きつけてあった。もつれた黒い総髪《そうはつ》の下で、その顔はやつれて頰がこけ、その目は手負いの豹のそれのように爛々《らんらん》と輝いていた。男はかすかに足を引きずりながら、空き地を横切る道ともいえぬ道をたどっていった。

空き地の半ばまで来たときだった。男は猫のようにぴたりと足を止め、くるりとふり返って、もと来た方に向きなおった。長く尾を引く叫び声が、森に殷々《いんいん》と谺《こだま》したのだ。ほかの男には、狼《おおかみ》の遠吠《とおぼ》えにすぎぬと思われたであろう。だが、この男には、狼の声でないことがわかった。男はキンメリア人であり、都邑《とゆう》育ちの男が友人の声を聞き分けるのと同じように、野生の生き物の声を聞き分けるのである。

血走った目に憤怒《ふんぬ》の焰《ほのお》を赤々と燃えあがらせながら、男はいまいちどきびすを返し、足早に小径《こみち》をたどった。小径は林間の空き地を渡りきったところで、濃い藪《やぶ》の縁《ふち》に沿って走るようになった。喬木《きょうぼく》と灌木《かんぼく》に囲まれて鬱蒼《うっそう》とした緑のかたまりとなっている藪である。その藪と小径に挟まれる形で、藪のへりと並行に、どっしりした倒木《とうぼく》が、草深い地面に深くめりこんでいる。この倒木を目にすると、キンメリア人は立ち止まり、空き地越しにうしろをふり返った。常人の目には、彼が通った痕《あと》を示すものは見あたらないであろう。だが、曠野《こうや》で研《と》ぎすまされた彼の目には歴然と映っており、それゆえ、彼を追いかけてくる者たちの鋭い目にも同じくらい明瞭に映るはずであった。彼は無言で歯をむき出すと、赤い憤怒を目のなかでたぎらせた――追いつめられ、反撃に出る覚悟を固めた狩られる野獣の狂気じみた怒りであった。

わざと無造作に道をたどり、あちこちで草の葉を踏みつぶしていく。やがて、大きな倒木の反対端に達したところで、ひょいとその上に飛び乗り、小走りに駆けもどった。風雨にさらされて、倒木の樹皮はすっかり剝《は》げ落ちていた。彼が道を引き返した痕跡は、どこにも残らなかったので、どんなに鋭い森の生き物の目をもってしても、それをうかがい知ることは不可能であろう。藪がひときわ濃くなっている地点に達すると、男は影のようにそのなかにまぎれこんだ。木《こ》の葉一枚揺れず、男が通り過ぎたことを示す痕は残らなかった。

数分がじりじりと過ぎ、梢《こずえ》の栗鼠たちがおしゃべりを再開した――と、つぎの瞬間、躰《からだ》をぴたりと伏せ、不意に黙りこんだ。林間の空き地に、ふたたび侵入者があったのだ。最初の男があらわれたときと同様に音もなく、三人の男が、空き地の東側の縁から忽然《こつぜん》と姿をあらわしていた。短軀《たんく》の浅黒い肌をした男たちで、分厚く筋肉の盛りあがった胸と腕をしている。ビーズで飾った鹿皮の腰布をまとい、それぞれの黒髪に鷲《わし》の羽根を挿《さ》している。あくどい模様で顔を隈《くま》どり、針鼠《はりねずみ》のように武装していた。

開けた場所に姿をあらわす前に、この者たちは、空き地をじっくり観察しておいたらしい。なぜかというように、間隔の詰まった一列縦隊《じゅうたい》を組み、豹のごとくひそやかな足運びで、躊躇《ちゅうちょ》なく茂みから出てくると、身をかがめ、小径に目を凝《こ》らしたからだ。彼らはキンメリア人の足跡をたどっているのだが、この人間の姿をした猟犬たちにとっても、それは容易な業《わざ》ではなかった。三人はゆっくりと空き地を横切った。と、ひとりが躰をこわばらせ、唸《うな》り声をあげると、小径がふたたび森にはいるあたり、草の葉が踏みつぶされているところを、幅広の穂先をつけた槍《やり》で示した。三人とも即座に足を止め、黒玉のような目で森の壁を探った。しかし、彼らの獲物《えもの》はみごとに身を隠していた。疑惑を掻きたてるものが見あたらなかったので、まもなく彼らは足どりを速めて移動を再開した。自分たちの獲物が、体力の衰《おとろ》え、あるいは絶望ゆえに不注意になっている証《あかし》と思われる、かすかな痕跡をたどっていく。

往古からの道に藪がもっとも迫った地点を通り過ぎたまさにそのとき、キンメリア人が三人の背後の道に躍り出て、しんがりをつとめる男の肩のあいだに短剣を突き立てた。その攻撃はあまりにも迅速で、まったくの不意打ちであったため、ピクト人には身を守る機会がなかった。自分が危地にあるのを知る前に、刃《やいば》が心臓に食いこんでいたのだ。ほかのふたりが、未開人に特有の鋼鉄の罠《わな》が閉まるすばやさで、瞬時にふり返った。だが、短剣がしんがりのピクト人の急所に刺さったときには、キンメリア人が右手に握った戦斧《せんぷ》で必殺の一撃をくり出していた。ふたりめのピクト人がふりむきかけたところで、その斧《おの》が落ちてきた。斧は彼の頭蓋を歯まで断ち割った。

残るピクト人は、鷲の羽根の先端が真紅《しんく》に染まっていることから戦士長と知れたが、猛然と反撃に出た。殺戮者《さつりくしゃ》が死人の頭から斧をもぎとったときには、キンメリア人の胸めがけて槍を突きだしていた。キンメリア人は死体を戦士長に投げつけるや、手負いの虎の突進もかくやという勢いで死にもの狂いの攻撃に移った。死骸がぶつかった衝撃でたたらを踏んだピクト人は、血をしたたらせた斧を受け流そうとするそぶりを見せなかった。生存本能さえ上まわる殺戮本能にうながされ、敵の幅広い胸めがけて猛然と槍をくり出したのだ。しかし、キンメリア人の方が知能の点で優《まさ》っているうえに、両手に武器を握っていた。下向きの弧を描く手斧が、槍をわきへはじき飛ばし、キンメリア人の左手に握られた短剣が、模様に彩《いろど》られた下腹を上向きに斬《き》り裂いた。

ピクト人が臓腑《ぞうふ》をはみださせてくずおれたとき、その唇《くちびる》から凄まじい咆哮《ほうこう》がほとばしった――恐怖や苦痛の叫びではなく、裏をかかれた野獣の激怒のそれ、豹のあげる断末魔の金切《かなき》り声だった。それに応《こた》えて、林間《りんかん》の空き地から少し離れた東の方で、荒々しい怒号《どごう》がいっせいに湧きあがった。キンメリア人はぎくりと躰を引きつらせ、くるりと向きなおると、追いつめられた野生の生き物のようにうずくまり、唇をまくりあげ、顔から汗をふり払った。包帯の下から血が前腕をつたい落ちていた。

支離滅裂な呪いの言葉を喘《あえ》ぎ声で吐き散らすと、彼は方向を転じ、西へ向かった。こんどは道を選

びもせず、野蛮状態で生きることの埋めあわせに大自然があたえてくれた無尽蔵《むじんぞう》にひとしい耐久力を頼りに、長い脚の出せるかぎりの速さで疾走する。背後の森は、しばらくのあいだ静まりかえっていた。と、彼がつい先ほどあとにした地点で、悪鬼《あっき》じみた咆哮がほとばしり、犠牲者たちの死体が追っ手に見つかったのだと知れた。先ほど開いた傷口から血のしずくが地面にこぼれつづけ、子供でもたどれる痕を残しているのだが、それを呪うだけの余裕はなかった。彼としては、百マイル以上にわたって自分を追いかけてきた戦士団のうち、まだ追跡をつづけているのは、先ほどのピクト人三人だけだと思わないでもなかった。ところが、あの人間の姿をした狼たちは、けっして血の痕からそれたりしなかったのだ。それくらい承知していて当然だった。

樹林はふたたび静まりかえった。つまり、彼には止めようのない血のしたたり、この裏切り者を目印に、ピクト人が猛然と追いかけてくるということだ。西風が顔に吹きつけてきた。それとわかるほど、湿っぽい塩気を含んでいる。彼は軽い驚きにとらわれた。もしそれほど海に近いのだとすれば、この長い追跡劇は、思いのほか長くつづいていることになる。しかし、それもじきに終わりだ。狼なみの彼の活力も、酷使につぐ酷使で衰えかけているのだ。息を喘がせると、わき腹に鋭い痛みが走った。両脚は疲労でぶるぶる震え、引きずっている方の脚は、地面を踏むたびに、腱《けん》を短剣で斬られるような激痛に襲われる。彼はみずからを育《はぐく》んだ野生の本能に従い、あらゆる神経と腱を張りつめさせ、生存のための奸計《かんけい》を使いはたすまで駆使してきた。だが、極限の窮地に追いこまれたいま、彼はいまひとつの本能に従っていた。逆襲に転じ、血の代価を支払わせたうえで、みずからの命を売るための場所を捜していたのである。

彼は道を離れて、左右どちらかの茂みの奥へ向かおうとはしなかった。追っ手をまくという望みが、もはや絶たれていることは承知していた。彼は道を走りつづけ、そのあいだ耳のなかで血の脈動はひたすら大きくなり、息を吸うたびに、乾ききった唇で空気をむさぼり、呑《の》みくださなければならなかった。背後で狂ったように吠えたてる声が湧き起こった。追っ手が間近に迫り、すぐにも獲物に追いつけると思っているしるしだ。こうなったが最後、彼らはひと跳《と》びごとに吠えながら、飢《う》えた狼も顔負けの俊足《しゅんそく》を飛ばしてくるだろう。

密生した木立から唐突に飛びだした。すると眼前には、登り勾配《こうばい》を描く地面があり、太古からの道は、ぎざぎざの大石に挟まれた岩棚へと蛇行《だこう》しながら延びていた。目の前に赤い霞《かすみ》がかかり、すべてが揺らいで見えたが、小山に行きあたったことは彼にもわかった。ごつごつした岩山が、ふもとの森からいきなりそびえ立っているのだ。そして道ともいえぬ道が、頂《いただき》近くにある幅広の岩棚まで延びているのである。

あの岩棚なら、死に場所として不足はない。彼は足を引きずって道をたどり、険《けわ》しい場所では短剣を口にくわえ、四つん這《ば》いになって進んだ。突きだした岩棚にまだたどりつかないうちに、四十人あまりの顔を隈どった蛮族が、狼のように吠えたてながら、樹々《きぎ》のあいだから飛びだしてきた。獲物を目にして、彼らの絶叫が悪魔の咆哮へと高まり、追っ手は矢を放ちながら、岩山のふもとへ向かって疾走してきた。頑固に登攀《とうはん》をつづける男のまわりに矢が雨あられと降り注ぎ、そのうちの一本が、片脚のふくらはぎに突き刺さった。男は登攀を中断することなく、矢を引きぬくと、わきへ放りだした。周囲の岩に当たってはじける、狙いの不正確な矢などには見向きもしない。厳《いか》めしい顔で躰を引き上げて岩棚のへりを乗り越え、くるりと向きを変えると、手斧を握り、短剣を手に持ち換《か》える。躰を伏せて、岩棚のへり越しに追っ手を見おろした。岩棚からのぞいているのは、髪のひと房《ふさ》とぎらぎら光る目だけである。彼は胸を波打たせ、大きく息を喘がせて空気をむさぼった。そして歯を食いしばり、こみあげてくる吐き気と闘った。

ひゅんひゅんと唸りをあげて飛来する矢は、ごくわずかだった。狼の群れは、獲物が進退きわまったことを知っているのだ。戦斧を手にした戦士たちが、吠えたてながら、岩山のふもとの岩場を身軽に飛び跳ねてきた。切り立った個所へ最初に到達したのは、筋骨たくましい勇士であり、その鷲《わし》の羽根は、長《おさ》のしるしとして真紅に染められていた。彼は急峻《きゅうしゅん》な坂道に片足をかけた恰好でつかの間立ち止まり、矢をつがえ、弦《つる》を半ばまで引き絞ると、首をのけぞらせ、歓喜の叫びをあげようと唇を開いた。だが、矢は放たれずに終わった。彼は凍《こお》りついたように動きを止めた。そして黒い眸《ひとみ》に宿っていた血の渇きが、何かに気づいて驚愕《きょうがく》した表情に席を譲った。ひと声わめくと、男はあとずさり、両腕を大きく拡《ひろ》げて、雄叫《おたけ》びをあげる戦士たちの突進を止めようとした。彼らの頭上の岩棚で腹這《はらば》いになっている男は、ピクト人の言葉に通じていたが、距離がありすぎて、緋色《ひいろ》の羽根を挿した長が戦士たちに怒鳴っている言葉の意味はつかめなかった。

しかし、全員がわめくのをやめ、声もなく上方に目を凝らした——岩棚の上の男にではなく小山そのものに、と男には思えた。つぎの瞬間、それ以上ぐずぐずすることなく、彼らは弓から弦をはずすと、腰帯に吊るした鹿皮の筒に突っこみ、背中を向けた。そして小走りに空き地を横切り、うしろをふり返ることなく、森のなかへ溶けこんだ。

キンメリア人は驚きのあまり目をみはった。彼はピクト人の性質を熟知していたので、いまの出発ぶりに表れた決意のほどを見誤るはずがなかった。彼らはもどってこないだろう。東へ百マイルも行ったところにある、自分たちの村へ向かっているのだ。

しかし、理解に苦しむとはこのことだ。飢えた狼の情熱をもって、これほど長くつづけてきた追跡をピクト人の戦士団に放棄させるとは、いったいこの避難所に何があるのだろう？　聖地というものがあることは知っている。つまり、さまざまな氏族が聖域として特別視する場所があり、こうした聖域のひとつに難を逃れた逃亡者は、その聖域を定めた氏族からは安全であるということは。しかし、ある部族が別の部族の聖域に敬意を払うことは滅多《めった》にない。そして彼を追跡してきた男たちが、この地域に彼ら自身の聖地を持っているということは絶対にない。彼らは鷲族の男たちであり、その村ははるか東方、狼族ピクト人の土地と境《さかい》を接したところにあるのだから。

彼を捕まえたのが、その狼族だった。雷河《らいが》流域のアキロニア人入植地を彼らが襲撃したさいのことである。そして捕虜になっていた狼族のある戦士長の身柄と引き替えに、彼を鷲族に渡した。鷲族の男たちは、巨漢のキンメリア人に血の赤に染まった借りがあったのだ。そしていま、その借りはますます赤くなっていた。なぜかというに、彼の脱走の代償が、ある名うての戦士長の生命であったからだ。だからこそ、彼らはこれほど執念深く、幅広い河を渡り、丘を越え、延々と連なる仄《ほの》暗い森をぬけ、敵対する部族の狩猟場を突っ切ってまで追いかけてきたのである。それがいま、敵が追いつめられ、進退きわまったそのときに、長い追跡を最後までつづけた者たちが背を向けたのだ。理解に苦しみ、男は首をふった。

彼はおそるおそる立ちあがった。長い逃亡に疲れ果ててふらふらし、それが終わったことをろくに理解できなかった。手足はこわばり、傷口がうずいた。唾を吐こうとしたが一滴も出ず、呪いの言葉を吐いて、太い手首の甲の部分で、燃えるように熱い血走った目をこすった。目をしばたたき、周囲をしげしげと眺めまわす。眼下には、緑の樹海が切れ目のないかたまりとなって、波打つように延々と拡がっている。そして、その西端の上空には鋼青色の靄《もや》が立ちのぼっており、大海原《おおうなばら》にかかる靄だと知れた。風が彼の黒い蓬髪《ほうはつ》をそよがせ、空気に混じるぴりっとした塩気が、彼をよみがえった気分にさせた。彼は分厚い胸をそらせ、空気を存分に吸いこんだ。

それから、出血しているふくらはぎの激痛にうめきながら、こわばってあちこち痛む躰でふりむき、自分が立っている岩棚の検分にかかった。後方には切り立った岩壁が、岩山の頂までそそり立っており、その高さは三十フィートほどであろうか。狭い梯子《はしご》のような形で、岩に手がかりが刻まれていた。そしてその根元から数フィート離れたところに、人がはいれるだけの幅と高さをそなえた割れ目が、岩壁に口をあけていた。

彼は足を引きずりながらその割れ目まで行き、なかをのぞいて、唸り声を発した。西側の森の上空高くかかっている太陽の光が、割れ目に斜めに射しこんでいて、その奥にある隧道《ずいどう》のような洞窟をあらわにし、この隧道の突き当たりにある拱門《アーチ》を照らしだしている。しかも、その拱門《アーチ》には、鉄で補強した頑丈な樫《かし》の扉がはまっているのだ!

これは驚くべきことだった。この土地は、もの寂しい曠野である。この西海岸は千マイルにわたって不毛であり、住む者とてないことをキンメリア人は知っていた。例外は海浜地帯に住む獰猛《どうもう》なピクト人部族の村だけで、彼らは森に住む同族にもまして文明とは縁遠いのである。

ここからいちばん近い文明の前哨地《ぜんしょうち》は、東へ数百マイルも行ったところにある雷河流域の開拓民入植地だ。その河と海岸のあいだに横たわる曠野を踏破《とうは》した白人は、自分ただひとりであることをキンメリア人は知っていた。それなのに、その扉はピクト人の手になるものではないのだ。

説明がつかないとあれば、それは疑惑の対象である。彼は斧と短剣をかまえ、猜疑心《さいぎしん》もあらわに近づいていった。やがて彼の血走った目が、細い筋となった陽光の左右にわだかまる薄闇に慣れるにつれ、ほかのものに気づくようになった――太い鉄帯をめぐらせた大箱が、壁に沿って並んでいるのだ。男の目に理解の色が浮かんできた。彼は箱のひとつにかがみこみ、力をこめて引いたが、蓋《ふた》は開こうとしなかった。手斧をふりあげ、古びた錠《じょう》を砕こうとしたところで気が変わり、足を引きずりながら拱門《アーチ》状の扉へ向かった。いまでは猜疑心が薄れており、武器を両わきに垂らしている。細かな彫刻のほどこされた扉を押すと、あっさりと内側へ開いた。

そのせつな、電光さながらの唐突さで、男の物腰がふたたび変化した。驚愕の罵声《ばせい》を発して飛びすさり、短剣と手斧をひらめかせて防御の姿勢をとったのである。一瞬、凶猛《きょうもう》な人物の彫像さながら、彼はその場で身がまえ、猪首《いくび》をもたげて扉の向こう側を睨《にら》みつけた。彼がのぞきこんでいるのは天然の大きな岩室《いわむろ》で、そのなかの方が暗かったが、小さな象牙《ぞうげ》の台座に載《の》っている大きな宝石から仄明るい輝きが発していた。その台座は大きな黒檀《こくたん》のテーブルの中心におかれており、テーブルのまわりには、ものいわぬ人影がいくつも坐《すわ》っていた。闖入者《ちんにゅうしゃ》は、その影にあれほど仰天《ぎょうてん》したのである。

彼らは身動きせず、闖入者の方に首《こうべ》をめぐらせもしなかった。

「おい」彼はしわがれ声でいった。「みんな酔いつぶれちまったのか？」

返事はない。彼は滅多なことではきまり悪がる男ではなかったが、こんどばかりは居たたまれない気持ちになった。

「おまえたちがかっくらっているその酒を、ふるまってくれてもいいんだぜ」と唸り声でいう。この場のばつの悪さに、生来の反抗心がむらむらと湧きあがってきて、「なんてこった、おまえたちの兄弟分だった男をもてなすにしちゃ、ずいぶんと礼儀知らずなやり方じゃないか。おまえたちは――」

その声が途切れて沈黙に呑みこまれた。そして沈黙のなかで彼はしばらく立ちつくし、大きな黒檀のテーブルのまわりにひっそりと坐っている奇怪な人影をみつめていた。

「酔いつぶれているわけじゃないのか」じきに彼は呟《つぶや》いた。「それどころか、酒を飲んでさえいやしない。いったいぜんたい何をやってるんだ？」

彼は敷居をまたいだ。つぎの瞬間には命がけで闘っていた。目に見えない指が、殺意をこめて喉を絞めあげてきたのである。

2　海から来た男たち

ベレサは上靴《うわぐつ》を履《は》いたきゃしゃな足先で貝殻をぼんやりといじり、その繊細な薄桃色のへりと、霧のかかった浜辺に垂れこめている、薄桃色の曙光《しょこう》に染まった靄《もや》とを内心でくらべてみた。もう夜は明けていたが、日の出からまもない時刻で、海原《うなばら》の上をただよっている水色がかった灰色の雲は、いまだに散っていなかった。

ベレサは形のよい頭をもたげ、あたりの風景を眺めやった。細かいところのひとつひとつまで、いやというほど見慣れているのに、彼女にとっては異質で厭《いと》わしい景色である。彼女のきゃしゃな足もとから、黄褐色の砂地が拡《ひろ》がり、静かに打ちよせる波とぶつかっている。その波は西のかたへ連なり、青くけぶった水平線に溶けこんでいる。彼女が立っているのは、幅広い入江の南側にあたる弧の部分。そして彼女の南で陸地は登り勾配《こうばい》を描き、入江の岬《みさき》の先端を形作る低い丘陵《きゅうりょう》に繋がっている。その丘陵から南を見れば、茫洋《ぼうよう》とした海原が拡がっているのを彼女は知っていた――無限の彼方《かなた》まで見渡せるのだが、それをいうなら、西を見ても北を見てもまったく同じなのだ。

ものうげに陸側へ視線を走らせたベレサは、この一年のあいだ自分の家だった砦《とりで》をぼんやりと眺めた。淡い真珠色《しんじゅ》がかった水色の朝空を背景に、彼女の家門《かもん》をあらわす黄金色《こがね》と真紅《しんく》の旗がなびいている——はるか南では数多《あまた》の血塗られた戦場に勝ち誇ってひるがえった旗ではあるが、彼女の若々しい胸には何の感慨も呼びさまされなかった。菜園や畑で働く男たちの姿が見分けられる。菜園や畑が砦の近くに固まっているさまは、この帯状に開けた土地の東側を縁《ふち》どり、北と南へは目路《めじ》のかぎり延び拡がっている仄《ほの》暗い森の塁壁《るいへき》から、身を遠去けようとしているかのようだ。彼女はその森を怖《おそ》れていた。そしてその怖れは、この小さな入植地のだれもがいだいているものだった。しかも、根拠のない怖れというわけではない——あのざわめく森の奥には死がひそんでいるのだ。すみやかで悲惨な死、緩《かん》慢《まん》でおぞましい死、顔を隈《くま》どった疲れ知らずで無慈悲な死が、そこに隠れているのである。

ベレサは溜息《ためいき》をつき、これといった目的もないまま、大儀《たいぎ》そうに波打ち際へ向かった。のろのろと過ぎる日々は単色に染めあげられ、都邑《とゆう》と邸宅と歓楽から成る世界は、数千マイルどころか、悠久の歳月の彼方にあるように思えた。またしても彼女は、ジンガラの伯爵《はくしゃく》が、生まれ育った土地から千マイルも離れたこの未開の海岸へ、家臣を引き連れて逃げてきた理由、先祖伝来の城を丸太小屋と引き替えにした理由を探ろうとしたが、徒労に終わった。

小さな裸足の足が砂地を横切ってくるパタパタという軽やかな音に、ベレサの目がなごんだ。幼い少女が低い砂丘を越えて走ってくる。一糸《いっし》もまとわぬ裸体《らたい》で、か細い躰《からだ》から水をしたたらせ、亜麻《あま》色の濡れ髪を小さな頭にぺったりと貼りつけている。その沈みがちな目が、珍しく興奮で見開かれていた。

「ベレサさま！」少女は、ジンガラの言葉を柔らかなオピル語風に発音して叫んだ。「ああ、ベレサさま！」

走ってきたせいで息を切らしている少女は、言葉がつかえがちなため、両手でわけのわからない仕草をした。ベレサは口もとをほころばせ、絹《きぬ》のドレスが濡れた温かい躰にくっつくのにもかまわず、片腕を子供にまわした。人里離れた寂しい生活のなかで、ベレサは生まれつきの情愛深さから生まれる優しさを、この哀れな孤児に注いでいた。南の海岸から北上してくる、あの長い航海の途中に出遭《であ》ったある粗暴な主人から、彼女がその子を引きとったのである。

「何がいいたいの、ティナ？　息をととのえなさい」

「船です！」少女は叫び、南の方を指さした。「引き潮が砂浜に残していった水たまりで泳いでいたんです。あの砂丘の反対側です。そうしたら見えたんです！　南から帆をあげてやってくる船が！」

彼女はベレサの手をおずおずと引っ張った。そのほっそりした躰が、ぶるぶる震えていた。そしてベレサは、未知の訪問者があると考えただけで、自分自身の鼓動が早まるのを感じた。この荒れ果てた海岸へやって来て以来、帆影《ほかげ》ひとつ見たことがなかったのだ。

小走りになったティナのあとについて黄色い砂丘を越え、浅い窪《くぼ》みに引き潮が残していった小さな水たまりを迂回《うかい》した。ふたりは波の形をした低い丘陵に登り、ティナがそこで立ち止まった。ほっそりした白い裸身が、晴れかけた空を背に浮かびあがる。亜麻色の濡れ髪を細い顔のまわりになびかせ、震えるか細い腕をまっすぐに伸ばしている。

「あれです、ベレサさま！」

ベレサはすでに目にしていた――さわやかな南風を孕《はら》んで膨《ふく》らんだ白い帆が、岬から数マイルのところを、海岸に沿って北上しているのだ。心臓がひとつ飛ばして脈打った。単調で孤立した生活では、些細《ささい》なことが重大に思える場合もある。だが、ベレサは、異様で暴力的な出来事が起きるという予感に襲われた。あの帆影が、この寂しい海岸を北上しているのは、けっして偶然ではないという気がした。氷に覆われた地の果ての岸辺まで船を進めても、ここから北には港町ひとつない。そして南で最《も》寄《よ》りの港といえば、千マイルも彼方になる。あのよそ者たちは、何が目当てでこの寂しいコルヴェラ湾へやってくるのだろう?

ティナが、細い顔を憂慮《ゆうりょ》で曇らせながら、女主人に躰をすり寄せ、

「だれなんでしょう、ベレサさま?」と、つかえがちにいった。風に打たれて、蒼《あお》ざめた頰に赤みがよみがえる。「伯爵さまが怖がっている男でしょうか?」

ベレサは眉間《みけん》に皺《しわ》を寄せて、少女を見おろした。

「なぜそんなことをいうの、ティナ? 伯父《おじ》さまがだれかを怖がっているなんて、どうしておまえが知っているの?」

「怖がっているに決まっています」ティナは無邪気《むじゃき》に答えた。「そうでなかったら、こんな寂しいところへ隠れにきたりはしなかったでしょう。見て、ベレサさま、あんなに速くやってきます!」

「伯父さまに知らせにいかないと」ベレサは呟《つぶや》いた。「漁船はまだ海へ出ていないから、あの帆を見た人はいないはず。服を着て、ティナ! 急いで!」

子供はなだらかな斜面を駆けおり、はじめて船を目にしたとき水浴びしていた水たまりまで行くと、砂の上に置き去りにしていた履き物、短上衣《チュニック》、腰帯《こしおび》をさらいあげた。おかしな恰好で飛び跳ねるたびに、空中でわずかな衣服を身に着けながら、丘陵を駆け登ってくる。

不安の面持ちで近づいてくる帆影をみつめていたベレサが、少女の手をとり、ふたりは急ぎ足で砦へ向かった。その建物をとり囲む丸太造りの防柵《ぼうさく》に設けられた門を、ふたりがくぐってからしばらくして、耳ざわりな喇叭《らっぱ》の音が響きわたり、菜園で働く者たちや、ころに乗せた小舟を波打ち際まで押しだそうと、舟《ふな》小屋の扉をまさにあけようとしていた男たちを仰天させた。

砦の外にいただれも彼もが、道具を放りだし、あるいは、やりかけていた仕事を中断して、警報の原因を探ろうと立ち止まって周囲を見まわすこともせず、防柵めざして走りだした。逃げてくる男たちの作るばらばらだった線が、開いた門のところで収束する。そして、すべての頭が肩越しにねじられて、東の方、森林地帯の黒っぽい線を怖ろしげにみつめた。海の方に目をやる者は、ひとりとしていなかった。

彼らはぞろぞろと門をくぐり、柵から張り出した弓射用の足場で見張りについていた哨兵《しょうへい》たちに大声で質問を浴びせた。足場は、直立した丸太の尖《とが》らせた先端の下にある。

「何ごとだ？　どうして呼びもどした？　ピクト人の襲来か？」

答える代わりに、すり切れた革と錆《さ》びた鋼《はがね》に身を固めた口数の少ない武装兵のひとりが、南の方を指さした。彼のいる高い位置からだと、いまや帆影が見えるのだ。男たちは張り出した足場へ登りはじめ、海の方に目を凝《こ》らした。

領主の館――といっても、丸太造りである点では、ほかの建物と変わらない――の屋上に設けられた小さな物見櫓《ものみやぐら》では、ヴァレンソ伯爵が、南の岬の突端《とったん》をまわりこんでくる帆影をみつめていた。伯爵は痩身《そうしん》だが、屈強《くっきょう》な躰つきをした中背の男で、初老にさしかかろうかという年齢である。肌は浅黒く、表情は沈鬱《ちんうつ》。長袴《ながばかま》と胴衣は黒絹仕立てで、その身にまとったもので色がついているのは、剣の柄《つか》できらめいている宝石と、無造作に羽織《はお》った暗赤色の外套《がいとう》だけである。伯爵は薄く生えた黒い口髭《くちひげ》を神経質にひねり、陰気な目を執事に向けた。こちらは鋼と繻子《しゅす》に身を包んだ、なめし革のような顔をした男である。

「そちはどう思う、ガルブロ?」

「武装商船でございましょう」執事は答えた。「あの船の帆と索具《さくぐ》の張り方は、バラカ海賊の船と似ております——おお、あれをごらんください!」

彼らの下方で叫び声がいっせいにあがり、執事の大声と重なった。岬をまわりきった船は、入江を斜め内側へ横切ろうとしていた。そして、その檣頭《しょうとう》に忽然《こつぜん》と旗がひるがえったのだ——真紅の髑髏《どくろ》を描いた黒い旗が、陽射《ひざ》しを浴びて燦然《さんぜん》と輝く。

防柵の内部の人々は、その怖るべき紋章をひたと見すえた。やがてすべての目が、上にある櫓の方に向けられた。そこでは砦の主が沈鬱な面持ちで立ちつくし、外套を風にはためかせていた。

「バラカの船です、まちがいありません」ガルブロがうめき声でいい、「そしてわたしの見まちがいでないかぎり、あれはストロムの〈赤い手〉号です。こんな不毛な海岸で、いったい何をしているのでしょう?」

「わしらに善行をほどこしに来たのではあるまい」

と唸るように伯爵。足もとにちらりと目をやると、どっしりした門は閉ざされており、武装兵を束《たば》ねる隊長が、鋼鉄の鎧《よろい》をきらめかせながら、ある者は張り出した足場へ、ある者はそれより低い位置に設けられた矢狭間《やはざま》へと、部下をそれぞれの持ち場に就けている。隊長は、中央に門のある西の柵沿いに主力を集中させていた。

ヴァレンソにつき従って放浪の旅に出たのは、百人からの男だった。兵士、従僕《じゅうぼく》、農奴《のうど》である。このうち四十名ほどが、冑《かぶと》をかぶり、鎧をまとい、長剣、斧《おの》、弩《いしゆみ》で武装した兵士であった。それ以外は労働者であり、丈夫な革製の肌着《はだぎ》を除けば防具をまとっていないものの、筋骨たくましく忠誠心の厚い者たちであって、狩猟用の弓矢、樵《きこり》の斧、猪《いのしし》狩り用の槍《やり》の使い方に長《た》けていた。彼らはそれぞれの持ち場に就き、先祖の代からの宿敵に険《けわ》しい顔を向けた。バラカ群島、すなわちジンガラの南西沿岸の沖に浮かぶ小さな群島を根城《ねじろ》とする海賊たちは、百年以上にわたり、本土の人々を食い物にしてきたのだった。

防柵の上の男たちは、弓か猪狩り用の槍を握りしめ、陽射しを浴びた真鍮《しんちゅう》の金具をひらめかせながら、岸へ近づいてくる武装商船を沈鬱な面持ちでみつめた。甲板《かんぱん》にひしめく人影が見え、船乗りたちの雄叫《おたけ》びが聞こえた。船べりの手摺《てす》りに沿って鋼鉄がきらめく。

姪《めい》とその心酔者を追いたてるようにして櫓から降りた伯爵は、冑をかぶり、胴甲《どうこう》を身に着け、防御の指揮を執《と》るために防柵へおもむいた。臣下《しんか》たちは、陰気な諦《あきら》めの色で伯爵をみつめた。彼らは、できるだけ高い値段で自分たちの命を売るつもりだったが、こうして守りを固めているにもかかわらず、勝利の望みは微塵《みじん》もいだいていなかった。破滅を確信して、重苦しい気分にとらわれていた。この不毛な海岸での一年、悪鬼《あっき》の出没する森を背にして絶えず脅威にさらされていた一年が、彼らの魂《たましい》を暗《あん》澹《たん》たる予感で翳《かげ》らせていた。彼らの女房たちは、防柵の内部に建てられたそれぞれの小屋の戸口に無言で立ちつくし、騒ぎたてる子供を黙らせた。

ベレサとティナは、領主館の二階の窓から一心に目を凝らしていた。そしてベレサは、かばうように抱いている自分の腕のなかで、子供のこわばった小さな躰がぶるぶる震えているのを感じとった。

「舟小屋のそばに錨《いかり》を下ろすようね」ベレサが小声でいった。「やっぱり！　岸から百ヤードのところで錨を下ろしたわ。そんなに震えないで、ティナ！　砦は落ちるはずがないのだから。もしかすると、真水《まみず》と食糧を欲しがっているだけかもしれないわ。もしかすると、嵐でこのあたりの海へ吹き流されてきたのかもしれないし」

「あの人たち、小舟に乗りかえて岸に近づいてきます！」子供が大声でいった。「ああ、ベレサさま、怖い！　鎧を着た大男ばかりです！　矛《ほこ》や冑に陽射しがはね返って、火が燃えてるみたい！　あたしたち、食べられるのかしら？」

不安にさいなまれているにもかかわらず、ベレサは思わず噴き出した。

「もちろん、食べられたりはしないわ！　いったいだれにそんなことを吹きこまれたの？」

「バラカ人は女の人を食べるんだって、ジンへリートがいってました」

「からかわれたのよ。バラカ人は残酷だけど、自由交易商人《バッカニア》を名乗るジンガラの反逆者より野蛮なわけじゃないわ。ジンへリートは、そのむかしバッカニアだったのよ」

「あの人は残酷でした」子供は呟いた。「ピクト人に首を斬《き》り落とされてよかった」

「いけません、ティナ」ベレサはかすかに身をわななかせ、「そんなことをいってはいけません。見て、海賊が岸に着いているわ。浜辺に並んでいる。そのうちのひとりが、砦の方へやってくるところよ。あれがストロムにちがいないわね」

「おーい、そこの砦の者たち！」突風のように勢いのある声に乗って挨拶の言葉が流れてきた。「白旗をあげて話しに来たぞ！」

冑をかぶった伯爵の頭が、防柵の尖端《せんたん》の上にあらわれた。鋼鉄に囲まれた厳《いか》めしい顔が、じろじろと海賊を眺めまわす。ストロムは、かろうじて声の届くあたりで立ち止まっていた。大柄な男で、頭には何もかぶらず、黄褐色の髪を風になびかせている。バラカ群島を根城とする海の放浪者のなかで、この男よりも悪名高い者はいない。

「勝手に話すがいい！」ヴァレンソが命じた。「海賊風情《ふぜい》と言葉を交わす気は、これっぽっちもない！」

ストロムは笑い声をあげたが、目は笑っていなかった。

「去年、トラリベスの沖で、あんたのガレオン船をあの驟雨《しゅうう》のなかで逃がしたとき、ピクト人の海岸でまた会おうなんぞとは、夢に思わなかったぜ、ヴァレンソ！　もっとも、あんたの目的地はどこだろうと、あのとき首をひねったものだが。ミトラの神にかけて、知っていれば、あのとき追いかけたものを！　荒れ果てた海岸しか見えないと思っていたところに砦があって、その上にあんたの真紅の隼《はやぶさ》がひるがえっているのをついさっき目にして、驚いたのなんの。で、もちろん、みつけたんだろうな」

「みつけたとは、何をだ？」伯爵がいらだたしげにぴしゃりといった。

「おれを相手にしらばっくれようなんてするなよ！」短気を起こしたところに、海賊の荒々しい本性が一瞬かいま見えた。「あんたがここへ来た理由はわかってるんだ——そして、おれさまが来たのも同じ理由だ。邪魔はさせないぜ。あんたの船はどこだ?」

「きさまの知ったことではない」

「船はないんだな」海賊は自信たっぷりに断言した。「ガレオン船の帆柱《ほばしら》が、その柵の一部になってるじゃないか。ここへ上陸したあと、何かの理由で難破したにちがいない。船があれば、とっくの昔にお宝を積んで船出してるはずだからな」

「いったい何の話をしておるのだ、きさまは」伯爵がわめいた。「お宝だと? このわしが、焼き討《う》ちや掠奪《りゃくだつ》に精を出すバラカ海賊だというのか? たとえそうであっても、この荒れ果てた海岸で何を掠奪するというのだ?」

「あんたが捜しにきたものよ」海賊は冷ややかに答えた。「おれさまが狙ってるのも同じものだ——狙ってるだけじゃない。必ず手に入れるぜ。もっとも、おれさまは話がわかる男でな——お宝を渡しさえすれば、あんたたちには手を出さず、立ち去ってやってもいい」

「きさまは頭がおかしいにちがいない」ヴァレンソが怒鳴り声でいった。「わしがここへ来たのは、世間とは縁を切って静かに暮らすためで、きさまらが海から匍《は》い出てくるまでは、それを満喫しておったのだ、この黄色い頭をした犬めが。手下のならず者どもを連れて、どこへなりとも行くがいい。わしが交渉を申しこんだわけではない。こんなばかげた話にはうんざりだ。立ち去れ! どこへなりとも行くがいい」

「おれが行くときには、そのあばら屋を灰にしてやるからな!」海賊は怒り狂って吼《ほ》えたてた。「いいか、これが最後だ——自分の命と引き替えにお宝を渡す気はないか? あんたたちは袋の鼠《ねずみ》で、百五十人からの男が、おれの命令一下《いっか》、あんたたちの喉をかっ切ろうと身がまえているんだぜ」

答える代わりに、伯爵は防柵の先端より低いところで、すばやく片手を動かした。間髪《かんはつ》を容《い》れずに、禍々《まがまが》しい唸りをあげて長矢《ながや》が狭間から飛びだし、ストロムの胸甲《きょうこう》に命中してはね返った。海賊はぎゃっと叫んで飛びすさり、浜辺へ向かって駆けだした。矢がひゅんひゅんと音を立てて、その周囲に降り注ぐ。海賊の手下が雄叫びをあげ、刃《やいば》を陽光にきらめかせながら、波濤《はとう》のように押しよせてきた。

「どこを狙っておる、犬めが！」伯爵は怒声《どせい》を発し、鉄の籠手《こて》をはめた拳で、狙いをはずした射手《いて》をなぐり倒した。「なぜ喉当ての上を狙わなかったのだ？　弓をかまえよ――そら、来るぞ！」

しかし、手下と合流したストロムが、無謀な突進を制止していた。海賊たちは、西側の柵の両端を結ぶ長い線となって散開し、長矢を放ちながら、慎重に前進してきた。彼らの武器は長弓であり、その弓の技量はジンガラ人のそれに優《まさ》っていたが、ジンガラ人には守ってくれる防壁があった。長矢が弧を描いて防柵を飛び越え、地面に突き刺さって小刻みに震える。一本が、ベレサの見ている窓の下枠に突き刺さり、悲鳴をあげたティナがすくみあがって身を引いた。少女は目を見開き、禍々しく震えている長矢を凝視していた。

ジンガラ人はあせることなく狙いを定め、弩の太矢と狩猟用の矢を放って応戦した。女たちは子供を小屋のなかへ追いたてており、いまは神々が自分たちのために用意した運命を――それが何であれ――おとなしく待ち受けていた。

バラカ人の闘い方は、凶暴で向こう見ずなことで名高いが、獰猛《どうもう》一辺倒というわけではなく、用心深いところもある。そして彼らは、防柵にまともに突撃を仕掛けて戦力を浪費する気は毛頭《もうとう》なかった。左右に大きく拡がった隊形を崩さず、窪みという窪み、草むらという草むらに身を隠しながら、じりじりと進んできた――とはいえ、窪みや草むらは多くなかった。ピクト人の襲撃にそなえて、砦の四周《しゅう》は地面がならされていたからである。

うつぶせの死体が二、三、砂浜に転がり、鎧の背中を陽射しにきらめかせていた。四角い鏃《やじり》のついた長矢が、わきの下や首に突き立っていた。しかし、海賊たちは猫さながらに敏捷《びんしょう》で、絶えず位置を変えているうえに、軽い鎧で身を守っていた。彼らが切れ目なく降らせる矢の雨は、防柵のなかの男たちにとって絶えざる脅威となった。それでも、戦闘が矢の応酬であるかぎり、柵に守られたジンガラ人の優位は揺るがなかった。

しかし、浜辺の先の舟小屋で、斧を揮《ふる》っている男たちがいた。自分の小舟がつぎつぎと打ち壊されるのを見て、伯爵が口汚いののしりの言葉を吐いた。それを造るにあたっては、頑丈な丸太から苦労して板材《いたざい》を削りださねばならなかったのだ。

「あやつら、防楯《ぼうじゅん》を作っておるな！」伯爵はいきりたった。「こうなったら打って出るしかない、あれができあがる前に――あやつらが散らばっているうちに――」

ガルブロが、鎧を着けずに不恰好な矛を手にしている部下をちらりと見て、かぶりをふり、

「敵の矢でわが方の兵は針鼠のようになるでしょう。それに、白兵戦《はくへいせん》ではとうていかないません。われわれは柵の陰《かげ》にとどまり、射手の腕前を信じるほかないのです」

「それは道理というものだが」とヴァレンソが唸り声で、「あくまでも、あやつらを柵の内側に入れずにおければの話だ」

ほどなくして、海賊たちの考えは、だれの目にも明らかとなった。三十人ほどの男たちが一団とな

り、大きな楯を押したてて前進してきたのである。その楯は、小舟からとった厚板《あついた》や、舟小屋そのものの板材から作られていた。しかも牛車《ぎゅうしゃ》を見つけてきて、その車輪――頑丈な樫《かし》で作った大きな円盤――の上に防楯を据えつけていた。そして台車を押す彼らは、防楯に隠れているため、守備側からはまったく姿が見えず、ときおり動いている足がちらりとのぞくだけだった。

防楯は門に向かってごろごろと進み、ばらばらだった射手の線が、門に向かって収束した。走りながら矢を放っているのだ。

「射て！」まっ青になったヴァレンソが怒鳴った。「あやつらが門に達する前に止めるのだ！」

唸りをあげる矢が、嵐となって防柵を越え、厚い板材につぎつぎと突き立ったが、何の害もあたえられなかった。その一斉射撃に対しては、愚弄《ぐろう》するような叫びが返ってきた。いまや残りの海賊たちが近づいてきており、狭間をぬけてくる長矢が出はじめていた。そしてひとりの兵士がよろめき、喉を詰まらせたように喘《あえ》ぎながら、張り出した足場から転落した。怖ろしく長い矢が、その喉を貫いていた。

「あやつらの足を狙え！」ヴァレンソが絶叫した。それから――「四十人は矛と斧で門を守れ！　それ以外の者は柵を死守するのだ！」

弩の太矢が、移動する楯の前の砂地を引き裂く。血も凍《こお》るような悲鳴があがり、楯のへりからはみだした的《まと》に矢の一本が命中したことがわかった。そしてひとりの男が、よろよろと視界に出てきた。悪態《あくたい》を吐き散らし、飛び跳ねながら、足に突き刺さった太矢を引きぬこうとしているのだ。たちまち、十数本の狩猟用の矢が、男を針鼠に変えた。

しかし、喉から絞りだすような叫びとともに、防楯が柵に押しつけられ、楯の中央に設けられた隙《すき》間《ま》から突きだしている、先端に鉄をかぶせた重い丸太が、門を乱打しはじめた。筋肉の盛りあがった腕が丸太を送りだし、血に飢《う》えた怒りが引きもどす。さしもの頑丈な門もうめきをあげ、ぐらつかずにはいられなかった。一方、防柵からは弩の太矢が切れ目なく雨あられと降り注ぎ、なかには的に命中したものもあった。しかし、海の荒くれたちは、闘いへの欲望で火がついたようになっていた。

海賊たちは野太《のぶと》い気合いもろとも、破城鎚《はじょうづち》を押しては引いた。そして、勢いの衰えた柵からの弓射をものともせず、矢をつるべ打ちにしながら、四方から残りの者たちが集まってきた。

狂人のように罵声《ばせい》を発しながら、伯爵は柵から飛び降り、剣をぬいて、門へと走った。武装兵の一団が、必死の形相《ぎょうそう》で槍を握り、そのすぐあとにつづく。門はつぎの瞬間にも破られるだろう。そうなったら、彼らが生身《なまみ》で隙間をふさぐしかないのだ。

そのとき、乱戦の喧噪《けんそう》に新たな音が割りこんできた。喇叭の音である。船から喨々《りょうりょう》と吹き鳴らされているのだ。檣頭横桁《しょうとうよこげた》の上に、両腕をふりまわし、必死に合図している人影があった。

力まかせに破城鎚を押したり引いたりしていても、ストロムの耳はその音を聞き逃さなかった。彼は強健な筋肉にものをいわせ、ほかの腕の動きに逆らい、両脚を踏んばって、引きもどされようとした破城鎚の動きを止めた。顔から汗をしたたらせながら、首をめぐらせ、

「待て！」と怒鳴った。「待てというのに、こんちくしょう！　あれが聞こえんのか！」

その牡牛《おうし》もかくやという唸り声につづく静寂のなかで、喇叭の音ははっきりと聞こえ、何かを叫ぶ声も聞こえたが、防柵の内側の人々にはちんぷんかんぷんだった。

だが、ストロムにはわかったと見える。なぜかというに、その声がふたたびはりあげられ、たてつづけに命令をくだしたからだ。破城鎚は放棄され、前進してきたときにも負けないすばやさで、防楯が門から退《しりぞ》きはじめた。

「見て！」窓辺のティナが叫び、興奮しきってぴょんぴょん飛び跳ねた。「逃げていきます！　ひとり残らず！　浜へ走っていきます！　ほら！　矢が届かないところまで来たら、楯を放りだしたわ！　小舟に飛び乗って、船めざして漕《こ》いでいます！　ああ、ベレサさま、あたしたちが勝ったんですか？」

「そうじゃないみたいね！」ベレサは沖の方に目を凝らしていた。「見て！」

彼女はカーテンを左右に払い、窓から身を乗りだした。そのよく通る若々しい声が、守備側の驚きの叫びにかぶさり、彼女の指さす方角に男たちが首をめぐらせた。野太い叫び声が湧きあがったのは、南側の岬を威風《いふう》堂々とまわりこんでくる別の船が目に飛びこんできたからである。見ているうちにも、その船はジンガラ王家を示す金色《こんじき》の旗をかかげた。

ストロムの手下の海賊たちは、錨をあげている武装商船の舷側《げんそく》をよじ登っているところだった。見知らぬ船が入江の半ばまで進まないうちに、〈赤い手〉号は北側の岬の突端をまわりこんで姿を消そうとしていた。

3　黒い男の到来

「柵《さく》の外へ出ろ、ぐずぐずするな！」伯爵《はくしゃく》が噛《か》みつくようにいい、門のかんぬきを引きぬきにかかった。「あのよそ者たちが上陸できぬうちに、あの防楯《ぼうじゅん》を破壊するのだ！」

「しかし、ストロムは逃げていきました」ガルブロがいさめるようにいった。「それに、あの船はジンガラのものです」

「いわれたとおりにせよ！」ヴァレンソが怒鳴った。「敵は異国人とはかぎらぬ。外へ出ろ、犬ども！そこの三十人、斧《おの》を持って、あの防楯を薪《まき》にしてしまえ。台車は柵のなかへ運んでくるのだ」

斧を手にした三十名が、浜の方へ駆けていった。袖なしの短上衣《チュニック》をまとった屈強《くっきょう》な男たちが、陽射《ひざ》しに斧をきらめかせる。主君のただならぬ様子を見れば、あの近づいてくる船に危険がひそんでいるとも思われ、恐慌におちいったかのように気が急《せ》くのだった。彼らが揮《ふる》う斧の下で木材の裂ける音が、砦《とりで》の内部にいる人々のところまで、はっきりと聞こえてきた。そして大きな樫材《かし》の台車を転がしながら、斧を持った男たちが砂浜を駆けもどってきたあと、ジンガラ船が、海賊船の停泊していたところに錨《いかり》を下ろした。

「伯爵さまは、どうして門をあけて、あの人たちを迎えにいかないのかしら？」ティナが不思議がった。「伯爵さまの怖《おそ》れている男の人が、あの船に乗っているかもしれないと心配しているのかしら？」

「それはどういうこと、ティナ？」ベレサが不安げにたずねた。伯爵は、みずから故郷を捨てた理由を明かしたことがなかった。敵は多いものの、彼は敵にうしろを見せるような男ではない。しかし、ティナの言葉は、無気味なほど真《しん》に迫っているように思え、ベレサの心は乱れた。

ベレサの問いは、ティナの耳にはいらなかったらしく、

「斧を持った人たちが、柵のなかにもどりました」と少女はいった。「門がまた閉まって、かんぬきがかけられました。男の人たちは、あいかわらず柵に沿った持ち場に就いています。もしあの船がストロムを追ってきたのだとしたら、どうして追いかけていかなかったんでしょう？　でも、あれは軍船じゃありません。前のと同じような武装商船です。あっ、小舟《こぶね》が岸へやってきます。舳先《へさき》に男の人が見えます。黒っぽい外套《がいとう》にくるまっています」

小舟が浜に乗りあげると、その男はほかの三人を従え、悠然とした足どりで砂浜を歩きだした。長身で屈強な躰《からだ》つきの男で、黒い絹《きぬ》と磨きあげた鋼《はがね》に身を包んでいた。

「止まれ！」伯爵が大声でいった。「きさまらの首領としか話さんぞ！」

長身のよそ者は冑《かぶと》を脱ぎ、手で空中に弧を描くようなお辞儀をした。同行の者たちが立ち止まり、幅広の外套を躰に巻きつけた。その後方では水夫たちが櫂《かい》に寄りかかり、防柵の上にひるがえる旗をじっとみつめていた。

男は門まで容易に声が届く距離まで来ると、

「いやはや、ごもっとも」といった。「こんな不毛な海にあっては、紳士同士のあいだに疑惑などあっ

てはならぬものですからな！」

ヴァレンソは疑わしげに男をみつめた。よそ者は浅黒い肌、肉食獣を思わせる痩《や》せた顔、薄く生えた黒い口髭《くちひげ》をそなえていた。喉もとにたっぷりとレースがあしらってあり、手首にもレースが飾られていた。

「おまえのことは知っている」ヴァレンソがゆっくりといった。「おまえは黒装束《くろしょうぞく》のザロノ、バッカニアだ」

ふたたびよそ者は、大げさなほど優雅なお辞儀をして、

「そして、コルゼッタ家の赤い隼《はやぶさ》を見誤る者はおりますまい！」

「どうやらこの海岸は、南海のならず者がこぞって集まる会合場所になったと見える」と唸り声でヴァレンソ。「何が望みだ？」

「これはこれは、伯爵」とザロノがたしなめるように、「あなたさまのお役に立ったばかりの者に対して、いささかぶしつけなご挨拶ではありますまいか。例のアルゴスの犬、ストロムめが、あなたさまの門を乱打していたのでありませんか？　そして、わたくしの船が岬《みさき》をまわりこむのを目にして、自分の船に引き返したのではありませんか？」

「仰《おお》せのとおりだ」伯爵がしぶしぶ認めた。「もっとも、海賊と裏切り者では、どちらにしろ大差はないがな」

ザロノは鷹揚《おうよう》に笑って、口髭をひねり、

「歯に衣《きぬ》を着せぬお方でいらっしゃいますな、伯爵。しかし、わたくしめの望みは、あなたさまの入

江に錨を下ろし、あなたさまの森のなかで部下に食肉や水を捜させてもよいというお許しだけなのです。それにひょっとしたら、あなたさまの食卓で一杯の葡萄酒《ぶどうしゅ》をいただいてもいいというお許しも」

「それを止める方法は思いつかん」と唸るようにヴァレンソ。「だが、これだけはいっておく、ザロノ。おまえの部下が、この防柵の内部にはいることを禁ずる。もし百フィート以内に近づいたら、その者はすぐに臓腑《ぞうふ》を矢に貫かれたことに気づくであろう。そしてわしの菜園と、小屋のなかの家畜に手を出すことを禁ずる。牡《おす》の仔牛三頭をくれてやるから、新鮮な肉をとるがよい。だが、それ以上はならん。そして、万が一おまえが妙なことを考えても、おまえたちごろつきが相手なら、わしらはこの砦を守りぬけるのだ」

「ストロムが相手だと、あまりうまく守れなかったようですが」嘲《あざけ》りの薄笑いを浮かべて、バッカニアが指摘する。

「おまえには、防楯の材料にする木材は見つかるまい。木を切り倒すか、おまえ自身の船から板を剝《は》ぎとらないかぎりな」伯爵が厳《いか》めしい口調で請《う》けあった。「それにおまえの部下は、バラカの射手《いて》ではない。弓の腕前に関しては、わしの弓兵《きゅうへい》と五十歩百歩だ。さらに、この城でみつかる宝などたかが知れておる。骨折り損のくたびれ儲けだぞ」

「だれが宝や戦闘の話をしました?」ザロノが抗議した。「とんでもない、わたしの部下は陸《おか》で脚を伸ばしたくて仕方がないうえに、塩漬けの豚肉ばかりかじっているせいで、壊血病《かいけつ》にかかりかけているのです。このわたくしが、ご迷惑をかけぬと保証します。上陸させてもよろしいでしょうか?」

ヴァレンソがしぶしぶながら同意を示すと、ザロノはせせら笑うようにお辞儀をし、あたかもコルダヴァの王宮の磨きぬかれた水晶の床を踏んでいるかのように、堂々とした足どりで悠然と引き返していった。実際、噂《うわさ》が本当なら、かつては王宮に出入りしていた男なのである。「柵の持ち場からひとりも離れぬようにせよ」ヴァレンソはガルブロに命じた。「あの裏切り者の犬めは信用ならん。ストロムをわれらの門から追い払ったからといって、わしらの喉を掻き切らないという保証はないのだ」

ガルブロはうなずいた。彼は、海賊とジンガラのバッカニアとのあいだに存在する反目《はんもく》については熟知していた。海賊というのは、主に無法者となったアルゴス人水夫である。アルゴスとジンガラのあいだの積年《せきねん》にわたる宿怨《しゅくえん》に加え、掠奪《りゃくだつ》稼業の男たちの場合は、利害が反することから生じる敵対関係にあるのだ。両陣営とも船荷と沿岸の街を餌食《えじき》にしている。そして同じくらい貪欲に、おたがいを餌食にしているのだ。

かくしてバッカニアたちが上陸するあいだ、防柵から離れる者はひとりもいなかった。バッカニアというのは、燃えるように赤い絹と磨きあげた鋼に身を包み、頭には布を巻きつけ、耳には黄金の輪をはめた浅黒い顔の男たちである。浜辺に野営《やえい》したその数は百七十あまり。そしてヴァレンソが気づいたところ、ザロノは南北両方の岬に見張りを立てていた。彼らは菜園を荒らしはせず、ヴァレンソが防柵から声をかけて指定した仔牛三頭だけを追いたて、これを屠《ほふ》った。浜のあちこちで焚火《たきび》が起こされ、麦酒《エール》を収めた枝編《えだあ》みの樽《たる》が陸揚《りくあ》げされ、口があけられた。

ほかの樽には、砦から少し南へ行ったところに湧いている泉の水が満たされた。やがて男たちは、弩《いしゆみ》を手にして、ぶらぶらと森の方へ向かいはじめた。これを見たヴァレンソは、野営地のなかを行ったり来たりしているザロノに声をかける気を起こした。

「おまえの部下を森にはいらせてはならぬぞ。肉が足りぬのなら、小屋からもう一頭仔牛を連れていけ。あの者たちが森のなかにはいったら、ピクト人と争うことになりかねん。あの森の奥には、顔を隈《くま》どった悪鬼《あっき》がひしめいておるのだ。わしらは上陸直後に襲撃を受けたが、なんとか撃退した。それ以来、六人の男がおりおり森のなかで殺されてきた。いまのところは平和が保たれておるが、いつ破れても不思議はない。連中を刺激するような真似《まね》をしてはならぬ」

ザロノはぎょっとして、鬱蒼《うっそう》と茂る森にさっと視線を走らせた。まるでそこにひそんでいる蛮族の大群が見えると思っているかのように。それから一礼して、

「警告してくださって痛み入ります。お礼申しあげますぞ、伯爵」というと、声をはりあげ、もどってこいと部下に命じた。そのしゃがれ声は、伯爵に話しかけるときの宮廷風に洗練された発音とは奇妙なまでに対照的だった。

もし樹葉《じゅよう》の壁を見通すことができたなら、ザロノは憂慮《ゆうりょ》を深めていたであろう。もしそこにひそんで、何を考えているのかわからない黒い目でよそ者たちを見張っている無気味な人影が見えたなら——鹿皮の腰布と、左耳から垂らした大嘴《おおはし》の羽根のほかには一糸《いっし》もまとわぬ、顔をあくどく隈どった戦士が見えたならば。

暮色《ぼしょく》が深まるにつれ、灰色の薄い膜が波打ち際から匍《は》いあがってきて、空を覆った。黒い波頭《はとう》を血の色に染めながら、太陽が緋《ひ》色の波間に沈んだ。霧が海から匍い出てきて、森の裾《すそ》にひたひたと押しよせ、煙《けぶ》った筋となって防柵をとり巻いた。霧を透《す》かして、浜辺の焚火がくすんだ緋色に輝き、バッ

カニアたちの歌声は、遠くかすかに聞こえるようだった。彼らは武装商船から古い帆布《ほぬの》を持ちこんでおり、即席の天幕を浜辺に張っていた。そこではあいかわらず牛肉が焙《あぶ》られており、船長のふるまい酒が、ちびちびと分配されていた。

大門《おおもん》は閉ざされ、かんぬきがかけられていた。矛《ほこ》をかついだ兵士たちが、防柵から張り出した足場を無表情に巡回している。結露した水滴が、その鋼の円冑《まるかぶと》にきらめいていた。彼らは浜辺の焚火に不安げな目をちらちらと向ける一方、いまは忍びよる霧に包まれて、ぼんやりとした黒い線となっている森の方へは、もっと頻繁に目を凝《こ》らした。柵の内部の広場には生き物の影ひとつなく、がらんとした空間が黒々と拡《ひろ》がっているばかりである。建ち並ぶ小屋の隙間《すきま》からは蠟燭《ろうそく》の明かりが弱々しく洩れ、領主の館《やかた》の窓からは光がこぼれだしている。あたりは静まりかえり、その静けさを破るのは、歩哨《ほしょう》たちの足音と、軒《のき》からしたたる水の音、そしてバッカニアたちの遠い歌声だけであった。

この歌声のかすかな谺《こだま》は、ヴァレンソが招かれざる客と杯《さかずき》をかわしている大広間まではいりこんできた。

「貴公の部下は陽気にやっておるようだ」と唸《うな》るように伯爵。

「ふたたび砂を踏みしめる感触を楽しんでいるのですよ。うんざりするような航海でした——そう、長くてつらい追跡だったのです」ザロノは答えると、主人の右手に坐《すわ》っている、何の反応も見せない娘に向かってうやうやしく杯をかかげ、芝居がかった仕草で葡萄酒を飲み干した。

無表情の従者《じゅうしゃ》たちが、壁ぎわにずらりと並んでいた。矛と冑に身を固めた兵士たち、繻子《しゅす》の上着をまとった召使いたち。この未開の地にあるヴァレンソの屋敷は、彼がコルダヴァにかまえていた邸宅の面影をかすかながら伝えるものだった。

領主の館――伯爵はこの呼び名に固執《こしつ》していた――は、この海岸にあっては驚異といえた。百人からの男たちが、何カ月も昼夜を分かたずに働いて築きあげたのだ。丸太を組んで壁とした外部に装飾はほどこされていないものの、内部はできるだけコルゼッタ城に似せてあった。広間の壁を形作る丸太は、金糸《きんし》で刺繍《ししゅう》のほどこされた、どっしりした絹の綴《つづ》れ織《お》りに隠されている。染められて磨きぬかれた船の木材が、高い天井の梁《はり》を形成している。床は豪華な絨毯《じゅうたん》に覆われ、広間から二階へ伸びる広幅の階段にも絨毯が敷きつめられている。階段の頑丈な手摺《てす》りは、かつてのガレオン船の舷檣《げんしょう》である。

幅のある石造りの暖炉のなかで火が燃えており、夜の湿気《しっけ》は追い散らされていた。広いマホガニーのテーブル、その中央におかれた大きな銀の枝つき燭台《しょくだい》に並ぶ蠟燭が、広間を照らし、階段に長い影を投げかけていた。ヴァレンソ伯爵はそのテーブルの上座《かみざ》に着き、姪《めい》、客として迎えた海賊、ガルブロ、守備隊長から成る一座を饗応《きょうおう》していた。五十人の客が楽に坐れそうなテーブルの広さにくらべれば、人数の少なさがいっそうきわだつ形である。

「貴公はストロムを追ってきたのか?」ヴァレンソが訊いた。「こんな遠くまで追いたててきたのか?」

「わたくしはストロムを追ってきました」ザロノが笑い声をあげ、「しかし、あやつはわたくしめから逃げていたわけではありません。ストロムは、人に背を見せるような男ではございません。じつは、あやつはあるものを捜しにきたのです。このわたくしもまた、喉から手が出るほど欲しがっているものを」

「いったい何があれば、海賊やバッカニアがこの不毛な土地に惹《ひ》きつけられるというのだ?」ヴァレンソは呟《つぶや》き、盛んに泡を出している酒杯《しゅはい》の中身をじっとみつめた。

「いったい何があれば、コルダヴァの伯爵を惹きつけるのでしょう？」ザロノが切り返す。一瞬その眸《ひとみ》に、貪欲そうな光がぎらついた。

「宮廷の腐敗が、名誉を重んじる男に嫌気《いやけ》をもよおさせたのかもしれぬ」とヴァレンソ。

「名誉を重んじるコルゼッタ家の方々は、何世代にもわたり、その腐敗を従容《しょうよう》と受け入れてこられたではありませんか」ザロノがずけずけといった。「伯爵殿、好奇心からおたずねします——なぜあなたさまはご自分の土地を売り、城の家財道具を船に積みこんで、ジンガラの王侯貴族の知識がおよばぬ水平線の彼方《かなた》へ船出したのです？　そして、なぜここに居《きょ》をかまえたのです？　あなたさまの剣と令《れい》名《めい》がおありなら、いかなる文明の地でもそれなりの地位を手に入れられるというのに」

ヴァレンソは、首にかけた黄金の印璽《いんじ》の鎖をいじり、

「わしがジンガラを離れた理由は、一身上の都合とでもいっておこう。だが、ここにとどまることになったのは、ひとえに偶然のなせる業《わざ》。わしは仮の住まいを建てるつもりで、家臣をひとり残らず上陸させ、貴公が口にされた家具調度の大半を陸揚げした。ところが、入江の沖合に停泊したわしの船は、突如として襲ってきた西からの嵐のため、北の岬の断崖に叩きつけられ、難破してしまったのだ。季節によっては、そういう嵐もけっして珍しくない。そのあとは、ここにとどまって、最善を尽くすほかになかった」

「ならば、かなうものなら、文明の地へもどられるおつもりですか？」

「コルダヴァにはもどらぬ。だが、どこか遠いところならば、ひょっとして——ヴェンドゥヤか、キ

タイなら――」

「ここの暮らしは退屈ではありませぬか、ご令嬢？」はじめてベレサにじかに声をかけて、ザロノが訊いた。

目新しい顔が見たい、耳新しい声を聞きたいという強い気持ちが、その夜、ベレサの足を大広間に運ばせたのだった。しかし、いま彼女は、ティナといっしょに自室にとどまっていればよかったと後悔していた。ザロノがこちらに向ける目つきの意味は、見誤りようがない。彼の言葉遣《づか》いは上品で礼儀正しく、表情はおだやかで、節度《せつど》に富んでいる。だが、それは仮面にすぎず、暴力的で陰険な男の本性が透けて見えるのだ。胸ぐりの深い繻子の外衣を羽織《はお》り、宝石を鏤《ちりば》めた腰帯《こしおび》を締めた高貴な若い美女にザロノが目をやるとき、その目に燃えあがる欲望は隠しおおせるものではなかった。

「ここには変化というものが、ほとんどありません」彼女は小声で答えた。

「もし船があれば」ザロノは伯爵にずけずけと訊いた。「あなたはこの入植地を捨てますか？」

「おそらくは」伯爵は認めた。

「わたくしには船があります」とザロノ。「もしわれわれが合意に達したなら――」

「どういう合意だ？」ヴァレンソが首をもたげ、客人を疑わしげにみつめた。

「山分けといきましょう」ザロノはそういうと、指を大きく拡げ、片手をテーブルの上においた。その手は、奇妙なことに大きな蜘蛛《くも》を連想させた。しかし、その指は奇妙な緊張でわなないており、バッカニアの目は新しい光を帯びて爛々《らんらん》と輝いていた。

「何を山分けするというのだ？」ヴァレンソが、当惑もあらわにザロノをしげしげと見て、「わしが運んできた黄金は、船とともに沈んだ。そして折れた木材とはちがって、岸に打ちあげられはしなかった」

「そんなものではない！」ザロノがもどかしげに手をふり、「腹を割って話しあいましょう、伯爵。海岸線は千マイルもつづいているというのに、よりによってこの地点で上陸したのが偶然のなせる業だった――そんな話が通るとお思いですか？」

「話が通るも何も」ヴァレンソは冷ややかに答えた。「わしの船の船長は、バッカニアあがりのジンヘリートという男だった。その男はこの海岸を航海したことがあり、ここで上陸するようわしを説《と》き伏せた。理由はあとで明かすといっておったが、その理由は明かされずに終わった。なぜかというに、わしらが上陸したつぎの日、その男は森のなかへ姿を消し、のちに狩猟隊がその男の首なし死体をみつけたからだ。ピクト人に待ち伏せされ、殺されたに相違ない」

ザロノは、しばらくヴァレンソをまじまじとみつめていた。

「なるほど」とうとう彼はいった。「信じますよ、伯爵。多彩な特技をお持ちとはいえ、コルゼッタ家のお人は、嘘をつくのは苦手なようですから。では、ひとつ提案があります。入江の沖合に錨を下ろしたとき、わたくしが心中に別の計画を温めていたことは、喜んで認めましょう。あなたがとっくに宝を手に入れたものと思いこんでいたので、策略を用いてこの砦を乗っ取り、あなたがた全員の喉をかっ切るつもりでおりました。ところが、情況に応じて心変わりしたのです――」

彼はベレサにちらりと視線を走らせた。それを見て、彼女はさっと顔色を変え、憤然と頭をもたげた。

「わたくしには船があり、あなたをこの流刑地から連れだしてさしあげられます」バッカニアはいった。「あなたの選ぶ家財道具や、家臣の者も運びましょう。それ以外の者は、自分たちでやっていけるでしょう」

壁ぎわに並んだ従者たちが、横目で不安そうに視線を交わした。ザロノは言葉をつづけた。あまりにも冷笑的な口調で、真意はおのずと明らかになった。

「しかし、まずわたくしが財宝を手中にするのに力を貸していただかねば。そのために千マイルも船を進めてきたのですからな」

「いったいぜんたい、財宝とは何のことだ?」伯爵が怒気《どき》もあらわに詰問《きつもん》した。「貴公の話はちんぷんかんぷんで、あのストロムの犬めと変わらぬぞ」

「流血王トラニコスのことを聞いたことはありませんか? バラカ海賊きっての大物です」

「聞いたことのない者がいようか。スティギアの流浪の王子トトメクリの島城《しまじろ》を襲い、住民を刀《かたな》の錆《さび》に変え、王子がケミから逃亡したときに持ちだした財宝を持ち去ったのが、その男だ」

「そのとおり! そして、その財宝の話が、腐肉《ふにく》にたかる禿鷹《はげたか》のように、〈赤い兄弟たち〉の面々を群がらせたのです――海賊、バッカニア、あげくの果てには南を根城《ねじろ》にする黒人の海賊《コルセア》まで。配下の船長たちに裏切られるのを怖れて、トラニコスは一隻だけ船を仕立てて北方へ逃げ、そして世人《せじん》の知るところではなくなったのです。これは百年近く前の話です。

しかし、話にはつづきがあるのです。じつは、その最後の航海からひとりの男が生きて帰り、バラカ群島へもどったのですが、ジンガラの軍船に捕えられる運命が待っていただけでした。その男は縛《しば》り首になる前、みずからの身の上を語り、みずからの血で羊皮紙《ようひし》に地図を描いて、彼を捕えた者たちの手の届かぬところへ、どうにかして持ちだしました。その男の話とはこうです——トラニコスは通常の航路のはるか彼方まで船を進めた。やがて荒れ果てた海岸である入江に行きあたり、そこに錨を下ろした。トラニコスは財宝を持って上陸し、船に乗せてきた、もっとも信頼の厚い十一人の船長を同行させた。トラニコスの命令に従い、船は帆をあげて去った。一週間したらもどってきて、総大将と船長たちを船に迎える手はずになっていた。そのあいだにトラニコスは、入江にほど近いどこかに財宝を隠すつもりだった。船は決められた日時にもどってきたが、トラニコスと部下の十一人の船長は影も形もなく、彼らが浜辺に建てた粗末な小屋があるばかりだった。

小屋は破壊されていて、裸足の足跡がまわりに残っていたが、争った形跡はどこにもなかった。財宝や、その隠し場所を示す手がかりもなかった。海賊たちは総大将と船長たちを捜しに森のなかへはいったが、未開のピクト人に襲撃され、船まで押しもどされた。彼らは意気消沈して錨をあげ、船を出したものの、バラカ群島を水平線上に望む前に、猛烈な嵐に遭《あ》って船は難破し、その男ひとりだけが生き残った。

以上がトラニコスの宝の話です。百年近くにわたり男たちが捜し求め、徒労に終わっている宝です。その地図は実在することが知られていますが、その所在は謎のままでした。

わたくしは、その地図をちらりと見たことがあります。ストロムとジンへリート、そしてバラカの船に乗り組んでいた、あるネメディア人がいっしょでした。われわれは、ジンガラのとある港町のあばら屋でそれを目にしました。変装して、そこに潜伏していたのです。だれかがランプを倒し、だれかが暗闇のなかで悲鳴をあげました。そして、ふたたび明かりが灯《とも》ったとき、地図の持ち主だった老いぼれ守銭奴《しゅせんど》は、短剣を胸に突き立てられて死んでいました。そして地図は消え失《う》せていたのです。騒ぎの原因を調べようと、夜警《やけい》が矛をがちゃつかせながら、通りをやって来ようとしていました。われわれは散りぢりになり、それぞれが思いおもいの方角へ逃れました。

その後何年にもわたって、ストロムとわたくしはおたがいを見張っておりました。たがいに相手が地図を持っているのではないかと疑っていたのです。ところが、あにはからんや、どちらも持っていなかったのです。しかし、つい最近、ストロムが北へ向かって船出したという知らせが、わたくしのもとに届きました。それであの男を追いかけてきたのです。その追跡の結末は、あなたがごらんになられたとおりです。

わたくしは、老いぼれ守銭奴のテーブルに拡げられていたのをちらりと目にしただけなので、地図の内容については何もわかりませんでした。しかし、ストロムの行動を見ますと、あやつはこの入江がトラニコスの停泊した場所だと知っているようです。おそらく、トラニコスたちはあの森のどこかに財宝を隠し、もどって来る途中、ピクト人に襲われて、殺されたのでしょう。財宝はピクト人の手に渡りませんでした。この海岸一帯でも、ごくわずかに交易が行なわれておりますが、財宝について知る者はなく、沿岸部族の持ち物に、黄金の装身具や稀少な宝石が見られたためしはありません。

さて、わたくしの提案はこうです――われわれの力を合わせましょう。ストロムは、ここから遠くないどこかにいます。あやつが逃げだしたのは、挟《はさ》み撃《う》ちに遭うのを怖れたからであって、必ずやもどって来るでしょう。しかし、われわれが手を組めば、あんなやつは何ほどでもありません。あやつが襲ってきても、砦を守れるだけの人数を残して、われわれは宝を捜しにいけます。おそらく、財宝はこの近くに隠されています。十二人では、それほど遠くまで運んでいけたはずがありません。宝をみつけ、わたくしの船に積み、わたくしの過去を黄金で隠蔽《いんぺい》できる外国の港へ向かって船出するのです。わたくしは、この暮らしにうんざりしました。文明の地へもどり、貴族のように暮らしたいのです。富と、奴隷と、城と——高貴な血を引く妻とともに」

「それで？」疑惑に目を細くして、伯爵が先をうながした。

「あなたの姪御さんを妻にいただきたい」バッカニアはぶしつけにいった。

ベレサは鋭い悲鳴をあげて、はじかれたように立ちあがった。ヴァレンソも血相《けっそう》を変えて立ちあがった。まるで客に投げつけたものかどうか迷っているかのように、酒杯を握る手に力をこめたり、ゆるめたりしている。ザロノは動かなかった。片腕をテーブルに載《の》せ、指を鉤爪《かぎづめ》のように曲げて、じっと坐っていた。その目には激情と、底知れぬ威嚇《いかく》の色がくすぶっていた。

「世迷《よま》い言《ごと》を申すな！」ヴァレンソが怒鳴った。

「ご自分が高い身分から転落なされたのをお忘れのようですな、ヴァレンソ伯爵」と唸るようにザロノ。「ここはコルダヴァの宮廷ではないのですよ、伯爵。この不毛な海岸では、身分の高さは手勢《てぜい》と武器の力で測られます。そして、その点では、わたくしの方が優《まさ》っておるのです。よそ者がコルゼッタ城を踏みにじり、そしてコルゼッタ家の財産は、海の藻屑《もくず》と成り果てました。あなたは、流人《るにん》のままここで死ぬのです。わたくしが船の使用を認めてさしあげないかぎりは。

わたくしども両家が結ばれるのを悔《く》やむ理由などありますまい。新たな名前と新たな財産を得た黒装束のザロノが、世界の貴顕《きけん》と肩を並べ、コルゼッタ家の者さえ恥じることのない娘婿《むすめむこ》となるのをごらんになるでしょう」

「そのようなことを考えるとは、気でも狂ったか！」伯爵が怒声《どせい》をはりあげた。「きさま――おや、あれはだれだ？」

ぱたぱたという柔らかな履《は》き物の足音が、彼の注意をそらしたのだった。ティナが広間に駆けこんできて、怒りに燃えた伯爵の目が自分に据えられているのを見てためらい、膝を深く曲げてお辞儀すると、テーブルをまわりこみ、その小さな手をベレサの指のあいだにすべりこませた。かすかに息を喘《あえ》がせており、その履き物は湿っていた。亜麻《あま》色の髪は、頭にぺたりと貼りついている。

「ティナ！」ベレサが心配そうに声をはりあげた。「いったいどこにいたの？　何時間も前に、お部屋に引きとったものと思っていたのに」

「お部屋にいたんです」子供が息を切らしながら答えた。「でも、ベレサさまにいただいた珊瑚《さんご》の首飾りを忘れてきたのに気づいて――」と首飾りをかかげる。つまらない装身具だが、ベレサにもらった最初の贈り物なので、少女にとっては、ほかの何よりも価値があるのだ。「ベレサさまに知られたら、とりに行かせてもらえないと思って――ある兵隊さんの奥さんに助けてもらって、柵から出て、もどってきたんです――どうか、その人がだれかいわせないでください、ベレサさま。いわないって約束したんです。首飾りは、けさ水浴びした水たまりのそばでみつかりました。いけないことをしたんなら、どうかお仕置きしてください」

「ティナ！」ベレサはうめくようにいい、子供をぎゅっと抱きしめた。「お仕置きなどしません。でも、柵の外へ出てはいけなかったのよ。バッカニアが浜で野営しているし、ピクト人がうろついているかもしれないのは、いつものことなんですもの。お部屋に連れていって、その濡れた服を替えてあげるわね――」

「はい、ベレサさま」ティナが小声でいった。「でも、その前に黒い男の人のことをお話しさせてください――」

「何だと？」

ヴァレンソの口からほとばしった驚愕《きょうがく》の叫びが、ティナの言葉をさえぎった。伯爵が両手でテーブルをつかんだ拍子《ひょうし》に、彼の酒杯が床に落ちて、けたたましい音を立てた。もし雷《いかずち》に打たれたのだとしても、城主の態度はこれほどまでに激変しなかったであろう。その顔は土気《つちけ》色で、目はいまにも顔からこぼれ落ちそうだ。

「何と申した？」伯爵は喘ぎ、困惑してベレサに身をすり寄せた子供を睨《にら》みつけた。「何と申したのだ、娘？」

「黒い男の人です、伯爵さま」少女はつかえつかえにいった。一方、ベレサとザロノと従者たちは、驚きに打たれて伯爵をみつめるばかりだった。「首飾りをとりに水たまりまで行ったとき、その人を見ました。風に変なうめき声が混じっていて、海は怖がっているみたいに泣いていました。そうしたら、その人がやってきたんです。あたしは怖くて、小さな砂丘の陰《かげ》に隠れました。その人は変な黒い小舟に乗って海から来ました。青い焔《ほのお》が小舟のまわりで躍っているのに、松明《たいまつ》はないんです。その人は、南の岬の根元にある砂浜へ小舟をつけると、大股に森へ向かいました。霧のなかで巨人みたいに見えました――背の高い大男で、クシュ人みたいにまっ黒で――」

ヴァレンソが、まるで致命傷を受けたかのようによろめいた。自分の喉をわしづかみにし、乱暴に黄金の鎖をむしりとる。狂人の顔つきで、よろよろとテーブルをまわりこむと、ベレサの腕から悲鳴をあげる子供を引きはがし、

「この性悪《しょうわる》な小娘が！」と喘ぐようにいった。「嘘だ！　わしが寝言《ねごと》をいったのを聞いて、わしを苦しめるためにこんな嘘をついたのだな！　嘘でしたといえ。さもないと、おまえの背中から皮を剝ぎとるぞ！」

「伯父上！」困惑しながらも激昂《げっこう》して、ベレサは叫ぶと、伯爵の手からティナを奪い返そうとした。「お気はたしかですか？　何をなさろうというのです？」

伯爵は歯をむき出して唸ると、腕にかけられたベレサの腕をもぎとり、よろめいた彼女はガルブロの腕のなかに飛びこんだ。執事は色目《いろめ》遣いをろくに隠そうともせずに、彼女を抱きとった。

「お慈悲を、伯爵さま！」ティナがすすり泣いた。「嘘じゃありません！」

「嘘だといっておるのに！」ヴァレンソが怒声をはりあげ、「ゲップレロ！」

無表情な下僕《げぼく》が、わなないている少女をつかまえ、わずかな衣服をひと息にむしりとった。従僕は向きを変え、少女のほっそりした腕を肩にまわして背負うと、もがいている少女の足が床から浮くようにした。

「伯父上」ベレサは金切《かなき》り声をあげ、ガルブロのいやらしい腕のなかでむなしくもがいた。「お気はたしかですか！　いけません――ああ、いけません――！」

その声が喉で詰まった。ヴァレンソが、柄《つか》に宝石をはめこんだ乗馬鞭《むち》をつかみ、力まかせに子供のか弱い躰に打ちおろしたのだ。少女の裸の肩にまっ赤なみみず腫《ば》れが走る。

ベレサはうめいた。苦悶《くもん》するティナの悲鳴に胸がむかついた。世界が突如として狂ってしまったのだ。悪夢のなかにいるかのように、兵士と召使いたちの無表情な顔が目に映った。けだものの顔、牡《お》牛《うし》の顔には、哀れみもなければ同情もない。かすかにせせら笑っているザロノの顔も悪夢の一部だ。その緋色の霞《かすみ》のなかに現実のものはなく、例外は肩から膝まで赤いみみず腫れが縦横に走るティナの白い裸身だけ。現実の音はなく、例外は苦悶する子供の鋭い悲鳴と、ヴァレンソの苦しげな喘ぎだけ。伯爵は狂人のように目を見開いて鞭をふり下ろしながら、声をかぎりに叫ぶのだ――「嘘だ！　嘘だ！　不届き者め、嘘などつきおって！　嘘だったといえ。さもないと、その意固地《いこじ》な躰から生皮《なまがわ》を剝ぎとるぞ！　あの男がここまで追ってこられるわけがない――」

「ああ、お慈悲を、伯爵さま！」子供が絶叫し、たくましい召使いの背中でむなしくもがいた。恐怖と苦痛で半狂乱になっていて、嘘をついて助かろうという知恵がまわらないのだ。血が緋色の玉となって、震える腿《もも》をしたたり落ちた。「見たんです！　嘘じゃありません！　お慈悲を！　どうか！　あううう！」

「ばか！　このばか！」われを忘れて、ベレサは絶叫した。「その子が本当のことをいっているとわからないのですか？　ああ、このけだもの！　けだもの！　けだもの！」

正気の片鱗《へんりん》が、不意にヴァレンソ・コルゼッタ伯爵の頭脳によみがえったように思われた。鞭を放りだすと、伯爵はよろよろとあとじさり、テーブルにぶつかって、とっさにその縁《ふち》をつかんだ。瘧《おこり》のように震えていた。髪は濡れた房となって眉間《みけん》に貼りつき、恐怖をかたどった仮面のような土気色の顔から汗がしたたっている。ゲッブレロから解放されたティナは、床にすべり落ちて、うずくまったまま泣きじゃくった。ベレサはガルブロの腕をふり払うと、嗚咽《おえつ》しながらティナのもとへ駆けより、跪《ひざまず》いて、哀れな孤児を腕に掻きいだいた。ベレサは見るも怖ろしい形相で伯父を見あげ、怒りのすべてを彼に注ぎこんだ――しかし、伯爵は彼女を見ていなかった。彼女のことも、自分の犠牲者のことも忘れてしまったようだった。あまりのことに呆然《ぼうぜん》としたベレサの耳に、伯爵がバッカニアに向けていった言葉が届いた――

「貴公の申し出を受けよう、ザロノ。ミトラの神の名において、その忌々《いまいま》しい宝とやらをみつけ、このろくでもない海岸から立ち去るとしよう！」

これを聞いて、彼女の瞋恚《しんい》の炎《ほむら》は萎《しぼ》んで灰となった。愕然《がくぜん》として声も出ないまま、ベレサはすすり泣く子供を抱きあげ、階段を登った。ちらりとうしろをふり返ると、ヴァレンソはテーブルに着くというよりはうずくまって、ぶるぶる震える両手で握った大きな酒杯から葡萄酒をがぶ飲みしていた。一方ザロノは、陰気な猛禽《もうきん》のように彼を見おろしていた――ことの成り行きにとまどっているが、伯爵を見舞った驚くべき変化につけこもうと機転をきかせているのだろう。彼は低い、きっぱりした声でしゃべっており、ヴァレンソは無言でうなずいていた。まるで話の内容にはろくに注意を払っていないかのように。ガルブロは、人さし指と親指で顎《あご》をつまんで、暗がりのなかに立っており、壁ぎわに並んだ従者たちは、主人の豹変《ひょうへん》ぶりに困惑して、こそこそと視線を交わしていた。

二階の自室で、ベレサは半ば気絶している少女を寝台に横たえ、その柔肌《やわはだ》にできたみみず腫れや切り傷を洗ったり、痛み止めの軟膏《なんこう》を塗ったりした。ティナはかすかにうめきながら、女主人の手にすっかり身をゆだねていた。ベレサは、身のまわりで世界が崩壊してしまったかのような気分にとらわれた。胸がむかつき、わけがわからず、気持ちが昂《たかぶ》っていた。目にしたものの怖ろしいまでの衝撃に、神経がわななないていた。伯父に対する怖れと憎しみが、彼女の心中に芽生《めば》えた。彼女は伯父を愛したことはなかった。彼は厳格で、自然の情愛に欠けているらしく、貪欲きわまりない。だが、公正で、怖れ知らずだと思っていた。伯父の見開かれた目と、血の気《け》の失せた顔が思い出されて、ベレサは嫌悪に身を震わせた。この狂乱を引き起こしたのは、何らかの凄まじい恐怖だ。そして、その恐怖ゆえにヴァレンソは、彼女が愛し、慈《いつく》しまなければならないただひとりの人間を虐待《ぎゃくたい》した。その恐怖ゆえに、悪名高い無法者に自分の姪、つまり彼女を売りわたそうとしている。この狂気の裏には何があるのだろう？　ティナが見た黒い男とは、いったい何者なのだろう？

子供が半ば錯乱状態で呟いた。

「嘘じゃないんです、ベレサさま。本当に嘘じゃないんです。黒い小舟に乗った、黒い男の人だったんです。その小舟は、水の上で青い火みたいに燃えていたんです！　背が高くて、黒人みたいにまっ黒で、黒い外套にくるまっていました！　その人を見たら怖くなって、血が凍《こお》りました。その人は小舟を砂浜に置き去りにして、森のなかへはいっていきました。どうして伯爵さまは、その人を見たからといって、あたしを鞭打ったりなされたのでしょう？」

「口をきかないで、ティナ」ベレサがなだめるようにいった。「おとなしく寝ていなさい。痛みはすぐに消えるわ」

背後で扉が開き、彼女は宝石をはめこんだ短剣をつかみあげて、くるりとふりむいた。伯爵が戸口に立っていた。その姿を目にして、ベレサは総毛立《そうけだ》った。伯爵は一気に老《ふ》けこんでいた。その顔は灰色で頬がこけ、その眸は、ベレサの胸に恐怖を掻きたてるような目つきで見開かれていた。彼女は伯父と親しかったことはない。いまは深淵《しんえん》がふたりを隔《へだ》てているかのように感じた。そこに立っているのは、彼女の伯父ではなく、彼女に害をなしに来た見知らぬ男だった。

ベレサは短剣をかかげ、

「もういちどこの子に触れたら」と乾ききった口から囁《ささや》き声でいった。「ミトラの神に誓って、この短剣をあなたの胸に突き刺します」

伯爵は、彼女の言葉にはとりあわず、

「館のまわりの警備を厳重にしておいた」といった。「明日、ザロノが部下を防柵のなかへ連れてくる。財宝がみつかるまで、あやつは出帆《しゅっぱん》しない。財宝がみつかったら、まだ決めていないどこかの港めざして、ただちに出帆するだろう」

「そして、わたくしをあの男に売るのですね?」ベレサは囁き声でいった。「ミトラの神の名において――」

伯爵は沈鬱《ちんうつ》な眼差しで彼女をひたとみつめた。我欲以外のあらゆる思慮《しりょ》が、その眼差しから締めだされてしまっていた。ベレサはその目を前にしてすくみあがった。不可解な恐怖に襲われた男につきものの狂気じみた残酷さが、そこに見てとれたからだ。

「わしのいうとおりにするのだ」

じきに彼はそういった。人間の感情がこもっていない点では、鋼鉄と燧石《ひうちいし》がぶつかる音も、その声も大差なかった。そして、きびすを返すと、伯爵は立ち去った。不意にこみあげてきた恐怖に目の前がまっ暗になり、ベレサは失神して、長椅子に横たわるティナのとなりへ倒れこんだ。

4　不吉な太鼓の轟《とどろ》き

どれくらいのあいだ気絶して、突っ伏していたのかはわからない。ベレサが最初に気づいたのは、自分の躰《からだ》に巻きついているティナの腕と、耳もとで聞こえる子供のすすり泣きだった。ぎくしゃくと躰を起こし、ベレサは少女を抱きよせた。そして、そこに坐《すわ》ったまま、涙も涸《か》れはてた目で、ちらつく蠟燭《ろうそく》の明かりをぼんやりとみつめていた。城内は静まりかえっていた。浜辺にいるバッカニアたちの歌声もやんでいた。まるで他人事であるかのように、ベレサはぼんやりと目下《もっか》の問題を検討した。

ヴァレンソは正気を失っている。謎めいた黒い男の話で狂乱してしまったのだ。入植地を捨て、ザロノとともに逃げだしたがっているのは、この異邦人から逃れるため。それは火を見るよりも明らかだ。同じくらい明らかなのは、その逃亡の機会と引き替えなら、自分の姪《めい》を生贄《いけにえ》にする用意があるということ。ベレサの魂《たましい》をとり巻く暗黒のなかには、一条《ひとすじ》の光明《こうみょう》も見えない。従僕《じゅうぼく》たちは鈍感《どんかん》で思いやりに欠ける動物だし、その妻たちは愚鈍《ぐどん》で無感動だ。ベレサを助ける気もなければ、助ける気を起こしたりもしないだろう。彼女はまったくの無力だった。

まるで内なる声のはげましに耳を傾けているかのように、ティナが涙に汚れた顔をもたげた。その子供は、ベレサの心に秘められた考えを、薄気味悪いほど正確に読みとることができる。それぱかりか、冷酷無情な宿命の力を認識したうえで、弱者に残された唯一の代案を示すこともできるのだ。

「出ていくしかありません、ベレサさま！」ティナが小声でいった。「ザロノなんかにベレサさまを渡すものですか。森の奥深くへ行きましょう。もう歩けなくなるまで歩いて、そうなったらいっしょに横になって、死にましょう」

弱者の切り札ともいえる逆境から生じる強さが、ベレサの魂に芽生《めば》えた。ジンガラから逃げだしたあの日以来、彼女を呑《の》みこもうとしていた影から逃れる道は、それしかないのだ。

「行きましょう、ティナ」

ベレサが身を起こし、外套《がいとう》を捜していたときだった。ティナが大声をあげ、ベレサはふり返った。少女は立ちあがり、唇《くちびる》の前で指を一本立てていた。その目は恐怖で見開かれ、爛々《らんらん》と輝いている。

「どうしたの、ティナ？」怯《おび》えきった子供の顔を見て、ベレサは思わず声をひそめた。名状しがたい懸念《けねん》が、じわじわと忍びよってくる。

「だれかが外の廊下にいるんです」ティナが囁《ささや》き声でいい、ベレサの腕を発作的につかんだ。「この部屋の扉の前で止まりました。あっ、また歩きだしました、反対側の突き当たりにある伯爵《はくしゃく》さまのお部屋の方へ」

「あなたの方がわたくしより耳がいいわ」とベレサが呟《つぶや》き、「でも、それのどこがおかしいの。たぶん伯爵ご自身か、ガルブロだったのよ」扉を開こうとしたが、ティナが彼女の首にかじりついた。少女の激しい鼓動が伝わってくる。

「だめです、いけません、ベレサさま！　扉をあけてはだめ！　怖い！　どうしてかはわからないけど、何か悪いものが近くにいるのを感じるんです！」

ティナの必死の嘆願に心を動かされたベレサは、なだめるように少女を軽く叩き、扉の中心に設《もう》けられた小さなのぞき穴を覆っている黄金の円盤に手を伸ばした。

「もどってきます！」少女が身をわななかせた。「足音がします！」

ベレサにも聞こえた——奇妙にこそこそした足音が。そして、自分の知っているだれの足音でもないことがわかって、彼女はいいようのない不安に襲われた。ザロノや、ほかの長靴《ちょうか》を履《は》いた者の足音でもない。眠っているあいだに館《やかた》の主人を殺そうと、バッカニアが裸足で足音を忍ばせて廊下を歩いているということはあり得るだろうか？　階下では兵士が警備に就くはずだったことをベレサは思い出した。もしバッカニアが夜のあいだも館のなかにとどまるのなら、その部屋の扉の前には武装兵が配置されるだろう。しかし、それなら廊下を忍び歩いているのは何者なのだ？　ガルブロを除けば、二階で眠るのは彼女自身、ティナ、伯爵だけなのだ。

扉の穴から光が洩れないよう、すばやい動きで蠟燭を吹き消すと、黄金の円盤をわきにずらす。廊下にはひとつの明かりも灯《とも》っていなかった。ふだんは蠟燭に照らされているのだが。だれかが闇に包まれた回廊を移動している。ベレサは、扉の前を通り過ぎるぼんやりした巨躯《きょたい》を、見るというよりは感じとったが、その形が人間に似ているという以外には何もわからなかった。しかし、ひやりとした悪寒《おかん》の波が背筋を駆けのぼってきて、彼女は声もなくうずくまった。悲鳴は唇の裏で凍《こお》りついていた。その怖《おそ》ろしさは、先ほど伯父《おじ》に対しておぼえた怖ろしさとはまたちがうもので、ザロノに対する恐怖、それどころか鬱蒼《うっそう》と茂った森に対する恐怖とも似たところのないものだった。氷のように冷たい手を彼女の魂に載《の》せ、彼女の舌を口蓋《こうがい》に凍りつかせたのは、盲目的で不合理な恐怖であった。

その人影は階段の頂上にさしかかり、階下から射しているかすかな明かりに照らされて、一瞬くっきりと輪郭をあらわにした。赤い光を背にした、その黒い姿をちらりと目にして、ベレサはあやうく気を失いかけた。

彼女は暗闇のなかでうずくまり、大広間の兵士たちが侵入者を発見したことを告げる叫喚《きょうかん》を待ち受けた。しかし、館は静寂に包まれたままだった。どこかで風が甲高《かんだか》くむせび泣いている。それだけだった。

蠟燭をつけ直そうと手探りしたとき、ベレサの手はじっとりと湿っていた。彼女はまだ怖ろしさにぶるぶる震えていたが、それでいてあの黒い人影、赤い輝きを背にくっきりと浮かびあがった人影の何が、自分の心にこれほどの狂気じみた嫌悪感を掻きたてたのか、どうにもわかりかねた。形こそ人に似ていたが、その輪郭には奇妙に異質——異常——なところがあった。もっとも、どこがどのように異常なのかは、はっきりと指摘できないのだが。とはいえ、自分の目にしたものが人間でないことはわかった。そして、それを目にしたせいで、先ほど心に誓った決意がくじけてしまったこともわかった。彼女は意気阻喪《そそう》して、行動に移れなかった。

蠟燭がぱっと燃えあがり、ティナの白い顔が黄色い輝きのなかに浮かびあがった。

「黒い男の人だったんですね!」とティナが小声でいった。「わかります! 血が冷たくなりました。浜辺で見たときと同じように。階下《した》には兵隊がいるのに、どうしてあの男が見えなかったんでしょう? 伯爵さまにお知らせにいきますか?」

ベレサはかぶりをふった。ティナがはじめて黒い男のことを口にしたときに起きたことを思えば、それを再現する気にはなれない。とにかく、あの暗い廊下に出ていく気にはなれなかった。

「森へ行くのはやめましょう!」ティナが身震いしながらいった。「あの男は森にひそんでいるはずです――」

黒い男が森にいるとどうしてわかるのか、とベレサはティナに訊いたりはしなかった。人間にしろ、悪鬼《あっき》にしろ、邪悪なものが隠れるには、森はうってつけの場所だ。そして、ティナのいうとおり、いまは砦《とりで》から出ないことだ、とベレサにはわかった。死が避けられないという見通しにもくじけなかった彼女の決意は、あの黒い化け物が歩きまわっている陰鬱《いんうつ》な森をぬけていくと考えたとたん、もろくも崩れ去った。彼女はなすすべもなく坐りこみ、両手に顔を埋《うず》めた。

まもなくティナが寝椅子の上で眠りに落ち、ときどき眠りながら泣き声を洩らした。涙がその長いまつ毛の上できらめいた。安らぎとは無縁のまどろみのなかで、少女はずきずきと痛む躰をしきりに動かした。空が白《しら》みかけるころ、空気がなんとなく息苦しいのにベレサは気がついた。沖のどこかで雷鳴が低く轟いた。根元まで燃えてしまった蠟燭を吹き消し、彼女は海原《うなばら》と、砦の背後に延びる帯状の森の両方が見える窓辺へと足を運んだ。

霧は晴れていたが、沖合では水平線から黒いかたまりが盛りあがりつつあった。そのかたまりから稲妻が走り、雷鳴が低く轟く。それに応《こた》えて、黒い森から轟音《ごうおん》が湧きあがった。ぎょっとして彼女はふりむき、そびえ立つ黒い塁壁《るいへき》のような森をじっとみつめた。聞き慣れない律動的な鼓動が耳に届いた――ピクト人の太鼓の響きとはちがう低い轟きである。

「太鼓だわ！」ティナがすすり泣き、眠りながら発作的に指を開いたり閉じたりした。「黒い男が――黒い太鼓を叩いているんだわ――黒い森のなかで！　ああ、お助けください――！」

ベレサはぶるっと身震いした。東の水平線（原文はeastern horizonで、ハワードの勘違いと思われるが、そのままとする）に沿って、夜明けの先触れである細い白い線が走っている。だが、西のへりにかかった黒雲は、うねり、逆巻き、もくもくと湧きあがっている。彼女は驚きに目をみはった。なぜかというに、この季節、この海岸に嵐が起ることはまずなかったからだ。しかも、このような雲は、一度も見たことがなかったのである。

それは、焰《ほのお》の筋のはいった盛んに沸き立つ黒いかたまりとなって、世界のへりを越えてあふれ出てきた。風を孕《はら》んで膨《ふく》れあがり、押しよせてくる。その雷鳴が空気を震撼《しんかん》させた。すると怖ろしいことに、もうひとつの音が雷鳴の反響に混じりあった――嵐の到来に先駆ける風の声である。墨《すみ》を流したような水平線は、電光のひらめきに引き裂かれ、身もだえした。はるか沖合では、白い波頭《はとう》の大波が、風に追いたてられて疾駆《しっく》している。その低い轟きが伝わってきて、岸の方へ押しよせてくるにつれ、大きさが増していく。だが、いまのところ陸上では、風はそよとも吹いていない。空気は熱く、息苦しい。海と陸との対照ぶりには、およそ現実とは思えぬところがあった。あちらでは風と雷と混沌《こんとん》が、陸へ押しよせてきている。だが、こちらでは息詰まるような静寂が支配しているのだ。下方のどこかで鎧戸《よろいど》が叩き閉められ、緊張を孕んだ静けさのなかで、ぎくりとするような音を立てた。そして、警戒心もあらわな女の甲高い声があがった。しかし、砦の住人の大部分は、暴風雨の襲来に気づかず、眠っているように思われた。

ベレサは、謎めいた太鼓の轟きが依然として聞こえるのに気づき、肌を粟立《あわだ》てながら、黒い森の方をみつめた。何も見えはしなかったが、漠然とした本能なり直観なりのなせる業《わざ》で、黒い梢《こずえ》の下にうずくまる黒いおぞましい人影が脳裡に描かれた。その人影は、太鼓のように聞こえる何かに合わせて、不可解な呪文を唱えているのだ――

その忌《いま》わしい確信を必死の思いでふり払い、海の方へ目をやったとたん、稲妻が一閃《いっせん》して、空をまっぷたつに切り裂いた。その輝きを背にして、ザロノの船の帆柱《ほばしら》が浮かびあがる。浜辺に張られたバッカニアたちの天幕、南の岬《みさき》の砂丘、北の岬の断崖が、真昼の太陽の下で見るようにくっきりと目に映った。風の咆哮《ほうこう》はますます大きさを増し、いまや館じゅうが目醒《めざ》めていた。足音が階段を駆けのぼり、恐怖で尖《とが》ったザロノの声が響きわたった。

扉が乱打され、風雨の咆哮に負けないよう、ヴァレンソが声をはりあげて応えた。

「なぜ西から嵐が来ると警告してくれなかったんだ?」バッカニアが怒鳴った。「もし錨《いかり》が保《も》たなかったら――」

「この季節に嵐が西から来たことなどない!」ヴァレンソがわめき、夜着《よぎ》のまま部屋から飛びだしてきた。その顔は土気色《つちけ》で、その髪は逆立っていた。「これは自然の嵐ではない――」

その言葉が嵐の音に呑みこまれた。伯爵が、物見櫓《ものみやぐら》へ通じる梯子《はしご》を狂ったように駆けあがったのだ。罵声《ばせい》を発して、バッカニアがそのあとを追う。

ベレサは畏怖《いふ》に打たれて、窓辺にしゃがみこんだ。耳をつんざく轟音のせいで、何も聞こえない。風の音はますます大きくなり、やがてほかの音をすべて呑みこんだ――ただし、あの狂気じみた太鼓の轟きだけは別で、いまや人間離れした勝利の詠唱《えいしょう》さながらに高まっている。白い波頭を泡立てた、長さ数リーグにもおよぶ大波を追いたてながら、嵐が岸近くへ迫ってきた――と、つぎの瞬間、ありとあらゆる地獄と破壊がその海岸に解き放たれた。雨が奔流となって叩きつけ、盲目的な激しさで浜辺を洗う。風は雷電《らいでん》のように襲いかかり、砦の木材を震わせる。怒濤《どとう》が轟音をあげて浜辺に打ちよせ、船乗りたちの起こした焚火《たきび》の燃えさしを呑みこむ。稲妻の閃光《せんこう》のなか、叩きつける雨のカーテン越しに、バッカニアたちの天幕がずたずたにちぎれて、流されるのが見えた。一方、男たちはといえば、豪雨と烈風《れっぷう》の猛威に砂浜へ叩きつけられそうになりながら、よろよろと砦へ向かってくる。

そして青いぎらぎらした光を背景に、ザロノの船が鮮明に浮かびあがった。もやい綱《づな》からむしりとられ、待ちかまえるように突き出ている、ぎざぎざの断崖に頭から突っこんでいく……。

5　曠野《こうや》から来た男

嵐はその力を使い果たした。夜が明けきり、雨に洗われた快晴の青空があらわれた。真新しい黄金の輝きとなって太陽が昇ると、あざやかな色をした鳥たちが、樹々《きぎ》からいっせいに歌声をあげ、樹々の幅広い葉の上では、水滴が金剛石《こんごうせき》さながらに光を放ち、朝のそよ風に吹かれて小刻みに震えた。曲がりくねって砂浜を流れ、海に注いでいる小川が、木立と茂みのへりの向こうに隠れていた。その畔《ほとり》でひとりの男が身をかがめ、両手と顔を洗っていた。男は自分の民族の流儀にのっとって清めの儀式を執《と》り行なった。水牛のように盛んに唸り声をあげ、水を撥《は》ね散らしたのである。だが、そうして水を撥ね散らしているさなか、不意に頭をもたげた。その黄褐色の髪から水がしたたり、細流《さいりゅう》となってたくましい肩を流れ落ちる。男はつかの間耳を澄ましてしゃがんでいたが、すぐに立ちあがって、剣を手にして内陸に向きなおった。すべてが一連の動作だった。と、目を見開き、あんぐりと口をあけて、そこに立ちすくんだ。

彼に負けないほどの大男が、足音を忍ばせるそぶりも見せずに、こちらへ向かって砂浜を大股にやってくるのだ。そして、躰《からだ》に密着した絹《きぬ》の短袴《たんこ》、上部が開いた膝までの長靴《ちょうか》、裾《すそ》の広い上衣《うわぎ》、百年前のかぶり物を見て、海賊の目がますますみはられた。見知らぬ男の手には幅広の彎刀《カトラス》が握られており、その男が近づいてくる目的は見誤りようがなかった。

相手が何者か思いあたった色を目に浮かべると同時に、海賊はまっ青になり、

「きさま！」と信じられない思いで叫んだ。「ミトラの神にかけて、きさまなのか！」

男は悪態《あくたい》をとめどなく吐き散らしながら、自分の彎刀《わんとう》をふりかぶった。鋼鉄の打ちあう響きに歌を邪魔され、鳥たちが焰《ほのお》の雨となって樹々から舞いあがる。切り結ぶ刃《やいば》から青い火花が飛び、足もとの砂は踏みつける長靴の踵《かかと》に蹂躙《じゅうりん》された。やがて鋼鉄のぶつかりあう音が骨肉を断ち割る鈍《にぶ》い音で終わり、片方の男が喉を詰まらせて喘《あえ》ぎながら、がっくりと両膝をついた。萎《な》えた手から剣の柄《つか》がすべり落ち、男は自分の血で赤く染まった砂地に長々と横たわった。彼は最後の死力をふり絞って腰帯《こしおび》を探り、何かをぬきとると、口もとまで持ちあげようとした。が、そこで引きつったように躰をこわばらせ、ぐったりとなった。

勝者は身をかがめ、男が必死に握りしめたせいで皺《しわ》くちゃになったものを、こわばった指から容赦なくもぎとった。


ザロノとヴァレンソは浜辺に立ち、部下が集めている流木《りゅうぼく》――円材、帆柱《ほばしら》の破片、折れた木材――をじっとみつめていた。嵐に遭《あ》ったザロノの船は、低い崖に凄まじい勢いで叩きつけられたため、回収できる残骸の大部分は木っ端《こっぱ》にすぎなかった。ふたりの背後、少し離れたところにベレサが立ち、片腕をティナにまわして、ふたりの会話を聞くともなしに聞いていた。ベレサは蒼《あお》ざめて生気がなく、この先自分の運命がどう転ぶのかにはまったく関心がなかった。男たちの話は聞こえたが、少しも興味

が湧かなかった。ゲームの決着はこれからつくとはいえ——この荒れ果てた海岸でみじめな生活が延々とつづくのか、それとも、なんとか努力して、どこか文明の地へもどることになるのかのどちらかだが——自分がそのゲームの駒《こま》でしかないことを思い知らされて、打ちひしがれていたのだ。

ザロノは口汚くののしりの言葉を吐き散らしたが、ヴァレンソは呆然《ぼうぜん》としているようだった。

「いまは西から嵐が来る時期ではない」伯爵《はくしゃく》は呟《つぶや》き、浜辺に流れついた残骸を引きずりあげている男たちを、憔悴《しょうすい》しきった目でじっとみつめた。「あの嵐が海の深みから起こり、わしが乗って逃げるつもりだった船を粉々にしたのは、けっして偶然ではない。逃げるだと？　わしは、まさしく罠《わな》にかかった鼠《ねずみ》のように捕われているのだ。いや、わしら全員が罠にかかった鼠なのだ——」

「何をいっているのかさっぱりわからん」ザロノが嚙《か》みつくようにいい、口髭《くちひげ》を乱暴にねじって、「昨夜、あの亜麻《あま》色の髪をした小娘が、黒い男が海からやってきたとかいうおかしな話であんたを動揺させて以来、あんたの話はまるっきり筋が通らん。しかし、この呪われた海岸で、わたしが残りの人生を送りはしないことはわかっている。十人の部下が、船とともに地獄へ行った。だが、まだ百六十人からの部下が残っている。あんたには百人いる。あんたの砦《とりで》には道具があるし、あそこの森に木はいくらでも生えている。われわれは船を造るのだ。この流木を波にさらわれないところまで引きずりあげたら、すぐに部下をやって、木を切り倒させるとしよう」

「それに何カ月もかかる」ヴァレンソがぼそりといった。

はそうだが、時間を費やすのに、もっとましな方法があるというのか？　われわれはここにいる——そして、船を造らないかぎり、立ち去ることはできない。製材所のようなものを作らなければ、ならないが、わたしの前に長く立ちふさがった障害など、これまであったためしがない。あの嵐でストロムの船がばらばらになったのならいいのだが――アルゴスの犬めが！　船を造っているあいだに、トラニコスおやじのお宝を捜すとしよう」

「貴公の船は完成しないだろう」陰気な声でヴァレンソがいった。

「ピクト人が怖いのか？　連中を撃退できるだけの人数はいるぞ」

「ピクト人の話ではない。黒い男の話をしておるのだ」

ザロノは腹立たしげに伯爵の方を向き、

「筋が通るように話をしてくれないか。その呪わしい黒い男というのは、いったい何者なんだ？」

「たしかに呪わしい」と沖をじっとみつめながらヴァレンソ。「わし自身の赤く染まった過去の影が、わしを地獄へ狩りたてようと迫ってきたのだ。わしがジンガラから逃げだしたのは、あやつのためだった。大海原《おおうなばら》のなかで行方をくらませられるだろうと思ったのだ。しかし、最後にはあやつに嗅《か》ぎ出されることを承知しておくべきであった」

「もしそういう男が上陸したのなら、森に隠れているにちがいない」ザロノが唸《うな》るようにいった。「森をしらみつぶしにして、そいつを狩りだそう」

ヴァレンソはしゃがれ声で笑い、

「月を隠す雲の前にただよう影を捜すがよい。暗闇のなかで毒蛇を手探りするがよい。真夜中に沼から湧きだす霧のあとを追うがよい」

ザロノが不安げな視線を伯爵に向けた。相手の正気を疑っているのは、はた目にも明らかだ。

「その男は何者なんだ？　思わせぶりはいい加減にしてくれ」

「わし自身の狂った残酷さと野心の影だ。失われた時代からやってきた恐怖だ。肉と血をそなえた命にかぎりのある人間ではなく――」

「帆が見えるぞ！」北の岬《みさき》にいる見張りが大声をあげた。

ザロノがくるりとふりむいた。その声が風を切り裂き、

「どの船かわかるか？」

「わかります！」かすかに答えが返ってきた。「〈赤い手〉号です！」

ザロノは狂人のように呪いの言葉を吐き散らした。

「ストロムめ！　悪魔は自分の面倒は自分で見るというからな！　どうやってあの嵐を乗り切ったんだ？」バッカニアの声がわめき声まで高まり、浜の端々《はしばし》まで響きわたった。「野郎ども、砦へもどるんだ！」

いくぶん外見のみすぼらしくなった〈赤い手〉号が、岬をまわりこむ前に、浜辺から人影はすっかり消え、防柵《ぼうさく》には冑《かぶと》をかぶった頭や、布を結んだ頭がずらりと並んだ。バッカニアたちは冒険者に特有の臨機応変ぶりで、他方、伯爵の家臣は農奴《のうど》に特有の無関心さで、同盟関係を結ぶことを受け入れたのだった。

長艇《ちょうてい》が悠然《ゆうぜん》と浜辺へ向かってくるあいだ、ザロノは歯噛みしていた。やがて舳先《へさき》に宿敵の黄褐色の頭が見えてきた。小舟《こぶね》が岸に乗りあげ、ストロムが単身で砦の方へ歩いてきた。

少し離れたところで足を止めると、朝の静けさのなかではっきりと響きわたる牡牛《おうし》のような太い声

をはりあげ、

「おーい、砦のやつら！　直談判《じかだんぱん》といこうじゃないか！」

「ほう、それならどうして近づいてこない？」ザロノが歯をむき出して唸るようにいう。

「この前、白旗をかかげて近づいたら、おれさまの胸甲《きょうこう》に矢が命中したんだ！」海賊が怒鳴った。「あんなことは二度と起きないと約束してほしい！」

「約束してやる！」ザロノが嘲弄《ちょうろう》するように大声でいった。

「きさまの約束なんざあてになるか、このジンガラの犬め！　ヴァレンソの言質《げんち》が欲しい！」

伯爵には、なにがしかの威厳が残っていた。返答したとき、その声には権威の片鱗《へんりん》がうかがえた。

「進むがよい。だが、部下はうしろに残しておけ。おまえを矢で射たりはせぬ」

「それだけ聞けば充分だ」即座にストロムがいった。「コルゼッタ家の人間には、いろいろと欠点もあるが、いったん言質をあたえたら、信頼を裏切ることはないからな」

彼は大股に進んできて、門の下で止まった。憎しみで黒ずんだ顔を突きつけてくるザロノに笑い声を浴びせ、

「おい、ザロノ」と嘲《あざけ》った。「この前見かけたときより、船ひとつ分背がちぢんだみてえだな！　もっとも、おまえらジンガラ人は、船乗りだったことはねえが」

「きさまの船はどうして助かったんだ、このメッサンティアのどぶ泥め」バッカニアが歯をむき出して唸る。

「ここから北へ何マイルか行ったところに小さな入江があって、陸から延びた高い土手に囲まれてる

から、風の力も弱まるのさ」ストロムが答えた。「その陰《かげ》に船を停《と》めたんだ。錨《いかり》は引きずられたが、陸には近づかないでいられたってわけだ」

ザロノは険悪に顔を歪めた。ヴァレンソは何もいわなかった。彼はその入江のことを知らなかった。自分の土地をろくに探検してこなかったのだ。ピクト人が怖いのと、好奇心が欠如しているのがあいまって、伯爵とその臣下は砦の近くから離れなかったのである。元来ジンガラ人は、探検者や植民者に向いていないのだ。

「取り引きにきた」と気安い口調でストロムがいった。

「剣の応酬を除けば、きさまと取り引きするつもりはない」と唸り声でザロノ。

「おれさまは、そうは思わんな」ストロムはにやりと笑い、口もとを引き締めた。「おまえたちが、おれさまの一等航海士のガラカスを殺して、盗みを働いたとき、おまえたちは手の内をさらしたんだ。けさまでは、ヴァレンソがトラニコスの宝を持っているものと思いこんでいた。でも、おまえたちのどちらかが宝を持っているんなら、わざわざおれさまを追いかけたり、おれさまの航海士を殺して、地図を奪ったりはしなかっただろう」

「地図だと?」ザロノが身をこわばらせて、大声をあげた。

「おいおい、しらばっくれるのはよせ!」ストロムは笑い声をあげたが、その眸《ひとみ》には怒りが青く燃えていた。「おまえたちが持っているのはわかっているんだ。ピクト人は長靴を履《は》かねえからな!」

「しかし――」途方に暮れた伯爵がいいかけたが、ザロノにこづかれて黙りこんだ。

「もしわれわれが地図を持っているとしたら」とザロノ。「おまえは取り引きの材料に何を使うつもりなんだ？」

「おれさまを砦に入れな」とストロム。「話はそれからだ」

ストロムは、柵沿いに並んでこちらを凝視している男たちにちらりと視線を走らせるような見え透《す》いた真似《まね》はしなかった。だが、いいたいことはザロノとヴァレンソに伝わった。そして男たちにも伝わった。ストロムには船があり、その事実はいかなる交渉、あるいは戦闘においても、決め手となる。しかし、だれが指揮を執るにせよ、これだけの人数を運ぶことになるのだ。だれが船に乗って立ち去るにせよ、とり残される者が出るだろう。緊張して思案をめぐらせる表情が、防柵に沿って連なる沈黙した者たちの列を波となって伝わった。

「きさまの手下は、いまいる場所から動いてはならん」ザロノが警告し、浜辺に引き揚げられた小舟と、入江の沖に停泊した母船の双方を示した。

「わかった。だが、おれさまを捕まえて、人質にしようなんて考えを起こすなよ！」ストロムは陰気な笑い声をあげ、「話がまとまるにしろ、まとまらないにしろ、おれさまが生きて砦から出て、一時間以内は危害を加えられないというヴァレンソの言質が欲しい」

「約束しよう」伯爵が答えた。

「よし、それならいい。門をあけてくれ。腹を割って話しあうとしようぜ」

門が開閉し、三人の頭目は視界から消えた。両陣営の者たちは、無言でおたがいの監視を再開した。防柵の上の男たちと、小舟のわきにしゃがみこんでいる男たち。両者を隔《へだ》てる幅広の砂浜。青い水の彼方《かなた》には武装商船が浮かび、舷檣《げんしょう》に沿って鋼鉄の円冑《まる》がきらめいている。

幅広の階段の上、大広間を見おろす位置に、ベレサとティナは、下の男たちに無視される形でうずくまっていた。男たちの方は広いテーブルについている。ヴァレンソ、ガルブロ、ザロノ、ストロム。しかし、彼らを除けば、広間にはだれもいなかった。

ストロムが葡萄酒《ぶどうしゅ》を呷《あお》り、空《から》になった酒杯《しゅはい》をテーブルの上においた。そのあけっぴろげな顔つきからすれば率直そうに思えるが、切れ長の目に躍る残酷さと裏切りの光を見れば、それが見せかけにすぎないとわかる。しかし、彼はいかにも率直そうにしゃべりだした。

「おれたちはみな、トラニコスおやじがこの入江の近くのどこかに隠したお宝を欲しがってる」彼は唐突にいった。「おれたちのひとりひとりが、ほかの者に必要なものを持っている。ヴァレンソには労働力、食糧、ピクト人から守ってくれる防柵がある。おまえ、ザロノには地図がある。おれさまには船がある」

「わたしが知りたいのは」とザロノがいった。「こういうことだ――もしおまえが長年あの地図を持っていたのだとしたら、どうしてもっと早くお宝を捜しにこなかったのか？」

「持ってなかったのさ。暗闇のなかで老いぼれ守銭奴《しゅせんど》に短剣を突き刺し、地図を盗んだのは、ジンへリートの犬だったんだ。でも、あいつには船もなければ、乗組員もいなかった。それで、その両方を手に入れるのに一年以上もかかった。お宝を捜しにきたときには、ピクト人に邪魔されて上陸できなかったし、やつの手下が叛乱を起こしたから、ジンガラにもどる羽目《はめ》になった。そのうちのひとりが、やつから地図を盗み、先《せん》だっておれに売ったのさ」

「なるほど、そういうわけでジンへリートは入江を知っておったのか」ヴァレンソが呟いた。

「あの犬があんたをここへ連れてきたのか、伯爵？　それぐらい察しがついてもよかったな。あいつはどこにいる？」

「地獄だ、疑問の余地はない。あの男はバッカニアあがりだったからな。ピクト人に殺された。まちがいなく、森のなかで財宝を捜しているあいだに」

「いい気味だ！」ストロムは心の底から伯爵に賛意をあらわし、「さて、おれさまの航海士が地図を持っていると、どうしてあんたたちにわかったのかは見当もつかん。おれさまはやつを信用していたし、手下はおれさまよりもやつの方を信用していた。だから、地図を預けたんだ。ところが、けさ、やつは何人か連れて内陸にはいり、仲間とはぐれた。そして浜辺の近くで斬《き》り殺されているのがみつかった。地図はなくなっていた。やつを殺したといって、手下はおれさまを責め立てようとしたが、おれさまは、下手人《げしゅにん》が残した足跡を阿呆《あほう》どもに見せ、おれさまの足がそれと合わないことを証明してやった。乗組員のだれかでないこともわかっていた。そういう足跡をつける長靴を履いている者はいないからだ。そして、ピクト人はそもそも長靴を履かない。だから、下手人はジンガラ人に決まっているんだ。

さて、あんたたちは地図を手に入れた。でも、お宝は手に入れていない。もし手に入れていたら、おれさまを柵のなかへは入れなかっただろう。あんたたちは、この砦に閉じこめられたのさ。お宝を捜しに出てはいけないし、たとえお宝を手に入れたって、積んでいく船がないんだからな。

そこで、おれは提案する——ザロノはおれさまに地図を渡す。そして、あんた、ヴァレンソは、新鮮な肉や、いろいろな補給品をおれさまに渡す。おれさまの手下は、長い航海のあとで壊血病《かいけつ》になりかけているんだ。その見返りにおまえたち三人、それとベレサ嬢とお付きの娘を船に乗せていき、どこかジンガラの港まで歩いていけるところで下ろしてやる――あるいは、ザロノがそうしたいといえば、どこかバッカニアの会合地点の近くで下ろしてやってもいい。ジンガラじゃ、輪縄《わなわ》がザロノを待っているのはまちがいないからな。この取り引きに決着をつけるためだ、ひとりひとりに宝の分け前をたんまりくれてやる」

バッカニアは、考えこんだ様子で口髭を引っぱった。仮に取り決めがなされても、ストロムにそれを守る気がないことは百も承知だった。ザロノにしても、彼の申し出に同意する気はさらさらなかった。しかし、頭から撥ねつければ、事態が武力の衝突にいたることは必定である。ザロノは、海賊の裏をかく計画を練《ね》ろうと活発に頭脳を働かせた。失われた財宝が欲しいのにもまして、ストロムの船が、喉から手が出るほど欲しかった。

「きさまを捕虜にして、船との交換材料に使ってもいいんだぞ」とザロノ。

ストロムはその言葉を笑いとばし、

「おれさまを阿呆とでも思ってるのか？　もしおれさまが一時間以内にふたたび姿をあらわさなかったり、裏切りのにおいがしたら、錨をあげて船出しろと手下に命令してある。浜でおれさまの生き皮を剝《は》いだって、連中は船を渡したりはせんさ。おまけに、伯爵の言質をとってある」

「わしの誓約は軽々しいものではない」ヴァレンソが陰鬱《いんうつ》な声でいった。「脅迫はよすのだ、ザロノ」

ザロノは返事をしなかった。彼の頭は、ストロムの船を入手するという問題、そして自分が地図を持っていないという事実を明かさずに、この交渉をつづけるという問題でふさがっていた。ミトラの神の名において、いったい、どこのどいつがその忌々《いまいま》しい地図を持っているのだろう。

「船出するとき、わたしの部下もいっしょに、きさまの船に乗せてもらおう」ザロノはいった。「忠実な部下を見捨てるわけにはいかん――」

ストロムは鼻を鳴らし、

「おれさまの喉をかっ切るから、おれさまの彎刀を貸してくれと頼むようなもんだぞ。忠実な部下を見捨てるわけにはいかんだと――笑わせるな！　自分の得になるんだったら、実の兄弟だって悪魔に差しだすくせしやがって。だめだ！　乗せていく人数はこっちが決める。叛乱が起きて、船を乗っ取られる怖れがあるからな」

「考える時間を一日くれないか」時間稼ぎのためにザロノが持ちかけた。

ストロムのがっしりした拳がテーブルを叩き、杯《さかずき》のなかの葡萄酒を躍らせた。

「だめだ、ミトラの神にかけて！　いまここで返事をしろ！」

ザロノは立ちあがった。どす黒い憤怒《ふんぬ》が、狡猾《こうかつ》さを上まわったのだ。

「このバラカの犬めが！　返事をしてやる――きさまのはらわたにな――」

彼は外套《がいとう》を撥ねのけると、剣の柄を握った。ストロムが咆哮《ほうこう》して立ちあがり、その椅子がうしろざまに床に倒れて、けたたましい音を立てた。ヴァレンソもはじかれたように立ちあがり、テーブルを挟んで睨《にら》みあうふたりを分けようと両腕を拡《ひろ》げた。ザロノとストロムは、たがいに顔が触れあわんばかりに顎《あご》を突きだし、剣を鞘《さや》走らせ、顔を引きつらせている。

「ふたりとも、そこまでだ！　ザロノ、彼には誓約した――」

「あんたの誓約なんぞ、悪鬼《あっき》に食われろだ！」ザロノが歯をむき出して唸る。「おれたちから離れていてもらおう、伯爵」と海賊。その声は、殺戮《さつりく》への欲望でしわがれていた。「あんたが約束したのは、おれが裏切りに遭《あ》わないってことだった。この犬とおれさまが、対等の条件で剣を交えたって、あんたの誓約を反故《ほご》にしたことにはならん」

「よくいった、ストロム！」

彼らの背後で野太《のぶと》く、力強い声があがった。それは、面白がるような響きを帯びていた。全員がくるりとふりむき、あんぐりと口をあけて、目をみはった。階段の上ではベレサが視線をあげ、思わず叫び声をあげた。

部屋の扉を覆っている垂れ布を分けて、ひとりの男が歩み出た。そして急ぎもせず、ためらいもせずに、テーブルの方へ進んできた。たちまちその男が、その場の主導権を掌握《しょうあく》した。そして、わかるかわからぬか程度ながら、活気に満ちた雰囲気が、その場に新たに加わったのを全員が感じとった。

見知らぬ男は、どちらの海賊にも負けないほどの長身で、どちらよりもたくましい躰つきだった。そして上端が開いた膝まである長靴を履き、巨躰《きょたい》にもかかわらず、豹《ひょう》さながらのしなやかな身のこなしで動いた。その太腿《ふともも》は、ぴっちりした白絹の短袴に包まれており、裾の広い空色の上衣は開いて、その下に着こんだ胸ぐりのあいた白絹の肌着と、腰に巻かれた真紅《しんく》の帯がのぞいていた。上衣にはどんぐりの形をした銀のボタンがついており、金糸《きんし》をあしらった袖口とポケットの垂れ蓋《ふた》、繻子《しゅす》のカラーで飾られていた。衣裳《いしょう》の仕上げは、百年近く前の古めかしい漆塗《うるしぬ》りの帽子である。男の腰には重たげな彎刀が提《さ》げられていた。

「コナン！」両方の海賊が異口《いく》同音に叫び、ヴァレンソとガルブロは、その名を耳にして息を呑《の》んだ。「ほかのだれだというんだ？」巨漢はテーブルまで大股にやってくると、驚く彼らを嘲るように笑い声を響かせた。

「いったい――ここで何をしている？」執事のガルブロがつかえつかえにいった。「どうやってここへ来た？　招かれもせず、見とがめられもせずに」

「おまえたち阿呆どもが、門のところでいい争っている隙《すき》に、東側の柵をよじ登ったのさ」コナンは答えた。「砦のだれもが、西の方に首をもたげていた。ストロムが門を通りぬけるのを許される隙に、この館《やかた》へ忍びこんだ。それからずっとあの部屋にいたわけだ。聞き耳を立てながらな」

「てっきり死んだものと思っていた」ザロノが言葉を選ぶように、「三年前、ばらばらになったおまえの船の船体が、ある暗礁だらけの海岸で目撃された。そして、本土でおまえの噂《うわさ》を聞くことはなくなった」

「おれは乗組員といっしょに溺《おぼ》れたりしなかった」コナンは答えた。「おれが溺れるとしたら、あれよりも大きい海がいるだろう」

階段の上ではティナが興奮してベレサにしがみつき、手摺《てす》り越しに目を一心に凝《こ》らしていた。

「コナン！　ベレサさま、あれがコナンです！　見て！　ああ、見てください！」

ベレサは見ていた。それは、肉体をそなえた伝説上の人物と出遭うようなものだった。海に暮らす者のなかで、コナンにまつわる荒々しく血なまぐさい物語を聞いたことのない者がいるだろうか？　かつてバラカ海賊の船長だった野生児の放浪者、海で最大の災いであった男のことを。二十にものぼる歌が、彼の勇猛果敢で大胆不敵な勲《いさおし》を誉めたたえている。この男を無視できるわけがない。彼は否《いや》応《おう》なしにその場に割ってはいり、もつれた筋書きにいまひとつの決定的な要素を持ちこんだのだ。そして恐怖と魅惑の入り交じった心持ちのなかで、ベレサの女としての本能が、自分に対するコナンの態度をあれこれと想像させた――ストロムの傍若無人《ぼうじゃくぶじん》な無関心に似ているだろうか、それとも、ザロノの激しい欲望に似ているだろうか？

ヴァレンソは、自分の館の広間に見知らぬ男を見つけた衝撃から立ち直りつつあった。伯爵は、コナンがキンメリア人であることを知っていた。はるか北方の曠野《こうや》で生まれ育ち、それゆえ文明人を支配する肉体的な限界には束縛されないことを。ならば、コナンがだれにも気づかれずに砦へはいりこめたのも、さほど不思議ではない。だが、別の野蛮人にも同じ真似《まね》ができるかもしれないと思いあたって、ヴァレンソはひるんだ――たとえば、浅黒い肌をした、音を立てないピクト人にも。

「何が望みだ？」伯爵は語気を強めて訊いた。「おまえは海から来たのか？」

「おれは森から来た」キンメリア人は、東の方へ頭をぐいとふりむけた。

「ピクト人と暮らしておったのか？」冷ややかにヴァレンソがたずねる。

巨人の眸のなかで、つかの間怒りが青くひらめいた。

「いくらジンガラ人だといっても、ピクト人とキンメリア人のあいだに平和はあったためしがなく、これからもないことぐらい、わきまえておくべきだな」彼は悪態を交えていい返した。「おれたちとやつらとの宿怨《しゅくえん》は、この世界よりも古いのだ。もしおれより荒っぽい兄弟のひとりにそんなことをいったら、あんたは頭をかち割られていただろう。だが、おれは文明人のあいだで長く暮らしてきたので、あんたちが無知で、当然の礼儀も欠いていることくらいわかっている――なにしろ、千マイルもの曠野からあんたたちの戸口へあらわれた男を、歓迎するどころか、何の用だと問いつめるくらいだからな。まあ、そんなことはどうでもいい」

コナンは、むっつりと自分をみつめているふたりの海賊に向きなおり、

「おれが耳にしたところだと」といった。「どうやら、地図に関して意見の相違があるようだな」

「おまえの知ったことか」と唸るようにストロム。

「そうかな？」コナンはにやにや笑いを浮かべ、ポケットからくしゃくしゃになったものをとりだした――緋《ひ》色の線の引かれた羊皮紙である。

ストロムが蒼白《そうはく》になって勢いよく進み出た。

「おれさまの地図だ！」大声をあげ、「どこで手に入れた？」

「おまえの航海士ガラカスからよ。おれがやつを殺したときにな」コナンは陰険な喜びのこもった声で答えた。

「この犬め！」ストロムは、ザロノに向きなおって怒鳴った。「おまえは地図を持ってなかったんだな！　この二枚舌野郎め――」

「持っているなどとは、ひとこともいわなかった」ザロノが歯をむき出して唸った。「きさまが勝手にそう思いこんだのだ。ばかな真似はよせ。コナンはひとりきりだ。もし手下がいるのなら、とっくにわれわれの喉を掻き切っていたはずだ。やつから地図を奪って――」

「とれるものならとってみろ！」コナンが高笑いした。

ストロムとザロノの双方が、罵声《ばせい》を発してコナンに飛びかかった。コナンはさっと後退すると、羊皮紙をくしゃくしゃに丸め、まっ赤に燃えている暖炉のなかへ投げこんだ。わけのわからないことを叫びながら、ストロムがそのわきを走りぬけようとした。が、耳の下に一撃を食らい、半ば失神して床に突っ伏した。ザロノは剣を引きぬいたが、突きだす暇もなく、コナンの彎刀に手から叩き落とされた。

ザロノは眸いっぱいに憎悪の色を浮かべて、よろよろとテーブルまであとじさった。一方ストロムは、なんとか立ちあがった。目はどんよりと曇り、傷を負った耳から血がしたたっている。コナンはわずかにテーブルの上に身を乗りだした。ヴァレンソ伯爵の胸に触れるか触れないかのところまで彎刀を突きだし、

「兵士を呼ぶんじゃないぞ、伯爵」とキンメリア人は静かな声でいった。「こそりとも音を立てるんじゃない――おまえもだ、犬面《いぬづら》野郎！」その名で呼ばれたのはガルブロだった。彼にはコナンの怒りに立ち向かう気などさらさらなかった。「地図は燃えて灰になった。もう血を流したってしかたがない。坐《すわ》れ、おまえたちみんな」

ストロムはためらい、剣の柄に手を伸ばしかけたが、そこで肩をすくめ、仏頂面《ぶっちょうづら》で椅子に身を沈めた。ほかの者も彼にならった。コナンは立ったままで、テーブルを見おろしていた。一方、彼の敵たちは憎悪に燃える目でコナンをみつめていた。

「おまえたちは取り引きをしていたな。おれも取り引きをしにきただけだ」

「それで、何を取り引きに使おうというのだ？」ザロノがせせら笑った。

「トラニコスの宝さ！」

「何だと？」四人がいっせいに立ちあがり、彼のほうに身を乗りだした。

「坐れ！」

コナンは咆哮し、幅広の刀をテーブルに叩きつけた。四人は坐りなおした。興奮で緊張し、血の気《け》を失っている。

コナンは、自分の言葉に男たちがいろめきたった情況を大いに楽しむかのように、にやりと笑って、

「そうとも！　地図を手に入れる前にみつけたのさ。だから地図を燃やしたんだ。おれに地図は必要ない。これでもう、だれにも宝をみつけられん。おれがありかを教えないかぎりな」

四人が、目に殺意をみなぎらせて彼をみつめた。

「嘘だ」確信なさげにザロノがいった。「きさまはもう嘘をひとつついている。きさまは森から来たといった。それなのに、ピクト人と暮らしていなかったという。この土地が、蛮族しか住まぬ曠野であることはだれだって知っている。いちばん近い文明の前哨地《ぜんしょうち》は、雷河《らいが》流域のアキロニア入植地で、それは何百マイルも東にある」

「そこから来たのさ」コナンは少しも動じずに答えた。「たぶん、おれはピクト人の曠野を横切った最初の白人だろう。おれは、開拓地を襲っていたある掠奪《りゃくだつ》部隊を追って雷河を渡った。曠野の奥深くまでそいつらを追いかけ、首領を殺したが、乱闘のあいだに、投石器から放たれた石が命中して意識を失った。そして犬どもに生け捕りにされたんだ。やつらは狼《おおかみ》族だったが、鷲《わし》族の捕虜になっていたやつらの首領と引き替えに、おれを鷲族に渡しやがった。鷲族は、自分たちの首長の村でおれを焼き

殺そうと、百マイルも西へおれを運んだが、ある晩、おれはやつらの戦士長と、ほかに三、四人を血祭りにあげて、脱走したんだ。

引き返すわけにはいかなかった。やつらがうしろにいて、おれはひたすら西へ追いたてられた。二、三日前、ようやくそいつらをふり切ったが、なんと、おれの逃げこんだところが、トラニコスおやじが宝を隠した場所だったんだ！　何もかもみつかった。衣裳と武器のはいった箱——この服とこの刀はそこから手に入れた——金貨と宝石と黄金の装飾品の山、そしてそのまんなかに、トトメクリの宝石が、凍《こお》りついた星明かりみたいにきらめいていたのさ！　そして、トラニコスおやじと十一人の船長は、黒檀《こくたん》のテーブルに着いて、お宝をじっとみつめていた。百年前からみつめつづけてきたってわけだ！」

「何だと？」

「嘘なものか！」コナンは笑い声をあげ、「トラニコスはお宝に囲まれてくたばったんだ。ほかの十一人もいっしょにな！　連中の死体は腐ってもいなければ、萎《しな》びてもいなかった。膝まである長靴と、裾の広い上着と、漆塗りの帽子といういでたちでそこに坐り、こわばった手に酒杯を握っていたんだ。百年も前から坐ってきたようにな！」

「そいつは運が悪いこった！」ストロムが不安げに呟いたが、ザロノは歯をむき出して唸った——「それがどうした。われわれが欲しいのは財宝だ。話をつづけろ、コナン」

コナンはテーブルに着席すると、酒杯を満たし、ひと息に呷ってから答えた。

「クロムの神にかけて、コナワガをあとにして以来、はじめて口にした酒だ！　あの忌々しい鷲族の連中が、すぐうしろに迫って森のなかを追いかけてくるもんだから、せっかくみつけた木の実や根っこをかじる暇もろくになかったくらいだ。ときどき蛙《かえる》をつかまえて、生のまま食った。火を起こすような危険は冒せなかったからだ」

気の急《せ》いている聞き手たちは、財宝の発見に先立つ彼の冒険には興味がないことを口汚い言葉で知らせた。

コナンはにやりと笑って、話を再開した。

「さて、宝の山に行きあたったあと、おれは二、三日横になって躰を休めた。兎《うさぎ》をつかまえる罠を仕掛け、傷が癒《い》えるのを待った。西の空に煙が見えたが、海辺にあるピクト人の村だろうと思った。おれは身をひそめていたが、たまたま、ピクト人が避ける場所にお宝は隠してあったわけだ。おれを見張っているやつがいたとしても、姿を見せなかった。

西へ向かったのは昨夜のことだ。煙の見えた場所から何マイルか北の浜へ出るつもりだった。あの嵐が襲ってきたときには、海岸まであと少しというところまで来ていた。おれは岩の陰に難を逃れ、嵐がやむまで待った。それからピクト人の村を捜そうと木に登った。そこから停泊しているおまえの船が見えたのさ、ストロム。それに、おまえの手下が岸辺へ寄ってくるところがな。浜辺に張られたおまえたちの天幕めざして歩いているとき、ガラカスに出くわした。おれはやつを串刺しにしてやった。おれたちのあいだには、むかしからの遺恨があったからだ。あいつがくたばるまぎわに地図を食おうとしなければ、地図を持っているとは知らずに終わっただろう。

もちろん、それが何の地図か、おれにはピンときた。そして、これをどう役立てようかと考えをめぐらしていたとき、おまえたち犬野郎がやってきて、死体をみつけたんだ。おまえが手下といい争っているあいだ、おれは十ヤードも離れていない藪《やぶ》に身を伏せていたんだぜ。そのときは、まだ姿をあらわすには、機が熟していないと思ったのさ！」

ストロムの顔にあらわれた憤《いきどお》りと無念の表情を笑いとばし、

「さて、そこに伏せて、おまえたちの話に聞き耳を立てているうちに、ことのしだいが呑みこめて、おまえが洩らした言葉から、ザロノとヴァレンソが数マイル南の浜にいるとわかったわけだ。たしか、おまえはこういったんだったな――この男を殺して、地図を奪ったのはザロノにちがいない。これからやつと談判に行くつもりだ。やつを殺して、地図をとりもどす機会をうかがい――」

「犬め、だます気だったな！」

ザロノが歯をむき出して唸った。ストロムはまっ青になったが、陰気な笑い声をあげ、

「おまえみたいな裏切り者の犬と、このおれさまがまともに取り引きすると思ったのか？――話をつづけろ、コナン」

キンメリア人はにやりとした。彼が、ふたりのあいだにくすぶる憎しみの焔を故意に煽りたてたのは、はた目にも明らかだった。

「あとはたいしてしゃべることはない。おまえたちが海岸に沿って大まわりしているあいだに、おれは森をまっすぐぬけてきて、おまえたちより先に砦に着いた。おまえの読みどおり、嵐がザロノの船を壊していた――だが、それをいうなら、おまえはこの入江の地形を知っていたわけだ。

さて、話はこれだけだ。おれには宝があり、ストロムには船があり、ヴァレンソには物資がある。ク

ロムの神にかけて、ザロノ、おまえがこの図式のどこに収まるのかはわからんが、争いを避けるためだ、おまえにも一枚嚙ませてやる。おれの提案は単純至極《しごく》だ。

宝は四等分する。ストロムとおれは、自分の分け前を〈赤い手〉に積んで船出する。おまえとヴァレンソは、自分の分け前をとり、曠野の領主のままでいるか、木の幹《みき》から船を造るか、好きなようにするがいい」

ヴァレンソはたじろぎ、ザロノは悪態を吐き散らした。一方ストロムは、黙って薄笑いを浮かべていた。

「きさまは、ひとりきりでストロムといっしょに〈赤い手〉に乗りこむほどまぬけなのか？」と唸るようにザロノがいった。「陸が見えなくなる前に、喉をかっ切られるぞ！」

コナンはさも愉快そうに大笑《たいしょう》し、

「こいつは、羊と狼とキャベツの謎かけみたいなもんだな」と認めた。「おたがいをむさぼり食わずに、どうやったら河を渡れるかってわけだ！」

「きさまらキンメリア人には、それがおかしくてたまらぬらしいな」ザロノがこぼした。

「わしはここにとどまりはせぬ！」黒い眸に狂気の輝きを宿して、ヴァレンソが叫んだ。「宝があろうとなかろうと、わしは出ていくのだ！」

コナンは、目をすがめて考え深げな視線を伯爵にくれ、

「そうか、それならこういう計画はどうだ。さっきいったように、お宝を山分けする。それからストロムがザロノ、ヴァレンソ、さらに伯爵の選ぶ家臣の何人かとともに船で去り、砦とヴァレンソの臣《しん》

下《か》の残りと、ザロノの手下全員の指揮をおれにまかせる。おれは自分の船を造る」

ザロノがわずかに気を悪くした様子で、

「わたしにここで流人《るにん》暮らしをつづけるか、部下を見捨てて、〈赤い手〉にひとりで乗りこみ、喉を掻き切られるかのどちらか選べというのか」

コナンの哄笑《こうしょう》が広間に朗々と響きわたり、バッカニアの視線にこもったどす黒い殺意など歯牙《しが》にもかけず、彼はザロノの背中を上機嫌で叩くと、

「そういうことだ、ザロノ！　ストロムとおれが船で去るあいだここにいるか、手下をおれに預けてストロムと船で去るかだ」

「おれさまとしては、ザロノを乗せたほうがましだな」ストロムが率直にいった。「おまえはおれの手下を唆《そそのか》して叛乱を起こさせ、バラカ群島が水平線の上にあらわれる前に、おれの喉をかっさばくつもりだろう、コナン」

ザロノの蒼ざめた顔から汗がしたたたった。

「この悪魔めといっしょに船に乗れば、わたしも伯爵も、その姪《めい》も、陸地に生きてたどりつくことはないだろう。この広間のなかでは、きさまたちふたりともわたしの手中にあるのだ。わたしの部下が砦を包囲している。きさまたちふたりとも斬り倒してならぬわけがあるか？」

「たしかにないな」コナンは機嫌よく認めた。「ただし、おまえがそんなことをすれば、ストロムの手下が帆をあげて去り、おまえたちはこの海岸にとり残されて、じきにピクト人に喉を掻き切られるのがオチだがな。それに、おれを殺せば、お宝はけっしてみつからないぞ。それに、おまえが手下を呼ぼ

うとしたら、おれがその頭を顎まで断ち割ることになるぞ」

コナンはそういうと高笑いした。まるで何かおかしな情況に出くわしたかのように。だが、ベレサにさえ、彼が本気でそういっているのだとわかった。コナンの抜き身の彎刀は彼の膝におかれており、ザロノの長剣はテーブルの下、バッカニアの手の届かないところにある。ガルブロは闘う男ではないし、ヴァレンソは決断をくだすことも、行動を起こすこともできないように思える。

「いい加減にしろ！」ストロムが罵声を発した。「おれたちふたりは、そうあっさりやられないぞ。おれさまはコナンの提案に賛成だ。あんたはどう思う、ヴァレンソ？」

「わしはこの海岸から去らねばならん！」ヴァレンソは虚空《こくう》をみつめながら、囁《ささや》き声でいった。「急がねば――行かねば――遠くへ――いますぐ！」

伯爵の奇矯《ききょう》なふるまいに困惑して、ストロムが眉間《みけん》に皺を寄せ、にたりと笑うと、ザロノに向きなおり、

「で、おまえはどうする、ザロノ？」

「わたしに何がいえる？」ザロノは歯をむき出して唸った。「士官三名と水夫四十名を〈赤い手〉に乗せる。そうすれば交渉は成立だ」

「士官三人と水夫三十人だ！」

「よかろう」

「決まりだ！」

協定の締結を保証する握手もなければ、儀式的な乾杯もなかった。ふたりの船長は、飢えた狼のご

とく睨みあった。伯爵は震える手で口髭を引っ張りながら、自分自身の陰鬱《いんうつ》なもの思いに没頭していた。コナンは大きな猫のように伸びをし、葡萄酒を飲むと、一同に白い歯を見せて笑いかけた。しかし、それは忍び寄る虎の無気味な薄笑いだった。ベレサは、その場を支配する殺意を秘めた目的を、それぞれの男の心を占めている裏切りの意図を感じとった。協定を守る気などだれにもないのだ、ヴァレンソは別かもしれないが。海賊ひとりひとりは、船と財宝全体の両方をひとり占めにする気でいる。そうでなければ、満足できないのだ。しかし、どうやって？　それぞれの狡猾な心のなかで何を考えているのだろう？　憎しみと裏切りの醸《かも》しだす雰囲気にベレサは圧迫され、息苦しさをおぼえた。率直で猛々《たけだけ》しいにもかかわらず、キンメリア人はほかのふたりよりも狡猾さに欠けるわけではない――それどころか、いっそう悪知恵が働きそうだ。彼の広い肩とたくましい四肢《しし》は、この大広間にさえ大きすぎるように思えるものの、彼がこの場で主導権を握っているのは、たんに肉体的な理由からではない。この男には鉄のような生命力がそなわっていて、それがほかの海賊の盛んな精力をもかすませてしまうのだ。

「財宝のところまで案内してくれ！」ザロノが語気を強めていった。

「そうはやるな」コナンは答えた。「おれたちは、力を均等にしておかなければならん。そうすれば、だれもぬけがけできんからな。こういう風にやろう――ストロムの手下は、六人ほどを船に残して、あとは全員が上陸し、浜に野営する。ザロノの手下は砦から出て、同じように浜で野営する。ストロムの手下の姿がよく見えるところにだ。そうすれば、両方の船乗りはおたがいを監視できるから、宝を捜しに行ったおれたちのあとをつけたり、待ち伏せを企んだりするやつが出ないですむだろう。〈赤い手〉に残った連中は、どちらの陣営も手の届かない入江の沖まで船を運ぶ。ヴァレンソの部下は砦のなかにとどまるが、門はあけ放しておく。おれたちといっしょに来るか、伯爵？」

「あの森のなかへか？」ヴァレンソは身を震わせ、外套を肩に巻きつけた。「トラニコスの黄金をすべてくれるといってもご免こうむる！」

「わかった。お宝を運ぶのに三十人ほどいる。双方の陣営から十五人ずつ連れていくとしよう。そうしたら、できるだけ早く出発だ」

眼下で演じられるドラマの端々まで注視していたベレサには、ザロノとストロムがこっそりと目配《めくば》せを交わし、それからすばやく目を伏せて、自分たちの眸に宿った悪辣《あくらつ》な意図を隠そうと酒杯をかかげるのが見えた。ベレサには、コナンの計画にひそむ致命的な弱点が見てとれた。そして、どうして彼はその欠点を見落としたりしたのだろう、と不思議に思った。あの男は自分の実力にうぬぼれすぎているのかもしれない。だが、コナンはあの森から生きて出てこられない——ベレサにはそれがわかった。ひとたび財宝を手中にすれば、ほかのふたりは、双方ともに憎しみの対象としている男を亡き者にするあいだだけ、無法者らしく手を組むだろう。彼女はぶるっと身震いし、破滅するとわかっている男を憂鬱《ゆううつ》な目つきでみつめた。あそこに坐って、笑い声をあげ、酒を痛飲《つういん》している戦士、力の絶頂にある男を目《ま》のあたりにしながら、その男がすでに血まみれの死を運命づけられていると知るのは、奇異としかいいようがなかった。

この情況全体が、暗く血塗られた凶兆《きょうちょう》を孕《はら》んでいた。ザロノは、かなうものなら、ストロムをだまして、殺すつもりだ。一方ストロムは、すでにザロノに死の烙印《らくいん》を押している。そして疑問の余地なく、彼女の伯父《おじ》と彼女自身にも押している。もしザロノがこの残酷な知恵くらべに最終的に勝利をおさめれば、ベレサたちの命は無事だ――しかし、口髭を嚙みながらそこに坐り、その浅黒い顔に邪悪な本性をさらけだしているバッカニアを見れば、死とザロノのどちらがより忌《いま》わしいのか、判断がつかないのだった。

「どれくらい遠いんだ？」ストロムが語気を強めて訊いた。

「一時間以内に出発すれば、真夜中にならぬうちにもどってこれる」コナンは答えた。酒杯を空にして立ちあがり、腰帯を締めなおすと、伯爵にちらりと視線を走らせ、

「ヴァレンソ。気でも狂ったのか、狩猟するときの隈《くま》どりをしたピクト人を殺すとは」

ヴァレンソは、ぎくりとした様子で、

「何をいっておる？」

「まさか、あんたの部下が、昨夜、森のなかでピクト人の狩人を殺したのを知らんというのではないだろうな？」

伯爵はかぶりをふり、

「昨夜、森にはいった臣下はひとりもおらぬ」

「それなら、ほかのだれかがいたんだ」キンメリア人は唸るようにいうと、ポケットのなかを手探りし、「森のはずれ近くの木に、そいつの生首が釘づけされているのを見た。そいつは戦《いくさ》化粧をしていなかった。長靴の足跡は見あたらなかったから、嵐の前にそこに釘づけにされたのだとわかった。だが、ほかのしるしはたくさんあった――湿った地面に鹿革靴の足跡がついていたんだ。ピクト人がそ

こにいて、その生首を見たわけだ。そいつらは別の氏族の者だったんだろう。さもなければ、首を下ろしたはずだからな。たまたまそいつらが、死んだ男の氏族と和平の状態にあったとしたら、死んだ男の村へ行って、そいつの氏族に教えるだろう」

「ひょっとしたら、その連中が殺したのかもしれぬ」とヴァレンソ。

「いや、そいつらがやったんじゃない。だが、だれの仕業《しわざ》かは知っているはずだ。おれが知っているのと同じ理由でな。この鎖が、斬り落とされた首のつけ根に巻きつけてあった。あんたはすっかり頭がおかしくなっていたにちがいない、こんな風に自分の仕業だとしるしをつけておくなんて」

コナンは何かを引っぱりだし、伯爵の前のテーブルの上に放った。伯爵は飛びあがり、息を詰まらせながら、喉にさっと手をやった。それは、伯爵がふだん首にかけている鎖つきの黄金の印璽《いんじ》だった。

「コルゼッタ家の印璽だとひと目でわかった」とコナン。「その鎖があったからには、どんなピクト人だって、外国人の仕業だとわかっただろう」

ヴァレンソは返事をしなかった。あたかも毒蛇をみつめるかのように、鎖をじっとみつめていた。

コナンは伯爵に向かって顔をしかめ、もの問いたげな視線をほかの者たちに向けた。ザロノがすばやい身ぶりで、伯爵は必ずしも頭が正常でないことを教えた。

コナンは彎刀を鞘に収め、漆塗りの帽子をかぶり、

「よおし。出発だ」

船長たちは葡萄酒を飲み干し、剣帯を引きよせて立ちあがった。ザロノがヴァレンソの腕に手をかけ、軽く揺さぶった。伯爵はぎくりとし、周囲を眺めてから、茫然《ぼうぜん》自失している男のように、ほかの

者についてで出た。鎖がその指から垂れさがっていた。しかし、全員が広間から出たわけではなかった。

階段の上にいるのを忘れられ、手摺り越しにのぞき見ていたベレサとティナは、ガルブロがほかの者たちの背後にまわり、どっしりした扉が彼らのうしろで閉まるまでぐずぐずしているのに気づいた。執事はそのあと急いで暖炉のところへ行き、くすぶっている熾火《おきび》を慎重に掻きとった。跪《ひざまず》き、長いこと何かにじっと目を凝らす。それから背筋を伸ばし、こそこそと別の扉を使って広間から出ていった。

「ガルブロは暖炉で何をみつけたんでしょう？」

ティナが小声でいった。ベレサはかぶりをふり、それから好奇心にうながされ、立ちあがると、人けのなくなった広間へ降りていった。一瞬後、執事が跪いた場所に跪いていた。そして、ガルブロが見たものを目のあたりにした。

それは、コナンが火中に投じた地図の焼け残りであった。触れればぼろぼろに崩れそうだったが、そこに記されたかすかな線と文字の一部は、依然として見分けられた。文字は読めなかったが、明らかに深い森林とわかるしるしに囲まれた丘、でなければ岩山の絵らしきものの輪郭はたどることができた。彼女には何ひとつ意味をなさなかったが、ガルブロの行動からすると、彼にはなじみのある情景なり地形なりをかたどっていて、彼はそれを見分けたのであろう。ベレサは知っていた――この入植地のだれよりも内陸へ深く分けいった者が、あの執事であることを。

6　死者の宝物《ほうもつ》

　ベレサは階段を降りると、ヴァレンソ伯爵《はくしゃく》がテーブルに着き、壊れた鎖をいじりまわしているのを目にして立ち止まった。彼女が伯爵にくれる眼差しには、愛情はひとかけらもなく、少なからぬ恐怖がこもっていた。伯爵を見舞った変化は、愕然《がくぜん》とするものだった。彼は自分自身の陰気な世界に閉じこめられ、恐怖のため、人間らしさをことごとく剝《は》ぎとられてしまっているかに思えた。

　夜明けの嵐につづく白昼の熱気のなかで、砦《とりで》は奇妙なほどひっそりとしていた。防柵《ぼうさく》の内部にいる人々の声は、低くくぐもって聞こえる。それと同じ眠気をもよおす静けさが、外の浜辺をも支配していた。そこでは敵対する船乗りたちが、数百ヤードの砂地に隔《へだ》てられ、猜疑心《さいぎしん》もあらわに武装したまま横になっているのだ。〈赤い手〉号が、ひと握りの水夫を乗せて、入江のはるか沖合に停泊しており、少しでも裏切りの兆《きざ》しがあれば、敵の手の届かないところへ移動する準備をととのえている。その武装商船はストロムの切り札であり、彼と手を組んだ者たちの奸計《かんけい》に対する最大の保証だった。

　コナンは巧みに計画を立て、どちらかの一派に森のなかで待ち伏せされる危険をとり除いていた。しかし、ベレサにわかるかぎりでは、同行者の裏切りに対して自分の身を守ることには完全に失敗していた。あの男は、ふたりの船長と三十人の部下を率いて森のなかに姿を消した。そしてこのジンガラ人の娘は、生きている彼の姿を二度と目にすることはないだろうと確信していた。

ほどなくして彼女は口を開いた。その声はこわばっており、自分自身の耳にもざらついて聞こえた。

「蛮族が船長たちを森のなかへ連れていきました。黄金を手中にしたら、ふたりはあの男を殺すでしょう。でも、財宝を持って彼らがもどってきたら、どうなるのでしょう？　わたくしたちは船に乗るのでしょうか？　ストロムを信用できますでしょうか？」

ヴァレンソは、うわの空でかぶりをふって、

「ストロムは、宝をひとり占めにするため、わしらを皆殺しにするだろう。だが、ザロノがわしに自分の企みを耳打ちした。われわれが〈赤い手〉に乗りこむときは、主人として乗りこむのだ。ザロノは、宝捜しが夜までかかるようにことを運ぶ。そうなれば、森のなかで野営《やえい》せざるを得なくなる。あの男は、ストロムとその部下が眠っているうちに、彼らを殺《あや》める方法をみつけるだろう。そのあとバッカニアたちは、こっそりと浜辺へもどって来る。夜が明けきらぬうちに、わしが漁師の何人かを密かに砦から送りだし、沖まで泳がせ、船を乗っ取らせる。ストロムは、そんなこととは夢にも思わぬだろうし、コナンも同じだろう。ザロノとその部下は森から出てきて、浜辺に野営しているバッカニアたちと合流し、暗闇のなかで海賊たちに襲いかかる。一方わしは、武装兵を率いて砦から打って出て、敗走した者たちにとどめを刺す。船長がいなければ、海賊たちの士気《しき》はあがらぬだろうし、数でも勝ち目がないのだから、ザロノとわしにとっては、赤子の手をひねるようなものとなるだろう。それからわれわれは、財宝をひとつ残らず積んで、ストロムの船で立ち去るのだ」

「それで、わたくしはどうなるのです？」ベレサは、からからに乾いた唇《くちびる》でたずねた。

「おまえをやるとザロノに約束した」伯爵は無情に答えた。「だが、約束しなければ、あの男はわしらを連れていってはくれまい」

「わたくしは、あの男とは結婚いたしません」ベレサは力なくいった。

「おまえは結婚するのだ」伯爵は陰気な、そして一片《いっぺん》の哀れみもない口調で答えた。そして鎖をかかげ、窓から斜めに射しこむ陽光をとらえるようにして、「砂浜に落としたにちがいない」と呟《つぶや》いた。

「あやつはそれほど近くに――浜辺にいたのだ――」

「伯父上《おじ》はそれを浜に落としたわけではありません」伯爵に負けず劣らず無慈悲な声でベレサはいった。彼女の魂《たましい》は石と化したようだった。「昨夜、この広間で偶然に喉もとから引きちぎったのです、ティナを鞭《むち》打ったときに。広間から出る前に、それが床の上で光っているのを見ました」

伯爵は顔をあげた。凄まじい恐怖で顔が灰色になっていた。

こぼれ落ちそうなほど見開かれた伯爵の目に、無言の問いを読みとって、ベレサは苦い笑い声をあげた。

「そうです！　黒い男です！　ここにいたのです！　この広間に！　その男は、床に落ちていた鎖をみつけたにちがいありません。衛兵たちは、その男を見ませんでした。けれど、その男は昨夜、伯父上の部屋の前にいたのです。わたくしはその男を見ました。二階の廊下を忍び足で歩いているところを」

一瞬、伯爵が怖《おそ》ろしさのあまり絶命するのではないか、とベレサには思えた。彼は椅子に坐《すわ》ったまま身を沈めた。その萎《な》えた指から鎖がすべり落ち、テーブルにあたって金属音を立てた。

「館《やかた》のなかでか！」伯爵は囁《ささや》き声でいった。「差し錠《じょう》とかんぬきと、武装した衛兵があれば、あやつを締め出しておけるものとわしは思った。なんと愚かだったことか！　あやつから逃げられぬどころか、守りを固めることさえできぬのだ！　わしの部屋の前にいただと！　わしの部屋の前に！」それを思って伯爵は、恐怖に打ちのめされ、「なぜはいってこなかった？」と金切《かなき》り声でいい、まるで首を絞められているかのように、衿《えり》もとのレースを引きちぎった。「なぜ終わりにしなかったのだ？　暗い部屋のなかで目醒《めざ》めると、あやつがわしにのしかかり、青い鬼火が、角《つの》の生えたあやつの頭のまわりで躍っている――そんな夢を見てきたわしだ！　なぜ――」

感情の激発はおさまり、伯爵は気がぬけたようになって、躰《からだ》を震わせ、

「わかったぞ！」と喘《あえ》ぎ声でいった。「あやつは、わしをもてあそんでおるのだ、猫が鼠《ねずみ》をもてあそぶようにな。昨夜、部屋のなかでわしを殺すことは、あまりにもたやすく、あまりにも慈悲深い行ないだったのだろう。そこで、わしが乗って逃げる怖れのある船を壊し、哀れなピクト人を殺して、わしの鎖を残しておいたのだ。そうすれば、未開人どもは、わしが殺したものと信ずるであろうからな――やつらは、その鎖がわしの首にかかっているのを何度も目にしているのだ。

しかし、なぜだ？　あやつは、いったいどんな巧妙な悪だくみを心にいだいているのだ？　人間の心には理解のおよばぬ、どんなひねくれた目的があるのだ？」

「その黒い男とやらは何者なのです？」ベレサはたずねた。恐怖に悪寒《おかん》が背筋を匍《は》いのぼってくる。

「わしの強欲と欲情によって解き放たれ、わしを永遠に苦しめようとしている悪魔だ！」と蚊の鳴くような声で伯爵。細長い指を目の前のテーブルの上で拡《ひろ》げ、無気味な光を放っている、うつろな目で

彼女をみつめるが、彼女を見ているのではまったくなく、彼女を通り越して、はるか彼方《かなた》に待ち受ける仄暗《ほのぐら》い破滅を見据えているようだった。

「若いころ、わしには宮廷に敵がいた」伯爵がいった。まるで彼女に話すのではなく、ひとりごとをいうかのように。「ある権力を握った男が、わしと、わしの野心とのあいだに立ちはだかっていた。富と権力を貪欲に求めるあまり、わしは黒魔術の徒《と》に助力を求めた——ある黒魔術師が、わしの望みをかなえ、存在の外なる深淵《しんえん》から悪鬼《あっき》を呼びだし、それに人の形をまとわせた。それはわしの敵を叩きつぶし、亡き者とした。わしは権力と富を掌握し、わしの前に立ちはだかる者はいなくなった。しかし、わしは悪鬼をだましてやろうと思った。暗黒の民《たみ》を呼びだして、みずからの意に従わせた人間が支払わねばならぬ代価をごまかしてやろうと思ったのだ。

魔術師は、怖るべき術を用いて、暗黒の落とし子である魂なき魔物を欺《あざむ》き、そやつを地獄に閉じこめた。そやつは地獄でむなしく吼《ほ》え猛《たけ》った——永遠に、とそのときは思われた。しかし、その悪鬼に人の形をあたえたのが仇《あだ》となり、魔術師は悪鬼と物質界とを結ぶ絆《きずな》を断ち切ることができなかった。悪鬼がこの惑星へ到達するのに用いた宇宙の回廊を完全に閉ざすこともできなかった。

一年前のことだ。コルダヴァにいたわしのもとへ、ある知らせが届いた。いまは老人となっていた例の魔術師が、居城《きょじょう》で殺害され、喉に悪魔の指痕《ゆびあと》が残っていたというのだ。そのときわしには、例の黒い魔人が魔術師に閉じこめられていた地獄から逃げだし、わしに復讐しようとしているのだとわかった。ある夜、わしの城の広間の暗がりから、あやつの悪鬼の顔がわしを睨《にら》んでいるのが見え——

それは、あやつの物質的な躰ではなく、わしを苦しめるために送られてきた霊魂だった——霊魂なら、風の吹きすさぶ海原《うなばら》を越えてまでは追ってこられない。あやつが肉体をまとってコルダヴァにたどりつく前に、わしはやつとのあいだに茫漠《ぼうばく》とした海をおくために船出した。あやつにも限界はあるのだ。海を渡ってわしを追うためには、人間に似た肉体のなかにとどまらねばならん。だが、あやつの肉体は人間の肉体ではない。おそらく火を用いれば殺すことはできるだろう。もっとも、あやつを呼びだした魔術師には、あやつを抹殺する力はなかったのだが――魔術師の力には、そういう限界が定められておるのだ。

だが、黒い魔人は狡猾《こうかつ》すぎて、罠をかけることも、抹殺《まっさつ》することもできん。あやつが身を隠せば、だれにもみつけられぬ。あやつは影さながらに夜闇《よやみ》をついて忍び歩き、差し錠もかんぬきも意に介さぬ。あやつは眠りで衛兵の目を見えなくする。嵐を起こし、深海の蛇や、夜の悪鬼どもを意のままに操ることができる。わしは足跡を青海原のなかに消せるものと思っておった――が、あやつは、忌《いま》わしい罰金をとりたてるために、ここまでわしのあとを追ってきたのだ」

綴《つづ》れ織《お》りのかかった壁の彼方、目に見えないはるか遠くの水平線に伯爵がじっと目を凝《こ》らすあいだ、その異様な光を帯びた眸《ひとみ》は青白い輝きを放った。

「まだあやつを出しぬける」伯爵は小声でいった。「今宵《こよい》はあやつの襲撃をくりのべさせるのだ――夜が明ければ、わしは船上の人となり、復讐に燃えるあやつとのあいだに、ふたたび海原を挟むことになるだろう」

「これは何としたことだ！」

コナンがぴたりと足を止め、上方を睨みつけた。そのうしろで船乗りたちが立ち止まった――弓を握り、猜疑心をあらわにした男たちが、ふた組に分かれて固まっている。彼らは、ピクト人の狩人がつけた東へ延びる古い小径《こみち》をたどっていた。まだ三十フィートほどしか進んでいないのに、浜辺はもう見えなくなっている。

「どうした？」ストロムが疑わしげに訊いた。「何で立ち止まった？」

「おまえは目が見えないのか？　あそこを見ろ！」

道に覆いかぶさった、ある樹木の太い枝から、生首が白い歯をのぞかせて彼らを見おろしていた――隈《くま》どりをした浅黒い顔。黒い蓬髪《ほうはつ》に縁《ふち》どられており、左耳の上には大嘴《おおはし》の羽根が垂れている。

「おれはあの首を下ろして、茂みに隠しておいたのだ」コナンが唸り声でいい、周囲の樹林に注意深く視線をめぐらせた。「あれを元どおりにするとは、いったいどこのまぬけの仕業《しわざ》だ。まるで何者かが、ピクト人に入植地を襲わせようと躍起《やっき》になっているみたいじゃないか」

男たちは険悪な目つきで視線を交わした。新たな疑惑の要素が、すでに煮えたぎっている大釜《おおがま》に加えられた形であった。

コナンは木に登り、生首をとりもどして、茂みのなかへ運んでいくと、そこで小川に投げこみ、沈むのを見届けた。

「この木のまわりに道をつけたピクト人は、大嘴族ではない」と藪《やぶ》をぬけてもどってきながら、コナンは唸り声でいった。「おれはこのあたりの海岸を航海したことがあるから、海辺の部族のことはそれなりに知っている。もしこの鹿革靴の足跡をおれが正しく読みとったとしたら、この連中は鵜《う》族だ。やつらが大嘴族と交戦していればいいのだがな。もし和平を結んでいたら、まっすぐ大嘴族の村へ行くだろう。そうなったら厄介だ。その村がどれくらい遠くにあるかは知らん――だが、この殺人のことを知るが早いか、大嘴族は飢《う》えた狼《おおかみ》のように森を突っ切ってくるだろう。ピクト人にとってあれ以上の侮辱《ぶじょく》はない――戦《いくさ》化粧をしていない男を殺して、禿鷹《はげたか》の餌《えさ》にするために、その首を木の上にさらしておくとはな。この海岸では、怖ろしく妙なことが起きている。だが、文明人が曠野《こうや》にはいりこめば、いつだってそうなるんだ。やつらはみな、どうしようもなく気が狂《ふ》れているのだから。さあ、行くぞ」

男たちは彎刀《わんとう》を鞘《さや》走らせ、矢筒《やづつ》の矢をとりだしやすくしながら、森の奥へと進んでいった。彼らは海の男たちである。灰色の水のうねる波間には慣れているが、樹々《きぎ》と蔓《つる》植物から成る謎めいた緑の壁に囲まれては、不安を掻き立てられずにはいられなかった。小径は曲がりくねり、やがて大部分の者は方向感覚を失い、浜辺がどちらの方角にあるのかさえわからなくなった。

コナンは別の理由で不安をおぼえていた。道に目を配りつづけ、とうとう唸り声でいった。

「だれかが最近この道を通った――まだ一時間とたっておらん。そのだれかは長靴《ちょうか》を履《は》いていて、森の知識がないらしい。ピクト人の首をみつけて、あの木にもどしたまぬけは、そいつなのだろうか？　いや、そいつのはずがない。木の下にこの足跡はみつからなかった。だが、そうすると何者の仕業だったんだ？　あそこには、おれがすでに目にしていたピクト人の足跡しかなかった。すると、おれたちの前を急いでいるこいつは、どこのどいつだ？　おまえらろくでなしのどちらかが、何かの理由で手下を先行させたのか？」

ストロムもザロノも、そんなことはしていないと声高《こわだか》にいい、不信の目で睨みあった。どちらの男にも、コナンが示した痕跡は読みとれなかった。草の生えていない、踏み固められた道にコナンが見てとったかすかな足跡は、訓練されていない彼らの目には見えないのだ。

コナンは足どりを速め、一行があわててそのあとを追った。疑惑の新たな石炭が、くすぶっている不信の火にくべられた。ほどなくして小径は北へ転じ、コナンは道から離れると、南東の方角にある密生した木立を縫って進みはじめた。ストロムは、不安の面持ちで目配《めくば》せをザロノに送った。これで彼らの計画は、変更を余儀《よぎ》なくされるかもしれない。道から数百フィートも離れると、ふたりともすっかり方角を見失い、小径へもどる道がみつかるとは、とうてい思えなかった。けっきょくのところ、キンメリア人には意のままになる手勢《てぜい》がおり、自分たちを待ち伏せに遭《あ》わせようとしているのではないか――それを怖れて、ふたりはぶるっと身を震わせた。

進むにつれ、この疑惑は大きくなり、あと一歩で恐慌におちいろうかというとき、一行は密生した樹林から出た。すぐ前方に、ふもとの森から屹立《きつりつ》している荒涼とした岩山が見えた。東の森から出ている道ともいえぬ道が、大石の群れのあいだを走り、階段状になった岩棚伝いに曲がりくねりながら岩山を登り、頂上近くにある平らな岩棚へ通じている。

コナンは立ち止まった。海賊風のきらびやかな衣裳をまとった姿が、いかにも場ちがいだった。

「鷲族のピクト人から逃げたとき、おれがたどった道があれだ。あの岩棚の裏にある洞窟に通じている。その洞窟のなかに、トラニコスと船長たちの死体があり、やつがトトメクリから奪った財宝がある んだ。しかし、それをとりに行く前に、ひとことといっておく――もしおれをここで殺したら、おまえたちは、浜からたどってきた道をけっしてみつけられないだろう。しょせん、おまえたちは船乗りだ。深い森のなかでは赤子も同じ。もちろん、浜は西にあるわけだが、重い財宝をかついで、鬱蒼《うっそう》とした森をぬけていかねばならぬとしたら、何時間どころか、何日もかかるだろう。それに、この森が白人にとってきわめて安全とも思えぬ。大嘴族が仲間の狩人の末路を知ったとあればな」

コナンは笑い声をあげ、身の毛のよだつような陰気な笑みを浮かべた。それを見て海賊たちは、自分たちの策略が勘づかれていたことを思い知らされた。それればかりかコナンは、海賊それぞれの心のなかに湧きおこった考えも見ぬいたのだった。その考えとは、蛮族に宝をとってこさせ、浜に通じる道へ案内させてから、殺せばいいというものである。

「ストロムとザロノ以外の者は、全員ここに残れ」コナンはいった。「洞窟から財宝を運びおろすには、おれたち三人で足りる」

ストロムが陰気な薄笑いを浮かべ、

「おまえとザロノと三人だけで上へ行くだって？　おれさまをまぬけだと思うのか？　少なくともひとりは手下を連れていくぞ！」

そして部下の甲板長《かんぱん》を指名した。筋骨たくましい、厳《いか》めしい顔つきの巨漢《きょかん》で、幅広の革ベルトより上は裸体《らたい》。耳に黄金の輪を飾り、頭には緋《ひ》色の布を巻きつけている。

「それなら、わたしも死刑執行人を連れていくぞ！」

とザロノが唸り声でいい、羊皮紙《ようひし》をかぶせた髑髏《どくろ》さながらの顔をした痩身《そうしん》の海賊を手招きした。男は両手であつかう半月刀を、抜き身のまま骨張った肩にかついでいた。

コナンは肩をすくめ、

「いいだろう。ついてこい」

四人はコナンのあとにぴったりとくっついて、曲がりくねった小径を登り、岩棚を乗り越えた。コナンのすぐあとについて、岩棚の後方にそびえる岩壁にあいた裂け目をくぐりぬける。そして短い隧《ずい》道《どう》のような洞窟の左右に並ぶ鉄帯をめぐらせた箱に、コナンが一同の注意を向けさせたとき、彼らは欲深そうに歯のあいだから息を吸いこんだ。

「ここには船荷が山ほどある」コナンが無造作にいった。「絹《きぬ》、レース、衣裳、装身具、武器——南海の掠奪品《りゃくだつ》だ。だが、本当の宝は、あの扉の向こうにある」

どっしりした扉が、少しだけ開いていた。コナンは眉間《みけん》に皺《しわ》を寄せた。洞窟を立ち去る前に、その扉を閉めたことを憶えていたのだ。しかし、はやりたった同行者たちには、その件については何もいわず、わきへのいて、彼らになかをのぞかせてやった。

四人がのぞきこんだのは、奇妙な青い光に照らされた幅広い洞窟であった。その光は、霧のようにもやもやした霞《かすみ》を透《す》かして明滅していた。大きな黒檀《こくたん》のテーブルが、洞窟の中央に据えられており、かつてはジンガラの小領主の城にあったとしても不思議のない、高い背もたれと幅広い肘《ひじ》掛けをそなえ、彫刻のほどこされた椅子に、途方もなく異様な巨漢が坐っていた——そこに坐っているのは、流血王トラニコスだったのだ。その大きな頭を胸に埋《うず》め、片方のたくましい手で、宝石を鏤《ちりば》めた酒杯《しゅはい》をいまなお握りしめている。しかも、その酒杯のなかでは、葡萄酒《ぶどうしゅ》がいまも泡を発しているのだ。トラニコスだ。漆塗《うるしぬ》りの帽子、金糸《きんし》で刺繍《ししゅう》した上衣《うわぎ》、青い焔《ほのお》を浴びてまたたいている宝石をあしらったボタン、上部の開いた長靴、黄金細工の飾帯《かざりおび》と、それに支えられた黄金の鞘、その鞘に収まった柄《つか》に宝石をはめこんだ長剣。

そして、テーブルを囲み、それぞれがレースで飾りたてた胸に顎《あご》をつけた恰好で、十一人の船長たちが坐っていた。青い火が、彼らと巨漢の総大将に照り映《は》えて無気味に躍っている。その火の源は、小ぶりの象牙《ぞうげ》の台座に載《の》せられた巨大な宝石であるが、トラニコスの席の前で輝いている、みごとな細工のほどこされた宝玉の山から、凍《こお》りついた焔のきらめきを発しているのだ――ケミからの掠奪品、トトメクリの宝石！　その貴石《きせき》の価値は、世界に知られたほかの宝石すべてを足しあわせたよりも大きいといえるのだ！

ザロノとストロムの顔は、青い輝きを浴びて蒼《あお》ざめて見えた。ふたりの肩越しに、その部下たちが、ぽかんと口をあけている。

「なかへはいって、財宝をとるがいい」

コナンがわきへのいてうながすと、ザロノとストロムは、先を争うようにしてその横を通り過ぎた。ふたりの同行者が、そのすぐあとにつづいていた。ザロノが扉を大きく蹴りあけ――片足を敷居にかけたところで、ぴたりと立ち止まった。床にうずくまる人影が目にはいったのだ。これまでは、半ば閉ざされていた扉の陰《かげ》に隠れていたのである。それは前かがみになって、躰を引きつらせている人間で、首を肩までのけぞらせていた。その白い顔は、死の苦悶《くもん》に歪んで歯をむき出しており、鉤爪《かぎづめ》のような指が自分の喉をつかんでいた。

「ガルブロだ！」ザロノが大声をあげた。「死んでいるぞ！　いったい――」不意に疑惑にとらわれた彼は、敷居越しに、内側の洞窟を満たしている青みがかった靄《もや》のなかに首を突き入れた。そして喉を詰まらせて絶叫した。「この靄は命とりになるぞ！」

ザロノが絶叫しているさなかにも、コナンが戸口に群がっている四人の男に体当たりし、彼らをよろめかせた――しかし、コナンの思惑ははずれ、男たちが靄の満ちた洞窟のなかへ頭から転げこむことはなかった。四人は死人を目にして罠《わな》に気づき、あとずさりしているところだったのだ。そしてコナンの激しい体当たりは、四人にたたらを踏ませたものの、図《はか》ったとおりの結果を出すにはいたらなかった。ストロムとザロノは膝をついて敷居に半ば突っ伏し、甲板長は彼らの脚につまずき、死刑執行人は壁にぶつかって撥《は》ねかえった。コナンは倒れた男たちを洞窟のなかに蹴りこみ、有毒の靄が死をもたらす仕事を終えるまで扉を閉めきっておこうとしたのだが、その冷酷な意図を実行に移す暇もなく、ふりむいて身を守ることを余儀なくされた。最初に体勢を立て直し、理性をとりもどした死刑執行人が、泡を吹きながら猛攻を仕掛けてきたからだ。

キンメリア人が頭を下げるのと同時に、バッカニアの首斬《き》り用の剣が、間一髪のところをかすめ過ぎた。大きな刃《やいば》は石壁に叩きつけられ、青い火花を散らした。つぎの瞬間、コナンの彎刀が一閃《いっせん》し、髑髏めいた男の首が、洞窟の床に転がった。

この電光石火の早業に要した数分の一秒のうちに、甲板長が立ちあがり、キンメリア人に襲いかかると、彎刀をたてつづけにふり下ろした。並の男であったら、その攻撃の前になすすべもなかったであろう。鋼鉄の打ちあう音を響かせて、彎刀と彎刀がぶつかり合い、狭い洞窟のなかでは耳を聾《ろう》するほどだった。一方、ふたりの船長は咳こみ、息を喘がせながら、敷居から転がった。顔は紫色で、窒息寸前で叫び声も出せない。コナンは敵を打ち負かす努力を倍化し、ふたりの船長が毒の効果から回復しないうちに、敵を斬り倒そうとした。甲板長は一歩ごとに血をしたたらせながら、獰猛《どうもう》な攻撃の前に後退を余儀なくされ、絶望的な情況で味方に助けを求めはじめた。しかし、コナンがとどめの一撃をくり出すよりも早く、苦しげに喘いでいるものの、殺意をたぎらせたふたりの船長が、しわがれ声で外にいる部下を呼びながら、長剣を手にして飛びかかってきた。

キンメリア人は飛びすさり、岩棚に飛び乗った。コナンとしては、ひとりひとりが腕の立つ剣士であったとしても、彼ら三人をまとめて相手にしたところで、自分が引けをとるとは思わなかった。しかし、剣戟《けんげき》の響きを耳にして、小径を駆けあがって来る船乗りたちとの挟《はさ》み撃ちに遭いたくはなかった。

とはいえ、船乗りたちは予想に反して、おっとり刀で駆けつけてはこなかった。彼らは頭上の洞窟から洩れてくる物音や、くぐもった叫びにとまどったものの、背中に剣を浴びせられるのを怖れて、だれひとり小径を駆けあがろうとしなかったのだ。ふた組に分かれた男たちは、武器を握りしめ、緊張して睨みあったが、どうしたものか判断をくだせずにいた。そして、キンメリア人が岩棚に飛び乗るのを見たときも、まだためらっていた。彼らが弓に矢をつがえて立ちつくしているあいだ、コナンは裂け目近くの岩に刻まれた梯子《はしご》状の足がかりを駆けあがり、岩山の頂《いただき》で身を投げて腹這《はらば》いになったので、下からは姿が見えなくなった。

わめき声をあげ、剣をふりまわしながら、船長たちが岩棚に飛びだしてきた。自分たちの頭目《とうもく》が剣を打ちあわせていないのを目にした部下たちは、威嚇《いかく》しあうのをやめ、困惑のあまりあんぐりと口をあけた。

「犬め！」ザロノが絶叫した。「われわれを毒殺する気だったのだな！　裏切り者め！」

彼らの頭上からコナンが嘲笑《ちょうしょう》を浴びせた。

「そうとも、そのどこが悪い？　おまえたちふたりは、おれの力を借りてお宝を手に入れたら、すぐにおれの喉をかっ切るつもりだったんだろう。あのガルブロのまぬけさえいなければ、おまえたち四人を罠にかけ、無分別なおまえたちが破滅へまっしぐらに飛びこんでいった様子を、おまえたちの手下に話して聞かせてやれたのだが」

「そして、おれたちがふたりとも死ねば、おれさまの船も、お宝もすべてひとり占めにするつもりだったんだな！」ストロムが口から泡を飛ばしてわめいた。

「そうよ！　それに両方の乗組員から選んだやつらもだ！　おれは何カ月も本土にもどりたかったんだ。そして、これが絶好の機会だったのさ！

来る道でおれが目にしたのは、ガルブロの足跡だったわけか。それにしても腑《ふ》に落ちんのは、あのまぬけが、どういう経緯《いきさつ》でこの洞窟のことを知ったか、それに、このお宝をどうやって自分ひとりで持ちだすつもりだったかだ」

「やつの死体が見えなかったら、われわれは死の罠に踏みこんでいたのだな」ザロノが呟いた。陽灼《ひや》けしたその顔は、依然として蒼白《そうはく》である。「あの青い靄は、目に見えない指のように喉を絞めあげてきた」

「さあ、これからどうするつもりだ？」姿の見えない憎き敵が、嘲笑《あざわら》うかのように声をはりあげた。

「これからどうする?」ザロノがストロムにたずねた。「財宝のある洞窟には、有毒の靄が充満している。もっとも、何かの理由で、敷居を越えて流れだすことはないようだが」

「おまえたちが財宝を手に入れられるわけがない」高みからコナンが満足げに請《う》けあった。「あの靄がおまえたちを窒息させるだろう。あそこに踏みこんだとき、おれもあやうくやられるところだった。聞くがいい、焚火《たきび》が消えかけたとき、ピクト人が小屋のなかで語る話を聞かせてやる! その昔、十二人の見知らぬ男たちが、海からやってきて、洞窟をみつけ、そのなかに黄金と宝石を積みあげた。だが、あるピクト人の呪術師が魔法を執《と》り行なった。すると大地が震え、地中から煙が出てきて、酒盛りをしていた男たちを窒息させた。その煙は、地獄の業火《ごうか》の煙なのだが、呪術師の魔法によって洞窟内に閉じこめられた。この話は部族から部族へ伝えられ、すべての氏族が、その呪われた場所を忌《い》み嫌うようになった。

鷲《わし》族のピクト人から逃れようとして、その洞窟へ匍いこんだとき、おれは古い伝説が真実であり、トラニコスおやじとその部下のことをいっていたのだと悟った。トラニコスと配下の船長たちが坐って酒を飲んでいるあいだに、地震が起きて、洞窟の岩床に亀裂が走り、大地の深みから靄が湧きあがってきた——ピクト人のいうとおり、地獄からにちがいない。死神が、トラニコスおやじの宝を守っているのさ!」

「手下をここへ来させろ!」ストロムが、口から泡を飛ばしていった。「登っていって、あいつを切り刻んでやる!」

「ばかなことをいうな!」ザロノが歯をむき出して唸り声でいった。「剣をくわえて、あの手がかりを伝って登れる人間が、この世にいると思うのか？　よかろう、部下をここまで来させよう。あいつが姿を見せたら、躰じゅうに矢を突き立ててやるためにな。しかし、宝を諦めるのはまだ早い。あいつは宝を手に入れる計画を持っていた。さもなければ、宝を運びおろすために、三十人からの男を連れてきはしなかっただろう。あいつにできるのなら、われわれにもできる。彎刀の刀身《とうしん》を曲げて鉤にし、それにロープを結びつけて、あのテーブルの脚に引っかけ、それから扉まで引きよせるのだ」

「よく考えたな、ザロノ！」コナンの嘲《あざけ》りの声が降ってきた。「おれの頭にあったのと、寸分たがわぬ方法だ。しかし、浜へ通じる小径までどうやってもどるつもりだ？　森のなかを手探りしながら進む羽目《はめ》になれば、浜へ帰り着くずっと前に日が暮れるだろう。おまえたちのあとをつけ、闇にまぎれてひとりずつ殺してやる」

「あれはただの大口じゃない」ストロムがぼそりといった。「やつは暗闇のなかで幽霊なみに音も立てずに動きまわり、襲いかかることができる。もしやつが森のなかでおれたちをつけてくれれば、生きて浜を目にできる者はいないかもしれん」

「ならば、ここで殺すまでだ」ザロノが歯ぎしりし、「何人かであいつに矢を射かける。その隙《すき》に残りの者が岩山を登るのだ。あいつに矢が当たらなくても、何人かは剣をかまえてあいつのもとにたどりつける。おや！　あいつはなぜ笑っているんだ？」

「死人《しびと》が策をめぐらすのを耳にしたからさ」コナンの面白がるような無気味な声が降ってきた。

「あいつのいうことに耳を貸すな」ザロノが渋面《じゅうめん》を作り、声をはりあげた。下にいる男たちに、岩棚にいる自分とストロムに合流しろと叫んだのだ。

水夫たちが急勾配《こうばい》の道を登りはじめ、ひとりが何かたずねようとした。それと同時に怒った蜂の羽《は》音《おと》のようなブーンという音が響き、鋭いドスッという音で終わった。そのバッカニアは息を呑《の》み、開いた口から血がほとばしった。男はがっくりと跪《ひざまず》き、自分の胸に突き立って震えている黒い矢をわしづかみにした。警戒の叫びが、彼の仲間から湧き起こった。

「どうしたんだ？」ストロムが叫ぶ。

「ピクト人だ！」

海賊のひとりが怒鳴り、弓をかかげ、狙いも定めずに矢を放った。その横で男がうめき、喉を矢に貫かれて倒れこんだ。

「身を隠すのだ、ばか者ども！」

ザロノが金切り声をあげる。彼のいる高みからだと、茂みのなかを動いている、躰に模様を描いた人影が木の間《こま》隠れに見てとれた。曲がりくねった小径にいる男たちのひとりが、たじろいだと思ったときには死んでいた。それ以外の者たちは、岩山のふもとに転がる岩のあいだにあわてて逃げこんだ。この種の戦闘に慣れていない彼らは、身の隠し方も不器用だった。茂みからつぎつぎと矢が飛来し、大石に当たって撥ねかえる。岩棚の上の男たちは、腹這いになって伏せていた。

「これじゃ袋の鼠だ！」ストロムの顔は蒼白だった。甲板を踏んでいるときは怖いもの知らずのストロムだが、この静かで野蛮な戦闘は、彼の無慈悲な神経をも揺さぶった。

「コナンの話だと、やつらはこの岩山を怖れているそうだ」とザロノ。「夜になったら、なんとしても部下をここまで登らせるのだ。この岩山に立てこもろう。ピクト人が殺到してくることはあるまい」

「そのとおりだ！」頭上でコナンが嘲った。「あいつらは岩山を登って、おまえたちに襲いかかったりはせん。それはたしかだ。ただ岩山を囲んで、おまえたち全員が飢えと渇《かわ》きでくたばるまで、ここへ釘づけにしておくだけだ」

「あいつのいうことは本当だ」ザロノが無力感に駆られていった。「どうすればいい？」

「やつと休戦しよう」ストロムが小声でいった。「この窮《きゅう》地《ち》からおれたちを救いだせる人間がいるとしたら、そいつはやつだ。やつの喉を切り裂く時間は、あとでたっぷりある」声をはりあげ――「コナン、しばらく恨《うら》み辛《つら》みは忘れようぜ。追いつめられてることに関しちゃ、おまえだっておれたちと変わらんだろう。降りてきて、この場を切りぬけるのに手を貸せ」

「どこからそんな考えが出てくるんだ？」キンメリア人はいい返した。「おれは暗くなるまで待ち、この岩山の反対側を降りて、森にまぎれこむだけでいいんだぞ。ピクト人はこの岩山のまわりに哨《しょう》戒《かい》線を張りめぐらせたが、そんなものくらいすりぬけられる。そして、砦へもどって、おまえたちみんなが蛮族に殺されたと報告すればいいんだ――どうせ、すぐに本当のことになるだろうからな！」

ザロノとストロムは、蒼ざめて声もなく顔を見合わせた。

「だが、おれはそんな真似《まね》はせん！」コナンが大声でいった。「おまえら畜生《ちくしょう》どもに好意をいだいているからじゃない。たとえ敵であっても、白人は白人を見捨てたりしないからだ。ピクト人になぶり殺しになるのがわかっているときはな」

キンメリア人の乱れた黒髪の頭が、岩山の頂にあらわれた。

「さあ、耳の穴をかっぽじってよく聞けよ。あそこにいるのは、小さな一団にすぎん。さっきおれが笑ったとき、あいつらが茂みのなかへまぎれこむのが見えた。とにかく、大勢いたとしたら、岩山のふもとにいる連中は、とっくのむかしに全員あの世行きだったはずだ。おそらく、あいつらは俊足《しゅんそく》の若者ぞろいの一団で、おれたちと浜を切り離しておくために、本隊に先行する形で派遣されたのだろう。大規模な戦闘部隊が、どこかからこちらへ向かっているとみてまちがいないのだ。

やつらは岩山の西側に非常線を張りめぐらせた。しかし、東側に非常線があるとは思えん。おれはそちらの側から降りて、森にはいり、やつらのうしろにまわりこむ。そのあいだ、おまえたちは道を餌いおりて、ふもとの岩場にいる手下たちと合流しろ。弓を背負い、剣をぬくようにと手下たちにいうんだ。おれが叫んだら、空《あ》き地の西側にある木立めざして突っ走れ」

「宝はどうする？」

「宝など放っておけ！　頭を肩の上に載せたままここから出られたら、運がいいんだぞ！」

黒い蓬髪の頭が消えた。三人は、ほぼ垂直に切り立った東側の絶壁までコナンが餌っていき、崖をくだっていることを示す音を聞きとろうと耳を澄ましたが、何ひとつ聞こえなかった。森のなかでも音ひとつしなかった。水夫たちの隠れている岩に当たって折れる矢も、もはや飛んでこない。しかし、猛々《たけだけ》しい黒い眸が、殺意をたぎらせながら、辛抱強くこちらを見張っているのを三人とも承知していた。用心に用心を重ねて、ストロム、ザロノ、甲板長は、曲がりくねった小径をくだりはじめた。途中まで来たとき、黒い長矢《ながや》が周囲で唸りをあげはじめ、甲板長がうめき、斜面にばったりと倒れこんだ。心臓を射ぬかれていた。矢が冑《かぶと》や胸甲《きょうこう》に当たって震えるなか、船長ふたりは脱兎《だっと》のごとく急勾配の道を駆けおりた。こけつまろびつふもとに達し、息も絶え絶えに呪いの言葉を吐きながら、大石のあいだに横たわって荒い息をつく。

「これもコナンの策略だろうか？」ザロノが吐き捨てるように訊いた。

「この件に関しちゃ、やつを信用してかまわねえ」ストロムが断言した。「ああいう野蛮人どもは、自分たちなりの名誉の掟《おきて》を守って生きている。自分と同じ肌色の人間が、ほかの種族の人間になぶり殺しになるのがわかっていて、見捨てるようなコナンじゃない。ピクト人が相手なら、あいつはおれたちを助けてくれる。たとえ自分の手でおれたちを殺すつもりだとしてもな——あれを聞け！」

血も凍る叫び声が、静寂を切り裂いた。それは西の方の樹林から聞こえてきた。同時にある物体が、木立から弓なりに飛びだし、地面にぶつかって、撥ねながら岩場の方へ転がってきた——斬り落とされた人間の首だ。あくどい隈どりをした顔が、死の叫喚《きょうかん》の形に凍りついている。

「コナンの合図だ！」

ストロムが吼え、死にもの狂いの海賊たちは、波濤《はとう》のように岩場から飛びだし、木立めがけてまっしぐらに走った。

茂みからひゅんひゅんと唸りをあげて矢が飛来したが、海賊たちの逃げ足が速かったので、三人を倒したにとどまった。つぎの瞬間、海の無頼《ぶらい》たちは葉群《はむ》れのへりを突きぬけ、目の前の暗がりから身を起こした、裸体《らたい》に模様を描いた者たちに襲いかかった。たちまち命をかけた激闘が開始され、喘ぎ声を洩らしながら、素手で格闘する者もいたが、彎刀が戦斧《せんぷ》を打ち負かし、長靴を履いた足が裸体を踏みにじった。と、裸足の者たちが一目散《いちもくさん》に逃げだし、騒々しい音を立てて茂みを突きぬけていった。この短い殺しあいに生き残った者たちは、乱闘の場を離れ、あとには顔を隈どった動かない躰が七つ残された。地面に散乱した血染めの木《こ》の葉の上に、死体は長々と伸びていた。藪のさらに奥の方で打撃音が響き、苦しげな悲鳴が聞こえ、やがてそれがやむと、コナンが大股に視界へ出てきた。漆塗りの帽子はどこかへ消え、上衣はちぎれ、その手に握られた彎刀は血をしたたらせていた。

「これからどうする？」

肩で息をしながらザロノが訊いた。突撃が成功したのは、ひとえにピクト人の背後をついたコナンの不意打ちのおかげだということは、彼にもわかっていた。隈どりをした男たちは士気をくじかれ、海賊たちの突撃を前にして後退もままならなくなったのだ。しかし、臀部《でんぶ》に深手《ふかで》を負って地面の上でのたうちまわっていたバッカニアにコナンが彎刀を突き刺したとき、ザロノは思わず罵声《ばせい》を発した。

「この男を連れていくわけにはいかん」コナンが唸り声でいった。「置き去りにしたら、ピクト人に生け捕りにされる。それは情けというものではない。行くぞ！」

一同はコナンのあとにぴたりとついて、小走りに樹々のあいだを縫っていった。彼らだけだったら、浜へ通じる道がみつかるまで——そもそもみつかるとしての話だが——何時間も汗水垂らし、藪のなかをさまよっていただろう。キンメリア人は、まるで切り開いた道をたどっているかのように、一行を過《あやま》たずに先導した。そして一行が西へ走る道へいきなり飛びだしたとき、海賊たちは安堵《あんど》のあまり興奮しきった叫びをあげた。

「ばか野郎！」コナンは、走りだそうとした海賊の肩を片手でつかむと、仲間のところへ投げ飛ばした。「千ヤードも行かぬうちに、心臓が破れて、倒れてしまうぞ。浜までまだ何マイルもある。ゆったりと歩くんだ。最後の一マイルは突っ走る羽目にならんともかぎらん。そのときのために、体力を温存しておくんだ。さあ、行くぞ」

コナンは着実な、軽く走るような足運びで道を進みはじめた。船乗りたちは、彼に歩調を合わせて、そのあとを追った。


太陽が西方の大海原に立つ波に触れていた。ティナは、ベレサが嵐を見ていた窓辺に立っていた。

「沈む夕陽が、海原を血の色に染めてしまいます。船の帆は、まっ赤な水の上の白い斑点です。影が群がって、森はもう暗くなっています」

「浜辺の船乗りたちの様子は?」ベレサがものうげにたずねた。彼女は目を閉じ、頭のうしろで手を組んで、寝椅子の上で横になっていた。

「どちらの野営地も夕食の用意をしています」とティナ。「流木《りゅうぼく》を集めて、火を起こしています。怒鳴りあっているのが聞こえます――あら、あれは何?」

少女の声が急にこわばり、ベレサは寝椅子の上で上体を起こした。ティナが顔をまっ青にして、窓の下枠をつかみ、

「聞いてください! 吠えています、遠くの方で、たくさんの狼みたいに!」

「狼ですって?」ベレサは跳ね起きた。恐怖に心臓をわしづかみにされ、「この季節、狼は群れをなして狩りをしたりしないわ――」

「ああ、見て!」少女が金切り声をあげて、指さした。「男の人たちが森から走って出てきます!」

一瞬にしてベレサは少女のかたわらに立ち、目を見開いて、遠くに小さく見える人影をみつめてい

た。樹林からつぎつぎと飛びだしてくるのだ。

「水夫たちだわ！」彼女は喘いだ。「手ぶらだわ！　ザロノが見える――ストロムも――」

「コナンはどこです？」少女が小声で訊く。

ベレサはかぶりをふった。

「聞いて！　ああ、聞いてください！」子供が哀れっぽい声を出し、ベレサにすがりついた。「ピクト人です！」

いまや砦じゅうの人間の耳に届いていた――暗い森の奥から聞こえてくる、血に飢えて猛りたった叫喚が。

その音に拍車をかけられたかのように、肩で息をしている男たちが、よろよろと防柵へ向かって走ってくる。

「急げ！」ストロムが喘いだ。その顔は、精根《せいこん》つき果て、憔悴《しょうすい》しきった仮面だった。「やつらは、すぐうしろまで迫ってきている。おれさまの船は――」

「遠すぎて、われわれには手が届かん」と荒い息をしながらザロノ。「向かうは防柵だ！　見ろ、浜で野営した者たちも、われわれに気づいたようだ！」

彼は息を切らして力なく両腕をふったが、いいたいことは浜辺の男たちに伝わった。そして男たちは、勝利の雄叫《おたけ》びにまで高まっている、その荒々しい咆哮《ほうこう》の意味に思いあたった。水夫たちは焚火と料理鍋《なべ》を放棄し、防柵の門へ向かって逃げだした。彼らが続々と門をくぐっているとき、森からの逃亡者たちは、南の角《かど》をまわりこみ、よろよろと門にはいってきた。息も絶え絶えに胸を波打たせ、半狂乱になった烏合《うごう》の衆《しゅう》であった。門があわただしく叩き閉められ、水夫たちは弓射用《きゅうしゃ》の張り出しに登りはじめ、すでにそこに詰めていた武装兵たちに合流した。

ベレサはザロノと向きあい、

「コナンはどこ?」

バッカニアは、闇に包まれつつある樹林を親指でぐいと示した。その胸は波打ち、汗が顔を流れ落ちている。

「浜に着かないうちに、やつらの斥候《せっこう》部隊が、すぐうしろに迫ってきたのだ。あいつは立ち止まって二、三人を斬り伏せ、われわれが逃げる時間を稼いでくれた」

彼はふらふらとその場を離れ、弓射用張り出しの自分の持ち場に就いた。そこにはすでにストロムが登っていた。ヴァレンソもそこに立っていた。外套《がいとう》にくるまった陰気な伯爵の姿は、奇妙なまでにもの静かで、超然としていた。さながら魔物にとり憑《つ》かれた男であった。

「見ろ!」まだ姿の見えない大群のあげる耳を聾する咆哮に負けじと、海賊のひとりが声をはりあげた。

ひとりの男が森からあらわれ出て、帯状に開けた土地を横切り、猛然と走ってくるのだ。

「コナンだ!」

ザロノが残忍な薄笑いを浮かべた。

「われわれは防柵のなかにいて安全だ。われわれは財宝のありかを知っている。いまや、あいつの全身に矢を突き立てていけない理由はない」

「よせ!」ストロムが彼の腕を押さえた。「やつの剣が必要になる! 見ろ!」

俊足を飛ばして駆けてくるキンメリア人の後方で、野獣の群れが森から飛びだしてきた。吼え猛りながら走っている——何百、何千という裸のピクト人だ。彼らの矢が、キンメリア人の周囲に雨あられと降り注いだ。さらに数歩でコナンは防柵の東側にたどりつき、高々と飛びあがると、丸太の先端をつかんだ。そして彎刀を口にくわえ、躰を引きずりあげて柵を乗り越えた。つい先ほどまで彼の躰があった場所に、矢がどすどすと音を立てて突き刺さった。コナンのきらびやかな上衣は消えてなくなっており、その白い絹の肌着はびりびりに破れ、血に染まっていた。

「やつらを食いとめろ!」足が防柵の内側の地面に触れると同時に、コナンは叫んだ。「柵まで攻めてこられたら、おれたちはおしまいだ!」

海賊、バッカニア、武装兵がたちまち反応した。そして矢と弩《いしゆみ》の矢が嵐となって、迫り来る大群のなかに切りこんだ。

コナンの目に、ベレサと彼女の手にすがりついているティナが映った。彼の口からほとばしった悪《あく》態《たい》は、語《ご》彙《い》の豊富さにおいて感嘆するべきものであった。

「館のなかにもどれ」コナンは断固とした口調で命令した。「やつらの矢が柵を越えてくるだろう——ほら、いってるそばからだ」黒い長矢がベレサの足もとの大地に突き刺さり、蛇の頭のように小刻みに震えるなか、コナンは長弓をつかみ、弓射用の張り出しに飛び乗った。「何人かで松明《たいまつ》を用意しろ!」

高まる戦闘の喧噪《けんそう》に負けじと、声をはりあげ、「暗闇のなかじゃ闘いにならんぞ!」

陽《ひ》は血のうねりのなかに沈んでいた。入江の沖では、武装商船に乗った男たちが、錨《いかり》の鎖を切断していた。そして〈赤い手〉号は、みるみるうちに緋色の水平線上を遠去かりつつあった。

7　森の男たち

夜のとばりは降りていたが、松明《たいまつ》の光が浜に流れこみ、狂った情景を毒々しいまでに照らしだしていた。顔を隈《くま》どった裸の男たちが、浜辺にひしめいている。波濤《はとう》のように防柵《ぼうさく》へ押しよせる。柵の上に突きだされた松明のまばゆい光を浴びて、むき出した歯と爛々《らんらん》と燃える眸《ひとみ》がぎらぎらと光っている。黒い蓬髪《ほうはつ》に飾った大嘴《おおはし》の羽根が揺れ、鵜《う》と盗賊鴎《かもめ》の羽根も揺れている。とりわけ野蛮で荒々しい戦士のなかには、もつれた髪に鮫《さめ》の歯を編みこんだ者もちらほらいる。海浜の部族が沿岸の四方から群れ集《つど》い、白い肌の侵入者たちを自分たちの土地から追いだそうとしているのだ。

彼らは矢を雨あられと降らせながら、怒濤《どとう》となって防柵に押しよせた。防柵からも長矢《ながや》と弩《いしゆみ》の矢が間断《かんだん》なく飛来するが、そのなかへ突き進んでいくのである。ときには柵の間近まで迫り、戦斧《せんぷ》で門を切り刻み、狭間《はざま》に槍《やり》を突きとおす。だが、そのたびに波濤は防柵を乗り越せず、死者を残して引いていくのだった。この種の闘いは、海賊のもっとも得意とするところなのだ。彼らの長矢と弩の矢は、突撃してくる大群に穴をうがち、彼らの彎刀《わんとう》は、防柵を必死によじ登ってくる未開人を叩き斬《き》った。

それでも、森の男たちはくり返しもどってきた。その獰猛《どうもう》な心のなかに湧きあがった、かたくななまでの残忍さで、敵を抹殺《まっさつ》するために。

「まるで狂犬だ！」ザロノが喘《あえ》ぎ声でいいながら、防柵の先端をつかんだ浅黒い手に剣をふり下ろした。いくつもの浅黒い顔が、歯をむき出して下から彼を見あげている。

「夜が明けるまで砦《とりで》を守りきれば、こいつらも士気《しき》を失うだろう」コナンが唸り声でいい、羽根を飾った頭を熟練の技《わざ》で正確に叩き割った。「こいつらは長い包囲戦を維持できぬ。見ろ、退却していくぞ」

突撃部隊が撤退し、柵の上の男たちは、目から汗をふり払い、味方の死者を数え、血ですべる剣の柄《つか》を握りなおした。血に飢えた狼《おおかみ》のように、追いつめた獲物《えもの》から心ならずも追い払われたピクト人は、松明の光の届かないところへ後退した。惨殺《ざんさつ》された者たちの躰《からだ》だけが、防柵の前に横たわっていた。

「やつらは行っちまったのか？」ストロムが、汗に濡れた黄褐色の髪を揺すって、ほつれ毛を元にもどした。彼の握る彎刀は刃こぼれし、赤く染まっており、筋骨たくましいむき出しの腕には返り血が飛び散っていた。

「まだあそこにいる」コナンが、松明の光の輪をとり巻く暗闇の方を顎《あご》で示した。その闇は、光のせいでいっそう濃密に見えた。暗がりのなかに動くものがかいま見える。目のきらめきと、鋼鉄の鈍《にぶ》い光だ。

「もっとも、しばらくは攻めてこないだろう」とコナン。「見張りを柵の上に配置して、それ以外の者には飲み食いさせよう。もう真夜中をまわった。ろくに休みもとらず、何時間も闘いづめできたからな」

船長たちが張り出しから降りてきて、柵から降りろと部下に呼びかけた。歩哨《ほしょう》が東西南北、それぞれの柵の中央に配置され、武装兵の一団が、門のところに残された。ピクト人は、柵にたどりつくには、松明に照らされた幅広い空間を横切って突撃しなければならない。従って、守備側はふたたび持ち場へ就いたうえで、攻撃側が防柵に達するのを待ちかまえていられるはずだ。

「ヴァレンソはどこだ？」

大きな牛の骨つき肉をかじりながら、コナンが訊いた。そのとき彼は、柵内の広場の中心に起こされた焚火《たきび》のかたわらに立っていた。海賊、バッカニア、伯爵《はくしゃく》の家臣が交じりあい、女たちが運んできた肉と麦酒《エール》をむさぼり、傷に包帯を巻かせていた。

「やつなら一時間前に姿を消したぜ」と唸り声でストロム。「柵の上でおれさまと並んで闘っていたんだが、いきなり動きを止めると、まるで幽霊でも見たかのように、暗闇の奥を睨《にら》んで、『見ろ！』と、しわがれ声でいったんだ。『黒い悪魔だ！　見えるぞ！　あそこだ、夜の闇のなかだ！』ってな。で、誓ってもいいが、ピクト人にしちゃ背の高すぎる人影が、暗がりを動きまわっているのがおれさまにも見えた。でも、ちらっと見えただけで、そいつは消えちまった。でも、ヴァレンソは弓射《きゅうしゃ》用の張り出しから飛び降りると、致命傷を負った男みたいに、よろよろと館《やかた》のなかへはいっていった。それっきり、やつの姿は見ちゃいない」

「たぶん森の魔物でも見たのだろう」コナンは落ち着きはらった声でいった。「ピクト人の話だと、この海岸には魔物がうようよしているそうだ。おれとしては、火矢《ひや》の方が怖い。ピクト人が、いつ何時《なんどき》それを放ちはじめても不思議はないからな。おや、あれは何だ？　助けを求める叫びのように聞こえるな」

闘いが一段落したとき、ベレサとティナは窓辺に匍《は》いよった。流れ矢の危険があったため、そこから離れているしかなかったのだ。ふたりは無言で、焚火のまわりに集まった男たちをみつめた。

「柵の上にいる人数では足りませんね」とティナ。

防柵の周囲に死骸が転がっている光景に吐き気をもよおしたものの、ベレサは笑いださずにはいられなかった。

「海賊たちよりも、自分の方が戦《いくさ》や包囲戦について詳しいと思っているの？」と優しい口調でたしなめる。

「柵の上にもっと人がいなくてはいけません」子供は身を震わせながら、頑固にいいつのった。「黒い男の人が帰ってきたらどうなります？」

ベレサはそれを思って身震いした。

「怖いわ」ティナが呟《つぶや》いた。「ストロムとザロノが殺されればいいのに」

「じゃあコナンは殺されない方がいいの？」好奇心に駆られてベレサがたずねる。

「コナンはあたしたちに悪さをしません」子供は自信たっぷりにいった。「あの人は自分なりに野蛮な名誉の掟《おきて》を守って生きています。でも、あとのふたりは、名誉なんか全部なくしてしまっています」

「その年にしては、あなたは本当に賢いのね、ティナ」と漠然《ばくぜん》とした不安に駆られながらベレサ。この少女の早熟ぶりには、しばしば不安を掻きたてられるのだ。

「あっ、見てください！」ティナが躰をこわばらせた。「見張りが南の柵から消えています！　さっきまで張り出しの上にいたのに。いまは消えているんです」

その窓からは、南側の防柵の尖端《せんたん》がかろうじて見えるだけだったが、その下には柵の端から端までずらりと並んだ小屋の傾斜した屋根があった。隙間《すきま》なく並んで立つ小屋の裏側と防柵のあいだには、幅三、四ヤードほどの屋根のない通路のようなものが、自然とできあがっている。これらの小屋には、農《のう》奴《ど》が住んでいた。

「見張りはどこへ消えたんでしょう？」不安げにティナが囁《ささや》いた。

ベレサは、小屋の列が終わるところをみつめていた。そこから館の横手の扉までは、さほど離れていない。ベレサは誓ってもよかったが、小屋の陰《かげ》から黒っぽい人影がすべり出て、その扉のところで姿を消すのを目にしたのだ。いまのは姿を消した見張りだったのだろうか？　なぜ見張りは柵を離れたのだろう。そして、なぜあれほどこっそりと館にはいらなければならないのだろう？　彼女は、自分の目にした人影が見張りだとは信じていなかった。名状しがたい恐怖が、彼女の血を凍《こお》らせた。

「伯爵はどこにいるの、ティナ？」

「大広間です。ベレサさま。おひとりでテーブルにお坐《すわ》りになって、外套《がいとう》にくるまり、葡萄酒《ぶどうしゅ》を飲んでいらっしゃいます。お顔は死人のように灰色です」

「伯爵のところへ行って、わたくしたちが見たことを伝えてきてちょうだい。わたくしは、この窓から見張りをつづけます。無防備になった柵にピクト人が忍びよるといけないから」

ティナは大急ぎで出ていった。その軽やかな足音が回廊に沿って遠去かり、階段をくだるのが聞こえる。と、怖ろしいことに、魂消《たまぎ》るような悲鳴が突如として響きわたり、その衝撃でベレサの心臓はあやうく止まりそうになった。彼女は、自分の手足が動いていることに気づく前に部屋を飛びだし、飛ぶように回廊を走っていた。階段を駆けおり——そして、まるで石と化したかのように立ち止まった。

彼女は、ティナのように悲鳴をあげはしなかった。音を立てることも、身動きすることもできなかったのだ。ティナの姿が目にはいり、小さな手が半狂乱でしがみついてくる現実も意識していた。しかし、黒い悪夢と狂気と死から成る情景のなかで、正気を保っている現実はそれだけだった。その場に君臨していたのは、毒々しい地獄の業火《ごうか》の輝きを背にしておぞましい両腕を拡《ひろ》げている、怪物とも人ともつかない形をした影だったのである。

館の外、防柵のなかではストロムが、コナンの問いにかぶりをふって、

「何も聞こえなかったぜ」

「聞こえたんだ！」コナンの野生の本能が呼びさまされた。彼は緊張し、目を爛々と輝かせた。「南の柵から聞こえた、あの小屋の裏から！」

彎刀をぬきながら、コナンは大股に防柵の方へ向かった。広場からだと、南の柵と、そこに配置された見張りは、建ち並ぶ小屋に隠れて見えないのだ。キンメリア人の態度に気圧《けお》されて、ストロムがそのあとを追った。

小屋と柵に挟まれた空《あ》き地の入口で、コナンは警戒して足を止めた。その空き地は、防柵の両隅で燃えている松明の光に仄《ほの》暗く照らされていた。そして、その自然にできあがった通路のなかほどで、地面に大の字に突っ伏している人影があった。

「ブラカス！」ストロムがわめき声をあげて走りだし、人影のかたわらに片膝をついた。「なんてこった、耳から耳まで喉をかっ切られてやがる！」

コナンは空き地の隅々までさっと視線をめぐらせた。自分自身と、ストロムと、死人のほかに人けはない。狭間越しに外をのぞく。砦の外、松明の光の届くところには、生きて動いている者はひとりもいなかった。

「こんな真似《まね》ができたのは、どこのどいつだろう？」コナンは首をひねった。

「ザロノだ！」ストロムがぱっと立ちあがり、山猫さながらに怒声《どせい》を吐き散らした。その髪は逆立ち、顔は引きつっている。「あいつが手下のこそ泥を送りこんで、おれさまの部下をうしろから刺させたんだ！　あの野郎、裏切っておれさまを消すつもりでいやがるな！　ちきしょう！　前門の虎、後門の狼とはこのことだぜ！」

「待て」コナンが手を伸ばしてストロムを押さえにかかり、「おれもザロノを信用しちゃいないが――」

しかし、逆上した海賊はその手をふり払い、罵詈雑言《ばりぞうごん》をわめき散らしながら、建ち並ぶ小屋の終端《しゅうたん》をまわりこんで走っていった。コナンは悪態《あくたい》をつきながら、走ってそのあとを追いかけた。ストロムはまっしぐらに焚火へ向かった。そのわきに、ザロノの長身痩軀《そうく》の姿が見えている。バッカニアの首領は、革製の杯《さかずき》いっぱいの麦酒《エール》をあおっているところだった。

杯を手から乱暴にはたき落とされ、胸甲《きょうこう》に麦酒《エール》の泡がぶちまけられたとき、ザロノの驚きは並たいていのものではなかった。くるっとふりむくと、激情に歪んだ海賊船長の顔が目と鼻の先にあった。

「この人殺しの犬め！」ストロムが吼《ほ》え猛《たけ》った。「おれさまの目の届かないところで、おれさまの手下を殺すつもりだな。おれさまの命だけじゃなく、おまえの汚らしい命を守るために闘っている男たちを」

　コナンが、ふたりの方へ駆けてこようとしていた。一方、海賊もバッカニアも伯爵の家臣も驚きに目をみはり、飲み食いをやめている。

「何をいってるんだ？」ザロノが唾を飛ばしていった。

「おまえは手下を送りこんで、持ち場に就いているおれさまの部下を刺させたんだ！」逆上したバラカ人は絶叫した。

「嘘をつくな！」くすぶっていた憎悪が、いきなり燃えあがった。

　支離滅裂なことを口走りながら、ストロムが彎刀をふりかぶり、バッカニアの頭に斬りつけた。ザロノは籠手《こて》をはめた左腕でその一撃を受けとめ、火花が散るなか、よろよろと後退し、自分も剣をぬき放った。

　つぎの瞬間、船長たちは狂人のように闘っていた。火明かりを浴びて、ふたりの剣が閃光《せんこう》を発して切り結ぶ。ふたりの部下は、あと先考えず即座に反応した。野太《のぶと》い咆哮《ほうこう》が湧きあがるなか、海賊とバッカニアは剣をぬき、たがいに襲いかかった。柵の上に残っていた男たちは、持ち場を放棄し、剣を手にして広場に飛び降りた。たちまち広場は戦場となり、入り乱れた男たちの集団が、盲目的な狂乱のなかで、斬りあい、殺しあった。武装兵と農奴の一部が乱戦に巻きこまれ、門を守っていた兵士たちは、ふり返って、驚きのあまり目をみはった。砦の外にひそんでいる敵のことはすっかり忘れられた形であった。

すべては一瞬にして起こった——くすぶっていた激情が、突如として闘いへと爆発したのだ——逆上した首領たちのもとへコナンがたどりついたころには、男たちは広場じゅうで闘っていた。ふたりが揮《ふる》っている剣をものともせず、コナンは乱暴にふたりを引き離した。その勢いにふたりはよろよろとあとじさり、ザロノはつまずいて、ばったりと倒れこんだ。

「このどうしようもないまぬけども、おれたちみんなの命を投げ捨てるつもりか？」

ストロムは口から泡を吹くほどいきりたち、ザロノは助けを求めてわめいていた。ひとりのバッカニアが、コナンの背後へ駆けより、その頭めがけて斬りかかった。キンメリア人は半身をひるがえし、男の腕をつかんで、その斬撃《ざんげき》を空中で食い止めた。

「見ろ、まぬけども！」

コナンは怒鳴り、剣でさし示した。その口調にこめられた何かが、戦闘に狂った暴徒たちの注意を惹《ひ》いた。男たちは剣をふりあげたまま、その場で凍りついた。そして首をねじって目を凝《こ》らした。ザロノは片膝をついた恰好だ。コナンの示す先は、弓射用の張り出しにいるひとりの兵士だった。その男は虚空《こくう》をわしづかみにしながら、ふらふらしていた。叫ぼうとしたが、喉が詰まったようだ。不意に彼は頭から地上へ落下し、その肩のあいだに黒い矢が突き立っているのが、全員の目に映った。

警告の叫びが、広場からあがった。その叫びから間髪《かんはつ》を容《い》れず、血も凍る絶叫と、斧《おの》が門に叩きつけられる衝撃音が響きわたった。火矢が弓なりに柵を越えてきて、丸太に突き刺さる。そして青い煙の細い筋が、渦を巻いて立ちのぼった。つぎの瞬間、南の柵に沿って並ぶ小屋の陰から、敏捷《びんしょう》で音を立てない人影が出てきて、広場を猛然と横切りはじめた。

「ピクト人にはいりこまれたぞ！」コナンが怒鳴った。

その叫びにつづいて、あたりは大混乱におちいった。海賊たちは反目《はんもく》しあうのをやめ、ある者は向きを変えて蛮族を迎え撃ち、またある者は柵へ飛び乗った。蛮族たちは小屋の陰から続々とあらわれ出ており、広場に流れこんでいた。彼らの斧が、水夫たちの彎刀とぶつかりあった。

ザロノが必死に立ちあがろうとしているときだった。ひとりの顔を隈どった蛮族が、背後から飛びかかって、戦斧で彼の脳天を叩き割った。

コナンは一団の水夫を引き連れて、防柵内に侵入したピクト人と闘っていた。一方ストロムは、手下の大部分とともに、弓射用の張り出しによじ登り、すでに大挙して柵を乗り越えていた浅黒い男たちを叩き斬っていた。ピクト人は、守備側が同士討《う》ちをしている隙《すき》に、姿を見られずに忍びより、砦を包囲していたのだが、いまや四方から攻めてきていた。ヴァレンソ配下の兵士たちは門のところに集まり、勝ち誇って吼えたてながら攻めよせてくる悪魔たちを相手に門を死守しようとしていた。

蛮族はつぎからつぎへと小屋の陰から流れだしてきた。無防備な南の柵をよじ登ってくるのだ。ストロムと手下の海賊たちは、防柵の北側から退却を余儀《よぎ》なくされ、広場はたちまち裸体《らたい》の戦士たちに埋めつくされていた。彼らは狼のように守備側の勢力を殺《そ》いでいった。戦闘は様相を変え、顔を隈どった者たちが渦巻きとなり、必死に闘う白人たちの小さな集団をあちこちで呑《の》みこむ形となった。ピクト人、水夫、伯爵の家臣の死体が大地に散らばり、無頓着《むとんじゃく》な足に踏みにじられている。血にまみれた戦士たちが、吼え猛りながら小屋へ飛びこむと、なかから金切《かなき》り声が湧きあがり、戦闘の喧噪《けんそう》にかぶさった。小屋のなかでは、女子供が、赤く染まった斧の下で命を落としているのだ。その胸をえぐるような悲鳴を耳にして、武装兵たちは門を放棄した。つぎの瞬間、ピクト人が門を破り、ここからも防柵の内部に雪崩《なだれ》こむことになった。小屋から火の手があがりはじめた。

「館へ逃げこめ！」

コナンが怒鳴ると、十人あまりの男たちが、彼の背後に集まってきた。一方コナンは、歯をむき出して唸る蛮族の群れのあいだに血路《けつろ》を開いていった。

ストロムが彼の横で、赤い彎刀を殻竿《からさお》のようにふりまわしていた。

「館は持ちこたえられねえぜ！」海賊が唸り声でいう。

「なぜだ？」コナンは血で血を洗う仕事に忙しすぎて、そちらに目をやる暇もなかった。

「なぜかというと――うっ！」浅黒い手に握られた短剣が、バラカ人の背中に深々と突き刺さったのだ。「ちくしょう、やりやがったな！」ストロムはよろけながら向きを変え、蛮族の頭を歯まで断ち割った。海賊は足もとをふらつかせ、両膝をついた。口もとから血が流れだしている。

「館は燃えているからよ！」彼はしわがれ声で叫び、土埃《つちぼこり》のなかに突っ伏した。

コナンはすばやく周囲に視線をめぐらせた。彼に従ってきた男たちは、ひとり残らず自分の血の海に沈んでいた。キンメリア人の足の下で、喘ぎ声とともに絶命したピクト人が、彼の前に立ちふさがった一団のうちの最後のひとりだった。周囲では戦闘が渦巻き、うねっていたが、さしあたり彼はひとりきりで立っていた。さほど遠くないところに南の柵がある。二、三歩進めば、張り出しに飛び乗って、柵を乗り越え、夜の闇にまぎれこむこともできるだろう。だが、館のなかにいる無力な娘たちのことが思い出された――いまや、その館からは煙がもくもくと湧きだしている。彼は館へ向かって走りだした。

　羽根飾りをつけた戦士長が、戦斧をふりかぶって、扉の前でふり返った。疾走するキンメリア人の背後では、俊足《しゅんそく》の戦士たちから成る何本もの線が、彼のもとに収束しつつあった。コナンは足どりをゆるめなかった。彼のふり下ろした彎刀が、斧とぶつかり、払いのけ、斧を揮った者の頭蓋を断ち割った。つぎの瞬間、コナンは戸口をくぐりぬけ、扉を叩き閉めていた。そして、かんぬきをかって、板に食いこんでくる斧に対して時間を稼《かせ》ごうとした。

　大広間には煙が幾筋も重なって充満しており、コナンは半ば盲目の状態で、そのなかを手探りで進んだ。どこかで女がすすり泣いている。神経がおかしくなるほどの恐怖から生じた、小さく、断続的で、うわずったような嗚咽《おえつ》であった。コナンは煙の渦からぬけ出し、踏みだしかけた足をぴたりと止めると、広間を見わたした。

　広間は薄暗く、ただよう煙で暗がりが生じていた。銀の枝つき燭台《しょくだい》がひっくり返っており、蠟燭《ろうそく》の火は消えていた。明かりといえば、大きな暖炉と、暖炉がしつらえられた壁からの毒々しい輝きのみ。燃える床から煙をあげている天井の梁《はり》まで、猛火が壁を舐《な》めているのだ。そして、その毒々しい輝きを背に黒々と浮かびあがっているのは、ロープの端でゆっくりと揺れている人間の躰だった。その躰が揺れるにつれ、死人の顔がこちらを向いた。それは見分けのつかないほど歪んでいたが、ヴァレンソ伯爵だとコナンにはわかった。自分の館の天井の梁からぶら下がっているのである。

　しかし、広間にはほかの何かがいた。コナンは、ただよう煙を透《す》かしてそれを見た――地獄の業火の輝きを背にして黒々と浮かびあがる怪物じみた影を。その輪郭は、どことなく人間に似ていたが、燃える壁に落ちた影は、人間とは似ても似つかぬものだった。

「クロムの神よ！」コナンは呆然《ぼうぜん》として呟いた。自分の対峙《たいじ》している存在には、剣が役に立たないと悟って躰が麻痺《まひ》する。と、階段のいちばん下にうずくまり、ひしと抱きあっているベレサとティナが目にはいった。

黒い怪物が身を起こし、太い腕を大きく拡げて、焔《ほのお》を背に巨躰《きょたい》をそそり立たせた。影になって判然としない顔が、ただよう煙を通して睨みつけてきた。半ば人間、半ば魔物。要するに身の毛のよだつ顔である――狭い間隔で生えた角《つの》、ぱっくりとあいた口、尖《とが》った耳がちらりと見えた――そいつが煙を掻き分けるようにして、彼の方へ悠然とやって来る。と、絶望からか、ある古い記憶が脳裡によみがえった。

キンメリア人の近くに、精緻《せいち》な彫刻のほどこされた、どっしりした銀箔張りの長椅子があった。かつてはコルゼッタ城の壮麗さの一翼を担っていたものである。コナンはそれをつかむと、頭上に高々とさしあげた。

「銀と火だ！」

裂帛《れっぱく》の気合いもろとも、コナンは鉄のような筋肉を盛りあがらせ、渾身《こんしん》の力で長椅子を投げつけた。それは大きな黒い胸にまともに激突した。百ポンドの銀に翼が生え、凄まじい速さで飛んだかのようだった。さしもの黒い魔物も、そのような飛び道具には抵抗できず、魔物の足が床から浮き――うしろ向きのまま、口をあけた暖炉のなかへ飛びこんだ。焔が吼え猛っている暖炉のなかへ。身の毛もよだつ絶叫が、広間を揺るがせた。この世の死に突如として見舞われた、この世のものではない魔物の悲鳴である。炉額《ろがく》がひび割れ、大きな煙突から石材が落ちてきた。黒いのたうつ手足は半ば隠れていたが、凄まじい憤怒《ふんぬ》に駆られた焔が、それを啖《くら》っているのだった。燃える梁が天井から崩れ落ちてきて、轟音《ごうおん》とともに石床に激突した。そして広間全体が、吼え猛る猛火に包まれた。

コナンが階段に達したとき、焔が駆けおりてこようとしていた。彼は気絶した子供を小わきにかかえあげ、ベレサを引きずり立たせた。猛火のたてるぱちぱちという音に交じって、戦斧が扉を叩き壊す音が聞こえてくる。

コナンは周囲を睨みまわし、階段を降りたところとは反対側に扉があるのを見てとると、ティナをかかえ、呆然としているベレサを半ば引きずって、その扉を小走りに駆けぬけた。三人が扉の先の部屋にはいると同時に、背後で大音響が生じ、天井が広間へ崩れ落ちていることを知らせた。喉を絞めつけてくる煙の壁を通して開口部が見えた。外へ通じる扉が部屋の反対側にあるのだ。娘たちを引きずってその扉をぬけたとき、まるで何か凄まじい力が加わったかのように、蝶番《ちょうつがい》が折れて扉がたわみ、錠とかんぬきがへし折れ、はじけているのが見えた。

「黒い男は、この扉からはいってきたのよ!」ベレサがヒステリックにすすり泣き、「あの男を見たの――でも、知らなかった――」

三人は焔に照らされた広場へ出た。南の柵と並行に建ち並ぶ小屋の列からは数フィートのところである。ピクト人がひとり、火明かりに目を赤く光らせ、斧をふりかぶって、扉へ忍びよろうとしていた。腕にかかえた少女を打撃から遠去けるようにして、コナンは彎刀を蛮族の胸に突き刺したかと思うと、ベレサをすくいあげ、娘をふたりともかかえたまま、南の柵に向かって走りだした。

広場にはもくもくと湧きだす煙が充満し、そこで進行している血塗られた作業を半ば覆い隠していた。しかし、逃亡者たちは発見されていた。鈍い輝きを背に黒々と浮かびあがった裸体の男たちが、きらめく斧をふりかざしながら、煙の奥から躍り出てきた。彼らがまだ数ヤードうしろにいるとき、コナンは小屋と柵とのあいだの空き地に駆けこんだ。通路の反対端にも、脱出を阻止しようと走ってくる、別の吠《ほ》えたてる一団の姿があった。コナンはぴたりと足を止めると、ベレサの躰を弓射用の張り出しに放りあげ、つづいて自分も飛び乗った。ベレサをかかえあげて防柵を乗り越えさせると、外の砂地に彼女を落とし、つづいてティナも落とす。ピクト人の投じた斧が、コナンの肩のわきの丸太にめりこんだ。つぎの瞬間、彼もまた柵を越え、呆然としてなすすべもない娘たちをかかえあげていた。ピクト人が柵にたどりついたとき、防柵の前の空き地には、死体が転がっているだけだった。

8　海賊は海へ還《かえ》る

曙光《しょこう》が黒ずんだ水をくすんだ薔薇《ばら》色に染めあげていた。薔薇色に染まった水のはるか彼方《かなた》、白い点が霧のなかからあらわれ、しだいに大きくなってきた——真珠《しんじゅ》色の空に浮かんでいるように思える帆《ほ》影《かげ》だった。茂みに覆われた岬《みさき》で、キンメリア人コナンは、生木《なまき》の焚火《たきび》の上にぼろぼろになった外套《がいとう》をかざした。彼が外套を操《あやつ》るたびに、煙がぱっぱっと立ちのぼり、夜明けの空を背景に小刻みに震えては消えていく。

ベレサは、片腕をティナにまわして、彼のそばにうずくまっていた。

「あの船が煙を見て、理解すると思うの？」

「あの船は煙を見るさ、まちがいない」コナンは請《う》けあった。「あの船はひと晩じゅうこの海岸の沖から離れなかった。生き残りがいないかと思っているんだ。あいつらは心の底から怯《おび》えている。なにせ六人しかいないし、ここからバラカ群島まで船を走らせられるほど航海術に通じたやつは、ひとりもいないのだから。おれの合図を読みとるさ。これは海賊の暗号で、こういってるんだ。船長も水夫もみんな死んだ。だから岸までやってきて、おれたちを乗船させろ。あいつらは、おれに航海術の心得《こころえ》があることを知っている。だから、喜んで船の指揮をおれにまかせるだろう。そうするしかないんだ。

残った船長は、おれだけなんだからな」

「でも、ピクト人が煙を見たらどうするの？」ベレサはぶるっと身を震わせ、霧のかかった砂浜と茂みと、ひと筋の煙が静かな空に立ちのぼっている、北へ数マイル行ったところへ視線を走らせた。

「やつらが見ることはないだろう。おまえたちを森に隠したあと、おれは砦《とりで》へもどってみた。連中は葡萄酒《ぶどうしゅ》と麦酒《エール》の樽《たる》を倉庫から引きずりだしていて、大半のやつらは、もう千鳥足《ちどりあし》だった。いまごろは酔いつぶれて、いぎたなく眠りこけているだろう。百人の手勢《てぜい》がいれば、まとめてこの世から消し去ってやれるのだが。見ろ！〈赤い手〉から花火があがったぞ！ということは、おれたちを迎えにくるわけだ！」

コナンは焚火を踏み消し、ベレサに外套を返すと、怠惰《たいだ》な大猫のように伸びをした。ベレサは驚きの目で彼をみつめた。コナンの落ち着きはらった物腰は、よそおったものではない。火と血と殺戮《さつりく》の一夜、そのあとの黒い樹林をぬけての逃走も、この男の神経にはまったくこたえていないのだ。まるで饗宴《きょうえん》と歓楽《かんらく》の一夜を過ごしたかのように、平静そのものである。ベレサは彼が怖くなかった。この荒れ果てた海岸に上陸して以来、これほど身の安全を感じたことはなかった。この男は海賊たちとは似ていない。あの文明人たちは、あらゆる名誉の規範を拒絶し、名誉とは無縁に生きている。一方、コナンはみずからの民《たみ》の掟《おきて》に従って生きている。彼らは野蛮で血なまぐさいが、少なくとも、自分たちなりの名誉の規範を守っている。

「あいつは死んだと思う？」彼女は的《まと》はずれに思えることを訊いた。

コナンは、彼女がだれのことをいったのか訊き返さなかった。

「おれはそう思う。銀と火は、ふたつとも邪霊にとって命とりだ。あいつは両方をたっぷりくらった」

ふたりとも、その話題には二度と触れなかった。ベレサの心は、黒い人影が大広間に忍びこみ、長いあいだ遅延させられていた復讐を、世にも怖《おそ》ろしい形で果たしたときの光景を思い出すまいと必死だった。

「ジンガラへ帰ったら、どうするんだ？」とコナン。

ベレサは力なくかぶりをふり、

「わからないわ。わたくしにはお金もなければ、友人もいません。生計を立てる方法も知りません。もしかしたら、あの矢の一本に胸を貫かれていたほうがよかったのかもしれない」

「そんなことといわないで、ベレサさま！」ティナが懇願《こんがん》した。「あたしがふたり分働きます！」

コナンは腰帯《こしおび》から小さな革袋をとりだし、

「トトメクリの宝石は手にはいらなかったが」と破鐘《われがね》のような声でいった。「いまおれが着ている服は箱のなかにあったもので、その箱のなかには、つまらないものがいくつかあった」彼はひと握りの燃えるように赤いルビーを掌《てのひら》にこぼし、「これだけでもひと財産だ」とルビーを袋に流しこんで、ベレサに渡した。

「でも、受けとれないわ――」彼女はいいかけた。

「もちろん、おまえは受けとるんだ。おまえをジンガラに連れもどして、飢《う》えさせるくらいだったら、ここに置き去りにして、ピクト人に頭の皮を剝《は》がさせるほうがましだ。ハイボリア人の土地で、一文《いちもん》無《な》しで生きるのがどういうことか、おれは知っている。おれの国では、いまでもときどき飢饉《ききん》がある。

だが、人々が飢えるのは、土地にまったく食い物がないときだけだ。ところが、文明国では、飢えている人々がいる一方で、大食《たいしょく》に飽《あ》いた者たちがいるのを見てきた。そうとも、食い物でいっぱいの店や倉庫の壁にもたれて、人々が倒れ、飢え死にするのを見てきたのだ。

ときにはおれも飢えた。だが、そのときは剣の切っ先で欲しいものをとった。だが、おまえにそんな真似《まね》はできない。だから、このルビーをとるんだ。それを売れば、城や奴隷やきれいな服が買える。そういうものがあれば、夫を手に入れるのもむずかしくはあるまい。文明人は、だれしも財産のある妻を欲しがるものだからな」

「でも、あなたはどうするの？」

コナンはにやりと笑い、みるみる岸に近づいてくる〈赤い手〉号を示した。

「おれが欲しいのは、船と乗組員だけだ。あの甲板《かんぱん》を踏みしだい、おれは船を持つことになる。そしてバラカが水平線上に見えしだい、乗組員を持てるだろう。〈赤い兄弟たち〉のやつらは、おれといっしょの船に乗りたくてうずうずしてるからな。なぜって、おれがいつも連中を率いて、語りぐさになるような掠奪《りゃくだつ》に出るからだ。おまえとその娘をジンガラの海岸に下ろししだい、あの犬どもに掠奪ってものを教えてやる！　いやいや、礼にはおよばん。ひと握りの宝石が、おれにとって何だというのだ。南海のお宝というお宝が、おれのものになるのを待っているんだぞ」

資料編

西方辺境地帯に関する覚え書き

西方辺境地帯――ボッソニア辺境地帯とピクト人の曠野《こうや》の中間に位置する。属州――ザンダラ、コナワガ、オリスコニー、ショヒラ。政治的状況――オリスコニー、コナワガ、ショヒラは王室直轄領《ちょっかつりょう》である。それぞれは王の直臣貴族《ちょくしん》の管轄下にあり、この西方の境界地域は、ボッソニア辺境地帯のすぐ東に位置している。これらの小領主は、アキロニア王のみに服属する。建前《たてまえ》としては土地を所有しており、収穫の一定量を受領する一方、その見返りに兵をさしむけて開拓地をピクト人から守り、砦《とりで》や町を建設し、判事をはじめとする役人を任命することになっているが、実際のところ、彼らの権力は見かけほど絶対的なものではない。コナワガ最大の町、スカナガには最高裁に類するものがおかれており、アキロニア王がじきじきに任命した判事が統括にあたっている。ある種の情況のもとで、この法廷へ上訴《じょうそ》することは、被告人の特権である。ザンダラが最南の属州であり、オリスコニーが最北、同時にもっとも入植が遅れている属州である。コナワガはオリスコニーの南に位置し、コナワガの南に最小の属州であるショヒラが位置する。コナワガは最大にしてもっとも裕福な属州であり、もっとも入植が進んでいる。そして地主である貴族たちが、曲がりなりにも入植した唯一の属州である。ザンダラは開拓地そのままの属州である。もともとは、アキロニア王じきじきの命令で軍馬河の畔《ほとり》に築かれ、王家の兵士が指揮にあたった同名の砦にすぎなかったのだが、ピクト人が属州コナジョハラを征服したあと、かの地の入植者たちは南へ移動し、この砦の近辺に入植した。彼らは武力で土地を保持し、王家の統括を受けることもなく、その必要も認めなかったし、貴族を君主に戴《いただ》くこともなかった。彼らの総督は軍事上の指揮官にすぎず、彼ら自身のなかから選ばれ、その選択は、たんなる形式としてアキロニア王に奏上され、認可されるのが常だった。ザンダラには兵力が送られたことがない。彼らは砦、というよりはむしろ木造の要塞を築き、みずから守りに就《つ》き、森林警備隊と呼ばれる軍事集団を形成した。彼らはピクト人と絶えざる交戦状態にあった。アキロニアが内乱によって分裂し、キンメリアのコナンが王冠の奪取《だっしゅ》に乗りだしたという知らせが届くと、ザンダラは即座にコナン支持を表明し、ナメデス王への忠誠を放棄して、みずからが選んだ総督の認可をコナンに願い出た。キンメリア人はただちにこれに応じた。ボッソニア辺境地帯のさる砦の指揮官は、この行為に激怒し、大軍を率いてザンダラ討伐《とうばつ》に向かったが、開拓民たちは国境でこれを迎え撃ち、完膚《かんぷ》なきまでに打ち破った。それ以後、ザンダラに干渉しようとする試みはなされなかった。しかし、その属州は孤立していた。ショヒラとは無人の曠野によって隔《へだ》てられており、背後には、住民の大部分が王党派であるボッソニアの地が拡《ひろ》がっているのだ。ショヒラの小領主はコナン支持を表明し、彼の軍勢に合流したが、コナンがショヒラに援軍を求めることはなかった。そこでは開拓地を守るため、ありったけの男手《おとこで》が必要とされたからである。しかし、コナワガには多数の王党派がおり、コナワガの小領主はみずからスカンダガへ出向いて、ナメデス王を支援する兵力をさしだすよう住民に要求した。コナワガでは内乱が起き、問題の小領主はほかの属州すべてを制圧し、みずからの統治下におくことを企《たくら》んだ。一方、オリスコニーでは、小領主の任命した総督を住民が追放し、根強く残っている王党派と激しい闘いをくり広げている。

訳者付記。スカナガ（Scanaga）とスカンダガ（Scandaga）は同じ場所だが、ハワードが綴りをまちがえているので、統一せずにおく。アキロニア王ナメデス（Namedes）も「不死鳥の剣」のヌメディデス（Numedides）、「真紅の城砦」と「辺境の狼たち（草稿）」のナメディデス（Namdides）と相違するが、あえて統一しないでおく。

辺境の狼《おおかみ》たち（草稿）

I

　太鼓の音で目が醒《さ》めた。おれは、夜露《よつゆ》をしのごうと潜りこんだ茂みのまんなかでじっと横たわったまま、耳を澄まして音の出所《でどころ》を探ろうとした。深い森のなかでは、そういう音は思わぬところから聞こえてくるものだからだ。周囲の鬱蒼《うっそう》とした森は、ひっそりとしていた。頭上では、からまりあった蔓《つる》や茨《いばら》がもつれにもつれて、隙間《すきま》のない屋根を形作っている。そして、その上では大木《たいぼく》の枝が張りだして、もっと高いところに、もっと薄暗い拱門《アーチ》をかけている。その葉叢《はむら》の円天井《まるてんじょう》越しに輝いている星はなく、低く垂れこめた雲が、樹冠《じゅかん》そのものにのしかかっているように思えた。月も出ていない。夜の闇は、魔女の憎しみのようにまっ黒だった。

　おれにとっては好都合だ。こちらから敵の姿が見えないのなら、あちらからおれの姿も見えないのだから。しかし、その無気味な太鼓の囁《ささや》きは、夜の闇をついて忍び寄ってきた――トン！　トン！　トン！　と切れ目なく単調につづくその音は、名状しがたい秘密を呟《つぶや》き、唸《うな》っていた。その音を聞きまちがえるはずがなかった。これほど威嚇的《いかく》で、陰鬱《いんうつ》で、低く轟《とどろ》く音を立てられる太鼓は、世界広しといえどもひとつしかない——ピクト人の戦《いくさ》太鼓だ。あれを打ち鳴らしているのは、西方辺境地帯の国境の彼方《かなた》に拡《ひろ》がる曠野《こうや》に住み着いた蛮族なのだ。

そしておれは、その国境をひとりで越え、〈時〉の曙光《しょこう》が射しそめて以来、あの裸の悪鬼《あっき》どもが治めてきた深い森のただなかで、茨の茂みに隠れているのだった。

ようやく音の出所がわかった。太鼓はおれの位置から見て西側で鳴っており、距離はそれほどでもないようだ。おれは——墨《すみ》を流したような闇のなかで手探りしながら——急いで腰帯《こしおび》をきつく締めあげ、ビーズで飾った鞘《さや》に戦斧《せんぷ》とナイフを収めると、強弓に弦《つる》を張り、矢筒《やづつ》が左臀部《でんぶ》の所定の位置に来るようにした。そして茂みから匍《は》いだし、用心深く太鼓の音のする方へ向かった。

その太鼓の音が、おれに関するものだとは思えなかった。森の蛮族がおれをみつけたのなら、遠くで太鼓を打ち鳴らしたりせず、おれの喉にいきなりナイフを突き立てて、みつけたことを明かしただろう。だが、戦太鼓の轟きには、森林警備隊員としては見過ごせない重要性があった。それは白い肌の侵略者——丸太小屋をあちこちに建て、斧《おの》で森を切り開き、計り知れないほど遠い昔から守られてきた曠野の寂寞《せきばく》を危険にさらしている者たち——にとっては警告であり、威嚇であり、破滅の約束なのだ。それは火と拷問、流れ星のように闇をついて落ちてくる火矢《ひや》、老若男女の頭蓋を断ち割る赤い斧を意味するのである。

そういうわけで、おれは慎重に手探りし、ときには四つん這《ば》いになりながら、太い幹《みき》を縫って進み、夜の闇に包まれた森をぬけていった。ときおり心臓が喉まで迫《せ》りあがった。蔓植物が顔を撫《な》でたり、探りまわる手に触れたときだ。なぜかというに、この森には尻尾《しっぽ》を木の枝に巻きつけてぶら下がり、獲《え》物《もの》を待ち伏せすることもある大蛇《だいじゃ》がいるからだ。しかし、おれが捜している生き物は、どんな蛇よりも怖《おそ》ろしい。太鼓の音が大きくなるにつれ、おれは抜き身の剣の上を歩くかのように、そろそろと進んだ。まもなく樹々《きぎ》のあいだに赤い輝きがちらっと見え、太鼓の轟きと交じりあった野蛮な声が低く聞こえてきた。

その黒い樹々の下でどんな奇怪な儀式が執《と》り行なわれているにしろ、その場所のまわりには歩哨《ほしょう》がおかれていると見たほうがよかった。そしてピクト人がこそりとも音を立てず、じっと立っていられるのをおれは知っていた。仄《ほの》暗い明かりのなかでさえ、原生林の下生《したば》えに溶けこみ、犠牲者の心臓に刃《やいば》を突き立てるまで、気配を殺していられるのだ。暗闇のなかでそういう怖ろしい歩哨と鉢《はち》合わせすることを思ったとたん、おれの全身が総毛《そうけ》立《だ》ち、おれはナイフをぬいて、躰《からだ》の前でかまえた。しかし、もつれた森の屋根と、雲に覆われた空のもたらすその闇のなかでは、さしものピクト人にもこちらの姿が見えないのはわかっていた。

光の正体は焚火《たきび》だった。その前でいくつもの黒い人影が、地獄の業火《ごうか》を背にした黒い悪魔のように動きまわっている。じきにおれは、密生した落葉松《からまつ》のあいだにうずくまり、黒い壁に囲まれた林間の空《あ》き地と、そのなかで動きまわる人影に目を凝らしていた。
四、五十人のピクト人がいた。腰布ひとつの裸体、あくどく顔を隈《くま》どった連中が、幅広い半円を描いてしゃがんでいる。焚火の方を向いているので、おれには背中を向ける形だ。黒い蓬髪《ほうはつ》に挿した鷹《たか》の羽根で、鷹の一族、別名オナヤガの者たちだと知れた。空き地の中央に、自然石を積みあげて作った粗末な祭壇があり、これを目にして、おれの全身がふたたび総毛立った。以前、人けのない森の空き地で、こういうピクト人の祭壇を見たことがあったからだ。いずれも火で黒焦《こ》げになり、血の染みがついていた。そして、こういうものが使われる儀式をこの目で見たことはなかったものの、ピクト人の虜囚《りょしゅう》だった男たち、あるいはおれがいま陰からのぞいているように、連中を陰からのぞいていた男たちの語る儀式の話を聞いたことがあったからだ。

羽根飾りをつけた呪術師が、焚火と祭壇のあいだで踊っていた。ゆっくりした、足を引きずるような動きの踊りで、筆舌《ひつぜつ》に尽くしがたいほどグロテスクだ。踊りにあわせて羽根飾りが、呪術師の躰のまわりで揺れ動いた。呪術師の顔は、森の悪魔の顔にそっくりの、歯をむき出して笑う真紅《しんく》の仮面に隠れていた。

半円形に並んだ戦士たちの中央に、大きな太鼓を膝に挟んだ男がうずくまっていた。男が固めた拳《こぶし》で太鼓を打つたびに、遠雷《えんらい》の轟きを思わせる、あの低い、唸るような轟音《ごうおん》がはじけるのだった。

戦士たちと踊る呪術師のあいだに、ピクト人ではない者が立っていた。なぜかというに、その男はおれと同じくらいの身長で、揺らめく火明かりを浴びたその肌は、色が薄かったからだ。しかし、身に着けているのは鹿皮《しかがわ》の腰布と鹿革靴だけで、躰に彩色をほどこし、髪に鷹の羽根を挿していた。とすると、リグリア人にちがいない。小さな氏族に分かれて樹海《じゅかい》に住む、肌の色の薄い蛮族のひとつで、ピクト人とはたいてい交戦状態にあるが、ときどき和平を結んで、ピクト人と同盟するのだ。連中の肌はアキロニア人の肌なみに白い。ピクト人も白人種族だが――黒人でも、褐色人でも、黄色人でもないという意味でだ――黒い眸《ひとみ》と黒い髪と浅黒い肌をそなえている。とはいえ、西方辺境地帯の人々は、ピクト人もリグリア人も〝白人〟と呼びはしない。その名にふさわしいのは、ハイボリアの血を引く人間だけなのだ。

しばらく見ていると、三人の戦士がひとりの男を火明かりの作る輪のなかへ引きずってきた――やはりピクト人で、裸体《らたい》が血に染まっている。蓬髪にまだ羽根を挿していて、大鴉《おおがらす》の氏族の一員だとわかった。鷹《たか》族とは絶えず交戦状態にある氏族だ。捕獲者たちは男を祭壇の上に放りだし、片手片足を縛《しば》りあげた。生皮《なまかわ》の紐《ひも》の縛《いまし》めからぬけだそうとして、男がむなしくもがくにつれ、その筋肉が火明かりのもとで盛りあがったり、よじれたりするのが見えた。

やがて呪術師が踊りを再開した。祭壇とその上に載《の》っている男のまわりで入り組んだ模様を描きだす。太鼓を叩く男は、熱狂のあまり没我《ぼつが》の境地に突入し、悪魔にとり憑《つ》かれた者のように轟音を叩きだした。とそのとき、張りだした木の枝から、先ほど話に出た大蛇の一匹が、どさりと落ちてきた。火明かりで鱗《うろこ》がきらめくなか、そいつはビーズのような目を光らせ、ふた股に分かれた舌をちろちろと出し入れさせながら、身をくねらせて祭壇へ向かった。しかし、何人かの目と鼻の先を通ったというのに、戦士たちは怖れるそぶりを見せなかった。それがどうにも奇妙だった。さしものピクト人も、この蛇だけは怖れるのがふつうだからだ。

怪物は弓なりになった首をもたげ、祭壇を見おろす位置に頭をおいた。蛇と呪術師は、うつぶせになった虜囚の躰越しに対面する形になった。呪術師は、胴体と腕をくねらせる一方、足はほとんど動かさずに踊った。その踊りにあわせて蛇も踊り、催眠術にかけられたかのように躰を上下左右に揺らした。すると呪術師の仮面から、海岸の湿地に立ち並ぶ枯れた葦《あし》のあいだを吹きぬける風を思わせる、奇怪なむせび泣きのような音が湧きあがった。大蛇はゆっくりと躰を迫《せ》りあげていき、祭壇とその上に載っている男に巻きつきはじめた。やがて男の躰は、ちらちらと光るとぐろに隠れ、頭しか見えなくなった。一方、もうひとつの怖ろしい頭は、そのすぐ上で揺れていた。

呪術師の金切《かなき》り声がしだいに高まり、地獄の凱歌《がいか》にまで昇りつめた。と、呪術師がなにかを火中に投じた。緑の煙がもくもくと湧きあがり、祭壇のまわりに拡がった。そのため祭壇の上の両者はほとんど覆い隠され、輪郭が区別しにくくなった。しかし、その煙のただなかに、おぞましく身をくねらせ、変わりつつあるものが見えた――怖ろしいことに両者の輪郭が溶け、いっしょに流れたのだ。一瞬、どちらが蛇で、どちらが人かわからなくなった。震え声の溜息《ためいき》が、夜の闇に包まれた枝々のあいだを吹きぬける風音のように、集まったピクト人のあいだに拡がった。

やがて煙が晴れ、人と蛇は祭壇の上でぐったりしていた。両方とも死んでいるのだ――おれはそう思った。ところが、呪術師は蛇の首をつかむと、祭壇に巻きついてぐったりしている蛇の躰をほどき、大蛇がずるずると地上へ落ちるのにまかせた。そして男の躰を転がし、祭壇から怪物のかたわらへ落とすと、手首と足首を縛っている生皮の紐を切断した。

そのあと呪術師は、両者のまわりで躰を揺らす踊りをはじめた。踊りながら詠唱《えいしょう》し、狂ったように両腕を揺すっている。じきに男が身じろぎした。しかし、男は起きあがらず、頭を左右に揺すった。そして舌を突きだして引っこめた。そしてミトラの神にかけて、身をくねらせて焚火から離れはじめたのだ。ちょうど蛇が匍うように、腹這《はらば》いになってのたくりながら!

と、蛇がいきなり躰を引きつらせ、鎌首《かまくび》をもたげると、ほぼ体長いっぱいまで伸びあがった。と思うと落下してとぐろを巻き、ふたたびむなしく伸びあがった。怖ろしいことに、手足をもがれた人間が、身を起こして立ちあがり、直立して歩こうとするかのように。

ピクト人たちの荒々しい咆哮《ほうこう》が夜を震わせた。茂みにうずくまっているおれは胸がむかつき、吐きたくなるのを必死にこらえた。この身の毛もよだつ儀式の意味が、ようやく呑《の》みこめたのだ。話には聞いていた。この黒い原生林の奥深くで生まれ成長した、原始の黒い妖術によって、躰に模様を描いた呪術師が、捕虜にした敵の魂《たましい》を蛇の穢《けが》らわしい躰に移し替えてきたということは。それこそが悪鬼流の復讐なのだ。血に狂ったピクト人たちの絶叫は、地獄の悪魔すべての叫喚《きょうかん》さながらだった。

犠牲者たち——人と蛇——は、横並びになって身もだえしていた。やがて呪術師の握った長剣がひらめき、両方の頭が揃《そろ》って落ちた——そして神々よ、わずかに震え、引きつってから静かになったのは蛇の胴体であり、頭を切り落とされた蛇のように、転がり、丸くなり、のたうったのは人の躰だったのだ。おれは気が遠くなりかけた。こんな悪魔の所業を目のあたりにして、動揺しない白人はいないからだ。そして宿敵のおぞましい死にざまに勝ち誇り、吼《ほ》え猛《たけ》っている躰を模様で彩《いろど》った蛮族ども、戦化粧をほどこした未開人どもは、おれにはまったく人間とは思えず、殺戮《さつりく》を生業《なりわい》とする暗黒界の不《ふ》浄《じょう》な悪鬼としか思えなかった。

呪術師が跳《は》ね起き、半円になった戦士たちに向きなおった。そして仮面をむしりとり、首をのけぞらせて、狼《おおかみ》のように咆哮した。火明かりがその顔をまともに照らしだしたとき、そいつがだれか、おれにはわかった。そしてわかったとたん、恐怖と嫌悪のすべてに代わって、赤い憤怒《ふんぬ》がこみあげてきた。身の危険や、第一の優先義務である任務のことは、頭から吹っとんだ。なぜかというに、その呪術師は南の鷹族の老テヤノガ、おれの友人、ゴルターの息子ジョンを火あぶりにした男だったからだ。憎悪に駆られて、おれは本能のおもむくままに行動した――一瞬のうちに弓をかまえ、矢をつがえて放ったのだ。火明かりは薄暗かったが、距離はさほどではなかった。そして西方辺境地帯に暮らすおれたちは、弓の鳴る音を聞いて育つのだ。老テヤノガは猫のようにけたたましい声をあげると、よろよろとあとじさった。部下の戦士たちは、呪術師の胸にいきなり突き立った矢を見て、驚愕《きょうがく》の叫びをあげた。肌の色の明るい長身の戦士がくるっとふりむいた。それではじめて男の顔が見えた――そしてミトラの神にかけて、そいつは白人だったのだ！

その驚きがあまりにも大きかったので、一瞬おれは石のように固まり、あやうく命を落とすところだった。ピクト人たちがたちまち跳ね起き、矢を放った敵を捜して、豹《ひょう》のように森へ飛びこんできたからだ。おれが驚愕と恐怖の金縛《かなしば》りを破ったとき、やつらは茂みの前縁に達していた。おれは跳ね起き、暗闇のなかへ駆けだした。あいかわらずの暗さなので、もっぱら本能に頼って幹や枝をかわしながら、樹々のあいだを縫《ぬ》っていく。だが、おれにはわかっていた――ピクト人はおれの足跡を追えないが、逃げるおれと同じくらい死にもの狂いでおれを狩りたてるにちがいないことが。

北へ逃げていくと、まもなく背後でおぞましい咆哮があがった。その血に狂った激怒の響きは、さしもの森林警備隊員の血さえ凍《こお》らせるものだった。おそらく、呪術師の胸からおれの矢を引きぬき、白人の矢であることを知ったのだろう。とすると、前にもまして凶猛《きょうもう》な血の渇きに駆られて、おれを追ってくるはずだ。

おれは逃げつづけた。不安と興奮、そして、いま目にした悪夢の恐怖で心臓が早鐘《はやがね》のように打っていた。そして白人、ハイボリア人が、明らかに名誉ある客——というのも、あいつは武装していたからだ。あの男の腰帯にはナイフと手斧が吊るされていた——として歓迎されていたことは、あまりにも奇怪千万で、けっきょく、なにもかもが悪夢ではないかと思われるほどだった。なぜかというに、虜囚になった者、あるいは、おれのように陰から盗み見した者を除けば、〈変身する蛇の踊り〉を見物した白人は、これまでひとりもいなかったのだから。そこにどんな忌《いま》わしい意味があるのかはわからない。だが、それを思うと、悪い予感と恐怖で身が震えるのだった。

その恐怖のせいで、ふだんより注意がおろそかになった。身を隠すのを犠牲にしてまで先を急ぎ、もっと気をつけていれば避けられたはずの木にぶつかることもあった。こうして騒々しく進んでいったせいで、そのピクト人に襲われる羽目になったにちがいない。文目《あやめ》も分かぬ闇のなかで、おれの姿がそいつに見えたはずはないのだから。

背後の喚声《かんせい》は絶えていたが、ピクト人が目をぎらぎらさせた狼のように森を捜しまわっているのはわかっていた。走って大きな半円を拡げながら、そのなかを隈《くま》なく捜しているはずだ。おれの足跡がみつかっていないのは、やつらの沈黙で明らかだった。やつらが喚声をあげるのは、獲物が目前に迫っていて、手中にしたも同然と信じたときにかぎられるからだ。

逃げるおれの立てる物音を聞きつけた戦士——そいつが捜索隊の一員であったはずがない。前方に遠く離れすぎていたからだ。仲間が北からの不意打ちに遭《あ》わないよう、森をうろついていた斥候《せっこう》にちがいない。

とにかく、やつはおれが近づいてくる音を聞きつけ、闇夜の悪魔のようにやってきた。最初は靴を履《は》いていない足の立てるすばやく、かすかな足音だけがその存在を知らせた。くるっとふりむいたが、ぼんやりした影さえ見分けられず、ただ闇にまぎれて迫ってくる柔らかな足音が聞こえるだけだった。

ピクト人は猫のように夜目《よめ》が利く。だから、向こうにこちらの位置がわかるのは承知していた。もっとも、この暗闇のなかでは、仄暗い滲《にじ》みとしか見えないだろう。ところが、闇雲に手斧をふりあげると、ふり下ろされたやつのナイフとぶつかったのだ。突進してきたピクト人は、おれが反対の手でくり出したナイフに自分から突き刺さった。やつの断末魔の悲鳴が、森の屋根の下、破滅を告げる喇叭《らっぱ》のように響きわたった。それに応《こた》えて、わずか数百ヤード南で獰猛《どうもう》な叫び声があがり、つぎの瞬間、獲物を捕えたと確信して、やつらが狼のように吠《ほ》えたてながら、茂みをついて疾走してきた。

おれは死にもの狂いで走りだした。身を隠すことは諦《あきら》めて速さを優先し、暗闇のなかで木の幹に脳天からぶつからずにすむことを祈りながら。

さいわい、このあたりで森はいくぶん開けていて、下生《したば》えはなく、光に近いものが、枝々の隙間《すきま》から射しこんでいた。雲が少しだけ晴れていたからだ。おれは悪魔に追われる亡者《もうじゃ》のように、この森を突っ切ってひたすら逃げた。叫喚は最初のうちどんどん高くなり、血に飢《う》えた勝利の雄叫《おたけ》びとなったが、やがてそれが小さくなり、背後へ遠去かっていくにつれ、激怒の響きを帯びるようになった。直線を走る競争なら、脚の長い白人の森林警備隊員にかなうピクト人はいないからだ。前方にほかの斥候か戦闘部隊がいて、おれの逃走を聞きつけ、退路をふさぎにかかるという危険は多分にあった。しかし、それは冒さなければならない危険だった。だが、前方の暗がりから幽鬼《ゆうき》のように飛びだしてくる顔を隈《くま》どった人影はなく、じきに、小川が近いことを知らせる密生した下生えを通して、はるか前方の木の間《こま》ごしにちらちら光るものが見えてきた。ショヒラ最南端の前哨地《ぜんしょうち》、クワニャラ砦《とりで》の明かりだと知れた。

2

この血塗られた年代記をつづける前に、おれの身の上を話しておいたほうがいいかもしれない。そして夜中にひとりきりで、ピクト人の曠野《こうや》を縦断していた理由も。

おれの名はハガルの息子ゴールト。生まれたのはコナジョハラだ。しかし、おれが十歳のとき、ピクト人が黒河《こくが》を押しわたり、トゥスケラン砦《とりで》を急襲して、ひとりを除いて砦内の全員を血祭りにあげ、その属州の入植者をひとり残らず雷河《らいが》の東へ追いやった。コナジョハラは、野生のけものと野生の人間だけが住む曠野の一部にもどったのだ。コナジョハラの人々は、ショヒラ、コナワガ、オリスコニーと、西方辺境地帯の各地に散らばった。しかし、その多くは南へ行き、軍馬河の畔《ほとり》に立つ孤立した前《ぜん》哨《しょう》地《ち》、ザンダラ砦の近くに入植した。おれの家族もその一員だった。のちにほかの入植者たちが加わった。もっと歴史のある属州は、住民が多すぎるという理由で嫌った連中だ。じきにそこはザンダラ自由州として知られる地域となった。ほかの属州とはちがって、境界の東にいる大貴族たちが王家の許しを得て開いた入植地ではなく、開拓者みずからが、アキロニア貴族の庇護《ひご》なしに、曠野から切りとった入植地だからだ。おれたちはどんな貴族にも税を払わない。おれたちの総督は、領主が任命するのではなく、おれたち自身がおれたち自身のなかから選ぶ。そして総督は国王にだけ服属する。おれたちは自力で砦を築き、兵を配置する。そして平時であろうが戦時であろうが、自力でことに当たるのだ。そしてミトラの神がご存じだが、戦争は絶えたためしがない。おれたちと野蛮な隣人、つまり豹《ひょう》族、鰐《わに》族、川獺《かわうそ》族のピクト人のあいだに平和はないのだから。

しかし、おれたちは繁栄した。そして祖先があとにしてきた本国、つまり境界の東の王国内で起きていることには、さして注意を払わなかった。だが、とうとうアキロニアでの出来事が、曠野に住むおれたちとかかわりを持つことになった。内乱の知らせが届いたのだ。ひとりの戦士が、古くからつづく王朝から玉座《ぎょくざ》を奪うために兵を挙《あ》げたという知らせが。その大火から飛んだ火花で辺境は炎上し、隣人と隣人、兄と弟が反目《はんもく》するようになった。そしてザンダラとショヒラを隔《へだ》てる曠野をぬけて、おれが単独で先を急いでいたのは、きらめく鋼鉄の鎧《よろい》をまとった騎士たちが、アキロニアの平原で闘い、殺しあっていたからだった。おれのたずさえている知らせは、西方辺境地帯すべての運命を左右しかねないものだったのだ。

クワニャラ砦は小さな前哨地だった。矢来《やらい》をめぐらせた丸太造りの四角い砦が、ナイフ川の岸辺に立っている。青みがかった薔薇《ばら》色の朝空を背景に、旗がなびいているのが見えた。おれは気づいたのだが、はためいているのは、属州の紋章だけだった。その上にあがっているはずの王家の旗――金色《こんじき》の蛇をあしらっている――は影も形もなかった。それにはいろいろな意味があるかもしれないし、なんの意味もないかもしれない。辺境に住むおれたちは、境界の彼方《かなた》にいる騎士たちが重きをおく、細々した儀礼や習慣には無頓着《むとんじゃく》なのだ。

空が白みはじめたころ、おれは浅瀬を徒《かち》わたり、ナイフ川を越えた。対岸で歩哨《ほしょう》に誰何《すいか》された。森林警備隊員の鹿革服をまとった長身の男だった。おれがザンダラから来たとわかると、男は「たまげたな！」といった。「あんたの用件はよっぽど急を要するにちがいない。遠まわりになる道をたどる代わりに、曠野を突っ切ってくるくらいだからな」

なぜかというに、先ほど述べたとおり、ザンダラはほかの属州とは隔たっていて、そことボッソニア辺境地帯のあいだには、〈小曠野〉が横たわっているからだ。しかし、安全な道路が辺境地帯へ延び、そこからほかの属州へ延びている。だが、それは長くて、うんざりするような道のりだ。

そのあとザンダラの消息を訊かれたが、おれは川獺族の土地へ長い偵察行に出て、帰ってきたばかりだから、最近の出来事については疎《うと》いのだと答えた。それは嘘だったが、ショヒラの政治の風向きを知るすべがなかったので、それがわかるまで、言質《げんち》をとられたくなかったのだ。それからストロムの息子ハコンはクワニャラ砦にいるかとたずねると、あんたの捜している男は砦にはいない、砦の東数マイルのところにあるションダラの町にいるという答えだった。

「ザンダラもコナンの味方についてほしいもんだ」と男はきっぱりといった。「はっきりいって、それがおれたちの政治方針だからだよ。おれもよくよくついていない。ひと握りの森林警備隊員はここに居残り、ピクト人の襲来にそなえて国境を見張っていなけりゃならんのだが、その一員に選ばれるのだからな。いまこのときもオガハ川の畔のゼニテアで、裏切り者どもを率いるトルーのブロカスの襲来を待っている友軍に加われるなら、弓も狩猟肌着もくれてやるのに」

おれはなにもいわなかったが、仰天していた。たしかにこれは耳よりの知らせだ。トルーの男爵《だんしゃく》はショヒラではなくコナワガの領主で、ショヒラの地主はコルモンのザスペラス卿《きょう》なのだから。

「ザスペラスはどこにいるんだ?」とたずねると、森林警備隊員はちょっと考えてから答えた――「アキロニア国内で、コナンのために闘ってるよ」そして目を細くしておれを見た。まるでおれが密偵かどうか疑いはじめたかのように。

「ショヒラにこういう男はいるかな」と、おれはいいはじめた。「ピクト人と強い繋がりがあって、裸の躰《からだ》に色を塗って連中に交じって住み、血の饗宴《きょうえん》の儀式に立ち会ったり――」

おれは言葉を途切れさせた。ショヒラ人の顔が怒りで歪んでいたからだ。

「なにをいうか」激情で喉を詰まらせて男はいった。「なんの目的があって、おれたちを侮辱《ぶじょく》しにきた?」

たしかに、人を裏切り者と呼ぶことは、西方辺境地帯ではこの上ない侮辱だ。もっとも、おれの狙いは侮辱とは別のところにあったのだが。しかし、おれの見た裏切り者について男はなにひとつ知らないとわかったし、情報を洩らしたくなかったので、それは誤解だというにとどめた。

「まあいいだろう」と激情に身を震わせながら男はいった。「でも、その浅黒い肌と南部なまりのせいで、あんたがコナワガの密偵だと思うところだったぞ。でも、密偵だろうとなかろうと、あんな風にショヒラの男を侮辱させるわけにはいかん。軍務に就《つ》いてなかったら、この武器ベルトをはずして、おれたちショヒラの男がどういう育ち方をするかを教えてやるところだ」

「喧嘩はご免だよ」と、おれ。「でも、おれはションダラへ行くから、あんたがその気なら、おれをみつけるのは造作《ぞうさ》もないだろう」

「そのうち行くとも」と男はきっぱりといった。「おれはグロムの息子ストルムで、ショヒラではちょいと知られた顔だ」

おれが立ち去ると、男は岸辺の持ち場にもどり、ナイフの柄《つか》と手斧《ておの》をいじりはじめた。まるでその切れ味をおれの頭で試したくてうずうずしているかのように。おれは小さな砦をぐるっと迂回《うかい》し、ほかの斥候《せっこう》や歩哨を避けることにした。このご時世だと、すぐに密偵だと疑われそうだったからだ。実際、グロムの息子ストルムは、めぐりの悪いおつむのなかで、そういう考えを転がしはじめていた。ところが、侮辱と勘違いしてストルムが激昂《げっこう》したせいで、その考えはきれいさっぱり消えてしまったわけだ。おれと口論したからには、密偵の疑いでおれを逮捕することは、ストルム自身の名誉が許さないだろう——たとえ密偵だと思っていても。平時なら、境界を越える白人を足止めしたり、尋問したりしようと考える者などいるはずがない——だが、いまはなにもかもが混乱のきわみにある——コナワガの領主が隣人の領地を侵略しているのだったら、そうであるに決まっている。

砦のまわりで、森は数百ヤードにわたって東西南北に開《ひら》けており、隙間《すきま》のない緑の壁を形作っていた。空《あ》き地のへりに沿って進みながら、おれはこの壁の外へ出ないようにした。砦から延びる何本かの小径《こみち》を渡ったときでさえ、だれにも会わなかった。空き地や農場は避けて通った。東へ向かい、太陽が空高く昇らないうちに、ションダラの家々の屋根を目にすることになった。

森から町までは半マイルもなかった。開拓地の聚落《しゅうらく》にしては堂々とした町で、小ぎれいな家はたいてい角材《かくざい》造り。塗装されているものもあるが、立派な骨組みを見せているものもある。これはザンダラにはないものだ。とはいえ、聚落のまわりに矢来や濠《ほり》はなく、それが不思議でならなかった。おれたちザンダラの住人は、雨風をしのぐためと同じくらい防御のために住居を建てるからだ。そしてザンダラのどこにも聚落はない代わりに、小屋という小屋が小さな砦のようなものなのだ。

聚落の右手、牧草地のただなかに、矢来と濠をめぐらせた砦が立っていた。クワニャラ砦よりはいくぶん大きいが、胸檣《きょうしょう》の上で動いている頭は――冑《かぶと》をかぶっているものも、帽子をかぶっているものも――ほとんど見えなかった。そしてショヒラの紋章である翼を拡《ひろ》げた鷹《たか》だけが、旗の上ではばたいていた。もしショヒラがコナンの味方なら、どうして彼が選んだ旗――黒地に金色の獅子。アキロニアの傭兵将軍として彼が指揮する連隊の旗――をかかげないのだろう、とおれはいぶかしんだ。

その左手、森のはずれに石造りの大きな家が見えた。庭園や果樹園に囲まれており、ショヒラ西部でいちばん裕福な地主、ヴァレリアン卿の地所だと知れた。その男に会ったことはなかったが、富と権力に恵まれていることは聞いていた。しかし、〈お屋敷〉と呼ばれているその建物は、いまは人けがないように思えた。

同じように、町も奇妙に人けがなかった。少なくとも男は。もっとも、女子供はたくさんいたが。男たちが安全を図《はか》って、家族をここへ集めたようだ。強健な男はほとんど見かけなかった。通りを進んでいくと、たくさんの目がうさん臭げにおれを追ったが、話しかけてくる者はなく、おれの質問に短く答えるだけだった。

酒場では数人の年寄りと躰の不自由な者が、麦酒《エール》のしみついたテーブルに群がって、低い声で言葉を交わしているだけだった。くたびれた鹿革の服を着たおれが戸口に立ったとたん、すべての会話がやんで、全員が無言で首をめぐらせ、おれをみつめた。

ストロムの息子ハコンについてたずねると、もっと意味ありげな沈黙が降りた。店の主人によると、ハコンは日の出直後に軍勢が野営《やえい》しているゼニテアへ馬で出かけたが、まもなく帰ってくるという。ひもじいうえに疲れきっていたので、おれはその酒場で食事をとった。もの問いたげな視線を一身に集めているのは意識していた。それから主人が持ってきてくれた熊皮を隅に敷いて横になった。そのうち眠りが訪れた。おれがそうやって眠りを貪《むさぼ》っているあいだに、ストロムの息子ハコンが帰ってきた。日暮れも近いころだった。

西方辺境地帯の男の例に洩れず、ハコンは長身痩軀《そうく》で肩幅が広く、おれと同じように、鹿革の狩猟肌着と房飾りつきの脚絆《きゃはん》、鹿革靴というでたちだった。六人の森林警備隊員がいっしょで、彼らは扉に近いテーブルに着き、麦酒《エール》のジョッキのへりごしに、ハコンとおれをみつめていた。

おれが名乗り、伝言があるというと、ハコンはおれをしげしげと見て、隅のテーブルでふたりきりで坐ろうと答えた。店の主人が、麦酒《エール》をなみなみと注《つ》いだ革のジョッキを運んできた。

「ザンダラの情況について知らせは届いているかい？」と、おれはたずねた。

「たしかな知らせはひとつも。噂《うわさ》ばかりだ」

「なるほど。おれはザンダラの総督、ドラゴの息子ブラントと、警備隊長議会からあんた宛ての伝言を預かってきた。このしるしを見れば、おれが正真正銘の使者だとわかるだろう」

そういいながら、おれは泡だった麦酒《エール》に指をつけ、ある記号をテーブルの上に描いてから、すぐに消した。彼はうなずき、興味津々《しんしん》といった様子で目を輝かせた。

「預かってきた言葉はこうだ」と、おれはいった――「ザンダラはコナン支持を表明した。彼の友人を助け、彼の敵を挫《くじ》く所存である」

これを聞くとハコンは満面の笑みを浮かべ、ざらざらした指でおれの茶色い手をぎゅっと握りしめた。

「それは吉報だ！」と大声をあげる。「だが、予想されたことでもある」

「ザンダラの男がコナンを忘れるわけがない」と、おれ。「コナジョハラにいたころ、おれはまだ子供だったが、森林警備隊員で斥候だったコナンのことは憶えている。彼の使者がザンダラへ来て、ポイタインが叛乱を起こし、コナンが玉座の奪取に乗りだしたと伝え、おれたちの支持を求めたとき——彼は志願兵を送ってくれとはいわなかった。忠誠を求めただけだった——おれたちはコナンに言葉を送った。『われわれはコナジョハラを忘れない』と。そのあとアッテリウス男爵が、境界を越えておれたちを討伐《とうばつ》に来たが、おれたちは〈小曠野〉で待ち伏せし、やつの軍勢をずたずたに切り刻んでやった。いまとなっては、ザンダラが侵略される怖《おそ》れはないだろう」

「ショヒラの情況を詳しく話そう」と、厳《いか》めしい声でハコン。「ザスペラス男爵の通告は、領民は自分で選んだ道を行ってかまわないというものだった——彼はコナン支持を表明し、叛乱軍に加わったが、西方人を徴兵はしなかった。そう、男爵もコナンも、国境を守るため、西方辺境地帯にはありったけの男手《おとこで》が必要なのを知っているんだ。

とはいえ、男爵は砦から兵を引き揚《あ》げた。だから、おれたちは自分たちの森番を砦に配置した。多少の内輪もめはあった。とりわけ、地主が住んでいるコヤガのような町では。ナメディデス側のやつらがいるからだ——まあ、こういう王党派は、家臣を連れてコナワガへ逃げるか、ションダラのヴァレリアン卿みたいに、降伏して、中立の立場で城にとどまると誓ったかのどちらかだが。逃げた王党派は、必ずもどってきて、おまえたち全員の喉を切り裂くと捨て台詞《ぜりふ》を残していった。それからまもなく、ブロカス卿が国境を越えてきたんだ。

コナワガでは地主たちとブロカスが、ナメディデス側についている。コナンに肩入れする平民は、悲惨な目に遭《あ》わされてるって話だ」

おれはうなずいた。別に意外ではなかった。コナワガは、西方辺境地帯でもっとも大きく、もっとも裕福で、もっとも入植の進んだ属州だ。そこには比較的大きく、非常に強力な地主貴族の階級が存在する――それはザンダラには存在しないものであり、ミトラの加護にかけて、これからも存在しないものだ。

「それは征服のための公然たる侵略だ」とハコン。「ブロカスは、ナメディデス――あの犬めに忠誠を誓えとおれたちに命じた。たぶんあの黒鬚《くろひげ》野郎は、西方辺境地帯全土を征服して、ナメディデスの名代《みょうだい》として統治するつもりなんだろう。アキロニア兵、ボッソニア弓《きゅう》兵、コナワガの王党派、それにショヒラの裏切り者どもから成る軍勢とともに、やつはコヤガに駐留《ちゅうりゅう》している。オガハ川の彼方十マイルのところだ。ゼニテアには、やつに蹂躙《じゅうりん》された東の土地からの避難民があふれているんだ。やつなど怖れるに足らん。だが、多勢に無勢だ。やつはオガハ川を渡って、攻めてくるにちがいない。だからおれたちは、西岸の守りを固め、やつの騎兵隊に対抗して道路をふさいできた」

「おれの任務はそこに関係するんだ」と、おれはいった。「おれの一存で、ザンダラの森林警備隊員百五十人を援軍に出せる。ザンダラは一枚岩だ。内輪もめはない。豹族のピクト人との戦争から、それだけの人数を割ける」

「そいつは、クワニャラ砦の指揮官には朗報だ！」

「なんだって？　あんたが指揮官じゃないのか？」

「おれじゃない。おれの兄貴、ストロムの息子ダークだ」

「それを知っていたら、伝言は彼に届けていただろう。ドラゴの息子ブラントは、あんたがクワニャラの指揮官だと思っていた。とはいえ、それは些細《ささい》なことだ」

「麦酒《エール》のお代わりといこう」とハコン。「そうしたら、砦めざして出発だ。あんたの知らせをダークがじかに聞けるようにな。砦の指揮ってのは、面倒ばっかりだ。おれには斥候部隊で充分だよ」

じつをいうと、ハコンは前哨地、あるいは大勢の人間を指揮する器《うつわ》ではなかった。勇敢な男だし、陽気な荒くれではあるものの、あまりにも向こう見ずで、そそっかしいところがあるからだ。

「あんたたちは、最低限の人数で国境を見張っているんだろう？」と、おれ。「ピクト人はどうしてる？」

「和平の誓いを守ってるよ」とハコンは答えた。「ここ何カ月か、国境では平和が保たれてる。いつもながら両陣営の個人のあいだで小競《こぜ》り合いがあるのを別にすればな」

「ヴァレリアン屋敷は人けがないようだった」

「ヴァレリアン卿は、二、三人の召使いを別にすれば、ひとりきりで住んでいるんだ。手勢《てぜい》の兵士がどこへ行ったのか、だれも知らん。だが、卿は兵士を解雇した。もし彼が誓いを立てなかったら、監視下におく必要を感じただろう。卿はピクト人に一目おかれている世にも珍しい白人のひとりだからな。ピクト人を煽動《せんどう》して国境を襲わせるという考えが、彼の頭に浮かんでいたら、ブロカスの軍勢との挟《はさ》み撃ちにあって、おれたちは身を守るのに苦労したかもしれん。

ヴァレリアンが口を開けば、鷹族、山猫《やまねこ》族、亀《かめ》族は耳を傾ける。しかも彼は、狼《おおかみ》族の町を訪ねて、生きて帰ったことさえあるんだ」

それが本当なら、たしかに常軌《じょうき》を逸《いっ》していた。狼族として知られる大同盟を結んだ氏族連合の獰猛《どうもう》ぶりは、知らない者がいないのだから。彼らは、ハコンが名をあげた三つの弱小部族の狩猟場の西にあたる土地に住んでいる。開拓者とはおおむね没交渉だが、その凶猛《きょうもう》ぶりは、ショヒラ国境を絶えず危険にさらしているのだ。

ハコンが顔をあげるのと同時に、ふくらんだ短袴《たんこ》、長靴《ちょうか》、真紅《しんく》の外套《がいとう》といういでたちの長身の男が酒場にはいってきた。

「あれがヴァレリアン卿だよ」とハコンがいった。

おれは目を皿のように見開き、即座に立ちあがった。

「あの男が？」と声をはりあげ、「きのうの夜、国境の向こう、鷹族の野営地であの男を見たぞ。〈変身する蛇の踊り〉を見物しているところを！」

ヴァレリアンがそれを聞きつけ、まっ青になってふりむいた。その目が、豹のそれのようにぎらりと光った。

ハコンもぱっと立ちあがり、

「なにをいっておるんだ？」と叫んだ。「ヴァレリアン卿は誓いを立てたんだぞ――」

「そんなことは知らん！」おれは怒声《どせい》をあげ、大股に進んで、長身の貴族と相対《あいたい》した。「茨《いばら》の茂みに隠れていたとき、この男を見た。この鷹みたいな顔を見まちがえるわけがない。たしかにこの男はあそこにいた、ピクト人みたいに裸で、戦化粧《いくさげしょう》をして――」

「でたらめだ！」ヴァレリアンが叫び、外套を撥ねあげると、剣の柄に手をかけた。しかし、剣をぬく暇をあたえず、おれはやつに飛びつき、床へ引き倒した。やつは狂人のように罰当《ばち》たりな言葉をわめきながら、両手でおれの喉を絞めにかかった。つぎの瞬間、足音が入り乱れ、おれたちは引き離されていた。しっかりとつかまれた領主殿は、激怒のあまり顔面を蒼白《そうはく》にして、肩で息をしていた。揉《も》みあいのさなかにおれの喉からむしりとった、おれの首巻きをいまだに握りしめている。

「離さぬか、犬ども！」彼はいきりたった。「下賤《げせん》な手で触れるでない！　この嘘つきの頭を断ち割ってくれる――」

「嘘なもんか」おれは、さっきより落ち着いた声でいった。「きのうの夜、おれは茨の茂みにうずくまって、老テヤノガが大鴉《おおがらす》族の戦士の魂《たましい》を躰からぬきとり、蛇の躰に移し替えるところを見たんだ。呪術師に刺さったのは、おれの矢だった。そこであんたを見た――あんたが、白人が、裸で、戦化粧をして、氏族の一員として受け入れられているところを」

「もしそれが本当なら――」とハコンがいいかけた。

「本当だとも、証拠がある！」おれは声をはりあげた。「そこを見ろ！　そいつの胸を！」

ヴァレリアンの胴衣《どうい》と肌着は、格闘のあいだに裂けていた。そしてやつの裸の胸にうっすらと、ピクト人が白人に戦争を仕掛けるときにだけ描く白い髑髏《どくろ》の輪郭がのぞいていた。肌から洗い落とそうとしたのだろうが、ピクト人の染料は染みになって残るのだ。

「武装解除しろ」とハコンが唇《くちびる》までまっ青にしていった。

「おれの首巻きを返せ」おれは語気を強めていったが、領主殿はおれに唾を吐きかけ、首巻きを肌着の内側に突っこんだ。

「その謀反《むほん》人の首に首吊りの輪が巻かれるとき、これをその輪にして返してやる」とヴァレリアンは歯をむき出して唸った。

ハコンは迷っているようだった。

「砦へ連れていこう」おれはいった。「そいつの処遇は指揮官にまかせるんだ。そいつはろくでもない目的のために、〈蛇の踊り〉に参加した。あのピクト人どもは、戦化粧をしていた。連中の踊りはその戦争のためだった。そいつの胸に描かれた記号は、その戦争にそいつが参加するって意味だ」

「しかし、まさか、とても信じられん！」ハコンが叫んだ。「白人が、あの顔を隈《くま》どった悪魔どもを友人や隣人にけしかけるのか？」

領主殿は無言だった。左右の男たちに腕をつかまれ、顔面を蒼白にし、薄い唇をまくりあげて、歯をむき出していた。だが、目は黄色い焔《ほのお》のように燃え盛っていて、そこに狂気の光を感じとれるように思えた。

しかし、ハコンは迷っていた。ヴァレリアンを解放する気はなかったが、虜囚《りょしゅう》として砦へ連行される領主を見たら、人々が動揺しないかと心配したのだ。

「理由を訊かれるだろう。そしてヴァレリアンが戦化粧をしたピクト人と取り引きしていたと知れたら、恐慌が起きても不思議じゃない。ダークをここへ連れてきて、尋問してもらえるようになるまで、牢屋に閉じこめておこう」

「こういう情況で妥協するのは危険だ」と無遠慮におれ。「でも、決めるのはあんただ。ここの指揮はあんたが執《と》っている」

そういうわけでおれたちは、領主殿を裏口から密かに連れだした。そのときにはとっぷり日が暮れていたので、人目に触れず牢屋へたどりついた。大部分の住民は、屋内《おくない》にとどまっていたのだ。牢屋は小さな丸太小屋で、町から少し離れたところにあった。監房は四つあり、そのうちのひとつだけがふさがっていた。太ったごろつきが、酔っ払って、通りで喧嘩した廉《かど》で、昨夜からぶちこまれていたのだ。その男が、おれたちの虜囚を見て目を丸くした。ハコンが鉄格子の扉を閉め、部下のひとりを警備に立たせたとき、ヴァレリアン卿はひとことも口にしなかった。が、その黒い目には悪魔の火が燃えていた。まるで青白い仮面の陰で、悪鬼《あっき》さながら勝ち誇って、おれたちをせせら笑っているかのように。

「ひとりしか警備に立てないのか？」おれはハコンにたずねた。

「ひとりいれば足りる。ヴァレリアンに牢は破れんし、救《たす》けに来る者もおらん」

ハコンは自信過剰に思えたが、けっきょく、おれは部外者なので、もうなにもいわなかった。

そのあとハコンとおれは砦へ行き、指揮官、ストロムの息子ダークと話をした。ザスペラス卿が任命した総督、ストルムの息子ジョンが不在のいま——彼はいまゼニテアにいる軍勢の指揮を執っている——ダークは町の統治も代行していた。おれの話を聞いても、ダークは落ち着き払っているように見え、職務が一段落したらすぐに牢屋へ行って、ヴァレリアン卿を尋問するが、彼が口を割るとは思っていない、彼は頑固で傲慢《ごうまん》な一族の出だから、といった。ザンダラが援軍を送ると聞いて喜び、もしきみがショヒラにしばらくとどまりたかったら、ザンダラへ行く使者をみつけ、申し出を受け入れる旨《むね》を伝えさせてもいい、といってくれた。おれはその言葉に甘えることにした。それからハコンといっしょに酒場へもどった。その夜はそこで眠り、翌朝ゼニテアに発つ心づもりだったからだ。ショヒラ人は斥候を配置して、ブロカス卿の動きに目を光らせていた。その日、軍の野営地にいたハコンによれば、ブロカスは兵を動かす気配がないという。おれから見れば、ヴァレリアンがピクト人を率いて国境を襲うのを待っているのは確実だった。しかし、おれがどれほどいって聞かせても、ハコンはいまだに半信半疑で、ヴァレリアンがピクト人のもとを訪ねたのは――しばしばそうしたように――ただ旧交を温めるためだったのではないかと思っていた。しかし、ピクト人と親しくても、〈蛇の踊り〉のような儀式を目にすることを許された白人はいない、とおれは指摘した。氏族の血を引く者でなければ、許されはしないのだ。

3

ふと目が醒《さ》めて、寝台の上で半身を起こした。涼《りょう》をとるために、鎧戸《よろいど》は降ろさず、窓はあけ放してあった。そこは二階で、盗賊が足がかりにしそうな木は近くに生えていなかったからだ。しかし、なにかの物音で目が醒めたのだった。窓をみつめていると、星空がいびつな巨大な影に塗りつぶされた。ところが、そいつの正体を確かめに行こうと、おれは寝台から脚をふり降ろし、斧《おの》を手探りした。

は目にも止まらぬ速さで飛びかかってきたのだ。立ちあがる暇もなく、なにかが首に巻きついて、おれは窒息しそうになった。目と鼻の先に、ぼんやりと見える怖ろしい顔があったが、暗闇のなかではっきり見分けられるのは、爛々《らんらん》と輝く一対《いっつい》の赤い目と尖《とが》った頭だけ。そいつのけもの臭さが、鼻の穴いっぱいにあふれた。

おれはそいつの片方の手首をつかんだ。その手首は大猿のそれのように毛むくじゃらで、鉄のような筋肉が盛りあがっていた。しかし、そのときには手斧の柄《え》を探りあてていたので、手斧をふりあげ、一撃でいびつな頭蓋を叩き割った。そいつはおれから離れて倒れた。おれは跳《は》ね起き、手足を小刻みに震わせながら、むせたり、喘《あえ》いだりした。燧石《ひうちいし》、火打ち金《がね》、火口《ほくち》を見つけて火花を散らし、蠟燭《ろうそく》に火をつける。そして床に転がっている化け物を睨《にら》みつけた。

姿かたちは、ねじくれていびつな人間に似ていて、剛毛《ごうもう》で覆われていた。爪は野獣の鉤爪《かぎつめ》のように長くて黒く、顎のない、額《ひたい》の狭い頭は大猿のそれに似ていた。そいつはチャカン、森の奥深くに住む亜人間だった。

扉が乱打され、なにかあったのかとたずねるハコンの声がしたので、部屋に入れた。ハコンは斧を手にして飛びこんできて、床に転がっているものを見ると、目をみはった。

「チャカンだ！」と声を殺していう。「見たことがある。はるか西の森のなかで、臭いを頼りにあとをつけてきたんだ――忌々《いまいま》しい猟犬め！　そいつが握っているのはなんだ？」

化け物がまだ握っている首巻きを見たとたん、恐怖の悪寒《おかん》がおれの背筋を匍《は》いあがった――そいつは絞首刑の輪のようにその首巻きをおれの首に巻きつけ、絞めあげようとしたのだ。

「聞くところによると、ピクト人の呪術師は、この化け物をつかまえて飼い馴《な》らし、敵の居所を嗅《か》ぎださせるそうだ」とハコンが重い口調でいった。「でも、ヴァレリアン卿《きょう》がどうしてチャカンを使えたんだ？」

「わからん」おれは答えた。「でも、その首巻きがけだものにあたえられ、そいつは天性に従って、おれの足跡を嗅ぎだし、おれの首を折ろうとしたんだ。牢屋へ急ごう」

ハコンが部下を起こし、おれたちは牢屋へ急行した。警備の者は喉を切り裂かれ、空っぽになったヴァレリアンの監房の、あけ放たれた扉の前に倒れていた。ハコンは石になったように立ちつくした。と、かすかな呼び声がして、おれたちはふり返った。目に飛びこんできたのは、隣の監房から酔いで濁った目でこちらをみつめている、紙のように白い顔だった。

「行っちまった。ヴァレリアン卿は行っちまった。聞いてくれ。一時間くらい前、寝棚に寝転がっていると、外で物音がしたんで目が醒めた。すると、見慣れない、肌の浅黒い女が暗がりから出てきて、警備の者に近よったんだ。やつは弓をかまえて、止まれと命じたんだが、女はからからと笑って、やつの目をのぞきこんだ。するとやつはたちまちぼうっとしちまった。やつはばかみたいに突っ立っていた――すると驚いたことに、女はやつの腰帯《こしおび》からナイフをぬきとり、やつの喉を切り裂いたんだ。やつは倒れて死んじまった。それから女は、やつの腰帯から鍵をとって、扉をあけた。ヴァレリアンが出てきて、地獄の悪魔みたいに高笑いすると、女に接吻《せっぷん》した。女もいっしょになって高笑いした。しかも女はひとりきりじゃなかった。なにかが、女のうしろの影のなかにひそんでいた――ぼんやりした、怪物じみた生き物で、扉の上にぶら下がった角灯《ランタン》の光のなかへはけっして出てこなかった。

隣の監房の太った酔っ払いは殺すのがいちばんだ、と女がいった。ミトラの神にかけて、怖ろしくて生きた心地がしなかった。でも、そいつは酔いつぶれている、とヴァレリアンがいった。その言葉に感謝して、ヴァレリアンに接吻だってできただろうよ。それからふたりは出ていったんだ。出ていきしな、ヴァレリアンがこういった——女の連れをある任務に送りだしてから、山猫川の畔《ほとり》にある丸太小屋へ行く。そこで、ヴァレリアン屋敷から送りだされて以来ずっと森に隠れていた臣下《しんか》たちと落ち合うつもりだ、ってな。テヤノガがそこまで来るから、国境を越えてピクト人の土地へ行き、おれたち全員の喉を切り裂くために、ピクト人を連れてもどってくるともいった」

角灯の光を浴びたハコンは、土気色《つちけ》をしていた。

「その女は何者なんだ?」好奇心に駆られておれはたずねた。

「ピクト人の血が混じった、やつの情婦だ。鷹《たか》族のピクト人とリグリア人の混血だよ。その女のことは聞いたことがある。人呼んでスカンダガの魔女。見たことはなかったし、その女とヴァレリアン卿に関して囁《ささや》かれている話も、これまでは信じなかった。でも、本当のことだった」

「老テヤノガは、てっきり殺したものと思っていた」と、おれは呟《つぶや》いた。「あの老いぼれは、魔法で命を繋いでいるにちがいない——おれの矢が、やつの胸に突き立って震えるのをこの目で見たんだ。さて、これからどうする?」

「山猫川の畔のその小屋へ行って、やつらを皆殺しにせねば」とハコン。「もしピクト人が国境に解き放たれたら、たいへんなことになる。砦《とりで》や町から人手を割《さ》くわけにはいかん。おれたちだけでやるしかない。山猫川に何人いるかはわからんが、かまうもんか。不意を襲ってやる」

星明かりのもと、ただちに出発した。あたりは静まりかえり、家々のなかで明かりが仄暗《ほのぐら》くまたたいていた。西の方にひっそりと、あえて踏みこもうとする者を威嚇《いかく》するかのように、原始のたたずまいそのままの黒い森がそびえ立っていた。

弦《つる》を張った弓を左手に、左右に揺れる手斧を右手に持って、おれたちは一列縦隊で進んだ。夜露《よつゆ》に濡れた草の上で、鹿革靴は音を立てなかった。おれたちは森へ溶けこみ、樫《かし》や榛《はしばみ》の木を縫《ぬ》って蛇行《だこう》する道をたどった。ここではハコンを先頭に、十五フィート間隔で進んだ。じきに草の茂る窪地《くぼち》にはいりこみ、丸太小屋の窓を覆う鎧戸の亀裂からかすかに洩れている光が見えてきた。

ハコンが止まるように指示し、小声で部下に待機を命じた。一方ハコンとおれは、匍匐《ほふく》前進で偵察に向かった。音を殺して前進し、歩哨《ほしょう》――ショヒラ人の裏切り者――の不意をついた。おれたちが忍び寄る音は聞こえていたにちがいない。だが、そいつの息は酒臭かった。悪党の心臓にナイフを突き刺したとき、ハコンの食いしばった歯の隙間《すきま》から洩れた、満足そうなシューッという声は、忘れようたって忘れられない。おれたちは死体を丈《たけ》高い草むらに隠し、丸太小屋の壁ぎわまで忍びよると、思いきって亀裂ごしになかをのぞいた。凶暴そうな目を爛々と輝かせたヴァレリアン、鹿皮の腰布にビーズで飾った鹿革靴というでたちの、野性美あふれる浅黒い肌の女がいた。女の艶《つや》やかな黒髪は、奇妙なこしらえの黄金の帯を用いてうしろで束《たば》ねられていた。ほかにショヒラ人の裏切り者――羊毛《ようもう》の短袴《たんこ》と農夫が身に着ける袖《そで》なし胴着をまとい、腰帯に彎刀《カトラス》をはさんだ陰険なごろつき――が六人、鹿革服に身を固めた野性味たっぷりの森林警備隊員が三人、グンデルマン族の衛兵――引き締まった躰《からだ》つきの男たちで、黄色い髪を四角く切りそろえ、鋼鉄の帽子をかぶり、鎖帷子《くさりかたびら》の胴鎧、光沢のある脛《すね》当《あ》てといういでたちだ――が六人いた。彼らは長剣と短剣を佩《は》いていた――白い肌と、鋼《はがね》色の目と、西方辺境地帯の住民とはまるっきり異なるなまりで話す黄色い髪の男たち。彼らはたくましい戦士で、情け容赦がなく、鍛《きた》えあげられており、辺境の地主のあいだでは非常に人気の高い衛兵だった。

聞き耳を立てると、そいつらが笑ったり、言葉を交わしたりしていた。ヴァレリアンは脱獄の顛末《てんまつ》を自慢げに語り、あの忌々しいザンダラ人には刺客《しかく》を送ったから、その刺客が自分の代わりにちゃんと仕事をしてくれるはずだ、といった。裏切り者たちは仏頂面《ぶっちょうづら》で元の友人たちをののしったり、呪ったりしていた。森林警備隊員は無言で、警戒心を解いていなかった。グンデルマン族は無頓着《むとんじゃく》で陽気だったが、その陽気さの裏に、冷酷無比の本性が透《す》けて見えた。一方クワラダと呼ばれる混血女は、からからと笑い、ヴァレリアンにしなだれかかっていた。機嫌のよさそうなヴァレリアンは、ブロカス卿がコヤガから攻撃を仕掛けるあいだにピクト人を蜂起させ、彼らを率いて国境を渡り、背後からショヒラ人を叩くのだ、と自慢げに語った。それを聞いているうちに、ハコンは激怒のあまり躰を震わせはじめた。

と、軽い足音が聞こえ、おれたちは壁に貼りついた。扉が開き、七人の躰を彩《いろど》ったピクト人がはいってきた。化粧と羽根飾りで、見るも怖ろしい姿だ。先頭は老テヤノガ。その胸には包帯が巻かれていたので、おれの矢は、そこの分厚い筋肉に食いこんだだけだったとわかった。あの老いぼれ悪魔は、本当に人狼ではないだろうか、とおれは思った。本人が公言し、多くの者が信じているとおり、尋常な武器では殺せない人狼ではないだろうか、と。

おれたち――ハコンとおれ――は、そこにぴったりと身を伏せた。テヤノガがこういうのが聞こえた。強力な狼《おおかみ》族との同盟が結ばれないかぎり、鷹族、山猫《やまねこ》族、亀《かめ》族は国境を越えて攻撃を仕掛けることはしない。なぜかというに、ショヒラ人と闘っているあいだに、狼族が自分たちの土地を荒らすかもしれないからだ。規模の小さい三つの部族は、幽霊沼の岸で狼族と会って合議を持つ。狼族は、沼の大魔道士の勧告を受け入れるだろう。

するとヴァレリアンが、これから幽霊沼へ行き、大魔道士を説得して、狼族を仲間に引き入れさせよう、といった。それを聞いたハコンが、引き返して、部下と合流しろとおれに命じた。多勢に無勢を承知で、攻撃を仕掛けるべきだと考えているのだろう。だが、いま耳にした恥ずべき陰謀に怒り狂っていたので、おれは彼に負けず劣らず攻撃を仕掛けたくてたまらなかった。こっそりと引き返し、ほかの者たちを連れてきた。おれたちがやってくる音が聞こえるや否や、ハコンはぱっと立ちあがり、扉へ駆けよって、戦斧《せんぷ》を叩きつけた。

同時におれたちが鎧戸に殺到し、部屋のなかに矢を注ぎこんで、何人かを倒した。そして丸太小屋に火をかけた。

やつらは大混乱におちいり、丸太小屋を捨てようとした。蠟燭がひっくり返り、明かりが消えたが、火のおかげで室内は仄明るかった。やつらは扉に殺到し、そこで命を落とした者もあった。おれたちと格闘して死んだ者もあった。だが、まもなく、殺されずにすんだ者たちは森に逃げこんだ。グンデルマン族、裏切り者、戦《いくさ》化粧をしたピクト人だ。しかし、ヴァレリアンと女はまだ丸太小屋のなかにいた。とそのとき、ふたりが飛びだしてきた。女は笑い声をあげ、地面になにかを放った。それは炸《さく》裂《れつ》し、不浄《ふじょう》な煙がおれたちの目をくらませた。その隙《すき》にふたりはまんまと脱出した。

その凄惨《せいさん》な闘いで、こちら側の死者は四人だけだった。が、おれたちは、警告のため負傷者のひとりを町へ帰すことにして、ただちに追跡に移った。

道は曠野《こうや》へと延びていた。

解説

中村融

《愛蔵版　英雄コナン全集》第三巻をお届けする。

いまさら説明するまでもないが、本全集は、一九三〇年代にアメリカで生まれ、現在ではヒロイック・ファンタシーと総称されるジャンルの礎を築いた作品群を集成したものだ。その主人公である稀代の冒険児、英雄コナンの事績を年齢順にまとめ、さらに関連資料を付している。本書には、三十代後半を迎え、知力と体力の絶頂にあるコナンの冒険を描いた中篇四篇、ならびに未完成作品の草稿と創作メモを一篇ずつ収録した。

前二巻の解説では、《コナン》シリーズの出版史や成立の過程について触れたので、このあたりで趣向を変えて、作者ロバート・E・ハワードに焦点をあててみたい。

まず留意しなければならないのは、巷間《こうかん》に流布していたハワードの人物像が、多分に誤解や偏見の産物であったという点だ。つまり「幼いころは病弱でいじめに遭い、長じては周囲の無理解に苦しみ、ついには強度のマザー・コンプレックスのために自殺をとげた、精神を病んだ作家」というイメージは、実態とはかけ離れたものだったのである。

こうした誤った人物像が生まれた原因は、主に三つ。

第一に、主要な情報源となったハワード自身の証言（手紙や自伝的文章）が、全面的には信頼できるものでなかったこと。前巻の解説に引用したコナン誕生の事情を物語る手紙を見ればわかるとおり、それはかならずしも真実を伝えていない。そこには見栄もあれば、逆に自己卑下もあり、韜晦癖《とうかいへき》に満ちている。さらにハワード自身の思いこみが、事実とは食いちがっていた面も多い。したがって、ハワードの証言を鵜呑みにしてはならないのだ。

たとえば、「病弱だったためにいじめられ、その反動で体を鍛えあげた」という本人の弁にしても実情を伝えてはいないらしい。少年時代のハワードは、ひょろ長い気味はあったものの、非常に大柄で、手を出そうとする者はいなかった。周囲とはうまくやっていたし、むしろひとりでいることのほうが多かった。すくなくとも、いじめられていたという事実はまったくない――これが当時を知る者たちの一致した証言である。

第二に、ハワードはテキサス人であり、その言動には土地特有のニュアンスがふくまれている。しかし、テキサスの事情に通じていない者たちが、そのニュアンスを見落として、誤解をつづけてきたこと。

たとえば、ハワードの奇矯なふるまいとして、「いもしない敵にそなえて拳銃を持ち歩いていた」という逸話がよく例にあげられる。しかし、テキサス出身のハワード研究家マーク・フィンによれば、当時のテキサス人にとって、「敵」とは「友人ではない人間」をさす言葉であり、ハワードにはじっさいに「敵」がいた。さらに護身用に拳銃を持ち歩く習慣も、当時としてはけっして不自然ではなかったという。

第三に、話には尾ひれがつくということ。

たとえば、これまでハワードは、アーネスト・ダウスンの詩をパラフレーズした二行詩――「すべては去りぬ。すべては終わりぬ。ゆえにわれを火葬の薪に載せよ。／饗宴は終わりを告げ、灯《ともしび》は消ゆる」――をタイプし、その紙をタイプライターに挟んだまま車に乗りこんで自殺した。つまり、この詩が「辞世の句」であったとされていた。

ところが、この紙はハワードの財布にはいっていたものであり、いつタイプされたかは不明だというのだ(ついでにいえば、問題の詩もアーネスト・ダウスンではなく、無名詩人ヴィオラ・ガーヴィンの"The House of Caesar"からの引用であることが突き止められている)。つまり、「財布のなかに発見された」という事実が、いつのまにか「タイプライターに挟まっていた」という虚構にすり替わってしまい、「死の直前にタイプされた辞世の句」という伝説が生まれたのである。話にはさらに尾ひれがついて、ハワードは家から出て車に乗りこむあいだに神へ祈っただとか、タイプを打ち終えてから母親の部屋へ行き、「母さん、終わったよ」といっただとか、車を走らせ、砂漠へ出てから自殺しただとかという虚構の細部がつけ加わるようになった。これらの虚偽は、正されたものもあれば、正されなかったものもある。要するに、話には尾ひれがつくものであり、真偽の見きわめに注意を払わねばならないということだ。

以上の点に留意して、これからハワードの生涯をたどってみるが、その前に筆者が依拠した伝記資料について明記しておこう。主につぎの四つである——

① *The Last Celt: A Bio-Bibliography of Robert E. Howard* Edited and Compiled by Glenn Lord (Donald M. Grant, 1976)

② *Dark Valley Destiny: The Life of Robert E. Howard* by L. Sprague de Camp, Catherine Crook de Camp & Jane Whittington Griffin (Bluejay Books, 1983)

③ *One Who Walked Alone: Robert E. Howard, The Final Years* by Novalyne Price Ellis (Donald M. Grant, 1986)

④ *Blood & Thunder: The Life and Art of Robert E. Howard* by Mark Finn (Monkey Brain Books, 2006) →増補改訂版 (The Robert E. Howard Foundation Press, 2013)

①は、ハワードの遺産管理人も務めた研究家のグレン・ロードが、ハワード本人の自伝的文章と手紙、生前のハワードを知る友人知己の回想記をまとめ、詳細な書誌を付した研究書。ハワード本人の証言が、かならずしも信頼できないのは前述のとおりだが、貴重な一次資料であることに変わりはない。

②は、一九五〇年代からことあるごとにハワードの伝記的文章を発表してきたL・スプレイグ・ディ・キャンプが、その集大成として、作家でもある妻キャサリン・クルックと、ハワードの地元出

身の児童心理学者ジェイン・ホイッティントン・グリフィンの協力を得て完成させた大著。綿密な調査に基づいて書かれており、その情報量には圧倒される。しかし、ディ・キャンプは先に触れた「精神を病んだ作家ハワード」という偏見にとらわれており、そのイメージを広めた張本人でもある。本書にしても例外ではなく、ハワードの友人知己とのインタヴューから、自分の偏見に合致する部分だけを選んで資料にしたと批判されている。

生前のハワードを知る者たちは、②に対して抗議の声をあげたが、その最たる例が③だ。著者のノーヴェリン・プライス・エリスは、ハワードの早すぎる晩年の二年間、その恋人だった女性。作家志望の教師であった彼女は、克明な日記をつけており、ハワードと過ごした日々を生き生きと再現することに成功した。本書を読むと、ハワードがじつに複雑な人格の持ち主であり、「強度のマザー・コンプレックスのために自殺した作家」というイメージが、いかに浅薄なものか痛感させられる。ハワードへの興味をぬきにしても、ふたつの強烈な個性のぶつかりあいの記録、恋愛ドラマとして一級であり、一九九六年にダン・アイルランド監督、レニー・ゼルウィガー、ヴィンセント・ドノフリオ主演で「草の上の月」*The Whole Wide World* という秀作映画にもなっている。ちなみに、著者はハワード研究家ラスティ・バークと共著で *Day of the Stranger: Further Memories of Robert E. Howard* (Necronomicon Press, 1989) という回想記も上梓している。

④は、これらの業績を踏まえたうえで書かれた評伝。著者のマーク・フィンは、ハワードと同じテキサス人であり、テキサスの歴史と風土とのかかわりにおいて、ハワードの人と作品を理解しようとする。②に対する反発から本書の執筆を思い立ったと著者自身が述べるように、北部人《ヤンキー》であるディ・

キャンプが犯した誤謬《ごびゅう》を正すことに力を注いでいる。現時点では最良のハワード伝といえる。したがって、以下の記述は主に④に拠っており、必要に応じてほかの資料を参照した。

さて、前置きがすっかり長くなった。そろそろハワードの生涯に筆を進めよう。


ロバート・アーヴィン・ハワードは、一九〇六年一月二十二日、テキサス州の田舎町、ピースターで生を享《う》けた。父アイザック・モルデカイ（一八七一～一九四四）は医師、母ヘスター・ジェイン・アーヴィン（一八七〇～一九三六）は主婦。ちなみにロバートの長身、黒髪、碧眼《へきがん》という身体的特徴は父親から受け継いだものである。両親は一九〇四年に三十二歳と三十四歳で結婚したが、ヘスターが結核を患《わずら》っているうえに年齢も高かったので、子供を持つことはあきらめていた。養子をとろうと話しあっていた矢先の懐妊であり、夫婦の喜びはひとしおだった。当時ハワード夫妻は、近隣のダーク・ヴァレー・クリークに居をかまえていたが、すこしでも医療設備のととのったピースターに出てきて出産に臨んだのだった。両親はロバートを溺愛し、翌年ヘスターがふたりめを流産したことから、溺愛の度合いはさらに高まった。ところで、すでにお気づきのように、妻のほうが夫よりも年上だが、この事実はロバートには隠されていた。またロバートは母方からケルトの血を引いていることを誇ったが、これはヘスターが「アイルランド王家の血を引いている」という夢想を息子に吹きこんだのが原因で、じっさいはアングロサクソンの血がほとんどらしい。ハワードの生家には、このような罪のない嘘が蔓延していた。

当時のテキサスは、西部劇さながらの開拓時代や南北戦争の記憶が生々しく残るいっぽうで、石油ブームがはじまったところだった。油井を中心ににわか景気の町《ブーム・タウン》が栄えては衰え、人と物資がダイナミックに流動し、厳しい気候とあいまって、非常に暴力的な風土となっていた。アイザックは辺境にチャンスを求めて移住をくり返すタイプで、一家はテキサス各地を転々とした。ロバートが小学校にはいった八歳のときには、すくなくとも七回の移住を経験していた。当然ながら友人を作る暇もなく、ロバートの楽しみは、もっぱら母親の語ってくれるおとぎ話や詩の引用、祖母や元奴隷の黒人料理人が語ってくれるむかし話や幽霊話に耳をかたむけることだった。字が読めるようになってからは、読書が楽しみに加わった。ロバートは幼いころから本の虫であり、学校以外で読書をしている姿が、近所の者には珍しがられた。また写真的記憶力の持ち主で、たまに図書館や書店、あるいは訪問先の家庭で本を手にする機会があると、たちまちその内容を覚えこんでしまったという。

アイザックの放浪癖はいっこうにおさまらず、一家はさらに移住をくり返す。このころには、両親の不仲が明らかになっていた。アイザックは一介の田舎医者であり、経済的にも苦しかったことから、南部の旧家に連なるヘスターは、身分が下の者と結婚してしまったと後悔していたようだ。その分ヘスターの愛情は、ひとり息子に向けられた。アイザックは仕事柄家をあけることが多かったが、帰ると妻に敵意で迎えられ、口論したあげくに家を飛びだすという悪循環がはじまった。ちなみにアイザックには、激昂すると口笛を吹くという癖があり、口笛を吹きながら家から出てくる姿が、たびたび見かけられた。

ロバートが十歳のとき、はじめて親友ができた。犬のパッチズ(ブチ犬くらいの意味)である。ウォーカー・ハウンドとコリーの雑種だったこの犬は、子犬のときにハワード家の一員となり、つづく十二年のあいだ、ロバートの忠実な友でありつづけた。そのころのロバートを知る者が、つぎのようなエピソードを伝えている――

当時ハワード一家が住んでいたバーケットで、女性郵便局長が戸外で読書をしていたときのこと。大きな白黒ブチの犬が背後の岩棚から飛びおりてきて、女性も犬もたいへん驚いた。すぐに「おいで、パッチズ。おいで！」と呼ぶ声がして、ひとりの少年が姿をあらわした。少年は女性に丁寧に謝り、こういった。「ぼくはロバート・ハワードといいます。おどかしてしまったんなら、ごめんなさい。パッチズとぼくは、朝の散歩をしているところなんです。大きな岩と洞穴があるここへ来るのが好きなんです。ごっこ遊びができるから。いつかぼくは作家になって、海賊や、もしかしたら人食い人種の話を書くんです。読んでみたくありませんか？」

そう、ロバートは十歳にして作家を志していたのだ。最初に小説らしきものを書いたのは、九歳から十歳のときで、古代叙事詩の英雄ベーオウルフを主人公にした冒険物語であったという。このころのロバートは、口誦《こうしょう》文芸にも親しんでおり、自分でお話を作って、まわりの者に聞かせるほか、座談の名手であった父親と即興でほら話《トール・テール》を交換しあったり、母親と詩を引用しあったりして楽しんでいた。

一九一九年十月、ハワード一家はテキサス中央部に位置するクロス・プレインズに居を定める。人口千五百の田舎町ではあったが、これまで住んできた辺境にくらべれば、大都会にも等しかった。なにしろ、水道も電気もあったのだ。ロバートは十三歳になっており、クロス・プレインズ・ハイスクールに通いはじめた。

翌年、町の近郊で油田が発見され、クロス・プレインズは石油ブームを迎えることになった。人口は数カ月のうちに一万までふくれあがり、町はにわか景気に沸くいっぽう、犯罪と不正の横行に悩まされるようになった。町の風景が短期間に一変することは、少年ロバートの心に消えがたい印象を刻みこんだ——

「ぼくは町が一夜にして誕生し、同じくらいあっさりと見捨てられるところを見てきました。苦役で背中が曲がり、以前は十ドル札の手触りを知らなかった老農夫が、油井のおかげで一週間のうちに億万長者になるのを見てきました。そして彼らが一文無しに落ちぶれ、貧困のうちに死亡するのを見てきました。町全体が石油ブームのせいで堕落し、少年少女が悪魔に卸売りされるのを見てきました。将来を嘱望された青年が、数カ月のうちに立派な市民から麻薬中毒患者、アル中、賭博師、ギャングに身を持ち崩すのを見てきました」（一九三〇年十月、H・P・ラヴクラフト宛の手紙）

作家ハワード終生のテーマ、すなわち「文明の興亡」と「文明の腐敗」の根がここにあることはまちがいない。

十五歳になったロバートは、地元のドラッグストアでパルプ雑誌を発見した。それは冒険小説総合誌〈アドヴェンチャー〉だった。ロバートはたちまちその魅力にとり憑かれ、熱心な読者となるいっぽう、早速同誌に小説を投稿しはじめた。もちろん原稿は返却されるだけだったが、とにかくロバートは本格的に小説を書きはじめたのである。

——ちなみにパルプ雑誌とは、粗悪な紙に印刷することで大幅に値段を下げた新興の活字メディア。TVが登場するまでは、安価な大衆娯楽として絶大な人気を誇った。最初のうちはあらゆるタイプの小説が同居する総合誌が主流だったが、一九二〇年代になると細分化が進み、ジャンルごとに専門誌が出るようになった。〈アドヴェンチャー〉は一九一〇年創刊の名門パルプ誌であり、その看板作家ハロルド・ラムとタルボット・マンディの諸作が、ロバートに絶大な影響をあたえたことは、前巻の解説に述べたとおりである。では、話をもどして――

ハイスクール時代のロバートは、学業のほかにスポーツを楽しみ、映画とラジオに夢中になり、アルバイトに精を出すといった、きわめてふつうの学生だった。後年ロバートは、自分にとってすべての学校は苦痛だったと述懐しているが、これは自由を束縛されることを嫌った青年の心情がいわせたものであり、仮に当時のロバートが学校を嫌っていたとしても、その感情は胸の奥深くにしまいこまれていた。友人にも恵まれ、平凡な学校生活を送っていたのだ。ただひとつ周囲と分かちあえなかったのが、文学に対する情熱だったが、この悩みも翌年には解消された。

というのも、十六歳になったロバートは、学業を終えるため、ブラウンウッド・ハイスクールに進んだからだ。ロバートと母ヘスターは、一九二二年の秋に近隣の都会、ブラウンウッドで下宿生活をはじめた。ここは郡都でもあり、文化的な環境もクロス・プレインズとは比較にならないほどととのっていた。ロバートはこの地でトルエット・ヴィンスンとテヴィス・クライド・スミスに出会い、終生の友情を結んだ。三人は文学や政治について議論したり、自作の詩や小説を批評しあったりして、おたがいを励ましたのである。

このブラウンウッド・ハイスクール在学中、ロバートの作品がはじめて活字になった。学内誌〈タットラー〉のコンテストに小説二篇が入賞し、賞金を獲得すると同時に掲載の栄冠を勝ちとったのだ。同誌には、さらに三篇の小説が掲載された。〈アドヴェンチャー〉に投稿していた小説もふくめて、当時のロバートの作品は、マーク・トウェイン流のほら話《トール・テール》が主であり、その文学的ルーツが那辺にあるかうかがえる。また後年ロバートが作中で活躍させたヒーローたち――ブラン・マク・モーン、ソロモン・ケイン、フランシス・X・ゴードン（またの名をエル・ボラク。中東を舞台にした冒険小説の主人公）――の原型が誕生したのもこの時期だった。

一九二三年五月、ロバートはブラウンウッド・ハイスクールを卒業し、クロス・プレインズにもどった。父はロバートがカレッジに進み、自分の跡を継いでくれることを願ったが、ロバートは進学せずに、作家として立つ道を選んだ。

とはいえ、息子の徒食を許すほど家は裕福ではなく、ロバートは作家修業をつづけるいっぽう、九月になると地元の洋品店で働きだした。しかし、翌二四年の六月に失職。けっきょくブラウンウッドにあるハワード・ペイン・ビジネス・スクールで速記とタイピングを学ぶことになった。この学校はハワード・ペイン・カレッジの関連学校ハワード・ペイン・アカデミーのさらなる関連学校で、いわゆる専門学校だったようだ。ロバートはブラウンウッドで下宿生活をはじめ、ルームメイトのリンジー・タイスンとは無二の親友となった。ふたりはフットボールの試合を観戦し、ボクシングのスパーリングで汗を流した。ロバートがボディビルをはじめたのがこの時期で、タイスンに優る体格を作りあげるためだったという。

もちろん小説の投稿もつづけていたが、いまだに一作も売れておらず、返却票の山を築くばかりだった。しかし、ついに努力が報われるときがきた。ロバートはこの夏「槍と牙」（本全集第二巻に収録）という短篇を完成させ、その前年に創刊されたばかりの怪奇小説パルプ誌〈ウィアード・テールズ〉

に投稿していた。クロマニヨン人とネアンデルタール人の闘争を描いた先史冒険譚で、題名はそれぞれの武器を表している。この小説が突破口となったのだ。

一九二四年十一月、ロバートは〈ウィアード・テールズ〉の編集長、ファーンズワース・ライトから手紙を受けとった。そこには同誌が「槍と牙」を採用し、掲載されたのちに規定の稿料（一語半セント）に基づいて十六ドルを支払うと記されていた（同誌の定価が二十五セントだった）。ロバートは天にも昇る気持ちだった。ルームメイトのタイスンによれば、ロバートはベッドのわきにひざまずき、しばらく頭《こうべ》を垂れていたという。こうして作家ロバート・E・ハワードが産声をあげたのだった。

成功の美酒に酔ったロバートは、ハワード・ペイン・ビジネス・スクールを中退する。十二月末に両親の住むクロス・プレインズにもどると、うれしいニュースが待っていた。〈ウィアード・テールズ〉に投稿した短篇"The Hyena"の採用通知が届いていたのだ。さらに同じ手紙のなかで、編集長ファーンズワース・ライトは、多少の書き直しをしてもらえば、別の短篇「滅亡の民」（〈ミステリマガジン〉一九七〇年七月号所収）も採用したいといってきた。もちろん、ロバートに否があるはずもなく、早速書き直しを送って、こちらもめでたく採用された。ちなみに前者は東アフリカを舞台にした怪奇小説、後者はロバートがかねてから関心を寄せていたピクト人を題材にした古代冒険譚である。こうしてロバートの作家生活は、順調なスタートを切ったかのように思えた。

しかし、そうは問屋がおろさなかった。

ロバートの誤算は、作品が売れてもただちに収入にはならないことにあった。〈ウィアード・テールズ〉は作品掲載後に稿料を支払うことを原則としており、それさえも遅れがちだった。しかも、作品掲載のスケジュールが気まぐれで、二、三年待たされることもザラだった。げんに「槍と牙」は同誌一九二五年七月号に掲載されたが、「滅亡の民」は一九二七年一月号、“The Hyena”にいたっては一九二八年三月号まで待たなければならなかった。誤解がないように書いておけば、あとから採用された作品が、このあいだに誌面を飾っているのだ。この問題は、のちのちまでロバートを悩ますことになった。

もうひとつの誤算は、次作がなかなか売れなかったこと。端緒の成功に気をよくしたロバートは、猛然と執筆にはげみ、〈ウィアード・テールズ〉はもちろんのこと、〈アドヴェンチャー〉をはじめとする多くのパルプ雑誌に投稿をくり返した。だが、ことごとく返却の憂き目にあったのだ。例外は〈ウィアード・テールズ〉に投稿した“In the Forest of Villefère”という短篇だけ。これは中世フランスを舞台にした人狼もので、一九二五年の春に採用され、同誌一九二五年八月号に掲載された。この作品はライトのお気に召したらしく、デビュー作につづいて二号連続の掲載となったわけだが、掲載スケジュールの気まぐれぶりを明瞭に表す結果となった。

無収入となったロバートは、さまざまな半端仕事で糊口をしのぐことを余儀なくされた。地元の新聞に油田のニュースを書き、速記者として法律事務所で働き、石油を探す地質学者の助手として炎天下の原野を歩きまわり（この仕事は楽しかったが、ある日熱中症で倒れてしまった）、ドラッグストアで週七日、毎日十四時間以上も働き……。最後の仕事はロバートを骨の髄まで疲弊させ、とうとうロバートは父アイザックとひとつの取り決めを結ぶにいたった。その内容は「ロバートはハワード・ペイン・ビジネス・スクールに再入学し、簿記のコースを修める。その後の一年間は猶予期間とし、作家として生計を立てる道を探る。もし一年たっても目処がついていなかったら、簿記係として町で就職する」というものだった。こうしてロバートは、一九二六年九月、郡都ブラウンウッドにもどった。

もっとも、このあいだ悪いことばかりがつづいていたわけではない。前述のように、デビュー作が〈ウィアード・テールズ〉一九二五年七月号に掲載されたし、次号に掲載された“In the Forest of Villefère”の稿料で、新品のアンダーウッド・タイプライターを購入することができた。さらには後者の続篇「密林の人狼」（ソノラマ文庫『剣と魔法の物語』［一九八六］他所収）が、同誌一九二六年四月号のカヴァー・ストーリーに選ばれたのだ。これはロバートにとってはじめての大きな成功だったが、ロバートを青ざめさせる珍事件も引き起こした。というのも、原稿が紛失したので、カーボン・コピーを送ってほしいという手紙が編集部から届いたからだ。もちろん、ロバートはカーボン・コピーをとっていなかった。そこで記憶をもとに、たったひと晩で全文をタイプし直した。このあと最初の原稿は発見されたが、冒頭の一ページが欠けており、再送された原稿が役に立った。編集長のライトは、ロバートの努力に感謝して、正規の稿料四十ドルに十ドルの上乗せをしてくれたという。

さて、ビジネス・スクールにもどったロバートだが、学業にはさっぱり身がはいらず、もっぱら執筆に励むいっぽう、旧友たちとのつきあいを本格的に復活させた。ルームメイトだったリンジー・タイスンと再会し、いっしょに映画を見たり、ボクシングの試合を見にいったり、ボディービルに励んだりした。いっぽう文学仲間のトルエット・ヴィンスン、テヴィス・クライド・スミスとも頻繁に会うようになり、四人はフットボールの試合に行ったり、街をひと晩じゅう歩きまわったりしながら、人生をはじめとするさまざまな話題を語りあった。

このころのロバートは、詩人として立つことも夢見ていた。彼の詩作にかける情熱は本物であり、その姿勢は早すぎる死まで変わることがなかった。とはいえ、ロバートの詩は十九世紀ロマン主義の流れを汲むものであり、モダニズムを標榜する時流には合わなかった。したがって、その詩は当時の詩壇からは黙殺され、ごく一部が学内誌や地方新聞、あるいは〈ウィアード・テールズ〉に発表されたにとどまった。しかし、ロバートの詩才を高く評価する声は絶えず、死後に編纂された詩集は二十冊以上を数える。

つい話が脱線したが、一九二七年八月、ロバートはハワード・ペイン・ビジネス・スクールを卒業した。その直後、友人ヴィンスンとテキサス州南部をまわる旅に出た。途中、州都オースティンでは、ヴィンスンの紹介でハロルド・プリースという人物に出会った。プリースも文学を志す若者だったが、ケルト文化に深い関心を寄せていたことからロバートと意気投合し、この後ふたりは膨大な量の手紙をやりとりする仲になった。さらにプリースの友人が座談に加わったことから、仲間を集めて同人誌を作ろうと話がまとまった。〈ザ・ジュント〉と名づけられたこの回覧形式の同人誌は、一九二八年九月号から一九三〇年九月号まで合わせて十二冊が発行され、ロバートは詩やエッセイを寄稿した。故郷クロス・プレインズでは話し相手に恵まれなかったロバートにとって、この同人誌活動は大いに慰めになったようだ。

八月末、クロス・プレインズに帰ってきたロバートは、いったんは完成させたものの、気に入らなくて放りだしていた作品の改稿に取り組んだ。そして九月、ようやく完成した作品を〈ウィアード・テールズ〉に送った。超古代王国を舞台に蛮人王の活躍を描くこの作品は、「影の王国」（アトリエサード『失われた者たちの谷』〔二〇一五〕他所収）と題されていた。いうまでもなく、《キング・カル》シリーズ第一作である。ライトはこの作品を気に入り、これまでで最高の稿料百ドルを申し出た。ロバートは矢継ぎ早に続篇を書いたが、採用されたのは一篇だけだった。

ロバートは不本意な結果に失望し、冒険パルプ誌〈アーゴシー〉への進出を図って、こんどは歴史上のアフリカを舞台に、剣士が呪術師と戦う物語を書いた。題名は"Solomon Kane"。すなわち《ソロモン・ケイン》シリーズ第一作である。けっきょくこの作品は〈アーゴシー〉の採用するところとならず、ロバートは原稿を〈ウィアード・テールズ〉に送った。一九二八年三月、ライトはこの作品を採用し、「血まみれの影」と改題したうえで同誌一九二八年八月号にカヴァー・ストーリーとして掲載した（邦訳は〈ミステリマガジン〉二〇〇六年八月号所収）。このとき《キング・カル》シリーズの二篇は、まだ掲載の順番待ちをしていたのである。

「血まみれの影」が掲載されたころには、ロバートは〈ウィアード・テールズ〉の常連となっており、人気も出はじめていた。だが、同誌の支払いの遅さはロバートにとって切実な問題であり、新たな市場の開拓が急務と思われた。ロバートはさまざまなパルプ誌にウェスタンやボクシング小説を投稿するいっぽう、詩集や「リアリスティック」な自伝的小説を出版社に売ろうとした。一九二八年の終わりに書かれた後者は、*Post Oaks and Sand Roughs* と題されており、十八歳から二十一歳にかけてのロバートの人生を小説化したものだった。その内容はおそろしく苦く内省的で、その色調の暗さには驚かされるが、作者自身の心情を如実に反映しているのだろう。残念ながら、これらの試みはどれも成功に結びつかなかった。

同じ年には、もうひとつの打撃がロバートを見舞った。愛犬パッチズ（愛称パッチ）の病死である。ロバートはその死に直面することができず、パッチズの命がまだあるうちにブラウンウッドへ逃げていき、毎朝「パッチはどう？」と電話してきたという。この一件は、第四巻に収録を予定している父アイザックの手紙にくわしいので、そちらを参照していただきたい。

それでも一九二九年になると、新たな市場への突破口が開けた。ボクシング小説が売れはじめたのだ。

ロバートのボクシング熱は九歳のときまでさかのぼる。試合を見るだけでなく、ボクシングについて書かれた本や記事を片っ端から読みあさり、その知識は該博《がいはく》だった。ハイスクール時代には地元のボクシング・クラブに出入りするようになり、一九二六年からは地元のアマチュア試合に出場するようになった。ボディービルに励んだのはこのためで、当時のロバートは体重百九十五ポンド――全身これ筋肉のかたまりであったという。アマチュア試合への出場は、一九三一年ごろまでつづいた。

つい話が先走ったが、ロバートのボクシング小説はポツポツと売れはじめた。面白いのは、最初の試みである短篇「トム・モリノーの霊魂」（アトリエサード『失われた者たちの谷』［二〇一五］所収）がボクシング界を舞台にした幽霊小説だったことだ。これはロバートが新しいジャンルに参入を図るときの癖であり、自分が熟知しているジャンルの小説と新たなジャンルの小説を混ぜあわせるというパターンは、この後何度もくり返される。

この分野での成功は、前年に創刊されたばかりの専門誌〈ファイト・ストーリーズ〉一九二九年七月号に短篇“The Pit of Serpent”が掲載されたときに訪れた。これはアイルランドの血を引くスティーヴ・コスティガンという船乗りが、アジアのある港町で女をめぐるトラブルから壮絶な拳闘試合に臨む物語。ユーモラスな一人称で語られており、南部のほら話《トール・テール》の伝統を引くドタバタ・コメディである。この作品がたいへんな好評を博したため、船乗りスティーヴ・コスティガンの物語はシリーズ化され、同誌の看板のひとつとなった。一九三一年の二月には、その人気に目をつけたライヴァル誌〈スポーツ・ストーリー〉の編集者が、移籍話を持ちかけたほど。しかし、ロバートは移籍話を断り、同誌のため同工異曲の《キッド・アリスン》シリーズを書くことにした。こちらはテキサス出身のセミプロ・ボクサーが主人公だったが、《船乗りスティーヴ・コスティガン》シリーズほどの人気は得られなかった。

この間もロバートは、怪奇小説のジャンルを捨てたわけではなかった。たとえば、代表作のひとつ「スカル・フェイス」（国書刊行会『スカル・フェイス』［一九七七］所収）が、〈ウィアード・テールズ〉一九二九年十月号から十二月号にかけて連載されている。当時絶大な人気を誇ったサックス・ローマーの《フー・マンチュー》シリーズにインスパイアされたオカルト・サスペンスだが、面白いことに、主人公の名はスティーヴン・コスティガン。もちろん、有名な船乗りとはまったくの別人である。じつはロバートは、自分の分身にスティーヴ（ン）、あるいはコスティガンの名前をあたえることが多い（自伝的小説 *Post Oaks and Sand Roughs* の主人公もスティーヴ・コスティガン）。この愛着はどこから来たものだろうか。興味をそそるところである。

一九三〇年六月、ロバートはファーンズワース・ライトから〈ウィアード・テールズ〉の姉妹誌創刊の計画を伝えられ、寄稿を要請された。新雑誌の名称は〈オリエンタル・ストーリーズ〉。東洋を舞台にした怪奇冒険譚に的を絞った珍しいタイプのパルプ誌であり、ライトはとりわけ「歴史譚――十字軍や、チンギス・ハンや、ティムールや、イスラムとヒンドゥーの戦いの物語」をほしがっていた。もともとハロルド・ラムやタルボット・マンディの歴史冒険小説に心酔していたロバートにとって、渡りに船のような話である。ロバートは精力的に同誌向きの小説を書きつづけた。この仕事はロバートにとって大きな喜びだったらしく、つぎのような言葉を遺している――

「ぼくにとって、小説の衣をまとわせて歴史を書きなおすことの半分も面白みのある創作はありません。叶うなら、この種の仕事にこれからの人生を捧げたいものです。百年書きつづけても、書いてくれと叫びたてる物語が、まだ何十とあるでしょう。小説本一冊まるまる埋められるほどのアクションとドラマを、ひとつのパラグラフに詰めこむことだってできそうです。もっとも、そういうものを書いて生計を立てることはできそうにありません。市場は小さすぎますし、要求はきつすぎます。そして一篇を書きあげるのに、あまりにも時間がかかります」（一九三三年七月十五日付、H・P・ラヴクラフト宛の手紙）

じっさい市場は予想以上に小さかった。〈オリエンタル・ストーリーズ〉は一九三〇年十月号から隔月刊でスタートしたが、売れ行きは不振で、季刊化、休刊、〈マジック・カーペット〉と誌名を変えての復刊と紆余曲折の末、三四年一月号をもって廃刊となった。しかし、そのときロバートは、もっと大きな金脈を掘りあてていた。

ところで、一九三〇年六月は、ロバートにとってもうひとつの転機となった。そのすこし前、〈ウィアード・テールズ〉に再録されたH・P・ラヴクラフトの傑作「壁のなかの鼠」を読んで感銘を受けたロバートは、同作を称賛する手紙をライトに送った。その手紙のなかで、ロバートはケルト文化に関する造詣を活かして、つぎのように指摘した。つまり、登場人物にウェールズ語ではなくゲール語をしゃべらせているところを見ると、ラヴクラフトはウェールズ人以前にケルト人がブリテン島に定住したという異端の説を採用しているのではないか、と。ライトはこの手紙をラヴクラフトに転送し、ラヴクラフトはこの指摘ができる人物の学識に驚いて、早速ロバートに返事を出した。こうして以後六年にわたってつづく実り豊かな文通がはじまったのである。

十六歳年上のラヴクラフトは、ロバートにとってはじめての師匠であった。ふたりはありとあらゆる問題について議論を戦わせ、得意分野の知識を披露しあった。さらにラヴクラフトを通じて、ロバートは新たな文通相手をつぎつぎと獲得していった。これまでテキサスにかぎられていたロバートの世界は、一気に広がったのだった。

じつはラヴクラフトのまわりには、彼を慕う同僚作家たちが集まっており、一種のサークルを形成していた。ロバートはこのサークルに迎え入れられたのだ。俗にラヴクラフト・サークルと呼ばれるこの集団には、クラーク・アシュトン・スミス、オーガスト・ダーレス、フランク・ベルナップ・ロング、E・ホフマン・プライス、ロバート・ブロック、ドナルド・A・ウォルハイム、ヘンリー・カットナーなどが属していた。ロバートはとりわけスミスとダーレスと親交を深め、長い手紙を頻繁にやりとりした。

この集団は仲間うちのジョークとして、のちに《クトゥルー神話》と呼ばれる作品を書いて楽しんでいた。つまり、ラヴクラフトが一連の作品で展開した宇宙観に基づき、ラヴクラフトが自作で用いたアイテムを流用して創作に励んでいたのである。これに感化されたロバートは、早速《クトゥルー神話》に手を染めた。その大半は「クトゥルー神話譚」と副題の付された作品集『黒の碑』（創元推理文庫［一九九一］）で読める。架空の魔道書『無名祭祀書』を生みだしたことが、《クトゥルー神話》に対するロバート最大の貢献かもしれない。

一九三一年の後半、ロバートにとって逆風が吹きはじめた。大恐慌の影響が、ついに身辺におよびはじめたのだ。銀行が破産し、預金をすべて失った。ドル箱だった〈ファイト・ストーリーズ〉が原稿料の値下げに踏み切り、隔月刊、さらには季刊となり、ついには休刊に追いこまれた。そのほかのパルプ誌もバタバタとつぶれ、ふたたび〈ウィアード・テールズ〉だけを売りこみ先としなくてはならなくなった。この苦境にロバートは、エージェントを雇うことで対処しようとした。白羽の矢を立てたのは、オーティス・アデルバート・クライン。パルプ作家からエージェントに転じた人物である。ふたりは一九三三年の春に契約を結び、クラインは探偵小説、お色気《スパイシー》もの、ウェスタンなどの執筆をロバートに勧める。この試みは成功し、新たな市場がロバートの前にいくつも開けた。クラインとの関係は良好で、ロバートは優秀な助言者を手に入れた。こうしてロバートは、作家として新たな段階にはいったのだった。

話は前後するが、一九三二年初頭、ロバートは二年ぶりに休暇をとり、テキサス州南部へ旅行に出かけた。数日かけてメキシコとの国境近辺をめぐったが、途中、新しい作品の構想を得た。一介の野蛮人が、知力と体力にものをいわせて文明国の王となる物語——ロバートの代表作《コナン》シリーズの誕生であった。

ロバートは、このときのことを後年つぎのように述懐している――「数年前、リオ・グランデ南部のとある国境の町に逗留していたとき、コナンがぼくの心のなかにポンと浮かびあがってきた。意識的なプロセスで彼を創造したわけではない。彼は成長しきった姿で忘却の淵からただ歩み出てきて、その冒険の英雄譚《サガ》をぼくに記録させたのだ」（同人誌〈ファンタシー・マガジン〉一九三五年七月号掲載の記事より）

しかし、この発言は作家の見栄がいわせたものであり、実状を正しく伝えているわけではない。本全集第二巻の解説でくわしく見たように、コナンというキャラクターはその数カ月前からロバートの頭のなかで蠢《うごめ》いていたのだ。正確にいえば、旅の途次、フレデリクスバーグ近郊の丘陵地帯で「冬の雨にけぶる風景」を目にし、そこから常闇の国キンメリアを幻視したことが引き金になって、《コナン》シリーズは生まれた。いい換えれば、野蛮人コナンと、彼が活躍する舞台がそろったとき、はじめてロバートの想像力に火がついたのだ。

二月はじめに帰宅したロバートは、まず新作の舞台となる空想上の世界を創りはじめた。歴史冒険小説の執筆に際して、史実との矛盾をなくすために多大な労力を強いられた経験から、自前の世界を創ったほうが便利だと思ったからだろう。のちにハイボリア世界と名づけられたそれは、ギリシア人が想像した北方や、古代ローマや、十字軍時代のオリエントをはじめとして、さまざまな伝説上・歴史上の時代が並立するパッチワークとなった。この準備作業のあと、いよいよコナンの物語が書きはじめられたが、まずそれは旧作の書き直しという形をとった。というのも、ロバートはすでに文明国の王となった野蛮人の物語を書いていたからだ。超古代王国ヴァルシアのカル王を主人公とする連作、通称《キング・カル》シリーズである。

ヴァルシアというのは、アトランティスやレムリアが存在していた時代に繁栄をきわめた文明国であり、カルは未開の地アトランティスから流れてきて、玉座にのぼった蛮族という設定。ロバートは一九二六年から三〇年にかけて十三篇を起稿し、そのうちの十篇を完成させた。しかし、生前に発表された作品は（もうひとりのシリーズ・キャラクター、ブラン・マク・モーンと共演する外伝的作品を入れても）わずか三篇にとどまった。残りは編集者のお眼鏡にかなわず、お蔵入りとなっていた。

ロバートはこの没原稿の山から、一九二九年五月ごろに仕上げた「わが法典はこの斧なり！」（本全集第四巻に収録）という中篇を選びだし、大胆な改訂作業にとりかかった。国王暗殺の陰謀というメイン・プロットはそのままに、ハイボリア世界の設定を織りこみ、超自然の要素を導入して、まったく新しい作品「不死鳥の剣」（同前）に作り替えたのだ。

時を置かずしてロバートは、シリーズ第二作「氷神の娘」（本全集第一巻に収録）を書きあげた。「不死鳥の剣」に登場するコナンが四十代の国王であるのに対し、本篇に登場するコナンは辺境の野蛮人、それも十代の若者である。どうやらロバートは、シリーズの起点と終点を最初に定めたものらしい。

この点に《キング・カル》シリーズと《コナン・シリーズ》の性格のちがいが如実に見てとれる。つまり、前者が蛮人王の治世、とりわけ彼を悩ませる哲学的な問題に焦点を合わせていたのに対し、後者は蛮人王の生涯、とりわけ文明国の王に成りあがる過程に焦点を合わせていたのだ。宮廷に縛られていたカル王とはちがい、コナンは世界じゅうを自由気ままに放浪する。広大なハイボリア世界という新天地は、そのために必要であったのかもしれない。

ともあれ、こうして書きあげた二篇をロバートは早速〈ウィアード・テールズ〉に送付した。そして、その採否が決まらないうちに、早くも第三作「石棺のなかの神」(同前)を完成させた。この時点でロバートは、シリーズの舞台となる国々を整理し、その歴史と地理を詳細に設定しておく必要を感じたらしい。その結果生まれたのが、「ハイボリア時代の諸民族に関する覚え書き」(本全集第二巻に収録)と題された創作メモだ。しかし、いったん火がついた想像力は、それくらいでは満足しなかった。もともと歴史や人類学に深い興味を寄せていただけあって、ロバートはその世界をさらに精緻化することに熱中した。しかも、〈ハイボリア時代〉が先にあって、われわれの世界の神話や伝説はそこから派生したという着想を得て、ますますその作業にのめりこんだ。二ページの創作メモは、三度にわたる書き足しの末、ついには「ハイボリア時代」(本全集第一巻に収録)という長文のエッセイにまで膨れあがった。このエッセイは、ロバートの歴史観や文明観をうかがわせる貴重な資料となっているが、とりわけフン族のアッチラやモンゴル帝国のチンギス・ハンを彷彿とさせる人物が興味深い。ロバートは、こうした蛮族の征服王に崇敬の念をいだいていた。おっと、話が先走ったようだ。一九三二年三月に時間をもどそう。

ロバートはつづけて次作のストーリーを練った。「死の広間(梗概)」(同前)として訳出した創作メモが遺っているが、若きコナンが東国ザモラに盗賊として登場する構想だった。ところが、この作品は執筆されずに終わった。おそらくは《コナン》シリーズに対する〈ウィアード・テールズ〉の反応が原因だろう。編集長ファーンズワース・ライトから三月十日付の手紙が届いたのだが、それによると、ライトは「氷神の娘」には興味がなく、「不死鳥の剣」には美点を認めつつも、改稿の要ありと判断したのだ。さらに「石棺のなかの神」の不採用通知が追い打ちをかけた。《コナン》シリーズの前途は、多難なものと思われた。

しかし、ロバートはくじけなかった。ライトの指示にしたがって「不死鳥の剣」を改稿するや否や、第四作「象の塔」(同前)の執筆にとりかかったのだ。放棄された梗概の内容を一部流用したことは明らかだが、「不死鳥の剣」を改稿中に得たアイデアに基づいている節もある。というのも、「不死鳥の剣」に新たに書き加えられた文章──「黒髪の女性《にょしょう》と蜘蛛の巣食う神秘の塔で知られたザモラ」──が霊感源となったと思《おぼ》しいからだ。ここにいたってロバートは、コナンというキャラクターだけではなく、彼が活躍する世界をもしっかりと把握したのだろう。要するに、助走期間が終わったのだ。

さいわい「象の塔」はライトの激賞を浴び、気をよくしたロバートは、矢継ぎ早に新作を書きあげていった。憑かれたような執筆ペースは一九三三年二月ごろまでつづき、さらに八作がロバートのタイプライターからたたき出された。のちにロバートは、「その数週間、ぼくはコナンの冒険を書きつづけることのほかは、何ひとつしないで過ごしました。この人物が完全にぼくの心を捉えて、彼の事跡を記述する以外の行動を、すべて締め出していたのです」(一九三三年十二月十四日付、クラーク・アシュトン・スミス宛の手紙。宇野利泰訳)と述べているが、その言葉に嘘はなかったようだ。

シリーズ第一作「不死鳥の剣」は、〈ウィアード・テールズ〉一九三二年十二月号に発表された。これを皮切りに《コナン》シリーズは、同誌の誌面をつぎつぎと飾っていった。読者の反応は熱狂的だった。投書欄〈鷲の巣《アイアリー》〉には《コナン》シリーズを称賛する手紙が殺到し、ロバートは同誌の看板作家H・P・ラヴクラフトやシーベリー・クインと肩をならべるまでになった。一九三三年十月ごろにはシリーズの執筆が再開され、コナンの人気はますます高まった。もっとも、どこの世界にも天《あま》の邪鬼《じゃく》はいるもので、同誌一九三四年十一月号には《コナン》シリーズを酷評する手紙が載った。「うすのろコナン《コナン・ザ・クラック》にはうんざりだ」ではじまるその手紙は、シリーズがマンネリ化していることを指摘したうえで、「ぼくはこう叫びたい――『この野蛮人とその剛剣はもうたくさん――願わくは彼がヴァルハラへ送りこまれ、紙人形の切りぬきをはじめんことを』」と結ばれており、ファンの顰蹙《ひんしゅく》を買った。投稿の主は十七歳の少年。作家デビューする前のロバート・ブロックその人であった。

一九三四年の秋、クロス・プレインズ・ハイスクールにひとりの女性教師が赴任してきた。名前はノーヴェリン・プライス。女性のことで年齢ははっきりしないが、二十五、六歳であったようだ。黒髪に浅黒い肌、聡明な頭脳と勝ち気な性格をそなえた女性であり、作家を志していた。彼女はプロの作家であるロバートに親交を求め、たちまちふたりは恋に落ちた。文化不毛の田舎町で、同じ文学に関心を寄せる者同士が惹かれあうのは、当然すぎるほど当然だったのだ。

じつは共通の友人テヴィス・クライド・スミスを介して、ふたりは一年半ほど前にブラウンウッドでいちどだけ顔を合わせていた。そのときの印象が忘れられず、ノーヴェリンはロバートに連絡をとろうと思ったが、電話に出たロバートの母親ヘスターは、そのたびに息子は不在だと答えるばかり。伝言を残しても、いっこうに返事がない。業を煮やしたノーヴェリンは、ついにロバートの家まで出向くことに決めた。緊張したノーヴェリンが家の前に立つと、タイプライターの鳴る音と、だれかが大声でしゃべっている声が聞こえてきた。ロバートには、小説を書きながら声のかぎりに叫ぶという奇癖があったのだ。ノックすると父親のアイザックが応対に出たが、ロバートに会いたい旨を伝えると、ヘスターが「でも、ロバートは忙しいのよ」と答えた。だが、ちょうどそのときロバートが戸口にあらわれ、ノーヴェリンを家に招き入れた。こうしてふたりの交際はスタートしたのだった。ロバートがノーヴェリンを下宿まで送っていくことになり、ふたりが家を出るとき、ノーヴェリンはつぎのような会話を耳にした――

「ママ、われわれは息子を失うことになるのかな?」

「いいえ、心配しなくていいわ。あの子を失うことになんてなりません」

このあとのヘスターとノーヴェリンとの関係を考えると、まことに象徴的なエピソードだ。あとでわかったのだが、ロバートが在宅のときも、ヘスターはノーヴェリンの電話をとりつがなかったのである。ロバートをめぐる女同士の闘いは、すでにはじまっていたのだ。

ノーヴェリンは、ロバートとの交際を周囲の者から猛反対された。ロバートは変わり者だし、定職にも就いていない負け犬だというのだ。しかし、ノーヴェリンはひるまなかった。ふたりの交際はプラトニックなもので、もっぱらロバートの車で田舎道をドライヴしながらの議論という形をとった。さまざまな話題が俎上に載せられ、ときには意気投合し、ときには激しい衝突にいたった。とりわけ、「文明の腐敗」に関するロバートの固定観念と輪廻転生を信ずる態度は、ノーヴェリンをいらだたせた。ロバートには自殺傾向があり、若く健康なうちに死にたいと願っていることを感じとったのだ。ロバートは「黄ばんだ枯れ葉(sere and yellow leaf)」という言葉をしきりに口にしたという。シェイクスピアの戯曲『マクベス』の五幕三場によく似た言葉(sere, the yellow leaf)が出てくるが、自分が長く生きすぎ、「黄ばんだ枯れ葉」になってしまったという意味である。ロバートの心境をうかがわせるエピソードだ。

だが、ふたりのあいだには、それ以上に大きな障害があった。病気（主に結核）に苦しむロバートの母親の存在である。ロバートは母親の看護に多大な労力と時間を割いており、ノーヴェリンにとって大事な社交にふりむけようとしなかった。ふたりとも結婚を考えないではなかったが、その気持ちはすれちがいに終わった。

一九三五年六月ごろ、ロバートと距離を置くようになったノーヴェリンは、ロバートの友人トルエット・ヴィンスンとデートするようになった。ここで興味深いのは、自分の前世に関するロバートの固定観念である。彼は、前世で恋人を親友に奪われたと信じており、ノーヴェリンとヴィンスンの交際を知ったとき、ひどく傷つくと同時に、運命が成就して満足そうであったという。

ノーヴェリンは日記に書いている——

「彼は実生活で男女《ひと》がどのように振る舞うのか知らないのだ。彼はほかの人とは〝ちがって〟いる。才能はあるが、その心は紙の上に創られた世界へと向かう。幼かったころ、彼は平凡な生活とのつき合い方を学べたはずなのだ。でも、人間より本のほうに興味を持ったのだった。

母親のせいだろうか？　責任の一端は彼女にある——悪気はなかったのだろうが。彼女は息子の才能、天稟《てんぴん》を知っていたのだろうか、それとも本の虫であることを理解していただけだろうか？　彼女はその性向を助長する方法を心得ていた。彼が家で本を読んでいれば、どこかにいる息子の身を案じてやきもきせずにすむのだ！　彼が家で本を読んでいれば、彼女は安心だったのだろう。彼は安全だった。安全の代償は、なんと大きかったことか！」（ノーヴェリン・プライス・エリス著 *One Who Walked*

Alone［1986］より）

ノーヴェリンの気持ちがすっかり冷えたのに対し、ロバートは未練を断ち切れず、その後もふたりは断続的に会いつづけた。しかし、一九三六年五月、その関係も終わりを告げた。ノーヴェリンがクロス・プレインズを去ったのだ。ルイジアナ州立大学で学位取得者向けの教育を受けるためだった。ノーヴェリンはロバートに手紙を書くと約束したが、じっさいに書くことはなかった。

ノーヴェリンとの交際期間中、ロバートはエージェントの助力を得て、〈ウィアード・テールズ〉以外の市場をすこしずつ開拓していった。なかでも成功をおさめたのがユーモア・ウェスタンだ。その筆頭にあげられるのが、山奥出身の若者を主人公にした《ブレッキンリッジ・エルキンズ》シリーズである。エルキンズは熊のような大男で、まったくの世間知らず。行く先々で騒動を巻き起こすのだが、そのドタバタが訛りのひどい一人称で語られる。まさに南部のほら話《トール・テール》の伝統を引く作品といえる。第一作“Mountain Man”は一九三三年七月に執筆され、〈アクション・ストーリーズ〉一九三四年三月・四月合併号に掲載された。評判は上々で、《ブレッキンリッジ・エルキンズ》シリーズは、その後も毎号読者を楽しませた。

　さらに担当編集者が一九三六年に名門パルプ誌〈アーゴシー〉に移籍したことから、ロバートが同誌に進出するチャンスが訪れた。同じ路線のウェスタンを新しく書いてほしいという要請に応え、ロバートはパイク・ベアフィールドというカウボーイを創造し、そのユーモラスな物語は、〈アーゴシー〉の誌面を飾った。〈アーゴシー〉に自作を載せるという、十代のころから見つづけてきた夢をロバートはついに叶えたのだった。

もちろん、ウェスタンのほかにも、さまざまな傾向の作品が大量にロバートのタイプライターから生みだされていった。もっとも、探偵小説だけは苦手だったらしく、「読みとおすこともできないのに、ましてや書くことなど」（一九三六年五月十三日付の手紙）と吐き捨てている。

一九三五年から三六年にかけて、ヘスターの病状は急速に悪化した。ロバートは母親を遠隔地にある病院やサナトリウムに連れていき、小康状態を得れば自宅に連れ帰って看病する日々がつづいた。医療費は莫大な額となり、看病のため執筆の時間が削られると、経済的にますます困窮するという悪循環だった。乏しい貯金が底をつき、アイザックは自宅で患者を診察するようになった。患者が昼夜を問わず出入りするようになり、ロバートは執筆に集中できなくなった。疲れ果てた父子は、ついに看護師と家政婦を雇うことにし、費用はますますかさんだ。

当時の窮状をファーンズワース・ライトに訴える手紙（一九三五年五月日付なし）が遺っている。「こんな手紙を書くのは心苦しいのですが、書かないわけにはいきません。要するに、支払いの督促です。金が必要なのはいまにはじまった話ではありませんが、現在の苦況は過去の比ではありません」ではじまるその手紙は、ヘスターの病状を報告したあと、未払いになっている原稿料をすぐに払ってほしいが、それは無理だろうから、せめて毎月、少額でいいから小切手を送ってほしいという要求を切々とつづっている。この時点で同誌は、ロバートに八百ドル以上の未払いがあったのだ。それでも支払いはとどこおり、一説によると、その額は千三百ドルにまで膨らんだという。ロバートが〈ウィアード・テールズ〉に見切りをつけるのは当然だった。それは怪奇幻想小説の断筆を意味した。

では、ロバートはどちらの方面へ進もうとしたのか。友人たちに送った手紙のなかで、ロバートはくり返し語っている――自分は進むべき道をシリアスなウェスタン、とりわけ故郷テキサスを舞台とした歴史小説に定めた、と。だが、ロバートにその道を進む時間は残されていなかった。

一九三六年五月末から六月初頭にかけて、ロバートはにわかに身辺整理をはじめた。エージェントのクラインと連絡をとり、自分が死んだ場合、あずけてある作品をどうするかを取り決めた。まだ送付していない原稿を注意深く整理し、どこへ送るかの指示を付した。友人のリンジー・タイスンからコルト三八口径自動《オートマチック》拳銃を借りた。

六月八日、ヘスターは昏睡状態におちいった。十日、ロバートはブラウンウッドへ行き、三人分の埋葬区画を購入した。帰宅すると、アイザックとともにヘスターの看護にあたっていたJ・W・ディル医師に、脳天を撃ちぬかれたあとも生きつづけた人間はいるか、と質問した。それは致命傷だ、と医師は答えた。

十一日の朝八時ごろ、母親の病床に徹夜でつき添っていたロバートは、看護師にヘスターが意識をとりもどす可能性はあるかと尋ねた。看護師は「残念ながら、ないと思う」と答えた。ロバートは立ちあがり、家の外に出て、自分の車に乗りこんだ。キッチンにいた料理人がその姿を見かけたが、郵便局へ行くのだろうと思っただけだった。

一発の銃声が鳴り響いた。料理人が顔をあげると、ステアリングホイールに突っ伏しているロバートが目に飛びこんできた。彼女は悲鳴をあげた。ディル医師とアイザックが車へ駆けつけ、ロバートを家に運びこんだ。銃弾は右耳の上に撃ちこまれ、左の側頭部へ貫通していた。手のほどこしようがなかったが、ロバートの頑健な肉体は、それから八時間近くも生きつづけた。そして午後四時過ぎ、いちども意識をとりもどすことなく、ロバートは息を引きとった。享年三十であった。

ロバートの死後、その財布からヴィオラ・ガーヴィンの詩“The House of Caesar”から採った二行をタイプした紙片が見つかった。この悲劇を取材していた地元の新聞〈クロス・プレインズ・ジャーナル〉の記者がそのことを聞きつけ、これをロバートの辞世の句と判断した。そして死亡記事を書くとき、「財布のなかに発見された」という事実を「タイプライターに挟まっていた」という虚構にすり替え、「死の直前にタイプした」という伝説を生みだしてしまった。

翌日、やはり意識をとりもどさないまま、ヘスターが永眠した。母と子の葬儀は十四日に執り行なわれ、ふたりはブラウンウッドのグリーンリーフ霊園に埋葬された。クロス・プレインズを嫌っていた母親と自分のために、ロバートはわざわざこの霊園を選んだのだ――当時の人々はそう考えた。

さて、ここでロバートの自殺について私見を述べておきたい。まず留意したいのは、それが衝動的なものではなく、計画的なものであった点だ。周囲の者はロバートが十代のころから彼の自殺傾向に気づいており、母親の死がその引き金となる可能性を考慮しないわけにはいかなかった。とりわけ父親のアイザックは、すでに何度かその兆候を嗅ぎとっており、息子の行動に目を光らせていた。だが、ヘスターが亡くなる前に実行するとは思っていなかった。この点に彼の自殺を解釈する鍵があるように思われる。

結論から先にいえば、ロバートはもっと早くに自殺したかったのだが、母親の面倒を見るという責任感が、それを思いとどまらせていたという解釈である。

世間の無理解と偏見に苦しめられていたロバートは、この世に自分の居場所はないと感じていた。そして文明は腐敗しており、世界の将来は暗いと悲観していた。そのいっぽう、頑健な肉体に誇りをいだいており、老いさらばえるよりは、若く健康なまま死にたいと願っていた。さらに父親の影響で輪廻転生を信じており、来世でやり直す可能性に賭ける気持ちがあったのかもしれない。だから、母親の死が確実になったとき、責任をまっとうしたという満足感をいだいて、この世を去ることにしたのではないか。もちろん、すべては憶測にすぎない。だが、さまざまな資料を丹念に読むうちに、筆者にはそうとしか思えなくなったのだ。

人の死にまつわるロバートの見解を紹介して、結びに代えよう――

「老人にとって死は避けられないものです。しかし、どういうわけか、ぼくには若者の死より大きな悲劇だと思われてなりません。若くして死ねば、人は多くの苦しみを免れます。しかし、老人には命しかすがるものがなく、そのわずかに残されたものが、老いて弱った指からむしりとられることは、絶頂期にある命を奪うことよりも悲劇に思われるのです。ぼくは老けこむまで生きたくはありません。時が来れば、すばやくあっさり死にたいと思います。体力と健康が満ち潮にあるうちに」（一九三六年五月九日付、オーガスト・ダーレス宛の手紙）

それでは、収録作品について簡単に触れておく。特記されているもの以外は、宇野利泰氏の訳文に中村が手を入れたものである。

◉「**赤い釘**」**"Red Nails"**

一九三五年六月ごろ書かれた作品。執筆順では二十一番め、発表順では十七番めにあたる。初出は〈ウィアード・テールズ〉一九三六年七月号、八／九月合併号、十月号（三回連載）。連載初回はマーガレット・ブランデージの描く表紙絵の題材となった。ハワードが拳銃自殺をとげた直後に連載が開始され、終結とともにその死が公表された作品として名高い。

ハワードはこの作品にアステカ風の名前と文化を導入した。その点でも異色だが、もうひとつ異色なのは、レズビアンの要素を大胆にとり入れている点だ。読者の反応が気になったらしく、C・A・スミス宛の手紙のなかで、ハワードは「そのうち、あるいはもし読むことがあったら、レズビアンという主題をぼくがうまく捌《さば》いたと思うかどうか教えてください」と頼んでいる。

◉「**古代王国の秘宝**」**"Jewels of Gwahlur"**

ハワードがつけた題名は"The Servants of Bit-Yakin"だった。一九三四年の七月ごろ書かれた作品。執筆順では十七番め、発表順では十三番めにあたる。初出は〈ウィアード・テールズ〉一九三五年三月号。

執筆の前月、ハワードはニュー・メキシコ州南部とテキサス州極西部を旅行した。そのとき訪れたカールズバッド洞窟の印象が強烈で、その興奮がさめやらぬうちに書かれたものと思しい。

なお、この作品に登場する固有名詞 Gwahlur は、インドの地名グワーリオール（Gwalior）のもじりと推察される。したがって、Gは有声音と解したい。

◉「黒河を越えて」"Beyond the Black River"

一九三四年九月ごろ書かれた作品。執筆順では十八番め、発表順では十四番めにあたる。初出は〈ウィアード・テールズ〉一九三五年五月〜六月号（二回分載）。

ハワードは本篇の前に「辺境の狼たち」という作品を書きかけて放棄した。本篇はそれを発展させた形で書かれている。これらの作品でハワードがねらったのは、アメリカ開拓史をハイボリア時代に融合させることだった。ハワード自身の言葉を引こう――「こいつはほかの《コナン》シリーズとはちがっている……セックスはなく……蛮性と獣性に呑みこまれまいと抵抗する人間たちの戦いがあるだけだ……こいつには文明に関するささやかだが重要なことが詰まっている。文明には命をかける値打ちがある、と人間に思わせるささやかなことが」

ハワードがこよなく愛したテキサスの風土をハイボリア時代に移植する試みはみごとな成功をおさめ、本篇はシリーズ最高傑作の呼び声も高い出来映えとなった。もっとも、アキロニア人とピクト人の対立には、白人とアメリカ先住民の対立だけでなく、古代ローマ人とケルト人の対立も重ねられていることは指摘しておこう。この重層性が、本篇に厚みと奥行きをあたえているのである。

さらに指摘するなら、本篇に登場する若者バルトゥスと老犬〈噛み裂き屋〉は、ハワード自身と愛犬パッチズの理想化された姿だと見てまちがいない。

なお、本篇中で言及される地名ヴェナリウム（Venarium）は、第一巻収録「R・E・ハワードからP・S・ミラーへの手紙」のなかで言及されるヴァナリウム（Vanarium）と同じ場所をさしている。だが、ハワードが書いたとおりに翻訳するという方針に則って、あえて統一しなかった。

◉「黒い異邦人」"The Black Stranger"　中村融訳

一九三五年一月から二月にかけて書かれた作品。執筆順では十九番めにあたるが、ハワードの生前は未発表に終わった。ハワードは没原稿を改稿し、海賊船長テレンス・ヴルミアを主人公とする歴史冒険小説"Swords of the Red Brotherhood"に作り替えたが、これもまた生前は未発表に終わった。一九五一年にL・スプレイグ・ディ・キャンプが草稿を発見し、大幅な改稿をほどこした。このヴァージョンは「トラニコスの宝」"The Treasure of Tranicos"（鏡明訳がハヤカワ文庫SF『大帝王コナン』〔一九七二〕に所収）と改題されてノーム・プレス版コナン全集*King Conan* (1953)に収録されたが、その前にプレヴューとして新雑誌の創刊号に目玉として掲載された。〈ファンタシー・マガジン〉一九五三年三月号に載った「黒い異邦人」がそれだが、こちらは編集長レスター・デル・レイがさらに手を加えた短縮版《アブリッジ》だった。オリジナル・ヴァージョンの初出は、カール・エドワード・ワグナー編のアンソロジー*Echoes of Valor* (1987)である。

◉「西方辺境地帯に関する覚え書き」"Untitled Notes"　中村融訳

もともとは無題の創作メモ。後出の草稿「辺境の狼たち」執筆に先立って作成されたものと推測される。ハワード研究家のラスティ・バークによると、出てくる地名はロバート・W・チェンバーズの小説に登場する地名を変形させたものらしい。ただし、出典となった小説は怪奇幻想小説ではなく、独立戦争を背景にした歴史小説である。

ザ・ロバート・E・ハワード・ユナイテッド・プレス・アソシエーションというファン・グループが、第二巻に収録した創作メモ「ハイボリア時代の諸民族に関する覚え書き」と合わせて公刊し、リー・N・ファルコナー編の研究書 *A Gazetteer of the Hyborian World of Conan and an Ethnogeographical Dictionary of Principal Peoples of the Era* (1977) に再録された。

◉「辺境の狼たち（草稿）」"Wolves Beyond the Border (Draft B)"　中村融訳

一九三四年後半に執筆されたと思われる草稿。時系列的には「不死鳥の剣」の直前に位置する。二種類の草稿が遺っており、骨子は同じだが、草稿Aは途中から小説というよりは梗概になっている。草稿Bは五割ほど長く、小説の体をなしているが、完全な尻切れとんぼ。本書には草稿Bを収録した。草稿ディ・キャンプが草稿Aの記述に基づいて草稿Bを補完し、*Conan the Usurper* (1967) に発表した。草稿

Bのオリジナル・ヴァージョンは、ミレニアム版コナン全集 *The Conan Chronicles Volume 2: The Hour of the Dragon* (2001) に初出。

ハワードはシリーズのマンネリ化を防ぐため、たびたび実験的な作品に手を染めた。本篇はその最たるもので、コナンは名前が出てくるのみ。しかも、べつの主人公による一人称の語りを採用している。むしろ外伝と呼ぶべきかもしれない。本篇は放棄されたが、アメリカ開拓史をハイボリア時代に移植するという試みは続行され、「黒河を越えて」という名作を生むのだから、無駄に終わったわけではない。

最後にお断りしておくが、本書は筆者が以前創元推理文庫から上梓した《新訂版コナン全集》第四巻『黒河を越えて』(二〇〇七) と第五巻『真紅の城砦』(二〇〇九) を再編集したものであり、本稿も新訂版第三巻『黒い予言者』(二〇〇七) と前記二書に付された解説を大幅に改稿したものである。

それでは《愛蔵版　英雄コナン全集》第四巻の解説でまたお目にかかりましょう。

二〇二三年二月

本書『愛蔵版 英雄コナン全集』は、左記《新訂版コナン全集》全六巻（東京創元社）を基に再編集したものです。

新訂版コナン全集1　黒い海岸の女王（二〇〇六）
新訂版コナン全集2　魔女誕生（二〇〇六）
新訂版コナン全集3　黒い予言者（二〇〇七）
新訂版コナン全集4　黒河を越えて（二〇〇七）
新訂版コナン全集5　真紅の城砦（二〇〇九）
新訂版コナン全集6　龍の刻（二〇一三）

今日の人権意識に照らして不適切と思われる表現や語句につきましては、発表時の時代的背景を考慮し、作品を尊重する立場から、原文を逸脱することなく翻訳・収録しておりますことを、ご了承下さい。（編集部）